selva de batom

Outras obras da autora publicadas pela Editora Record

Janey Wilcox, alpinista social
Quatro louras
Sex and the city

CANDACE BUSHNELL

selva de batom

Tradução de
CELINA CAVALCANTE FALCK-COOK

3ª EDIÇÃO

EDITORA RECORD
RIO DE JANEIRO • SÃO PAULO
2008

CIP-Brasil. Catalogação-na-fonte
Sindicato Nacional dos Editores de Livros, RJ.

B983s   Bushnell, Candace
3ª ed.   Selva de batom / Candace Bushnell; tradução Celina
        Cavalcante Falck-Cook. – 3ª ed. – Rio de Janeiro: Record,
        2008.

        Tradução de: Lipstick jungle
        ISBN 978-85-01-07665-6

            1. Mulheres – Emprego – Ficção. 2. Relação homem-
        mulher – Ficção. 3. Ficção americana. I. Falck-Cook, Celina
        Cavalcante, 1960-. II. Título.

06-4413   CDD – 813
                        CDU – 821.111(73)-3

Título original norte-americano:
LIPSTICK JUNGLE

Copyright © 2005 by Candace Bushnell

Todos os direitos reservados. Proibida a reprodução, no todo ou em parte, através de quaisquer meios.

Direitos exclusivos de publicação em língua portuguesa somente para o Brasil adquiridos pela
EDITORA RECORD LTDA.
Rua Argentina 171 – Rio de Janeiro, RJ – 20921-380 – Tel.: 2585-2000
que se reserva a propriedade literária desta tradução

Impresso no Brasil

ISBN 978-85-01-07665-6

PEDIDOS PELO REEMBOLSO POSTAL
Caixa Postal 23.052
Rio de Janeiro, RJ – 20922-970

EDITORA AFILIADA

AO MEU AMADO MARIDO

CHARLES

AGRADECIMENTOS

Meus agradecimentos a Bob Miller, Ellen Archer, Leslie Wells,
Beth Dickey, Katie Wainwright e a toda a brilhante
equipe da Hyperion; e, como não podia deixar de ser,
a Heather Schroder.

1

SETEMBRO É UM MÊS GLORIOSO EM MANHATTAN, E ESTE ANO NÃO foi exceção. A temperatura estava perfeita, 24 graus, e o céu azul e sem nuvens. Ao voltar de um verão agitado para a cidade, as condições meteorológicas sempre nos recordam que coisas espetaculares podem acontecer e que essa grandiosidade toda está sempre ali na esquina. O ar vibra de tanta emoção e, em um dia, a cidade passa de apática a enlouquecida. O trânsito se arrasta como de costume na Sexta Avenida e na Park Avenue, o ar zumbe de tantas conversas ao celular, e os restaurantes estão lotados. No resto do país, o Dia do Trabalho marca o fim do verão e o início do ano letivo. Mas, em Nova York, o ano começa mesmo alguns dias depois, com aquela venerável tradição conhecida como Semana da Moda.

Na Sexta Avenida, atrás da biblioteca pública, o Bryant Park converteu-se em um país das maravilhas, repleto de tendas brancas, onde dezenas de desfiles de moda estão para acontecer. Degraus forrados de carpete negro levavam a portas envidraçadas e, durante toda a semana, esses degraus estariam repletos de estudantes e fãs morrendo de vontade de ver, nem que fosse por apenas um segundo, seus estilistas ou artistas prediletos, com direito a fotógrafos japoneses (que todos concordavam que eram os mais educados), a paparazzi, a seguranças com fones de ouvido munidos de microfone e intercomunicadores, a jovens recepcionistas (sempre de preto e com cara de estressadas), e a todo tipo de convidados ricaços gritando aos celulares para os motoristas trazerem seus carros. Ao longo do meio-fio, as limusines paravam em fila tripla, como se algum enterro importantíssimo de chefe de Estado estivesse para acontecer. Mas dentro das tendas a vida se exibia em sua forma mais charmosa e empolgante.

Sempre havia cinco ou seis desfiles importantes imperdíveis, importantíssimos para garantir um lugarzinho ao sol na escala social (ou simplesmente lembrar a todos de que ainda existimos), e o primeiro deles era o desfile da Victory Ford, que acontecia às 19h da primeira noite, na quinta-feira, da Semana da Moda. Por volta das 18h45, reinava dentro das tendas um pandemônio controlável — seis operadores de câmera, cento e tantos fotógrafos, e uma multidão de aficionados, socialites, compradores e gente não tão proeminente do ramo, esperando ansiosamente o desfile com a expectativa de uma platéia de noite de estréia. Uma patricinha com um cachorrinho *daschund* aninhado nos braços recebeu uma pancada na nuca de uma câmera de vídeo; uma das recepcionistas pisou na sandália Jimmy Choo de alguém, quase atropelando a dona da dita sandália para conseguir chegar perto de alguém mais importante. Quem esperava ver, nem que fosse rapidamente, algum artista de cinema ficava a ver navios, porque os artistas (e os políticos importantes, como o prefeito) jamais chegavam pela entrada principal. Eram escoltados pela segurança até uma porta lateral secreta que levava aos bastidores. E nesse mundo, onde a vida é uma série de círculos cada vez mais apertados de exclusividade (ou os círculos do inferno de Dante, dependendo de como se encare a coisa), ficar nos bastidores até a hora do desfile era a única alternativa.

Nos fundos dos bastidores, escondida atrás de um cabideiro, estava a própria Victory Ford, fumando disfarçadamente um cigarro. Victory tinha parado de fumar fazia anos, mas o cigarro era uma desculpa para ficar sozinha um instante. Durante três minutos, todos a deixariam em paz, dando-lhe alguns segundos para se concentrar e se preparar para os sessenta minutos seguintes, nos quais ela precisava pensar nos detalhes de última hora para o desfile, cumprimentar os clientes famosos e dar várias entrevistas aos repórteres de jornais e revistas e às equipes de televisão. Franziu a testa, dando uma tragada no cigarro, querendo saborear esse único momento de sossego. Tinha trabalhado 18 horas por dia nas quatro semanas antes do espetáculo e, mesmo assim, essa próxima hora crucial passaria, aparentemente, em um segundo. Ela jogou a ponta do cigarro em um copo de champanha já meio vazio.

Consultou o relógio de pulso — um elegante Baume & Mercier de aço inox, com uma fieira de minúsculos brilhantes cercando o mostrador — e deu um profundo suspiro. Eram 18h50. Por volta das 20h, depois que a última modelo tivesse deixado a passarela e Victory entrasse para cumprimentar o público, saberia o resultado para o ano seguinte. Ela ou reinaria magnífica e maravilhosa, ou empurraria com a barriga ou ficaria por baixo geral, tentando recuperar sua posição até o ano seguinte. Sabia que estava se arriscando naquele desfile, e também sabia que não precisava fazer isso. Qualquer outro estilista teria continuado a fazer o mesmo de sempre, o que os consagrara durante os últimos três anos, mas Victory não era disso. Era fácil demais. Esta noite ela esperava mostrar à indústria um novo lado de sua inventividade, uma forma nova de ver a indumentária feminina. Ela era, pensou amargurada, ou uma heroína ou uma idiota.

Saiu de trás do cabideiro e foi imediatamente abordada por três assistentes, moças inteligentes, de 20 e poucos anos, que ralavam quase tanto quanto ela. Estavam com roupas da nova coleção, traziam pranchetas e fones de ouvido com microfones, as caras apavoradas.

Victory sorriu calmamente.

— Lila — disse a uma das moças —, os percussionistas estão onde deviam?

— Estão, e Bonnie Beecheck, a colunista social, está tendo um ataque. Parece que ela tem problema de ouvido e vamos precisar mudá-la de lugar.

Victory concordou. Bonnie Beecheck era velhíssima, e era tipo uma dessas bruxas más dos contos de Grimm: ninguém gostava dela, mas não convidá-la seria a forma mais certa de fazê-la publicar uma série de artigos negativos na imprensa que se estenderia durante o resto do ano.

— Troca ela com a Mauve Binchely. A Mauve está sempre tão aflita para aparecer que nem vai reparar onde está sentada. Mas anda logo, antes que alguém note.

Lila concordou e saiu correndo, enquanto as outras duas competiam pela atenção de Victory.

— O *Extra* quer uma entrevista...

— Keith Richards vem, e não temos lugar sobrando...

— E sumiram quatro pares de sapatos...

Victory tratou desses problemas com rapidez.

— O *Extra* tem dois minutos, escoltem o Keith para os bastidores e fiquem com ele por lá até o último minuto. Os sapatos estão em uma caixa debaixo do toucador.

Procurando recuperar-se e não demonstrar tensão, Victory aproximou-se da equipe de operadores de câmera do *Extra*, que estava no meio de um turbilhão de felicitadores, todos querendo cumprimentá-la. Passou pela multidão com a graciosidade de quem tem experiência nessas coisas, sentindo-se como se flutuasse acima do corpo, parando para beijar alguém aqui, respondendo a alguém rapidamente ali, e apertando a mão da filha solene e assombrada de 10 anos de alguém que declarava que a menina era vidrada na estilista.

Espero que ela ainda seja minha admiradora depois do desfile, pensou Victory sardonicamente, permitindo-se um breve momento de insegurança.

No segundo seguinte, porém, a equipe do *Extra* já estava em cima dela, e uma jovem de cabelos ruivos frisados lhe empurrava um microfone contra o rosto. Victory olhou para a expressão da moça e se preparou. Seis anos de entrevistas haviam-na ensinado a interpretar a expressão de um entrevistador para se certificar se estava a favor ou contra ela, e embora a maioria dos repórteres da área do entretenimento fosse tão encantadora e graciosa quanto os famosos mais experientes, de vez em quando aparecia um abacaxi. Victory era capaz de jurar, pelo sorriso forçado e desdenhoso da moça, que ia precisar afiar o machado. Às vezes o motivo era apenas um recente fora do namorado, mas costumava ser mais profundo: uma sensação geral de estar de mal com o mundo porque não era assim tão fácil subir na vida em Nova York como se tinha a impressão que era.

— Victory — disse a mocinha com grande firmeza, acrescentando: — Tem algum problema eu chamar você de Victory? — O sotaque deliberadamente empostado mostrou a Victory que a mocinha provavelmente se considerava boa demais para o mundo da moda.

— Você tem 42 anos...

— Quarenta e três — corrigiu Victory. — Ainda faço aniversário.

— Ela estava certa: começar uma entrevista com a idade era uma declaração de guerra.

— E não é casada, não tem filhos. Será que valeu a pena desistir do casamento e dos filhos pela carreira?

Victory soltou uma risada. Por que é que, por mais realizada profissionalmente que uma mulher fosse nesse mundo, se não fosse casada e tivesse filhos, ainda era considerada uma fracassada? A pergunta daquela garota era totalmente inconveniente, dadas as circunstâncias, e profundamente desrespeitosa, pois o que essa mocinha sabia das incertezas da vida e da sua luta para fazer todos os sacrifícios para chegar ao ponto de ser uma estilista de categoria internacional com sua própria empresa? Era uma realização provavelmente muito além do que aquela mocinha jamais conseguiria. Mas Victory sabia que perder o controle não iria ajudá-la em nada. Se ela se descontrolasse, todos a veriam pela tevê, e provavelmente ia parar em alguma coluna social.

— Toda manhã, quando eu me levanto — começou Victory, contando uma história que já contava aos entrevistadores fazia muito tempo (mas mesmo assim parecia que ninguém conseguia enten-

der) —, olho em volta de mim e presto atenção. Estou sozinha e ouço...
o silêncio. — A menina lançou-lhe um olhar solidário. — Só que tem
mais — disse Victory, erguendo um dedo. — Escuto... o silêncio. E
devagar, mas firmemente, a felicidade se espalha pelo meu corpo
inteiro. Uma alegria, sabe. E aí dou graças a Deus por ter, sei lá por
quê, conseguido continuar livre. Livre para aproveitar a vida e a minha carreira.

A mocinha riu, nervosa. Puxou uma mecha de cabelos.

— Nós mulheres, para sobrevivermos, muitas vezes somos obri-
gadas a contar muitas mentiras, não é? — comentou Victory. — Dizemos a nós mesmas que queremos coisas que a sociedade nos diz que
devíamos querer. As mulheres acham que a sobrevivência depende
do conformismo. Mas, para algumas, conformar-se é o mesmo que
morrer. É a morte da alma. A alma é preciosa. Quando a gente vive
uma mentira, mancha a alma.

O olhar da mocinha revelou surpresa e, franzindo a testa, começou a concordar com o que Victory estava dizendo, meneando vigorosamente a cabeça, quando as duas foram subitamente interrompidas
por uma das assistentes de Victory, falando ao microfone do fone de
ouvido, toda alvoroçada.

— Jenny Cadine vai chegar mais ou menos daqui a três minutos...

* * *

WENDY HEALY empurrou os óculos para a ponte do nariz e saiu do
Cadillac Escalade, olhando em torno de si para o mar de paparazzi,
que agora cercava o automóvel. Sempre que tinha de enfrentar uma
situação assim, ficava imaginando como é que eles sempre conseguiam encontrar a atriz. Eram capazes de farejar gente famosa, como se
fossem perdigueiros. Apesar de todos os anos dela na indústria cinematográfica, ainda não tinha conseguido entender como os astros li-
davam com a atenção, e sabia que nunca seria capaz (ou, ainda mais
importante, teria vontade) de lidar ela mesma com a atenção do

público. Naturalmente, em sua posição, ela não precisava disso. Era presidente da Parador Pictures, uma das mulheres mais poderosas da indústria do cinema, mas, para os fotógrafos, ela parecia apenas mais uma assistente de alguém.

Wendy voltou-se para entrar de novo na SUV, inconscientemente alisando o terninho Armani preto. Adorava conjuntos Armani, e de repente percebeu que fazia dois anos que não ia às compras. Isso era provavelmente imperdoável, uma vez que uma de suas melhores amigas era a estilista Victory Ford. Ela devia ter usado um vestido esplendoroso para esse evento, mas tinha vindo do escritório, e com seu trabalho e três filhos e um marido que às vezes era ele mesmo uma criança, ela precisava deixar de lado alguma coisa, e essa coisa era a moda. E a academia, e comer coisas saudáveis. Mas, que diabo. Não dava para uma mulher fazer tudo certinho. O mais importante era que estava ali, e que, como tinha prometido a Victory meses antes, tinha trazido Jenny Cadine.

A multidão de fotógrafos aproximou-se ainda mais da SUV, enquanto vários seguranças avançavam, tentando conter a horda ávida, que parecia aumentar a cada segundo. A agente de Jenny, uma mulher de cara fechada, conhecida apenas por um nome, "Domino", saiu da SUV. Domino estava com apenas 26 anos, mas tinha um jeito decidido, como o que em geral se associa a caras machões e corpulentos, acompanhado de uma voz roufenha, que dava a impressão de que ela comia unhas roídas no café-da-manhã.

— Vocês aí, um passo atrás! — urrou Domino, fuzilando todo mundo com o olhar.

E aí apareceu Jenny Cadine. Ela era, pensou Wendy, ainda mais estonteantemente bela em pessoa do que nas fotos, se fosse possível tal coisa. Os fotógrafos viviam destacando suas feições ligeiramente assimétricas e o fato de seu nariz ser meio arrebitado. Mas, em pessoa, esses defeitos sumiam diante de algum encanto intangível que tornava impossível parar de olhar para ela. Era como se possuísse sua própria fonte de energia, que a iluminava toda por dentro, e sua altura de 1,74m e seus cabelos de um ruivo claro, ligeiramente dourado, cor de morangos não totalmente maduros, meramente realçavam essa incandescência.

Ela sorriu para os fotógrafos, enquanto Wendy ficou de lado por um momento, observando-a. As pessoas que não eram do ramo sempre se perguntavam o que seria conhecer uma criatura assim, e presumiam que a inveja tornaria impossível fazer amizade com uma delas. Mas Wendy já conhecia Jenny fazia quase 15 anos, quando ambas estavam começando suas carreiras e, apesar da fama e do sucesso da atriz, jamais teria pensado em trocar de lugar com ela. Jenny nem parecia humana: jamais se excedia nem era arrogante, maleducada ou egoísta. Mas havia nela um distanciamento, como se talvez não possuísse alma. Jenny era uma de suas atrizes, e Wendy sabia que eram provavelmente tão próximas uma da outra quanto Jenny era de qualquer um. Só que não eram amigas de verdade, como ela era de Victory ou de Nico O'Neilly.

Os seguranças conseguiram criar um pequeno espaço diante delas para que pudessem percorrer os poucos metros entre o carro e a entrada lateral da tenda. Jenny estava de conjunto marrom de calça e blusão, com calças ligeiramente boca de sino, sob um casaco de cor néon que era, sem sombra de dúvida para Wendy, um dos trajes mais ousados que ela já tinha visto. Era a nova coleção de Victory, e Wendy sabia que Victory tinha-o feito especialmente para Jenny, e que Jenny tinha ido ao ateliê de Victory várias vezes para provas. Mas Victory andava tão ocupada nas últimas três semanas que Wendy ainda não tinha conseguido falar com ela sobre isso, nem do que achava de Jenny. Mesmo assim, podia imaginar o que Vic diria. Contorcendo o rosto como uma criança, declararia: "Sabe, Wen, a Jenny é uma moça extraordinária. Mas não dá para chamá-la exatamente de 'agradável'. Ela é provavelmente mais calculista que nós — talvez mais calculista ainda que a Nico." E aí elas riam, pois sempre concordavam que Nico era possivelmente a mulher mais calculista da cidade. Era uma mestra da conspiração, e o mais extraordinário em Nico era que nunca dava para detectar o jogo dela. Quando as pessoas abriam os olhos, já tinham ido para o espaço.

Tinha sido idéia de Nico levar Jenny Cadine ao desfile de Victoria, o que era tão óbvio que Wendy ficou até meio sem graça por não pensar nisso ela mesma.

— É perfeito — disse Nico, naquele seu jeito tranqüilo e desencanado de falar que fazia tudo que saía da sua boca parecer absolutamente certo. — Jenny Cadine é a artista de cinema mais importante do momento, e Victory é a mais importante estilista da atualidade. Além do mais — completou —, Jenny costuma usar roupas de estilistas do sexo masculino. Tenho a impressão de que ela é feminista, por trás de todo aquele brilho dela, especialmente depois do rompimento com Kyle Unger — acrescentou, dando o nome do ator de filmes de ação e aventura que tinha publicamente dado o fora em Jenny em um programa de entrevistas tarde da noite. — Eu apelaria para seu lado feminista, embora duvide que você precise. Ela não tem muito gosto no que diz respeito aos homens, mas tem um gosto excelente na hora de escolher o que vestir.

Naturalmente, Nico estava certa, e Jenny tinha agarrado com unhas e dentes a oportunidade de usar trajes criados por Victory e comparecer ao desfile, onde sua presença garantiria ainda mais publicidade a Victory. E agora, observando enquanto Jenny atravessava sem a menor dificuldade aquele corredor polonês de repórteres (ela andava como quem sabia da presença deles, mas ao mesmo tempo agia de forma desenvolta, como se não estivesse sendo fotografada), Wendy torceu para a presença de Jenny ser sinal de que o espetáculo de Victory seria um sucesso. Embora jamais tivesse admitido isso para ninguém, Wendy era bem supersticiosa e, por causa de Victory, estava até usando sua calcinha da sorte: de malha de algodão, da Fruit of the Loom, constrangedoramente puída, a qual por coincidência ela estava usando quando um de seus filmes foi indicado para um Oscar pela primeira vez, cinco anos antes.

Jenny entrou na tenda, seguida logo depois de Wendy. Abaixando a mão para um lado, Wendy cruzou rapidamente os dedos. Rezou para Victory arrasar naquele desfile. Ninguém merecia isso mais do que ela.

* * *

VÁRIOS MINUTOS DEPOIS, exatamente às 19h30, um Lincoln de aluguel novo em folha, com janelas fechadas de vidros fumê parou diante da entrada das tendas na Sexta Avenida. Um motorista de terno listrado e cabelos castanho-escuros penteados para trás e contidos com gel fixador contornou a traseira do carro e abriu a porta do passageiro.

Nico O'Neilly saiu. Trajava calças prateadas e blusa de babados, arrematada com um casaco de marta dourado-avermelhado, quase da mesma cor de seus cabelos, não deixando dúvida de que ela era importante. Desde a mais tenra idade, Nico era dessas mulheres que exalam uma importância tal que faz os outros ficarem pensando quem ela é e, à primeira vista, a confundem com uma estrela de cinema, devido aos cabelos deslumbrantes e às roupas arrasadoras. Mais de perto, porém, via-se que Nico não era o que se podia chamar exatamente de uma beldade. Mas, como fazia o máximo para valorizar o que tinha, e como a autoconfiança e o sucesso criam seu próprio tipo de beleza em uma mulher, o consenso era que Nico O'Neilly era uma mulherona.

Ela também era extremamente precisa. Sabendo que o desfile de Victory só começaria às 19h30, tinha cronometrado sua chegada de modo a garantir que não se atrasaria, mas também que passaria o mínimo tempo possível esperando o espetáculo começar. Como editora chefe da revista *Bonfire* (e uma das mais importantes mulheres do mundo da imprensa, de acordo com a *Time*), Nico O'Neilly tinha um lugar garantido na primeira fila de qualquer desfile de moda ao qual resolvesse comparecer. Só que, sentando-se nesses lugares, que ficavam a centímetros de distância das passarelas, ela estava exposta a tudo e a todos. Fotógrafos e equipes de televisão infestavam a passarela como porcos farejando trufas, e assim qualquer pessoa ou grupo podia simplesmente abordar a personalidade, para fazer desde convites para festas até propostas de negócios, ou apenas para puxar papo. Nico detestava essas situações de todo o coração porque não gostava de jogar conversa fora, ao contrário de Victory, por exemplo, que em dois minutos conseguia entabular uma conversa com o garagista sobre os filhos dele. O resultado era que as pessoas costumavam ter a impressão de que ela era esnobe ou mal-educada e, por não possuir o dom do papo furado, Nico não conseguia explicar que isso simplesmente não era verdade. Diante do rosto ansioso e pidão de um estranho, Nico gelava, sem saber o que ele realmente queria, convencida de que não ia conseguir dar nada a ele. Apesar disso, quando se tratava de trabalho e do público em geral, impessoal e sem rosto, ela era brilhante. Sabia do que o público em geral gostava — era o público individual que a deixava confusa.

Esse era certamente um dos defeitos dela, mas, aos 42 anos, tinha chegado à conclusão de que era inútil lutar contra aquelas tendências e muito mais fácil aceitar que não era perfeita. A melhor coisa a fazer era minimizar as situações desconfortáveis e seguir adiante. E aí, consultando o relógio de pulso e vendo que agora eram 19h20 — o que significava que só ia ficar na berlinda dez minutos, depois dos quais os olhos de todos se voltariam para a passarela — começou a subir as escadas.

Imediatamente foi abordada por dois fotógrafos que pareceram surgir do nada, pulando de trás de um enorme vaso para fotografá-la. Desde que tinha se tornado editora-chefe da venerável (e caquética) revista *Bonfire*, há seis anos, e a tinha transformado em uma verdadeira e lustrosa bíblia da cultura pop em matéria de entrenimento, meios de comunicação e política, os repórteres a fotografavam em todos os eventos aos quais comparecia. A princípio, sem saber bem o que fazer, ela havia posado para os fotógrafos, mas logo percebeu que ficar diante de uma barragem de lâmpadas de flashes espocando, fazendo força para parecer até mesmo remotamente natural (ou dando a impressão de que estava gostando daquilo) jamais seria um dos seus fortes. Ainda por cima, Nico jamais desejou ficar presa no perigoso mal-entendido que era a praga naquela cidade — o de que a pessoa só era alguém se fosse fotografada. Tinha visto isso acontecer a gente demais do seu ramo. Essas pessoas começavam a pensar que eram celebridades e, da noite para o dia, passavam a se preocupar mais em ser astros ou estrelas do que em trabalhar. E aí a concentração começava a ir para o espaço e elas eram demitidas e, como tinha acontecido recentemente com um homem que ela conhecia, precisavam se mudar para Montana.

E ninguém jamais ouviu falar dele outra vez.

Foi por isso que Nico decidiu que, embora não pudesse evitar os fotógrafos, não precisava posar para eles. Em vez disso, continuava fazendo seu trabalho e fingindo que eles não existiam. O resultado foi que, em todas a fotos, Nico O'Neilly estava sempre em movimento. Andando de limusine alugada para o teatro, marchando com decisão pelo tapete vermelho, o rosto sempre pego de perfil, quando ela passava. Naturalmente, isso levou a uma relação meio difícil com a imprensa, e durante algum tempo eles também a chamaram de antipática. Mas os anos de comportamento coerente ("coerência", sempre dizia Nico, "é imprescindível para o sucesso") tinham compensado, e agora a recusa de Nico em posar era interpretada como uma espécie de excentricidade tolerável, um traço que definia sua personalidade.

Passou a toda velocidade pelos fotógrafos e pelas portas envidraçadas, onde mais paparazzi estavam postados atrás de um cordão de isolamento verde.

— Olha, é a Nico! — gritou alguém, alvoroçado. — Nico! Nico O'Neilly!

Aquilo era uma bobeira sem tamanho, pensou Nico, mas não era exatamente desagradável. Aliás, sentia-se até bem por eles estarem tão felizes em revê-la. Naturalmente, já os via fazia anos, e a *Bonfire* tinha comprado fotos da maioria deles. Ela lhes dirigiu um sorriso sincero ao passar e, com um meio aceno, gritou:

— Oi, gente!

— Nico, espera aí, vem cá, diz pra gente o que você está vestindo! — gritou uma mulher simpática, de cabelos louros curtos, que provavelmente já vinha fotografando o desfile fazia mais de vinte anos.

— Victory Ford — disse Nico.

— Eu sabia! — disse a mulher, satisfeita. — Ela sempre usa Ford.

A maioria dos espectadores já estava no Pavilhão, a grande tenda onde aconteceria o desfile de Victory, portanto Nico foi capaz de passar sem esforço pelo cordão de isolamento de veludo. Dentro do Pavilhão, porém, eram outros quinhentos. Arquibancadas de oito níveis se erguiam quase até o teto, e diretamente em frente da passarela estavam mais arquibancadas separadas por uma grade baixa de metal, atrás da qual centenas de fotógrafos se encontravam de pé, disputando posições privilegiadas. A passarela em si, forrada de plástico, parecia o palco de uma gigantesca reuniãozinha social. Havia uma empolgação festiva, de volta à escola, pessoas que não se viam desde a última festança nos Hamptons se cumprimentando como se não se vissem fazia anos. O clima era contagioso, mas Nico olhou decepcionada para a multidão. Como é que ia conseguir atravessar aquilo?

Por um segundo, pensou em ir embora, mas tratou de deixar a idéia de lado. Victory Ford era sua melhor amiga. Só lhe restava cruzar os dedos e arriscar.

Como se pressentisse sua angústia, uma jovem de repente surgiu a seu lado.

— Oi, Nico — disse, animada, como se fossem velhas amigas. — Posso levá-la até seu lugar? — Nico fez sua melhor cara de festa com um sorriso artificial e forçado, e entregou o convite à mocinha. A moça começou a abrir caminho na multidão. Um fotógrafo ergueu a câmera acima da cabeça e tirou uma foto de Nico, várias pessoas que ela conhecia acenaram, ávidas, e tentaram empurrar os outros para apertar-lhe a mão ou mandar beijinhos. Os seguranças berravam inutilmente para a multidão, tentando pedir às pessoas para se sentarem. Depois de vários minutos, Nico e sua acompanhante chegaram ao meio da passarela, onde Nico finalmente encontrou seu lugar. Em um cartão branco com uma borda igual à da etiqueta das roupas de Victory Ford, estava impresso seu nome, Nico O'Neilly.

Nico sentou-se, aliviada.

Imediatamente, um bando de fotógrafos surgiu diante dela, tirando fotos. Ela ficou olhando direto para a frente, para o outro lado da passarela, que parecia muito mais organizado que o seu — pelo menos todos já haviam se sentado. Ambos os lugares, de um lado e de outro da cadeira dela, ainda estavam vazios. Virando a cabeça, captou o olhar de Lyne Bennett, o magnata dos cosméticos. Vê-lo fez Nico achar graça, embora não sorrisse. Lyne certamente tinha um bom motivo para estar em um desfile de moda, uma vez que cosméticos e perfumes e moda estavam tão intimamente relacionados. Mas o engraçado era que Lyne era um executivo visivelmente heterossexual, e ela não conseguia imaginar que ele sentisse algum interesse, por menor que fosse, por roupas femininas. Estava ali provavelmente para comer as modelos com os olhos, um passatempo ao qual poucos empresários de Nova York pareciam capazes de resistir. Ele acenou, e ela ergueu seu programa e lhe dirigiu um aceno com a cabeça em resposta.

Ela suspirou e olhou impaciente o relógio. Já eram praticamente 19h30, e a equipe técnica ainda não tinha retirado a cobertura de plástico da passarela — sinal de que o desfile estava para começar. Olhou de relance para a direita, para ver quem estava a seu lado, e ficou aliviada por ver que no cartão se lia "Wendy Healy", sua outra melhor amiga. Era mais uma coisa boa — fazia tempo que não falava com Wendy, no mínimo um mês, desde o meio do verão, antes de suas famílias terem viajado para tirar férias. Wendy tinha ido para o Maine, que era o mais novo local de veraneio das pessoas do meio cinematográfico, fama criada porque não havia nada para fazer por lá, só natureza para curtir. Mesmo assim, Nico achava que de modo algum qualquer artista ou empresário de Hollywood que se prezasse se deixaria surpreender em uma casa com menos de seis quartos, e pelo menos um ou dois criados, até mesmo no meio do mato no nordeste dos Estados Unidos. Nico tinha levado sua própria família para esquiar em Queenstown, Nova Zelândia, que Seymour, seu marido, tinha classificado como o lugar mais distante da civilização sem abandonar a civilização de vez. Entretanto, mesmo lá, eles tinham dado de cara com vários conhecidos, o que era um lembrete de que, por mais longe que se vá, não dá para se livrar de Nova York...

Ela brincou impacientemente com o programa, achando que a demora devia ser obra de Jenny Cadine, que ia ocupar o lugar do outro lado de Wendy. As estrelas de cinema pareciam ser um mal necessário da vida moderna, pensou Nico, e, olhando como quem não quer nada para o cartão que identificava o convidado à sua esquerda, ela de repente gelou.

O cartão dizia "Kirby Atwood".

Ela virou a cabeça depressa, sentindo-se tonta, culpada, excitada e confusa, tudo ao mesmo tempo. Seria coincidência? Ou teria sido proposital? Será que alguém sabia o que tinha acontecido entre ela e Kirby Atwood? Mas era impossível. Ela certamente não tinha contado a ninguém, e não imaginava que Kirby fosse contar. Sequer tinha pensado nele durante pelo menos um mês. Mas ver seu nome assim de repente lhe trazia de volta à lembrança aquele momento no banheiro da boate Bangalô 8.

Tinha sido pelo menos três meses antes, e ela não tinha falado com ele, nem mesmo o visto desde aquele episódio. Kirby Atwood era um modelo muito famoso, que Nico tinha conhecido em uma festa que a *Bonfire* estava patrocinando. Estava sozinha ao balcão do bar, quando Kirby chegou perto dela e sorriu. Era um cara tão gostoso que ela imediatamente o dispensou, presumindo que devia tê-la confundido com outra pessoa, alguém que pudesse ajudá-lo a subir na carreira. Mas depois, quando Nico estava à mesa VIP, olhando o relógio de pulso e pensando em como sair depressinha sem parecer que estava fazendo desfeita, Kirby sentou-se a seu lado. Ele era mesmo muito gentil e tinha lhe trazido um drinque, e ela, depois de conversar com ele cinco minutos, começou a imaginar como seria estar com ele na cama. Presumiu que Kirby jamais se interessaria por ela, mas era impossível uma mulher conversar com um homem como Kirby e não sentir tesão por ele. Sabia que estava pisando em campo minado, e sem querer arriscar-se a passar vergonha, levantou-se para ir ao banheiro. E Kirby a seguiu. Entrou no banheiro e, depois, em um dos compartimentos com ela!

Foi ridículo, mas aqueles poucos momentos em um compartimento de banheiro da boate foram alguns dos melhores da sua vida. Durante várias semanas depois do acontecido, ela continuou se lembrando daquilo tudo. A forma como os cabelos negros dele lhe caíam na testa, a cor exata de seus lábios carnudos (de um bege avermelhado, com uma linha mais escura no limite entre o lábio e a pele do rosto, quase como se ele estivesse usando um lápis labial), e o sabor daqueles lábios em sua boca. Macios, suaves e molhados. (Seu marido, Seymour, sempre fazia bico e lhe dava uns beijinhos secos e sem graça.) Parecia que todo o rosto dela estava sendo envolvido por aqueles beijos — ficou com as pernas literalmente moles — e não conseguia acreditar que ainda conseguia se sentir daquele jeito. Aos 42 anos! Feito uma adolescente...

Ainda bem que nada mais aconteceu depois daquilo. Kirby lhe deu o telefone dele, mas ela nunca ligou. Ter um caso com um modelo de roupas de banho seria ridículo. Naturalmente, pelo menos metade dos executivos casados da Splatch-Verner tinha casos extraconjugais, e a maioria deles nem se importava em encobri-los. E ela não fazia segredo do fato de que achava o comportamento deles reprovável...

Mas o que ia fazer agora, ali em público, diante de metade de Nova York? Será que devia agir como se não o conhecesse? Mas e se ele tocasse no assunto? Ou pior, e se ele não se lembrasse? Victory, que ainda era solteira, saberia exatamente o que fazer — provavelmente enfrentava barras como aquela o tempo todo. Mas Nico já estava casada com o mesmo marido há mais de 14 anos, e quando a gente passa esse tempo todo com um homem só, perde a capacidade de saber como se comportar em situações românticas com outros homens.

Esta não é uma situação romântica, recordou-se ela, severamente. Cumprimentaria Kirby como se fosse apenas um conhecido (o que, na verdade, era) assistiria ao desfile e depois iria para casa. Seria tudo perfeitamente normal e inocente.

Mas aí Kirby apareceu diante dela.

— Oi! — exclamou, bem alto, em tom entusiástico, como se estivesse mais do que agradavelmente surpreso em vê-la. Ela olhou de relance para cima, procurando manter a expressão do rosto fria e desinteressada, mas, assim que o viu, seu coração começou a pular descontrolado, e ela teve certeza de que seu sorriso lembrava o de uma colegial boboca.

— O que veio fazer aqui? — perguntou ele, sentando-se ao lado dela. Os lugares estavam bem juntos, de forma que quase não havia como se sentar ao lado dele sem que seus braços se tocassem. Ela quase desmaiou de tanta emoção.

— Victory Ford é uma de minhas melhores amigas.

Kirby assentiu, mostrando que entendia.

— Queria ter sabido disso antes. Não acredito que estou sentado ao seu lado. Procurei você por toda parte.

Aquilo era tão inacreditável que Nico não sabia o que dizer. E olhando em torno de si para ver se alguém vigiava os dois, ela resolveu que, dadas as circunstâncias, provavelmente seria melhor não dizer absolutamente nada.

Ela meneou a cabeça, concordando, depois olhou disfarçadamente para o rosto dele e se lembrou imediatamente do beijo dos dois. Cruzou as pernas para o outro lado, começando a sentir tesão.

— Você não me telefonou — disse ele, direto. O tom de sua voz a fez pensar que ele estava mesmo magoado. — E eu não podia ligar para você.

Ela virou a cabeça para o outro lado, na esperança de dar a impressão de que aquela conversa era meramente casual.

— Por que não? — indagou.

Ele chegou mais perto e tocou-lhe a perna.

— Veja só como eu sou tapado — disse. — Eu sabia quem você era, quero dizer, sabia que era famosa, e tudo, mas não consegui me lembrar onde você trabalhava.

A expressão dele em parte foi de constrangimento, parte de divertimento, como se não tivesse escolha senão se divertir com a própria burrice, e torcesse para ela também achar graça.

Nico sorriu, sentindo de repente uma ponta de esperança. Se Kirby não sabia mesmo quem ela era, talvez estivesse mesmo genuinamente interessado nela, afinal.

— Na revista *Bonfire* — murmurou ela, pelo canto da boca.

— Ah, certo. Eu sabia — disse Kirby. — Mas não conseguia me lembrar. E não queria perguntar a ninguém, porque iam pensar que eu era um idiota.

Nico viu-se concordando, solidária, como se toda hora se visse nessa situação e entendesse totalmente os sentimentos dele.

Um fotógrafo pulou na frente deles e tirou a foto dos dois juntos. Nico virou a cabeça depressa. Essa era a última coisa de que precisava — uma foto com Kirby Atwood. Precisava parar de flertar com ele, recordou-se com firmeza. Mas Kirby não era o tipo de homem que sabia disfarçar seus sentimentos. Voltou a tocar a perna dela com a maior naturalidade para lhe chamar a atenção.

— Vivia pensando que ia dar de cara com você — disse, continuando sua história. — E aí a gente ia poder... Você sabe, né — disse, com um dar de ombros sedutor. — Sabe, quando eu vi você, caí de quatro, entende? E não gosto de tanta gente assim. Quero dizer, conheço muita gente, mas não gosto deles de verdade...

Ela olhou de relance para Lync Bennett, que estava olhando fixamente para ela e Kirby, curioso, e provavelmente perguntando-se o que ela tinha para conversar com um modelo de sungas. Ela precisava interromper aquele papo.

— Sei exatamente o que quer dizer — sussurrou ela, sem voltar os olhos para ele, olhando apenas para a frente.

— E agora estou aqui, sentado a seu lado em um desfile de moda — exclamou Kirby. — É a minha... Como é mesmo que se diz? Tina?

— Sina — disse Nico. Ela se remexeu na cadeira, a palavra de repente fazendo-a enxergar o inevitável. Vou para a cama com Kirby Atwood, pensou, desvairada. Não sabia quando nem onde. Só sabia que ia acontecer. Faria aquilo uma única vez e não diria a ninguém.

— Isso aí. Sina — repetiu Kirby. Sorriu para ela. — Gosto desse seu jeito — disse ele. — Você é inteligente. Sabe escolher as palavras. A maioria das pessoas não sabe mais usar as palavras. Já notou isso?

Ela concordou, sentindo-se corar. Torceu para ninguém estar prestando atenção. Felizmente estava quente na tenda, portanto, sua agonia não pareceria fora do comum. Queria se abanar com o programa como várias outras pessoas estavam fazendo — de maneira evidente para indicar seu aborrecimento com o atraso do desfile —, mas resolveu que não iria descer a esse ponto.

Como que percebendo aquela impaciência do público, um dos percussionistas começou a produzir um ritmo que foi acompanhado por outros percussionistas posicionados na primeira fila de cada lado da passarela. Houve uma pequena comoção, e Jenny Cadine, cercada por quatro seguranças, saiu de trás da divisória que separava a passarela dos bastidores e sentou-se em seu lugar, seguida de Wendy.

O rufar dos tambores ficou mais alto quando Wendy se sentou e começou a contar a Nico como eram os mosquitos do Maine. Dois operários enrolaram a cobertura de plástico. As luzes brancas ofuscantes da passarela se acenderam e, de repente, a primeira modelo apareceu.

Estava de blusão fúcsia curto, com gola de pontas, combinando com uma saia verde que ia até logo acima do tornozelo, e o primeiro pensamento de Nico foi que o efeito dessas duas cores combinadas devia ser chocante. Mas depois disso, ela se perdeu. Nico sempre se orgulhou de sua capacidade de compartimentalizar, controlar o foco de sua mente e voltá-lo unicamente para o assunto — ou a pessoa — em questão, mas dessa vez, sua famosa concentração pareceu deixá-la na mão. Ficou olhando a modelo passar, tentando lembrar-se dos detalhes do traje para poder comentar com Victory sobre ele depois, mas seu cérebro se recusava a colaborar. O rufar dos tambores estava vencendo sua resistência, e ela só conseguia pensar em Kirby e naquele sentimento glorioso de ser conquistada.

2

O ESPLENDOR E A GLÓRIA DA SEMANA DA MODA TINHAM VINDO E passado, as tendas foram removidas e guardadas em algum ponto do Garment District[1], e a cidade voltou à rotina de trabalho, trabalho e mais trabalho.

Em uma parte de Manhattan onde antigamente existiam armazéns, na rua 26 com a Quinta Avenida, a casa da família Healy estava um caos, como sempre. No loft ainda inacabado, que já era o lar de Wendy Healy, seu marido Shane, seus três filhos e uma variedade enorme de peixes, tartarugas e hamsters há três anos, serpentinas multicoloridas da última festa de aniversário ainda pendiam do teto do vestíbulo. O chão estava coalhado de pedaços de balões murchos de hélio. Uma criança de rosto vermelho, que não se podia dizer se era menino ou menina, berrava de pé no sofá; agachado abaixo dela, um garoto de cabelos escuros tentava destruir um caminhão de bombeiros vermelho de metal batendo com ele repetidamente contra o chão arranhado de madeira de lei.

A porta do banheiro escancarou-se, e Wendy Healy, com os óculos tortos e agarrando um quimono japonês que tinha enrolado de

---

[1]Parte de Nova York, na área de Manhattan, que inclui trechos da Sétima Avenida e da Broadway entre as ruas 34 e 40 e suas ruas transversais, que contém muitas fábricas, showrooms, etc. ligados ao design, confecção e distribuição de roupas no atacado. (*N. da T.*)

qualquer maneira no corpo, veio correndo até a sala. Agarrou o garotinho com uma das mãos e o caminhão de bombeiros vermelho com a outra.

— Tyler! — ralhou, dirigindo-se ao outro menino. — Vá se arrumar para ir à escola!

Tyler deitou-se de bruços e cobriu a cabeça com os braços.

— Tyler... — disse Wendy, em tom ameaçador.

Não houve reação. Wendy agarrou as costas da blusa do pijama do menino e o puxou para cima.

— Diz "por favor" — exigiu Tyler, na maior cara de pau.

Wendy embalava o garotinho enquanto tentava avaliar o estado de espírito de Tyler. Ele tinha apenas 6 anos e ela não queria fazer as vontades dele, mas se isso o fizesse ir para o quarto se vestir, valia a humilhação.

— Tudo bem — suspirou ela. — Por favor.

— Por favor, o quê? — disse Tyler, confiante na vitória.

Wendy revirou os olhos.

— Por favor, vá para o seu quarto se vestir para ir à escola.

O rosto do menino assumiu uma expressão manhosa.

— Me dá um dinheiro — pediu ele.

— Como disse? — perguntou Wendy, boquiaberta.

— Me paga — disse ele de novo, complacente, estendendo a mão.

Wendy fez uma careta de sofrimento.

— Quanto? — indagou.

— Cinco dó-lar.

— Três.

— Fechado. — Eles apertaram as mãos e Tyler correu para o quarto, radiante por ter conseguido dobrar a mãe outra vez.

— Grana — disse o bebê. Era uma menina de quase um ano e meio, e Wendy podia jurar que a primeira palavra dela tinha sido "grana" em vez de "mamã". Mas o que se podia fazer?

— Isso. Grana. Muito bem, meu amor. Gra-na. Uma coisa boa — disse Wendy, marchando para o quarto. Como o resto do apartamento, o quarto de dormir tinha poucos móveis, apenas o necessário, e mesmo assim exudava um ar de atravancamento usurpador. — Grana é uma coisa boa, não é, amor? — disse ela, em tom sugestivo, lançando um olhar furioso ao marido, Shane, que ainda estava na cama.

— Está tentando insinuar alguma coisa? — indagou Shane.

Ai, meu Deus. Ela era capaz de jurar pelo tom de voz dele que estava de mau humor outra vez. Não sabia quanto tempo ainda conseguiria aturá-lo. Desde o último Natal, durante praticamente o ano anterior inteiro, o humor dele tinha flutuado entre o desinteresse e a hostilidade, como se quisesse se fazer de vítima.

— Será que não dá para me dar uma mãozinha, meu amor? — pediu ela, a voz beirando a irritação. Abriu a persiana puxando o cordão como um pirata içando a bandeira. Sentiu vontade de gritar com ele, mas depois de 12 anos de casamento, sabia que Shane não reagia bem à agressão feminina — se ela gritasse, ele só fincaria o pé ainda mais.

Shane sentou-se, fez uma careta, estendeu os braços, e bocejou de um jeito pateta. Apesar do fato de ser um babaca e de Wendy estar com raiva dele, ela sentiu uma onda doentia de amor por ele. Shane era tão bonito e sensual que, se ela não estivesse segurando o bebê, provavelmente teria tentado trepar com ele. Mas não ia recompensá-lo por seu mau comportamento com um boquete.

— O Tyler está bancando o pentelho — disse. — E ainda não vi a Magda...

— Deve estar no quarto dela, chorando — disse Shane, como quem não se importa.

— E vamos todos nos atrasar — disse Wendy.

— Onde anda a velha Sra. Comossechama?

— Sra. Minniver — corrigiu Wendy. — Sei lá. Acho que também está atrasada. O tempo está horroroso... Será que dá para você tomar conta do bebê? Para eu pelo menos poder tomar uma chuveirada?

Ela empurrou o bebê para ele. A menininha agarrou o cabelo espetado de mauricinho dele (Shane tinha feito transplantes de cabelo sete anos antes, pelos quais Wendy tinha pago) e puxou as mechas na maior alegria, ao passo que Shane, igualmente animado, esfregava o nariz no nariz dela. Wendy fez uma pausa, sentindo-se emocionada pelo espetáculo enternecedor que davam o pai e a filha — será que existia algum pai melhor que Shane? — mas o clima foi imediatamente interrompido quando Shane disse:

— Você vai precisar levar as crianças à escola hoje. Tenho uma reunião.

— Que reunião? — perguntou Wendy, incrédula. — Reunião às nove da manhã?

— Nove e meia. Mas é no restaurante. Não dá tempo de atravessar a cidade, até o restaurante, lá da escola.

— Não dá para essa reunião ser mais tarde?

— Não, Wendy — disse ele, tentando ter paciência, como se já tivesse explicado isso a ela inúmeras vezes. — É com o empreiteiro. E o inspetor de imóveis. Tem alguma idéia de como é difícil conseguir marcar uma reunião com esses caras? Mas se quiser que eu mude o horário, eu mudo. E aí vão se passar pelo menos mais uns dois meses antes de esse bendito restaurante ser inaugurado. Mas, paciência, o dinheiro é seu mesmo.

Droga, pensou ela. Agora ele ia ficar emburrado.

— O dinheiro é nosso, Shane — disse ela, de mansinho. — Já lhe disse isso um milhão de vezes. O dinheiro que eu ganho é para nossa família. Para nós. Você e eu. — Se a situação fosse invertida, se ele é que ganhasse dinheiro e ela não ganhasse um tostão, ela não ia querer que o marido ficasse lhe jogando na cara que só ele é que ganhava dinheiro ali, portanto era tudo dele. Pensou um instante. — Só que eu acho... que talvez você não esteja gostando de construir esse restaurante. Talvez devesse voltar a escrever roteiros...

Isso foi como balançar uma bandeira vermelha na frente de um touro.

— Porra, Wendy — retrucou ele, furioso. — O que você quer, afinal?

Ela ficou atônita, contraindo a mandíbula. Seu primeiro pensamento foi que queria tirar férias longe dele e dos filhos, mas logo percebeu que não queria férias coisa nenhuma, só fazer mais filmes. Se fosse mesmo franca, queria que um de seus filmes tirasse o prêmio de Melhor Filme na cerimônia do Oscar (até ali, cinco de seus filmes tinham sido indicados, mas nenhum tinha levado a estatueta) e queria andar no tapete vermelho e subir no palco e agradecer a todos ("E especialmente ao meu carinhoso marido, Shane, sem cujo apoio eu não poderia ter feito isso") e depois ser festejada. Mas, em vez disso, disse baixinho:

— Só quero que você se sinta feliz, Shane — completando logo em seguida: — Para todos nós podermos ser felizes.

Foi para o banheiro, abriu as torneiras e entrou no chuveiro. Meu Deus do céu, pensou. Que diabos ia fazer com Shane?

Piscou sob a água quente, tateando para encontrar o xampu e, segurando o frasco diante do rosto para poder vê-lo, ficou aliviada por ainda haver um pouco de xampu nele. Ensaboando o cabelo, ficou se perguntando o que mais poderia fazer para ajudar Shane. Afinal, ele já era grandinho. Tinha 39 anos. (Embora a maior parte do tempo parecesse ser mais jovem. Muito, muito mais jovem. Ela gostava de fazer piada, dizendo que ele era seu quarto filho.) Será que ele estava com medo de virar quarentão? Ou seria mesmo uma questão de dinheiro e o fato de Shane não ganhar nenhum há pelo menos dez anos?

Só que isso não era nenhuma novidade. Ela já o sustentava quase desde o dia em que tinham se conhecido, 15 anos antes. Era garimpeira de roteiros em um estúdio de cinema, e ele ia ser um produtor de filmes da pesada. Não diretor, produtor. Era três anos mais jovem, o que na época era uma ousadia tremenda, uma mulher de 27 anos com um homem de 24, e ele era bonito o suficiente para ser ator. Mas ser ator não era coisa de intelectual. Não estava à altura dele. Shane morava com três amigos em uma casa que mais parecia um barraco em um beco sem saída em Santa Mônica, que não facilitava um namoro firme (nem mesmo um caso passageiro), de forma que se mudou para a casa dela depois de duas semanas. Ele era, como dizia, um gênio criador. Ela era o lado prático do casal. Não se importava. Ele era gostosíssimo. E muito carinhoso. Mas sempre um pouco irritadiço. Estava escrevendo seu roteiro e tentando conseguir financiamento para seu filme independente. Ela o ajudou. Levou dois anos e 300 mil dólares para conseguirem fazer o filme, e depois ele o levou ao festival de Sundance, e o filme terminou tendo um certo sucesso, de forma que eles se casaram.

Aí, porém, bem ao estilo hollywoodiano, nada aconteceu. Shane recebeu encomendas para escrever roteiros, mas nenhum deles jamais virou filme. A verdade era que não eram muito bons, um fato que ela guardou para si mesma. Disse a si mesma que não importava — ele a apoiava e era um pai maravilhoso, e eles eram felizes juntos, portanto ela não se importava. E por motivos que ela jamais conseguiu entender, a carreira dela começou a deslanchar cada vez mais. Agora, aliás, estava no auge, mas não gostava de ficar se gabando disso. Seu cargo era importante só porque significava que eles não iam precisar se preocupar com dinheiro, muito embora ela secretamente se preocupasse com dinheiro o tempo todo. Preocupava-se pensando que seria despedida, ou que seu dinheiro acabaria, e depois, o que eles iam fazer? E agora Shane, que tinha passado de roteirista a romancista (sem nenhum livro ainda publicado), estava tentando abrir um restaurante. Ela já tinha entrado com 250 mil dólares. Não sabia muito sobre o projeto porque não tinha tempo para verificar como andava. Provavelmente ia fracassar. Mas não importava, porque ela poderia deduzir o dinheiro gasto do imposto de renda...

Saiu do chuveiro, e nesse momento Shane entrou e lhe entregou o celular. Ela olhou para ele com ar curioso.

— É o Josh — disse, fazendo uma careta.

Ela suspirou, aborrecida. Josh era um de seus três assistentes, um rapazinho arrogante de 23 anos que nem se preocupava em encobrir o fato de que achava que devia estar ocupando o cargo dela. Wendy já havia tentado deixar claro para o Josh que o comecinho da manhã era hora de cuidar de assuntos de família, que não atendia ligações antes das 9h, a menos que fossem emergências. Mas Josh não ligava, e costumava telefonar para ela pelo menos três vezes entre 7h30 e 9h50, quando ela chegava ao escritório.

Ela encostou o telefone no ouvido enquanto enxugava as pernas.

— Madrugador como sempre, hein, Josh — disse.

Fez-se um silêncio momentâneo, que pareceu uma acusação. Era incompreensível para Josh que as pessoas tivessem vidas particulares que não estivessem ligadas ao trabalho, e se tivessem, sua atitude parecia dizer, não estariam em um cargo de poder — principalmente acima do dele.

— Vic-tor Ma-trick acabou de ligar — disse Josh, destacando as sílabas para dar ênfase à declaração. — Achei que você poderia considerar *isso* importante.

Merda, Wendy sentiu vontade de gritar. Merda, merda, merda. Victor Matrick era o diretor presidente da Splatch-Verner, que agora era proprietária da Parador Pictures, da qual ela era presidente.

— O que disse a ele?

— Disse que você não podia atender no momento, mas que eu ia tentar encontrá-la. — Fez uma pausa. — Devo tentar ligar para ele agora?

— Me dá um instantinho, sim? — Ela enrolou a toalha em torno do peito e correu para fora do banheiro, passando pela cozinha aberta. A Sra. Minniver já havia chegado e, de cara fechada, estava dando *bagels* com requeijão para as crianças comerem como café-da-manhã; miraculosamente, Tyler e Magda estavam prontos para ir à escola.

— Bom-dia — cumprimentou a Sra. Minniver de má vontade, naquele sotaque britânico esnobe. O salário dela era de 150 mil dólares por ano, e Wendy gostava de fazer piada dizendo que, quando a maioria das babás ganhava 100 mil, a Sra. Minniver, por causa do sotaque, ganhava 50 mil a mais. Wendy acenou freneticamente e correu para a saleta dos fundos que chamavam de escritório. Dentro dela havia uma escrivaninha de metal, um computador novinho em folha, várias caixas ainda fechadas, brinquedos, vários DVDs, uma esteira para exercício (usada apenas uma vez) e três pares de esquis. Sentou-se na cadeira estofada de escritório.

— Pode ligar para o Victor agora — disse ao telefone. A toalha caiu e ela olhou para o peito. Deus do céu, seus seios estavam mesmo ficando caídos. Costumavam ser seu orgulho e causa de sua alegria, mas agora pareciam duas pêras achatadas. Precisava pensar seriamente em fazer uma operação plástica neles...

— Estou com o Victor Matrick na linha — disse a voz meio maliciosa, meio bajuladora de Josh ao telefone.

— Alô, Victor — disse ela, toda animada.

— Espero que não esteja incomodando — disse Victor, educado.

— De jeito nenhum.

— Esse nosso filme que vamos ver hoje, *O Porco Malhado*, presumo que meus netos podem assistir a ele, não? Posso levá-los?

Mas que diabo era aquilo? Do que é que ele estava falando?

— Acho que depende da idade dos seus netos, Victor — disse ela, com cautela. Seria possível que ele não soubesse nada sobre o filme? — É nossa grande comédia romântica para lançamento em dezembro...

— Então não é um filme infantil — disse Victor.

— Nãã-ã-ã-o — disse Wendy, com todo o cuidado. — É uma comédia romântica que gira em torno de um restaurante da moda em West Village. Jenny Cadine e Tanner Cole são os protagonistas...

— Eu sabia que Jenny Cadine trabalhava nele, e fiquei pensando por que ela teria concordado em fazer papel de porca — exclamou Victor, e (graças a Deus, pensou Wendy) soltou uma gargalhada gostosa.

— Certamente a maior parte dos americanos adoraria ver isso, mas, na verdade, Victor, "O Porco Malhado" é o nome de um restaurante.

— Está certo, está certo, Wendy — disse Victor, depois de se recuperar do acesso de riso — A gente se vê às 17h, então.

— Certo, Victor. Cinco horas — disse ela, imperturbável, sentindo vontade de gritar. Aquela sessão estava marcada para as 16h há duas semanas.

— Pensei que a sessão fosse às 16h — disse Josh entredentes, assim que Victor desligou. Era procedimento padrão os assistentes ficarem na linha, para poderem anotar a conversa se fosse necessário.

— E era — disse Wendy, sarcasticamente. — Mas agora acho que vai ter de ser às 17h. Então vai ter de ligar para todo mundo e avisar da mudança de horário.

— E se não puderem vir a essa hora?

— Vão vir sim, Josh, pode confiar em mim. É só dizer que Victor Matrick mudou o horário da sessão. — Desligou e recostou-se na cadeira com um gemido. Durante anos as pessoas viviam dizendo que Victor Matrick, que todos chamavam de "O Velhote", estava ficando louco, e aquela ligação matinal parecia ser a prova disso. Era tudo de que ela precisava: se o Victor ficasse mesmo maluco e fosse obrigado a deixar o cargo de diretor-presidente da Splatch-Verner, a empresa colocaria outra pessoa em seu lugar e ela provavelmente seria a primeira a ser demitida. Gente em sua posição sempre era. Por melhores que fossem suas estatísticas, o cargo de presidente da Parador Pictures teria de ser ocupado por alguém que fosse a cara do novo presidente. E aí, o que ela faria? O que aconteceria com seus filhos? Com Shane?

Porcaria, pensou, pegando a toalha. Aquilo significava que precisaria trabalhar com mais afinco ainda, e precisaria usar sua intuição. Eles provavelmente colocariam alguém de dentro da empresa no lugar de Victor, o que significava que ela precisaria começar a cultivar os vários chefes de divisão e diretores gerais subordinados a Victor. Não dava para isso vir em uma hora pior. A Parador lançava dezesseis filmes por ano, que ela supervisionava de cabo a rabo — desde a compra dos direitos até o material, a contratação de roteiristas, diretores, atores e equipe técnica, até dar o sinal verde aos orçamentos, visitar os sets e as locações, ver os copiões e dar notas aos editores, e depois decidir sobre os orçamentos publicitários e promoções, finalmente comparecendo às estréias — mas, além de tudo isso, ela agora estava no início da produção do filme que considerava o mais importante de sua carreira. O nome era *Peregrinos Maltrapilhos*, e o início das filmages estava marcado para dali a duas semanas. *Peregrinos Maltrapilhos* era o "filmaço" — aquele que todos como ela queriam fazer, que fazia todo mundo querer trabalhar na indústria cinematográfica. Mas, naquele exato momento, *Peregrinos Maltrapilhos* não passava de um bebezinho novo. Precisava de atenção constante — banhos, alimentação e troca de fraldas — para poder passar à próxima fase de sua vida. A última coisa para a qual ela tinha tempo era para jogar conversa fora com outros chefes...

O telefone tocou e, olhando o número, ela viu que era mais uma ligação do prédio da Splatch-Verner. Seria Victor ligando de novo?

— Alô-ô-ô — disse ela, animada.

— Wendy? — disse uma vozinha baixa, cautelosamente, do outro lado da linha. — É a Miranda. Miranda Delaney, lembra? A assistente da Nico O'Neilly... — Ela parecia que tinha o dia inteiro (e provavelmente tinha, pensou Wendy), e por isso Wendy respondeu, rispidamente:

— Sim, Miranda, como vai?

— Vou bem... — disse Miranda, devagar. E depois, pigarreando: — Nico queria que eu lhe perguntasse se podia vir ao almoço hoje. No Michael's?

— Ah, sim. O almoço — disse Wendy. Tinha se esquecido do almoço e provavelmente teria cancelado devido ao filme, mas mudou de idéia no ato. Se Victor se autodestruísse, o apoio de Nico seria valiosíssimo. Especialmente porque Nico estava subindo na Splatch-Verner, manobrando secretamente para se tornar presidente de toda a divisão de revistas, o que a colocaria logo abaixo de Victor em termos de poder. Ela só torcia para Nico obter esse cargo antes de Victor ficar gagá de vez.

* * *

SENTADA com as costas bem eretas no assento traseiro da limusine alugada, a caminho do heliporto do East Side, Nico O'Neilly achava que estava controlada. Usava uma blusa preta de babados que lhe destacava a pele dourada, e um terninho azul-escuro feito em Paris por uma das costureiras especiais de Victory. O conjunto parecia simples, e sua beleza estava no talhe, que era feito especialmente para contornar o corpo dela com perfeição. Ela possuía pelo menos cinqüenta desses conjuntos (alguns com calças), em tecidos que iam da seda branca até o tweed marrom, o que significava que jamais podia engordar sequer meio quilo, mas também jamais precisaria se preocupar com o que vestir de manhã. Aquela coerência na indumentária dava à sua equipe e a seus colegas a impressão de sempre saber o que podiam esperar dela, e lhe dava a paz de espírito de saber que todos os dias iam começar da mesma forma...

Ai, que saco, pensou ela.

O carro agora estava na estrada FDR e, virando a cabeça, ela olhou de relance para os edifícios marrons e sinistros dos conjuntos residenciais que se estendiam por vários quarteirões ao longo da estrada. Seu coração ficou apertado ao ver toda aquela mesmice, e ela de repente se sentiu na fossa.

Remexeu-se desconfortavelmente no banco do carro. No ano anterior, tinha começado a vivenciar esses momentos de vazio desesperador, como se nada realmente importasse, nada jamais fosse mudar, nunca acontecesse nada novo; e dava para ver sua vida estendendo-se diante de si: um dia longo e infindável depois do outro, todos os dias essencialmente a mesma coisa. Enquanto isso, o tempo ia passando, e ela só ia ficando cada vez mais velha e menor, até que um dia não seria maior que um pontinho, e aí simplesmente desapareceria. Puf! Feito uma folhinha queimada pela luz do sol concentrada por uma lente de lupa. Sentir-se assim era chocante para ela, porque nunca havia experimentado um cansaço da vida assim antes. Nunca tinha tempo. Durante toda a vida, tinha lutado sem descanso para se tornar o que era: a entidade chamada Nico O'Neilly. E aí, uma bela manhã, o tempo a alcançou e ela acordou e percebeu que estava ali. Tinha alcançado seu objetivo, tinha tudo por que havia trabalhado tão arduamente para ter; uma carreira fabulosa, um marido carinhoso (bom, até certo ponto), que ela respeitava, e uma filha de 11 anos lindíssima que ela adorava.

Devia estar se sentindo nas nuvens. Mas, em vez disso, sentia-se exausta. Como se tudo aquilo pertencesse a outra pessoa.

Ela ergueu o salto de um dos sapatos bicolores de salto alto e espetou-o com força contra o bico do outro. Não ia pensar assim. Não ia permitir que um *sentimento* descontrolado e inexplicável desses a deprimisse.

Principalmente esta manhã, que, segundo ela se recordou, podia ser tão importante para sua carreira. Durante os últimos três meses, andava tentando marcar uma reunião com Peter Borsch, o novo diretor presidente da Huckabees, a cadeia gigantesca de lojas de varejo que parecia estar prestes a dominar o mundo. A Huckabees não publicava anúncios em revistas, mas não havia motivo para não mudar isso. Parecia óbvio para ela, mas Nico era a única na divisão inteira de revistas que tinha pensado em abordar a Huckabees, uma empresa que a maioria das pessoas da Splatch-Verner considerava "baixo nível". Nico, porém, não era esnobe, e fazia anos que acompanhava a carreira de Peter Borsch pelo *Wall Street Journal*. Peter era do tipo povão, mas também era formado na Faculdade de Administração de Empresas de Harvard, que tinha freqüentado com bolsa integral. Ela tinha certeza de que Peter, como novo diretor-presidente, introduziria mudanças de grande porte, e ela queria pegar tudo desde o início. Só que marcar uma reunião com Peter tinha exigido semanas e mais semanas bajulando-o, enviando-lhe bilhetes à mão e artigos e livros nos quais achava que ele estivesse interessado, inclusive uma primeira edição rara de *A arte da guerra*; e, finalmente, apenas cinco dias antes, Peter tinha ligado ele mesmo e concordado em recebê-la.

Nico tirou da bolsa um pó compacto e rapidamente se olhou no espelho para ver se a maquiagem precisava de retoque. Conseguir essa reunião não era exatamente atribuição dela (em termos práticos, era coisa da esfera de seu patrão, Mike Harness), mas seis meses antes, Nico decidira que andava se sentindo mal ultimamente apenas devido a uma sensação de estagnação. Era maravilhoso, emocionante e empolgante ser editora chefe da revista *Bonfire,* mas ela já estava no cargo há seis anos, desde os 36, quando tinha se tornado a mais jovem editora-chefe na história dos 50 anos da revista. E, infelizmente, o sucesso era como a beleza: deixava de empolgar depois de se passar cinco dias com ela na mesma casa, de meia suja. E aí ela tinha resolvido que ia subir na empresa. O cargo mais alto era o de diretor-presidente da Splatch-Verner, mas, para conseguir esse cargo, Nico ia precisar subir ao posto logo abaixo dele primeiro, tornando-se chefe da divisão de revistas. O único obstáculo potencial era seu chefe, Mike Harness, que a contratara seis anos antes. Só que isso era uma questão de princípio: nenhuma mulher jamais tinha conseguido chegar ao cargo de diretor-geral de nenhuma divisão da Splatch-Verner, e já era hora de alguma conseguir.

E ela planejava ser a primeira.

A limusine passou por uma abertura na cerca de alambrado que cercava o heliporto e parou a dois ou três metros do helicóptero Sikorsky verde que se encontrava placidamente pousado. Nico saiu do carro e começou a andar toda lampeira na direção do helicóptero. Antes de chegar a ele, porém, parou de repente, surpreendida pelo som de outro carro chegando atrás de si. Virando-se, viu um Mercedes azul-escuro passando pelo portão em alta velocidade.

Não era possível, pensou ela, com uma mistura de raiva, angústia e choque. O Mercedes era de Mike Harness, diretor-geral da Verner Publicações. Naturalmente, ela tinha contado ao Mike que a reunião ia acontecer: várias vezes, aliás, e até insinuado que ele devia vir junto — só que o Mike tinha feito troça da idéia, dizendo que tinha coisas mais importantes a fazer na Flórida. O fato de ele não estar na Flórida e ter aparecido de repente no heliporto só podia significar uma coisa: ia tentar roubar a cena e receber todo o crédito pela reunião.

Os olhos de Nico semicerraram-se quando Mike saiu do carro. Mike, que era alto e tinha 50 e poucos anos, com um bronzeado artificial devido ao uso excessivo de cremes bronzeadores, começou a andar até ela com uma cara de encabulado. Sem dúvida sabia que ela estava irritada, mas, em uma empresa como a Splatch-Verner, onde tudo que se dizia, fazia e até usava tinha potencial para virar motivo de fofoca, sempre era importante controlar as emoções. Se ela falasse um pouco mais alto que fosse, eles a chamariam de histérica. E aí todo mundo ia começar a falar de como ela tinha se descontrolado.

Em vez disso, olhou para Mike com um sorriso ligeiramente perplexo no rosto.

— Puxa, Mike, me perdoe — disse ela. — Alguém deve ter errado na programação. Meu assistente marcou o helicóptero há cinco dias para a reunião com a Huckabees.

Com isso, tinha rebatido a bola para o lado adversário da quadra, pensou. Ele ia precisar admitir que estava querendo se intrometer na reunião que ela havia conseguido.

— Depois de todo o investimento de tempo que fizemos para conseguir essa reunião, resolvi que era melhor vir e ver esse tal de Borsch eu mesmo — disse Mike.

E aí eu vou até Victor Matrick e digo que fui eu que marquei a reunião, pensou Nico, fervendo por dentro, sem dizer nada.

Ela assentiu, o rosto mostrando sua expressão normal de impassividade total. A traição de Mike era inefável, porém não inesperada — eram só negócios, como sempre, com os executivos da Splatch-Verner, onde basicamente tudo ia até onde se podia chegar sem conseqüências graves.

— Então, vamos, não é — disse ela, com frieza, e subiu as escadas até o helicóptero. Quando se sentou no banco de couro aveludado, pensou em como tinha levado três meses para marcar aquela reunião com Peter Borsch, e mais ou menos três minutos para o Mike estragar tudo. Mike sentou-se ao lado dela, como se nada estivesse errado, e disse:

— Ei, você recebeu o último memorando do Victor? Ele está mesmo perdendo o juízo, não está?

— Hummmmm — disse Nico, sem se comprometer. O memorando em questão era uma mensagem eletrônica que Victor Matrick tinha enviado a todos os empregados com relação às venezianas das janelas. "Todas as venezianas precisam ficar semi-abertas, parando exatamente no meio de cada janela, ou precisamente a um metro e dois centímetros da parte inferior da janela."

Como a maiora dos diretores-presidentes, Victor, que estava com seus 70 e poucos anos ou possivelmente até 80, destacava-se pela excentricidade. De tantos em tantos meses, ele dava um passeio sem avisar pelos corredores do edifício da Splatch-Verner, e o resultado eram esses memorandos. Devido a sua idade avançada e a seu comportamento estranho, quase todos os executivos estavam convencidos de que Victor estava maluco, e não ia durar muito mais. Só que havia cinco anos que estavam dizendo isso, e Nico não necessariamente concordava. Victor Matrick era mesmo maluco, mas não da forma como achavam que ele era.

Nico pegou o *Wall Street Journal* e abriu-o com um safanão. Quase todos os altos executivos da Splatch-Verner estavam tentando conseguir o cargo de Victor, inclusive Mike, e um outro executivo problemático, Selden Rose. Selden Rose era o presidente da divisão de tevê a cabo, e embora ele e Wendy estivessem no mesmo nível, Wendy sempre se preocupava achando que Selden Rose estava tentando expandir seu território de modo a encampar a divisão dela. Nico ainda não tinha firmado opinião a respeito de Selden Rose, mas, em uma empresa como a Splatch-Verner, qualquer um em posição de poder era capaz de virar-se contra qualquer outro em um segundo. Não era suficiente a pessoa fazer seu trabalho todos os dias, também era preciso passar uma boa parte do tempo protegendo seu cargo enquanto conspirava sobre como subir mais.

Nico ficou lendo o jornal ostensivamente, fingindo estar interessada em uma história sobre o ramo do varejo. Achava que Mike jamais poderia imaginar que ela também ambicionava ocupar o cargo de diretora-presidente da Splatch-Verner. Com suas intrigas bizantinas e pressões imensas, não era o tipo de cargo ao qual a maioria das mulheres — ou dos homens, aliás — aspiravam. Mas Nico não tinha vergonha de sua ambição, e vinte anos de vida na empresa a tinham convencido de que podia executar qualquer trabalho tão bem quanto qualquer homem — e provavelmente melhor.

Mike, por exemplo, pensou, olhando-o de relance. Estava inclinado para a frente no assento, tentando gritar alguma coisa para o piloto sobre esportes, apesar do ruído dos motores em que o piloto tinha acabado de dar partida. As grandes empresas estavam cheias de homens como Mike: não pareciam excepcionalmente inteligentes nem interessantes, mas conheciam as regras do jogo. Sabiam como se alinhar com outros poderosos; eram sempre gentis e leais, gostavam de "trabalhar em equipe"; subiam na empresa conhecendo de quem e quando puxar o saco. Nico costumava desconfiar que Mike tinha se tornado diretor-presidente da Verner Publicações porque sempre conseguia para Victor Matrick, que era obcecado por todo tipo de esportes e competições, entradas para todos os eventos esportivos importantes, aos quais Mike, naturalmente, também comparecia.

Ora, pois bem, Mike Harness não era a única pessoa que sabia as regras do jogo, pensou ela, zangada. Uns dois anos antes, ela não teria se sentido à vontade diante da idéia de tentar tirar o emprego do chefe, principalmente alguém feito Mike, que de modo geral era um cara razoável. Só que, no ano anterior, o comportamento de Mike para com ela tinha mudado. Sutilmente a princípio, desvalorizando-a na frente dos outros durante reuniões, e depois mais descaradamente, quando deliberadamente a tirou da lista de oradores no encontro gerencial bienal. E agora, isso, pensou ela: tentava assumir a frente na reunião com o presidente da Huckabees — uma reunião que Mike jamais teria pensado em marcar e, mesmo que tivesse, não teria tido a criatividade necessária para fazer acontecer.

O helicóptero decolou com um solavanco, e Mike virou-se para ela.

— Acabei de ler uma matéria sobre o Peter Borsch e a Huckabees no *Journal* — disse Mike. — A coisa é mesmo quente. O Borsch pode mesmo vir a calhar.

Nico lançou-lhe um sorriso controlado. O artigo tinha sido publicado dois dias antes, e o fato de Mike ir à reunião e fazer isso parecer idéia dele a encheu de irritação de novo. Ela não conseguia mais evitar a realidade de que Mike estava tentando atropelá-la — dentro de alguns meses, ele até poderia tentar demiti-la. Seu aparecimento naquela manhã não passava de uma declaração de guerra aberta. Dali por diante, era ela ou ele. Mas anos de janela tinham-na ensinado a refrear seus sentimentos, jamais deixar seu adversário saber o que você pensava ou o que planejava fazer, se necessário. Dobrou o jornal e alisou a saia. O que Mike não sabia era que ela já havia tomado providências para tirá-lo da jogada.

Um mês antes, quando seu assistente encontrou aquele exemplar da primeira edição de *A arte da guerra,* ela havia procurado Victor Matrick para pedir permissão especial para incluir o livro como despesa profissional, pois ele custava mais de mil dólares. Naturalmente, precisou explicar por que precisava do livro e quais tinham sido suas iniciativas até ali, e Victor tinha-a elogiado pela "abordagem criativa". A ironia era que, se Mike não a tivesse tirado da lista de oradores do encontro gerencial bienal, ela provavelmente não teria nem pensado em falar com o diretor-presidente do grupo pelas costas do chefe dela. Mas não incluí-la tinha sido um insulto aberto sobre o qual as pessoas teceram comentários durante semanas, antes e depois. Se Mike queria suprimi-la, podia ter sido mais sutil, pensou ela.

Mas Mike tinha cometido um erro, e agora Nico só precisava entrar na dele. Se a reunião da Huckabees não desse certo, seria culpa de Mike. E, se fosse bem, e Mike comentasse isso com Victor, Victor ia saber imediatamente o que estava acontecendo. Os aterrorizantes olhos azuis e amarelos de Victor não perdiam nenhum detalhe, e Victor não ia gostar do fato de Mike ter se rebaixado a cometer essas vilezas.

Esses pensamentos, combinados com o perfil dos arranha-céus da cidade, fizeram-na se sentir a guerreira de antes. Quando o helicóptero deu um rasante, passando pelos prédios altos que lembravam uma floresta de batons, Nico sentiu um frisson quase sexual, que sentia toda vez que via aquela paisagem familiar de concreto e aço. A cidade de Nova York ainda era o melhor lugar do mundo, pensou, e certamente um dos poucos nos quais as mulheres como ela podiam não só sobreviver como também mandar. E quando o helicóptero passou baixinho perto da ponte Williamsburg, ela não pôde deixar de pensar: "Essa cidade *é minha!*"

Ou, pelo menos, ela pretendia tomar posse dela, e muito breve.

* * *

A CAFETEIRA ELÉTRICA emitiu o gorgolejo satisfatório de uma criatura que esvazia as entranhas, ao lançar água através do filtro dentro da jarra.

Até a cafeteira dela estava mais contente do que ela mesma, pensou Victory, desconsolada, servindo-se do líquido amargo em uma caneca branca comum.

Espiou o relógio da parede, sem querer se recordar da hora. Eram onze da manhã, e ela ainda estava em casa, ainda de pijama chinês azul de seda, estampado com desenhos humorísticos de cachorrinhos. O que poderia, em si, ser algum tipo de piada que só chinês entendia, pensou ela, porque não havia nada que os chineses adorassem mais do que comer o melhor amigo do homem.

Isso também era ironicamente apropriado, pensou depois, pondo três colheres de açúcar bem cheias no café. Nas últimas três semanas, ela também se sentia como se tivesse sido comida, porém, no seu caso, também tinha sido cuspida.

Tinha tentado uma coisa nova, e seu trabalho tinha sido rejeitado. O mundo era muito cruel.

Pegou a caneca e saiu da cozinha andando a esmo, passando pelo escritório com estantes embutidas e tevê de tela plana, atravessando o vestíbulo e descendo os degraus para a sala de estar de piso rebaixado, com uma lareira de verdade, que queimava lenha. O apartamento era o que os corretores imobiliários chamavam de "uma jóia rara", e olhando para cima, para o teto arqueado três metros e meio acima da cabeça, do qual pendia um fabuloso candelabro de cristal Baccarat antigo, ela se perguntou quanto tempo poderia continuar morando ali.

Sua empresa agora estava oficialmente em crise.

Um longo banco acompanhava as janelas envidraçadas que davam para a rua, e ela se sentou nele, angustiada. Viajara durante as últimas duas semanas e meia, saindo da cidade três dias depois de seu desfile catastrófico, e na mesinha de jantar de mogno ainda se encontravam empilhados os jornais com as resenhas do desfile. As críticas foram arrasadoras. Quase um mês havia se passado, mas ela ainda conseguia se lembrar de cada palavra mordaz: "Onde foi parar a Victory?", "Está totalmente desorientada", "Decepcionante" e coisas piores, "Quem é que vai querer usar essas roupas, e se alguém ousasse usá-las, onde as usaria?" A gota d'água foi: "Victory Ford é mais uma humorista do que uma estilista, uma verdade que ficou mais do que evidente com sua última coleção, na qual tentou imitar a altacostura..." — palavras que viviam perseguindo-a em toda parte como um mau cheiro. Ela sabia que muitos artistas não liam as críticas feitas a eles, mas Victory não podia se dar a esse luxo; não podia se permitir voltar as costas a uma realidade desagradável. Era melhor saber a verdade e enfrentá-la. Ela provavelmente devia ter jogado fora aquelas críticas, mas as arquivaria com todos os outros artigos publicados na imprensa, e um dia ia relê-las e dar risada. E se não pudesse dar risada, não importaria, porque aí não seria mais estilista. E se não fosse estilista, não importaria, porque estaria morta.

Ela olhou pela janela e suspirou. Provavelmente estava ficando velha demais para ver o mundo em preto e branco, para ainda achar que, se não pudesse ser estilista de moda, era melhor morrer. Mas era como tinha se sentido toda a vida, desde aquele instante em que, aos 8 anos, sentada na sala de espera do dentista, tinha pegado uma *Vogue* pela primeira vez (o dentista, segundo ela percebeu depois, devia ser bem mais chique do que ela pensava). E olhando todas aquelas páginas e mais páginas de moda, ela de repente se sentiu transportada para outro mundo — um lugar onde pareciam existir possibilidades ilimitadas, onde qualquer coisa que se imaginasse podia acontecer. E aí a recepcionista a chamou, e ela tirou os olhos da revista com dificuldade e ficou assustada por se achar sentada em uma cadeira verde de plástico moldado, em uma salinha com paredes descascadas cor de mostarda, e cada detalhe na sala se ampliou, e aí ela teve uma revelação. De repente descobriu qual seria seu caminho na vida. Ia ser estilista. Era seu destino.

Era uma excêntrica, naturalmente, mas não sabia disso na época. Quando era criança, e durante anos depois disso, presumia que todos eram exatamente como ela — e como ela, sabiam exatamente o que deviam fazer de suas vidas. Mesmo aos 10 anos, podia se lembrar de dizer às outras crianças, no maior atrevimento, que ia ser estilista de moda, muito embora não tivesse idéia de como ia chegar lá, nem do que os estilistas de moda realmente faziam...

E aquela ignorância infantil provavelmente tinha sido boa, pensou, ficando de pé e andando de um lado para outro sobre o tapete oriental diante da lareira. Tinha lhe permitido perseguir seu sonho louco com ousadia, de maneira que ela não teria sonhado em persegui-lo agora.

Ela sacudiu a cabeça, lembrando-se com afeto daqueles primeiros dias em Nova York. Tudo era tão novo na época, e empolgante. Tinha muito pouco dinheiro, mas não tinha medo — havia apenas um lugar aonde ir, e era para cima. Mesmo desde seus primeiros dias em Nova York, a cidade pareceu conspirar para realizar seu sonho.

Aos 18 anos ela se mudou para Nova York para fazer seu curso na FIT, e um dia — era um dia de princípio de outono, o tempo ainda ligeiramente quente mas já com sabor de inverno no ar — ela estava no metrô e uma mulher lhe perguntou onde tinha comprado o casaco que estava usando. Victory olhou bem os cabelos com reflexos da mulher e seu terninho de profissional bem-sucedida, combinado com uma blusa que já vinha com uma gravatinha presa nela, moda da época, e com a arrogância da juventude, respondeu, ousada:

— É modelo meu. Sou estilista.

— Se é estilista — disse a mulher, como se não acreditasse nela (e por que acreditaria, pensou Victory — era tão magrinha e sem peito quanto um garoto, e parecia ter muito menos que 18 anos) —, então precisa vir falar comigo. — A mulher remexeu a bolsa Louis Vuitton (Victory jamais conseguira esquecer aquela bolsa — de tão elegante que a achou) e lhe entregou um cartão. — Sou compradora de uma loja de departamentos. Venha falar comigo às dez horas na segunda-feira, e traga sua coleção.

Victory não tinha uma coleção, mas não ia deixar isso estragar aquela oportunidade. O encontro milagroso com a tal mulher — Myrna Jameson era seu nome — aconteceu às cinco horas de uma quarta-feira. Na segunda-feira, às 8h33 (que lhe dava exatamente o tempo suficiente para tomar uma ducha e chegar ao Garment District por volta das dez), Victory já tinha uma coleção de seis peças, inclusive o blusão. Passou os cinco dias anteriores e gastou todo o dinheiro do aluguel — 200 dólares — desenhando roupas, comprando tecido e costurando peças na máquina que seus pais tinham lhe dado como presente de formatura. Trabalhou noite e dia, tirando apenas rápidas sonecas no sofá-cama usado que tinha encontrado na rua. A cidade na época era diferente, pobre e caindo aos pedaços, mantida viva apenas pela determinação corajosa e pelo cinismo de aço de seus residentes. Mas sob a sujeira havia o otimismo risonho da possibilidade, e enquanto ela trabalhava, a cidade inteira parecia pulsar com ela. Cortou e costurou ao som da mistura de fundo de buzinas e gritos e o ressoar interminável da música de aparelhos de som. A possibilidade de fracasso jamais lhe passou pela cabeça.

Myrna Jameson era compradora da Marshall Field's, a famosa loja de departamentos de Chicago, e seu escritório ficava em um edifício cavernoso na Sétima Avenida com a rua 37. O Garment Disctrict era um verdadeiro bazar árabe. As ruas eram repletas de pequenos negócios, lojas de família que vendiam tecidos, agulhas, alfinetes, retroses, botões e zíperes e roupas de baixo para mulheres; caminhonetes passavam devagarinho, cuspindo fumaça no ar, funcionários passavam empurrando araras cheias de roupas e peles no meio daquele mundo de gente. Batedores de carteira, mendigos e prostitutas armavam o bote perto das entradas dos edifícios, e Victory segurava firme contra o peito a bolsa que continha sua coleção de seis peças, imaginando a ironia que seria trabalhar com tanto afinco para que no fim alguém a roubasse.

O escritório de Myrna Jameson consistia de duas salas localizadas no meio de um longo e árido corredor com chão de linóleo; na primeira sala, havia uma moça sentada com cara de abelha raivosa, cujas unhas compridas produziam um som tilintante no aparelho de telefone. Atrás de uma porta aberta ficava o escritório de Myrna; Victory podia ver uma perna bem delineada coberta com meias-calças pretas em um elegante escarpim preto de ponta fina. Myrna era a primeira mulher de negócios de verdade que Victory jamais encontrara, e na época não era comum as mulheres de negócios serem simpáticas. Myrna saiu do escritório e olhou Victory de cima a baixo.

— Quer dizer que você apareceu — disse, em um tom metálico. — Vamos ver o que tem para mim.

Aquelas cinco noites em claro de repente se fizeram sentir, e Victory quase começou a chorar. Pela primeira vez, entendeu que Myrna podia não gostar da coleção, e só de pensar em fracassar ela ficou arrasada. A vergonha podia acabar com ela, e influenciá-la pelo resto da vida. E se ficasse tentando e sempre fracassando? Ia precisar voltar para casa e trabalhar na loja de cópias xerox, assim como sua melhor amiga do secundário, que não tinha conseguido sair da cidadezinha em que moravam...

— Mas que gracinha — disse Myrna, ao examinar a coleção. A forma como olhou as amostras, erguendo-as e virando-as, procurando examinar os tecidos com todo o cuidado, fez Victory sentir-se como se ela mesmo estivesse sendo inspecionada. Naquela luz fluorescente impiedosa, ela viu que a pele de Myrna era cheia de marcas de catapora, que ela tentava esconder com uma camada bem grossa de base.

— Naturalmente ainda não tem nenhum registro de vendas, tem? Ou será que há alguma coisa que eu devo saber que você não está me contando? — disse Myrna, olhando-a desconfiada.

Victory não fazia idéia do que Myrna estava falando.

— Não... — respondeu, sem saber o que dizer. — Eu só...

— Já vendeu roupas para alguma loja antes? — quis saber Myrna, impaciente.

— Não — disse Victory. — Esta é minha primeira coleção. Não é problema, é? — perguntou, sentindo o pânico aumentar cada vez mais.

Myrna deu de ombros.

— Todo mundo tem de começar em algum lugar, não é? Só significa que eu não posso lhe encomendar muita coisa. Vou ajudá-la a começar por baixo e, se vender algumas peças, vamos comprar de você na próxima estação.

Victory aceitou a oferta, assombrada.

Depois, correu para a rua, encantada com a vitória. Ia passar de novo por esse tipo de virada mais tarde, mas nada podia superar a primeira vez. Andou a passos largos pela rua 37 até a Quinta Avenida, sem saber para onde ia, mas só que queria estar no meio de tudo. Andou pela Quinta Avenida, ziguezagueando alegremente entre os passantes e parando no Rockefeller Center para olhar os patinadores. A cidade era como uma Oz prateada, cheia de possibilidades mágicas, e só quando chegou ao parque e havia gastado um pouco de sua energia que foi até uma cabine telefônica e ligou para sua melhor amiga na FIT, Kit Callendar.

— Ela disse que queria começar comprando pouco, mas encomendou 18 peças! — exclamou Victory.

O pedido pareceu enorme para ambas, e naquele momento, ela nunca poderia ter imaginado que um dia ia receber encomendas de dez mil...

Três outras semanas de costura até tarde da noite, para terminar seu primeiro pedido, e ela apareceu no escritório de Myrna com as peças em três sacos de supermercado.

— O que veio fazer aqui? — perguntou Myrna.

— Trazer sua encomenda — disse Victory, orgulhosa.

— Não tem uma transportadora? — indagou Myrna, contrariada. — O que vou fazer com essas sacas?

Victory sorriu ao se lembrar. Não conhecia nada sobre os aspectos técnicos da vida de uma estilista na época: não fazia idéia de que existiam salas de corte e costura onde os estilistas da vida real faziam suas roupas. Mas a ambição e o desejo ardente (o tipo de desejo, imaginava, que a maioria das mulheres sentia por homens), a impeliam para diante. E aí ela recebeu um cheque pelo correio, no valor de 500 dólares. Todas as roupas tinham sido vendidas. Tinha 18 anos e já estava no mercado.

Dos 20 aos 30, ela não parou. Ela e Kit se mudaram para um apartamento de dois quartos no Lower East Side, em uma rua cheia de restaurantes indianos e "bocas" nos porões, onde se vendiam drogas. Elas cortavam tecido e costuravam até não conseguirem mais enxergar nada, e depois iam fazer rondas em *vernissages* e boates de segunda onde dançavam até três da madrugada. Ela mal conseguia ganhar o suficiente para cobrir as despesas e pagar as contas, mas não importava. Ela sabia que um êxito retumbante estava logo ali na esquina; mas, enquanto isso, morar na cidade e fazer o que sempre tinha sonhado era suficiente.

E aí ela recebeu sua primeira encomenda grande da Bendel's, uma loja de departamentos conhecida por dar apoio a estilistas jovens que batalhavam para encontrar um lugar ao sol. Foi mais um momento de virada — o pedido foi grande o bastante para lhe garantir uma área especial no terceiro andar, com seu nome e logotipo na parede — só que havia uma condição. O custo para fazer as roupas exigiria um capital imenso, mais de 20 mil dólares, que ela não tinha. Foi a três bancos para tentar pedir o dinheiro emprestado, mas todos os três gerentes pacientemente lhe explicaram que, para levantar um empréstimo, a pessoa tem de apresentar uma garantia ou caução, alguma coisa concreta, como uma casa ou um carro, que eles possam tirar da pessoa e vender se ela não puder pagar o empréstimo.

Não conseguia ver como ia sair dessa esparrela, mas um dia o telefone tocou, e era Myrna Jameson. Ela sugeriu a Victory que ligasse para um homem chamado Howard Fripplemeyer. Ele era um ordinário, explicou Myrna, um verdadeiro explorador de modistas, mas já estava no ramo há trinta anos, e talvez pudesse ajudá-la.

Howard Fripplemeyer era tudo que Myrna tinha avisado que era, e mais ainda. A primeira reunião com ele aconteceu em um restaurante barato, onde Howard devorou um sanduíche de pastrami sem se preocupar em limpar os restos de mostarda que ficaram nos cantos da boca. Suas roupas eram pardas, o cabelo alarmante — usava um topete que saltava da sua cabeça, como se fosse uma telha. Quando terminou de comer, pegou seu exemplar do *Daily News* e desapareceu, ficando no banheiro durante 15 minutos. A intuição de Victory lhe disse para pagar sua parte da despesa e ir embora, mas ela estava desesperada.

Quando ele voltou à mesa, disse que tinha decidido que ela era um bom investimento — tinha potencial. Ia investir 80 mil dólares na sua empresa no ano seguinte; em troca, queria trinta por cento dos lucros. Pareceu a ela um bom negócio. Howard era horroroso, e além de ter um gênio dos diabos, tinha um cheiro estranho e ofensivo no corpo, mas ela disse a si mesma que não ia ter de dormir com o cara. Além do mais, precisava dele.

— Deixa o dinheiro comigo, meu benzinho — disse ele, tirando baforadas do seu décimo cigarro Newport. — Você pensa na moda.

Eu já estou nesse ramo há trinta anos, e sei identificar os tipos criativos. Quando pensam no dinheiro, ficam todos enrolados. — E ela concordou, pensando, é mesmo, era exatamente o que estava acontecendo.

Ela confiou em Howard, mas só porque não tinha experiência suficiente para desconfiar dele. Howard instalou sua "empresa" em uma sala grande em um prédio logo ao sair da Sétima Avenida, onde o som ecoava através das paredes dos corredores pintados de um cinza industrial, e o banheiro das senhoras precisava de chave para ser aberto. Era um prédio que cheirava a desespero, a promessas e sonhos que jamais se cumpririam, mas depois de trabalhar em seu apartamentozinho minúsculo, parecia um progresso imenso.

E suas roupas estavam vendendo bem. Howard lhe contou que a empresa ia faturar 200 mil naquele ano, uma soma que parecia impressionante.

— Claro, antes de você subtrair meus 80 mil, mais meus trinta por cento. São 60 mil mais 80 mil, 140 mil. — Essa soma não lhe pareceu muito justa, mas ela era submissa demais para discutir.

— Ele está te roubando! — disse Kit. Uma mulher que era vizinha delas era banqueira, e uma noite Victory explicou a situação a ela.

— Ninguém negocia assim — disse a mulher, sacudindo a cabeça. — Além do mais, não precisa dele. É muito simples: oferta e demanda. Pode fazer isso sozinha.

Só havia mais um problema: ela não tinha como se livrar do Howard, pelo menos não legalmente. Na empolgação de conseguir dinheiro para sua empresa, ela havia assinado um contrato que dava a ele o direito de tirar trinta por cento de seus lucros durante o resto da vida dela.

Ela ficaria com Howard no seu pé e teria de aturar aquela catinga para sempre. Como podia ter cometido uma burrice dessas, pensava durante suas noites de insônia, tentando encontrar uma maneira de se livrar de Howard que não fosse pagar um assassino profissional para dar um fim nele. Se conseguisse sair daquele beco sem saída um dia, jurava, nunca mais teria um sócio...

E aí Howard fez uma coisa estranha. Abriu outra empresa de moda no prédio do outro lado da rua.

Foi esquisito, mas Victory não se abalou muito, porque isso significava que Howard não ia incomodá-la mais. Toda manhã ele chegava de Five Towns, em Long Island, onde morava, usando uma capa barata e trazendo uma caixa de papelão e o *Daily News*. A caixa sempre continha três cafés e um salgado. A primeira coisa que ele fazia era falar ao telefone, no qual ficava durante as três horas seguintes, até ir para o restaurante almoçar. Howard parecia ter uma rede interminável de exploradores de modistas com quem conversava a cada hora, e Victory se perguntava como é que algum deles conseguia fazer alguma coisa. Ela não se importava a princípio, mas o escritório era apenas uma sala imensa, de forma que não dava para encontrar um canto onde não se visse Howard ou se ouvissem suas conversas telefônicas. E quando ele finalmente saía do telefone, ia examinar os modelos criados por ela.

— Não gostei — dizia. — Quem vai usar isso em Minnesota?

— Howard, eu sou de Minnesota. Estou tentando sair do Meio-Oeste...

— Para quê? Para publicarem umas fotos bonitinhas das suas criações na *Vogue*? Fotos bonitas não vendem roupas, sabe disso. Precisar de uma coisa para usar na noite de sábado no encontro com seu amado, ah, isso sim vende roupas. E nada muito ousado também. Os caras querem ver as garotas deles usando roupas bonitas e modestas...

— Eu quero ver as minhas roupas na *Vogue*, sim — retrucava ela, enfurecida. — E um dia vou, eu lhe juro...

Aí Howard se inclinava para a frente, mergulhando-os ambos em seu fedor característico, e sorria. Seus dentes eram cinzentos, com uma espuma branca entre eles, como se ele mal tivesse tempo de se incomodar em escová-los.

— Você já viu direitinho quem são os estilistas da *Vogue*? — perguntava. — Halston, Klein... até Scaasi, que costumava ser Isaacs mas resolveu usar o nome de trás para a frente... são todos bichas judeus. Já viu alguma estilista mulher nessa revista? Não, de jeito nenhum. Por isso que, quando se fala em moda, ou qualquer outra coisa, aliás... cinema, arquitetura, pintura, todos os melhores artistas são homens. E tem um motivo para isso...

Howard nunca lhe disse que motivo era, exatamente, e ela jamais perguntou. Não queria ouvir a resposta.

Em vez disso, xingava-o por dentro e voltava a desenhar seus modelos. Um dia... pensava. E dizia a si mesma que, se conseguisse dar muito lucro mesmo a Howard, talvez ele fosse embora e a deixasse em paz.

E um dia ele foi. Não apareceu de manhã, e finalmente surgiu às 16h. Continuou fazendo isso durante várias semanas, e Victory ficou tão aliviada por não precisar aturar a presença diária dele que nem perguntou por quê. Mas notou que, por mais que ficasse trabalhando até tarde, Howard sempre conseguia chegar ao escritório na hora em que ela saía.

Ela encontrou Myrna Jameson por acaso na rua, algumas semanas depois.

— Estou vendo que o Howard conseguiu colocar suas criações para vender naquela loja de roupas baratas, a Dress Barn — disse ela.

Victory olhou surpresa para Myrna, sacudindo a cabeça e pensando que Myrna tinha cometido algum engano.

— Deve ter sido uma loja de departamentos. Talvez a Bloomingdale's...

— Meu amor — disse Myrna, disfarçando uma risada e colocando a mão no pulso de Victory. — Eu conheço as roupas que você faz. Eu reconheceria seu estilo em qualquer lugar. Trabalho nisso, lembra?

— Mas é impossível — objetou Victory.

Myrna ergueu as mãos em protesto.

SELVA DE BATOM

— Eu sei o que eu vi. Estava na Dress Barn, em Five Towns, no domingo, e eles tinham um cabideiro inteiro de vestidos exatamente iguais aos que você faz. Até as luvinhas de renda com fitas de veludo... E que nova empresa é essa que o Howard abriu do outro lado da rua, no 1411?

Victory sacudiu a cabeça, sem ver nada à frente. No Garment District, as pessoas se referiam aos prédios pelos números apenas, e o 1411 da Broadway era o edifício mais por baixo da área. Montes de roupas eram leiloadas para os varejistas das cadeias comerciais como escravos; o edifício era o filho bastardo mais feio da indústria, sobre o qual ninguém queria falar. Sentiu crescer dentro de si uma sensação de pavor horrorosa. Agradecendo a Myrna, atravessou a rua correndo, desviando-se dos carros. Não podia ser, pensou. Nem mesmo o Howard ia ser tão burro a ponto de vender suas roupas escondido dela no 1411. Isso acabaria com o nome dela e com o investimento dele, e não fazia sentido nenhum. Ela havia verificado o estoque no último mês, e nada parecia estar faltando...

Não era possível, pensou, tentando tranqüilizar-se.

O vestíbulo do 1411 fedia à gordura dos milhões de sacos de comida para viagem que tinham passado por ali durante os últimos setenta anos. Na parede via-se uma lista de todas as empresas do prédio, mas Victory não sabia o que estava procurando; Howard poderia ter dado qualquer nome a sua nova empresa, e certamente era esperto o suficiente para não usar seu próprio nome. Resolveu subir ao segundo andar, onde os leilões aconteciam; e batata, no meio de uma sala cavernosa, cheia de cabideiros e mais cabideiros de roupas esperando a vez de serem leiloadas, ela encontrou dois cabideiros com trajes que eram réplicas exatas de seus modelos. Apalpou o tecido e estremeceu; a diferença era que essas peças tinham sido executadas em tecidos baratos que se desmanchariam depois de serem usados três ou quatro vezes, e encolheriam ao serem lavados a seco. Ela virou a beirada para ver a bainha e viu que os pontos eram desiguais e mal arrematados; depois verificou a etiqueta. Sua marca registrada era um quadrado rosa com as palavras "Victory Ford" bordadas em letras de tamanho desigual. A etiqueta daquelas imitações baratas era quase a mesma, a única diferença era o nome: "Viceroy Fjord".

Ela deixou o traje cair como se estivesse contaminado e recuou, com a mão cobrindo a boca, horrorizada.

Dobrou o corpo ao meio, de dor. Ele nem tinha se incomodado em mudar o nome. Devia pensar que ela era idiota. Será que achava mesmo que ia deixar ele sair impune daquela? Era óbvio que pensava. Provavelmente a considerava uma menininha burra que faria tudo que ele mandasse, alguém que podia usar e explorar e depois jogar fora sem nenhuma conseqüência.

Só que ele ia ver uma coisa.

Ela de repente se encheu de ódio. Ele tinha roubado sua criação, e ela ia matá-lo. Não. Ia aleijá-lo primeiro, e depois matá-lo. Uma coisa era sacaneá-la, outra muito diferente era sacanear a empresa dela.

Esses sentimentos eram completamente novos para ela. Não fazia idéia de que podia ficar assim tão furiosa. Como se estivesse no piloto automático, ela voltou à portaria do prédio, encontrou o nome da "nova empresa" dele, e passou pela porta a passos decididos. Howard estava sentado a uma escrivaninha de metal com os pés sobre o tampo, enfiando algo na boca que parecia consistir inteiramente em migalhas e falando ao telefone.

— Quiééééé?" — disse ele, como se estivesse irritado pela interrupção que ela causara.

— Seu sacana filho-da-mãe! — berrou ela o mais alto que pôde, tirando o jornal da mesa dele e jogando-o no chão.

— Mas que porra — lamuriou-se ele; e disse ao receptor: — Ligo mais tarde.

— Como teve coragem de fazer isso? — berrou ela, crescendo para cima dele como se estivesse para espancá-lo, e desejando ser homem para poder fazer isso. — Eu vi aquelas roupas. No segundo andar...

— Mas antes que pudesse continuar, ele pulou da cadeira e a interrompeu.

— Mas que cara de pau a sua, hein? — retrucou aos berros, apontando para ela como se ele fosse a parte prejudicada. — Nunca mais entre na minha sala berrando.

O fato de ele estar se defendendo a deixou chocada, e ela abriu e fechou a boca, de repente insegura quanto ao que dizer.

— Vi aquelas peças...

— Ah, viu, é? E daí? — disse ele, curvando-se para pegar o jornal. — Viu umas roupas. E depois subiu aqui gritando feito uma maluca...

A fúria dela aumentou de novo.

— Você roubou meus modelos — acusou-o. — Não pode fazer isso. Não pode me explorar assim.

Ele contraiu o rosto, numa expressão de aversão.

— Você perdeu o juízo. Caia fora daqui.

— Não pode fazer isso!

— Não posso fazer o quê? — Ele deu de ombros, desdenhoso. — Esse ramo é pura cópia. Todo mundo sabe disso.

— Deixe eu lhe explicar uma coisa, Howard — disse ela, em tom ameaçador. — Não venha tentar me ferrar. Não pense que vai ver um centavo sequer do meu lucro suado...

— Ah, é? — disse ele, com o rosto ficando vermelho. Foi até onde ela estava e pegou-a pelo braço, levando-a até a porta. — Tenho um papel que você assinou e ele diz outra coisa muito diferente. Então, nem pense em fazer isso. — E no segundo seguinte, ela de repente se viu no corredor, e Howard fechou a porta na cara dela.

Todas as veias da cabeça de Victory latejavam de raiva e humilhação. Durante alguns segundos, ela ficou de pé no corredor, parada, incapaz de compreender o que acabara de acontecer. Howard devia estar com medo dela; ele é que estava errado, e devia pelo menos ter a decência de parecer assustado. Mas em vez disso tinha conseguido virar a situação para que ela saísse como bruxa e maluca, e de repente ela entendeu que tinha perdido todo o poder no minuto em que começara a gritar.

E além disso, para piorar a guerra, ele agora sabia que ela sabia. Indo até o elevador, apertou o botão várias vezes, com fúria, apavorada para sair do prédio. Não queria que Howard saísse da sala e a encontrasse ali — não estava preparada para um novo confronto. Devia ter guardado segredo do fato de que ele a estava roubando até ter conseguido mais informações sobre como evitar isso. A porta do elevador finalmente se abriu com um rangido e ela entrou, recostando-se na parede enquanto seus olhos se enchiam de lágrimas. Não era justo. Ela havia passado a vida inteira trabalhando como uma condenada para tentar fazer um nome e construir uma empresa, pensando que ia ser recompensada pelo seu excelente trabalho, e no fim vinha um marginal roubá-la. Não podia deixar isso ficar assim.

— Precisa parar de agir como uma menininha e passar a agir como adulta — disse sua amiga banqueira. — Você é empresária. Não discuta com esse babaca. Use seu dinheiro para fazê-lo pagar por isso. Abra um processo na justiça contra ele. Arraste-o até o tribunal e faça-o pagar pelo prejuízo.

— Não posso contratar um advogado — disse ela. — É uma pobreza. — Mas aí pensou bem no caso. Se era para sobreviver naquele ramo, precisava mostrar à indústria da moda: nada de tentar sacanear Victory Ford, pois ela é do tipo que se vinga. Ele ia ver só o que era bom.

Pediu a Kit que fingisse ser compradora de uma rede de lojas do ramo da moda e mandou-a encontrar-se com Howard na Viceroy Fjord. Kit fingiu adorar as roupas e tirou fotos com uma câmera Polaroid. Depois Victory tirou fotos de suas próprias roupas. Encontrou um advogado com a ajuda de Myrna, que se sentia mal pelo que tinha acontecido com ela.

Três meses depois, viu Howard de novo no tribunal. Ele estava malcheiroso e malvestido como sempre, e completamente despreocupado, como se esse tipo de coisa acontecese com ele o tempo todo.

Ela pôs as fotos das roupas de Howard ao lado das fotos de seus modelos, e durante o recesso para o juiz poder chegar a um veredicto, o advogado de Howard concordou em fazer um acordo. Se ela pagasse os 80 mil de Howard, eles desistiriam dos trinta por cento, e o contrato seria rescindido.

Ela ficou imensamente aliviada. Era um preço pequeno a pagar por um erro tão ridículo no ramo, mas tinha aprendido uma lição importante: as pessoas com quem a gente faz negócio são tão importantes quanto o próprio negócio. Era uma lição que uma estilista precisava aprender da pior maneira, porque certamente não se ensinava isso na escola de moda...

O telefone começou a tocar e interrompeu seu devaneio. Victory imediatamente se encheu de pavor. Provavelmente eram más notícias. Durante as últimas três semanas, ela recebia uma má notícia após a outra, o que só aumentava seu infortúnio.

Pensou em não atender, mas decidiu que seria covardia. Era uma de suas assistentes, Trish, do estúdio de criação.

— O Sr. Ikito já ligou três vezes. Diz que é urgente. Achei que você ia querer saber.

— Obrigada. Vou ligar para ele agora mesmo. — Ela desligou e cruzou os braços sobre o peito, como se estivesse com frio. O que ia dizer ao Sr. Ikito? Tinha conseguido adiar a entrega da encomenda dele mais de uma semana, usando a desculpa de que estava viajando, mas quando se tratava de negócios, os japoneses insistiam em terminar logo o assunto. — Gostei de você, você decide rápido — tinha dito o Sr. Ikito a ela cinco anos antes, quando tinham começado a trabalhar juntos. Porém, o Sr. Ikito queria ter lucros, e ia largá-la logo, logo se sentisse que ela não ia vender. Só que ele estava oferecendo uma solução insustentável.

A empresa de confecções Victory Ford não era imensa, como uma Ralph Lauren ou uma Calvin Klein, mas nos cinco anos desde que ela havia começado a fazer negócio com os japoneses, tinha se transformado em um miniconglomerado, expandindo-se muito além da minúscula empresa do "eu sozinho" que ela operava no seu apartamento. Tinha 83 lojas no Japão e, este ano, ela e o Sr. Ikito iam expandir o negócio para a China, a próxima grande fronteira de consumidores potenciais. O Sr. Ikito comprou os direitos de reprodução dos modelos dela — que incluíam não apenas roupas, mas bolsas, sapatos, óculos escuros e outros acessórios — e passou a fabricá-los ele mesmo no Japão, pagando os custos de produção e dando a ela uma porcentagem dos lucros. Com o acréscimo dos negócios do Sr. Ikito, a empresa de Victory tinha um faturamento de quase cinco milhões de dólares por ano.

O Sr. Ikito não tinha gostado da linha de primavera — aliás, tinha detestado a linha — por isso, dois dias depois do desfile, ela viajou para Tóquio para uma reunião, que no final se revelou um exercício na arte da humilhação. O Sr. Ikito usava trajes ocidentais, mas preservava a forma japonesa de negociar — sentado diante de uma mesa baixa de madeira sobre a qual se desenrolava uma típica cerimônia do chá — enquanto examinava o portfólio de modelos dela para a primavera. Era um homem de baixa estatura, com cabelos curtos já começando a ficar grisalhos, e a boca parecida com a de um peixinho *guppy*.

— Srta. Victory, o que aconteceu com a senhorita? — perguntou, virando as páginas com aversão. — Onde arranjou essas idéias? Não é seu estilo. E quem vai usar roupa assim? Nenhuma mulher usa saia comprida na primavera. Não tem modelo leve, descontraído. Mulher gosta de mostrar as pernas.

— Sr. Ikito — disse ela, abaixando a cabeça para demonstrar deferência (detestava ter de fazer isso, mas era importante respeitar os costumes dos estrangeiros nos negócios) — eu estava tentando fazer alguma coisa diferente. Estou tentando crescer. Expandir meus negócios. Como estilista...

— Por que quer fazer isso? — perguntou o Sr. Ikito, horrorizado. — Senhorita grande sucesso. Sabe o que se diz nos Estados Unidos, não se conserta o que não está quebrado.

— Mas estou tentando melhorar. Ser a melhor estilista que posso ser.

— Bobagem! — disse o Sr. Ikito, agitando as mãos diante do rosto como se estivesse tentando matar um inseto. — Gente de Nova York vive sempre pensando neles mesmos. Aqui no Japão pensamos nos negócios.

— Eu *estou* pensando em negócios — objetou Victory, de maneira firme porém gentil. — Para sobreviver como estilista durante um bom tempo, preciso expandir meus modelos. Mostrar que posso fazer alta-costura...

— Para que quer fazer isso? — perguntou o Sr. Ikito. — Não tem dinheiro em alta-costura. Todo mundo sabe disso. Há cinco anos, a senhorita disse que queria ganhar milhões de dólares...

— E ainda quero...

— Mas agora está querendo virar Oscar de la Renta. Ou talvez até o Sr. St. Laurent — continuou o Sr. Ikito, interrompendo-a. — O mundo não precisa St. Laurent. O mundo precisa Victory Ford.

Precisa?, pensou Victory, os olhos baixos fixos na xícara de chá.

— Não tem lojas do Oscar aqui. Tá bem, até tem uma em Tóquio. Mas Victory Ford tem 83 lojas só no Japão. Entende o que estou dizendo? — perguntou o Sr. Ikito.

— Sim, mas, Sr. Ikito...

— Eu tenho solução — disse o Sr. Ikito. Bateu palmas, e a sua secretária (Victory duvidava que alguém a considerasse assistente) abriu o painel corrediço de papel de arroz e, juntando as mãos e fazendo uma reverência, perguntou em japonês:

— Sim, Sr. Ikito?

O Sr. Ikito respondeu alguma coisa a ela em japonês. Ela fez que sim e fechou suavemente a porta. O Sr. Ikito voltou-se para Victory outra vez.

— Vai agradecer Sr. Ikito. Vai dizer: "Sr. Ikito gênio!"

Victory sorriu, pouco à vontade. Sentia uma culpa horrorosa, como se fosse uma criancinha que tinha cometido uma travessura quase imperdoável. Queria que todos a amassem e a elogiassem e lhe passassem a mão na cabeça, como se ela fosse uma menininha comportada. Por que seria, pensou, que, por mais sucesso que ela tivesse, não conseguia superar o instinto de se prostrar diante da autoridade masculina? Ela era uma mulher crescida, com sua própria empresa, que tinha começado do nada, contando apenas com sua própria criatividade e esforço; tinha até um cartão American Express preto. Mas no entanto, ali estava, toda encrencada com o Sr. Ikito, esperando a solução dele, quando devia estar dizendo a ele o que ela queria fazer. Só que não ousou insultá-lo. Por que não podia ser mais parecida com a Nico?, perguntou-se. Nico teria dito: "Sr. Ikito, é assim que vai ser. Ou o senhor aceita, ou cai fora..."

E aí o Sr. Ikito fez uma coisa que lhe deu a impressão de que o estômago dela estava afundando até os joelhos. Pegou o bule de chá e, tampando-o com a mão, serviu-lhe mais chá.

Victory engoliu em seco, nervosa. Foi nesse momento que viu que não ia gostar da "solução" do Sr. Ikito. No Japão, servir chá para alguém tinha muitas nuances de significado, mas nesse caso, era um ato de reconciliação, uma preparação para notícias desagradáveis.

O Sr. Ikito pegou sua xícara e sorveu o chá, lançando a Victory um olhar que lhe indicou que esperava que ela fizesse o mesmo.

O chá estava quente, e ela queimou ligeiramente a boca, mas o Sr. Ikito encarou a aquiescência dela com agrado. Aí a porta se abriu e uma jovem japonesa de terninho azul-marinho entrou.

— Ah! Srta. Matsuda, que bom que chegou! — exclamou o Sr. Ikito.

— Bom dia, Sr. Ikito — disse a jovem, cumprimentando-o com a cabeça. Sua voz tinha um ligeiro sotaque britânico, e Victory adivinhou que ela devia ter cursado faculdade na Inglaterra, provavelmente em Oxford.

— Srta. Victory Ford — apresentou o Sr. Ikito. — Essa sua nova estilista, Srta. Matsuda.

Victory olhou da Srta. Matsuda para o Sr. Ikito, que estava sorrindo de orelha a orelha. De repente sentiu-se enjoada, mas estendeu a mão, com toda a educação.

Não ia aceitar aquilo de jeito nenhum.

— Adoro seus modelos — disse a Srta. Matsuda, colocando-se no espaço entre o piso e a mesa ao lado dela. — Será uma honra trabalhar com a senhorita.

Ainda não decidimos trabalhar juntas — quis dizer Victory, mas o fundo de sua garganta estava seco e ela não foi capaz de falar. Tomou um gole de chá tentando recuperar sua compostura.

— Srta. Matsuda muito boa estilista — disse o Sr. Ikito, olhando de uma mulher para a outra. — Desenhou novos modelos exatamente como antigos modelos da Victory Ford. A senhorita aprova, claro, continuamos fazendo negócio e todo mundo fica feliz.

Victory tossiu, cobrindo a boca com a mão.

— Não duvido que a Srta. Matsuda seja muito boa estilista — disse cautelosamente, sem querer rejeitar a proposta dele assim logo de cara. — Mas vou precisar ver os desenhos dela primeiro. Antes de decidirmos qualquer coisa — acrescentou.

— Pode ver todos os desenhos que quiser — disse o Sr. Ikito, erguendo os braços expansivamente. — Ela boa, sabe. Copia todo mundo. Copia Ralph Lauren melhor que o próprio Ralph Lauren.

A única coisa que Victory pensou foi que precisava sair dali. Estava furiosa e ofendida, mas provavelmente era só orgulho ferido, e no que dizia respeito aos negócios, às vezes se descobre que é possível conviver com idéias que pareciam desprezíveis a princípio — se a pessoa tiver tempo suficiente para pensar sobre elas e superar a ofensa inicial. O importante agora era não reagir e criar um abismo que não pudesse mais transpor.

Ela se levantou.

— Obrigada, Sr. Ikito, por sua solução tão atenciosa — disse ela. — Preciso me retirar, tenho outra reunião. Eu ligo para o senhor depois do almoço.

Isso em si já era arriscado, pois o Sr. Ikito esperava que ela ficasse até quando ele considerasse necessário. Ele franziu o cenho.

— Não gostou solução?

— Ah, não, imagine, a solução é muito boa — disse ela, tratando de se dirigir disfarçadamente para a porta, enquanto fazia várias reverências seguidas, como uma marionete. Se continuasse fazendo reverências, talvez o Sr. Ikito não notasse sua partida abrupta. Ou pelo menos não a interpretasse como insulto.

— Precisa decidir — disse ele. — Oferta muito boa.

— Sim, Sr. Ikito. Muito boa. — disse ela. Ao chegar à porta, Victory abriu-a e, ainda fazendo reverências, passou por ela.

— Tchauzinho — disse a Srta. Matsuda, acenando de leve.

Tchauzinho mesmo, pensou Victory sorrindo.

Infelizmente, isso parecia resumir a situação inteira.

Ela não podia permitir seu nome em modelos que não eram seus — ou podia, pensou, saindo para a calçada apinhada. Começou a voltar para o hotel a pé, achando que o exercício podia livrá-la daquela sensação de claustrofobia. Mas o barulho, as pessoas, o tráfego e as fatias de edifícios erguendo-se precariamente até um céu invisível só a fizeram sentir-se pior, e finalmente ela fez sinal para um táxi parar. A porta se abriu com um estalo, e ela se jogou no banco de trás.

— Hotel Hyatt Tóquio — pediu, debilmente.

No seu quarto foi ainda pior. Os quartos de hotel em Tóquio eram notoriamente pequenos, e normalmente ela reservava uma pequena suíte no Four Seasons, sem se importar com a despesa extra. Mas desta vez, como penitência, tinha ficado em um quartinho microscópico no Hyatt com uma cama de casal dura como tábua (os japoneses tinham idéias bastante diferentes sobre conforto), que mal cabia no espaço apertadinho que era o quarto. Entrou no banheiro (outro cantinho apertado mais ou menos do tamanho de um armário nova-iorquino) e molhou uma toalhinha com água fria, colocando-a sobre o rosto. A toalha era áspera e não exatamente feita para absorver água. Ela a afastou do rosto e começou a chorar.

Era sempre assim, recordou-se ela. Desde o início de sua carreira, ela vivia chorando e depois voltando a trabalhar. Trabalho, choro, trabalho, choro, trabalho, choro, pensou.

Ainda soluçando, entrou no outro aposento e sentou-se na cama dura. Imaginou que a maioria das pessoas ficaria chocada com a quantidade de tempo que ela passava chorando, porque sua imagem pública era a de uma pessoa equilibrada e alegre, incrivelmente otimista, sempre acreditando que tudo ia acabar bem e que uma nova oportunidade empolgante estava sempre na esquina. Ela jamais chorava na frente de ninguém (embora os assistentes às vezes a pegassem de rosto inchado, ela sempre fingia que não havia problema nenhum), mesmo assim, não se censurava. Era importante expressar emoções, senão a pessoa acabava virando algum tipo de viciada...

Então deitou-se na cama, olhando para o teto, que ficava a menos de dois metros, sem sentir nada. Gostaria de ligar para alguém — Nico ou Wendy, ou algum namorado ou amante, que ela não tinha no momento — alguém que ouvisse suas lamúrias e lhe dissesse que ela era maravilhosa e a fizesse sentir-se melhor — mas não havia ninguém para quem telefonar. E aí ela pensou em como ia precisar resolver aquele problema sozinha, e como sempre tinha resolvido tudo sozinha e superado tudo.

Não ligou para o Sr. Ikito naquela tarde. Esperou até a manhã seguinte e pegou um avião para Los Angeles. Disse a ele que precisava pensar na solução por uns dias, depois ficou adiando a decisão, concentrando-se no que estava acontecendo nas lojas que vendiam sua linha em Los Angeles, Dallas, Miami e Chicago. E em todos os lugares ela via a mesma reação: a linha de primavera era "interessante". Mas ela havia criado outras peças, estilos convencionais para as lojas, não tinha? Não tinha, não. Como estaria a reação em Nova York, então? Será que a Bergdorf ia vender a linha?

A cadeia de lojas estava vendendo a linha, sim, ela garantia a todos, assim como a Barney's, mas o que ela não mencionava era que tinham escolhido apenas algumas peças. As mais conservadoras.

Estavam, no dizer dos compradores, sendo "esperançosamente otimistas". Mas não ia adiantar escolher peças que iam acabar tendo de vender com desconto de oitenta por cento.

Porcaria, pensava ela agora, olhando enfezada para o telefone que tinha colocado sobre o consolo da lareira. O que havia de errado com toda aquela gente? Por que estavam com tanto medo? Ela não se importava com o que os outros iam dizer. Sabia que a linha de primavera era a melhor que jamais havia criado. Era uma total inovação, mas era exatamente o que tinha imaginado que seria, desde que começara a pensar nela um ano antes. E a verdade era que tinha esperado elogios rasgados. Esperava que todos a carregassem nos ombros e falassem bem dela. Jamais teria admitido a ninguém, mas houve instantes em que tinha viajado na maionese achando que aquela linha iria elevá-la a uma posição muito mais alta, e possivelmente garantir seu lugar na história da moda. Quando morresse, queria que as pessoas dissessem a seu respeito: "Foi uma das maiores estilistas dos Estados Unidos".

Muito bem, ela ia ter de se acostumar com a idéia de que tudo tinha saído pela culatra, mas esse era o problema do sucesso: depois que a gente prova um gostinho dele, quer cada vez mais. E não havia nada como ser um sucesso em Nova York. A pessoa passava a ser admirada, amada e ligeiramente temida. O sucesso dava segurança e tranqüilidade. Ao passo que o fracasso...

Ela sacudiu a cabeça. Não ia pensar nisso. Ninguém vinha para Nova York para fracassar. Vinha para vencer. Já tinha estado no fundo do poço antes, muitas vezes, a ponto de fracassar, e toda vez o medo a fazia esforçar-se ainda mais. Porém, antes, não tinha tanta importância: ela não tinha tanto a perder. Agora era fundamental controlar-se. Não podia perder a cabeça. Tinha de ficar calma e continuar como se nada tivesse acontecido de errado e ela não estivesse magoada, que tudo ia se resolver...

Precisava ligar para o Sr. Ikito. Mas o que ia dizer?

Não ia permitir que tirassem seu trabalho de suas mãos para ser refeito por outra pessoa, como se fosse alguma roteirista de Hollywood. Ninguém ia fazer isso com ela, e se algum dia alguém dissesse que ela não tinha sido a criadora da linha japonesa, isso acabaria com a credibilidade que tinha suado tanto para conseguir. Esse era o limite, e ela não iria ultrapassá-lo. Era uma questão de honra e, em um mundo onde havia muito pouca honra em qualquer profissão, era preciso defender as poucas coisas que ainda eram autênticas e verdadeiras.

A perda de sua receita internacional seria um baque para a empresa, mas ela simplesmente teria de engolir isso. Alguma outra coisa surgiria. O Sr. Ikito ia precisar aceitar sua linha ou então partir para outra, e ela devia ter dito isso a ele desde o início.

Pegou o telefone para ligar para ele, mas, ao fazer isso, seus olhos pousaram no troféu Perry Ellis da Confederação de Estilistas dos Estados Unidos, a CFDA, orgulhosamente exibido no meio de sua lareira. O troféu de repente a fez pensar duas vezes. Era a maldição, pensou, desvairada. A maldição finalmente a atingira. O troféu Perry Ellis era o mais cobiçado prêmio do mundo da moda, concedido a cada dois anos ao mais promissor estilista jovem em homenagem a Perry Ellis, que tinha morrido de Aids no final da década de 80. Conquistar esse troféu era o princípio da carreira de qualquer estilista jovem, o impulso necessário para atingir o estrelato, mas diziam que ele tinha um lado negativo: vários estilistas que haviam conquistado o prêmio tinham ido à bancarrota. Como uma das poucas mulheres que tinha conquistado o troféu, ela costumava brincar dizendo que ser mulher lhe permitira evitar a maldição. Mas talvez isso não a salvasse, afinal de contas: e de repente ela viu sua vida inteira se desenrolar diante dos olhos. Estava caindo vertiginosamente, e as duas próximas estações provocariam a mesma reação da estação da primavera, e os pedidos das lojas parariam, as pessoas deixariam de comprar suas criações, em um ano e meio ela estaria falida e sem um tostão no bolso, sendo obrigada a se mudar para sua cidade natal, solteira e fracassada aos 43 anos...

O telefone na sua mão tocou de repente, e ela teve um sobressalto, apertando rapidamente o botão para completar a chamada. A voz feminina do outro lado era desconhecida.

— Victory Ford? — perguntou ela.

— Sou eu — respondeu Victory, com toda a cautela, achando que devia ser algum serviço de televendas.

— Oi, aqui quem fala é a Ellen, do escritório de Lyne Bennett. — Fez uma pausa, como que para deixar Victory absorver a informação de que o grande bilionário Lyne Bennett estava ligando para ela, e Victory quase soltou uma risada. Por que diabos Lyne Bennett estava ligando para ela? — Eu sei que é meio inesperado, mas o Sr. Bennett gostaria de saber se você poderia se encontrar com ele para um drinque na noite de quinta-feira, às seis da tarde, pode ser?

Desta vez, Victory riu mesmo. Que tipo de homem pediria à secretária para marcar encontros para ele? Mas ela não devia tirar conclusões apressadas, provavelmente não era um encontro romântico... Tinha esbarrado várias vezes em Lyne Bennett ao longo dos anos, e ele jamais tinha dado a menor bola para ela.

— Você se incomoda de me dizer o motivo? — indagou.

Ellen de repente pareceu constrangida, e Victory imediatamente sentiu pena dela. Que trabalho!

— Acho que ele... quer conhecer você melhor, sabe. Eu só sei que ele me pediu para ligar e ver se você aceita se encontrar com ele.

Victory refletiu por um instante. Homens ricos como Lyne Bennett jamais haviam despertado o interesse dela, mas, por outro lado, ela não era o tipo que os atraía. Era independente demais e franca demais para bancar a babá de ricaço, e jamais tinha concordado com a idéia de que o dinheiro de um bacana era a resposta para os problemas de uma mulher. Mas o fato de Lyne Bennett estar se dando o trabalho de tentar conquistá-la significava que ele talvez fosse diferente.

E dada a situação atual, provavelmente não custava nada pelo menos ser simpática.

— Sim, seria um prazer me encontrar com ele, mas tenho de ir à pré-abertura da Bienal do Museu Whitney na próxima terça — disse ela. — Não sei se Lyne Bennett gosta de arte...

— Ele adora — disse Ellen, parecendo aliviada. — Tem uma das coleções mais importantes do mundo...

Victory sorriu, perguntando-se o que ela estaria pensando. Claro que Lyne Bennett "adorava" arte. Era bilionário, não era? E a primeira coisa que os homens faziam quando conseguiam acumular dinheiro (depois de namorar uma supermodelo, é claro) era disfarçar sua ignorância com arte e cultura.

Victory desligou, subitamente bem-humorada. Interpretou a ligação de Lyne Bennett como sinal de que alguma coisa ia mudar. Algo novo e interessante ia acontecer, ela podia sentir. Olhou para o telefone confiante e discou para o Japão.

3

VICTORY ABRIU O GUARDANAPO DELA E OLHOU EM VOLTA NO RES-
taurante, aliviada.

Ainda que sua coleção não tivesse sido um sucesso, era maravilhoso estar de volta a Nova York, onde as mulheres podiam ser elas mesmas. Onde podiam ser francas e dizer: "Quero isso aqui!" e ninguém as trataria como se fosse o Anticristo, violando alguma lei sacrossanta sobre o comportamento feminino.

Ao contrário do Japão, pensou agressivamente.

— Srta. Victory. A senhorita não rejeita minha proposta! — tinha insistido o Sr. Ikito quando ela ligou para ele. — A senhorita mulher. A senhorita escuta o que homem diz. O que homem diz é melhor. — E finalmente, ela tinha precisado aquiescer, concordando em adiar sua decisão para outra data. O que era realmente irritante.

— Meu amor, é muito simples, faça as lojas engolirem seus modelos — disse-lhe seu amigo David Brumley, quando ligou para consolá-la depois daquelas críticas desastrosas. — Não deixe elas dizerem o que você deve fazer ou não. Você é quem manda. Eu, hein, santa. — Naturalmente, era fácil David dizer isso. Era um estilista de sucesso, mas era também homem, e homo. E conhecido por seu complexo de prima-dona. As pessoas tinham medo de David. Ao passo que, pelo que se via, não tinham o menor medo de Victory Ford...

Ora, ela não ia ficar fixada nisso. Não agora, quando estava almoçando com suas melhores amigas no restaurante Michael's. Apesar de todos os altos e baixos, Victory jamais se cansara da vida em Nova York, e ainda curtia almoçar no Michael's. Era os olhos da cara e tão cheio de panelinhas quanto uma lanchonete de escola secundária, mas o dia em que uma pessoa pára de apreciar as coisinhas sublimemente bobocas da vida é o dia em que ela vira uma velha amargurada e estéril de vez. E aí ninguém mais vai atender nossas ligações telefônicas.

Tinha sido a primeira a chegar à mesa, e aproveitou a oportunidade para estudar o ambiente. O Michael's era o reduto carésimo dos poderosos da cidade, alguns dos quais eram tão viciados em movimento que almoçavam ali todos os dias, como se fosse algum clube de campo exclusivo. Se a pessoa quisesse lembrar aos outros que existia, ia almoçar no Michael's, onde corriam boatos de que as colunas sociais pagavam aos garçons para contar quem tinha almoçado com quem, e do que estavam falando. As mesas "quentes" literalmente tinham números de um a dez, e provavelmente porque ela ia almoçar com Nico O'Neilly e Wendy Healy (Victory era modesta demais com relação a sua própria importância para acrescentar seu nome à lista), elas iam se sentar à mesa número dois.

Situada a alguns metros de distância, confortavelmente isolada, ficava a mesa número um, a mais cobiçada do restaurante. Não só era considerada "A Mesa do Poder", como também era a mais discreta do restaurante, porque ficava a uma distância razoável das outras, para evitar que alguém entreouvisse a conversa. Sentadas à mesa estavam três mulheres às quais Victory disfarçadamente se referia como "As Abelhas Rainhas". Mais velhas, mais sábias e conhecidas por seus ocasionais ataques de piti, eram as executivas de carreira por excelência, que já tinham muitos anos de janela na cidade. Corriam boatos de que, no fundo, eram elas que dirigiam Nova York. Não só se encontravam no ápice em seus respectivos campos, como também já moravam na cidade há quarenta anos ou mais, tendo conexões com gente de influência. Aliás, uma delas, Susan Arrow, era conhecida por ter dito uma vez: "Todo mundo já foi ninguém a certa altura da vida, inclusive o prefeito."

Susan Arrow podia ter quase 70 anos, mas era quase impossível decifrar sua idade real só de olhar para ela. Acontecia alguma coisa com as mulheres bem-sucedidas quando elas chegavam aos 40 anos: era como se o tempo começasse a voltar atrás, e de alguma forma elas conseguissem ter melhor aparência e dar a impressão de serem mais jovens do que eram quando tinham 30. Claro que faziam aplicações de botox e preenchimento de rugas, e lifting nos olhos ou às vezes no rosto inteiro, mas o efeito era mais profundo que o resultado que podia ser atingido com o bisturi do cirurgião. O sucesso e a constante auto-realização eram o que realmente fazia as mulheres brilharem; elas exibiam o brilho da plenitude da vida. Susan Arrow tinha vencido uma batalha contra o câncer, tinha feito duas operações plásticas nos olhos e possivelmente mandado colocar silicone nos seios, mas e daí? Ainda era sensual, usando um suéter de caxemira cor de creme com decote em vê (revelando um colo ligeiramente jovem demais para ser dela) e calças de lã também creme. Victory e Nico sempre diziam que torciam para terem uma aparência pelo menos cinqüenta por cento tão boa quanto a dela quando chegassem a sua idade.

Susan era fundadora e presidente da famosa e bem-sucedida empresa de relações públicas ADL e estava em companhia de Carla Andrews, a famosa jornalista do horário nobre, e Muffie Williams, que, com quase 60 anos, era a mais jovem das três. Muffie era presidente da filial americana da B et C, o conglomerado de artigos de luxo, o que a tornava a mulher mais poderosa da indústria da moda nos Estados Unidos. Sua aparência, porém, contrastava vivamente com seu nome fofinho e bem branco, anglo-saxão e protestante. Muffie era branca, anglo-saxã e protestante (originária de uma família de alta classe de Boston), mas parecia rigidamente francesa e inatingível. Seus cabelos negros estavam puxados para trás bem rente ao couro cabeludo e presos em um pequeno coque, e ela sempre usava óculos Cartier de lentes azuladas com armação supostamente de ouro 18 quilates. Era uma executiva impiedosa, que detestava burrice e era capaz de fazer a carreira de um estilista ou acabar com ela.

O coração de Victory bateu descompassado quando entrou no Michael's e viu Muffie — não necessariamente de medo, mas de admiração. Para ela, Muffie era o equivalente a Mick Jagger. Seu gosto era impecável e seus padrões, quase inatingíveis. Uma palavra amável de Muffie significava tudo de bom para Victory, e embora outros considerassem isso infantil, Victory ainda apreciava os vários comentários que Muffie havia dirigido a ela ao longo dos anos. Depois de seu primeiro grande desfile nas tendas, seis anos antes, Muffie tinha ido aos bastidores, batido no ombro de Victory imperiosamente e sussurrado para ela, naquele sotaque cantado da Costa Leste: "Muito bem, minha querida. Excelente. Você tem fu-*tuuu*-ro."

Sob circunstâncias normais, Victory teria ido à mesa dela cumprimentá-la, mas achou que a reação de Muffie a seu desfile provavelmente tinha sido a mesma que a dos críticos, e embora Muffie não fosse dizer nada sobre o assunto se não tivesse gostado mesmo, seu silêncio era tão eficaz quanto uma crítica. Às vezes era melhor não se colocar em uma situação potencialmente embaraçosa, portanto, quando Muffie encontrou o olhar de Victory quando ela estava se sentando, Victory resolveu limitar-se a balançar a cabeça para cumprimentá-la de longe.

Mas agora, enquanto ela estudava a mesa das Abelhas Rainhas, Muffie de repente olhou para ela e pegou Victory de olhos pregados nelas. Victory sorriu, envergonhada, mas Muffie não deu sinal de estar ofendida. Ela se levantou e, deixando o guardanapo na cadeira, começou a aproximar-se de Victory.

Meu Jesus, pensou Victory, nervosa. Não dava para imaginar que seu desfile tivesse sido ruim a ponto de Muffie fazer um esforço especial para lhe dizer isso. Em dois segundos, Muffie já estava a seu lado, o corpo magérrimo vestido de tweed coberto de lantejoulas.

— Meu bem, andei querendo ligar para você — murmurou ela. Victory olhou surpresa para ela. Muffie jamais havia lhe dado a honra de telefonar. Antes que ela pudesse responder, Muffie continuou:

— Queria lhe dizer que seu desfile foi formidável. Os críticos não sabem do que estão falando: entendem tudo errado com a mesma freqüência com que entendem tudo certo. Continue fazendo o que está fazendo, meu amor, que no fim o mundo vai compreendê-la. — E depois desse pronunciamento, Muffie deu dois tapinhas afetuosos no ombro de Victory (como uma rainha sagrando um cavaleiro, pensou Victory, e voltou para sua mesa).

Durante alguns segundos, Victory ficou paralisada de susto, tentando absorver esse elogio inesperado, depois sentiu-se como se fosse explodir de felicidade. Esses momentos eram raros, e qualquer que fosse o futuro, ela sabia que ia guardar aquele comentário de Muffie na memória como se fosse uma jóia rara de família, tirando-o e olhando para ele de vez em quando, se estivesse se sentindo deprimida.

Ouviu-se um alvoroço junto à entrada, e Nico O'Neilly apareceu, passando pelo mâitre toda empertigada, como se ele não existisse, e indo direto para a mesa, o rosto iluminando-se quando viu Victory. Nico quase sempre era distante, constantemente uma pedra de gelo, mas nunca com as amigas.

— Como foi no Japão? — perguntou Nico, abraçando Victory.

— Um horror — disse Victory. — Mas Muffie Williams acabou de me dizer que achou meu desfile formidável. Vou me gabar disso durante os próximos três anos.

Nico sorriu.

— Não vai ser preciso, Victory. Você é um gênio.

— Ai, Nic...

— Estou falando sério — disse Nico, sacudindo o guardanapo para abri-lo. Virou-se para o garçom que estava ali por perto, aguardando o momento certo de lhe entregar o cardápio. — Água. Com gás. Por favor — pediu.

Victory olhou para a amiga com afeto. Seu relacionamento com as amigas era inestimável, porque só com mulheres é que as mulheres podem realmente ser vulneráveis — pode-se pedir um tapinha nas costas a alguém sem se preocupar em ser vista como irremediavelmente insegura. Mas sua amizade com Nico era mais profunda. Anos antes, quando ela tivera um ano ruim e não tinha dinheiro suficiente para confeccionar sua próxima coleção, Nico havia lhe emprestado 40 mil dólares. Victory não tinha pedido nada, e isso nem lhe passaria pela cabeça. Mas, certo fim de tarde, Nico aparecera no estúdio dela como se fosse uma fada-madrinha.

— Eu tenho um dinheiro, e você está precisando — disse, preenchendo um cheque. — E não se preocupe, pensando que não vai conseguir me devolver a grana. Eu sei que vai.

O interessante nas pessoas, pensou Victory, era que jamais se sabe até que ponto elas podem chegar, especialmente gente como Nico O'Neilly. Quando conhecera Nico, jamais imaginara que ela terminaria lhe ensinando o que era amizade, que por trás daquela fachada distante existia uma pessoa profundamente leal. Se ao menos o garçom soubesse que ser humano espetacular a Nico realmente era, pensou Victory, olhando e achando graça da cara do garçom enquanto ele estendia o cardápio para Nico, meio desconfiado. Nico fez sinal de que não precisava.

— Tudo bem, não preciso. Já sei o que vou querer. — O comentário dela foi feito sem a menor intenção de magoar, mas o homem ficou com jeito de quem tinha acabado de receber uma ferroada. Como a maioria dos homens diante de uma mulher que se recusa a obedecer às convenções sociais de costume, o garçom provavelmente pensou que Nico era uma megera.

Nico, porém, era alegremente imune à maioria das opiniões dos outros a seu respeito, e debruçou-se avidamente na mesa. Estava mais animada que de costume. A reunião na Huckabees tinha transcorrido excepcionalmente bem, principalmente porque Peter Borsch tinha ignorado solenemente Mike Harness durante a maior parte do tempo, e depois, transbordando de felicidade por sua vitória, ela havia feito algo que jamais pensou que faria: ligou para Kirby Atwood, combinando de se encontrar com ele depois do almoço.

— Acabei de fazer a coisa mais abominável que você pode imaginar — disse, orgulhosa, como se não achasse que era abominável coisa nenhuma. — Estava tão furiosa com Mike Harness de manhã...

— Tenho certeza que ele mereceu...

— Bom, na verdade, não tem nada a ver com trabalho. — Nico recostou-se no espaldar da cadeira e olhou em volta, ajeitando o guardanapo no colo. — Percebi que venho me fechando muito, vivendo em uma torre inacessível. Sou intocável, portanto resolvi fazer uma coisa horrível...

Victory riu.

— Minha querida, você nunca faz nada horrível. Principalmente do ponto de vista social. Você é sempre perfeita.

— Mas não sou. Ou pelo menos não quero ser sempre. E aí eu... — ela se interrompeu, olhando em volta para ver se alguém no restaurante estava prestando atenção à conversa delas.

Nesse momento, Susan Atwood as viu e debruçou-se pela lateral da sua mesa.

— Oi, meninas — grasnou, como um corvo velho.

Nico de repente voltou a se comportar como uma profissional.

— Meu amor, podemos falar sobre seu cliente, Tanner Cole? — perguntou ela. Tanner Cole, o ator de cinema, era a capa de novembro da *Bonfire* e tinha insistido em aprovar a foto. Agradá-lo exigiu três sessões de fotos, e depois parece que ele quase matou de susto uma das assistentes, insinuando que queria que ela lhe pagasse um boquete no banheiro.

— Meu bem, o homem foi criado em um estábulo. Literalmente. Não tem modos — disse Susan.

— Quem? — perguntou Carla Andrews, desconfiada, levando a mão ao ouvido. Carla estava sentada do outro lado da mesa e odiava ficar de fora de qualquer coisa; um dos motivos pelos quais, muitos desconfiavam, ela havia conseguido manter o emprego durante tanto tempo, ao passo que mulheres mais jovens sempre acabavam levando o bilhete azul.

— Tanner Cole. Ator de cinema — disse Muffie Williams, com desprezo. Apesar do caso de amor da indústria da moda com Hollywood, Muffie teimosamente insistia em encarar os atores como antigamente, ou seja, eles ganhavam demais, eram mimados, infantis e deviam ser entendidos como tal.

— Sei que ele é ator de cinema — disse Carla, lançando um olhar desdenhoso a Muffie. — Já entrevistei o cara nove vezes. Eu o entrevistei quando ele era praticamente uma criancinha de colo.

— Tem certeza que quer contar isso à gente? — perguntou Muffie, limpando de leve os lábios com o guardanapo.

— Não me importa quem saiba o quê. Não tenho medo de nada — retorquiu Carla.

— Victory — perguntou Susan, deixando de prestar atenção em Carla e Muffie — Lyne Bennett conseguiu encontrá-la?

Então foi assim que ele conseguiu meu telefone, pensou Victory. E confirmou:

— Ele me ligou de manhã.

— Espero que não se importe — disse Susan. — Não sou de dar o telefone dos outros para as pessoas, mas o Lyne anda me importunando atrás do seu número há três semanas. Desde que foi ao desfile. Me ligou cinco vezes, insistindo que precisava conhecer você...

Meu Jesus, pensou Victory — agora o restaurante Michael's inteiro ia saber que Lyne Bennett queria sair com ela. Mas não tinha importância, no fundo: no minuto em que fosse vista em público com ele, todos saberiam mesmo.

— Só que eu *já* o conheço — disse Victory, perplexa pelo comportamento de Lyne. — Já me encontrei com ele pelo menos umas dez vezes.

— Provavelmente umas cem vezes — bufou Susan. — Mas Lyne não se lembra de nada. Tem um cérebro que parece uma peneira. Viu o primeiro sócio dele em um evento há uns dois anos e não o reconheceu.

— Ele não é tão ruim da cabeça assim. É bilionário, sabe — intrometeu-se Carla.

— Bom, seja lá como for, é inofensivo — disse Susan.

— É uma moça — acrescentou Carla. — As mulheres fazem gato e sapato do coitadinho. Principalmente as espertas.

— Ele é homem. Não faz a mínima idéia do que quer — murmurou Muffie.

— Acontece que ele é muito meu amigo — disse Susan, com afetação. — Pode não ser perfeito, mas quem é? Procuro não me esquecer que, por mais que meu marido, Walter, me deixe maluca, eu provavelmente sou pior que ele...

— Olha a Wendy aí — disse Nico, erguendo o olhar.

— Oi, desculpem o atraso — disse Wendy Healy, chegando à mesa dois. Seus óculos estavam embaçados e ela estava ligeiramente pingando suor.

— Meu amor, você parece que veio *andando* — disse Susan, querendo fazer graça. — Eles não estão mais cuidando de você lá na Splatch?

Wendy fez uma careta. Tinha *mesmo* vindo a pé do escritório — seu assistente, Josh, tinha informado a ela, como se fosse natural, que não tinha conseguido um carro.

— Meu assistente é homem — disse, à guisa de explicação.

— Tive um homem como assistente uma vez — disse Victory. — Usava suéteres cor-de-rosa que comprava em um brechó, e cochilava à tarde. No sofá. Feito uma criança. Eu vivia pensando que devia lhe servir leite com biscoitos.

— Será que todos os homens desta cidade estão enlouquecendo? — perguntou Wendy.

— Por falar nisso, tem visto Victor Matrick ultimamente? — perguntou Susan, como quem não queria nada.

— Devo falar com ele esta tarde — disse Wendy.

— Mande um beijo no coração para ele, sim, meu bem? — disse Susan.

— Claro — disse Wendy.

— Bom almoço — disse Nico, com um aceno.

— Não sabia que Susan conhecia Victor Matrick — murmurou Wendy, sentando-se.

— Pois ela foi namorada dele — disse Victory. — Até hoje tiram férias juntos em St. Barts. Com os respectivos cônjuges, é claro.

— Como é que você consegue saber dessas coisas? Isso me espanta! — disse Nico.

— Eu viajo muito — disse Victory. — Encontrei com eles em St. Barts no ano passado.

— Como estava o Victor na época? — indagou Wendy.

— Estranho — disse Victory. — Estava com um taco de golfe metido na parte de trás das calças. E não há campo de golfe em St. Barts.

— Estou seriamente preocupada com Victor — disse Wendy. — Parecia maluco hoje de manhã. Se ele perder o juízo, estou ferrada.

— Ninguém pode deixar sua carreira depender de uma pessoa estar na empresa ou não — disse Victory. — A carreira só deve depender da própria pessoa.

— Devia ser assim. Mas você tem sorte, não trabalha para uma grande empresa.

— E nunca trabalharei... justamente por esse motivo — disse Victory. — Mas a Parador está faturando alto. E todos sabem que é por sua causa.

— Fácil — disse Wendy, dando de ombros. — Preciso ganhar um Oscar, só isso. Com *Peregrinos Maltrapilhos*. Ou então Nico precisa tomar o emprego de Victor.

— Isso vai levar mais uns dois anos — disse Nico, como se fosse uma coisa perfeitamente possível. — Enquanto isso, eu não me preocuparia necessariamente com Victor. — Fez sinal para o garçom. — Victor a gente dobra. Se souber como levar o homem.

— Sim? — perguntou o garçom, meio com medo.

— Gostaríamos de fazer nossos pedidos.

— Vou querer um filé, por favor. Mais para malpassado — disse Victory, em tom suave.

— A truta, por favor — pediu Nico.

— E para mim uma salada de atum à *niçoise*. Sem batatas — disse Wendy.

— Quer as batatas à parte? — perguntou o garçom.

— Não, não quero batata nenhuma. Nem mesmo no prato — disse Wendy. — Aliás, se o senhor pudesse retirar todas as batatas deste restaurante, seria o ideal.

O garçom olhou para ela com jeito de quem não estava entendendo nada.

— Tenho de perder uns quilinhos — disse às amigas. — Meus peitos estão batendo no umbigo. Olhei para eles de manhã e quase caí para trás. Dá até para entender por que faz seis meses que o Shane não me procura.

— Como vai o Shane? — perguntou Nico por força do hábito.

— Ah, não sei — disse Wendy. — Eu quase não o vejo mais. O restaurante provavelmente está indo por água abaixo, portanto ele passa o tempo todo de mau humor, a não ser quando está com as crianças. Juro, tem vezes que penso que seria melhor o Shane ter nascido mulher. De qualquer forma, nós só nos vemos na cama, e sei que isso parece horrível, mas isso não me incomoda muito. Algum dia vou parar de trabalhar, e aí vamos ter o resto de nossas vidas para passar todos os minutos do dia juntos enchendo o saco um do outro.

— Você tem sorte — disse Victory. — Shane é um amor de homem. Minha única perspectiva é Lyne Bennett. E posso lhe garantir que não vamos passar o resto de nossas vidas juntos.

— Nunca se sabe — disse Nico com o que, para Victory, pareceu um romantismo incomum. — O amor pode surgir de uma hora para outra.

— Ainda acredito no amor verdadeiro — disse Wendy, concordando. — Mas não necessariamente com um homem de 50 anos que jamais se casou. Quero dizer, dá um tempo, né?

— Sei lá — disse Victory. — Eu não acredito no amor de verdade mesmo. Acho que não passa de história pra boi dormir.

— Todo mundo acredita no amor de verdade — disse Wendy. — Precisa acreditar. Senão, que outra motivação a gente vai ter na vida, hein?

— O trabalho — disse Victory. — O desejo de fazer alguma coisa neste mundo. Além disso, a necessidade de alimentar e vestir a si mesma, e manter um teto sobre a nossa cabeça.

— Mas isso é tão frio — objetou Wendy. — É um conceito de marketing. Feito para vender produtos.

— Não preste atenção no que ela está dizendo — disse Nico, olhando para Victory com afeto. — Está só contrariando de propósito.

— Ah, eu sei — disse Wendy. — Algum dia ela vai se apaixonar...

Victory soltou um suspiro.

— Estou velha demais para isso. Já aceitei o fato de que, para o resto da minha vida, ou provavelmente durante mais dez anos, pelo menos, até todos os homens pararem de querer estar na minha companhia, vou ter relacionamentos distantes e bem comportados com os homens, nos quais nenhum dos dois jamais vai levantar a voz, mas também nenhum dos dois vai realmente gostar um do outro.

Seria verdade?, ficou imaginando Nico. Será que a pessoa podia estar velha demais para o amor e o desejo? O pensamento a fez se sentir desconfortável, e ela sentiu vontade de mudar de assunto. Achava que tinha desistido da idéia de amor romântico há muito tempo.

— De qualquer modo — prosseguiu Victory —, não consigo imaginar por que Lyne Bennett quer se encontrar comigo. Estou longe de ser o tipo dele.

Nico e Wendy entreolharam-se. Wendy suspirou.

— Vic, você é o tipo de todo mundo, não sabia disso? É lindíssima, talentosa, espirituosa...

— E o resto dessas coisas que as amigas costumam dizer para a mulher que não consegue encontrar um homem — disse Victory. — Que besteira. Os homens sempre acabam decepcionando, mesmo. Como podem não decepcionar, com todas as expectativas que colocamos neles? E aí a gente percebe, uma vez mais, que teria sido melhor investir todo esse tempo no trabalho. Sinto muito, mas nada como a satisfação que vem de criar uma coisa com suas próprias mãos e cabeça... Isso é uma coisa que ninguém jamais pode tirar de você, não importa o que aconteça. — Estava pensando na conversa com o Sr. Ikito.

— Ainda adoro um chameguinho com Shane — disse Wendy, pensando com tristeza que havia um bom tempo que não fazia isso. — Eu *ainda* o amo. Ele é o pai dos meus filhos. Nós fizemos aquelas crianças. A conexão é muito profunda.

— Sente-se assim com relação a Seymour? — perguntou Victory a Nico.

Ouvir o nome de Seymour de repente fez Nico se sentir culpada pelo que ia fazer com ele. Devia contar a elas sobre Kirby? Ia contar a Victory, mas pensou melhor e não contou. Até ali, realmente, não havia nada para contar. E Victory ia se horrorizar. Certamente ia se decepcionar com a amiga. Victory jamais tinha se casado, e como a maioria das pessoas que jamais passaram pelo casamento, tendia a ter uma concepção idealista dele. Era muito rígida nas idéias sobre o comportamento de pessoas casadas. Não era um julgamento contra Victory, apenas que, se Victory ficasse magoada com ela, não saberia o que iria fazer. E não seria justo tornar Victory e Wendy suas cúmplices em um crime.

Precisava mudar de assunto.

— Voltando ao Victor — disse ela. — Ele é capaz de qualquer coisa. Porém não creio que ele seja o problema. Acho que o problema é Mike Harness. — E passou a contar a elas como ele havia tentado roubar dela o crédito pela reunião com a Huckabees.

* * *

— VOLTAMOS À SPLATCH-VERNER? — perguntou o motorista.

— Hum, não, para dizer a verdade, agora não — disse Nico. — Preciso dar uma paradinha em um lugar. Para pegar uma coisa para minha filha. — Deu essa informação com a autoridade de costume, mas imediatamente deu-se conta de que era uma desculpa imbecil. Não havia como, pensou ela, procurando na bolsa o endereço, fazer uma tarefa dessas durar mais do que alguns minutos. Mas talvez ela só ficasse lá por alguns minutos. Talvez, no minuto em que visse Kirby Atwood, percebesse que tudo era um engano e fosse embora.

— A gente podia dar um passeio no parque — tinha dito Kirby, todo afobado, quando ela ligou para ele de manhã do escritório. — O parque fica bem perto da minha casa. Adoro o parque, e você? Eu até pago um cachorro quente pra você, minha linda mulher.

— Kirby — murmurou ela, pacientemente — não posso ser vista no Central Park com você.

— Por que não?

— Porque sou casada, lembra?

— Então não pode dar uma voltinha no parque com um amigo?

— Talvez pudesse encontrar com você no seu apartamento — disse Nico, pensando que Kirby devia ter pensado nisso, a menos que não estivesse exatamente interessado em ter relações sexuais com ela.

— Mas que mancada — disse Kirby. — Devia ter pensado nisso eu mesmo, não?

O fato de Kirby ter entendido seu engano deu esperança a ela.

Ela encontrou o papelzinho no qual tinha escrito o endereço dele (um papelzinho que planejava jogar fora depois da visita) e o leu. O apartamento do Kirby não ficava perto do parque coisa nenhuma —

ficava na esquina da 79 com a Segunda Avenida. Mas sendo ele jovem, cinco quarteirões compridos não eram nada.

— Vou para a rua 79 leste número 302 — disse ao motorista.

Meu Deus, o que estava fazendo?

Ela ligou o celular. Não podia ficar sem contato com o escritório durante muito tempo. Ligou para sua assistente, Miranda, para que ela anotasse seus recados. Devia contar a Miranda a mesma mentira que tinha contado ao motorista? Melhor dizer qualquer coisa bem vaga.

— Vou precisar passar em um lugar antes de chegar aí — disse, olhando para o relógio de pulso. Eram quase duas horas. Se ela e Kirby realmente trepassem, quanto tempo duraria? Quinze minutos? Mas teria de conversar um pouquinho com ele antes e depois. — Vou chegar no escritório por volta das três. — disse à Miranda. — Três e meia, talvez, dependendo do trânsito.

— Não tem problema — disse Miranda. — Você tem uma reunião às quatro. É só me dizer se vai se atrasar. — Graças a Deus, pensou Nico. Miranda era viva feito um azougue. Certamente viva o suficiente para saber quando não fazer perguntas. Entendia que as informações só eram dadas se ela precisasse saber.

Ela respondeu a duas ligações, depois o carro ficou preso no trânsito da rua 59. Por que o motorista não tinha pegado um atalho pelo parque? Naturalmente, o parque fechava para o almoço. Mas que coisa mais ridícula e inconveniente. Rápido, rápido, por favor, viu-se pensando. Depois de ter tomado a decisão de ligar para Kirby, não havia como voltar atrás, e ela ficava tendo esses momentos de expectativa quase insuportável, incapaz de esperar para vê-lo e ao mesmo tempo temendo esse encontro. Era como se tivesse 18 anos outra vez, um pouco antes de seu primeiro encontro. Sentia-se ligeiramente zonza.

Devia ligar para Seymour, pensou. Não queria que ele ligasse enquanto estava no apartamento de Kirby e que ela tivesse de mentir para ele também.

— Oba — respondeu Seymour, pegando o telefone na casa geminada deles. Desde que Seymour tinha decidido começar a criar cachorros de raça dois anos antes, tinha adotado alguns hábitos estranhos, sendo um deles essa nova forma de atender o telefone.

— Oi — disse Nico.

— O que está havendo? Estou ocupado — disse Seymour.

Nico sabia que ele não tinha a intenção de faltar com a educação. Era só o jeito dele, e não tinha mudado desde a noite em que o conhecera, 14 anos antes, em uma festa, e ele a convencera a sair da festa com ele e ir para um bar, e depois perguntara quando ela ia morar com ele. Seymour só se preocupava com o que lhe interessava, com seus pensamentos e atividades; achava-se incessantemente fascinante, e isso bastava para ele. Nico achava que todos os homens eram como ele, no fim das contas.

— Fazendo o quê? — perguntou ela.

— Preparando uma palestra. Para o subcomitê do Senado. Superconfidencial — respondeu Seymour.

Nico concordou. Seymour era um gênio e recentemente tinha começado a dar consultoria para o governo sobre alguma coisa ligada ao terrorismo pela internet. Seymour era uma pessoa bastante circunspecta por natureza, de forma que essa nova oportunidade lhe caiu como uma luva. Sua profissão oficial era professor de ciência política na Universidade de Columbia, onde dava uma aula por semana, mas antes disso, tinha sido um executivo do ramo de publicidade, extremamente poderoso. O lado bom era que ninguém questionava suas credenciais nem suas opiniões, e ele tinha acesso a algumas das mais brilhantes cabeças pensantes do mundo.

— Eles procuram você pelo seu charme pessoal e pela imagem em termos de cultura pop — disse-lhe Seymour uma vez. — E me procuram pela conversa.

Nico supunha que podia ter interpretado isso como insulto, mas não tomou. Seymour estava certo na maioria das vezes. Eles tinham seus pontos fortes e fracos, e aceitavam essas diferenças um no outro, sabendo que juntos formavam uma dupla espetacular. Era isso que fazia o casamento dar certo. Quando Nico começou a ganhar uma nota preta, eles resolveram juntos que Seymour ia sair do emprego para começar a fazer o que desejava mesmo fazer, tornando-se professor na Universidade de Columbia. Nico adorava o fato de que, devido à competência dela, Seymour era capaz de seguir uma carreira significativa, embora mal paga. Se bem que, pensava ela, com um sorriso amargo, havia muitas ocasiões em que ela se perguntava se Seymour não teria planejado tudo aquilo desde o início, desde o dia em que a conhecera, incentivando-a e mostrando-lhe como fazer sucesso e subir na empresa para ele poder pedir demissão.

Naturalmente, ela provara ser uma aluna ávida e competente. Seymour não precisou convencê-la a ter sucesso.

Agora ela dizia:

— Então não tem tempo de conversar sobre a festa? — Eles davam algum tipo de festa a cada duas semanas no sobrado deles na cidade: de jantares íntimos para 12 pessoas até bufês para cinqüenta ou coquetéis para cem. As festas eram apenas para negócios, preparadas para manter o perfil de Nico impecável, forjar alianças e descobrir tudo que ia acontecer antes que fosse publicado na imprensa ou divulgado no noticiário. Nico, na verdade, não gostava de festas, mas sabia que Seymour estava certo, e fazia isso para agradá-lo. E não era difícil para ela, aliás. Seymour contratava o bufê, encomendava as bebidas alcoólicas e escolhia o cardápio, embora ninguém bebesse muito na casa deles. Seymour detestava gente de porre. Detestava quando as pessoas perdiam o autocontrole e, além disso, tinha uma regra de que deviam estar na cama todas as noites no máximo às dez e meia.

— A gente pode combinar isso esta noite — disse Seymour. — Você vem para casa?

— Não sei — respondeu Nico. — Tem uma festa dessas para levantar fundos para alguma campanha de prevenção contra o câncer de mama.

— Então é melhor você ir — recomendou Seymour. — Devia no mínimo mostrar que compareceu.

SELVA DE BATOM 89

Desligou, e Nico de repente sentiu-se apreensiva. Não se divertia mais. Não fora sempre assim. No início, quando estava subindo na vida e tudo era novo, a vida não passava de uma grande badalação. Todos os dias eram repletos de emoções maravilhosas, e ela e Seymor tinham saboreado ao máximo a gloriosa sensação de estarem alcançando objetivos e vencendo obstáculos. O problema é que ninguém tinha dito que era necessário continuar vencendo obstáculos. Não dava para parar. Era preciso continuar sempre em frente.

Mas também, supôs ela, a vida era assim mesmo no fim. Não importava onde se estivesse, era preciso revirar bem dentro de si para encontrar o desejo de continuar tentando. E quando não desse para continuar mais, a pessoa morria.

E todos se esqueciam dela.

Naturalmente, Nico não estaria viva quando fosse esquecida, portanto, será que isso importava?

Ela olhou o trânsito pela janela do carro. Finalmente estavam subindo a Terceira Avenida. Mas o trânsito ainda estava que era uma lesma. Não devia pensar mais em coisas tristes. Dentro de alguns minutos, ia se encontrar com Kirby. Imaginou-o como um coringa em sua vida, um bobo da corte em trajes coloridos, um docinho embalado em papel de presente.

— Disse 302 da rua 79? — perguntou o motorista, interrompendo-lhe os pensamentos.

O edifício de Kirby era uma torre de tijolos pardacenta com uma entrada de carros que vinha da rua 79 e descrevia uma curva na direção da garagem. Era um prédio de classe média, mas a entrada de carros, provavelmente mais inconveniente do que útil, era para imprimir um toque de classe ao edifício. Sob a marquise, duas portas giratórias e uma porta de vidro de correr que se abria automaticamente, de tipo que se vê nos aeroportos. Dentro do prédio havia uma mesa ampla, atrás da qual sentava-se um porteiro que dava indicação de ser uma pessoa meio nervosa.

— Kirby Atwood, por favor — disse Nico.

— Quê? — disse o porteiro, deliberadamente desagradável.

Nico suspirou.

— Kirby Atwood.

O porteiro olhou para ela com um jeito enfezado sem motivo nenhum além do fato de que ela parecia estar incomodando-o por exigir que ele desempenhasse suas funções, e folheou um fichário grande. Pegou o telefone e discou o número.

— Cuméseunome?

Nico pensou um instante, recordando-se do fato de que jamais tinha feito isso antes e não sabia qual era o protocolo. Devia dar seu nome verdadeiro e potencialmente se expor à possibilidade de ser surpreendida? Se desse um nome falso, porém, Kirby provavelmente não ia entender, e isso levaria a uma inconveniência ainda maior.

— Nico — sussurrou.

— O quê? — perguntou o porteiro. — Nicole?

— Isso.

— Aqui tem uma Nicole, que veio visitá-lo — informou o porteiro ao telefone. E olhando desconfiado para ela, disse: — Pode subir. É no 25G. Dobre à direita quando sair do elevador.

O prédio número 302 da rua 79 era imenso, com apartamentos que pareciam caixas de sapato empilhadas uma em cima da outra. O prédio tinha 28 andares, com 26 apartamentos em cada um, identificados por letras do alfabeto. No total eram 988 apartamentos. Ela e Seymour tinham morado em um prédio exatamente igual a esse quando recém-casados. Mas tinham se mudado e progredido na vida, sem perda de tempo.

Ela ouviu uma porta se abrindo, o som ecoando pelo corredor estreito. Esperava que a cabeça linda de Kirby surgisse de uma das portas mas, em vez disso, um cachorro gigantesco aproximou-se saltando pelo corredor em sua direção, todo assanhado, fosse pela perspectiva de companhia ou pelo fato de ter conseguido escapar do cubículo. Aquela fera devia ter uns 50 quilos, tinha pêlo pardo e rajado e era tão esguio que Nico imaginou que devia ser mestiço de galgo com dinamarquês.

Nico parou de chofre, preparando-se para agarrar o cachorro dos dois lados do pescoço se ele tentasse pular em cima dela, mas pouco antes de o cão chegar onde ela estava, Kirby apareceu no corredor e disse, com firmeza: "Totó! Senta!" O cachorro imediatamente parou e sentou-se, resfolegando feliz.

— Esse é o Totó — informou Kirby, vindo até ela com passos largos e sorriso autoconfiante. Estava de camisa azul escuro, aberta, exceto por um botão no meio do peito, que tinha abotoado como se tivesse acabado de vestir a camisa, revelando seu abdome tanquinho muito bem definido. Nico ficou impressionada com seu corpo, mas ela estava ainda mais impressionada com sua capacidade de treinar um cão. Era preciso um tipo de paciência todo especial e uma autoridade benevolente para treinar um cachorrão assim com tamanha perfeição, pensou ela.

— Como vai, minha linda senhora? — perguntou Kirby, como se fosse perfeitamente normal uma mulher mais velha vir a seu apartamento no meio da tarde para trepar com ele. Nico de repente sentiu-se encabulada. Como devia se comportar? Como Kirby esperava que ela se comportasse? Como ele a via? E eles? Sem ter referências para categorizar aquela situação, ela decidiu encará-los como Richard Gere e Lauren Hutton em *Gigolô Americano*. Talvez se ela fingisse que era Lauren Hutton, conseguisse passar por aquela situação sem dar vexame.

E que negócio era aquele de ele a chamar de "minha linda senhora"?

— Desculpe eu ser burro e não convidar você para vir ao meu apartamento — disse Kirby, começando a andar pelo corredor na direção da porta. Virou-se e lançou um sorriso a Nico de um arrependimento tão contrito que o coração dela derreteu na mesma hora. — E eu queria tanto que você visse meu apartamento, sabe? Desde o momento em que a conheci, não sei, eu só pensei, adoraria que ela desse uma opinião sobre meu apartamento. Esquisito, né? Como é que a gente pode conhecer alguém e querer saber a opinião da pessoa? Porque estou pensando em me mudar. No centro é mais bacana, mas eu acabei de reformar o apartamento, e parece burrice passar pela trabalheira de me mudar *de novo*, não acha?

Nico olhou para ele inexpressiva. Como ia reagir a isso? Ela e Seymour moravam no centro, em um sobrado imenso no West Village, na rua Sullivan. Ela achava isso "bacana", mas o verdadeiro motivo pelo qual moravam ali era por ser tranqüilo e agradável, e por poderem ir a pé à escola de Katrina. Talvez ela devesse ser solidária com ele pela trabalheira que era reformar um apartamento. Tinha levado um ano para reformar a casa dela, mas não havia realmente se envolvido. Seymour é que tinha feito tudo, e eles tinham passado três dias no Mark Hotel quando a companhia de mudança veio e o decorador deu os retoques finais, e alguém lhe entregou um molho de chaves, e um dia, depois do trabalho, ela foi para a casa nova em vez de ir para o Mark Hotel. Era uma questão de conveniência, mas, pensando naquilo agora, ela de repente entendeu que parecia coisa de menina mimada, e que se comentasse isso ia dar a entender que ela era melhor que ele. Sorriu meio sem jeito.

— Kirby, eu realmente não sei... — murmurou.

— Bom, então me diga — falou Kirby, abrindo a porta com um floreio e segurando-a para mantê-la aberta com o braço, de modo que ela teve de passar sob ele para entrar. Seu corpo roçou contra o peito dele, e a sensação a fez corar. — Quer um copo de vinho ou uma água? — perguntou Kirby. — Eu disse para mim mesmo, ela parece alguém que gosta de vinho branco, então saí e comprei uma garrafa.

— Puxa, Kirby, não precisava — disse ela, sentindo-se como uma colegial sem palavras. — Não tenho o hábito de beber no meio do dia.

— Ah, eu sei. Você é uma senhora ocupada — disse Kirby, indo até a cozinha, que era um aposento apertadinho logo à direita da porta. Abriu a geladeira e tirou uma garrafa de vinho. — Mas tem de relaxar, sabe. Não é bom a gente estar sempre a duzentos por hora.

Ele se virou e sorriu, mostrando todos os dentes.

Ela retribuiu o sorriso. De repente a cabeça dele avançou feito uma cobra e ele a emboscou, fechando a boca sobre a dela. Ainda segurando a garrafa de vinho em uma das mãos, ele a puxou para perto de si com a outra. Ela curvou o corpo, colando no corpo dele por sua própria vontade, pensando que a boca do rapaz era como uma fruta macia e suculenta: um mamão, talvez, enquanto seu corpo rijo proporcionava um contraste irresistível. O beijo durou pelo que pareceu a Nico vários minutos, mas provavelmente foram apenas trinta segundos, e aí ela começou a se sentir esmagada e claustrofóbica, como se não pudesse respirar. Apoiando as mãos no peito dele, ela o empurrou.

Ele recuou um passo e olhou para ela, curioso, procurando entender a reação.

— Meio demais, assim, logo de cara, né — disse, tocando-lhe a face ternamente. No segundo seguinte, ele engrenou outra marcha, porém, como uma criança que de repente descobre um brinquedo diferente. — Então vamos tomar um gole de vinho? — perguntou, balançando a garrafa e depositando-a sobre o balcão, como se agradavelmente surpreso por descobrir que a estava segurando. Abriu o armário e tirou dois copos de vinho. — Acabei de comprar estas taças na Crate and Barrel. Já foi lá? Estão liquidando tudo. Estas aqui foram só cinco dólares cada, e são de cristal — comentou, desarrolhando a garrafa de vinho e servindo-o. — Uma vez, sabe — continuou ele, com um jeito animado, jovial e questionador — eu fui no iate de um cara rico, e todos os copos, até mesmo os de *suco*, eram de cristal. Mas o que eu adoro em Nova York é que a gente pode comprar coisas muito boas por um precinho baixo. Já notou isso? — Ele lhe entregou um copo e ela agradeceu com uma mesura, observando-lhe os gestos, incapaz de falar. O desejo a emudecera.

O cachorro espremeu-se, entrando na cozinha e desviando-lhes a atenção, felizmente. Nico fez festinha na cabeça dele, depois, com a mão sob seu queixo, virou-lhe a cara para cima para que ele tivesse de olhá-la nos olhos. O cachorro ficou olhando-a, submisso.

— Ele é um cachorro bonzinho — disse ela. — Ele tem um nome dele, de verdade?

Kirby deu a impressão de ficar encabulado.

— Eu estava esperando para ver qual a personalidade dele antes de lhe dar um nome, sabe? Porque às vezes a gente batiza um cachorro logo de cara e depois percebe que não é o nome certo e aí não pode mudar mais. Não dá para mudar o nome de um cachorro, sabia? Eles não são espertos a esse ponto. Ficam confusos — explicou. — Parecem crianças. O que aconteceria se os pais mudassem o nome de um molequinho de 5 anos, assim de uma hora para outra? Ele provavelmente jamais saberia para que escola devia ir.

Kirby olhou para ela, na expectativa, e Nico riu, o que pareceu agradá-lo. Ela não sabia o que esperar, mas não esperava isso: essa ingênua, fascinante, inesperada... inteligência? Ora, talvez não fosse inteligência, pensou. Mas certamente havia algo em Kirby que era mais interessante do que ela imaginara a princípio.

— Espere aí, eu me esqueci — disse Kirby, de repente. — Acabei de me lembrar que devia lhe mostrar o apartamento. Foi assim que atraí você para vir aqui, não? — indagou. — Só que me distraí... com minha linda senhora. — Olhou para ela de um jeito malicioso, e Nico estremeceu ligeiramente. Talvez ele não fosse nada burro, mas ela desejou de todo o coração que ele parasse de usar aquela palavra: "senhora". Estava fazendo ela se sentir velha, como se fosse sua mãe, ou coisa assim.

— Kirby, eu...

Ele passou por ela e se virou, aplicando-lhe novamente um repentino e longo beijo. Talvez chamasse todas as mulheres de "senhora", pensou ela, enquanto ele lhe tirava a blusa e deslizava a mão pelas suas costas, abrindo-lhe o sutiã com desembaraço. Pelo menos ele não a tratava como sua mãe, pensou quando a mão dele lhe massageou delicadamente os seios. Ele sabia como tocar uma mulher, e quando ele circundou de leve a parte superior do mamilo com o dedo, ela sentiu que se entregava a ele de uma forma que jamais havia se entregado a Seymour...

Ela de repente entrou em pânico, empurrando-o e virando a cabeça. O que estava fazendo? Seymour... Kirby... em alguns segundos, ele teria tirado suas roupas, e o que pensaria do seu corpo? Provavelmente estava acostumado a dormir com supermodelos de 25 anos...

Kirby afastou a mão.

— Ei — disse. — Está se sentindo bem? Porque a gente não precisa fazer tudo... sabe como é.

— Eu quero — murmurou ela. — Só que eu...

Ele concordou, como quem entende.

— É a primeira vez?

Ela olhou para ele, intrigada, sem saber do que ele estava falando.

— Que está traindo seu marido.

Ela abriu a boca chocada, e ele aproveitou a oportunidade para mergulhar em outro beijo.

— Não se preocupe — murmurou ele. — Deve pensar que tem suas razões, certo? — De repente circundou-lhe a cintura com as mãos e ergueu-a como se ela fosse uma criança, sentando-a sobre o balcão. Depois continuou beijando-a e acariciando-a, e ela se inclinou para trás, ainda não inteiramente pronta para ceder a seus avanços, principalmente depois daquele comentário sobre traição. Por que ele tinha de falar daquilo assim tão abertamente? Mas era verdade. Ela *estava* mesmo traindo. Talvez isso o deixasse ainda mais assanhado.

"E caso esteja se perguntando o que eu acho, seu corpo é lindo — sussurrou, empurrando a saia dela para cima e metendo as mãos entre suas pernas para abri-las. Ela resistiu, pensando em como seria bom sentir que ele a desejava o suficiente para persuadi-la a ceder a ele, e também sabendo que, se resistisse, podia mentir para si mesma depois, dizendo que não tinha podido evitar — sua resistência tinha sido vencida. De repente, permitiu que ele lhe abrisse as pernas, e ele deslizou as mãos pela parte interna das coxas dela, até em cima e depois até embaixo, observando-lhe as expressões. Graças a Deus por Seymour, pensou, graças a Deus que ele a fazia malhar meia hora toda tarde às 18h nos aparelhos de ginástica do porão da casa deles. Dizia que era por motivo de saúde, em vez de estética, para aumentar o vigor e a concentração dela. De repente lhe ocorreu que Seymour a tratava mais como um cavalo de corrida do que como um ser humano.

"Precisa disso? — perguntou Kirby, puxando o elástico da cintura da meia-calça de náilon dela. Ela olhou para ele, confusa, porém nas nuvens. — Ou posso cortar fora? — perguntou, com ousadia. — Sinto vontade de cortar com tesoura, para poder chegar até você, mas talvez isso mais tarde possa levantar suspeitas, não? Se for para casa sem meia-calça...

— Não tem problema — sussurrou ela, deitando-se para trás para que ele cortasse o náilon da meia-calça. Ela não era dessas coisas, pensou, mas ninguém jamais saberia o que ela fizera na cozinha de Kirby. Tinha outra meia-calça no pequeno vestiário anexo ao banheiro do escritório, e ninguém notaria se ela voltasse sem meias...

Kirby pegou uma tesoura de cozinha em um pote de cerâmica florido com uma série de colheres de pau e espátulas. Além de ser maravilhoso no sexo, ele ainda gostava de cozinhar, pensou ela. Ele passou a mão sobre a barriga dela, só para provocar, e começou a cortar para baixo, com uma torturante lentidão. Quando chegou à parte de cima do púbis, deixou de lado a tesoura e, com as duas mãos, rasgou a meia-calça.

Ela pensou que fosse morrer de tanta expectativa.

Depois ele ergueu o elástico da virilha da calcinha (que, felizmente, era bonita — uma malha de seda azul clara da La Perla) — e passou o dedo em círculos sobre os lábios da vagina dela. Nico jamais falava durante as relações sexuais — aliás, preferia não fazer som nenhum. Mas surpreendeu-se emitindo um som baixo e gutural. Foi ligeiramente constrangedor, e ela achou que parecia uma estrela de filme pornô, mas Kirby não deu sinal de se importar. Afastou para um lado o elástico da calcinha, expondo os órgãos genitais de Nico, e depois abriu-lhe os lábios vaginais com os dedos.

Ai, meu Deus, pensou ela. Estava adorando aquilo tudo. Era tudo de bom trepar com um modelo da Calvin Klein gostoso feito aquele?

Como foi que toda essa sorte tinha batido à sua porta?

Ela de repente sentiu uma pontada de culpa. Se Seymour tentasse fazer aquilo com ela, teria lhe dito para se afastar. Vivia rejeitando Seymour, cada vez mais com o passar dos anos, de forma que agora ele quase não a procurava mais.

— Mas que xotinha mais linda — disse Kirby e começou a lambê-la, metendo os dedos na vagina dela enquanto fazia isso. — Da próxima vez vou mandar você ficar de joelhos — disse, excitado, fazendo-a se esquecer de Seymour e imaginar todos os tipos de possibilidades com Kirby em vez disso. — Porra, não dá mais para esperar — disse ele. Pegou a tesoura e de um só golpe cortou-lhe o elástico da calcinha. Depois meteu a mão no bolso e tirou uma camisinha envolta em um envelope de papel de alumínio, rasgando a parte de cima com os dentes. Dentro de poucos segundos, abriu o zíper, libertando um pênis duro feito pedra (tá legal, é clichê, pensou, mas não havia outro jeito de descrevê-lo), com um tamanho que parecia ligeiramente maior e mais comprido que a média. Ou, pelo menos, maior do que o de Seymour...

Ele colocou a camisinha com habilidade, e ela quase riu de constrangimento juvenil. Camisinhas! Tinha se esquecido que existiam. Nunca tinha trepado com um homem que usasse uma, porque durante os 14 últimos anos (mais, porque já fazia seis meses que não saía com ninguém quando conheceu Seymour), só tinha transado com um homem. E tivera apenas cinco homens em toda a sua vida, fora Kirby.

— Não tem problema, tem? — perguntou ele. — É melhor assim. Não precisamos nos preocupar. E você está tão molhadinha...

Ela sacudiu a cabeça, na expectativa da sensação que seria quando ele metesse aquele pau nela.

Ela caiu para trás com um gemido de prazer, batendo com a cabeça contra a parede. Ele ergueu as pernas dela, de forma que os pés ficassem quase apoiados na beira do balcão. Ela estava completamente vulnerável. O fato de estar se permitindo ficar assim tão aberta era, em si, excitante, porque jamais tinha sido assim... não com Seymour...

E aí tirou completamente Seymour da cabeça. Não ia deixar o marido estragar seu único momento de prazer.

* * *

DEPOIS, ELA FICOU largada no balcão, como uma boneca de pano.

— Foi ótimo, não foi? — perguntou Kirby, ajudando-a a descer do balcão. Ela ficou de pé, alisando a saia. De alguma forma, durante o ato, ela não só tinha perdido a calcinha e a meia-calça, como também os sapatos. — Você gritou de verdade quando gozou.

De repente ela se sentiu constrangida.

— Foi mesmo? — perguntou ela, pegando um sapato num canto. — Normalmente não faço isso.

— Mas hoje fez — disse ele, com um entusiasmo fraternal. — Não se preocupe com isso. Eu gosto. — Ele ergueu a calcinha cortada. — Precisa dela? — perguntou.

— Acho que não — respondeu Nico, perguntando-se o que ele estava imaginando que ela faria com aqueles trapos: prender as pontas com um alfinete?

— Vai passar o resto da tarde sem calcinha — disse Kirby, segurando o rosto de Nico entre as mãos. — Vou pensar em você dessa maneira. E toda vez que pensar, vou ficar de pau duro.

Ela riu, nervosa. Não estava acostumada a homens pensando nela como objeto sexual. Mas será que isso significava que Kirby queria voltar a vê-la?

Ela esperava que sim, pensou, apoiando uma das mãos no ombro dele enquanto colocava os sapatos. Mas e agora, o que fazer? Será que devia simplesmente ir embora? Olhou o relógio de relance. Eram 14h30. Se saísse imediatamente, podia estar no escritório às 15h. Mas será que Kirby ia ficar ofendido?

— Agora vou mesmo lhe mostrar o apartamento — disse Kirby.

— Dá para acreditar que nem saímos da cozinha? Irado, né?

Ela olhou para ele fixamente. Era mesmo lindo. Suas feições eram perfeitamente proporcionais, mas era mais que isso. Era a firmeza da juventude. Algumas coisas não podiam ser consertadas pelo bisturi nem pela agulha do dermatologista, e eram o tom da pele e a firmeza dos músculos, principalmente no pescoço. O pescoço de Kirby era tão liso e a pele parecia manteiga. Só de olhar o pescoço dele Nico já sentia tesão outra vez. Aquela idéia de as mulheres não se sentirem atraídas pela aparência dos homens e pela juventude era uma mentira completa...

De repente ela se perguntou se ele fazia isso com muitas mulheres. Mas não podia lhe perguntar isso, podia? Não podia parecer insegura. Era melhor sondá-lo discretamente.

— Adoraria ver o resto do apartamento — disse.

Não era muito grande, só uma sala de estar e um quarto, e um banheiro comum, estilo novaiorquino, mas a mobília era surpreendentemente bonita.

— Tenho desconto de 80% na Ralph Lauren, uma coisa ótima, mesmo — disse ele. Sentou-se no sofá de camurça e ela se sentou ao lado. O book dele estava sobre a mesa, e automaticamente ela começou a folheá-lo. Havia fotos do rosto de Kirby em anúncios de loção pós-barba, de Kirby sentado em uma moto para uma empresa de comercialização de couro, Kirby em Veneza, Kirby em Paris, de chapéu de vaqueiro em algum lugar do Oeste, talvez Montana. Ele pôs as mãos sobre as dela.

— Não — disse ele.

Ela olhou para ele desejando mergulhar em seus olhos. Não eram totalmente marrons, mas levemente cor-de-mel, com lampejos de dourado. Queria se unir a ele.

— Por que não? — perguntou ela. A voz não saiu muito normal. Olhando de relance para uma página do book (Kirby a cavalo), ela não podia acreditar no que tinha acabado de fazer com ele. Era uma espécie de milagre. Quem teria imaginado que ela ainda era capaz de transar assim com aquela idade, com um homem tão jovem e bonito?

— Detesto ser modelo — disse Kirby. — Detesto o jeito como me tratam. Feito um pedaço de carne, sabe? Eles não ligam a mínima para mim como *pessoa*.

O que seria se apaixonar por Kirby Atwood, perguntou-se ela, olhando-o com um horror solidário. Graças a Deus Kirby não podia ouvir seus pensamentos.

— Que coisa horrível — disse ela, achando aquele desconforto dele extremamente tocante. Não havia nada mais poderoso, pensou ela, do que descobrir que os belos eram tão vulneráveis quanto qualquer um. — Só que você é um excelente modelo.

— Excelente como? Não tem nada de especial nisso. Eles apontam a câmera para mim e me dizem para fazer cara de alegre. Ou de forte. Ou alguma outra porra. Mas às vezes — disse ele, tocando o braço dela de brincadeira — eu faço outra cara diferente, sabe. Tento parecer compenetrado. Como se estivesse refletindo sobre alguma coisa.

— Me mostre essa cara agora — pediu Nico, incentivando-o.

Meu Jesus, o que ela estava fazendo? Precisava voltar para o trabalho.

— Está falando sério? — indagou Kirby. Abaixou a cabeça e depois a ergueu, olhando para alguma coisa a meia distância. Manteve essa posição durante alguns segundos. Parecia ligeiramente pensativo, mas com exceção disso, sua expressão não lembrava grande coisa. Credo, pensou Nico.

— Percebeu? — perguntou, sôfrego. — Deu para perceber que eu estava pensando em algo?

Ela não queria decepcioná-lo.

— Ah, deu, sim. Foi ótimo, Kirby.

— Dava para dizer no *quê* eu estava pensando?

Nico sorriu. Ele era tão infantil que chegava a animar a gente.

— Não, me fale.

— Em sexo! — exclamou Kirby com um sorriso rasgado. — Na nossa trepada agora mesmo, sabe? Tá bom, você provavelmente vai pensar que eu devia ter feito cara de satisfeito. Mas eu enganei você, porque estava pensando que eu realmente espero poder fazer de novo, e não sei se você vai querer.

— Ah, sei — disse Nico, sem saber o que responder. Ele vivia dizendo coisas inesperadas. Nunca tinha sido boa em expressar suas emoções, principalmente para os homens. — Quero ver você de novo sim. Mas, Kirby... — acrescentou, olhando para o relógio de pulso. — agora eu preciso mesmo voltar para o escritório.

— Ah, é melhor eu ir também. Também preciso trabalhar, sabe? — Eles se entreolharam de um jeito constrangido por um momento, depois Kirby aproximou o rosto do dela e a beijou.

— Foi mesmo bom, não foi? — perguntou ele.

— Foi ótimo — murmurou ela, desejando que pudesse dizer a ele como tinha sido maravilhoso.

— Totó! — disse ele, afastando-se dela. O cachorro veio trotando do quarto. — Senta! — comandou Kirby. — Cumprimenta! — O cão ergueu a pata. Nico apertou-a.

* * *

WENDY HEALY sentou-se nos fundos da sala de projeção do 43º andar do edifício da Splatch-Verner.

A sala de projeção continha cinqüenta cadeiras de couro preto, do tamanho de poltronas, e era revestida de lambris de madeira clara.

Havia porta-copos nos braços das poltronas e pequenas mesas escamoteáveis do lado direito delas, para quem quisesse tomar notas. Mais ou menos uma dúzia de pessoas estava presente na sala: Peter e Susan, os dois executivos que trabalhavam subordinados a ela; Selden Rose, o chefe da divisão de tevê a cabo, com dois de seus executivos; Cheryl e Sharline, chefes de publicidade da costa leste e oeste; o diretor e sua namorada; e três dos atores do filme: Tanner Cole e Jenny Cadine, mais o "novato" Tony Cranley, um rapazinho de baixa estatura e com cara de introvertido, que todos estavam prevendo que ia se tornar um grande ator, e não ia a lugar nenhum sem sua agente, Myra, uma loura cor-de-mel corpulenta, com jeitão de mãe de todos.

— Oi, amoreco — cumprimentou Myra, beijando Wendy na bochecha depois de ter instalado Tony em uma poltrona na primeira fila ao lado de Tanner.

— Sente com a gente — Sharline convidou Myra.

— Um minuto só — disse Myra. Olhou para Tony, que estava fingindo dar um "telefone" no Tanner.

— Como vão as coisas? — perguntou Wendy, empurrando os óculos. Estava meio nervosa, e os óculos ficavam escorregando-lhe pelo nariz abaixo.

Myra olhou de relance para Tony, revirou os olhos e deu de ombros, um gesto que fez Sharline e Wendy rirem.

— Não, francamente — disse Myra. — Está tudo uma beleza.

— Lemos sobre o assunto na *Página Seis* — disse Sharline. "O assunto" era Tony ter passado a mão em uma famosa estrelinha em uma cerimônia de premiação e levado um tapa na cara.

— Detesto atores — disse Wendy com um suspiro.

— Você — disse Sharline, apontando um dedo para ela — adora atores. É conhecida como produtora dos atores. Eles todos a adoram. E você retribui esse amor.

— Sharline vai para a Índia — informou Wendy.

— Ai, que inveja, eu queria fazer uma coisa assim também — gemeu Myra.

SELVA DE BATOM 103

— E pode — disse Sharline, dominada pela emoção. — Quero dizer, o que a impede? Acordei há um mês, olhei em volta e pensei, mas que vida é essa? O que estou fazendo? E aí percebi que preciso viver. Fora de tudo isso. Preciso descobrir um objetivo na vida.

— É disso que precisamos — concordou Wendy. — Um objetivo.

— Você podia vir também — sugeriu Sharline.

— Ah, mas ela não pode. Como pode, com as crianças e tudo o mais? — indagou Myra.

— Andei pensando nisso, acredite — disse Wendy.

— Finja que está procurando locações — disse Sharline.

Wendy sorriu. Ela jamais, pensou, teria cara de fazer uma viagem feito essa. Mas a *idéia* de uma viagem assim... era o tipo de coisa que ela sempre havia sonhado que faria quando era criança. Ver o mundo, lugares exóticos... Tratou de tirar o pensamento da cabeça.

Olhou a sala, empurrando os óculos para cima de novo.

— Quem estamos esperando? — perguntou Myra.

— Victor Matrick — disse Sharline, dando uma piscadela para Wendy.

Wendy respondeu com um sorriso irônico. Detestava essa parte do serviço. Os momentos de nervosismo antes da exibição de um filme recém-terminado aos altos executivos da empresa, quando, por melhor que a gente pensasse que o filme era, a gente sabia, em duas horas, que podia ter se enganado redondamente, que o que tinha pensado antes que era brilhante, engraçado ou evidente, não atingia o público, por algum motivo. E aí, por mais filmes que se produzissem, por mais sucessos que se tivesse (e ela tivera um bocado; possivelmente, sabia, mais do que se esperava dela), os fracassos pesavam sobre a pessoa como se fossem a própria morte. Ela preferia não se envolver emocionalmente com seus filmes (era isso que os homens insistiam que as mulheres faziam), mas era impossível trabalhar tanto em um projeto *sem* se envolver emocionalmente com ele. E aí, quando o filme se revelava um fiasco, era exatamente como se um amigo fiel tivesse traído a gente. O amigo talvez fosse um horror, uma bomba e uma negação completa, mas isso não significava que a gente não o amava e não queria que se saísse bem.

E quando eles fracassavam, ou seja, *morriam*, alguns dias depois, ela sempre caía numa fossa mortal, um verdadeiro buraco negro, de tanta vergonha. O fracasso não tinha sido o filme, tinha sido ela. Tinha decepcionado a si mesma e a todas as outras pessoas envolvidas...

— Ai, Wendy — dizia Shane todas as vezes que isso acontecia, revirando os olhos com um suspiro angustiado. — Por que você fica assim tão pra baixo? É só uma porcaria de um filme de Hollywood.

E ela sempre sorria e dizia:

— Tem razão, meu amor. — Mas, na realidade, ele estava errado. O importante na vida era que a gente tinha de se importar *de verdade* com alguma coisa. Era preciso comprometer-se com as paixões...

O celular dela tocou.

— Shane — sussurrou ela para as outras.

— Felizarda. — Sharline concordou e sorriu. Havia mais de cinco anos que nem Sharline nem Myra tinham um namoro firme, uma realidade da qual viviam dolorosamente a se recordar.

Wendy ficou de pé para atender à ligação no corredor. As portas almofadadas da sala de exibição fecharam-se silenciosamente atrás dela.

— Oi — disse ela, ansiosa. Era a primeira vez que eles conversavam naquele dia.

— Está ocupada? — perguntou ele. Em tom meio frio, pensou ela. Será que ele não sabia que ela estava para exibir um filme para os chefes? Talvez tivesse se esquecido de lhe contar.

— Está tudo bem, amor? — perguntou ela, de um jeito cálido e maternal.

— A gente precisa ter uma conversa — disse ele.

— As crianças estão bem? Não aconteceu nada com a Magda, aconteceu?

— As crianças estão bem — disse ele, descartando essa possibilidade. — *Nós* é que temos de ter uma conversa.

Aquilo não estava lhe soando bem. Dezenas de coisas começaram a lhe passar pela cabeça. Alguém que ela conhecia tinha morrido; tinham recebido uma carta da receita federal cobrando impostos atrasados; os sócios tinham expulsado Shane do restaurante... Ela olhou para cima. Victor Matrick estava percorrendo o corredor a passos rápidos. Como é que os homens e as mães sempre pareciam saber os momentos mais inconvenientes para telefonar?

— Vou ter de ligar para você depois. Após a exibição do filme para o presidente — disse ela em voz tão normal quanto pôde e desligou.

— Olá, Wendy — disse Victor, apertando-lhe a mão.

— Bom te ver, Victor. Que bom que veio. — Ela ficou de pé, meio sem jeito por um segundo, tentando deixá-lo passar para ele poder entrar na sala primeiro. Ela era mulher, mas ele era mais velho e mais poderoso. *A idade antes da beleza*, pensou. Mas depois de anos no ramo, ainda não sabia como tratar homens como Victor Matrick: brancos idosos em postos de autoridade. Detestava a autoridade masculina. Toda vez que se via face a face com um homem como Victor, sentia-se uma menininha outra vez, precisando ter uma conversa com o pai. Eles não tiveram um bom relacionamento. Ele era distante e repudiava a menina, como se jamais pensasse que ela ia ser grande coisa na vida (Vivia surpreso por ela ter um emprego e ainda mais chocado por ver quanto ela ganhava: quando descobriu que ela ganhava mais de três milhões de dólares por ano, seu único comentário foi: "Não entendo mais esse mundo."). Nico, por outro lado, sabia exatamente o que fazer com homens como Victor. Usava a adulação sutil. Falava com eles no mesmo nível. Agia como se fosse um deles. Wendy jamais seria capaz de fazer isso. Não era "um deles", portanto parecia inútil fingir.

— Acha que esse filme vai ser um sucesso de bilheteria, Wendy? — perguntou ele. Victor era um desses velhos empresários que diziam o nome da gente o tempo todo, supostamente para fazer a gente se sentir importante, mas provavelmente mais para intimidar a pessoa, fazendo-a recordar-se que ele tinha uma memória perfeita e você não.

— Victor — disse ela. — Vai ser uma sensação.

— É o que gosto de escutar dos meus executivos. Entusiasmo. — disse Victor, fechando a mão direita e batendo com ela na esquerda. — Vamos botar essa bola para rolar!

Wendy seguiu Victor, entrando na sala de projeção, e sentou-se na fila atrás dele. A tela soltou alguns estalidos, acendendo-se, a luz branca iluminando a parte de trás da cabeleira abundante de cabelos cinzento-amarelados de Victor. Wendy afundou-se na poltrona, perguntando-se, por um momento, como Victor teria reagido se ela fosse até ele e dissesse: "Isso, Victor! Vamos brincar de Barbie!"

* * *

EXATAMENTE 111 minutos depois, Tanner Cole inclinou-se e beijou Jenny Cadine em uma charrete que atravessava o Mall, no Central Park. Wendy tinha visto essa cena final centenas de vezes na sala de edição, mas ainda sentia a mesma emoção lacrimogênea que só se pode atingir quando o público acredita que o mundo se endireitou em virtude do verdadeiro amor. Supostamente, seria o final mais fácil para a trama, mas era, na realidade, o mais difícil. As regras eram rígidas: um homem de alta posição social se apaixona por uma mulher de posição inferior, mas merecedora e virtuosa. (Ou por uma mocinha bem nova. Isso era ainda melhor.) Cinqüenta anos de feminismo e educação e sucesso pouco tinham feito para erradicar o poder desse mito, e havia vezes em que o fato de estar vendendo essa mentira às mulheres fazia Wendy se sentir meio incomodada. Mas que opção tinha? Estava no ramo do entretenimento, não da verdade, e além disso, quantas mulheres avidamente defenderiam o oposto: mulher de alta posição social (inteligente, poderosa, bem-sucedida) se apaixona por homem de posição inferior... e termina tomando conta dele?

Besteira. Simplesmente não teria o mesmo impacto.

SELVA DE BATOM

Sharline inclinou-se e bateu no ombro de Wendy.

— Quero que isso aconteça comigo — lamuriou-se, indicando a imagem congelada em que Tanner beijava Jenny Cadine, sobre a qual os créditos começaram a rolar.

— Isso nunca vai acontecer com a gente — resmungou Myra. — Não percebeu ainda?

— Mas eu quero que aconteça — objetou Sharline.

— Quero um iate e um jatinho particular. Mas não vou conseguir isso também — sibilou Myra.

Todos começaram a se levantar.

— Fantástico, querida — gritou Tanner Cole, lá da primeira fila.

— Excelente trabalho, todos vocês — elogiou Victor Matrick. — Realmente da mais alta categoria. Selden, o que você achou? Vai ser um sucesso?

Wendy sorriu. Seu estômago deu um nó de tanto nervosismo, misturado com medo e raiva. O filme era *dela*, não de Selden Rose. Selden não tinha nada a ver com ele, a não ser por ter lido o roteiro e dado uns telefonemas para garantir Peter Simonson como diretor. E agora Selden tinha se aproximado de Victor e estava apertando-lhe a mão, puxando-lhe o saco ao lhe dar parabéns como se fosse tudo obra de Victor. Aquele babaca insípido do Selden Rose, com aquele cabelinho que parecia uma penugem e um sorriso boboca (algumas mulheres na empresa até o achavam bonito, mas Wendy discordava totalmente), estava tentando pegar carona no sucesso dela...

Ela entrou no corredor entre as cadeiras, colocando-se diretamente na frente de Victor e Selden. Era fundamental que ela mostrasse que estava presente. Não costumava se encontrar na mesma sala que Victor Matrick com freqüência, e precisava aproveitar cada segundo. Inclinou a cabeça e sorriu para Selden, fingindo ouvir o que ele estava dizendo. Já conhecia Selden Rose há anos, de muito tempo atrás, quando ainda estava em Los Angeles. Selden era conhecido por ser impiedosamente ambicioso. Acontece que ela também era. Em qualquer jogo, sempre havia lugar para dois.

— Victor — disse ela, com voz de puxa-saco (uma coisa nojenta, mas precisava ser feita) — Preciso cumprimentá-lo por sua dedicação à qualidade. Dá para sentir a inteligência da Splatch-Verner nesse filme inteiro...

Os olhos de Victor cintilaram — com o brilho da insanidade, da velhice ou da combinação de ambas — e ele disse:

— Minha inteligência, Wendy, está em contratar as melhores pessoas do mundo para dirigir minhas empresas. Vocês dois estão fazendo um trabalho magnífico.

Wendy sorriu. Pelo canto do olho, viu que Jenny Cadine e Tanner Cole estavam se aproximando dela pelo corredor. Em cerca de trinta segundos, Jenny estaria a seu lado... E a conversa com Selden e Victor terminaria. Jenny exigiria atenção. Era atriz de cinema, portanto tinha precedência sobre qualquer outra pessoa.

— Obrigado, Victor — disse Selden, captando o olhar de Wendy. — Wendy e eu trabalhamos muito bem juntos.

O queixo da Wendy quase caiu de espanto, mas ela ficou com o rosto paralisado em um sorriso de boca aberta. Então esse era o joguinho do Selden. De repente ela enxergou o quadro inteiro: Selden queria absorver a Parador e incluí-la na sua própria divisão, a MovieTime. Estava tentando chefiar tanto a Parador quanto a MovieTime, e ser chefe dela, Wendy — mas que impertinência a dele! Três anos antes, quando a Splatch-Verner comprou a Parador e ela se tornou presidente, Selden Rose não queria nada com a Parador... Tratava-se de algum assunto mal explicado com a ex-esposa dele... e até se dizia que Selden estava torcendo para a Parador ir por água abaixo. Mas aí Wendy deu uma virada na Parador, produzindo cinco filmes de sucesso nos últimos dois anos, enquanto a MovieTime ainda estava se arrastando — não se admirava de Selden querer esganá-la.

Jenny Cadine já estava quase junto a ela. Wendy respirou pelo nariz, na esperança de enviar um pouco de oxigênio para o cérebro. Se deixasse Selden dar uma dessa na frente de Victor sem resposta, ele ia meter os dedinhos sujos naquela fresta e ficar puxando, puxando, até escancarar geral.

Precisava bater essa porta nos dedos dele com força!

— Selden vem me ajudando muito, Victor — disse Wendy, confirmando, em um aparente reconhecimento do comentário anterior de Selden. — Nós só nos reunimos duas vezes para falar de *O Porco Malhado*, mas Selden nos pôs em contato com Peter Simonson, o diretor. — Ela então sorriu, como se todo o sucesso do filme tivesse decorrido desse único telefonema. — Que fez um trabalho estupendo — concluiu.

Ela parou por um instante, congratulando-se com a perfeição de seu golpe. Era suficiente para mostrar a Selden que, se ele planejava ultrapassar seus limites, ia precisar se esforçar para conseguir o que queria, e ao mesmo tempo recordar a Victor que, enquanto ela estivesse no cargo, ainda trabalhava em equipe. E o momento foi perfeito. No segundo seguinte, Jenny Cadine a abordou e se pendurou nos ombros de Wendy, o que significava que qualquer conversa que não girasse em torno de Jenny estava encerrada.

— Wen... — murmurou Jenny, sedutora. — Estou exausta. Quero ir à sua casa jantar hoje. Você faz aquela sua famosa lasanha pra mim?

Wendy deu tapinhas no braço de Jenny.

— Conhece Victor Matrick, não é?

Jenny, que tinha 1,73m e pesava 56 quilos (incluindo pelo menos dois de implantes nos seios, pensou Wendy), se desenroscou de Wendy com a elegância de uma cobra e estendeu um braço muito longo e branco.

— Oi, paizão — disse ela, segurando a mão de Victor e depois inclinando-se para lhe dar um beijo estalado na face. Victor ficou radiante. Deus abençoe essa Jenny, pensou Wendy. Sempre soube de que lado ficava a manteiga do seu pão. — Estou curtindo muito tudo isso aqui, paizão — disse Jenny, efusiva. O grupo começou a deslocar-se para os elevadores.

— Wendy está trabalhando em um roteiro fantástico para mim — disse Jenny a Victor. Seus olhos azuis eram enormes, e quando ela os arregalava para dar ênfase a alguma coisa, era impossível desviar o olhar. — Mas falo sério. Achamos que tem potencial para levar um Oscar...

— Converse com a Wendy sobre isso — disse Victor, dando-lhe um tapinha no ombro. — Nunca questiono o trabalho dos meus executivos. — Sorriu para o grupo e seguiu pelo corredor até seu escritório.

Selden Rose apertou o botão do elevador. A sala de projeção ficava no penúltimo andar, onde havia um elevador privativo que subia até o escritório particular de Victor e sua sala de jantar, com os escritórios das várias divisões da Splatch-Verner abaixo dela. O andar de Wendy era o primeiro. Deu um beijo na bochecha de Jenny e lhe disse para chegar para o jantar por volta das oito. Selden estava de pé na frente do elevador, mexendo no celular, e Wendy ficou imaginando se ele estaria zangado. Mas não lhe importava. Agora que tinha enterrado o homem, podia dar-se ao luxo de ser generosa.

— Parabéns, Selden — disse, acrescentando sem ironia: — Grande trabalho.

Selden ergueu o olhar.

— O projeto foi seu — disse ele, dando de ombros. Meio surpreendente. Wendy tinha lidado com homens como Selden Rose antes (que estavam em toda parte no ramo do cinema) e em geral esse tipo de duelo sutil levava a uma declaração de guerra tácita. Mas talvez Selden não fosse tão perigoso quanto diziam que era — ou talvez ela simplesmente tivesse conseguido colocá-lo em uma posição insignificante o suficiente para que ele não a incomodasse durante alguns meses. Por ela, tudo bem, tinha mesmo várias outras coisas com as quais se preocupar. Enquanto estava indo para o escritório em um dos cantos do prédio, seu celular começou a soltar bipes. Nas últimas duas horas, tinha acumulado 15 mensagens, inclusive cinco de Josh, uma da filha e três de Shane. O que estaria se passando com

SELVA DE BATOM

ele? Devia estar precisando de grana. Ele tinha razão. Precisavam mesmo conversar. Ela não era um banco 24 horas.

Ela apertou o botão de ligação rápida em que estava gravado o telefone da filha.

— Oi, *mamannnn* — disse Magda, afrancesando a pronúncia para dar ênfase.

— Oi, Condessa Gracinha — disse Wendy.

— Acho que você vai terrrr de comprrrar um pônei *pour moi*.

— Ah, é? — perguntou Wendy, não inteiramente chateada. Achava que isso significava que a aula de montaria com a filha de Nico, Katrina, tinha ido bem, o que era exatamente o que esperava. Magda era uma figurinha premiada mesmo. Seria bom ela ter algo para fazer com os amigos, algo com que estivesse empolgada. Além disso, quanto poderia custar um pônei? Era só um cavalinho em miniatura, não era? Dois, talvez três mil dólares?

— Por que você não acha uns anúncios de pôneis na internet e depois a gente conversa sobre isso? — perguntou Wendy.

Magda suspirou, amuada.

— *Maman*... Não é assim que a gente acha um pônei. Na internet. — O desprezo na voz de Magda era quase palpável. — A gente tem de ir de *avião* para *Palm Beach* no nosso *jatinho particular,* e *lá* tem um homem que mostra os melhores pôneis do país...

Credo! Uma aula de montaria e ela já estava falando como se fosse para as Olimpíadas! Onde tinha arranjado aquelas idéias ridículas?

— Olhe só, meu bem, não vamos comprar um pônei em Palm Beach — disse Wendy, com toda a paciência do mundo. — Tenho certeza que podemos encontrar um muito bom aqui mesmo... em Nova York. — Seria mesmo possível? De onde diabos vinham os pôneis, afinal? Mas tinham de existir pôneis em algum lugar. Afinal, Nova York era o lar de todo tipo de animais, humanos e outros... Não era ali que viviam todos os tipos de bichos e vírus sobre os quais ninguém sabia nada? — A gente vai debater isso quando eu chegar em casa. A Jenny C. vai jantar com a gente.

— Jenny *quem?* — perguntou Magda, maliciosa.

Wendy suspirou.

— A atriz, Magda. Você se lembra dela. É uma das suas preferidas. Foi a princesa Narizinho Pontudo naquele filme que você adorava.

— Esse, *maman*, é um desenho *animado*.

— Ela fez a *voz* da personagem — disse Wendy. E desistiu. — O papai está em casa?

— Não.

O telefone de Wendy começou a emitir bipes.

— É ele na outra linha. Eu ligo para você depois. — Mudou para a linha em que Shane estava enviando uma mensagem de texto.

"Qro dvrcio" — dizia a mensagem.

A mensagem era uma solicitação de atenção tão óbvia que Wendy quase riu. Shane jamais ia querer o divórcio. Para onde iria? Como iria comer? Como seria capaz de comprar aquelas camisas Dolce & Gabbana caríssimas que tanto adorava?

"Dxa d bstra" — escreveu ela. — "Eu t amo."

"Stou falndo srio."

"Hj ñ!" — escreveu ela. — "Jen c vm cmr c a gnte." — E acrescentou, como pós-escrito: — "Cmr, scou?"

* * *

O NÚMERO 550 da Sétima Avenida era o mais prestigioso prédio do Garment District. Localizado no meio do quarteirão entre as ruas 39 e 40, era um edifício estreito e elegante, mas com detalhes sóbrios. O prédio em si era feito de mármore, e uma porta giratória de bronze reluzente levava à pequena recepção. Na parede via-se uma lista dos ocupantes, um quem é quem da indústria da moda: Oscar de la Renta, Donna Karan, Ralph Lauren — e, entre eles, Victory Ford.

Victory suspirou ao ver de relance o seu nome e entrou no elevador. Tinha se mudado para aquele prédio quatro anos antes, vinda de um loft bagunçado em uma das transversais, e assim avisado à indústria da moda que tinha vindo para ficar. Seu ateliê era um dos menores: apenas uma parte de um andar, ao contrário dos três andares ocupados por Ralph Lauren — mas, para a indústria da moda, metade da batalha tinha a ver com percepção. Era um dos motivos pelos quais um estilista podia parecer ser o assunto da cidade um dia e estar sem futuro no dia seguinte. Ela jamais esquecera da tarde em que tinha voltado do almoço e encontrado funcionários de uma empresa de mudanças na recepção, descobrindo, assim, que William Marshall tinha falido...

Mas Willy tinha gente que o apoiava, recordava-se ela enquanto a porta do elevador fechava-se vagarosamente. Acima da porta do elevador via-se uma longa barra com os logotipos de cada estilista do prédio: os logotipos acendiam à medida que o elevador ia subindo. O boato era que William ainda estava lucrando, mas não o suficiente para agradar seus financiadores, então eles tinham puxado seu tapete. Seu crime não tinha sido pior do que fracassar três estações seguidas...

Isso não aconteceria com ela, pensou, decidida. Além do mais, William era super bem-sucedido. Ela nem tinha chegado lá ainda. Não inteiramente.

O elevador soou uma campainha, e o extravagante logotipo da "Victory Ford" se acendeu. Ela saiu e andou os poucos passos até a porta de vidro jateado onde seu logotipo estava gravado. De repente sentiu o estômago dar um nó. O aluguel do espaço era de 20 mil por mês. Eram 240 mil dólares por ano...

— Olá, Clare — cumprimentou alegremente a recepcionista, como se nada estivesse errado. Clare era jovem e bonita, uma Garota Cidadã muito trabalhadeira que ainda estava emocionada por ter encontrado o emprego de seus sonhos na glamorosa indústria da moda.

— Oi — respondeu Clare, com avidez. — Como foi sua viagem?

— Foi excelente — respondeu Victory, tirando o casaco. Clare fez um gesto de quem ia pegá-lo, mas Victory gesticulou, mostrando que não era preciso. Jamais se sentiria bem pedindo a subordinados para fazer o que qualquer pessoa normal devia fazer sozinha.

— Como estava o Japão?

— Quente — disse Victory.

— Acabaram de chegar dois pacotes imensos para a senhora — disse Clare.

Victory indicou que tinha entendido. Andava temendo essa chegada toda a manhã, desde que tinha falado com o Sr. Ikito e ele tinha reiterado como era fantástico o seu plano de contratar a Srta. Matsuda para desenhar os modelos. Aliás, segundo ele disse, ela já havia desenhado os modelos, e eles chegariam ao seu escritório naquele dia.

— Não aceito não como resposta — dissera ele.

Ela estava começando a detestá-lo de verdade. Por que não tinha percebido como o odiava antes?

— Obrigada, Clare — respondeu.

Em frente à mesa da recepcionista ficava o elegante showroom, onde os compradores e os famosos viam a linha, exibida por modelos. As paredes e o carpete eram de um tom rosa suave, e do teto pendiam dois pequenos lustres de cristal Baccarat. Tinha levado duas semanas para conseguir a cor exata. A idéia do rosa tinha sido brilhante — as mulheres sentiam uma atração natural por essa cor, e ela realçava quase todas as cores de pele — mas a realidade do rosa costumava ser um desastre. Era forte demais, e era juvenil; e o tom errado recordava a quase todas as pessoas um comprimido de antiácido. Mas esse rosa, misturado com uma nuance de bege, era perfeito, criando um clima sofisticado e tranqüilizador.

Na frente da sala de exibição, porém, via-se uma nota dissonante: um cabideiro quase cheio de amostras da coleção de primavera. As roupas tinham sido enviadas à Neiman Marcus em Dallas há apenas três dias, e não deviam voltar até o fim da semana. Victory sentiu o estômago afundar até os joelhos.

— Clare? — chamou. — Quando foi que as amostras voltaram?

SELVA DE BATOM   115

— Ah, sim — disse Clare, olhando para ela, nervosa. — Voltaram esta manhã...

— A Neiman's ligou?

— Acho que não — disse Clare, acrescentando, esperançosa: — mas precisei sair para ir à farmácia. Talvez a Zoe tenha recebido o recado.

— Obrigada — disse Victory, tentando comportar-se como quem não se importava. Começou a percorrer o longo corredor até sua sala, passando pela sala de modelagem e corte, onde quatro mulheres estavam sentadas a máquinas de costura; duas outras salas divididas em cubículos onde vários publicitários, assistentes e estagiários trabalhavam; um outro escritório pequeno pertencente a seu contato com empresas e meios de comunicação; e finalmente uma salinha nos fundos onde ficava Márcia Zinderhoff, gerente do escritório e contadora. A porta de Márcia estava, como sempre, fechada, e era adornada com um poster onde se lia "cuidado, gato assassino". Victory bateu e entrou.

— Oi — cumprimentou-a Márcia, em voz bastante natural, olhando-a do computador. Márcia era apenas uns dois anos mais velha que Victory, mas era uma dessas mulheres que provavelmente pareciam de meia-idade desde o ensino médio. Morava no mesmo bairro do Queens onde havia crescido, e namorava o mesmo cara há 15 anos. Márcia não tinha nada de mais, como pessoa, mas era fantástica com os números, e Victory se considerava sortuda por tê-la como sua funcionária.

— Você podia conseguir um emprego em uma grande empresa de contabilidade em Wall Street, Márcia — dissera uma vez. — Provavelmente teria mais estabilidade no emprego.

— Minha melhor garantia de estabilidade é ter certeza de fazer sua contabilidade corretamente — respondeu Márcia. Ela não gostava de mudanças, e Victory sabia que provavelmente podia lhe pagar menos do que pagava. Mas acreditava firmemente no fato de que, em matéria de empregados, a gente consegue aquilo pelo que paga, e as pessoas mereciam ganhar o que valiam. Márcia ganhava cem mil dólares por ano, mais cinco por cento dos lucros.

— Acho que vamos ter um problema — disse Victory, sentando-se na pequena cadeira de metal dobrável diante da mesa da Márcia. Ela podia ter uma sala maior, com móveis melhores, mas disse que gostava do seu escritório do jeito que era, cheio de móveis baratos e bem bagunçado, porque assim não atraía visitas.

— É — concordou Márcia, tirando uma jujuba da gaveta de cima da escrivaninha.

— Droga — disse Victory. — Eu estava esperando que me dissesse que era tudo coisa da minha cabeça, que eu não devia me preocupar, que tudo ia acabar bem.

— Está tudo na sua cabeça — disse Márcia, mastigando vigorosamente a jujuba. — Sabe disso tanto quanto eu, portanto, ora, você sabe. — Apertou algumas teclas no computador. — Se os japoneses continuarem a nos representar como no ano passado, tudo bem. Mas as vendas das lojas de departamentos despencaram cinqüenta por cento em relação ao ano passado.

— Ai, ai, ai — disse Victory.

— Dói, né — disse Márcia, concordando. — Miseráveis. Isso nos colocou de volta ao ponto em que estávamos três anos atrás.

— E se o Japão também fracassar...?

— Isso não seria muito bom — disse Márcia. — Foram dois milhões e setenta mil dólares em lucros por lá no ano passado. Não é legal a gente perder isso.

— Sacanas — disse Victory. Márcia olhou-a com um jeito interrogativo, e Victory sentiu enjôo.

— Mas também há coisas positivas — anunciou Márcia. Engoliu a jujuba e tirou outra da gaveta. Márcia comia jujuba como se fosse alimento de verdade, e Victory estremeceu ao pensar como deviam estar os órgãos internos dela. — Os acessórios da última primavera, sabe, para as lojas *duty-free*? Estão vendendo feito água. Aqueles guarda-chuvas, galochas e luvas, sabe? Até agora estão rendendo um lucro de 589 mil dólares, e o tempo ruim do inverno vai se estender durante pelo menos mais cinco meses.

— Galochas e guarda-chuvas — disse Victory. — Quem diria, hein?

— É o tipo de coisa de que você precisa quando viaja e que sempre se esquece de levar. E é muito difícil encontrar guarda-chuvas que sejam uma gracinha.

Victory concordou, estremecendo ligeiramente diante da palavra "gracinha". Será que algum dia ia se livrar dela? "Victory Ford é simplesmente uma gracinha!", tinha escrito sua professora de jardim de infância em seu primeiro boletim. A palavra "gracinha" a perseguiu de Minnesota até Manhattan. "Gracinha! Gracinha! Gracinha!" foi a manchete de sua primeira entrevista para a *Women's Wear Daily*. Jamais tinha sido capaz de se livrar dela.

Gracinha, pensou, enojada. Em outras palavras, não ameaçadora. Agradável, mas não o bastante para ser levada a sério...

— A linha de primavera não foi uma gracinha — disse.

— Não foi, não. — Márcia olhou-a direto nos olhos.

— O que achou dela, no duro? — indagou Victory, detestando-se por parecer insegura na frente de Márcia.

— Achei-a... diferente — disse Márcia, para não se comprometer. — Mas diferente mesmo, sabe? — Engoliu outra jujuba. — Saias longas não são tão práticas assim. Principalmente se a gente tem de pegar o metrô todo dia.

Victory concordou. Sentiu uma pontada de culpa. Tinha decepcionado todo mundo tentando fazer algo diferente, e até a leal Márcia tinha ficado decepcionada.

— Obrigada — disse, erguendo-se.

— O que vamos fazer? — perguntou Márcia.

— A gente se vira — disse Victory, com mais confiança do que realmente sentia. — A gente sempre se vira.

Ela percorreu o corredor até seu escritório.

Seu próprio espaço de trabalho ficava em uma esquina ensolarada na frente do edifício, com vista para a Sétima Avenida. Era barulhento, mas valia a pena por causa da luz. O espaço era, em sua maior parte, utilitário, contendo uma escrivaninha despojada no estilo Mission e uma mesa comprida e estreita de biblioteca sobre a qual ela fazia seus esboços. Uma parede estava coberta por um painel de cortiça, e nela eram pregados desenhos de modelos em vários estágios de desenvolvimento. No meio da sala havia uma concessão ao glamour: quatro poltronas *art deco* de uma mansão em Palm Beach, cobertas de couro branco, diante de uma intrincada mesa de centro de ferro trabalhado e vidro. A mesa estava coberta de revistas e jornais, e no alto da pilha estavam dois enormes envelopes de papel pardo nos quais seu nome estava escrito em caligrafia impecável, com um marcador prateado.

Ela gemeu e sentou-se em uma das poltronas, rasgando o envelope de cima.

Dentro dele havia vários modelos desenhados em papel de esboço branco grosso. Olhou-os rapidamente, depois os recolocou na pilha, recostando-se na poltrona e apertando os olhos com os dedos. Como ela esperava, os desenhos da Srta. Matsuda eram horrorosos.

Ela tirou as mãos do rosto e ficou olhando fixamente o segundo envelope. Aquelas letras prateadas subitamente lhe pareceram agourentas. Virou-o para não ter de olhar para elas e rasgou a ponta do envelope.

Eram desenhos piores que os primeiros! Ela havia passado a maior parte da vida olhando desenhos de modelos, analisando-os, tentando entender o que estava errado neles e como, mudando as proporções alguns milímetros, podia melhorá-los e torná-los mais esteticamente agradáveis. Levou apenas alguns segundos para ver que os desenhos da Srta. Matsuda eram um desastre.

Pôs os desenhos no alto da pilha e se levantou, tremendo de ódio. Aquilo era um insulto. A moça não tinha talento nenhum, e ao tentar copiar seu estilo, tinha tomado os detalhes de sua marca e os transformado em uma caricatura. Então era isso. A Srta. Matsuda tinha tomado a decisão por ela. Anos antes, Nico tinha dito a Victory algo que ela jamais havia esquecido, e olhando de relance para os desenhos da Srta. Matsuda, ela se recordou das palavras de Nico: "Nos negócios, só precisa se lembrar de uma coisa. Precisa acordar de manhã e ser capaz de se olhar no espelho. Naturalmente, o importante é entender o que pode ou não tolerar no seu próprio comportamento." Simplesmente não havia como ela se olhar no espelho sabendo que esses modelos estavam sendo vendidos por aí com o seu nome neles.

Como se ela pudesse conceber modelos tão horrendos.

O Sr. Ikito ia ver com quantos paus se faz uma canoa. Ela já vinha aturando demais os abusos dele. Ou ele a apoiava e se arriscava a vender a linha de primavera dela, ou ia ter nas mãos um monte de lojas da Victory Ford sem nada dentro...

Ela olhou o relógio. Agora era mais ou menos uma da manhã em Tóquio; tarde demais para ligar. E o Sr. Ikito não era seu único problema. As lojas de departamento — seu feijão com arroz durante os últimos vinte anos — também pareciam estar se voltando contra ela.

Por um momento, pensou em ligar para todos que ela conhecia no mundo da moda e lhes passar uma tremenda descompostura, mas a raiva não funcionava, sendo ela mulher. Se deixasse alguém do ramo saber como estava magoada, enraivecida e nervosa por causa da recepção horrível que tinham dado a seu último desfile, eles a chamariam de amarga e falida. Só os fracassados reclamavam de seus erros e seu azar, pondo a culpa em todos menos onde ela devia ser posta: em si mesmos.

Foi até o painel de cortiça e examinou seus desenhos originais para a coleção de primavera. Apesar do que os críticos tinham dito, ainda achava que eram lindos; ousados e originais, inovadores. Por que o resto do mundo não tinha visto o que ela via?

— Olhe, Vic — dissera Wendy na hora do almoço. — Já vi isso acontecer milhões de vezes com diretores e atores e roteiristas. Depois que a pessoa já tem algum sucesso, o mundo quer colocá-la em um escaninho e rotulá-la. Quando a pessoa tenta fazer algo diferente, de repente vira uma ameaça. O primeiro reflexo dos críticos é matar você. E como eles não podem literalmente assassinar, eles fazem a coisa mais parecida que podem: tentam acabar com seu espírito. É fácil lidar com o sucesso — continuou Wendy, mastigando um pedaço de alface. — O teste vem mesmo quando a gente é obrigada a enfrentar o fracasso.

Victory tinha fracassado antes, mas na época isso não tinha importado. Não havia tantas expectativas, nem seus erros tinham sido tão públicos.

— Sinto-me como se todos estivessem rindo de mim pelas minhas costas.

— Eu sei — dissera Wendy, concordando. — É uma droga mesmo. Mas você precisa se lembrar de que não estão. A maioria das pessoas vive ocupada demais com sua própria vida para prestar atenção em nós...

— Ei! — Sua assistente, Zoe, entrou saltitante na sala. — Sandy Berman da Neiman Marcus está ao telefone. Clare disse que você estava aqui, mas eu não conseguia encontrá-la.

— Estava na sala da Márcia — disse Victory.

— Devo dizer a ela que você não está? — indagou Zoe, percebendo a hesitação de Victory.

— Não. Vou atender.

Sentou-se atrás da escrivaninha. Ia ser uma conversa desagradável, tão difícil para Sandy quanto para ela própria. Victory já vinha negociando com Sandy há dez anos e elas viviam dizendo que tinham evoluído juntas na profissão. Ela se preparou o máximo possível e pegou o telefone.

— Sandy! Oi, como vai? — disse, como se nada de errado estivesse acontecendo.

— Você deve estar exausta — murmurou Sandy, muito simpática. — Andou viajando, não foi?

— Fui ao Japão, a Dallas, a Los Angeles, como sempre — disse Victory com um dar de ombros. — Mas estou bem. E você, como está?

— Melhor agora que a Semana da Moda terminou.

Elas soltaram risadinhas de cumplicidade, e depois fez-se uma pausa. Victory sentiu-se tentada a preenchê-la, mas resolveu deixar Sandy lavar a roupa suja.

— Você sabe que aqui na Neiman's a gente adora você, né? — começou Sandy.

Victory concordou, sem nada dizer, um nó de medo a se formar na garganta.

— E eu amei a coleção de primavera. Pessoalmente — explicou Sandy. — Mas chegamos à conclusão que não vai sair com tanta facilidade quanto suas outras coleções.

— Ah, é mesmo? — disse Victory, fingindo surpresa. — Francamente, Sandy, achei que foi a melhor coleção que já criei. — Franziu a testa. Detestava ter de vender a si mesma para o pessoal das lojas de departamentos. Mas não dava para aceitar aquilo assim sem protestar. — É um pouquinho diferente...

— Não estou dizendo que não é linda — interrompeu Sandy. — Mas parece que há uma preocupação geral sobre quem vai usar essas roupas. Se dependesse só de mim, não seria problema. Mas os clientes da Neuman's são mais conservadores do que você pensa.

— Entendo que estejam assustados — disse Victory em tom compreensivo. — Mas as pessoas vivem com medo do que é novo. Eu realmente acho que você devia dar uma chance à coleção. Acho que vai acabar se surpreendendo.

— Sei como você é talentosa... o caso não é esse — disse Sandy, botando panos quentes. — A boa notícia é que vamos aceitar dez peças.

— De trinta e seis, acho que é pouco...

— Bom, não costumamos pedir só isso — concordou Sandy. — Mas sua coleção de primavera foi difícil de vender. Vou dizer a verdade, Vic, precisei botar banca para aceitarem até essas dez.

O nó desceu dolorosamente até o esôfago de Victory, alojando-se no meio do peito.

— Muito obrigada do fundo do coração pelo seu empenho, Sandy — agradeceu ela, com grande esforço.

— Escute, Vic, aqui na Neiman's você faz parte da tradição, e eu sei que ainda vamos trabalhar juntas por muito tempo no futuro. Estamos aguardando sua coleção de outono com muita expectativa — disse Sandy, obviamente aliviada por ter conseguido dar a má notícia.

Se meu ateliê ainda estiver funcionando, pensou Victory, pessimista, e desligou.

Durante alguns segundos, ficou sentada ali, tentando absorver o que Sandy tinha dito, e o que isso significava para a empresa. A mensagem era bem clara: era melhor voltar a fazer o mesmo de antes, o que era seguro, senão babau.

— Mas eu não quero — disse em voz alta.

— Tem uma mulher na linha — disse Zoe, metendo a cabeça pela porta entreaberta.

Victory olhou para ela, exasperada.

— Uma tal de Ellen sei lá do quê. Do escritório de uma mulher. Lynn, sei lá.

— Lyne Bennett? — perguntou Victory.

— É, acho que é isso — disse Zoe.

— Obrigada — disse Victory, por educação. Normalmente não se importava quando Zoe não conseguia se lembrar direito dos nomes das pessoas. Mas também era culpa dela: era muito simpática e informal, e por isso suas assistentes achavam que não precisavam ser muito formais com ela.

— É aquele velho bilionário? — perguntou Zoe, com cara de nojo.

Victory suspirou e fez que sim com a cabeça. Para uma jovem como Zoe, Lyne Bennett provavelmente parecia horrivelmente idoso. De repente torceu para Ellen estar ligando para cancelar o encontro, e se ela não estivesse ligando para isso, Victory pensou seriamente em cancelá-lo. Não dava para sair com um cara como Lyne Bennett agora, não quando sua vida inteira estava caindo aos pedaços. E mesmo que estivesse se dando muitíssimo bem, por que faria isso? Era uma perda de tempo, e Lyne Bennet provavelmente se revelaria um chato de galocha...

— Alô, Ellen — disse ela ao telefone.

— Falei com Lyne e ele disse que ir à abertura do Whitney com você seria perfeito — disse Ellen. — Eu ligo uns dois dias antes, então, para confirmar.

— Certo — disse Victory sem sentir, sem forças para protestar.

Desligou o telefone sabendo que tinha cometido um erro. Nem mesmo tinha ido ao encontro ainda, mas já podia garantir que o tal Lyne Bennett ia ser um pé no saco. Será que a assistente dele não tinha coisas melhores a fazer do que cuidar da vida social do homem?

Mas era assim que os homens ricos se comportavam. Transformavam suas funcionárias em substitutas de esposa.

Ela se levantou e foi até a longa mesa onde criava seus modelos. Empilhados em perfeita ordem na quina da esquerda estavam os esboços que tinha começado para a coleção de outono. Pegou um e olhou criticamente para ele.

As linhas pareceram perder a nitidez diante de seus olhos, e ela começou a entrar em pânico. Não dava para dizer se o esboço era bom ou não. Ela o recolocou na mesa e pegou outro, um de seus prediletos. Ficou olhando para ele e sacudindo a cabeça. Não sabia. Simplesmente não sabia mais. Isso nunca tinha acontecido antes. Por piores que fossem as coisas, ela sempre tinha conseguido confiar em seu gosto e em sua intuição. Se eles não a socorressem agora, ela estaria perdida.

— Vic?

Ela teve um sobressalto. Zoe tinha voltado ao escritório.

— É aquela mulher de novo. Do escritório do Lynn.

Meu Deus do céu, pensou Victory. Foi zangada até o telefone e pegou o receptor.

— Sim, Ellen? — disse, em voz austera.

— Desculpe incomodá-la — disse Ellen. — Mas acabei de falar com Lyne e ele deseja saber se o Cipriani seria um bom lugar para jantar com você depois.

— Eu não sabia que íamos jantar juntos — disse Victory.

Ellen falou mais baixo.

— Ele não costuma jantar com ninguém da primeira vez que sai com uma pessoa, mas pelo jeito está muito interessado em você.

— Ah, é? — perguntou Victory, pensando amargurada que, se estava, pertencia a uma minoria. Mas ele provavelmente não lia periódicos de moda.

— Se não puder, não tem problema — disse Ellen — Digo a ele que você já tinha um compromisso.

Victory refletiu por um momento. Provavelmente não faria mal ser vista com Lyne Bennett durante uma crise daquelas. Daria às pessoas uma novidade sobre a qual tecer comentários, distraindo a atenção delas de sua coleção desastrosa. Detestava ser calculista na vida amorosa, mas havia certos momentos em que era preciso fazer o que estivesse ao alcance para salvar os negócios. Além do mais, não ia precisar dormir com o cara.

— Pode dizer ao Lyne que eu adoraria jantar com ele — disse ela.

* * *

— EU SÓ QUERO AMOR — disse Jenny Cadine, suspirando dramaticamente.

— Isso e um Oscar — disse Wendy, como quem sabe de tudo.

Ela e Jenny estavam sentadas em sofás na sala de estar do loft, bebendo vinho branco e fumando cigarros. Jenny era como a maioria das atrizes de cinema: publicamente, insistia que não fumava ou bebia, mas fazia as duas coisas se tivesse a oportunidade de fazê-las escondido. Wendy desconfiava que Jenny provavelmente também fumava maconha às vezes, mas quem era ela para julgar? Ela e Shane ainda fumavam algumas vezes por ano. Ela franziu o cenho e olhou para o relógio. Eram 21h30. Onde diabos estava Shane...?

— Se você não encontrar o amor, não sei quem vai encontrar — acrescentou Wendy, tomando um gole de vinho. Esse comentário era meramente conciliador. Jenny era considerada uma das mulheres mais belas do mundo, mas havia três anos que não namorava ninguém, o que realmente não surpreendia Wendy. Não era fácil sair com uma estrela de cinema. Era preciso um tipo especial de pessoa (doente da cabeça, pensou Wendy), que gostasse muito de ser perseguida pelos paparazzi e, além disso, os atores e atrizes viviam viajando. Todo o set se tornava meio que uma família, cheia de intrigas e dramas. Não havia muito lugar para um cônjuge na vida de um ator ou uma atriz de cinema, e isso era uma coisa que a maioria dos homens descobria bem depressa.

— Você tem muita sorte de ter Shane — disse Jenny.

— Sim... Bom... — começou Wendy. Shane não tinha vindo jantar em casa, o que destoava totalmente de seus hábitos, e não tinha atendido o celular. Ela já estava começando a ficar nervosa. Tinha deixado duas mensagens para ele, mas não queria continuar a incomodá-lo porque, se ele estivesse mesmo enfezado por causa de alguma coisa, isso só iria piorar tudo. Shane ainda era capaz de reagir como um cara de 25 anos que precisava do seu "espaço".

Tyler entrou na sala rugindo feito um trem de carga.

— Estou de saco cheio — anunciou.

— Devia estar na cama, mocinho — disse Wendy, em tom de bronca. — São nove e meia.

— Não — disse ele.

— Sim — insistiu ela.

— Não! — berrou ele. Cara, idadezinha difícil, aquela dele. Magda tinha sido tão boazinha aos 6 anos. Ela agarrou o braço do garoto e puxou-o para perto de si, olhando-o firme nos olhos.

— Está sendo malcriado na frente da Jenny. Não quer que ela pense que você é um mal-educado, quer?

— Ah, não, imagine — disse Jenny com ar de quem não está nem aí.

— Vai para a cama? — perguntou Wendy.

Ele soltou o braço.

— Nãããoooooooooo — disse Tyler, provocador, correndo para trás do sofá.

— Mil perdões — disse Wendy a Jenny, ficando de pé. Agora que tinha dito a Tyler para ir para a cama, tinha de fazê-lo obedecer. Mas que saco, onde tinha se metido Shane?

— Não se incomode comigo — disse Jenny, servindo-se das últimas gotas de vinho. Ergueu a garrafa vazia. — Eu abro mais uma garrafa, enquanto isso.

Wendy concordou, correndo atrás de Tyler. Gemeu por dentro. Normalmente, não teria se importado se Jenny ficasse. Mas normalmente Shane não desaparecia desse jeito, sem dar satisfação. Ai, meu Deus! E se ele tivesse voltado a consumir drogas escondido?

Ela agarrou Tyler por trás e o ergueu enquanto ele dava chutes no ar e se esgoelava. Depois o levou para o quarto.

Todos os quartos das crianças eram como divisões improvisadas com paredes de gesso. Ela gostaria de morar em um apartamento de verdade com paredes de verdade, mas Shane havia insistido em morar em um loft porque era "maneiro". De vez em quando eles falavam em reformar o loft ou em se mudar, mas ela não tinha tempo, e os olhos de Shane ficavam vidrados toda vez que ela falava em contratar um empreiteiro ou um corretor de imóveis. E aí eles simplesmente continuaram a morar ali, e a cada dia o loft ia se deteriorando mais um pouquinho.

Wendy colocou Tyler na cama. Ele começou a pular no colchão. Onde estava Shane? Ele costumava por Tyler para dormir, e depois ela vinha e lhe dava um beijo de boa-noite. Quando ela estava presente, claro. Às vezes não estava, tinha ido para alguma locação, e muito embora jamais admitisse isso a ninguém, a não ser Nico ou Victory ou alguma de suas outras amigas, havia vezes em que ela não sentia nem saudade da família, quando estava muito satisfeita em ser uma pessoa solteira, realizada, sozinha, sem vínculos familiares que a prendessem como apêndices... Tyler pôs as mãos nos ouvidos e soltou um grito.

— É exatamente assim que estou me sentindo, cara — disse Wendy, agarrando a camisa do menino. E depois ele se soltou e bateu nela. Bem no rosto. Com o punho.

Wendy soltou um gritinho e recuou, chocada. Seu primeiro pensamento foi que ele não tinha feito de propósito. Mas em seguida ele partiu para cima dela de novo, balançando os bracinhos magros de menino de 6 anos. Ela não podia acreditar. Tinha ouvido falar em garotinhos que batiam nas mães (até adolescentes também). Mas jamais havia imaginado que seu próprio filho iria se voltar contra ela, que seu próprio filhinho de 6 anos iria bater nela como se fosse algum tipo de... serviçal.

Sentiu vontade de chorar. Estava magoada. Ferida. Era aquilo ali, bem na cara dela: milhões de anos de desrespeito dos homens pelas mulheres. E eles pensando que era direito deles agir assim...

De repente, sentiu uma fúria arrasadora. Odiou aquele pivetinho. Começou a bufar. Agarrou os punhos do menino e segurou-os com firmeza.

— Nunca mais bata na mamãe de novo! — disse, bem na cara dele. — Entendeu? Nunca mais bata na sua mãe!

Aí ele pareceu... *confuso*! Como se não entendesse direito o que tinha feito de errado. E provavelmente não entendia mesmo, pensou Wendy, soltando-lhe os punhos.

— Vá dormir, Tyler. *Agora* — disse, ríspida.

— Mas... — protestou ele.

— Agora! — gritou ela.

Ele se deitou submisso, sem trocar de roupa. Ela não se importou. Shane podia vestir o pijama nele depois. Ou então podia dormir de roupas a noite inteira. Não ia morrer por causa disso.

Saiu do quarto e fechou a porta. Ainda estava tremendo de raiva. Parou e cobriu a boca com a mão. Seus olhos ficaram molhados de lágrimas. Ela adorava o filho. Realmente adorava. Claro que amava todos os seus filhos. Mas talvez fosse péssima mãe. Tyler obviamente a detestava.

Não suportou todas essas emoções. Ter filhos era assim. Emoções o tempo inteiro, sem parar. E muitas delas não intensamente agradáveis. Ela sentiu uma culpa esmagadora.

Foi até a sala de estar. Do corredor estreito, podia ver Jenny Cadine emoldurada, na sala de estar, como uma moça lindíssima em uma foto de moda. Seus cabelos ondulados estavam presos em um coque meio desmazelado na nuca; suas pernas longas estendiam-se voluptuosamente diante dela. Por um momento, Wendy a odiou. Odiou-a por sua vida de liberdade, pelo que não precisava enfrentar. Será que ela sabia como sua vida era boa?

Wendy desviou-se e entrou na cozinha, abriu o congelador e tirou dele uma garrafa de vodca.

Por que tinha tido filhos?, perguntou-se, servindo-se de uma pequena dose. Bebeu-a depressa. Se não tivesse filhos, ela e Shane provavelmente não estariam mais juntos. Mas esse não tinha sido o motivo. Bateu a porta do congelador. A geladeira estava decorada com desenhos dos filhos — da mesma forma que a geladeira da sua casa, na infância, vivia coberta com suas artes e as de seus quatro irmãos e irmãs mais novos. Tinha tido filhos simplesmente porque era a coisa mais natural a fazer: nem mesmo havia questionado a possibilidade. Mesmo quando era pequena, tão jovem como Magda era agora, lembrava-se de pensar que não podia esperar até ser "grande" (21) para poder começar a ter filhos (sua mãe deve ter lhe dito que essa era a idade em que as mulheres podiam ter filhos), e mal podia esperar para ter relações sexuais também. Tinha começado a beijar garotos aos 13 e perdido a virgindade aos 16. Adorava trepar. Tinha tido um orgasmo no minuto em que um menino enfiara o pau nela da primeira vez.

— Tudo bem? — perguntou Jenny.

— Sim, tudo bem — disse Wendy, procurando recobrar-se e entrando na sala. Tinha de trepar com Shane esta noite. Trepar mesmo. Nos últimos meses, Shane andava muito preguiçoso para trepar, ou simplesmente estava mal acostumado. Permitia que ela lhe pagasse boquetes, mas ela não gostava de perturbá-lo muito. Quando a gente está casada há 12 anos entende que os casais passam por fases.

Ela ouviu a chave girando na porta e o mundo de repente voltou ao normal.

Shane entrou na sala de estar, exsudando aquele ar jovial de sempre. Ainda conservava na pele um ligeiro bronzeado das férias de Natal deles no México, e suas faces estavam rosadas pelo frio. Sempre havia algo de deliciosamente masculino em Shane que fazia a energia mudar quando ele entrava na casa. O ar parecia expandir-se, a casa parecia mais cheia...

— Opa — disse ele, jogando o casaco em uma cadeira.

— Shane, querido — disse Jenny, batendo na almofada a seu lado. — Estávamos justamente falando de você.

— É mesmo? — disse ele, relanceando o olhar para Wendy. Por um segundo, seus olhos se encontraram. Havia algo de duro no olhar dele, mas Wendy decidiu ignorar isso. Ele provavelmente se sentia culpado por faltar ao jantar e esperava que ela lhe desse uma bronca. Se era assim, ela ia frustrar essa expectativa. Ia ignorar o fato de que ele havia chegado atrasado; nem mesmo ia perguntar onde tinha andado.

— Estávamos falando como Wendy tem sorte de ter você — disse Jenny, de um jeito cativante.

Shane hesitou.

— Ainda tem vinho? — perguntou.

— Muito — disse Wendy. — Se você se lembrou de encomendar. — De repente sentiu necessidade de afirmar sua autoridade sobre a situação.

— Sinto muito, não lembrei — disse Shane.

— Tudo bem, acho que não tem importância — disse Wendy. Sentia-se meio culpada, portanto se levantou e foi à cozinha, pegou um copo para Shane e lhe serviu um pouco de vinho, entregando-lhe o copo.

— Obrigado — disse ele. Olhou para ela de um jeito distante, como se ela fosse uma estranha.

— Nosso filme vai ser um sucesso — disse Jenny, inclinando-se para a frente e tocando a perna de Shane. — Wendy lhe contou?

— Claro que vai ser um sucesso — disse Shane, tomando um gole de vinho. — Se você é a protagonista.

Jenny foi embora 45 minutos depois. Shane a levou até o carro. Quando voltou, o apartamento pareceu estar envolto em gelo.

Sem olhar para Wendy, Shane foi até a cozinha e se serviu de um copo de vodca.

— O que está fazendo? — perguntou Wendy. Queria tocá-lo, endireitar as coisas, mas ele ergueu um muro em torno de si. Ela desistiu. — Não sei qual é o seu problema, Shane — disse ela. E aí sua irritação finalmente transbordou. — Mas sugiro que você o supere.

Ele tomou um gole de vodca e olhou para o chão.

— Eu não estava brincando, Wendy — disse. — Quero o divórcio.

4

COITADA DA WENDY, PENSOU VICTORY PELA MILIONÉSIMA VEZ NAquela semana.

Já fazia mais ou menos dez dias que Shane tinha jogado a bomba do divórcio para cima dela e saído do apartamento. Wendy tinha ligado para Victory às 23h30 daquela noite, bêbada e em estado de choque, e Victory tinha vestido um casaco sobre o pijama e corrido para lá. Não havia explicação para o comportamento de Shane, e o apartamento estava caótico. Magda estava de pé, exigindo saber o que estava havendo, e a neném, sentindo que havia algo de errado, ficou tentando mamar o tempo todo, muito embora já estivesse desmamada há um ano. Wendy não tinha mais leite, mas deixou a neném sugar seu seio assim mesmo, achando que, se isso fazia o bebê se sentir melhor, valia a pena.

— Olhe para mim — exclamou ela, sentada no sofá com a blusa aberta e um lado do sutiã abaixado, a bebê grudada ao mamilo. — Esta é a porcaria da minha vida. Trabalho 70 horas por semana e meu marido acabou de me abandonar sem motivo algum. Como foi que eu terminei assim, porra?

Victory olhou para Wendy, preocupada.

— Não vai dar uma de Sarah-Catherine, vai?

Felizmente, Wendy riu.

Sarah-Catherine era o exemplo supremo de um tipo específico de mulher que vinha para Nova York, prosperava durante algum tempo e depois era comida viva. Tinha chegado aos trancos e barrancos ao topo da carreira, no ramo da hotelaria, chegando até a ser assunto de uma matéria de seis páginas, publicada na *Bonfire*. Certa noite, porém, sem mais nem menos, enlouqueceu e foi surpreendida andando pela Quinta Avenida pelada, às quatro da matina, olhando as vitrinas.

— Nunca vou entender por que a Sarah-Catherine pirou — disse Victory a Wendy. — Às vezes isso me amedronta. Pode acontecer com qualquer uma.

Wendy abafou uma risada, com a bebezinha ainda presa ao bico do seio.

— Ela já era pirada desde o início. Mas era bem-sucedida, portanto, ninguém notava. Fazia o que lhe dava na telha sem ser punida.

— Quem é Sarah-Catherine? — perguntou Magda.

— Alguém que você nunca deve se tornar quando crescer — disse Victory.

— Quando eu crescer vou ser igualzinha à minha *maman* — disse Magda, na sua forma peculiar de falar. — Vou ser uma rainha e mandar em todo mundo.

Wendy e Victory entreolharam-se.

— A mamãe não manda em todo mundo, meu amor. Ela diz o que as pessoas devem fazer. Faz parte do trabalho dela.

— Você mandava no papai. Todos dizem que ele adorava, mas foi por isso que ele foi embora.

Victory tinha conseguido mandar Magda para a cama, mas só depois de prometer deixá-la visitar o showroom. A coitada da Magda estava naquela fase horrorosa em que se deixa de ser uma menininha e ainda não se é adolescente. Era rechonchuda e baixinha, e o peitinho estava começando a aparecer. Victory sentiu pena dela, mas o que se podia fazer?

Coitada da Wendy!, pensou outra vez, olhando pela janela.

Estava sentada no banco traseiro de um SUV Mercedes possante, sentindo-se um pouquinho como um cordeiro sendo levado para o matadouro. O veículo intimidador, propriedade de Lyne Bennett, tinha sido enviado especialmente para apanhá-la. Tinha tentado explicar que podia chegar ao lugar marcado sozinha, mas Ellen, assistente de Lyne, tinha lhe implorado para aceitar a carona.

— Ele vai me comer viva se você não aceitar — disse.

Lyne Bennett, pensou ela. Esse sim era um exemplo de tirania. Pegou o celular e ligou para Wendy.

— Quer que eu seja sincera? — disse Wendy, a voz ligeiramente abafada, como se estivesse comendo alguma coisa. — Andei tão ocupada esses dois últimos dias que mal tive tempo de pensar em Shane. Não é doentio?

— É bom — disse Victory. — O que quer que aconteça com Shane, pelo menos você tem sua carreira. E seus filhos.

— Ninguém acredita em mim, mas tenho certeza que ele vai voltar.

— Você o conhece melhor que ninguém — disse Victory. Wendy, pensou ela, estava sendo corajosa ou cabeça dura. Ou talvez estivesse certa. Shane provavelmente voltaria. A quem mais poderia recorrer? Não tinha dinheiro, a menos que tivesse encontrado uma outra mulher para tomar conta dele. Victory tinha tomado o máximo de cuidado para não dar a entender isso a Wendy nem lhe dizer o que realmente pensava de Shane. Se eles voltassem a ficar juntos, ela não queria que seus sentimentos a respeito de Shane fossem um problema.

— Falou com ele hoje?

— Ontem — disse Wendy, vagamente.

— E aí?

— Ele disse que está refletindo. Então estou procurando deixar o homem em paz.

— Ele provavelmente está passando por uma crise de meia-idade. Vai fazer 40 anos este ano, não vai?

— Vai — confirmou Wendy. — Que se danem os homens. Por que eles têm permissão para sofrer crises de meia-idade e nós não? Um desses dias, vou jogar tudo para o alto e ir para a Índia fazer uma jornada espiritual. Vamos ver o que ele acha disso. Onde você está? — indagou.

Victory olhou para as costas do banco do motorista.

— Tenho aquele encontro. Com Lyne Bennett — murmurou. — Estou no carro dele.

— Você vai se divertir — disse Wendy, amargurada. — Pelo menos ele vai pagar o jantar. Mas provavelmente ele vai precisar tomar Viagra para poder trepar.

— Você acha? — perguntou Victory. Ela ainda não tinha chegado a esse ponto nas suas reflexões sobre Lyne.

— Todos esses caras tomam Viagra. Têm obsessão por isso. Especialmente esses caras de Hollywood — disse Wendy, enojada. — Eu sei que Lyne Bennett mora em Nova York, mas ele no fundo é só Hollywood. Todos os seus melhores amigos são artistas de cinema. A gente sempre o vê nas cadeiras de pista nos jogos de basquete dos Lakers. É de dar medo, menina.

— Basquete?

— Viagra — disse Wendy. — Estou querendo dizer que, se o cara não consegue ficar de pau duro sem tomar remédio, não seria essa a forma de a natureza dizer que você provavelmente não devia estar trepando?

Victory riu. Wendy estava mesmo irritada com Shane, pensou, apesar do que dizia. Não costumava ser assim tão amarga com relação aos homens.

Elas desligaram e Victory olhou pela janela. O SUV estava subindo a avenida Madison, passando por todas as lojas caras de mais de quatrocentos metros quadrados de estilistas como Valentino. Ela fez uma careta, pensando na situação de Wendy e Shane. Temia pela Wendy; temia pelo que aconteceria se Shane não voltasse, e se sentia igualmente aflita pelo que seria sua vida se ele voltasse.

Quando ela conheceu Shane em companhia de Wendy anos antes, em um jantar em Los Angeles, tinha visto Shane como Wendy deveria tê-lo visto. Tinha ficado surpresa a princípio, ao descobrir que Wendy era casada. Wendy era uma pessoa muito direta e masculinizada — não usava maquiagem e seu uniforme costumeiro compunha-se de jeans com botas, uma camisa masculina de abotoar e uma jaqueta azul-marinho. Victory perguntou-se se Wendy teria se masculinizado de propósito para ser levada a sério na indústria cinematográfica, mas sua intuição lhe disse que Wendy era mesmo assim. Havia em Wendy uma familiaridade calorosa e fácil que fazia Victory lembrar-se do tipo de garotas das quais tinha sido muito amiga na infância. Como adulta, Wendy era o tipo de mulher que outras mulheres acham bonita e os homens mal notam, e na primeira semana depois de Victory conhecê-la, Wendy jamais indicou que tinha qualquer tipo de homem em sua vida.

Victory ficou chocada quando Wendy apareceu para jantar com um rapaz literalmente divino. Shane tinha uma caboloira toda desgrenhada e um rosto de querubim, rechonchudo. Não era particularmente alto, mas em um homem bonito assim como Shane, isso não importava. A princípio, aquele casal não convenceu. Shane tinha o comportamento de um menino que não parecia maduro o bastante para ser casado, e o ar de um homem que não precisava ser. Victory imediatamente desconfiou daquilo: achou que Shane podia ser um bicha enrustido ou estar se aproveitando de Wendy.

— Não sabia que você era casada — disse Victory, olhando de um para o outro, surpresa.

— Eu sou o grande segredo dela — disse Shane, olhando para Wendy com expressão de adoração. — Ela só me deixa sair nos dias bons.

Wendy riu, orgulhosa, e Victory sentiu-se como uma idiota. Tinha sido burra de não ter considerado uma terceira possibilidade: a de que Shane estava simplesmente apaixonado por Wendy. E por que não estaria? Ela só conhecia Wendy há algumas semanas e já tinha praticamente se apaixonado por ela também. O fato de Shane ter sido esperto o suficiente para enxergar como Wendy era maravilhosa foi suficiente para Victory também se apaixonar por ele.

Sua adoração, porém, não durou muito. Uma vez que a gente visse o que havia por trás da beleza, Shane era como um objeto de prata barata que, depois de manchado, perde permanentemente o brilho. Era superuntuoso, vivia puxando o saco dos amigos atores e atrizes de Wendy. Ela trabalhava feito uma louca, enquanto Shane se dedicava a seus diversos passatempos — golfe, esqui, até skate — e quanto à aparência, agia exatamente como uma mulher. Victory tinha visitado Wendy em diversas ocasiões nas quais Shane tinha exibido roupas novas que tinha acabado de comprar na Dolce & Gabbana ou na Ralph Lauren ou Prada, e uma vez tinha mostrado um par de sapatos de crocodilo da Cole Haan que tinha lhe custado 1,5 mil dólares. Wendy só dava risada. Achava aquilo engraçado, a forma como o Shane passava o dia em institutos de beleza, fazendo massagens e tratamentos com manicures e pedicures. Mandou até fazer reflexo na pontinha dos cabelos espetados. E também mandou fazer aplicações de botox: nem Wendy tinha feito essas aplicações (nem precisava, uma vez que não tinha rugas, tendo uma pele branca do tipo que não pode pegar nem um pouco de sol). E ele estava falando em se submeter a uma plástica nos olhos com um cirurgião de grande prestígio em Hollywood.

— Wen — Victory tinha perguntado a ela uma vez, com toda a cautela. —, você não se chateia com esse negócio do Shane torrar toda a sua grana?

Isso foi na véspera do ano-novo, uns dois anos antes. Wendy e Shane tinham dado uma festa e era tarde, a maioria dos convidados fora embora. Shane tinha ido para a cama, e Wendy, Victory e Nico estavam sentadas no sofá puído de Wendy, ainda bebendo champanhe e falando de seus mais profundos sentimentos.

— Você nunca foi casada, então não pode entender — disse Wendy. — Quando a gente é casada, quer dividir tudo. Quer que a outra pessoa seja feliz. Não sou policial. Não quero ficar policiando o comportamento do Shane, e não quero que ele me policie. Eu o amo.

Wendy tinha falado com tamanha paixão que Victory nunca se esqueceu daquele momento. Isso sempre a recordava de que Wendy tinha um lado muito bondoso, generoso e amável. Era muito estimuladora, pensou Victory, se perguntando de onde viria isso. Desejava poder ser mais parecida com Wendy, mas duvidava que algum dia fosse capaz. Preocupava-se muito com o que era justo e certo e, nos relacionamentos com homens, vivia conferindo o placar. Os especialistas diziam que não se devia fazer isso, mas ela não conseguia deixar de fazer. No fim do dia, queria sentir que o homem tinha se esforçado tanto quanto ela para manter a relação saudável. Eles em geral não se esforçavam a esse ponto, e por isso todos os seus relacionamentos terminavam...

O celular dela tocou. Ela o pegou, olhando o número. Inacreditável. Era Ellen outra vez, provavelmente a quinta vez naquele dia.

— Oi, Ellen — disse, resignada.

— Não vai acreditar nisso, mas Lyne quer que você venha até o escritório dele, afinal.

Victory revirou os olhos.

— Está bem — disse, cautelosa. — Tem certeza?

— Desta vez, temos certeza — disse Ellen, tranqüilizadora. Ouviu-se um som de receptor mudando de mãos, e o próprio Lyne Bennett entrou na linha.

— Oi, garota, onde você está? — perguntou. — Venha logo para cá para a rua 72.

— Vou chegar num instante — disse Victory, tentando evitar que a irritação transparecesse na voz.

Ela desligou e olhou para o motorista.

— Era a Ellen — informou. — A gente tem de ir para a rua 72, afinal.

Recostou-se no banco. Francamente! Era demais. Por que o cara não era capaz de tomar uma decisão e assumi-la? Pelo jeito tinha duas casas geminadas uma ao lado da outra, que ocupavam um quarteirão inteiro, da rua 72 até a 73, e morava na lateral da 73, com os escritórios na 72. Durante a tarde inteira, Ellen ficou ligando para Victory, primeiro para lhe dizer que Lyne queria se encontrar com ela na sua residência, depois que tinha mudado de idéia e queria se encontrar com ela no escritório. Depois ele queria se encontrar no Museu Whitney. Agora tinha mudado de idéia outra vez, e queria se encontrar com ela no escritório.

Era uma forma bem pouco sutil de dizer que o tempo dele era mais precioso que o dela, pensou Victory.

O carro parou, e o motorista saiu para abrir a porta para ela. Victory, porém, foi rápida demais para ele e saiu sozinha, ficando de pé na calçada olhando para o prédio de Lyne. Era uma espécie de monstruosidade, construída em mármore branco com uma pequena torre salientando-se da lateral. Jurou que tinha visto um rosto de mulher na janela, espiando nervosa a rua.

E depois o rosto sumiu.

Por um momento ela hesitou. Isso realmente ia ser uma perda de tempo. Ela sequer conhecia Lyne Bennett, mas já não gostava dele.

— Ligue para Ellen agora mesmo e diga que mudou de idéia — segredou-lhe uma voz na sua cabeça. — O que ele pode fazer? Se irritar e acabar com a sua empresa?

Mas aí um portão pesado de ferro trabalhado arrematado por espetos se abriu, e um homem corpulento com fones de ouvido e um microfone veio caminhando na direção dela com o passo ameaçador de quem desenvolveu músculos demais. Victory achou que ele andava como se tivesse cagado nas calças.

— Visita para o Sr. Bennett?

— Sim...

— Venha comigo — disse ele.

— É assim que cumprimenta todas as visitas dele? — perguntou ela.

— É assim que nós fazemos — disse ele, ao levá-la para dentro.

* * *

— COMO ASSIM, ela é bonita? Claro que é bonita. É belíssima — disse Lyne Bennett, olhando para Victory enquanto tagarelava ao receptor do telefone. Estava sentado em uma poltrona giratória forrada de camurça marrom, fumando um charuto enquanto apoiava um pesado sapato inglês de amarrar no alto de sua mesa como se tivesse o dia inteiro e Victory não estivesse sentada ali esperando por ele. O escritório tinha sido obra de algum decorador que pretendia passar a idéia da biblioteca de ricaço por excelência, com paredes revestidas de lambris de madeira, estantes, um tapete oriental e um cinzeiro de charuto esmaltado da Dunhill. Victory estava empoleirada desconfortavelmente em uma poltroninha francesa forrada com um tecido com estampa imitando pele de leopardo. Ela sorriu, corajosamente.

Quanto tempo mais ia ter de aturar aquela cena? Tinha entrado no escritório de Lyne pelo menos três minutos antes, e ele ainda estava ao telefone, jogando conversa fora. Talvez fosse melhor ir embora.

— Ela está sentada bem aqui na minha frente — disse Lyne ao telefone. — O nome dela é Victory Ford. Isso mesmo — confirmou, dando uma piscadela para Victory. — A estilista. Hum, hum. Ela *é* uma mulher lindíssima. — Lyne cobriu o bocal do receptor com a mão. — Tanner Cole sabe exatamente quem você é, e ele aprova. Tome — disse, estendendo-lhe o receptor. — Dê um alozinho para ele. Deixe ele feliz. Ele não está se dando muito bem com as damas ultimamente.

Victory suspirou e se levantou, pegando o telefone. Que coisa mais infantil! Ela detestava quando as pessoas faziam isso de obrigá-la a falar ao telefone com alguém que nem conhecia. Mesmo que fosse um ator de cinema.

— Alô — disse ao receptor.

— Não deixe ele abusar de você, hein — disse a voz macia de Tanner Cole no seu ouvido.

— Fique tranqüilo — respondeu ela, olhando para Lyne. — Se ele fizer isso, vou ter de namorar você, em vez dele. — Lyne tirou o telefone da mão dela, fingindo estar ofendido.

— Ouviu só isso? — disse, fingindo estar furioso e lançando um sorriso a Victory. Seus dentes, segundo Victory notou, eram grandes e de um branco ofuscante. — Ela disse que talvez namore você em vez de me namorar. Obviamente não sabe qual é o tamanho do seu pintinho.

Victory suspirou e recostou-se na cadeira. Olhou para o relógio ostensivamente, pensando em como Lyne gostava de se mostrar. Coisa mais ridícula. Mas talvez fosse por insegurança. Era difícil crer, mas possível. A insegurança talvez tivesse sido o que o impulsionara a ganhar um bilhão de dólares, antes de mais nada. Ela olhou o escritório em volta e viu três desenhos excêntricos a bico de pena: Alexander Calders, que valiam centenas de milhares de dólares. Lyne provavelmente tinha montado aquele cenário todo para impressioná-la, procurando estar ao telefone com seu bom amigo Tanner Cole quando Ellen a trouxesse à sua sala.

Ela descruzou as pernas e cruzou-as para o lado oposto. Pelo menos ele sentia a necessidade de fazer um certo esforço, pensou. E de repente sentiu um pouquinho de pena dele.

— Tá certo, amigão, vejo você amanhã à noite. Vamos lá animar esses sacanas desses Yankees — berrou, desligando. Era temporada de beisebol. Lyne, sem dúvida, tinha um camarote particular no Yankee Stadium.

Ela só torcia para ele não falar de esportes a noite inteira.

— E *você*, como vai? — perguntou, como se finalmente tivesse percebido que ela estava na sala. Levantou-se e saiu de trás da mesa, pegando as mãos dela e apertando-as, e inclinando-se para beijar-lhe a face. — Está uma beleza — murmurou.

— Obrigada — disse Victory, friamente.

SELVA DE BATOM 141

— Estou falando sério — disse ele, sem soltar as mãos da moça.
— Obrigado por ter vindo.

— Não há de quê — disse Victory, cheia de cerimônia. Perguntou-se se ele estaria se sentindo tão pouco à vontade quanto ela.

— Ellen! — gritou ele, de repente. — O carro está aí embaixo?

— Você sabe que sim — informou a voz de Ellen, vinda bem ali da esquina.

— É, mas está bem em frente da entrada? Quero sair do edifício e entrar direto no carro. Não quero ficar de pé na calçada procurando o Solavanco.

— Vou dizer a ele que está descendo agora — disse Ellen, alegremente.

— Solavanco? — perguntou Victory, perguntando-se sobre o que eles iam conversar a noite inteira.

— Meu motorista — explicou Lyne. — O Detector de Buracos. Se houver um buraco no asfalto a quinhentos metros do carro, o Solavanco cai direto dentro dele. Não é assim, Ellen? — perguntou, saindo do escritório.

Victory olhou para ele sem saber se estava brincando ou falando sério.

Ellen estava de pé ao lado da mesa dela, segurando um casaco de caxemira preta. Lyne meteu os braços nas mangas dele.

— E o champanhe?

— Está bem aqui — disse Ellen, indicando uma garrafa de Cristal sobre a mesa.

— Eles sempre servem champanhe de segunda lá no Whitney — disse Lyne, virando-se para Victory para dar essa explicação. — Já lhes disse para ao menos servirem Veuve, já seria uma melhoria, mas eles são uns mãos de vaca, aqueles cretinos. Então, o que eu faço? Levo o meu.

Ellen seguiu-os até o SUV, levando a garrafa de champanhe e duas taças. Uma mulher jamais sonharia em pedir a uma secretária para fazer esse tipo de serviço, pensou Victory, lançando um olhar furioso para Lyne. Ele se sentou no banco traseiro enquanto Ellen lhe passava a garrafa.

— Divirtam-se, crianças — disse ela.

Victory olhou firme bem nos olhos de Ellen. Ela deu de ombros, como quem não pode fazer nada.

Victory então olhou para Lyne, que estava rasgando com desenvoltura o envoltório de papel aluminizado da garrafa de champanhe. Os olhos dela semicerraram-se. Se aquela noite não desse em nada, ela ia precisar ensinar uma liçãozinha a Lyne Bennett.

* * *

ESSE LYNE BENNETT é mesmo um babaca de marca maior, pensou Nico, lendo com ódio a primeira página do *New York Post*.

A manchete dizia, em letras garrafais: "Red Sox é o vencedor", mas em uma faixa no alto havia uma foto de Lyne Bennett com uma legenda: "Bilionário envolvido em briga de cachorro. Página três."

Tomara que algum cachorro tenha mordido ele, pensou Nico, virando a página. A matéria, porém, era ligeiramente decepcionante. Só dizia que Lyne Bennett estava tentando evitar que o pátio da escola ao lado de sua casa fosse transformado em passeio para cachorros depois das seis da tarde. Lyne Bennett mencionava "condições anti-higiênicas", ao passo que os donos de cachorros do bairro chamavam Lyne Bennett de "um homem sem coração, inimigo dos cachorros". Nico foi obrigada a concordar com eles, e também com a idéia de que não havia nada pior que um homem que odiava cachorros. Ela já conhecia Lyne Bennett há anos, e toda vez que o via tinha a impressão de que ele tinha sido o tipo de garoto que chutava cachorros quando não havia ninguém por perto. Refletir sobre homens e cães, porém, a fez se lembrar de Kirby e seu cão. E do que fizera com Kirby duas vezes na semana anterior. Tinha prometido a si mesma que não pensaria em Kirby enquanto estivesse em casa perto de

Seymour, porque não era justo com Seymour. Portanto, fechou o jornal e jogou-o no chão.

Eram dez horas da manhã de domingo. Nico estava "na caverna", ou seja, a sala de ginástica no porão do sobrado que Seymour tinha construído especialmente. A sala estava um piso abaixo do térreo, onde ficavam a cozinha, o jardim e os canis, e originalmente tinha sido um labirinto sem janelas de pequenos cômodos para depósito. Seymour tinha revestido os pisos com tapetes de sisal e instalado ali uma sauna seca, um box e uma sauna a vapor, no valor de mais ou menos 150 mil dólares, sem falar no equipamento de ginástica de última geração. Era em um desses equipamentos que Nico estava se exercitando agora, uma coisa chamada treinador universal. A geringonça exigia que a pessoa que estivesse se exercitando usasse presilhas de segurança, e toda vez que Nico o usava, sentia-se como se estivesse sendo submetida a algum experimento científico bizarro. O que, segundo ela acreditava, até certo ponto, era verdade.

Olhou para o visor digital. Ainda faltavam dez minutos. Olhando para sua imagem na parede espelhada da sala de ginástica, viu-se esbaforida, de testa franzida por causa da concentração. Você consegue, incentivava-se. Só mais... nove minutos. E depois seriam oito, e daí por diante, até que tivesse terminado. Detestava malhar, mas era obrigada. Não era só porque Seymour a obrigava. Era literalmente parte do seu trabalho. Victor Matrick tinha decretado que seus executivos não só deviam trabalhar duro, como também jogar duro. Duas vezes por ano ele marcava uma viagem de cunho aventureiro para seus vinte altos executivos, uma combinação do que consistia em rafting de águas rápidas classe quatro, salto de pára-quedas (os medrosos iam com um instrutor atado às costas) e ciclismo de montanha em Utah. Os cônjuges podiam ir, mas não tinham obrigação de participar da parte esportiva; mesmo assim, Seymour sempre a acompanhava e se saía muito bem.

— As pessoas não têm tempo para treinar para essas coisas especificamente — dizia Seymour. — O negócio é estar sempre em boa forma. Se estiver sempre em forma, vai estar em condições de competir. — Daí a sala de ginástica.

O celular de Nico tocou. Estava pendurado em um ganchinho na lateral do aparelho de ginástica, e por um segundo ela o olhou nervosa, sem saber o que fazer. Sob circunstâncias normais, ela teria deixado o telefone tocar, principalmente porque era domingo. Mas como agora estava se encontrando com Kirby de vez em quando (não ousava admitir para si mesma que eram amantes), não queria arriscar. Tinha dito a Kirby que ele não devia ligar para ela de noite nem no fim de semana, de jeito nenhum, mas Kirby era do tipo que podia de repente transbordar de paixão e se esquecer. Ela conferiu o número no mostrador. Era Wendy.

— Oi — disse, abrindo as presilhas que a atavam ao aparelho de ginástica.

— Victory está namorando Lyne Bennett — anunciou Wendy, com um misto de horror e admiração. — Está em todos os jornais.

— Eu sei que ela saiu com ele...

— Ela foi ao jogo de beisebol com ele na noite de sábado — disse Wendy, indignada. — Minha nossa, espero que ela não se transforme em outra Sarah-Catherine. Sarah-Catherine também foi namorada dele.

Nico enxugou uma gota de suor que estava escorrendo pela nuca. Por que diabos Wendy de repente estaria pensando em Sarah-Catherine? Principalmente porque fazia pelo menos três anos que ninguém ouvia falar dela (graças a Deus).

— Não morro de paixão por Lyne Bennett, mas Vic não é nada parecida com Sarah-Catherine — disse Nico. — Ela é uma empresária de verdade. E tem talento de verdade. — Wendy, pensou, estava naquela fase terrível pela qual as mulheres podem passar quando a vida está indo por água abaixo e elas presumem que a vida de todo mundo também está para explodir. — Vamos almoçar juntas? — indagou, sabendo que não devia, que devia fazer mais um pouco de ginástica em vez disso.

— Eu não devia — disse Wendy.

— Nem eu — respondeu Nico. — No Da Silvano, às 13h? Deixe que eu ligo para Victory.

Ela desligou e pegou o *Post*, procurando rapidamente a notícia. Estava na Página Seis: uma foto colorida de Victory e Lyne Bennett do tamanho de um quarto de página, com bonés de beisebol dos Yankees. Victory estava de pé, torcendo, enquanto Lyne, com rosto muito comprido, que fez Nico pensar em uma pastilha expectorante, estava com um punho erguido no ar, em triunfo.

Ora, pensou Nico. Pelo jeito eles não faziam a menor idéia de que os Yankees estavam para perder a partida.

Levou o jornal para o banco de musculação e sentou-se na beirada dele, segurando-o afastado de si para poder ler a legenda. Sua visão não era mais perfeita: uma inevitável realidade depois que o quadragésimo aniversário da gente passa. Ela só conseguiu distinguir as palavras: "O Amor Venceu", e abaixo delas: "Os Yankees podem ter perdido, mas isso não parece incomodar muito o bilionário Lyne Bennett e a estilista Victory Ford. Os dois já foram vistos juntos em toda a Manhattan ..."

Como isso havia acontecido? Da última vez que tinha falado com Victory era sexta de manhã, e a amiga lhe dissera que tinha se divertido muito com Lyne Bennett, mas não do jeito que se podia pensar. Aliás, ela afirmou que duvidava que Bennett voltasse a procurá-la. Nico examinou a foto com mais atenção. Victory certamente parecia estar se divertindo. Nico sacudiu a cabeça, pensando em como suas amigas viviam conseguindo surpreendê-la e espantá-la.

* * *

O QUE ACONTECEU foi que Lyne Bennett se apaixonou por Victory, e Victory por ele.

Certo, "apaixonar" é uma palavra forte demais para descrever isso, pensou Victory. Mas podia ser que fosse o princípio da "paixão". O sentimento cálido, aconchegante, afetuoso que se tem por um homem quando você de repente descobre que gosta dele, que ele é bacana ou até mais que bacana, que possivelmente é extraordinário. Um sentimento parecido com o que se sente no Natal. Gostosinho por dentro, todo bonito e enfeitado por fora.

— Vou estar lá embaixo. Se precisar de alguma coisa, desça. Ou ligue para o Robert — disse Lyne. Robert era o garçom, um dos cinco criados de tempo integral, que dormiam no emprego, além de dois guarda-costas, uma empregada e um cozinheiro. Ele se inclinou para beijá-la. Ela virou o rosto para cima e acariciou a nuca dele, sentindo a pele bem barbeada contra a palma da mão.

— Preciso dar uns telefonemas — murmurou. — Não se preocupe comigo.

— Isso é uma coisa que sei que não preciso fazer — disse ele, beijando-a de maneira mais insistente, de modo que ela voltou a cair sobre o colchão. Depois de um minuto, ela o empurrou, afastando-o.

— Não é bom você se atrasar. Por causa do George — disse.

— Que absurdo. Aquele bobalhão pode esperar. A quadra é minha. — No segundo seguinte, porém, ele se levantou. Era escravo das obrigações, exatamente como ela, pensou Victory; detestava não fazer o que tinha dito que ia fazer. — Até daqui a uma hora.

— Divirta-se — disse ela. Lyne, segundo ela notou, estava particularmente bonito naquela manhã, de uniforme esportivo branco e tênis. Ia jogar squash com outro bilionário, George Paxton, na quadra de squash, que, pelo jeito, ficava em algum ponto dos fundos da casa. Ela acenou, sentindo-se como uma esposa despedindo-se do marido que vai para o trabalho.

Ela voltou a se aconchegar sob as cobertas e olhou em volta. Ia se levantar dentro de um minuto. Mas aquela cama de Lyne Bennett era confortável demais! Os lençóis eram tão macios, e sob suas costas havia três travesseiros tamanho king-size que eram como se a pessoa estivesse caindo em uma nuvem. Os lençóis e o edredom eram todos brancos, é claro, o carpete era branco, as pesadas cortinas de seda

SELVA DE BATOM   147

eram brancas, e a mobília era Biedermeier — Biedermeier legítima,
do tipo que só existe na Europa ou em um leilão da Sotheby's, ao
contrário das imitações de Biedermeier que se encontram nas lojas
de antigüidades do Village. Só a mobília Biedermeier provavelmente valia meio milhão de dólares. Mas aqueles lençóis ...

Por que seria que só gente realmente rica tinha lençóis como aqueles? Ela já tinha ido ao que considerava a loja mais cara de cama e
mesa da Madison Avenue, a Pratesi, e pago mil dólares por um jogo
de lençóis (na verdade quinhentos, pois era liquidação e eles estavam sendo vendidos pela metade do preço) e eles não eram nem de
longe tão macios quanto aqueles. Os lençóis de Lyne eram a diferença entre ser milionário e bilionário, pensou ela, e um lembrete de
que, por mais bem-sucedida que a pessoa fosse, sempre existia alguém que tinha mais.

Ah, mas quem se importava?, pensou ela. Lyne talvez tivesse mais
dinheiro, de um ponto de vista meramente matemático, mas ela era
uma mulher vivida, que conseguira subir na vida por seu próprio esforço e tinha sua própria empresa e sua própria vida interessante.
Não precisava de Lyne — nem do dinheiro e dos lençóis dele, aliás.
Mas era isso que tornava divertido o relacionamento com Lyne. Ele
era um babaca, mas um babaca divertido. E deixando a cabeça afundar outra vez nos travesseiros (que se ergueram de cada lado de sua
cabeça, quase sufocando-a em penugem de ganso), ela repassou os
eventos dos últimos dias.

Tinha começado brigando com Lyne assim que o carro se afastou
do meio-fio na noite daquele quase desastroso primeiro encontro.

— Acha que é mesmo necessário obrigar sua assistente (deliberadamente evitou a palavra "secretária") a trazer sua garrafa de
champanhe até o carro? — perguntou.

— Por que ela se importaria? — perguntou ele, estourando a rolha da garrafa. — Ela é a secretária mais bem paga de Nova York. Ela
me adora.

— Só porque é obrigada. E por que você a faz marcar seus encontros? Por que não liga você mesmo? — Victory sabia que estava sendo mal-educada, mas não se importou. Lyne a deixara sentada ali enquanto terminava seu telefonema para Tanner Cole, e isso tinha sido bem mais grosseiro.

— Se quer mesmo saber... — disse Lyne, servindo champanhe em uma taça encaixada em um suporte de madeira no meio do assento traseiro do SUV. — Meu tempo vale mais ou menos cinco mil dólares por minuto. Não estou dizendo que você não vale isso, mas se eu ligasse e você não quisesse se encontrar comigo, isso me custaria quase vinte mil dólares.

— Daria para arcar com *esse* prejuízo, não? — disse ela, em tom de desprezo.

— O problema não é o prejuízo com o qual posso arcar, é o prejuízo com o qual eu quero arcar — disse ele, dando um sorriso zombeteiro. Ela retribuiu o sorriso cinicamente. Lyne era atraente, mas tinha o sorriso de um tubarão.

— Essa é a desculpa mais ridícula que eu já ouvi para evitar a rejeição — disse ela. Resolveu que ia ao Whitney com ele e depois iria para casa. Ele não podia obrigá-la a jantar em sua companhia.

— Mas eu não fui rejeitado — disse ele.

— Vai ser.

— Está mesmo zangada porque eu pedi a Ellen para ligar para marcar o encontro? — perguntou ele. Pelo menos teve a consideração de fazer cara de perplexo.

— Não — disse ela. — Estou mesmo zangada porque você me fez ficar sentada ali feito um dois de paus enquanto terminava sua conversa com Tanner Cole.

— Então espera que eu largue o telefone toda vez que você entrar em uma sala?

— Isso mesmo — disse ela. — A menos que eu também esteja ao telefone. Nesse caso, tudo bem.

Ela olhou para ele, imaginando qual seria sua reação. Será que ia expulsá-la do carro? Se expulsasse, ela não se importaria. Mas ele não deu sinal de a estar levando nem um pouco a sério. Seu telefone tocou de repente e ele o ergueu, conferindo o número com os olhos semicerrados.

— Então não vai me deixar atender esta ligação do presidente do Brasil? — perguntou.

Ela sorriu friamente.

— Quando você está comigo, o presidente do Brasil pode esperar.

— Você é quem manda — disse ele, apertando o botão de desligar.

Por um momento, eles se mantiveram em um silêncio teimoso, enquanto o carro os transportava. Ela nem mesmo o conhecia, então por que estavam discutindo como se já fossem namorados? Começou a se sentir culpada. Não era de seu feitio se comportar de um jeito tão irascível. Havia homens como Lyne Bennett que eram capazes de evocar o pior lado de uma mulher, mas ela não podia sucumbir.

— Era mesmo o presidente do Brasil?

— Era Ellen — disse ele, rindo. — Um a zero para mim.

Ela mordeu o lábio, tentando não sorrir.

— Até agora — disse.

— Mas, na verdade, foi você que marcou o primeiro gol. Porque ela estava passando mesmo uma ligação do presidente do Brasil.

Ai, meu saco. Ele era maluco, pensou Victory.

O SUV contornou a esquina e entrou na Madison Avenue. Havia uma enorme quantidade de carros engarrafados diante do Museu Whitney, e Lyne de repente cismou de mandar o Solavanco parar bem diante da entrada.

— Entre aí, Solavanco! — gritou, incentivando.

— Estou tentando, Sr. Bennett. Mas tem uma limusine na nossa frente...

— Dane-se a limusine — exclamou Lyne. — É do velho Shiner. Eu o chamo de Chato — disse a Victory. — Quando comecei minha carreira nos negócios, ele me disse que eu nunca ia conseguir ganhar um tostão. Eu nunca deixei ele esquecer disso também. Se a limusine do Chato não sair da frente em cinco segundos, pode amassá-la, Solavanco.

— Mas a polícia vai nos deter. E vai demorar mais ainda — resmungou Solavanco.

— E daí? Você sabe como lidar com a polícia — disse Lyne.

Victory já estava cheia daquilo.

— Dá para parar com isso? — disse ela, voltando-se para Lyne. — Está agindo como um louco varrido. Coisa mais constrangedora! Se não consegue dar cinco passos até o meio-fio, seu problema é muito sério, meu amigo.

Lyne não perdeu o rebolado.

— Ouviu isso, Sola? — perguntou, batendo no ombro do motorista. — Estamos juntos há apenas dez minutos, mas ela já me conhece. Venha — disse ele, segurando a mão de Victory. — Eu sabia que ia me divertir com você.

Ela fez uma careta. Lyne Bennett era claramente um cara que não se ofendia com facilidade. Resolveu que estava começando a gostar dele um tantinho de nada.

O que era bom, porque, mesmo se ela quisesse se afastar dele àquela altura, não poderia. Assim que saíram do carro, foram cercados por fotógrafos. A Bienal do Whitney era a maior vitrine de um pequeno grupo de artistas altamente polêmicos, selecionados pelo comitê da Bienal. Era um dos eventos artísticos mais importantes e controvertidos do país, mas Victory sempre se esquecia que também era uma ocasião extremamente social. Todos presumiriam que ela e Lyne não só estavam namorando, mas provavelmente já estavam juntos há algum tempo. Aparecer juntos na Bienal do Whitney era o tipo de coisa que um casal fazia quando queria anunciar ao público que estavam namorando oficialmente.

E Lyne ficou ali, segurando a mão dela na frente dos fotógrafos, como se eles fossem mesmo amantes. Ela não se importava de ser vista com ele, mas não queria que ninguém pensasse que estavam trepando. Tentou tirar discretamente a mão, mas ele a apertou com mais força.

— Já pensou na possibilidade de que pode estar sofrendo de transtorno do déficit de atenção em adultos? — perguntou ela, pensando no comportamento dele no carro.

— Pode pensar o que quiser — disse ele, olhando para ela de relance, sem se interessar. — Venha, meu benzinho — disse, puxando-a pela mão. — Se já está cansada dos paparazzi, vamos entrar. — Como se ela fosse uma garotinha!

Mesmo Victory estando de salto alto, Lyne era pelo menos uns vinte centímetros mais alto que ela, de forma que ela não podia protestar fisicamente. Isso garantia mais um ponto para ele na rivalidade entre os dois. Depois ela se vingou dele nas Vaginas. Só que o golpe de misericórdia, pensou ela, presunçosa, tinha sido aquele momento no Cipriani...

*   *   *

— VAGINAS GIGANTES? No Whitney? — perguntou Wendy. Ela não se sentiu exatamente chocada. Nada poderia chocá-la agora, pensou, mas estava tendo dificuldade de se concentrar na conversa. Naquela manhã, Shane tinha ligado e pedido para levar os meninos para visitar seus pais, que moravam no Upper West Side. A idéia de Shane ficar com os filhos e os avós sem ela fez com que se sentisse meio mal.

Estava sentada na cobiçada mesa da frente de esquina do Da Silvano com Nico e Victory. O restaurante estava lotado, e a porta abria toda hora, e as pessoas entrando, só para ouvir que não havia mesas disponíveis, o que a fazia sentir um ventinho frio na nuca. Ficou ajeitando a *pashmina*, mas aquela porcaria não parava no lugar. As *pashminas* estavam fora de moda, pelo jeito, mas essa tinha sido a melhor forma de garantir um visual razoável num domingo.

Curvou-se para a frente, tentando fingir interesse. O que Shane teria dito a seus pais? Será que estavam falando sobre ela? A mãe de Shane nunca havia realmente gostado dela. Provavelmente tinha dito a Shane que Wendy era péssima mãe...

— Eles tentam incluir alguma coisa chocante todo ano — dizia Nico. — Há alguns anos foi uma filmagem de um cara todo pintado de azul se masturbando.

— Pelo menos eles são a favor da igualdade entre os sexos — comentou Victory mergulhando um grissini em um pratinho com azeite. — Este ano são vaginas gigantes com bonecas de plástico grudadas na abertura.

— Não são bem feitas — disse Nico.

— Você as viu? — perguntou Wendy.

— Fui obrigada — disse Nico. — Vamos falar delas na edição de dezembro. — Wendy concordou, sentindo-se excluída. Só fazia filmes e tomava conta da família. Não tinha cultura, nenhuma vida fora do barquinho da sua existência, que lhe tirava até a última gota de energia para continuar flutuando. Ela olhou para Victory, do outro lado da mesa, que brilhava como uma jovem de 25 anos. Eram da mesma idade, mas Victory ainda ia a todos os lugares e fazia de tudo: ainda namorava. De repente, Wendy percebeu que fazia 15 anos que não saía para namorar. Essa idéia fez aquela sensação de mal-estar voltar redobrada. E se tivesse de começar a namorar de novo? Não saberia o que fazer...

Victory disse:

— A artista, uma jovem do Brooklyn, pelo jeito tinha acabado de ter um bebê e ficou horrorizada com a experiência. Disse que ninguém nunca conta como é mesmo a coisa...

— Por favor — disse Wendy, em tom de desprezo. — Por que todas as mulheres que já tiveram um bebê agem como se fossem as únicas?

— Acho que ela só estava reagindo ao fato de que as mulheres é que precisam ter os bebês, antes de mais nada — disse Nico.

SELVA DE BATOM

— Bom, para encurtar a conversa, Lyne teve um siricotico — continuou Victory. — Disse que pensou que ia vomitar.

— E é esse cara que você está namorando? — perguntou Wendy.

— Wen, elas são horríveis — disse Victory. — Não o assunto, a forma como foram feitas. Mas mesmo assim eu resolvi cair em cima dele, para me vingar por ele ser tão babaca. Eu o convenci de que as esculturas de vagina um dia seriam tão importantes quando a Vênus de Willendorf, aquela estatueta pré-histórica que é símbolo da fertilidade, e ele acabou acreditando em mim. Comprou uma escultura de vagina por vinte mil dólares. — Recostou-se na cadeira, relatando o momento no Whitney em que tinha puxado Lyne para um canto, enquanto ele resmungava como um colegial sobre "o estado da arte nos Estados Unidos hoje em dia".

— Sabe que essas peças vão acabar indo parar em algum museu — disse ela. — Ninguém levou as latas de sopa Campbell's do Andy Warhol a sério a princípio, também.

— Você pirou — disse ele.

— Posso ter pirado, mas duvido que Brandon Winters tenha pirado. — Brandon Winters era o curador do Museu Whitney, que Victory conhecia um pouco e que tinha feito questão de cumprimentar na frente de Lyne. — Não ouviu o que Brandon disse? — perguntou. — Parece que o Museu de Arte Contemporânea de Chicago está extremamente interessado nelas, bem como dois museus da Alemanha. Brandon disse que compararam as esculturas de vagina à Vênus de Willendorf...

Brandon não tinha dito tal coisa, mas, conforme ela decidiu, era o tipo de besteira que ele diria.

— Vênus de quê? — replicou Lyne.

Ela olhou para ele como se estivesse confusa.

— Vênus de Willendorf. Lyne, será possível, com todo esse seu interesse pela arte... Eu estava crente que você tinha ouvido falar dela. É verdade que ela tem apenas 25 mil anos, portanto talvez você não tenha...

E aí Lyne fez uma cara esquisita e voltou para o meio dos espectadores que estavam reunidos em torno da instalação da vagina. Trocou algumas palavras com Brandon Winters, cuja expressão de repente denotou surpresa, encanto e subserviência. Lyne entregoulhe um cartão.

— E aí? — perguntou ela.

Ele pegou o braço de Victory, levando-a para um canto, com ar conspirador.

— Eu comprei uma — disse.

— Quanto foi?

— Vinte mil dólares.

Essa quantia, pensou ela com satisfação, era mais ou menos aquela que ele teria perdido se ele mesmo tivesse ligado para ela e ela tivesse rejeitado o convite dele. Resolveu jantar com ele, afinal, mesmo que fosse só para ver que outras peças conseguiria pregar nele.

Estavam sentados a uma mesa romântica de canto do Cipriani. A primeira coisa que Lyne fez foi pedir uma garrafa de Cristal, que bebeu como se fosse água. Ela estava começando a pensar que ele realmente sofria de transtorno de déficit de atenção em adultos, porque não era capaz de parar quieto: vivia se levantando para falar com as pessoas de outras mesas. Ela não reclamou disso, porém, porque a única maneira de fazer um homem entender que está se comportando mal é fazer a mesma coisa com ele. Quando ele voltou à mesa pela terceira vez, ela se levantou e foi até o bar. Um casal conhecido dela estava sentado ao balcão, e ela pediu uma *ginger ale*, demorando bastante e conversando com eles sobre a reforma do apartamento dos dois. Depois voltou para a mesa.

— Você demorou a voltar — queixou-se Lyne, amuado.

— Eu vi umas pessoas importantes que conheço — disse ela, dando de ombros.

O garçom veio anotar os pedidos.

— Vou querer 85 gramas de caviar de beluga — disse ela, toda animada, como se isso fosse perfeitamente normal. Lyne tentou não demonstrar irritação, sendo bilionário e tal, mas ela foi capaz de jurar que ele ficou ligeiramente chateado.

— A maioria das pessoas se satisfaz com 28 — disse, meio contrariado.

— Não sou como a maioria — disse ela. — Além disso, estou com fome. — Depois ela pediu uma lagosta e um suflê de chocolate como sobremesa. Fez Lyne falar sobre sua infância: como seu pai o abandonara aos 14 anos, e ele tinha dois irmãos mais jovens e teve de ir trabalhar em uma delicatessen, mentindo sobre sua idade para conseguir o emprego. E aí começou a gostar mais um pouquinho dele. Sob aquela capa ridícula de semostração, Victory percebeu que ele provavelmente era um cara legal. Era mesmo uma pena ele se sentir obrigado a agir feito um babaca durante a maior parte do tempo.

Quando a sobremesa chegou, ela se levantou para ir ao banheiro. Foi ao banheiro mesmo, mas antes procurou o mâitre e lhe deu seu cartão American Express preto, dizendo-lhe que cobrasse dela o jantar. Tinha planejado pagar desde o início, mas, se tinha essa intenção, não podia esperar a conta chegar à mesa. Era preciso pagar antes, por baixo dos panos, na encolha. Dessa forma, não haveria discussão sobre o gesto.

Ela saiu do banheiro das senhoras e assinou o recibo. O jantar saiu por mais de mil dólares, mas ela não se importou. A empresa dela podia estar indo à bancarrota, mas Lyne não precisava ficar sabendo disso. E além do mais, valeria a pena ver a expressão do homem quando descobrisse que ela já havia pago a conta.

Ela voltou para a mesa e esperou, batendo papo sobre vários conhecidos que eles tinham em comum. Talvez fosse criancice, mas a verdade é que pagar a conta põe a gente em uma posição de poder, e mesmo que fosse algo que a maioria das mulheres não entendesse completamente, para homens de negócios como Lyne era o mais básico gesto de controle. E ela descobriu que, no minuto em que assumiu o poder, o comportamento de Lyne não a incomodou mais.

— Pode trazer a conta, por favor — pediu Lyne ao mâitre com um gesto.

Victory dobrou o guardanapo muito bem e sorriu, aguardando o mâitre vir correndo até a mesa deles, olhando dela para Lyne com uma expressão preocupada no rosto. Quando chegou perto de Lyne, inclinou-se.

— A conta já foi paga — murmurou.

— Ah, não diga! E quem é? — quis saber Lyne, olhando em volta com uma expressão de descrença indignada.

— Devia perguntar "quem foi", querido — disse Victory, corrigindo-o com a maior naturalidade. — Trata-se de uma ação no passado.

— Não me importa se é passado ou presente — disse Lyne. — Quero saber quem foi que pagou minha conta. — E parecia mesmo que ele estava a ponto de quebrar a cara de alguém.

O mâitre, que sem dúvida estava acostumado a ligar com os chiliques da clientela toda-poderosa, juntou as palmas das mãos e abaixou a cabeça.

— Foi a madame aqui presente, Srta. Ford.

— Quem? — indagou Lyne, ainda olhando em volta, como se tivesse se esquecido que estava jantando com ela. Depois entendeu. — Ah, sim — disse.

Ela sorriu, dando um longo suspiro. Tinha finalmente conseguido calar a boca dele.

Ele ficou sem conseguir falar durante vários minutos, enquanto vestiam os casacos e desciam as escadas. Quando se viram do lado de fora, ele disse, mal-humorado:

— Não precisava fazer isso, viu?

— Não preciso fazer nada — disse ela. — Eu faço o que quero.

— Eu ia convidar você para tomar um drinque comigo na minha casa — disse ele. — Mas imagino que isso signifique que tem outros planos.

Mas que bebezão que ele era!, pensou ela.

— Não tenho, não — disse ela, irritada com a dedução dele. — Mas preciso mesmo ir. Boa noite, Lyne — disse, estendendo a mão. — Foi bom te ver.

— Bom ver você também — resmungou Lyne, ao sair andando até o carro. Solavanco mantinha a porta aberta, olhando curiosamente para ela.

Ela ergueu a mão e chamou um táxi. Tinha descoberto tudo que precisava saber sobre ele, pensou, sentando-se no banco de trás. Tinha se divertido um pouco com ele, mas ele não era nem um pouco cavalheiro. Não tinha esperado até ela conseguir um táxi, e nem mesmo tinha agradecido pelo jantar. Talvez tivesse sido castrado demais para levá-la até um táxi, mas mesmo assim, um homem de verdade jamais teria se esquecido de seus modos. Será que o ego dele era assim tão frágil? Não fazia sentido. Anos antes, Lyne Bennett tinha comprado empresas, desmontando-as impiedosamente. Provavelmente por despeito, ela agora percebia. E uma vozinha na sua cabeça disse: você está brincando com fogo.

Só que Victory de repente se lembrou da expressão no rosto de Lyne quando disse que estava pensando em convidá-la para voltar à casa dele. Por um instante, ele tinha parecido derrotado, como se mais uma vez percebesse como era inútil namorar em Nova York e como era inútil tentar. E por um momento, ela se sentiu triste.

Não pensou mais naquilo, porém, achando que estava tudo acabado e que ele nunca mais ia telefonar para ela.

— Mas claro que ele ia ligar de novo — interveio Nico. — Ele tinha de ligar.

Bom, ele ligou, continuou Victory, debruçando-se na mesa para ter certeza que ninguém estava escutando. Às sete e meia de uma manhã de sábado. E ela já havia se esquecido completamente dele. Todos em Nova York tinham encontros esquisitos, e ela sabia que, quando esbarrasse com ele, ambos agiriam como se nada tivesse acontecido. Só que Lyne não estava preparado para desistir com tanta facilidade.

— Alô? — disse ela, sonolenta, ao telefone, achando que assim tão cedo podia ser Wendy.

— Quero que saiba que estou potencialmente perdendo vinte mil dólares neste momento, ligando para você pessoalmente — disse a voz de Lyne na linha.

Ela não se conteve e riu, surpresa por descobrir que estava até feliz em ouvir a voz dele.

— É mesmo? — perguntou. — Então ainda ganha cinco mil dólares por minuto, até no fim de semana. Você é o quê, alguma empresa telefônica?

— Longe disso. Sou mais rico que a empresa telefônica — disse ele, em voz de veludo.

— Caso eu tenha me esquecido...

— De qualquer jeito, fiz um bom negócio. Mesmo que me rejeite — disse ele. — Aquela escultura horrorosa que você me fez comprar, lembra? Só queria que soubesse que tinha razão. Eu a vendi para o museu de Chicago por quarenta mil. Então achei que podia lhe conceder vinte mil dólares do meu tempo para me rejeitar. O que lhe deixa... — ele se interrompeu um instante — ...com exatamente noventa e dois segundos...

— O que tinha em mente? — perguntou ela.

— Um jogo dos Yankees contra o Red Sox. Final de campeonato nacional. Esta noite. Sete horas.

— Combinado — disse ela.

Ela achava que ele não podia ser tão repulsivo assim, se não só estava disposto a sair com ela de novo, como também a mudar de comportamento.

Naturalmente, Lyne Bennett seria sempre um babaca, mas naquela noite, no jogo de beisebol, se comportou como um babaca sedutor. Já estava no carro quando Solavanco chegou, o que significava que estava disposto a ir até ao centro da cidade para pegá-la. E depois eles foram de carro até o heliporto do East River.

SELVA DE BATOM 159

— Sei que você é rico — tinha dito Victory, enquanto se dirigiam ao helicóptero prateado que se equilibrava sobre os flutuadores. — Mas não acha que é meio exagero ir de helicóptero até o Bronx?

— Acho, sim — respondeu ele, ajudando-a a subir. — Só que o jogo é em Boston.

— Ah, sim — disse Victory. E pelos motivos do costume, tão antigos quanto os sexos, a noite deslanchou a partir daí.

* * *

ORA ESSA, pensou Nico, colocando as luvas. E agora, o que fazer?

Um ventinho frio tão cortante quanto uma faca fustigava a Sexta Avenida diante do restaurante. Prendendo a respiração, ela olhou o relógio de pulso, notando que eram só duas e meia. Sua filha, Katrina, ia ficar no centro de hipismo pelo menos até as quatro, praticando para um espetáculo eqüestre que tinha sido organizado por Seymour. Aliás, Seymour provavelmente estaria nas cavalariças agora, junto com outros pais que estavam vendo seus filhos montarem. Esse amor misterioso pelos cavalos era algo que Seymour e Katrina tinham em comum, e que Nico há muito tempo tinha decidido que não compartilhava. Até mesmo quando criança, ela jamais tinha entendido aquelas meninas amantes da equitação que vinham para a escola com os cabelos sujos todo dia, fedendo a esterco. Naturalmente, Katrina, que montava cinco dias por semana no centro esportivo de Chelsea Piers (ao preço de 250 dólares por hora) não cheirava mal: tomava banho toda manhã, e até penteava os cabelos e fazia as unhas no Bergdorf Goodman uma vez por mês. Mas quando Katrina e Seymour começavam a montar, ela não podia evitar: seus olhos ficavam vidrados.

A verdade é que, durante pelo menos uma hora e meia, nem Seymour nem Katrina estariam imaginando onde ela estaria.

Nem o que estaria fazendo.

Olhou disfarçadamente o relógio outra vez, o coração batendo com força, seja do frio, seja de empolgação. Será que ousaria? Se ousasse, ninguém saberia. Diria que ia para o escritório e depois iria mesmo. Não levantaria nenhuma suspeita. Costumava trabalhar nos finais de semana. Wendy tinha acabado de sair para uma reunião imprevista com um roteirista, e Victory disse que ia para o ateliê desenhar.

Se ia fazer isso, era melhor fazer rápido.

Entrou em um táxi, virando a cabeça depressa para ver se alguém estava olhando. Mas agora já estava sendo paranóica. Não havia nada de suspeito em entrar num táxi sozinha. Sempre havia um ou dois paparazzi na frente do Da Silvano ultimamente, e eles tinham tirado uma ou duas fotos quando ela e Victory saíam. Mas agora a ignoravam, encarapitados como corvos em um banco diante do restaurante.

— Columbus Circle — disse ao motorista. Se Kirby estivesse em casa, daria para ela mudar o destino.

Tirou o celular da bolsa e olhou para ele. Talvez fosse melhor não ligar para ele. Estava ficando cada vez mais abusada, quebrando promessas feitas a si mesma sempre que tinha oportunidade. Depois daquele primeiro incidente, disse a si mesma que jamais iria repetir a dose. Mas dois dias depois tinha ligado para ele e ido para a casa do modelo trepar com ele de novo. Duas vezes em uma só tarde! O segundo ato sexual tinha sido a melhor oportunidade. Se tivessem trepado só uma vez, talvez ela tivesse conseguido escapar e nunca mais voltar. Mas naquela segunda vez, seu corpo devia estar tão carente de sexo gostoso que ela tinha gozado com mais força ainda — mais intensamente que nunca. E depois disso, por mais que tentasse se controlar, seu corpo parecia ter um desejo próprio. Vivia encontrando formas de voltar a se encontrar com Kirby para gozar mais.

Durante todo o tempo em que Victory estava falando de Lyne durante o almoço, ela só conseguia pensar em ir ao banheiro ligar para Kirby. A única coisa que a impedia era a idéia de que Kirby provavelmente não estaria em casa. Era um rapaz muito atraente, e era uma tarde de domingo. Ele devia ter saído com amigos, quem quer que fossem, e talvez até com uma namorada. Kirby jurava que não tinha namorada nenhuma, nem estava interessado em ter, mas ela não necessariamente acreditava nele. Não fazia sentido.

— Eu não sou traidor, sabe. Gosto de ficar com uma mulher de cada vez — insistia.

Isso a fazia estremecer ligeiramente, o fato de ele pensar nela apenas como alguém com quem estava "ficando". Tão grosseiro.

Mas sensual.

Ela prendeu a respiração e discou o número do rapaz.

Ele atendeu depois de três toques. Ela era capaz de jurar, pelos ruídos de fundo, que ele não estava em casa. Ficou decepcionada.

— Ué — disse ele, ligeiramente surpreso. — Hoje é domingo, não é?

— Eu sei — disse ela. — Estou com algum tempo disponível, e fiquei pensando que talvez a gente pudesse se encontrar. Mas parece que você está ocupado...

— Não estou — disse ele mais que depressa. — Quero dizer, estou sim. Estou tomando um *brunch*...

— Não tem problema — disse ela, tentando esconder a decepção. — A gente se encontra na semana que vem.

— Espere aí — disse ele, falando mais baixo. Nico ouviu o som de risadas, talheres e depois o silêncio. — Ainda está na linha? — perguntou Kirby.

— Alô? — disse ela.

— Estou no banheiro. Onde você está?

— A caminho da sua casa.

— Beleza — disse ele. O que isso queria dizer? perguntou-se ela, frustrada. Será que iam se encontrar ou não? O Kirby era sempre tão vago, como se jamais entendesse a idéia de que a linguagem podia ser utilizada para expressar coisas específicas.

— E então, vai dar para a gente se ver? — insistiu ela. — Ou não?

— Sim. Claro. Por que não? — disse Kirby. — Quero dizer, não exatamente neste segundo. Estou só esperando meus ovos Benedict saírem.

Ela se sentiu tentada a explicar que uma hora com ela devia ser mais importante que os ovos dele, mas conteve-se.

— Como a gente faz? — perguntou.

— Por que não me encontra aqui, então eu posso comer meus ovos, e depois vamos para o meu apartamento?

Ela se imaginou sentada em um restaurantezinho popular, olhando Kirby comer os ovos dele enquanto os amigos dele olhavam para ela sem entender, se perguntando que diabos ela estava fazendo ali e o que o Kirby estava fazendo com uma mulher que tinha quase idade para ser sua mãe.

— Ai, Kirby, você sabe que não dá para eu fazer isso — disse ela, com uma voz que soou, até a seus próprios ouvidos, ligeiramente desesperada. Ela se perguntou como os jovens conseguiam combinar alguma coisa entre eles.

— Espere aí, deixe eu pensar — disse Kirby. Passou alguns segundos em silêncio. — Já sei — disse, finalmente. — A gente se encontra em frente ao restaurante. Me ligue um pouquinho antes de chegar aqui. Eu provavelmente já vou ter terminado os ovos. A gente pode ir andando até o meu prédio...

Era um plano arriscado, mas depois de passar a tarde inteira imaginando uma boa trepada com ele, não dava para desistir. Não conhecia ninguém que morasse no bairro de Kirby mesmo... Provavelmente daria certo.

— Combinado — disse ela, ressabiada. — Mas, Kirby, quando eu ligar, saia logo.

— Acha que não vou correndo? Não sou bobo — murmurou Kirby de modo sedutor.

Ela desligou e recostou-se no assento, o coração quase saindo pela boca ao pensar em se encontrar com ele. Agora que sabia que ia mesmo vê-lo, estava aliviada e nervosa ao mesmo tempo. E se alguém os visse andando pela calçada juntos? E se alguém a visse entrando no prédio dele... em sua companhia?

Ele estava comendo ovos, pensou ela. Ovos à Benedict num domingo, no *brunch*. Tinha alguma coisa de tocantemente mundano nisso. Era tão estimulantemente simples. Kirby era jovem; os jovens comem ovos no fim de semana. Ao contrário dos homens como Seymour. Seymour achava que ovo era veneno. Ela calculava que já devia fazer mais de sete anos que ele não comia um ovo de propósito.

* * *

O TÁXI DOBROU A esquina e entrou na Segunda Avenida. Ela estava a apenas dois quarteirões do prédio de Kirby. Talvez devesse ir até a recepção do edifício dele e aguardar. Mas isso seria ainda mais inexplicável do que esperar parada na rua.

Nico pagou o táxi e saiu. Esta seria a última vez, jurou.

— Oi — cumprimentou, ao ligar para ele. — Cheguei. Estou em frente a... — e olhou para cima — uma loja chamada Sable's, sabe onde é?

— Já estou indo — disse ele.

Ela apertou o casaco em torno de si, puxando a gola de pele e enterrando o pescoço dentro dela. Olhou a vitrine da loja. Era uma peixaria minúscula, que vendia caviar e peixe defumado. "Experimente nossa salada de lagosta!" anunciava um cartaz na vitrine. "A melhor de Nova York!"

Havia uma multidão de pessoas na peixaria. Uma campainha tocava toda vez que alguém entrava ou saía.

— Não posso resistir — sussurrou ela em voz alta.

Pensou em como essa desculpa iria soar para Seymour, se fosse pega em flagrante.

— Perdão, meu amor, mas ele era jovem e gostoso, e não deu para resistir. Mulheres são mulheres, sabe? É uma necessidade biológica. — Era a mesma desculpa furada que os homens davam às mulheres desde o início dos tempos. Ela jamais havia acreditado nisso de verdade; nunca tinha aceitado que podia ser real. Mas agora estava começando a entender. Podia mesmo acontecer. A pessoa podia se deixar levar por um desejo físico que era mais forte que ela, mais que qualquer argumento racional, aliás. Ela só precisava dar fim naquilo antes que alguém descobrisse. Se ninguém soubesse que tinha acontecido, será que importaria?

Ela espiou rua abaixo, na esperança de ver a silhueta alta de Kirby trotando na sua direção. Onde estava ele? Se não aparecesse dentro de um minuto ou dois, ela teria de ir embora.

Não era justo, pensou desesperada. Ela só queria trepar gostoso mais um pouquinho antes de morrer. Antes de ficar velha demais para alguém considerá-la desejável...

A campainha no alto da porta tocou.

— Nico? — disse uma voz masculina.

Ela gelou. Agora é inevitável, pensou. A qualquer segundo, Kirby viria andando pela calçada, e aí seria o fim.

Ela virou.

— Oi, Lyne — disse ela, sem a menor cerimônia, como se não estivesse nem um pouco surpresa de esbarrar nele. Que diabos ele estava fazendo ali na Segunda Avenida?, perguntou-se ela, desesperada. Era melhor não lhe perguntar, porque ele podia fazer a mesma pergunta a ela. E o que responderia? "Estou esperando meu amante"?

Ela entrou em piloto automático.

— Vi você no *Post* hoje de novo — disse Nico, com um sorriso meio malicioso e ligeiramente acusador.

— Até que eu saí bem na foto, não? — perguntou ele, batendo de leve no braço dela com um jornal enrolado, como se ela fosse um dos seus amigos. Será que ele sabia que ela e Victory eram grandes amigas? Melhor não tocar no assunto. Sentiu os cabelinhos da nuca se arrepiarem de medo. Kirby ia aparecer a qualquer minuto...

— Eu estava me referindo à tal história do pátio do colégio e os cachorros — disse ela, com frieza.

O rosto dele ficou sério. Victory achava Lyne "um amor", e ele podia ser, quando queria, mas Nico desconfiava que era principalmente representação da parte dele. Lyne Bennett era um assassino a sangue frio que não gostava de ser contrariado.

— Inventaram uma história sem pé nem cabeça — disse ele. — Minha objeção é contra as pessoas que não recolhem o cocô de seus cachorros. E a cidade não se preocupa mais em obrigá-las a cumprir a lei.

Por que tinha tocado naquele assunto?, perguntou-se Nico, tensa. Agora ele provavelmente ia começar a fazer um discurso sem fim sobre merda de cachorro. Tinha de se livrar dele...

Deu de ombros, respondendo o que todos respondiam:

— A cidade está entregue às baratas, mesmo...

Deu certo. Ele bateu no ombro dela de novo com o jornal e respondeu com a frase do costume:

— E só vai piorar.

Ele se virou para ir embora, e ela soltou um suspiro de alívio.

— Até mais — disse ele.

Ela acenou.

Mas aí ele se virou de novo.

— Me diga — disse ele —, falando em entregue às baratas, como estão as coisas na Splatch?

Ah, essa não. Ele queria falar de trabalho. Se começassem a falar de trabalho, levaria mais dois ou três minutos para se desvencilhar dele. E Kirby certamente já teria aparecido até lá.

— Devíamos almoçar juntos um dia desses e falar disso — respondeu ela, como se fosse mesmo acontecer.

Ele não mordeu a isca. Em vez disso, chegou mais perto, instalando-se diante dela como se estivesse se preparando para bater um papinho.

— O que acha de Selden Rose? — indagou.

Ai, que saco. Tinha de dar um jeito de se livrar dele de uma forma mais eficiente. A pergunta de Lyne exigia algum tipo de resposta. Mas o que a deixou mais intrigada foi por que Lyne Bennett estaria interessado em Selden Rose? Algumas possibilidades passaram-lhe pela cabeça, incluindo a idéia de que Lyne talvez considerasse Selden Rose o mais indicado para substituir Victor Matrick. Essa idéia a revoltou e a deixou ligeiramente irritada.

Ela virou a cabeça para o outro lado. Kirby vinha na direção deles, pela calçada. Estava a menos de quinze metros de distância...

Ela se virou para Lyne, como se não tivesse visto Kirby. Seu coração parecia que estava batendo direto na garganta. Ela tossiu, levando a mão coberta de luvas até a boca.

— Isso depende do que quer saber, Lyne — disse.

— Só curiosidade — respondeu ele. Podia sentir a presença de Kirby pouco atrás dela. Os músculos de suas pernas de repente pareciam que iam amolecer.

— Lyne! — exclamou Kirby. Deu um soco no ombro de Lyne. Lyne girou, seu rosto mudando de irritação para uma espécie de prazer masculino.

— Eeeeei! Kirby, meu rapaz! — disse Lyne, assumindo de repente o comportamento de um cara de 25 anos, com a mão erguida para bater palma na do rapaz. Kirby bateu com a sua palma na dele. Depois eles se abraçaram, dando tapinhas nos braços um do outro.

— Como é que você vai? — perguntou Kirby, evitando olhar para Nico. Ela fez uma cara de irritação paciente.

— Vai a St. Barts este ano? — perguntou Lyne a ele. Kirby balançou, apoiando-se num pé e noutro, pôs as mãos nos bolsos e esticou bem o casaco de tweed sobre o traseiro. Nico não pôde deixar de olhar disfarçadamente a bundinha dele.

— Isso depende — disse Kirby. — Está me convidando para ir ao seu iate este ano?

Lyne evitou responder a essa pergunta, virando-se de novo para Nico.

— Conhece Nico O'Neilly? — perguntou ele.

Ela olhou para Kirby com a cara mais inexpressiva que pôde fazer. Por favor, Kirby, suplicou, não dê uma de burro agora.

— Se conheço...? — disse Kirby, olhando para ela hesitante, como se não tivesse certeza ou não conseguisse se lembrar. — Acho que a gente já se viu antes, não?

— Pode ser — disse Nico, deliberadamente sem estender a mão.

Lyne virou-se para Kirby para se despedir, e Nico aproveitou a oportunidade para escapar.

— Bom te ver, Lyne — disse ela, apontando para a peixaria. — Preciso ir...

— Ah, sim — disse Lyne, acenando em despedida. — Os melhores preços de caviar da cidade.

Ela concordou, como se soubesse disso, e abriu a porta. Um bafo de ar quente e pungente a atingiu. A campainha tocou.

* * *

— EIS O SEU PRESENTE — disse ela, entregando a Kirby uma lata de caviar de beluga. — Por ser tão bonzinho.

— Obrigado — respondeu ele, tirando a lata da mão dela e colocando-a sobre a mesa de centro. Estavam de pé na sala de estar do apartamento dele. Kirby tinha finalmente conseguido se livrar de Lyne e ido para casa, e ela havia seguido o rapaz depois de esperar na loja durante quinze minutos. Ele colou o corpo no dela.

— Se eu soubesse que ia ganhar caviar por mentir para Lyne Bennett, faria isso todos os dias — disse, sussurrando contra a nuca dela.

— Eu não faria disso um hábito, meu caro — disse ela.

— Que tal fazer disto aqui um hábito? — indagou ele. De repente a empurrou, curvando-a sobre o braço do sofá com o rosto voltado para baixo. Depois sentou-se por cima de suas pernas, as mãos deslizando até a frente das calças dela para abrir o zíper.

— Você é mesmo uma menina levada, não é? — disse ele, metendo as mãos nos lados das calças de Nico e puxando-as para baixo, até os tornozelos. Depois esfregou a bunda nua com a palma da mão. — Gostou disso? — perguntou. — Quase pegaram você. Menina levada...

Ele deu um tapinha na bunda dela. Nico soltou um grito de surpresa e prazer. Ele a ergueu e a deitou no chão, colocando-se atrás dela.

— Não — disse ela, baixinho.

— Não, o quê? — perguntou ele. E tornou a lhe dar um tapinha na bunda. Depois, sobre o tapete Ralph Lauren imitando pele de leopardo, comprado com oitenta por cento de desconto, eles deram a trepada mais gostosa do mundo.

— Viu só? — comentou Kirby depois, sentado no sofá, pelado, as pernas cruzadas e um pé apoiado na coxa oposta. — Eu disse que sabia representar.

5

A POSSE DO SEXO EXISTIA, PENSOU NICO O'NEILLY. SE A PESSOA FOSSE
dona da sua vida sexual, era dona do mundo.

Ou pelo menos se sentia como fosse.

Durante as últimas seis semanas, desde que tinha começado sua
amizade colorida com Kirby, ela vinha se sentindo como se fosse dona
do mundo. Andava com mais vivacidade, fazia comentários mais argutos. Sorria muito e soltava piadas. Depilou e ajeitou várias partes
do corpo. Vivia cheia de desejo — não apenas por Kirby, mas pela
vida.

E outras pessoas tinham começado a perceber.

Ela jamais podia ter imaginado, mas Kirby Atwood estava inadver-
tidamente ajudando sua carreira.

Mais um mês tinha se passado desde aquela tarde de sábado em
que eles tinham se encontrado com Lyne Bennett. Foi por um triz,
mas, como Nico adivinhara, Lyne não tinha considerado importante
o suficiente para mencionar o ocorrido a Victory. Mesmo assim, a
emoção de quase serem surpreendidos e depois escaparem ilesos foi
indescritível, e ela tinha se tornado cada vez mais ousada, secretamente combinando de Kirby aparecer em algumas festinhas e eventos para os quais ela era convidada quase toda noite. Eles jamais
tinham feito nada em público a não ser conversar, mas o fato de Kirby
estar lá, olhando para ela, e ela poder trocar olhares com ele, trans-

formava o que podia ter sido uma noite entediante em algo bem mais interessante. Ela adorava a sensação de poder que aquilo lhe dava, ter um segredo do qual ninguém mais podia sequer desconfiar. Enquanto se movimentava através dos salões aconchegantes e profusamente decorados de dezembro, fechando contratos, batendo papo e sempre se colocando sutilmente em destaque de forma calculista, sentia-se intocável.

Tinha havido aquele breve baque emocional durante as férias de Natal em Aspen, quando ela se sentira exausta, vazia e solitária, mesmo estando ela e Seymour e Katrina amontoados naquela suíte minúscula de dois quartos no hotel Little Nell. Mas a ligeira depressão tinha passado no minuto em que aterrissaram no aeroporto John Fitzgerald Kennedy. O coitadinho do Kirby não tinha ido ao iate do Lyne, afinal (sempre a surpreendeu o simples fato de ele conhecer Lyne, mas os rapazes jovens e lindos como Kirby tendiam a comparecer aos mais diversos eventos), e em vez disso viajou para a casa da família dele em St. Louis. Os dois tinham finalmente se encontrado na primeira quinta-feira depois do ano-novo — ela havia eficientemente encurtado um almoço e ido até o apartamento dele. Durante os primeiros dez minutos, ele ficou emburrado, sentado no sofá, tentando inserir uma nova pilha em um controle remoto, e de vez em quando olhando para ela com uma expressão fatal no rosto. Finalmente conseguiu encaixar a pilha como devia e ligou a tevê.

— E aí — disse, fingindo estar interessado no programa da Ellen DeGeneres. — Você dormiu com ele?

— Quem? — perguntou ela, pensando que, se ele não superasse aquele mau humor e começasse a acariciá-la, ela teria de ir embora antes de eles terem trepado.

— Você sabe — disse ele, acusador. — Seu marido.

— Seymour?

— É. *Seymour* — disse ele, como se sofresse até ao pronunciar o nome.

Estava com ciúmes!, pensou ela. Com ciúmes de Seymour. Se ao menos ele soubesse.

— Não dormi, não — disse ela.

— Por causa de mim? — perguntou ele.

— Sim, querido. Por causa de você — disse ela.

Não tinha sido por causa dele, mas ele não precisava saber disso. Era irônico, pensou Nico, com malícia, que suas relações conjugais com Seymour constituíssem um segredo maior e mais vergonhoso que seu caso ilícito com Kirby.

Ela e Seymour já não transavam há pelo menos três anos.

Eles costumavam passar meses sem trepar nem uma vez, e quando trepavam, era óbvio que ambos estavam fazendo isso por obrigação, não por desejo. Mas trepar *mesmo* era o de menos. Eles mal se tocavam, salvo pelos beijinhos ocasionais que davam um no outro, ou quando seus pés descalços se roçavam na cama por mero acaso. Seymour sempre apertava os dedos contra os dela por um segundo, mas depois se afastava. Ela sabia que eles deviam conversar sobre aquilo, mas havia nos modos de Seymour algo que não convidava a esse tipo de debate íntimo entre o casal. Ela podia até adivinhar o que ele diria: "Não me interesso por sexo. Não tem nada a ver com você, só que não me sinto obrigado a fazer uma coisa que não tenho vontade." Ela desconfiava que desvendar os mistérios e as motivações por trás desse comportamento dele em relação ao sexo (e sexo com ela) seria doloroso e causaria problemas ao casamento, portanto resolveu deixar para lá. A princípio se sentiu confusa e magoada, mas no final os meses passaram e ela descobriu que não sentia tanta falta assim. Disse a si mesma que era capaz de viver sem um bom sexo, principalmente quando havia tantas outras coisas a fazer que eram mais importantes. E aí Kirby tinha aparecido...

Eram mais ou menos dez e meia da noite, e ela estava sentada no banco traseiro de uma limusine da Splatch-Verner, indo para casa. Era uma noite fria e úmida — tinha chovido antes, e a temperatura agora estava abaixo de zero, deixando as ruas brilhantes sob o brilho branco dos postes e das vitrines. Ela voltou a ajeitar o tubinho longo e preto, apertando mais o casaco de marta comprido em torno de si. Tinha ido a um espetáculo de gala para levantar fundos para a educação, e Kirby tinha comparecido. Não tinha ido a sua mesa, claro — teria sido arriscado demais. Mas Susan Arrow, a decana das relações públicas, tinha ido às nuvens por poder ter Kirby sentado à sua mesa — rapazes de boa aparência não eram muito fáceis de se encontrar nesses eventos. Em dezembro, Nico tinha combinado um encontro entre Kirby e Susan, achando que ela podia ajudá-lo em sua carreira de ator. Tinha nascido entre eles uma amizade natural, e daí foi fácil para Kirby insinuar a Susan que, se ela precisasse de acompanhante, ele estaria disponível. Portanto, Kirby sentou-se ali, à mesa ao lado, sem ninguém saber que Nico era secretamente responsável por sua presença.

Nico deixou a cabeça cair contra o assento. Só tinha conseguido falar com Kirby duas vezes durante a noite, e apenas por alguns segundos. Mas esse não era o problema. Queria que seu amante a visse em todo o seu esplendor: os cabelos presos num coque alto, e com o colar de rubis e diamantes que ela havia comprado três anos antes, quando ganhou um abono de meio milhão de dólares, preso ao redor do pescoço.

— Você está lindíssima — tinha sussurrado Kirby, quando ela chegou perto dele para cumprimentá-lo.

— Obrigada — sussurrou ela, tocando-o de leve no ombro.

Mas não era apenas sua aparência externa que ela queria que ele reconhecesse. Queria que Kirby entendesse quem ela era no mundo, e até que ponto tinha subido. Queria que ele a visse ali, inserida em seu contexto, sentada à cabeceira da mesa, ao lado de Victor Matrick. E mais tarde, à tribuna, recebendo um prêmio por seu trabalho no levantamento de fundos para colocar computadores nas salas de aula...

Não estava envergonhada de querer impressionar o amante, principalmente porque não podia impressionar o marido, pelo menos não daquele jeito. Seymour recusava-se a comparecer a esses eventos com ela, dizendo que não queria ser visto como Sr. Nico O'Neilly. Isso antes a magoava, mas ela havia superado. Não havia motivo para se ater a coisas que, quando examinadas de perto, não passavam de um caso de ego ligeiramente ferido.

Ela se remexeu no banco, finalmente permitindo que a total importância da noite se manifestasse. Seymour não estava ali, mas não tinha importância. Ele ainda assim ia ficar orgulhoso dela, principalmente quando lhe dissesse o que tinha acontecido na mesa com Victor Matrick e Mike Harness.

Os olhos dela semicerraram-se alegremente quando olhou pela janela de vidro fumê para as lojas imponentes que se enfileiravam pela Quinta Avenida como icebergs amarelos cintilantes. Será que devia ligar para Seymour e contar a ele as boas novas sobre o que Victor lhe dissera? Não. O motorista podia entreouvir, e podia passar adiante para outros motoristas. Não se pode confiar em ninguém, pensou ela. Tinha visto carreiras arruinadas por causa de boatos indiscretos. Seria muito melhor dizer a Seymour em pessoa. Ele podia acender a lareira, e depois ela podia tirar os sapatos e podiam debater o que tinha acontecido.

Ela se permitiu dar um sorrisinho discreto, lembrando o momento do jantar em que Victor Matrick tinha se virado para ela e dito baixinho: "Gostaria que você e Seymour viessem passar o fim de semana em St. Barts." Ela imediatamente entendeu que isso não era um convite social, mas uma reunião estratégica secreta, que precisava ser realizada longe de olhos indiscretos, e, por um segundo, o tempo parou. Ela lançou um olhar de relance para Mike Harness. Mike estava metendo um pedaço enorme de pão na boca (a comida nesses jantares nunca apetece), e parecia chateado com o fato de estar sentado ao lado da acompanhante de Selden Rose: uma mulher atraente de 30 e poucos anos, que Mike sem dúvida achava que não tinha a menor importância.

E Nico pensou: "Mike, meu bem, você está prestes a ser sacaneado."

E era ela que ia fazer isso.

O pensamento lhe pareceu ao mesmo tempo repelente e profundamente satisfatório. Mike tinha procurado Victor para falar sobre a reunião da Huckabees, afinal de contas, pensou ela e, como suspeitava, Victor tinha sentido nojo daquela deslealdade óbvia. Ela enxugou os lábios com o guardanapo e concordou.

— Lógico, Victor — murmurou ela, baixinho. — Adoraríamos estar lá.

O carro dobrou na rua Sullivan e, sem esperar o motorista abrir a porta, Nico saiu. Um homem elegante de parca de esquiador e botas felpudas próprias para reuniões *après* esqui vinha descendo os degraus altos de arenito castanho-avermelhado, sua concentração voltada para três cachorrinhos *daschund* atados a guias automáticas. Desde que Seymour tinha começado a criar *daschunds*, três anos antes (ele estava querendo ganhar pelo menos o prêmio de Melhor da Raça na Competição Canina de Westminster este ano), ele havia resolvido dar uma de quem levava uma vida de grande senhor rural na cidade, daí as botas.

— Seymour — disse Nico, ansiosa.

Seymour olhou para ela e, depois de hesitar um instante, aproximou-se.

— Como foi o jantar? — perguntou.

Nico abaixou-se para afagar os cachorrinhos que estavam puxando alegremente a bainha de seu vestido. As patinhas eram tão delicadas e agudas como patinhas de aranhas, e ela se inclinou, pegando um deles no colo e aninhando-o nos braços.

— Oi, Aranhinha — disse, beijando o bichinho no alto da cabeça. Olhou depois para Seymour, parando um instante para permitir que ele se preparasse para sua boa notícia. — Acho que Mike já era.

— Excelente. — Os olhos do Seymour se arregalaram enquanto ele aprovava com a cabeça.

SELVA DE BATOM 175

— Além disso... Victor nos convidou para ir à casa dele em St. Barts, passar o fim de semana — acrescentou, triunfante. Ela puxou o casaco em torno de si e subiu as escadas.

O sobrado tinha cinco andares, um elevador e um jardim nos fundos. Tinham comprado o imóvel há quatro anos, em mau estado, por dois milhões e meio, feito reformas no valor de 750 mil dólares, e agora ele valia mais de cinco milhões. Contudo, a hipoteca de 1,5 milhões, que lhes tirava mais ou menos 15 mil por mês, às vezes pesava muito no orçamento dela, principalmente porque Seymour não contribuía tanto assim nos pagamentos mensais. Ela não o culpava por isso, pois Seymour tinha contribuído com uma parte da entrada e das despesas de reforma, e fazia mais do que sua parte do trabalho, mas quando Nico se permitia pensar nisso, a idéia de dever tanto dinheiro assim, mês após mês, era aterradora. E se ela fosse demitida? Se tivesse um câncer? No final das contas, as carreiras eram apenas momentos no tempo. A pessoa tinha dez, talvez 15 anos perfeitos, depois o tempo passava e o mundo girava, deixando a gente para trás. O exemplo estava aí mesmo, era Mike.

Mas naquela noite, girando a maçaneta da porta de sua própria casa, ela se convenceu de que tudo ia dar certo. Mike podia estar acabado, mas ela não estava. Era preciso atacar enquanto se estava no embalo. E se ela conseguisse o cargo de Mike (e conseguiria), não ia precisar se preocupar com hipotecas e dinheiro pelo menos por vários anos.

Ela entrou na recepção e sentiu aquela sensação doentia de triunfo outra vez.

O sobrado estava decorado mais como uma casa de campo em Vermont do que como uma casa de arenito avermelhado de Nova York, com piso de tijolinho na entrada e paredes revestidas de lambris de madeira, presas com pinos de madeira, dos quais pendiam casacos e estolas. Sentia-se no ar o ligeiro aroma de biscoitos no forno, o que não a surpreendeu. Sua filha, Katrina, tinha recentemente se tornado obcecada com a cozinha, e andara insistindo que Seymour a levasse a todos os restaurantes de quatro estrelas de Manhattan. Ela passou pelo corredor: eles tinham um casal de caseiros, que ocupavam dois quartinhos e um banheiro à direita — e entrou na cozinha aberta. Seymour tinha construído uma estufa de vidro nos fundos, que também servia como o que ele chamava de "seus canis". Ela apertou o botão do elevador e subiu até o terceiro andar.

O terceiro andar consistia de uma suíte, e nos fundos, dando para o jardim, ficava o escritório de Seymour. Nico entrou no quarto e abriu o zíper do vestido. Normalmente, ela agora estaria sonolenta, mas o convite secreto de Victor para irem a St. Barts a deixara inquieta. Ficava vendo o rosto de Mike, com aquela pele cor de mogno, crispado, demonstrando chateação. Será que ele tinha alguma idéia do que estava para acontecer com ele? Nico imaginava que não. Nunca dava para adivinhar. A pessoa desconfiava, até chegava a pensar que ser cortado era uma possibilidade. Mas em geral não admitia que podia acontecer. E era com isso que eles (ela e Victor, neste caso) contavam: o elemento surpresa.

Tirou o vestido e jogou-o sem cuidado algum em uma poltrona estofada. Por um momento, sentiu-se mal por Mike, mas o fato era que a mesma coisa tinha acontecido com ela uma vez. Tinha sido demitida, de forma chocante e inesperada, dez anos antes, quando era editora chefe da revista *Glimmer* — e ainda por cima tinha acabado de engravidar de Katrina. Duas semanas antes daquela catástrofe, tinha ido a uma entrevista secreta para concorrer ao cargo de editora chefe de outra revista de moda, com maior circulação e mais bem paga, e achou que havia tomado bastante cuidado para que ninguém soubesse. Mas não havia. Certa manhã, pouco depois da entrevista, às 11h, sua assistente tinha entrado no escritório. Pela porta aberta atrás dela, Nico viu um grupinho se formando. Achou que estava acontecendo alguma coisa horrível, mas só quando a assistente lhe entregou o fax, e ela ficou de pé, lendo as palavras, foi que entendeu que tinha algo a ver com ela.

"A Ratz Neste anuncia, com pesar, a renúncia de Nico O'Neilly ao cargo de editora chefe da revista *Glimmer*", dizia o fax. "A dedicação da Srta. O'Neilly e sua visão foram muito valorizadas na Ratz Neste, mas ela está renunciando ao cargo devido a motivos pessoais." "A demissão da Srta. O'Neilly passa a vigorar a partir deste momento. Um sucessor será indicado em breve."

Mesmo depois de ler uma vez aquele anúncio, ela ainda pensou, de um jeito bem firme e confiante, que tinha havido algum tipo de erro monumental. Não tinha a menor intenção de pedir demissão. As informações do fax seriam corrigidas rapidamente, isso se não fosse a tentativa de alguém de lhe pregar uma peça, caso em que *eles* é que seriam demitidos. Mas literalmente cinco segundos depois, seu telefone tocou. Era a secretária de Walter Bozack, que era proprietário, presidente e diretor-presidente da Ratz Neste. Queria que ela fosse a sua sala.

Imediatamente.

A multidão voltou a suas mesas, com ar de culpada. Sabiam o que estava acontecendo. Ninguém olhou para Nico quando ela percorreu o corredor com o fax dobrado na mão. Ficou esfregando o papel contra o lado de baixo da unha do polegar, e quando entrou no elevador, olhou para baixo e viu que o dedo estava sangrando.

— Pode entrar direto — disse a secretária de Walter, uma tal de "Sra. Enid Veblem", segundo a plaquinha sobre a mesa.

Walter Bozack pulou da cadeira quando a viu entrar. Ele era alto e, no entanto, estranhamente parecido com um roedor. Por um instante, ela olhou firme nos olhos dele, consciente apenas de como eram pequenos e vermelhos. Depois disse:

— Então não é brincadeira.

Não fazia a menor idéia de em que tipo de estado ele esperava que ela estivesse, talvez em lágrimas. Mas ele parecia visivelmente aliviado.

— Não é brincadeira — disse ele. Sorriu. O sorriso era a pior parte dele, revelando dentinhos pequenos e mal formados, amarelados, que mal se destacavam da gengiva — uma característica de todo o clã dos Bozack, como se eles fossem tão geneticamente inferiores que mal conseguiam produzir o cálcio necessário para formar dentes inteiros.

Também, com o dinheiro que tinham, não precisavam mesmo.

Walter avançou para apertar a mão dela.

— Agradecemos pelo bom trabalho que fez pela empresa, mas, como pode ver, não precisamos mais de seus serviços.

Sua mão era tão fria e fraca quanto uma pata deformada.

— A Sra. Veblem vai pedir que alguns homens a acompanhem a seu escritório e a levem até a porta do edifício — disse ele. E aí lhe lançou mais um daqueles sorrisos aterrorizantes.

Nico nada disse. Simplesmente ficou parada ali, olhando para ele, sem saber o que fazer, sem medo nenhum, e pensou apenas: "Algum dia eu vou matar você."

O olhar começou a incomodá-lo. Ele recuou um passo. Sem tirar os olhos do rosto dele, ela se inclinou-se para a frente e pôs o fax na mesa.

— Muito obrigada — disse, sem emoção. Virou-se e saiu da sala dele.

Os dois homens de ternos baratos estavam aguardando ao lado da mesa da Sra. Veblem. Seus rostos tinham expressões severas e sem emoção, como se fizessem isso todos os dias e estivessem preparados para qualquer coisa. Ela subitamente teve um momento de lucidez. Podia estar sendo demitida, mas não se deixaria humilhar nem constranger. Não iam levá-la pelos corredores assim, como uma criminosa indo para a guilhotina. Não ia recolher seus pertences sob o olhar daqueles cupinchas do patrão e de seus subordinados — *seus* subordinados — dando risadinhas disfarçadamente em seus cubículos.

— Ligue para minha assistente e peça a ela para enviar minhas coisas para meu apartamento — disse ela, rispidamente.

A Sra. Veblem objetou.

— Esses dois homens...

— Faça o que estou lhe pedindo.

A Sra. Veblem concordou.

Nico saiu do prédio. Eram 11h22 da manhã.

Só quando chegou à esquina percebeu que não tinha se lembrado de pegar a bolsa, nem o telefone, nem as chaves, nem o dinheiro. Nem mesmo tinha 25 centavos para ligar para Seymour.

Ficou parada ao lado de uma lata de lixo, tentando decidir o que fazer. Não podia voltar a sua sala: eles provavelmente já haviam colocado seu nome em alguma lista negra de gente que não podia entrar no prédio. E não tinha como ir para casa. Pensou em ir andando, mas o apartamento ficava a quarenta quarteirões de distância, a nordeste do centro, na avenida York, e ela não sabia se ia conseguir fazer isso nessas condições. Estava com três meses de gravidez e sofrendo de enjôo matinal, embora a náusea tendesse a surgir a qualquer momento, inesperadamente. Inclinou-se e vomitou na lata de lixo. Enquanto estava vomitando, não soube por quê, pensou em Victory Ford.

Ela e Seymour tinham ido a uma festa no loft de Victory na semana anterior. Não era longe, ficava do outro lado da Sexta Avenida, e ela e Victory terminaram na esquina, falando de suas carreiras durante uma hora. Victory era uma estilista promissora na ocasião, e tinha aquele ar sutil de autoconfiança e foco que em geral indica sucesso futuro. Nico não conhecia muita gente como Victory e, quando elas começaram a conversar, foi como dois cachorros que percebem que pertencem à mesma raça.

Éramos tão jovens na época!, pensou Nico agora, puxando a meia-calça. Tínhamos só 32 ou 33 anos...

Nico lembrava-se distintamente de ter aparecido no loft de Victory naquela manhã: a rua repleta de caminhões, as calçadas entupidas de rostos cansados de pessoas que trabalhavam no Garment District. Era um dia quente de meados de maio, quase 32 graus. O loft de Victory era em um prédio que antes fora uma pequena fábrica; no vestíbulo, via-se uma fileira de velhas campainhas pretas que pareciam não estar conectadas. Os nomes ao lado delas eram de empresas desconhecidas, que provavelmente tinham falido anos antes, mas perto do fundo havia um discreto "V.F." impresso em um cartãozinho branco.

Por um momento ela hesitou. Victory provavelmente nem estaria em casa, e se estivesse, o que pensaria de uma mulher que tinha acabado de conhecer em uma festa aparecer de repente na casa dela no meio do dia?

Mas Victory não ficou surpresa, e Nico sempre se lembrava da cara dela quando abriu a pesada porta cinza do loft, porque o primeiro pensamento de Nico tinha sido: *ela é tão linda!* Seus cabelos castanho-escuros e curtos estavam cortados à joãozinho; quando se tinha um rosto como o de Victory, não se precisava de mais nada. E o porte dela tinha a graciosidade de uma mulher que sabe que seu corpo sempre atrai os homens. Nico achou que ela era o tipo de moça que era capaz de inspirar inveja em outras, mas havia algo de generoso no espírito de Victory que fazia a inveja parecer mesquinha.

— Mas que prazer ver você aqui — exclamou ela. À luz do dia, o loft era claro e naturalmente boêmio, parecendo insinuar a possibilidade de formas diferentes de viver. A realidade de que tinha sido demitida começou a penetrar no consciente de Nico, mas em vez de sentir desespero, sentiu uma sensação estranha e flutuante, como se tivesse entrado em um universo paralelo onde tudo que ela antes pensava que era importante não importava mais.

Tinha se escondido no loft de Victory até o fim do dia, esperando a hora em que Seymour provavelmente estaria em casa. Quando entrou, Seymour estava em pânico. Tinha escutado a notícia: todos na cidade estavam falando nisso, e os jornais e colunas sociais estavam ligando. Ser demitida da Ratz Neste, pelo que parecia, era mais interessante e apetitoso para o noticiário do que preencher o cargo lá, dois anos antes. Durante semanas depois disso, ela fora obrigada a ler mentiras e meias verdades especulando sobre os motivos pelos quais tinha sido demitida, e as possíveis falhas em sua personalidade e estilo de administração. Ficou chocada ao descobrir que algumas pessoas que ela havia contratado a detestavam: o suficiente, de qualquer forma, para reclamar da sua "frieza" para a imprensa. Ficou mais surpresa ainda pelo fato de a imprensa se interessar por isso. Não tinha percebido que era tão "importante".

Sentiu vontade de sumir, mas Seymour insistiu que ela precisava ser vista em público. Era importante mandar o recado de que ainda estava viva, que não ia se deixar abater. Seymour disse que as más notícias na imprensa eram apenas um teste. Portanto, três noites por semana, ela se vestia e arrastava sua barriga cada vez maior para fora do apartamento, e ela e Seymour compareciam às festinhas, inaugurações e jantares que compunham o tecido social do mundo editorial em Nova York.

Ora bolas, pensou ela, vestindo o pijama. Seymour estava certo. Era um teste. Houve gente que ela pensava que era sua amiga que a pôs de lado. E houve outros, como Victory e Wendy, que ficaram firmes a seu lado, que nem se importavam se ela havia sido demitida da Ratz Neste ou não. No final dessas noites, ela e Seymour sempre analisavam o que tinha acontecido, quem tinham visto, o que tinham dito e quais podiam ser suas possíveis intenções. Era fundamental, segundo Seymour, saber o que as pessoas queriam, do que precisavam e até que ponto iriam para conseguir isso. Era uma questão de moralidade pessoal...

A princípio, essas discussões faziam a cabeça dela rodar. Ela jamais tinha estado interessada assim em procurar saber o que ia pela cabeça das outras pessoas, como imaginava que não estavam interessadas em saber o que ia pela cabeça dela. Seu desejo sempre tinha sido fazer da *Glimmer* uma excelente revista. Isso ela entendia. Parecia-lhe que trabalho duro e bem feito levaria direto à recompensa, e se os outros tivessem algum juízo, iam simplesmente levar suas próprias vidas. Mas Seymour vivia explicando que o mundo — o mundo dos grandes negócios, pelo menos — não funcionava assim. Havia milhões de pessoas talentosas por aí que eram esmagadas todos os dias porque não entendiam que o talento não tinha nada a ver com isso. O que tinha eram percepção e posicionamento. Era preciso ser capaz de entrar em uma situação e interpretá-la imediatamente.

Certa noite, quando estavam em um coquetel de lançamento de uma nova caneta Mont Blanc, um homem de seus 40 e tantos anos veio e se colocou discretamente ao lado dela. Duas coisas chamaram a atenção de Nico: a pele dele era manchada de cor mogno-escura devido a autobronzeador, e ele estava usando uma gravata listrada de prateado e preto.

— Só queria lhe dizer que você estava se saindo muito bem na *Glimmer*. A Ratz Neste cometeu um erro enorme — murmurou.

— Obrigada — disse Nico. Quem era aquele cara? Teve a sensação de que devia conhecê-lo.

— O que está fazendo agora? Além do óbvio, quero dizer — disse ele, olhando de relance para a barriga dela.

— Tenho umas ofertas interessantes a considerar — respondeu Nico. Era o que Seymour tinha lhe dito para falar quando lhe perguntassem isso.

— Acha que podia estar interessada em falar conosco, no futuro? — perguntou o homem.

— Mas claro — disse Nico, confirmando com a cabeça.

Só quando o homem se afastou foi que Nico percebeu quem ele era: Mike Harness, que tinha acabado de ser promovido a diretor de publicações da Splatch-Verner.

— Está vendo? — disse Seymour no táxi a caminho de casa. — É isso que acontece quando se sai em Nova York. Agora só precisamos aguardar.

— Pode ser que ele não telefone — retrucou Nico.

— Ah, vai telefonar, sim — disse Seymour. — Eu não me surprenderia se ele quisesse contratar você para substituir Rebecca DeSoto na revista *Bonfire*. Rebecca não foi contratada por ele, sabe? Ele vai querer pôr sua própria editora-chefe no lugar dela. Para sua posição ficar mais reforçada.

Nico conhecia Rebecca DeSoto um pouquinho, e gostava dela.

— Coitada da Rebecca — disse.

— Coitada nada — zombou Seymour. — Você precisa deixar de lado esses seus escrúpulos. Não é que você tenha algo de pessoal contra ela. Sequer a conhece. São apenas negócios.

Três meses depois de Katrina ter nascido, a Splatch-Verner anunciou que Nico O'Neilly ia substituir Rebecca DeSoto como nova editora-chefe da *Bonfire*. E Nico imaginou que Rebecca nem tinha desconfiado.

E aí, assim que ela se colocou de novo no topo, as pessoas começaram a aparecer do nada, mandando flores e cartões de parabéns. Seymour insistia que ela respondesse a todos, até as mensagens de gente que a desprezara quando ela foi demitida. Mas o primeiro bilhete que ela mandou foi para Rebecca DeSoto, dizendo-lhe que tinha prestado um excelente serviço desejando-lhe sorte no futuro. Não havia por quê, pensou Nico, criar inimigos desnecessariamente.

Principalmente quando já existiam inimigos concretos a vencer.

Duas semanas depois de ela ter entrado no emprego, Nico entendeu que seu primeiro inimigo mortal era alguém que devia ser seu aliado: Bruce Chikalis, diretor de publicidade da *Bonfire*. Bruce era um jovenzinho arrogante de 20 e poucos anos. Era considerado o garoto de ouro de Mike Harness, algo que jamais deixava ninguém esquecer.

Ele e Nico se detestaram à primeira vista.

O entendimento de Bruce em relação às mulheres se limitava ao que as mulheres deviam ser em relação a ele. Havia apenas dois tipos de mulheres no mundo: as que eram "comíveis" e as que não eram. E se a pessoa não fosse comível, ele fingia que ela não existia. Para ele, as mulheres deviam ser lindíssimas, ter seios fartos, ser esbeltas e submissas, o que significava que estavam dispostas a chupar o pau dele sempre que ele desejasse. Ele nunca dizia isso claramente, é claro, mas não precisava. Nico podia sentir seu desdém por mulheres por trás de tudo que ele dizia. A primeira vez em que Nico o encontrou, ele entrou no escritório dela, apontou para uma modelo na capa da última edição da *Bonfire* e declarou:

— Eu só quero saber o seguinte: dá para marcar um encontro meu com essa aí?

— Como foi que disse? — indagou Nico.

— Se puder marcar um encontro meu com ela — disse ele, com um sorriso presunçoso de quem está acostumado a ver as mulheres se derretendo para cima dele —, pode ficar com o seu emprego.

— Com esse seu comportamento, acho que você é que precisa se preocupar — respondeu Nico.

— Isso veremos. A editora-chefe anterior não ficou aqui por muito tempo — disse Bruce, sentando-se e lhe lançando um sorrisinho infantil enganoso.

Nico ficou de pé.

— Eu não sou a editora-chefe anterior. Agora, se me der licença, tenho uma reunião com Victor Matrick. — E saiu da sala, deixando-o ali sentado a ponderar sobre seu destino.

Ela não tinha reunião nenhuma com Victor Matrick, é claro, mas Bruce não podia provar nada. Em vez disso, ela foi até o banheiro feminino e se escondeu em um dos reservados durante dez minutos, pensando. Precisava acabar com Bruce Chikalis. Não duvidava da insinuação dele de que Rebecca DeSoto tinha sido demitida por causa dele. Mas antes de mais nada, achava que Bruce não se importava nem um pouco com a *Bonfire*. Para ele, não passava de um degrau no seu caminho para um cargo melhor, o que significava, conseqüentemente, mais dinheiro e mais mulheres. Se ela também fracassasse, isso só reforçaria o fato de que ele não tinha culpa e ia terminar se dando bem no final. Ela não ia arriscar ser demitida duas vezes seguidas. Uma podia ser engano; duas, era porque ela era incompetente mesmo. Sua carreira estaria terminada, e o que Seymour ia dizer? E o que sua filhinha pensaria dela?

A resposta era simples: precisava destruir Bruce Chikalis.

SELVA DE BATOM   185

Antes de ter sido demitida e antes de conhecer Bruce, não lhe passaria pela cabeça pensar dessa forma sobre sua carreira. Teria dito a si mesma que eliminar seus adversários era uma coisa baixo nível demais para ela. Mas isso era apenas porque não tinha certeza se conseguiria destruí-los. Não sabia se teria coragem. Só que, sentada ali, naquele vaso sanitário, pensando no caso, entendeu que não só não tinha escolha, mas até podia gostar de fazer isso.

Ia apagar aquele sorrisinho zombeteiro, gozador, machista da cara do Chikalis.

No dia seguinte, ligou para Rebecca DeSoto. Ela e Seymour passaram uma hora debatendo onde o encontro ia acontecer. Seymour achava que devia ser secreto, mas Nico discordou. Além disso, não podia convidar Rebecca DeSoto para almoçar e levá-la a um lugar completamente desconhecido: Rebecca ia considerar isso um insulto, e Nico se lembrava de como ela havia se sentido rejeitada depois de ser demitida. Provavelmente não ia conseguir arrancar informação nenhuma de Rebecca se agisse como se estivesse com vergonha de ser vista com ela.

Foram almoçar no Michael's.

— Você foi a única pessoa que teve a dignidade de me mandar um bilhete — disse Rebecca. Estavam sentadas a uma das mesas da frente do restaurante, podendo ser vistas por todos, e Nico sentiu o olhar curioso dos outros clientes. — Vai precisar tomar cuidado com Bruce. Ele é perigoso — disse Rebecca, com todo o cuidado.

Nico concordou.

— Como, exatamente? — perguntou ela.

— Na parte da propaganda — disse Rebecca. — Ele marca reuniões importantes com patrocinadores e depois as transfere, e a assistente dele "se esquece" de lhe contar.

No dia seguinte, Nico esbarrou em Mike Harness no elevador.

— Ouvi dizer que almoçou com Rebecca DeSoto ontem no Michael's — disse ele, como quem não quer nada.

O estômago de Nico contraiu-se, mas ela se recordou de que tinha escolhido o Michael's de propósito, para as pessoas verem. Queria que todos soubessem que ela não estava com medo.

— É verdade — disse, baixinho. Não explicou nada, nem deu nenhuma desculpa. A bola ainda estava do lado dele na quadra.

— Uma escolha estranha para companheira de almoço, não? — perguntou Mike, coçando a parte de dentro da gola.

— Você acha? — indagou Nico. — Ela é minha amiga.

— Eu tomaria cuidado, se fosse você — disse Mike, olhando para a pele alaranjado-escura das costas da mão. — Ouvi dizer que ela mente muito.

— Obrigada. Não vou esquecer disso — disse Nico.

Desgraçado, pensou, enquanto o via sair do elevador. Os homens sempre ficam do lado uns dos outros, não importa o quanto estejam errados. Bom, acontece que as mulheres também sabem jogar esse joguinho.

Duas semanas depois, ela começou a pôr seu plano em execução.

Victor estava dando um "baile da primavera" numa tarde de domingo em sua propriedade em Greenwich, Connecticut, o qual aparentemente era uma tradição anual para executivos seletos da Splatch-Verner. A casa era uma mansão de pedra cinzenta com torreões, construída nos anos 1920 em 20 hectares de terras ao lado de uma reserva ecológica. Ela e Seymour tinham um Jeep Wagoneer na época, e ao entrarem em uma vaga no final da entrada de carros de um quilômetro e meio, Bruce Chikalis entrou roncando a toda, em um Porsche 911 da moda. Nico saiu do jipe, segurando Katrina no colo, enquanto Bruce saía do Porsche, demorando bastante para limpar os óculos escuros com um paninho especial. Ele voltou a colocar os óculos na cara, olhou para Nico e sorriu, exatamente quando Victor Matrick passou, de uniforme de tênis, contornando a casa.

— Ah, é assim que eu *realmente* vejo você, Nico — comentou Bruce bem alto. — Como mãe. Não é maravilhoso, Victor?

Nico sentiu vontade de matá-lo, mas em vez disso, olhou nos olhos de Victor, que deu um tapinha nas costas de Bruce.

— Devia pensar em ter seus próprios filhos um dia, Bruce — disse ele. — Eu sempre considerei os homens de família melhores executivos que os outros.

Isso era tudo que Nico precisava ouvir.

A certa altura da tarde, ela levou Katrina para um dos quartos de hóspedes no segundo andar para amamentá-la, e quando estava voltando para a festa, deu de cara com Victor no corredor.

— Obrigada pelo que disse — comentou, como quem não quer nada, referindo-se ao incidente junto ao carro. Parecia que Victor tinha ficado ligeiramente orgulhoso.

— A gente precisa manter esses rapazinhos no seu devido lugar — disse ele. — Como vai o trabalho, por falar nisso? — Já estavam quase nas escadas, e em alguns segundos teriam de se separar. Esta era sua única oportunidade de falar com Victor sozinha.

— Vamos ter uma primeira edição sensacional — disse Nico, confiante, passando o bebê de um lado do quadril para o outro. — E sei que vamos continuar a crescer contanto que nos lembremos que a *Bonfire* é uma revista que promove as mulheres. Quando os patrocinadores virem um diretor de produção do sexo masculino, não sei bem se o recado que isso vai passar vai ser tão forte quanto gostaríamos.

Victor concordou.

— Pode ser que esteja certa — disse ele. — Vou pensar no caso.

Ela continuou, pouco a pouco, aproveitando toda oportunidade em que estava em companhia de Victor para lembrar a ele de mandar o recado certo para os patrocinadores, ao mesmo tempo em que vigiava para ver se Bruce estava por perto. Alguns meses se passaram sem que nada mudasse, mas no final, como sempre acontece, a oportunidade surgiu.

Um dos gigantes dos cosméticos estava patrocinando uma promoção e comemoração durante uma semana em uma estação de esqui exclusiva no Chile. Estavam patrocinando "férias exclusivas" para celebridades, modelos e representantes de revistas em um Boeing 747 particular — o tipo de evento do qual Bruce vivia para participar. Infelizmente, a Splatch-Verner desaprovava os executivos que faziam viagens para lugares distantes dos quais não podiam ser chamados facilmente de volta. Nico sabia que, se Bruce tivesse algum juízo, recusaria o convite para a viagem. O truque era convencê-lo a viajar e assumir o risco.

Mas como?

— Essas coisas são mais fáceis do que você pensa — disse Seymour. — Os homens são uns simplórios. É só dizer que ele não pode ir.

— Não é exatamente função minha dizer o que ele pode ou não pode fazer — disse Nico.

— Aí é que está — disse Seymour.

Nas manhãs de quarta, Nico tinha uma reunião semanal com Bruce e sua equipe sênior. No fim da reunião, ela falou do evento no Chile.

— Não quero que você vá — disse ela, naquela voz sem emoção nem afeto. — Acho que faria um uso bem melhor de seu tempo se ficasse em Nova York essa semana.

Bruce ergueu as sobrancelhas, indignado, mas se recuperou rápido.

— Está bancando a mamãe de novo? — Parecia brincadeira, mas deu para notar uma leve ameaça na sua voz.

Dez minutos depois, ele estava na sala de Nico. Fechou a porta.

— Precisamos ter uma conversa — disse ele. — Nunca mais me diga o que posso ou não posso fazer na frente da minha equipe.

— Eles também são minha equipe — disse Nico no mesmo tom. — Preciso me certificar de que a revista vai sair dentro da programação.

— Eu cuido do meu próprio cronograma.

— Faça como quiser. — Nico deu de ombros. — Eu só estou tentando proteger você.

Ele bufou, incrédulo, e saiu.

Batata, ele mordeu a isca. Enquanto estava fora, esquiando no Chile com modelos, Nico e Victor escolheram um substituto para ele: uma mulher. Mike Harness podia ter protegido Bruce, mas Nico desconfiou que Victor estava usando o incidente de Bruce para botar Mike em seu lugar, insistindo que Bruce precisava ser demitido.

Bruce devia levar o bilhete azul no dia seguinte ao seu retorno do Chile. Devia ter desconfiado que algo tinha ocorrido durante sua ausência, porque na tarde em que voltou, ligou para Nico e insistiu para jantarem juntos naquela noite, para "traçar estratégias".

Era uma oferta à qual Nico não pôde resistir, e um dos primeiros pontos altos de sua carreira. Ela sempre ia se lembrar daquela noite, sentada diante de Bruce, enquanto ele falava sem parar como tinham começado com o pé esquerdo, mas deviam tentar trabalhar juntos, como uma equipe. E ela tinha balançado a cabeça, concordando com tudo o tempo todo, sabendo o tempo todo que às 12h do dia seguinte a cabeça dele já teria rolado, e ele estaria fora do prédio, e ela teria vencido. Houve alguns poucos instantes durante o jantar em que sentiu pena dele, em que até pensou em lhe contar a verdade. Mas rejeitou a idéia rapidamente. Sentia a gostosa e doce sensação do poder. Era uma grande empreitada, e Bruce era um garoto crescidinho. Tinha de aprender a tomar conta de si mesmo.

Exatamente como ela tinha aprendido a tomar conta de si mesma.

Às 12h30, meia hora depois de o anúncio ter sido feito, Bruce ligou para ela.

— Isso foi coisa sua, não foi? — perguntou, como se estivesse parabenizando-a, mas em tom amargurado. — Sou obrigado a reconhecer. Não achei que tivesse peito para isso. Achei que não ia ter coragem.

— São os ossos do ofício, Bruce — disse ela.

Meu Deus, que sensação extraordinária. Jamais havia experimentado nada assim na vida. Era estranhamente assertivo. De fora da sua consciência, ela sabia que, como mulher, devia sentir culpa. Devia se sentir mal ou amedrontada por não ser "boazinha". E por uma fração de segundo, teve medo. Mas o que ia temer? Seu poder? Ela mesma? Ou a idéia arcaica de que tinha feito alguma coisa "ruim", e portanto precisava ser punida?

Sentada no escritório naquela tarde, depois de ter batido o telefone na cara de Bruce, ela de repente viu que não seria punida. Não havia regras. O que a maioria das mulheres pensava que eram "regras" eram meros preceitos para manter as mulheres em seu devido lugar. "Boazinha" era uma caixinha confortável e tranqüilizadora na qual a sociedade dizia às mulheres que, se elas ficassem — se não saíssem da caixinha de "boazinhas" —, estariam seguras. Mas ninguém estava seguro. A segurança era uma mentira, principalmente quando se tratava de negócios. As únicas regras legítimas eram as do poder: quem o detinha, e quem podia exercê-lo.

E se a pessoa pudesse exercê-lo, o detinha.

Pela primeira vez, ela sentiu que era igual a todos. Era uma jogadora do time.

Naquela noite, comprou caviar de beluga e champanhe Cristal, e ela e Seymour comemoraram. Mais tarde, Seymour quis transar, mas ela não. Lembrou-se perfeitamente da sensação: não queria mais ninguém dentro de si. Parecia ter preenchido todas as cavidades de seu corpo e, uma vez na vida, apenas o seu ser era suficiente.

Mas seria ainda?

Andou até a janela do quarto e olhou pela janela. Nos anos que se passaram desde Bruce Chikalis, ela havia exercido seu poder cuidadosamente, usando toda a sua força apenas quando era absolutamente necessário. Tinha aprendido a não se gabar de suas vitórias, nem mesmo admiti-las para os outros, porque o verdadeiro poder vinha do uso de uma mão invisível, sempre controlada. Não podia deixar de sentir um arrepio quando vencia, mas isso não significava que outras pessoas precisavam saber disso.

E pensar em Mike, e no que ia fazer com ele, fez Nico sentir o inevitável zumbido da vitória iminente. Era ligeiramente vazio, porém, e um pouquinho triste. Uma parte dela ainda esperava que as pessoas que se encontravam nos altos postos das empresas se comportassem com decência, mas a experiência havia lhe ensinado que, quando o dinheiro e o poder estavam envolvidos, era sempre a mesma coisa. Se ao menos o Mike fosse mais velho e estivesse querendo se aposentar... Mas não era, e se ela não o eliminasse agora, ele faria da vida dela um inferno. Ele já havia lhe passado a perna duas vezes: seu próximo golpe seria decisivo.

Virou-se da janela e voltou, atravessando o tapete persa. Eram os ossos do ofício, lembrou-se a si mesma. Mike Harness sabia como funcionava a Splatch-Verner. Devia saber que um dia Victor talvez lhe cortasse a cabeça. E o próprio Mike já havia cortado algumas...

Mas a gente sempre achava que as coisas iam acontecer com os outros. Nunca achava que ia acontecer com a gente.

Talvez essa fosse a diferença entre ela e os outros executivos da Splatch-Verner, na sua maioria homens, pensou. Ela sabia o que podia acontecer com ela. E depois que tivesse tirado o emprego de Mike, dependendo das circunstâncias, talvez fosse capaz de ficar no cargo durante uns dois anos, talvez cinco, e se tivesse mesmo sorte, possivelmente dez. Mas no fim sua cabeça também ia rolar.

A menos que tomasse o cargo de Victor Matrick.

Ela olhou a rua escura lá embaixo e sorriu. Nico O'Neilly, diretora geral da Splatch-Verner, pensou. Era definitivamente uma possibilidade.

6

WENDY ACORDOU SOBRESSALTADA.

Era o mesmo sonho outra vez. Estava em algum lugar (qualquer lugar) e se sentia fraca e doente. Mal conseguia andar. Alguém estava lhe dizendo que ela precisava entrar no elevador. E ela não conseguia. Caiu no chão, de qualquer jeito, e ficou ali jogada. Não conseguia se levantar. Suas forças a abandonavam. Não conseguia controlar o que estava acontecendo. Agora que sabia que estava morrendo, não se importava. Era tão tranqüilo ficar deitada ali, sabendo que não tinha escolha senão desistir...

Abriu os olhos. Porcaria. O quarto ainda estava escuro. Sabia que eram quatro horas da manhã, mas estava decidida a não olhar para o relógio. Dentro de algumas horas, seria outro dia. O quadragésimo-terceiro, para ser exata. Fazia agora 43 dias e cinco horas que Shane tinha destruído sua familiazinha perfeita.

Um fio preto sinistro e oleoso de vergonha subiu pelo seu torso e pareceu enrolar-se em torno do pescoço. Ela apertou os olhos, fechando-os bem, e cerrou os dentes. Conhecia muita gente que tinha se divorciado, mas ninguém lhe dizia como realmente era. A gente ouvia falar de traição, e de repente não saber quem era seu parceiro. Ouvia falar de raiva e comportamento ilógico. Mas ninguém falava da vergonha. Nem da culpa. Nem da sensação avassaladora de fracasso que fazia a gente imaginar se havia algum sentido na vida, afinal.

A vergonha era como uma faca. Tinha sentido o fio da faca da vergonha contra a pele algumas vezes no seu casamento de dez anos, quando ela e Shane tinham se zangado tanto um com o outro que o divórcio tinha lhe parecido uma solução viável. Mas o sofrimento e a vergonha aguda sempre tinham sido suficientes para fazê-la mudar de idéia. Para fazê-la pensar que, por mais horrível que fosse seu casamento naquele momento, terminá-lo seria ainda pior.

E no dia seguinte, nos dois, três ou sete dias seguintes, depois que ela e Shane voltassem ao normal (em geral depois de suas sessões especiais de sexo), ela experimentava uma imensa gratidão por ainda ter Shane a seu lado e por ter preservado o casamento. Não era convencional, mas e daí? Funcionava. Ela conhecia algumas mulheres que ficavam malucas diante da realidade de pagarem tudo, mas ela gostava disso. Adorava ganhar dinheiro, muito dinheiro; e adorava ser um sucesso no mundo louco e agressivo do entretenimento, que sempre, literalmente, a entretinha (embora freqüentemente também a frustrasse e assustasse, mas como ela vivia se recordando, era preferível ficar assustada do que entediada). Ela sempre soube que seria capaz de enfrentar a situação porque era equilibrada. Considerava sua família um oásis.

Ela rolou, deitando de lado, e encolheu as pernas. Não ia chorar. Mas tudo estava perdido, e ela não conseguia entender por quê. Sempre tinha pensado que ela, Shane e os filhos se divertiam muito juntos. E por algum motivo, de repente pensou no peixe do Tyler, o Dragão Azul. Tinha comprado o *betta* para ele no início do verão passado, e ele insistira em levar o Dragão Azul com ele para Dark Harbor, Maine, onde iam passar duas semanas porque era para lá que todo o povo de Hollywood ia. O Dragão Azul tinha recebido status de membro da família, e a maior parte da viagem para o Maine tinha consistido em manter a porcaria do peixe vivo, principalmente depois que Shane acidentalmente lhe deu um choque térmico, pondo-o na água gelada em uma pia de hotel. A sobrevivência do Dragão Azul tornou-se um tema constante das férias, o tipo de história da qual Wendy imaginou que ririam vinte anos depois, quando os filhos estivessem crescidos e voltassem para casa para passar as festas de fim de ano. O remorso percorreu-lhe o corpo como se fosse veneno. Isso jamais aconteceria agora. Sem Shane, como ficaria o futuro da família? O que aconteceria com as histórias?

Ela não ia mais conseguir dormir. Todo dia era assim agora: vibrava nas dissonâncias das aflições diante do desconhecido. Ela estava assustada. Tinha, segundo percebera, passado uma boa parte da vida sentindo medo em segredo. Medo de estar sozinha, de não ter um homem. De parecer não ser boa o suficiente para ter um. Seria esse um dos motivos pelos quais trabalhava tanto para ser bem-sucedida? Para poder comprar um homem para si? Se podia comprar um homem, pensava amargurada, possivelmente poderia comprar um outro.

Ia se levantar e trabalhar. Muito tempo atrás, tinha descoberto que a única forma de aliviar o medo era trabalhar com mais afinco. Eram agora cinco horas da manhã. Uma hora escura, angustiante, decidiu, mas resolveu fazer força, sair da cama e escovar os dentes. Entrou na cozinha e fez um bule de café. Levou a caneca para o escritório e sentou-se à mesa de metal barato. A mesa tinha sido de Shane na faculdade, e ele tinha se recusado a se separar dela por motivos sentimentais. Ela jamais tinha pressionado Shane a se livrar dela. Sempre tinha permitido que Shane tivesse suas idiossincrasias, por respeito. Teria odiado ter um marido que lhe dissesse o que fazer, e durante o segundo ano de casamento, percebeu que a chave para fazer um casamento dar certo era tratar a outra pessoa do jeito que a gente queria ser tratada.

Mas, pelo jeito, isso não bastava.

Ela pegou um roteiro no alto de uma pilha: percebeu que uma pilha de roteiros era um fator sempre presente em sua vida há mais de vinte anos. Eram enviados para sua casa por mensageiros, para serem lidos durante os fins de semana, por FedEx para locações exóticas, carregados em malas em carros, trens e ônibus. E ela lia todos. E não sabia quando isso ia ter fim. Até ali, em toda a sua vida, devia ter lido mais ou menos cinco mil roteiros. E não via a luz no fim desse túnel. De repente teve uma visão deprimente de qual seria seu futuro. Ia ser quase exatamente o que era agora, só que ia estar mais velha, mais cansada e mais só. Agora havia dias em que ela tecia fantasias de passar uma semana deitada na cama.

Abriu o roteiro, leu cinco páginas e o pôs de lado, irritada por uma cena em que uma mãe censura a filha de 25 anos por não ter se casado ainda. Olhou a capa, sabendo que o roteiro devia ter sido escrito por um homem, e provavelmente jovem — só os homens ainda acreditavam que o que as mães realmente queriam para as filhas era um bom casamento. Mas o roteiro tinha sido escrito por uma mulher: Shasta sei lá o quê. Que nome era esse, Shasta?, pensou, ficando ainda mais chateada. E, o que era mais importante ainda, que tipo de *mulher* seria aquela tal de Shasta? Será que não sabia que o clichê de as mães se desesperarem pelas filhas não estarem casadas já tinha saído da moda?

Escreveu "não" na capa de papel e pôs o roteiro de lado.

Pegou o próximo roteiro da pilha e empurrou os óculos para a ponta do nariz para poder enxergar melhor. Ultimamente vinha notando que as palavras da página se recusavam teimosamente a entrar em foco. Mas também não era capaz de concentrar a mente nelas. Pensou na mãe de Shasta. Naturalmente ainda existiam mulheres assim, mulheres que acreditavam que a única forma pela qual uma mulher podia realmente se definir era por meio de um marido e filhos. Ela sempre tinha se sentido profundamente em choque com esse tipo de mulher: o tipo que achava que era bom ser dona-de-casa, depender de um homem. Até recentemente, seus sentimentos sobre essas "outras" mulheres eram sustentados com tanta intensidade quanto as crenças políticas e religiosas nas quais não se pode arredar pé do lado moral. Mas agora já não tinha tanta certeza.

O catalisador para sua reavaliação foi uma conversa que ela teve com a mãe dois dias antes. Ligou para a mãe para dizer que ela e Shane iam se separar, crente que teria seu apoio. Durante anos, Wendy tinha acreditado que a mãe era sua maior defensora e tinha dito a si mesma que era bem-sucedida por causa da influência da mãe. Estava convencida de que, durante a infância e a adolescência, a mãe havia lhe passado a mensagem tácita de que não devia terminar como ela: uma dona-de-casa; e era um engano depender de um homem, principalmente de um igual a seu pai. A mãe de Wendy teve quatro filhos e nunca trabalhou, e havia dias, quando Wendy era adolescente, em que a mãe não conseguia se levantar da cama. A mãe sofria de depressão, óbvio, mas não se diagnosticavam essas coisas com tanta facilidade na época, e ficar na cama o dia inteiro era algo que acontecia com as mães nos subúrbios. Ela podia ter ficado fula da vida por isso, pelos momentos constrangedores que passava esperando que a mãe viesse buscá-la depois das aulas, e a mãe não aparecia. Mas Wendy amava a mãe com o tipo de paixão que não deixa ver as falhas. A mãe provavelmente era alguém com uma personalidade que beirava o desequilíbrio mental, uma histérica, mas Wendy só conseguia se lembrar que a mãe era linda e charmosa, a mais encantadora mulher do bairro quando queria ser, e tinha sido uma influência fundamental para Wendy se tornar a mulher bem-sucedida que era.

Ou era nisso que Wendy acreditava, até contar à mãe que Shane tinha pedido o divórcio.

— Ah, Wendy — suspirou a mãe. — Eu achava que era só uma questão de tempo.

— Uma questão de tempo? — perguntou Wendy, chocada. Esperava que a mãe fosse solidária, não que a recriminasse.

— Eu sabia que isso ia acabar acontecendo. Esse tipo de casamento nunca dá certo. Não é natural.

Wendy ficou pasma.

— Pensei que você e o papai adorassem o Shane.

A mãe dela suspirou.

— Gostamos dele como pessoa, sim, não como seu marido. Nunca achamos que esse casamento fosse durar.

Wendy ficou boquiaberta.

— Deu certo durante 12 anos — disse.

— Só porque Shane é muito preguiçoso. Seu pai e eu sempre pensamos que um dia Shane ia se cansar e ir embora. Já faz anos que tenho vontade de avisar a você, mas não queria chateá-la.

— Está me chateando agora — disse Wendy. — Eu só queria saber por quê.

— Eu só queria que você se casasse com um homem de sucesso e não tivesse de trabalhar tanto — disse a mãe. — Aí isso nunca teria acontecido.

Wendy ficou ali sentada, de boca aberta.

— Achei que queria que eu tivesse sucesso. — Seus olhos ardiam. Será que sua mãe ia deixá-la na mão?

— Claro que eu queria que você tivesse sucesso — disse a mãe. — Mas não precisa dominar o mundo para ter sucesso. Queria que você fosse feliz. Sempre pensei que você poderia ser muito feliz casada com um advogado ou um banqueiro. Você podia ter filhos e também trabalhar, se quisesse.

Wendy estava tão desnorteada que precisou agarrar-se na lateral da mesa para não cair. Era esse o futuro que sua mãe queria para ela?

— Você queria que eu acabasse em algum empreguinho furreca? — perguntou ela, a voz mais alta, de tanta raiva.

— Não teria de ser *furreca* — disse-lhe a mãe, pacientemente. — Mas seu marido podia pagar as despesas da casa. — Ela pensou por um instante. — Eu sei que você não acredita nisso, meu bem, mas os casamentos só dão certo quando é o homem que paga as contas. Os homens precisam desse tipo de incentivo para continuarem casados. Faz eles se sentirem mais gratificados.

— E eu? — perguntou Wendy, incrédula, a voz subindo até ficar esganiçada. — Não tenho direito de me sentir gratificada?

Sua mãe suspirou.

— Não leve a mal tudo que eu digo — disse ela, e aí Wendy percebeu que era exatamente isso que andava fazendo há anos. — As mulheres têm muitas formas de se gratificar — continuou a mãe. — Têm os filhos e o lar. Os homens só têm um meio: o trabalho. E se uma mulher lhes tira isso, não pode esperar que o homem continue a seu lado.

Será que era mesmo sua mãe que estava dizendo isso?, perguntou-se Wendy, horrorizada. Não era possível que a mãe dela acreditasse mesmo no que estava dizendo. Mas de repente entendeu que, durante os últimos vinte anos, ela e a mãe nunca tinham tido uma conversa franca sobre sexo nem sobre relacionamentos. Sua mãe nunca expressou suas opiniões sobre homens e mulheres e os papéis que devem desempenhar, portanto Wendy naturalmente tinha presumido que ela e a mãe tinham a mesma opinião. Seria possível que tudo que ela tinha presumido sobre *todos* os seus relacionamentos estava errado?

— Por que está me maltratando tanto, hein, mamãe?

— É porque vejo todos esses casais bem constituídos aí pela cidade — disse a mãe. — Os homens são profissionais. E as mulheres trabalham. Mas também têm tempo para levar os filhos para praticar esportes...

— Se está querendo dizer que meus filhos são carentes... — começou Wendy.

— Ah, eu sei que eles têm de tudo, Wendy — replicou a mãe, irritada. — Até demais. Mas não é aí que quero chegar. Esses casais parecem felizes.

— Mas quem são eles? O que fazem? São presidentes de alguma empresa cinematográfica de grande porte?

— Isso não é importante — disse a mãe, empertigando-se.

— É importante, sim — retrucou Wendy. — É a única coisa que é importante. Faz toda a diferença...

— Não significa que você não possa ter uma relação normal — disse a mãe.

— Eu tive uma relação normal.

— Com um homem que pague suas contas — disse a mãe. — Os homens têm amor-próprio. Esse negócio de a mulher controlar tudo, pagar tudo... não é bom para nenhum casamento.

Wendy parou para pensar.

— Quantos homens existem por aí que são mais bem-sucedidos que eu? — indagou e, por algum motivo idiota, imediatamente se lembrou de Selden Rose.

— Talvez você não precise ser assim tão bem-sucedida.

Isso era tão difícil de crer que Wendy sequer tentou responder adequadamente. Apenas desligou.

Detestava brigar com a mãe. Isso a fazia sofrer demais. Chegava até a sentir dor física. E todos esses anos, ela trabalhava até cair de cansada não só para pagar pelas despesas de Shane e dos filhos, mas também para ter certeza de que ia poder cuidar da mãe na velhice.

Wendy pegou a caneca de café e foi até a janela. Não falava com a mãe desde que tinha batido com o telefone na cara dela, e esse era mais um motivo para sentir-se mal. Por que estava perdendo todos os seus entes queridos? Por que estava sendo castigada assim?

Espiou a aurora, melancólica e cinzenta. Quis deixar de lado tudo que a mãe tinha dito, mas em vez disso viu-se pensando em certas verdades desconfortáveis e inevitáveis. Se ela tivesse conseguido encontrar um cara que a apoiasse e a "sustentasse" (ih, gente, detestava essa expressão, "sustentar"), será que optaria por casar com ele? Não sabia a resposta, porque isso jamais tinha lhe parecido possível: uma verdade dolorosa que ela agora percebia que a mãe nunca entenderia.

Todos sempre diziam que as mulheres tinham opções, mas não era exatamente verdade. As mulheres não tinham a mesma variedade de opções que todos diziam que elas tinham — uma realidade incômoda que Wendy começou a entender na faculdade. No segundo ano, tinha decidido que existiam basicamente dois tipos de mulheres no mundo: aquelas pelas quais os homens se apaixonavam perdidamente e acabavam pedindo em casamento e sustentando; e aquelas que, por algum motivo, não inspiravam muito ardor nos homens — pelo menos não o tipo de paixão avassaladora que faz um homem "sustentá-la". Entendera imediatamente que estava na segunda categoria, e para conseguir que algum homem se casasse com ela, precisava ter algo extra a oferecer.

Seu plano sempre tinha sido desviar a atenção dos homens da sua falta de beleza e voltá-la para sua eficiência no trabalho, sua independência, sua capacidade de se cuidar, e, conseqüentemente, tomar conta deles.

E funcionou. Junto com todas aquelas horas como assistente, aturando abuso de autoridade, trabalhando até meia-noite, arrastando roteiros para um lado e para outro e, por fim, subindo os degraus da escada do entretenimento, vieram as vantagens do sucesso. Dinheiro e apartamentos, roupas e carros apresentáveis, todos orgulhosamente adquiridos com o dinheiro que ela, e apenas ela, ganhava. Disse a si mesma que não "precisava" de um homem, não "precisava" seduzir ninguém.

Mas isso também era mentira.

Tinha seduzido. Tinha exercido o seu encanto sobre Shane, desde o princípio, apesar de suas desconfianças de que ele no fundo não queria ficar com ela. Tinha se convencido de que ia ser capaz de vencer sua resistência e obrigá-lo a ver seu valor. Quando ele entendesse o quanto ela podia fazer por ele, teria de amá-la. No início, quando estava convencendo Shane a ficar com ela, tinha fingido que não via quando ele flertava com outras mulheres. Nunca o criticava; sempre lhe dizia que ele era um gênio (quando na realidade ele é que devia estar dizendo que ela era um gênio). Ela era maternal. E mais. Era para ele a mulher de cama e mesa. E no final ele acabou entregando os pontos. Ela disse que o amava depois dos dois primeiros meses. Ele levou dois anos para dizer a mesma coisa a ela.

Ela o comprara e, como a compradora, achou que estava segura. Sua mãe tinha razão. Mas que boba arrogante tinha sido.

Sentou-se, rígida, essa realidade aterradora permeando-a como se fosse veneno.

Vivia insistindo que ela e Shane tinham um tipo novo e moderno de relacionamento — o casamento do futuro! Mas, na realidade, não passava de uma inversão do casamento tradicional; e não houve vezes em que ela se referira a Shane, na base da brincadeira, como "a perfeita esposa de executivo do cinema"?

Esse comentário sempre causava comentários bem-humorados de seus colegas executivos e gestos de aprovação da parte de suas amigas. Vivia tendo o maior cuidado para não dizer isso na frente de Shane, mas ele devia ter percebido esses sutis ataques ao amor-próprio masculino. E não devia ter gostado nada disso.

Apoiou a cabeça nas mãos. Como é que o relacionamento deles tinha degringolado assim? Não que ela quisesse que Shane fosse trabalhar. Tinha-o apoiado em tudo que ele tinha tentado fazer. O problema é que ele simplesmente não era muito bom em nada. Não tinha constância nem expectativas realistas e não agüentava críticas. Era arrogante. As pessoas lhe davam oportunidades (em geral, como favor para ela) e se recusavam a voltar a trabalhar com ele depois que começava a não cumprir prazos e a bater boca com um e outro. Ela queria explicar a Shane que ele não tinha talento suficiente para vir com aquele tipo de cena, mas como é que se diz isso a alguém, especialmente a alguém casado com a gente?

E se a família dependesse da renda dele? Ela sacudiu a cabeça. Eles teriam morrido de fome. Certamente não teriam tudo que tinham...

Ela olhou em volta, para o escritório em estado deplorável, todo atravancado de papéis e lixo. O resto do apartamento era exatamente assim: pouco mais do que espaço puro com paredes finas de gesso prensado como revestimento e divisórias, para dar a impressão de aposentos. Seu contrato com a Parador (ou melhor, a Splatch-Verner) rezava que a empresa pagaria 50% das despesas de reforma até meio milhão de dólares; além disso, eram obrigados a instalar uma sala de cinema. Dois anos antes, ela havia encarregado Shane da reforma (achando que seria bom para ele, dando-lhe algo construtivo e masculino para reforçar seu amor-próprio), mas Shane entornou o caldo. Começou imediatamente a brigar com os três empreiteiros que havia contratado, de forma que todos desistiram em duas semanas; depois disse que podia fazer melhor ele mesmo. Acabou não fazendo nada.

Ela podia ter assumido a empreitada, mandando seu assistente Josh encontrar alguém para substituir os outros empreiteiros, mas por causa de Shane ela hesitou. Não queria fazê-lo achar que havia fracassado de novo, e vivia se esforçando para não esfregar sua autoridade (resultante do fato de ser ela quem pagava por tudo) na cara dele. E assim, por mais inconveniente que isso fosse, o apartamento tinha continuado no mesmo estado de antes. Ela justificava aquilo dizendo a si mesma que estava tudo bem; até melhor, pois assim ela não estaria pondo Shane para escanteio com seu óbvio (e, para ele, inatingível) sucesso. Ele podia continuar na ilusão de que o nível de sucesso da esposa ainda estava a seu alcance; no mínimo, no mínimo, se um dia ele começasse a ganhar algum dinheiro, isso lhe permitiria pensar que ele até seria capaz de pagar as despesas do apartamento.

Ora, pelo jeito, nenhum de seus estratagemas tinham sido bons o suficiente para enganar Shane Healy, pensou ela, amargamente. Todos viviam dizendo que havia vantagem na mudança, mas qual? Supunha que, agora que Shane tinha ido embora, ela não ia mais ter de dizer amém para todas as reclamações mesquinhas que ouvia quando o amor-próprio de Shane estava ferido. Ela podia deixar seu brilhantismo se manifestar. A primeira coisa que ia fazer era uma reforma decente no apartamento. Construir paredes de verdade; contratar um decorador para deixar o lugar a seu gosto. Talvez mandasse fazer um quarto todo branco; quando criança, vivia imaginando que ia morar em uma casa toda branca e limpinha, com cortinas de gaze flutuando ao vento. Tinha sufocado essa fantasia, sabendo que Shane não gostaria disso.

Mas agora, pensava ela, com toda a cautela, estava livre. Seu espírito se animou um pouco, de leve, como um cachorrinho novo testando o ar com o focinho. Talvez o fato de Shane ter ido embora não fosse tão ruim. Aquilo podia se transformar em uma oportunidade, uma segunda chance para ela se tornar todas as coisas às quais havia renunciado por estar com Shane.

Revigorada, pegou o roteiro escrito pela jovem Shasta, preparada para lhe dar mais uma chance. A regra de Wendy era que não rejeitava um roteiro antes de ter lido 25 páginas (alguns executivos paravam na décima, mas ela imaginava que, se alguém tinha se dado ao trabalho de escrever um roteiro completo, ela podia se esforçar um pouquinho mais para descobrir seus possíveis méritos); e agora não era hora de abaixar seus padrões, mas sim de elevá-los. Abriu o roteiro, preparou-se para ler e, ao virar a página, seus olhos encontraram um monte de envelopes que tinham ficado ocultos sob o roteiro.

Suspirou e deixou o roteiro de lado. Era tudo correspondência, provavelmente do mês passado. Tinha deixado Shane tomando conta do correio e do pagamento das contas, e agora que ele tinha ido embora, a empregada provavelmente tinha despejado aquelas cartas todas na escrivaninha. Resolveu examinar tudo rapidamente, separando as contas para pagar depois.

Havia vários envelopes da American Express. A princípio ela ficou confusa. Devia ser engano. Só tinha dois cartões American Express: um da empresa, que era o preto (na qual Shane estava listado como dependente, para emergências), e uma conta pessoal "platinum". Havia um envelope bem grosso e quatro finos. Foram os finos que a preocuparam: eram do tipo ameaçador, que se recebe quando a conta está atrasada. Mas isso não era possível, pensou ela e, franzindo a testa, abriu um dos envelopes.

Era da sua conta Centurion, e indo até o quadro onde se lia o total, ela de repente sentiu uma tontura. Devia haver algum engano. A conta era de 214.087,53 dólares.

Sua mão começou a tremer. Não podia estar correto. Algum contador devia ter cometido um erro ao digitar os zeros. Pegou a conta grossa e rasgou o envelope, a boca abrindo e soltando um grito mudo ao ver o total.

As despesas eram de 14.087,53, uma quantia normal. Mas acima disso havia um saque de 200 mil dólares em dinheiro, da conta do Shane.

Ela ficou de pé, deixando a conta na mesa e andando de um lado para outro com os dedos apertando as têmporas, como se tentasse evitar que o cérebro explodisse. Como é que ele tinha coragem de fazer uma coisa dessas? Só que teoricamente ele *podia*, porque tinha seu próprio cartão, e a única coisa que evitava que ele tivesse despesas monstruosas todo mês era o fato de ela confiar que ele não faria isso. Só que devia ter tomado mais cuidado; sentindo um frio na boca do estômago, entendeu que já estava esperando que ele fizesse uma dessas. Era inevitável. No fundo, ela sempre havia suspeitado que Shane ia fazer uma safadeza assim algum dia.

Aquilo era o fim da picada. Foi a gota d'água para encerrar de vez o casamento deles. Se Wendy tinha alguma esperança de um dia eles voltarem a ficar juntos, Shane agora tinha garantido que isso nunca mais iria acontecer.

E aí tudo ficou preto, e a fúria assumiu o controle. Duzentos mil, na verdade, eram 400 mil brutos. Quatrocentos mil dólares ganhos com o suor do rosto de Wendy. Será que Shane fazia alguma idéia de quanto esforço era preciso para ganhar tanto dinheiro assim?

Ela ia matá-lo. Ia exigir que pagasse o que devia, cada centavo, mesmo que levasse vinte anos...

Pegou o telefone e discou o número do celular dele. Não se importou que fosse cedo — ia lhe pagar o maior esporro, para variar, e ele nunca mais ia se esquecer da bronca que ia levar. Naturalmente, a chamada foi atendida pelo correio de voz.

Ela desligou. Não ia deixar nenhuma mensagem; ia para o apartamento dele, rodar a baiana cara a cara. Ia agora mesmo, com aquele pijama velho e felpudo. Seu ódio a levou até o quarto, onde meteu os pés descalços no par de velhos tênis Converse que usava para andar pela casa.

Aí ela parou. Não podia sair. Não podia deixar os três filhos sozinhos em casa.

Um pensamento horroroso lhe passou pela cabeça. Eles estavam dormindo. Ela podia dar um pulo correndo no apartamento de Shane, rodar a baiana com ele e voltar em meia hora. Os filhos nunca saberiam.

Parou para refletir e olhou para seus pés: os tênis pretos de lona não combinavam nada com a calça azul de flanela do pijama. Shane a estava enlouquecendo. Deixar crianças pequenas sozinhas em casa era coisa de pobre. Gente pobre que não tinha escolha ou estava tão abatida pela falta de sentido da vida que nem se importava mais. Liam-se essas notícias o tempo todo no *New York Post*. Deixavam os filhos sozinhos, e aí acontecia alguma coisa e os filhos morriam. Em geral, os homens é que eram responsáveis. As mães estavam fora trabalhando, e os pais decidiam que precisavam sair para tomar uma cerveja com os amigos.

Consultou o relógio de pulso. Eram quase seis da manhã. A Sra. Minniver ia chegar dentro de uma hora. Ela podia esperar uma hora para passar o sermão em Shane.

Mas uma hora inteira! Voltou a se sentir dominada pela raiva. Não ia ser capaz de pensar em mais nada. Não podia ficar assim. Tinha de trabalhar. Tinha de se concentrar. Agora, ainda por cima, ia precisar ir ao banco às nove da matina e tirar o nome de Shane de todas as contas dela.

E esse era o homem que tinha escolhido para ser o pai de seus filhos.

Ela ficou de pé e entrou no banheiro marchando. Shane ia pagar por isso. Se ele tinha coragem de lhe tirar dinheiro, ela lhe tiraria os filhos. Ela ia contratar um advogado naquele dia mesmo e ia gastar o que tivesse de gastar para tirá-lo de sua vida para sempre. Ia deixar ele ver como era o mundo lá fora, o mundo do trabalho. Shane ia finalmente entender o que era ser homem.

Ela entrou no chuveiro e, quando a água quente bateu em seu rosto, subitamente se lembrou: era sábado. A Sra. Minniver não viria. E Shane tinha dito que ia passar o fim de semana fora e não estaria "disponível".

Não havia escapatória.

E aí um grito saiu dela, como uma força alienígena, uma onda imensa de emoção que deu a impressão de que seu estômago ia se partir ao meio, e a fez se agarrar na cortina do box para se equilibrar. Ela se abaixou até a banheira, sentando-se de pernas cruzadas sob a água que a fustigava, e ficou balançando para a frente e para trás, como uma doida. Uma parte dela era puramente animal, soluçando sem parar. Mas outra estava isenta, como se estivesse fora do corpo. Era por isso que chamavam esse sentimento de coração partido, pensou a parte isenta. Engraçado como os clichês para descrições emocionais eram tão adequados nas poucas ocasiões em que se vivenciavam essas emoções de verdade. Seu coração estava literalmente se partindo. Tudo em que seu coração acreditava, com que contava e em que confiava estava sendo arrancado dela. Anos do que pensara que eram verdades emocionais irrefutáveis estavam se partindo feito gravetos frágeis. Nunca mais seria capaz de voltar a crer no que acreditava antes.

Mas que diabos ia pôr no lugar dessas crenças?

* * *

O TELEFONE DE WENDY, em seu escritório da Parador Pictures, tinha cinco linhas e, no momento, todas estavam acesas.

Tinha sido assim a manhã inteira. Toda a semana, aliás. Para dizer a verdade, pode-se dizer que era assim o tempo todo.

Ela fitou o relógio digital na mesa cujo mostrador registrava, além de minutos e segundos, décimos de segundo. Agora já estava em conferência telefônica há 15 minutos, 32 segundos e quatro décimos. Se era para obeceder à agenda, precisava encerrar a chamada em três minutos, 27 segundos e alguns décimos. Não era tão boa assim em matemática a ponto de calcular os décimos de segundo.

— Ainda precisam de mais história, meninos. Mais enredo — disse Wendy ao receptor. Era manhã de quinta-feira. A manhã de quinta-feira era dedicada às reuniões telefônicas para debater o progresso dos vários roteiros que a Parador estava desenvolvendo. A qualquer momento, esse número podia ir de quarenta a sessenta; desses sesssenta, ela daria sinal verde a trinta para serem postos em produção, e desses trinta, provavelmente quinze fariam sucesso, o que significava que iam render dinheiro para a empresa. A maioria dos estúdios podia contar com dez sucessos por ano. As estatísticas dela sempre tinham sido um pouco acima da média.

Mas só porque ela lia mais páginas de roteiros!

— A história é a descoberta existencial desse garotinho. Da vida. A vida, qual o significado da vida? — interferiu Wally, um dos roteiristas.

Boa pergunta, pensou Wendy. Ela suspirou. Que diabos dois caras de 27 anos sabiam sobre a vida?

— Como assim, existencial? O que quer dizer exatamente? — perguntou ela. Por quê, oh, por que ela havia comprado aquele roteiro com base apenas em uma promoção?, pensou. Porque tinha sido obrigada. Wally e seu sócio, Rowen, eram considerados a dupla de roteiristas mais quente do momento. Tinham escrito dois filmes de sucesso, que Wendy agora estava começando a pensar que eram um golpe de sorte. Ou isso ou o sucesso tinha lhes subido à cabeça e agora eles fumavam maconha o tempo todo, provavelmente correndo feito loucos pelas ruas de Los Angeles em seus Porsches e Hummers, pensando que eram os donos da verdade.

— Essa é a pergunta, sabe? — disse Rowen. Ele e Wally perderam um minuto nessa bobeira. Wendy fez sinal para sua terceira assistente, Xenia, que estava sentada ouvindo a ligação. Lendo seus pensamentos, Xenia agarrou um exemplar do minidicionário Webster e entrou na sala, segurando o livro aberto na letra "E".

— Existencialismo — leu Wendy em voz alta, interrompendo Wally ou Rowen, não sabia dizer qual — é uma filosofia que gira em torno da existência individual e da responsabilidade pessoal por atos de livre arbítrio na ausência de certo conhecimento do que seja certo ou errado. — Fez uma pausa. Isso, não sabia por quê, parecia um resumo perfeito de sua própria vida no momento. Não fazia idéia do que estava certo ou errado, e era responsável por tudo. Inclusive pelo roteiro furreca de Wally e de Rowen. — É uma idéia admirável, mas, infelizmente, ninguém na platéia sabe o que é existencialismo. Nem vão ao cinema para aprender essas coisas. Vão ao cinema para ver uma história. Identificar-se com uma história que tenha algo a ver com suas próprias emoções e pensamentos. —Voltou a interromper-se. Meu Deus do céu, estava dizendo tanta besteira quanto os roteiristas. Ninguém sabia ao certo por que o público gostava de certos filmes e rejeitava outros. Ninguém sabia de nada ao certo. Mas a gente precisava fingir que sabia.

— Meninos — secretamente, gostava de chamá-los de "meninos" —, acho que vocês precisam refazer tudo desde o início. Desde a lista de tópicos.

Silêncio do outro lado da linha. Eles provavelmente estavam fulos da vida, pensou Wendy, e não queriam se arriscar a falar.

Três segundos e dois décimos se passaram. Eles não ousavam contradizê-la, pensou Wendy. A indústria do cinema é como o tribunal de Luís XIV — contradizer diz um superior dá prisão ou morte. Wally e Rowen não iam contradizer a presidente da Parador Pictures de jeito nenhum. Mas provavelmente iam bater o telefone na cara dela e chamá-la de bruxa pelas costas.

Ela não se importava. Estava certa, ou pelo menos mais certa que os dois, e por isso era presidente da Parador e eles não.

— Vamos lhe mandar a nova lista rapidinho — disse Wally.

SELVA DE BATOM   209

— Muitíssimo obrigado — disse Rowen, cheio de charme e aquiescência. — Nós realmente agradecemos demais por isso.

— Wendy? — chamou seu primeiro assistente, Josh, entrando na linha. — Sua próxima ligação está aguardando.

— Obrigada, Josh. — Era a ligação de um diretor e um roteirista que estavam trabalhando em um filme de ação e aventura em estágio de pré-produção. As instruções básicas dela eram que precisavam de mais tchãs no terceiro ato. — Primeiro ato, um tchã — instruiu ela. — Segundo ato, três tchãs. Terceiro, cinco tchãs, daqueles bem sensacionais mesmo, um atrás do outro. E tchã! Termina o filme, a gente sai do cinema e, se Deus quiser, fatura 30 milhões de dólares no fim de semana da estréia.

O diretor e o roteirista soltaram risadinhas ao pensarem na possibilidade de ganhar uma bolada dessas.

Enquanto ela estava ao telefone, sua segunda assistente, Maria, entrou com um bilhete.

— Charles Hanson precisa cancelar o almoço — dizia ele. Wendy olhou para a assistente, curiosa.

— O vôo dele de Londres atrasou — explicou Maria, só com o movimento dos lábios.

— Desgraçado! — Wendy escreveu no rodapé do bilhete. — Combine outro horário já — acrescentou. Voltou a escutar a conversa telefônica enquanto pensava que o atraso do vôo provavelmente era desculpa para dar a Charles Hanson mais um dia para adiar o fechamento do contrato. Ele provavelmente estava querendo estudar a oferta de outro estúdio.

"Investigar o Hanson", escreveu em um grande bloco amarelo pautado que estava sempre na sua mesa.

Fez mais duas conferências telefônicas. No meio de uma delas, Shane ligou. Maria entrou correndo com a palavra "SHANE" escrita no mesmo tipo de bloco amarelo que Wendy tinha na escrivaninha. Wendy fez sinal que tinha entendido.

210 CANDACE BUSHNELL

Deixou Shane esperar quatro minutos, 45 segundos e três décimos.

— Sim? — perguntou, em voz fria.

— O que está fazendo? — perguntou ele.

— Trabalhando — respondeu, irritada.

— Eu quero dizer comigo — disse ele.

Esse comentário pareceu tão descaradamente egocêntrico que Wendy nem soube o que dizer.

— Você tirou todo o dinheiro da nossa conta conjunta — acusou Shane.

— Ah, não diga — disse Wendy. — Que bom que você notou.

— Não seja uma bruxa, Wendy — disse Shane. — O aniversário de 12 anos de Magda está chegando. Preciso comprar um presente para *nossa filha*.

— Vá arrumar um *emprego* — aconselhou Wendy, desligando.

Ela fez mais três ligações. Depois já era uma da tarde.

— O que vai querer para o almoço? — perguntou Xenia, olhando discretamente para a sala de Wendy. Wendy agora estava de olhos pregados em um exemplar matinal do *Hollywoood Reporter*. As matérias estavam circundadas com marcador colorido em ordem de importância: vermelho para artigos que tinham a ver com a Parador e qualquer de seus projetos, amarelo para artigos sobre projetos dos concorrentes, e verde para qualquer outra coisa que pudesse ser interessante.

Wendy sobressaltou-se.

— Almoço? — perguntou.

— Charles Hanson cancelou o almoço. E aí fiquei imaginando que talvez você quisesse pedir alguma coisa, quer?

— Ah, sim — disse Wendy. — Me dê só um minuto. — Distraidamente, pegou o *Hollywood Reporter*, procurando orientar-se devagar. Toda vez que trabalhava quatro horas seguidas assim, atendendo a uma chamada após a outra, sempre entrava numa espécie de transe. Levou alguns minutos para voltar à realidade. Agora tinha voltado, com um baque.

De repente, lembrou-se da ligação de Shane.

Meu Deus. Ela tinha mesmo sido uma bruxa com ele, não tinha? Porcaria de homem, pensou ela, pegando o bloco amarelo e ficando de pé. Como é que ele tinha coragem? Pelo menos estava começando a cair na real. Wendy tinha ficado tão zangada por ele ter roubado dinheiro dela que tinha planejado procurar um advogado de vara de família logo na manhã de segunda-feira. Mas aí o dia começou, ela mergulhou no trabalho e só conseguiu transferir todo o dinheiro da conta conjunta dos dois para sua conta pessoal. Ficou surpresa por Shane não ter pensado nisso antes e feito isso com ela.

— Duzentos mil dólares não é tanto assim — disse Shane na manhã de segunda quando finalmente decidiu ligar para ela.

— Como é? — replicou ela.

— Você ganha mais de três milhões por ano, Wendy — disse ele, como se isso fosse algum crime. — De qualquer forma, pode deduzir isso do imposto de renda.

— Tem razão, Shane. Mas quem ganhou a grana *fui eu*! — disse ela, quase gritando. — Eu é que decido o que quero fazer com ela.

Shane obviamente não conseguiu pensar em uma boa resposta, porque só disse "Foda-se" e desligou.

Ver que o relacionamento deles tinha se deteriorado a ponto de não poderem mais se tratar com respeito a fazia sentir-se mal.

— Maria, pode dar um pulinho aqui? — chamou ela. Maria entrou apressada. — Preciso descobrir se Charles Hanson tem alguma negociação pendente em alguma empresa. Dá para ligar para alguma das suas amigas assistentes e perguntar?

Maria, que era alta e delgada, e despachada como ninguém, concordou. Dentro de seis meses, mais ou menos, podia ser que Wendy conseguisse promovê-la e se livrar de Josh. No momento, estava simplesmente planejando se livrar de todos os homens.

— Eu tentaria a Disney primeiro.

— Eu sei exatamente para quem vou ligar — disse Maria. — E o almoço?

— Ah, eu... — começou Wendy. O telefone tocou.

— Shane! — avisou Josh, lá da sala da frente.

Wendy sentiu o estômago virar num espasmo de ódio. Começou a estender o braço para pegar o receptor, mas pensou melhor. Essas brigas não podiam continuar diante de seus subordinados. Eles já estavam sacando que havia algo de podre. Iam fazer comentários, e dentro de alguns dias toda a Splatch-Verner saberia que ela ia se divorciar.

— Diga a ele que eu ligo depois — respondeu, em voz bem alta.

Ela se levantou, pegou a bolsa, atravessou a sala da recepção e foi para o corredor.

— Vou comer uma coisinha no restaurante executivo — disse, em voz bem natural. — Volto daqui a meia hora. Se precisarem de mim, liguem para o celular.

— Devia pegar um pouco de ar fresco — aconselhou Maria.

Wendy sorriu. Não havia ar fresco em nenhum lugar daquele prédio. Esse era o problema.

Ela saiu do prédio, pensando em ligar para Shane do celular, mas isso também era arriscado demais: alguém podia se aproximar e entreouvir o que seria, sem sombra de dúvida, um pega-pra-capar, embora curto. Sem pensar, ela entrou no elevador e apertou o botão do 39º andar, onde ficava não só o restaurante executivo, como também a academia dos executivos, que ninguém nunca usava. O elevador anunciou sua chegada ao 39º andar com uma campainha, e Wendy saiu.

Quase imediatamente, pensou em voltar para o elevador, mas as portas se fecharam depressa atrás dela. O que estava fazendo? Detestava o restaurante executivo. Tinha sido feito para estimular a amizade entre os executivos da Splatch-Verner. Mas Wendy sempre tinha considerado aquele restaurante tão aterrorizante quanto uma cantina de colégio secundário, com suas distinções nada sutis de classe social e sexo. Podia-se insistir que as pessoas eram todas iguais, mas se deixados a seus próprios desígnios, os seres humanos regrediam às panelinhas da adolescência.

A porta do elevador abriu-se, e dois executivos do departamento de publicidade saíram. Cumprimentaram Wendy com a cabeça e ela retribuiu o gesto. Agora estava mesmo agindo como adolescente. Não podia ficar ali parada para sempre. Tinha de entrar.

Você vai conseguir, disse a si mesma, seguindo os dois executivos pelo corredor. De agora em diante, sua vida vai ser aceitar todos os tipos de desafios.

Como almoçar sozinha, pensou, amargurada. Desejou que pelo menos tivesse trazido um roteiro. Então não teria de ficar sentada sozinha ali feito uma marginalizada.

A sala de jantar supostamente devia lembrar um bistrô parisiense. As paredes eram revestidas de lambris de madeira escura, as mesas cobertas por toalhas de xadrez vermelho e branco. A pessoa podia pedir bebidas e salada ao garçom, mas era preciso enfrentar uma fila para se servir do bufê de pratos quentes, onde havia algum tipo de frango, um peixe (em geral salmão), e um prato de carne assada. Wendy pôs a bolsa sobre uma mesa vazia a um canto perto da janela e, sentindo-se como se todos estivessem olhando para ela, entrou na fila.

Ninguém a estava vigiando, é claro, e o restaurante nem mesmo estava muito cheio. Pegou uma bandeja de madeira e, pondo um prato sobre ela, de repente se viu entregando-se a uma de suas novas fantasias prediletas. E se, um dia desses, ela invadisse o novo apartamento decrépito do Shane, num prédio sem elevador (que ela desconfiava que estava pagando de alguma forma, embora ele não tivesse lhe pedido o dinheiro do aluguel... ainda) e o encontrasse na cama com outra mulher? Não ia matar Shane com as próprias mãos; ia contratar um assassino profissional. Conhecia um mafioso que tinha sido consultor de um de seus filmes, dois anos antes, cujo número de telefone ela podia encontrar facilmente na agenda sem despertar suspeitas. Ligaria para o sujeito de um telefone público na Penn Station e pediria para ele se encontrar com ela no Sbarro's. Usaria uma peruca, mas teria de ser muito boa — perucas ruins acabam chamando a atenção. As pessoas sempre se lembram de gente que usa peruca feia. Mas de que cor? Loura, pensou. Mas não louro platinado. Teria de ser algo natural. Um louro-escuro, talvez...

Um empurrão em sua bandeja de repente a fez voltar à realidade. Alguém tinha batido contra sua bandeja. Imediatamente olhou para baixo e viu a mão de um homem sobre a lateral da bandeja. Era macia, bem feita e ligeiramente bronzeada, e de repente a fez pensar em sexo. Então ela olhou para cima e gelou. A mão pertencia a Selden Rose.

Era de se esperar!, pensou.

— Que é isso, está tentando derrubar minha bandeja, é? — indagou, em voz áspera.

— Ih, Wendy — disse ele, assustado. — Me perdoe. Não percebi que era você.

— Então, se soubesse que era eu, não teria empurrado minha bandeja?

— Não — respondeu ele. — Eu teria empurrado com mais força ainda. Você é do tipo que agüenta.

Ela ficou boquiaberta, sem emitir som. Aquilo era tão extraordinário (Será que estava passando uma cantada nela? Ou estava ameaçando-a descaradamente?) que ela nem soube o que dizer.

Deu uma boa olhada nele, em vez de responder. No último mês, ele devia ter deixado o cabelo crescer, porque estava mais comprido que de costume e metido atrás das orelhas. Ele sorriu.

— Acho que estamos aqui pelo mesmo motivo — disse ele.

Estamos?, pensou Wendy. Do que estava falando? Ele estava até lhe parecendo atraente. Ela nunca tinha pensado que um dia ia flertar com Selden Rose, mas viu-se correspondendo.

— Ah, é? E qual poderia ser?

— Carne fresca — disse Selden. Ele chegou perto dela e falou baixo perto de seu ouvido. — É um dos segredos mais bem guardados de Nova York. Quintas-feiras. Restaurante executivo da Splatch-

Verner. — Então fez uma pausa, e depois prosseguiu: — Rosbife da Casa. Direto da fazenda do Velhote no Colorado.

— Sério? — perguntou Wendy, sentindo que estava mesmo impressionada, e também desconfortavelmente excitada. Como é que Selden Rose sempre sabia desses detalhes e ela não? E por que estava sendo tão amistoso assim de repente?

Ahá! Ela não ia cair nessa. Todos que chegavam ao nível deles eram mais do que capazes de bancar os encantadores quando queriam alguma coisa. Para não ficar para trás, ela rebateu:

— Obrigada, Selden. Vou me lembrar da sua sugestão.

— O prazer foi meu, Wendy. Eu adoro excitar as pessoas oferecendo delícias gastronômicas.

Wendy olhou para ele de um jeito desconfiado. Haveria ali algum tipo de insinuação de ordem sexual? Ele ergueu as sobrancelhas e sorriu como se pudesse haver, e algumas reações relacionadas com "outras possíveis delícias" lhe passaram pela cabeça. Mas decidiu não dizer nada. Selden Rose era seu inimigo, e não dava para confiar nele.

A conversa, pelo jeito, tinha terminado, portanto eles continuaram a seguir a fila sem falar, o silêncio ficando cada vez mais difícil e desconfortável. Quando ela finalmente chegou ao final da fila, sentiu até alívio.

Sentou-se à mesa, desdobrando o guardanapo sem muita destreza e colocando-o no colo. O guardanapo escorregou e caiu no chão, e ela se abaixou, envergonhada, para pegá-lo. Ao fazer isso, viu as pernas de um terno masculino vindo em sua direção. Selden Rose. De novo!

— Posso me sentar à sua mesa? — perguntou. — Queria conversar com você sobre o encontro gerencial.

Isso era perfeitamente razoável, e ela não podia exatamente repeli-lo sem motivo nenhum.

— Claro — disse, agitando o guardanapo recolhido do chão para indicar a cadeira em frente a ela. Selden sentou-se. De repente viu-se sorrindo, incentivando-o a falar, como se estivesse feliz de almoçar com ele. Enquanto ele organizava sua bandeja, ela o olhou de relance outra vez. Sempre tinha imaginado Selden Rose como um cara meio desmazelado, mas agora não tinha tanta certeza assim. Talvez fosse a maneira como estava vestido. Seu terno azul-marinho feito sob medida, com uma camisa social branca aberta, exalavam poder naturalmente. Ela pegou o garfo.

— Não precisa de desculpa para sentar em minha companhia, Selden — disse.

— Ah, que bom — disse ele. — Por falar nisso, não estava procurando desculpa. Só não queria incomodá-la.

— Verdade? — indagou Wendy, achando que ele não tinha demonstrado muita preocupação com os sentimentos dela no passado. — Então é a primeira vez.

— Ih, eu hein, Wendy — disse ele, olhando-a como se ela tivesse entendido tudo errado. Ergueu a mão e chamou o garçom. — Estava querendo ligar para você para falar sobre Tony Cranley.

Wendy sentiu uma centelha de raiva inexplicável. Quase tudo parecia irritá-la ultimamente.

— Tony? — perguntou e depois deu uma risada desagradável de desprezo.

— Todos nós sabemos que ele é um babaca — disse Selden, sem se perturbar. — Mas é um pedaço de homem.

— Ah, é? — perguntou Wendy.

— E não é? — indagou Selden. — Achei que ele fosse o tipo de homem que deixa vocês, mulheres, loucas.

Wendy lançou-lhe um olhar de nojo. Será que Selden estava tentando lhe dizer que ele mesmo era um babaca, e que portanto ela devia gostar dele? Ou seria um teste? Será que ele estava tentando insinuar que, se ela gostava de babacas, não gostaria dele? O que estava acontecendo? Selden sabia que ela pensava que ele era babaca. Ou será que não sabia?

— Os homens são muito babacas mesmo — disse Wendy.

SELVA DE BATOM 217

— Não gosta de babacas? — perguntou Selden de modo arrogante. Será que ele estaria, por acaso, se referindo ao *Shane*? Não, pensou ela. Não podia estar sabendo daquilo assim tão rápido. Provavelmente só estava sendo leviano. O mais provável é que ele estivesse apenas sendo... babaca.

— Não gosta de megeras cavadoras de ouro? — retrucou ela.

Isso, porém, não causou a reação que ela previa. Em vez de retrucar, Selden pôs o garfo na mesa e olhou pela janela. Deu até a impressão de estar... triste.

— Selden? — chamou ela, cautelosa.

— Fui casado com uma — respondeu ele, assim, na lata.

— Ah, puxa — disse Wendy, sem graça. — Mil perdões. — De repente se lembrou de ter ouvido vagos boatos sobre uma mulher meio maluca com quem Selden Rose tinha se casado, mas Selden nunca falava dela.

Ele deu de ombros.

— É a vida.

— É — respondeu ela, pensando em Shane. — Nem me fale.

— Está com problemas no seu casamento? — indagou ele.

— Pode-se dizer que sim — respondeu ela vagamente. Sua garganta deu a impressão de estar presa. Ela forçou um sorriso.

— Eu passei por isso — disse ele. — Não é fácil.

Ela sacudiu a cabeça. Não tinha jeito. Ela ia *mesmo* começar a chorar. E tudo porque Selden Rose a estava tratando como gente. O que, em si, lhe recordava que o mundo não era tão mau assim. Mas que Selden Rose fosse o portador dessa bondade... Ora, só isso já devia ser suficiente para fazê-la rir.

— Escute — disse ele. — Eu sei que isso não vai adiantar nada, mas ele deve ser um panaca de marca maior.

— Panaca? — perguntou Wendy, sobressaltada pela palavra. — Não ouço essa palavra desde os anos 1970 — disse, ligeiramente desdenhosa.

— Eu ressuscitei a dita cuja — disse ele. — É uma palavra boa demais para se deixar de lado.

— Ah, acha mesmo? — disse ela. — Tem mais palavras que planeja ressuscitar?

— Quer falar sobre o seu problema? — perguntou ele com delicadeza, enquanto cortava o rosbife.

Ela comprimiu os lábios. Não queria falar daquilo. Selden era homem, e às vezes os homens têm formas diferentes de entender essas situações. Mas também era colega dela, alguém em quem ela provavelmente não podia confiar. Mas será que ia viver assim agora, sem confiar em ninguém? Ele ia descobrir mesmo, a qualquer momento.

— Parece que meu marido quer se divorciar de mim — disse ela, afinal.

— Parece que você não está acreditando nisso — disse ele. Os olhos dos dois se encontraram. Porcaria. Ela estava sentindo aquilo de novo. Aquela atração. Não podia estar imaginando coisas. E aí ela teve certeza absoluta de que os olhos dele desceram disfarçadamente até seus seios e subiram de novo, quase no mesmo instante. Ela estava usando uma blusa branca com um casaquinho de caxemira. A blusa era justa, e seus seios estavam empinados por um sutiã com suporte. Não tinha colocado o sutiã de propósito. Era o único sutiã limpo que tinha para usar. Isso e uma calcinha grande de algodão cor-de-rosa.

— Não está, como direi, decidido ainda, nem nada. Ainda vou ter de procurar um advogado. — Ela olhou para o prato, fingindo estar interessada no rosbife. Ele não respondeu nada, mas quando ela relanceou o olhar para ele outra vez, os olhos do homem pareciam estar cheios de compreensão.

— Ainda está esperando que as coisas se ajeitem? — perguntou ele.

— É só que... não entendi nada — disse, sem poder se conter. Ela se recostou na cadeira.

— O que *ele* diz?

— Não quer dizer nada. A não ser que terminou.

SELVA DE BATOM

— E a terapia de casais? — indagou ele.

— Shane não quer saber disso. Diz que é inútil.

— Na cabeça dele, provavelmente é.

— Nosso casamento durou 12 anos — disse Wendy.

Selden franziu a testa, solidário.

— Puxa, Wendy. Sinto muito. Vocês praticamente cresceram juntos.

— Bom... — disse ela, emitindo uma risada curta e amarga. — Pode-se dizer que eu cresci. Ele não.

Selden concordou, como quem já passou por isso.

— Não estou querendo ser intrometido, sabe, mas o que ele fazia na vida?

Normalmente ela teria caído na defensiva nesse momento. Teria dito que Shane era roteirista (deixando de lado a palavra "fracassado") e estava trabalhando duro para abrir um restaurante. Mas de repente sentiu que não se importava mais.

— Nada — disse. — Não fazia porra nenhuma nessa vida.

— Isso é uma coisa que nunca entendi — disse Selden.

Wendy riu.

— Minha mãe também nunca entendeu isso.

Os lábios de Selden curvaram-se, num sorriso sardônico. Ela nunca tinha notado a boca dele antes. Seus lábios eram cheios e curvilíneos, como duas almofadas rosa-avermelhadas. Eu seria capaz de beijar essa boca, pensou de repente.

— Sei pelo que está passando — disse Selden. Passou a mão sobre a cabeça, empurrando uma mecha de cabelos para trás da orelha. Sorriu. Mais uma pontada de tesão. Seria porque de repente ela estava disponível? Será que estaria exalando algum tipo de aroma?

— Parece que as entranhas da gente estão cheias de cacos de vidro — disse ele.

Ela confirmou. Sim, era exatamente assim que se sentia. Era um alívio imenso saber que não estava só. Não era uma anormal.

220 CANDACE BUSHNELL

— É difícil, mas você precisa fazer o seguinte — aconselhou ele. — Precisa tomar uma decisão e não voltar atrás. E depois tocar para a frente. Por pior que se sinta, mesmo que ele queira voltar, e ele vai querer, não arrede pé. Depois que alguém trai você, vai sempre voltar a trair de novo.

Ela nada disse, olhando-o direto nos olhos e, por um segundo, prendendo a respiração. Depois ele pegou o garfo.

— É uma lição que aprendi da pior forma — disse ele.

— A gente sempre pensa que a vida vai ficar mais fácil quando ficar mais velho, mas não fica — comentou ela, tentando agir como se tudo estivesse normal.

— Não fica, não é mesmo? — disse ele. Olhou para cima e lançou-lhe um sorriso tão carregado de tristeza que ela quase soltou um grito abafado de surpresa.

Em vez disso, comeu uma garfada do rosbife. Mastigando envergonhada, pensou na loucura que era pensar que se conhecia uma pessoa e estar totalmente errada. Selden Rose tinha passado pelo sofrimento. Por que ela jamais tinha pensado nisso antes? E ele provavelmente sentia a mesma coisa em relação a ela.

Podia ser sua imaginação, mas lhe bateu a idéia de que ela e Selden eram mesmo muito parecidos.

Como seria ser casada com Selden Rose?, perguntou-se ela.

Eles terminaram o almoço e desceram juntos pelo elevador.

Selden começou a falar sobre um programa de tevê no qual estava trabalhando. Wendy concordava entusiasticamente, mas não estava ouvindo nada. E se, perguntou-se ela, por alguma reviravolta maluca do destino, ela e Selden terminassem juntos? Antes disso, eles sempre haviam se odiado, mas não seria porque no fundo sentiam-se secretamente atraídos um pelo outro? A gente ouvia dizer que essas coisas aconteciam. Principalmente no cinema, é claro. Mas não significava que não podiam acontecer na vida real.

Ela mordeu a parte de dentro do lábio. Se fosse verdade, isso explicaria todo o episódio lamentável de Shane. Todos diziam que levava anos para superar um divórcio, mas e se não levasse? E se a gente conhecesse outro alguém logo de cara e começasse uma vida nova, melhor e mais feliz? Onde estava escrito que era preciso sofrer? Ela era uma boa pessoa. Era carinhosa. Por que não teria a vida feliz, cheia de carinho e generosidade com a qual sempre tinha sonhado?

O elevador parou.

— Obrigado pela companhia no almoço — disse Selden, despretensiosamente.

Será que havia uma insinuação em sua voz?, perguntou-se ela.

— De nada — respondeu.

E aí Selden fez uma coisa. Deu um passo adiante e a abraçou.

Ela ficou dura. Seus seios ficaram achatados contra o peito dele. Será que ele também os sentiu? Ah, não! E se ele ficasse de pau duro? E se não ficasse?

— Se precisar de um advogado, me ligue — disse ele.

Ela concordou, os olhos arregalados de assombro. Começou a recuar, mas uma mecha dos misteriosos novos cabelos longos de Selden prendeu-se à armação de seus óculos. Ela inclinou a cabeça para o lado com força, e a boca praticamente encostou no pescoço de Selden.

— Desculpe... — murmurou, afastando-se depressa. Seus óculos caíram no chão.

Selden abaixou-se e os pegou, entregando-os a ela com a mão trêmula.

— Foi culpa minha — disse ele, procurando prender a mecha de cabelo. Selden Rose não tinha cabelos assim antes. Será que ele tinha ido a um salão fazer alisamento?, perguntou-se ela, curiosa.

Wendy voltou a colocar os óculos no nariz, e os olhos dos dois voltaram a se encontrar.

E pronto! Bateu de novo o desejo.

Felizmente a porta do elevador abriu-se, e ela saiu.

Foi andando pelo corredor, o coração batendo com tanta força que quase saía pela boca. O que tinha acabado de acontecer? Alguma coisa, tinha certeza. E com Selden Rose! Devia estar ficando maluca mesmo. Era uma mulher feita, presidente da Parador Pictures, veja só — agindo assim, feito uma colegial boboca. Mas essa era a parte inevitável de ser mulher, a parte que ninguém entendia bem. Não importa a idade, apesar de "sabermos o que é melhor", ainda podemos regredir à adolescência, rindo feito bobas, quando damos de cara com um homem sensual em um momento vulnerável. E ela desconfiou que era por causa da esperança.

Da esperança e da convicção, humana até demais, de que era possível voltar a tentar de novo, pensou ao entrar na sua sala. E talvez acertar desta vez, para variar.

7

AS ÚLTIMAS TRINTA HORAS SE PASSARAM DA SEGUINTE FORMA:

Acordo e percebo que faltam apenas 16 dias, 11 horas e 32 minutos para o desfile de moda do outono. Sinto vontade de vomitar, mas não vomito. Corro para o ateliê — com o cabelo ainda sujo, mas não dou a mínima. Tomo um táxi, derrubando um executivo com um guarda-chuva que se meteu na minha frente. Faço minha ligação diária, de manhã cedinho, para Nico. Pânico na voz.

— Mas afinal, qual é?

— Peter Pans — responde Nico, calmamente.

— Golas tipo Peter Pan? — pergunto eu, pasma. Não vai ser uma boa moda para o outono.

— Não. Nós. Mulheres que agem como Peter Pan. Nós nos recusamos a crescer.

— Mas dirigimos empresas e temos filhos — digo eu, muito embora não tenha filhos por assim dizer, mas tenha empregados em vez disso, o que pode ser a mesma coisa.

— Ainda assim queremos fugir — diz Nico. Fico matutando do que ela estará falando. Fico preocupada com Nico, mas sem chance de falar sobre a tal fuga, porque ambas recebemos outras ligações.

Manhã: Olho desanimada os tecidos comprados na Première Vision em Paris no último mês de setembro. Onde eu estava com a cabeça? Todos os outros estilistas compraram estampados imitando pele de leopardo — de novo —, mas não "sentiram" que a tendência da moda de outono pedia leopardo. Outros estilistas também compraram verde limão e tecidos de lã rosa, mas eu não estou "sentindo" que a tendência para o outono são roupas coloridas. Só que já é tarde demais, de qualquer forma. Preciso trabalhar com os tecidos já comprados, senão nossa confecção certamente vai por água abaixo por excesso de despesas. Deito no chão e cubro os olhos com as mãos. A assistente me pega nessa posição, mas não fica surpresa: está acostumada com o comportamento "excêntrico" da chefe. Eu me levanto e volto a olhar fixamente os tecidos.

Meio-dia: Corro para o almoço anual no Balé da Cidade de Nova York. Não devia ir (não devia fazer nada, a não ser sofrer horrivelmente pela arte), mas vou assim mesmo, procurando inspiração. O almoço anual do balé está cheio das mulheres profissionais mais poderosas da cidade: a senadora de Nova York, duas juízas importantes, banqueiras, advogadas, personalidades da tevê, as "novas" socialistas (jovens socialites que *trabalham*, essa é novidade), as abelhas-rainhas, as feministas (mulheres cinqüentonas que não "curtem" moda ou pentear os cabelos e são tão poderosas que não se importam), as esposas de Prada (mulheres que costumavam trabalhar, mas casaram com homens ricos e agora têm babás e fazem limpeza de pele todo dia) e as cidadãs (determinadas a progredir e sabedoras de que agora é no balé que se consegue isso) e todos exibem casacos de peles e tecidos de estampa de leopardo, e os broches de suas avós (ai, como eu odeio essa moda), ou então fazem o gênero "bonequinha", com vestidos em tom pastel colados ao corpo, sem bainhas, o tecido se desfazendo de todos os lados (o que poderia ser uma metáfora para os trajes da moda atualmente: se desfazem e são feitos para serem usados só uma ou duas vezes), e eu fico só pensando como tudo isso está *errado*. Mas como seria o certo?

Depois do almoço estava frio e chovendo lá fora, típico tempo de início de fevereiro. Victory viu que tinha se esquecido de ligar para pedir um carro, e todas as outras mulheres estavam entrando em carros com motoristas alinhados feito carruagens diante do Lincoln Center. Coisa mais chique e poderosa: todas aquelas mulheres ganhando seu próprio dinheiro e pagando suas próprias roupas (a não ser as mulheres de Prada, que não pagavam por nada), e com seus próprios carros e motoristas e até casos decididos na Suprema Corte. Devia ser tudo muito inspirador, mas Victory não "sentiu" nada. Por sorte, Muffie Williams ficou com pena dela e lhe deu uma carona em seu carro. Victory sentou-se no banco de trás do luxuoso Mercedes S600 Sedan, literalmente roendo as unhas de medo do futuro. Viu que seu esmalte estava lascado e fazia quatro semanas que não ia à manicure. Ficou se perguntando se Muffie teria notado que seu cabelo estava sujo.

— O que está sentindo que vai ser a tendência da moda do outono? — perguntou Muffie. Estava querendo ser amável, mas a pergunta fez um pouquinho de bílis subir pelo esôfago de Victory e quase sufocá-la. Ela ainda não estava "sentindo" nada para o outono, mas disse com confiança:

— Acho que vão ser as *calças*.

Muffie concordou sabiamente, como se isso fizesse sentido, e disse:

— Todos os outros estão "sentindo" que vai ser estampa de pele de leopardo.

— Esse momento do leopardo já passou.

— Comprimento das saias?

— Saias demais. Calças, é o que eu acho. Ninguém sabe se a economia vai melhorar ou piorar.

— Boa sorte — sussurrou Muffie, e sua mão centenária, enfeitada de anéis enormes, contendo pedras preciosas de pelo menos dez ou 12 quilates, agarrou a mão de Victory por um momento e a apertou. Muffie saiu do carro na frente do cintilante e rico edifício da B et C, permitindo que seu motorista levasse Victory até o escritório dela...

... Onde todos estavam basicamente parados esperando-a entregar os modelos definitivos do desfile de outono, ou pelo menos alguma espécie de *visão* para eles poderem pôr mãos à obra. Preocupação e angústia transpareciam sutilmente em seus rostos jovens e sem rugas. Victory entendeu que eles provavelmente tinham ouvido os boatos na rua sobre a iminente falência da empresa, muito embora estivesse namorando o bilionário Lyne Bennett, a quem, segundo os empregados desconfiavam, ela havia se aliado por desespero para implorar dinheiro para manter a empresa de pé. Corto meus pulsos antes de pedir um centavo àquele homem, pensou Victory.

— Como foi o balé? — perguntou alguém.

— Tutus? Não. Todo mundo usou tutus na primavera. — Exceto eu, pensou Victory, e por isso a empresa está enrascada, para começo de conversa. Mas o balé fez com que se lembrasse do almoço, e o almoço fez com que se lembrasse de um filme de segunda chamado *Sob a Luz da Fama,* onde o professor disse a um aluno de balé para voltar à barra. Voltar aos fundamentos. E como um zumbi, entrou na sala de costura e ficou olhando os tecidos de novo. Pegou um rolo de tecido estilo antigo, laranja e marrom, coberto de minúsculos paetês transparentes, e sentou-se a uma das máquinas de costura. Começou a fazer calças só para ver no que dava, porque essa era a única coisa que ela realmente sabia fazer. A maioria dos estilistas não se senta nem costura mais, não voltam a fazer o que faziam no início da carreira porque era seguro, a pessoa era desconhecida e nada tinha a perder, e não era nada além de um adolescente maluco cheio de sonhos...

E aí, não sabia como, já era o dia seguinte logo depois do meio-dia, e Victory estava parada na plataforma da estação do metrô da rua 4 Oeste.

Ela não pegava o metrô há anos, mas tinha passeado pela Sexta Avenida depois de uma noite de insônia, ainda sem saber o que criar para sua coleção, e aí viu uma mocinha de mantô verde bem vistoso. A mocinha lhe pareceu interessante, portanto Victory a seguiu pelos degraus de cimento sujos que levam ao metrô e até a multidão de passageiros enlouquecidos e irritados que tomam o trem ao meio-dia. A moça passou pela roleta e Victory parou, olhando para ela, perguntando-se como seria ser uma moça de mantô verde vistoso, de 25 anos e completamente sem preocupações na vida, sem aquele peso desnorteante que era ter de produzir alguma coisa nova sem ter a menor inspiração, de ter de procurar desesperadamente dentro de si mesma, de se virar, de arriscar-se a falhar...

Era um trabalho ridículo, ser uma estilista. Duas coleções por ano, mal tendo tempo de respirar entre elas, precisando vir com alguma coisa "nova", alguma coisa "inovadora" (quando não existia nada de realmente novo sob o sol), vezes sem conta, ano após ano. Era um assombro que os estilistas conseguissem continuar fazendo uma coisa assim.

Deu uns passos para a frente. As pessoas a estavam empurrando para passar, olhando para ela desconfiadas: uma mulher que não tinha para onde ir. Isso equivalia à morte no subterrâneo, onde o truque para sobreviver era sempre fingir que se estava indo a algum lugar, algum lugar melhor que este. Seu celular vibrou na sua mão: ela o estava apertando inconscientemente, como se fosse um salva-vidas. Ai, graças a Deus, pensou. Um contato.

"Onde vc stá?" — dizia a mensagem de texto. Era de Wendy.

"Metrô."

"vc????"

"prcrndo insprção"

"Prcrndo inspirção no Mike's, 1h? Boas ntícas."

"Que???"

"Vou p romenia, acho. e voltei c shane."

Victory quase deixou o telefone cair de susto.

"vc nda stá aí? dá pra vir?"

"Dá!!!" — digitou Victory.

Ela fez uma careta. O que significava isso? Wendy ia aceitar Shane de volta? Não podia imaginar... Mas significava que havia algo mais importante para pensar do que em sua maldita coleção de meia-estação. Wendy precisava dela, e graças a Deus ela podia ir até onde a amiga estava. Aguardou, impaciente, na fila da bilheteria, e comprou uma passagem do metrô, passando-o na roleta. Uma lufada de ar úmido e viciado subiu dos trilhos do metrô e um trem chegou, rugindo e fazendo a plataforma de cimento vibrar. Ela foi invadida por sensações que eram perturbadoras, mas estranhamente reconfortantes: durante anos, antes de se transformar em estilista famosa, tinha pegado o metrô todos os dias, para todos os lados, e se lembrava de todos os seus velhos recursos, passando depressa para a lateral da multidão à beira das portas abertas, onde era mais fácil entrar no vagão e ir abrindo caminho até o meio, achando uma posição ao lado de um pilar de metal. De repente, percebeu que os críticos estavam certos sobre sua última coleção. Não dá para usar saias longas no metrô. A pessoa precisava usar calças e botinas. E ter a atitude certa. Olhou em volta para os rostos no carro apinhado, fisionomias inexpressivas e descomprometidas, estranhos apertados demais uns contra os outros para se sentirem confortáveis, então a única solução era fingir que ninguém mais existia...

E aí o impensável aconteceu. Alguém lhe deu um tapinha no ombro.

Victory ficou tensa e ignorou o toque. Provavelmente era um engano. Provavelmente a pessoa ia desembarcar na próxima parada. Ela se encostou mais no pilar, indicando, se necessário, que estava disposta a se deslocar.

A pessoa voltou a bater em seu ombro. Estava ficando irritante. Agora ela teria que enfrentar a situação. Girou a cabeça, já achando que ia ter de brigar com alguém.

— Ô, moça. — Era uma jovem negra de óculos.

— Que é? — indagou Victory.

A jovem inclinou-se ligeiramente para a frente.

— Gostei da sua calça. Paetê de dia. Irado.

Victory olhou para baixo. A calça! Ela havia se esquecido completamente que estava usando a calça que tinha feito na tarde e noite anteriores. As palavras "gostei da sua calça" lhe ecoaram na cabeça como um súbito refrão jubiloso. "Ô, moça, gostei da sua calça". Era mais do que apenas uma opinião sobre a calça. Era Moda com "M" maiúsculo: a linguagem internacional das mulheres, o quebra-gelo, o cumprimento e calmante, o ingresso automático no clube...

— Obrigada — disse Victory, amável, sentindo uma grande simpatia por aquela moça, que era uma estranha, mas não mais tão estranha, agora que estavam unidas no terreno comum da atração pela sua calça.

— Ai, meu Deus do céu — ela quase gritou, sentindo uma súbita inspiração bater, quase fazendo-a cair dos saltos altos.

O trem parou, e ela saiu correndo dele, subindo os degraus, e emergiu na Sexta Avenida como um foguete.

Seu celular ainda estava na mão, e ela discou o número do ateliê.

— Zoe? — disse à assistente. Depois refletiu um instante. — Estou finalmente sentindo qual vai ser a tendência de meia-estação — anunciou.

Começou a andar empertigada pelas calçadas, desviando-se habilmente dos outros pedestres.

— Estou me sentindo como a Wendy do Peter Pan. Mulheres crescidas como Wendy Healy: mulheres que têm tudo e pagam por tudo; diretoras gerais, mulheres que cuidam de tudo... viagem, filhos, talvez até vômito de bebê. Estou pensando em mulheres assim meio traquinas, de óculos e cabelos meio desalinhados. Ternos de tecido grosso de lã e blusas brancas com botões bem pequenos enfeitados com strass e novas formas, ligeiramente folgadas, nada justo na cintura, porque uma barriguinha meio estufada é sinal de poder. Blusas bem fofas combinando com calças sutilmente decoradas com paetês, e sapatos... sapatos... assim, chinelas abertas no calcanhar, de cetim com saltos finos e baixos estilo *kitten*, ou salto oito, Luís XIV, com desenhos em strass...

Continuando a falar assim por mais seis quarteirões, Victory Ford chegou ao restaurante Michael's e, finalmente desligando o celular, recompôs a fisionomia e abriu a porta, sentindo uma lufada de ar morno no rosto e uma sensação de alívio e triunfo.

* * *

TODA AQUELA confusão com Shane provavelmente foi a coisa mais interessante que já havia acontecido no relacionamento dos dois em anos, explicou Wendy, sentada diante de Victory no Michael's. Muitas coisas externas interessantes tinham acontecido com ela, mas percebeu, tristemente, que talvez não tivessem acontecido para Shane especificamente. Só que não era culpa dela, era? E do que ele estava reclamando, aliás? Ele tinha os filhos! Tinha sorte. Podia passar o tempo que quisesse com eles. Não sabia o quanto isso era valioso? E podia fazer isso por causa dela.

Victory concordou, solidária.

— Tem visto Selden Rose, por falar nisso? Ele estava saindo quando eu estava entrando, e definitivamente mudou o cabelo. Parecia que tinha mandado alisar. Essa nova técnica japonesa. Leva horas para o salão terminar de aplicar.

Ao ouvir o nome de Selden Rose, principalmente a parte sobre o cabelo dele, Wendy enrubesceu.

— Selden é um cara legal — disse ela. — Foi muito simpático quando soube de Shane.

— Acha que ele... mostrou interesse por você?

Wendy abanou a cabeça freneticamente, a boca cheia de alface da salada à *niçoise*.

— Tenho certeza que ele tem namorada — disse, engolindo. — E Shane contratou uma terapeuta de casais!

— Mas e o negócio da Romênia, como ficou?

— Não sei se tenho de ir, na verdade. Vou saber em uma ou duas horas. Isto é, se aquele tratante daquele diretor me ligar — disse

Wendy. Pegou o celular e olhou desconfiada para ele, depois o colocou ao lado do prato para ter certeza que não perderia a chamada. — Além do mais, isso é terapêutico, sabe? Nós berramos um com o outro durante uma hora, e depois eu acho que está tudo bem e posso sobreviver mais uma semana. — O telefone tocou e ela o apanhou na mesma hora. — Sim?

Ficou ouvindo por um momento e olhou de relance para Victory, a expressão em seu rosto indicando que não era a ligação que ela esperava.

— Sim, anjo — disse ela, meio animada demais. — Excelente. Ela vai adorar... Não sei ainda... Só uns dois dias. Pode ser que já tenha voltado no sábado por volta do meio-dia. — Aí fez uma careta. — Ah, é, anjo, e mais uma coisa... Obrigada por bolar tudo isso. Eu te amo.

— É o Shane? — perguntou Victory.

Wendy concordou, os olhos arregalados, como se não pudesse realmente acreditar no que tinha acabado de ouvir.

— Ele está planejando uma viagem para a Pensilvânia no fim de semana. Para procurar um pônei para Magda. — Interrompeu-se, procurando interpretar a expressão no rosto de Victory. — É melhor assim, eu garanto a você. Na semana passada, Tyler fez cocô nas calças, e fazia pelo menos três anos que isso não acontecia...

Victory concordou, compreensiva. Provavelmente seria melhor para Wendy se o Shane voltasse, mesmo que ele fosse a versão masculina e metida a besta de uma dona-de-casa rica e mimada. Seus únicos interesses, além de si mesmo, pareciam consistir em gente famosa que ele e Wendy tinham conhecido e das festas maravilhosas e lugares badalados aos quais iam nas férias e quanto tudo aquilo tinha custado, o que tornava tudo mais irritante ainda, pelo fato de que ele não fazia o menor esforço para ter essa vida fabulosa. Mesmo quando eles iam a um restaurante, Wendy sempre pagava a conta: a história apócrifa era que, quando alguém tinha pedido a Shane para deixar cinco dólares de gorjeta para o garçom, ele teria sacudido os ombros e dito, bem-humorado: "Desculpe, mas não tenho um tostão furado no bolso."

— Ele nem mesmo tinha cinco dólares! — tinha exclamado Nico, incrédula. — Quem é ele? A rainha da Inglaterra?

Ambas concordaram, porém, que o mais clamoroso exemplo de mau comportamento do Shane tinha sido um incidente em sua festa de aniversário no ano passado. Wendy tinha lhe comprado uma Vespa e mandado entregá-la no Da Silvano, onde ela havia organizado um almoço em homenagem a ele. Deve ter levado horas para Wendy organizar tudo, porque foi perfeitamente sincronizado. Logo depois da chegada do bolo, um caminhão-carreta com o emblema da "Vespa Motors" na lateral tinha parado em frente ao restaurante, a porta de trás tinha se aberto e dele saído a Vespa do Shane, com uma fita vermelha atada a ela. Todos no restaurante vibraram, aclamando entusiasticamente, mas Shane não achou lá grande coisa. A vespa era azul-bebê, e Shane teve a ousadia de declarar: "Porra, Wen, a que eu queria era a *vermelha*."

Mas Wendy sempre dizia que Shane era um excelente pai (aliás, às vezes reclamava que era bom demais, e os filhos queriam Shane e não ela, o que a fazia se sentir péssima como mãe) e sempre era melhor os filhos terem o pai dentro de casa. Portanto, Victory disse:

— Acho que é ótimo você ter aceitado ele de volta, Wen. Vocês precisavam mesmo fazer isso.

Wendy concordou, nervosa. Sempre ficava nervosa quando estava no meio de uma grande produção, mas agora parecia estar uma pilha.

— Ele está melhorando — disse, como se tranqüilizasse a si mesma. — Acho que essa terapeuta está ajudando mesmo.

Victory estava louca para ouvir mais sobre aquela terapeuta, mas naquele momento o telefone tocou.

— Está se divertindo? — arrulhou Lyne Bennett. Victory virouse; Lyne estava sentado a duas mesas de distância, com o bilionário superobeso George Paxton. Os dois se viraram e acenaram para ela.

— Oi, gente — disse Victory, nem um pouco triste por vê-lo. Fazia pelo menos uma semana que não o via, devido à agenda apertada de ambos.

— George quer saber se queremos ir à casa dele em St. Tropez — disse Lyne, naquela voz baixa e suave.

— E você não podia vir aqui me perguntar?

— Assim é mais sedutor.

Victory sorriu e desligou.

"Trblhndo D+. Dsfile. Scou?" — foi a mensagem de texto que enviou. Virou-se para Wendy. Conversaram mais alguns minutos e o telefone de Victory tocou de novo.

— Quero que você saiba que não uso mensagem de texto — disse Lyne naquela voz macia.

— Você é deficiente tecnológico, é? É bom saber que há algumas coisas que você não é capaz de fazer.

— Não quero fazer.

— Por que não diz pra Ellen mandar suas mensagens? — perguntou Victory, virando a cabeça para Wendy não poder ver seu sorriso. E desligou.

O telefone de Wendy tocou de novo. Ela o abriu e olhou o número. Era o escritório dela.

— Agora é ele — disse, de cara fechada.

Ela ficou de pé para atender à chamada do lado de fora. Se fosse *mesmo* Bob Wayburn, o diretor, a conversa podia descambar para os insultos pessoais.

— Sim? — atendeu.

Era Josh, o assistente dela.

— É aquela chamada para você.

— Bob? — perguntou ela.

— Não, Hank.

— Ai, saco! — exclamou ela. Hank era o produtor executivo. Bob Wayburn, o diretor, provavelmente estava se recusando a falar com ela, uma forma de exercer sua autoridade para forçá-la a ir até a Romênia. — Transfira a ligação.

— Wendy? — A conexão não estava tão boa quanto se esperava, mas ela era capaz de jurar que Hank estava apavorado. Também não era bom sinal. — Estou parado na frente do trailer dele.

Devia ser o trailer do Bob Wayburn.

— E daí? — indagou Wendy.

— Ele bateu com a porta na minha cara. Disse que está ocupado demais para atender qualquer ligação.

— Faça o seguinte — disse Wendy, saindo do restaurante e chegando à calçada. — Entre no trailer assim mesmo, estenda o telefone para ele e diga que estou na linha. E que é melhor ele atender.

— Não posso dizer isso a ele — respondeu Hank. — Ele vai me chutar para fora do set.

Wendy suspirou profundamente, para poder ter paciência.

— Deixe de ser covarde, Hank. Sabe que são os ossos do ofício.

— Ele vai me perseguir pro resto da vida.

— Eu também — prometeu Wendy. — Agora suba esses degraus e abra a porta. E *não bata*. Ele precisa saber que não dá para sair dessa assim tão fácil. Eu vou esperar — disse ela, depois de um breve instante.

Esfregou um braço por causa da friagem, encostando-se na parede do prédio como se isso pudesse ajudá-la a se aquecer. Dois carros-patrulha passaram voando pela Sexta Avenida, as sirenes invadindo o ar, enquanto a 15 mil quilômetros de distância ela ouvia o leve ruído das botas de Hank subindo os degraus de metal até a porta de um trailer de produção nas montanhas da Romênia.

E aí a respiração ofegante de Hank.

— E então? — indagou ela.

— A porta está trancada — disse Hank. — Não dá pra entrar.

O mundo de repente cresceu e ela teve a sensação de estar olhando para dentro de um buraco negro. Respirou profundamente, lembrando-se de não explodir. Hank não tinha culpa de Bob não querer falar com ele, mas ela desejou que Hank conseguisse cumprir sua obrigação.

— Diga ao Bob que estarei aí amanhã — disse, em voz severa. Hank desligou.

— Josh? — disse Wendy ao telefone. — Quais são as opções de vôo?

— Tem um às cinco da Air France para Paris, conexão para Bucareste às sete da manhã. Chega lá às dez, e de lá todo mundo vai de helicóptero para Brasov. Fica a cerca de uma hora de distância. A opção, para quem não gosta de voar num helicóptero russo de 30 anos, é o trem. Mas leva mais ou menos umas quatro horas.

— Reserve um horário com o helicóptero e diga a meu motorista para me encontrar na frente do restaurante em dois minutos, depois ligue para a Air France e peça para alguém dos Serviços Especiais se encontrar comigo na calçada. — Ela consultou o relógio. Eram quase duas horas. — Só consigo poder chegar ao aeroporto lá pelas quatro.

— Falou, chefia — disse Josh em tom insolente, desligando.

— Romênia? — perguntou Victory quando Wendy voltou correndo para a mesa.

— Me desculpe. Tenho de pegar o vôo das cinco para Paris...

— Nem pense, querida, precisa trabalhar. Vá — disse Victory, apressando-a. — Deixe que eu pago a conta. Me ligue da Romênia...

— Eu te adoro — disse Wendy, dando em Victory um abraço rápido e apertado. Se ao menos Shane pudesse ser tão compreensivo quanto suas amigas, pensou ela, agarrando a bolsa e correndo para a porta.

Victory levantou-se e foi caminhando como quem não quer nada até o reservado de Lyne. O fato de Lyne estar almoçando com George Paxton representava uma oportunidade interessante para investigar um pouquinho em favor de Wendy, oportunidade tentadora demais para deixar passar. A história de como George Paxton tinha tentado comprar a Parador quatro anos antes e foi superado pelo lance da Splatch-Verner era bem conhecida, mas o que não se sabia era como o suposto "melhor amigo" de George Paxton, Selden Rose, tinha feito para negociar a contraproposta pelas costas do George, pensando em ficar com a Parador para si. Não fora esse o resultado: Victor Matrick, diretor presidente da Splatch-Verner e patrão de Selden, tinha descoberto o jogo duplo do subalterno; e embora tivesse ficado satisfeito em adquirir a Parador, Victor, que odiava deslealdade, achou que, se Selden podia passar a rasteira em seu melhor amigo, ia acabar tentando passar a rasteira no próprio Victor. E assim, como um lembrete a Selden para não usar essas artimanhas dentro da empresa, Victor trouxera alguém de fora para administrar a Parador: Wendy. Nico, não se sabe como, tinha conseguido essa informação com o próprio Victor Matrick quando ela e Seymour fizeram uma viagem secreta à casa de Victor em St. Barts, e naturalmente contou isso a Wendy e Victory. E embora George e Selden tivessem supostamente voltado às boas (obviamente sentiam que no amor e na guerra valia tudo), era possível que todo o incidente da Parador ainda fosse fonte de irritação para George. Depois de toda essa confusão, nem ele nem Selden tinham conseguido ficar com a Parador: e ainda por cima, havia uma *mulher* no lugar deles.

— Oi, menina — disse Lyne, puxando Victory para lhe dar um beijo.

— Estão gostando do almoço? — perguntou ela.

— Sempre gosto — disse Lyne. — Mas não gosto tanto quanto George. Ele está engordando, não acha?

— Ah, que é isso... — disse George Paxton, em um tom que parecia vindo do fundo de um poço.

— Quem é aquela que estava almoçando com você? — perguntou Lyne, super oportunamente.

— Wendy Healy — disse ela, com toda a naturalidade, olhando inocentemente para George Paxton e se perguntando como ele ia reagir a essa informação. — A presidente da Parador, conhecem?

George fez para Victory o que ela imaginou que era sua melhor cara de pau. Então a coisa ainda o incomodava, pensou ela, alegremente, o que podia acabar sendo uma informação preciosa no futuro.

— Conhece Wendy Healy, não, George? — perguntou Lyne Bennett, sem segundas intenções, trocando um olhar conspirador rápido com Victory. Lyne, pensou ela, provavelmente estava gostando disso tanto quanto ela, porque lhe dava uma oportunidade de mexer com George, que era o mais rico dos dois homens, por uma margem de diversas centenas de milhões.

— Ah, conheço, sim — concordou George, como se tivesse decidido reconhecer o nome de Wendy, afinal de contas. — Como vai Wendy?

— Vai muito bem — disse Victory, com o tipo de entusiasmo firme que indica que não há outra possibilidade. — Dizem por aí que a Parador vai receber diversas indicações para o Oscar este ano. — Ela não ouvira dizer nada assim, mas nesse tipo de situação, com essa espécie de homem, era necessário pintar o cenário mais espetacular do mundo. E além disso, Wendy tinha dito que eles provavelmente iam conseguir algumas indicações ao Oscar, o que era bem próximo da verdade. Depois, valia a tentativa, só para ver a cara assustada de George Paxton. Obviamente ele andava torcendo para Wendy fracassar.

— Olhe, então diga a ela que eu mandei lembranças — falou George.

— Vou dizer sim — respondeu Victory, toda animada. E aí, percebendo que tinha aproveitado a situação ao máximo, pediu licença para ir ao toalete.

8

WENDY JOGOU-SE NA POLTRONA DA PRIMEIRA CLASSE, O CORAÇÃO ainda batendo apressado pela corrida pelo túnel de embarque. Consultou o relógio. Ainda se passariam bem uns dez minutos até o avião decolar. Muito embora ela ficasse dizendo a si mesma que o avião não decolaria sem ela enquanto corria pelo aeroporto, uma outra voz lhe perguntava, *E se decolar? E se decolar?* sem parar, como uma criancinha implicante de 6 anos de idade. Se decolar sem mim, eu me *ferro,* respondia ela aos berros para a voz. Significava que não chegaria à locação antes da noite de amanhã, e aí já seria *tarde demais...*

Pelo menos Josh não tinha deixado de falar com a pessoa dos serviços especiais, pensou ela, dando um profundo suspiro. Era uma moça muito gentil, que nunca se descontrolava, nem mesmo vendo que Wendy estava para perder as estribeiras com o pessoal da imigração, que tinha de carimbar seu passaporte. O homem ficou virando as páginas do passaporte de Wendy como se estivesse procurando alguma coisa para incriminá-la.

— A senhora viaja bastante, hein — disse ele. — Pode me dizer o motivo?

Por um momento, ela ficou olhando para ele com cara de boba, perguntando-se se seria possível explicar que um diretor de primeira categoria estava deliberadamente acabando com seu filme de 125 milhões de dólares e provavelmente também encerraria sua carreira. Mas achou que isso podia ser um pouquinho demais.

— Sou executiva da indústria cinematográfica — explicou, em voz fria.

Cinema! Essa era a palavra mágica, sim, senhor. Em vez de se sentir ofendido, o homem subitamente mudou de comportamento.

— Ah, é? — perguntou, sôfrego. — Conhece Tanner Cole?

Wendy lhe deu um sorriso meio contido.

"Ele tentou me dar um amasso no meu trigésimo nono aniversário, dentro de um armário", pensou em dizer, pois era verdade, mas em vez disso, murmurou:

— É um dos meus melhores amigos.

E aí, ela e a moça dos serviços especiais (jamais conseguiu saber o nome dela) entraram em um desses carros tipo de golfe do aeroporto, para transportar passageiros pela pista, e foram a uma velocidade de aparentemente 5 km/h até o portão. Wendy pensou em perguntar se podiam ir mais depressa, mas não se sabe por quê, isso parecia grosseiro demais, mesmo para ela. No entanto, não pôde deixar de olhar para o relógio a cada trinta segundos, quando não estava inclinando o tronco para fora do carro e acenando para as pessoas para saírem do caminho.

— Champanhe, Srta. Healy? — ofereceu a comissária de bordo.

Wendy olhou de relance para cima, subitamente percebendo que devia estar parecendo uma louca. Estava ofegante como um cachorro, o cabelo soltando do elástico, e os óculos literalmente pendurados no rosto. Precisava de óculos novos, lembrou a si mesma, empurrando-os para o alto da ponte do nariz.

— Parece que está precisando de um copo — disse a comissária, como se ambas estivessem compartilhando a piada.

Wendy sorriu para ela, de repente grata por aquilo que, comparado ao resto do dia, era um imenso ato de bondade.

— Seria ótimo...

— Dom Perignon, gosta?

Ah, isso é que vida, pensou Wendy, reclinando-se na poltrona e respirando bem fundo para se acalmar. Um segundo depois, a comissária já estava de volta equilibrando um copo de champanhe em uma bandeja de prata.

— Vai jantar conosco esta noite, ou prefere dormir?

— Dormir — disse Wendy, subitamente exausta.

A comissária foi até a frente do avião e voltou com uma roupa de dormir — basicamente um camisão de mangas compridas e calças de moletom folgadas — embrulhada em plástico.

— Obrigada — respondeu Wendy. Ela olhou em volta. Havia dez poltronas reclináveis para dormir na primeira classe, a maioria delas ocupada por executivos já de roupa de dormir. Parecia uma festa do pijama gigantesca, com a exceção de que todos estavam fingindo que não viam os outros de propósito. Ela pegou sua valise — uma Cole Haan velha, de couro preto, com um pequeno talho na parte de cima, onde a maleta havia sido "acidentamente" cortada por um fiscal da alfândega no Marrocos, e entrou em um dos toaletes.

Abriu o saco plástico e tirou o casaco e a blusa. Estava ainda de terninho Armani que tinha vestido para trabalhar de manhã, e provavelmente ia usar durante os próximos três dias. Vestiu o camisão, grata por ele. Tinha precisado fazer as malas em três minutos, mais ou menos, e no caminho para o aeroporto se lembrou que tinha se esquecido de trazer pijama. Isso significava que ia usar o conjunto do avião durante os próximos três dias também. Estava frio nas montanhas romenas; eles iam filmar todas as cenas de inverno lá. Era melhor tentar comprar umas meias bem quentes no aeroporto de Paris...

O celular dela tocou.

— Mamãe — era seu filho Tyler, de 6 anos, em tom sério.

— Sim, querido? — respondeu ela, em tom interrogativo, encolhendo o ombro para manter o telefone perto do ouvido enquanto abria o zíper da calça.

— Por que a Magda vai ganhar um pônei e eu não?

— Você quer um pônei? — indagou Wendy. — Ter um pônei dá muito trabalho. Não é como o Dragão Azul. Precisa dar comida a ele e, sabe como é, tem de levá-lo pra passear todo dia — disse ela, pensando, será que é isso mesmo? Era preciso levar o pônei para passear como se fosse um cachorro? Meu pai do céu, como é que tinha permitido aquele negócio de ter pônei, afinal?

— Eu posso dar comida a ele, mãe — disse Tyler, todo carinhoso. — Vou cuidar dele *direitinho*. — Sua vozinha era tão sedutora que ele teria arrancado dinheiro de Tanner Cole com a maior facilidade, pensou Wendy.

Seu coração se partiu ao pensar que ela estava abandonando o filho, mesmo que apenas durante alguns dias.

— Por que não decidimos no fim de semana, meu amor? Quando formos para a Pensilvânia. Você pode olhar os pôneis e, se ainda quiser um, podemos conversar sobre o assunto.

— Vai voltar mesmo, mamãe?

Ela fechou os olhos.

— Claro que vou, querido. Eu vou sempre voltar. Você sabe disso. — Talvez não este fim de semana, pensou ela, sentindo-se horrivelmente culpada.

— O papai vai embora de novo?

— Não, Tyler. O papai vai ficar.

— Mas ele já foi embora antes.

— Ele vai ficar agora, Tyler. Não vai embora de novo.

— Jura?

— Juro, sim, querido. O papai está aí? Pode chamá-lo ao telefone? Shane veio atender.

— Conseguiu pegar o avião?

— Sim, anjo — disse Wendy, naquele tom bem meigo e deliberadamente condescendente que agora devia usar com ele. A Dra. Vincent, a terapeuta de casais que Shane tinha contratado e cuja clientela consistia principalmente em estrelas e astros de cinema (ela não só vinha à casa do cliente como também ia a qualquer parte do mundo onde ele estivesse, contanto que fosse de primeira classe), dizia que o tom de voz ríspido de Wendy costumava fazer Shane se sentir como um empregado. Portanto, um dos "exercícios" de Wendy era falar com Shane como se ele fosse "a pessoa mais querida do mundo para ela". Isso era irritante, principalmente porque ela tinha feito tudo que estava a seu alcance para fazer Shane feliz nos últimos dez anos, mas não teve argumentos para contestar. A essa altura, era mais fácil ceder e agradar Shane e a Dra. Vincent e tentar terminar seu filme.

— E como você está? — perguntou ela, amavelmente, muito embora o tivesse visto duas horas antes, quando estava fazendo as malas feito um relâmpago no apartamento.

— Bem — respondeu Shane, naquela voz de costume, ligeiramente forçada. E aí ele também deve ter se lembrado da recomendação da Dra. Vincent, porque acrescentou: — Meu Amor.

— Eu só queria dizer que agradeço muito por você estar fazendo companhia aos nossos filhos — disse Wendy. — Não sei o que faria sem você.

— E eu quero agradecer por trabalhar tanto para sustentar nossa família — respondeu Shane, como se estivesse lendo uma colinha. Como parte da "reabilitação" do casamento, a Dra. Vincent tinha lhe dado dois bolinhos de cartões com expressões de agradecimento e consideração, que eles deviam usar em todas as conversas. Uma pilha era a do "ganha-pão" e a outra a do "dono-de-casa".

— Normalmente é o homem que recebe cartões de ganha-pão — disse a Dra. Vincent, com um sorriso muito aberto e jovial, revelando dentes reconstituídos que lembravam pastilhas de Chicletes enormes. A Dra. Vincent, que, durante a primeira sessão com eles, orgulhosamente anunciara que tinha 57 anos, possuía feições esticadas de alguém que tinha feito cirurgias plásticas demais. — Mas, no nosso caso, acho que Wendy deve ficar com os cartões de ganha-pão. Se isso fizer você se sentir mal, Shane, podemos conversar a respeito — acrescentou, batendo amavelmente no braço de Shane com a mão, que lembrava a garra de um minúsculo passarinho pintado. — Mas atualmente tenho dado a mais mulheres os cartões de ganha-pão, portanto você certamente não é minoria.

— Eu realmente faço a maior parte do trabalho por aqui — disse Shane, contrariado. — Sou um pai 24 horas, sete dias por semana.

Wendy não comentou que a Sra. Minniver e a faxineira ficavam com a parte pesada do trabalho.

— Muito bom, Shane — disse a Dra. Vincent, aprovando. — Aceitação, agradecimento e afeição: esses são os três As do casamento. E o resultado, se somarmos todos eles, qual é? — perguntou. — Assombroso!

Wendy encolheu-se. Tinha olhado para Shane, na esperança de que ele estivesse achando a Dra. Vincent tão ridícula quanto ela achava que isso podia se tornar uma das piadas particulares do casal. Mas Shane estava prestando uma atenção enorme à Dra. Vincent, com o comportamento triunfante de alguém que espera que a qualquer momento confirmem que tem razão. Pelo jeito, neste último ano, o casamento deles tinha passado da fase da piada particular para o estágio de inferno pessoal.

E agora, de pé no banheiro apertadinho do avião, só de meias, com as calças arriadas, ela dizia:

— Agradeço pela sua gratidão, anjo.

— Ótimo — disse ele, petulante, como um menino que acabou de decidir que vai aceitar uma briga.

Ela suspirou.

— Escute, Shane, será que dá para deixar essa babaquice de lado? Não dá para a gente ser como era antes?

— Eu não me sentia bem antes, Wendy. Você sabe disso — disse ele, com um tom de advertência na voz. — Vai voltar no sábado? É importante.

Comprometimento, Consulta e Concessão, pensou Wendy, lembrando-se dos três Cs para um casamento feliz, que a Dra. Vincent tinha mencionado na última sessão dos dois.

— Vou fazer o melhor possível — disse ela. — Sei que é importante. — Ela devia parar por aí e depois *demonstrar* seu *comprometimento* para com a importância do relacionamento entre os dois estando presente. Mas, porcaria, Shane tinha imposto aquela viagem à Pensilvânia a ela sem Consultá-la antes; de propósito, pensou ela, sabendo o quanto esse filme era *fundamental* para a *carreira* dela.

"Mas o filme também é importante, Shane — disse ela, tentando não falar muito rispidamente e parecendo choramingar. Choramingar, Cambalear e Cair eram os erros que tornavam o casamento *pior*, pensou ela, ouvindo as palavras da Dra. Vincent dentro da cabeça.

— Muito bem, então — disse Shane em voz despreocupada, quase como se esperasse essa reação. E desligou.

— Eu ligo amanhã. Assim que o avião aterrissar — disse Wendy, para as moscas.

Desligou o telefone e jogou-o na maleta.

Voltou à poltrona e sentou-se. Não pense nisso, disse a si mesma, revirando as coisas dentro da valise. Não pode fazer nada. Tirou uma máscara de dormir vermelha de seda (presente de Natal de Magda no ano anterior), uma caixinha de metal pequena com tapa-ouvidos de cera, e um vidro de remédio para dormir recomendado pelo médico, que ela arrumou no pequeno compartimento no braço da poltrona.

O avião se afastou do túnel de embarque com um ligeiro solavanco. Ela torceu o corpo, inclinando-se sobre o assento e apertou a testa contra a janela. O plástico pareceu-lhe agradavelmente frio. Ela inspirou profundamente, tentando acalmar-se. Tinha sete horas de liberdade pela frente, sete horas maravilhosas nas quais não podiam falar com ela nem por celular, nem por correio eletrônico...

E de repente escutou a voz de Shane dentro da cabeça.

— Sem mim, tudo estaria perdido. Foi por isso que fui embora. Para mostrar à Wendy como sua vida seria sem mim.

Ele havia feito essa revelação assombrosa à Dra. Vincent no início da primeira sessão. Wendy só tinha conseguido sorrir, meio contra a vontade, ao ouvir esse comentário. O fato era que Shane estava certo.

Tinha sido obrigada a reconhecer isso na noite em que chegou em casa e encontrou Tyler com as calças cheias de cocô.

O avião acelerou pela pista de decolagem e saiu do chão, os motores rugindo. O rugido virou um zunido baixo. "Pôôôôôôô. Pôôôôôô", zuniam eles, zombando dela. A comissária de bordo trouxe mais um copo de champanhe. Wendy tomou uma das pílulas para dormir, engolindo-a com um gole de bebida borbulhante. Apertou os botões para abaixar a poltrona até ela ficar horizontal, pôs dois travesseiros sob a cabeça, ajeitou o edredom fofo sobre si e fechou os olhos.

"Pôôôôôôô. Pôôôôôô", escutava.

Uma dúzia de pensamentos imediatamente brotaram em seu cérebro, acotovelando-se sem nenhuma ordem específica: Selden Rose, os *Peregrinos Maltrapilhos,* Bob Wayburn, Shane (e seu comportamento cada vez mais estranho), a Dra. Vincent, um pônei malhado, Victory e Lyne Bennett (mas por que eles, afinal?), o cocô nas calças de Tyler...

Foi realmente horrível. Ele tinha tirado as calças do pijama, e o cocô estava todo amassado contra os lados da cueca e contra os lençóis. Pelo jeito, Tyler não tinha ido ao banheiro o dia inteiro (tinha ficado com prisão de ventre, retendo o cocô, segundo a Dra. Vincent, na tentativa de se segurar emocionalmente) e, quando se deitou na cama, tinha finalmente perdido o controle.

Aquele tinha sido o pior de todos os dias, a apoteose do resultado da partida de Shane.

À tarde, os *dailies* dos dois primeiros dias de filmagem de *Peregrinos Maltrapilhos* finalmente chegaram, com três dias de atraso, e ela precisava dar uma olhada neles, inadiavelmente. Não tinham ficado bons — quatro horas de cenas ruins que provavelmente teriam de ser refeitas (a um custo de meio milhão de dólares) — e ela havia passado as duas horas seguintes dando telefonemas frenéticos tanto para a Romênia quanto para a Costa Oeste. Saiu do escritório às nove sem nada resolvido e a sensação terrível de que cinco anos de trabalho estavam a ponto de ir por água abaixo, e em casa a coisa piorou. Tyler estava de pé na cama, gritando; Magda estava tentando abafar-lhe os gritos, assistindo a um reality show sobre cirurgia plástica a todo volume; a Sra. Minniver estava no quarto de Tyler com Chloe agarrada a sua perna, chorando. E o síndico estava batendo à porta; o vizinho do apartamento de baixo estava reclamando do barulho.

O quarto de Tyler fedia a merda pura e, por um momento, Wendy pensou que fosse vomitar. A Sra. Minniver conseguiu se desvencilhar de Chloe e entregá-la a Wendy.

— Tyler se sujou um pouquinho — disse, acusadora, como se isso de alguma forma fosse culpa de Wendy, o que, segundo ela supunha, era mesmo. — As pessoas não deviam ter tantos filhos se não podem cuidar deles. É melhor dar um jeito de seu marido voltar, querida.

— Quero o papai — gritou Tyler.

Wendy olhou para a Sra. Minniver, como se dissesse: "Mulher sem coração, olhe o que você fez agora!" Mas a Sra. Minniver não quis saber de assumir a culpa. Apertou os lábios e sacudiu a cabeça, convencida de que Wendy era péssima mãe, e pronto.

— Agora que está em casa, posso ir embora — disse, ríspida.

Wendy conseguiu levar Chloe e Tyler até o banheiro e colocar Tyler no chuveiro. Não conseguiu lidar com os lençóis, portanto deixou o menino dormir na cama dela. Isso era considerado "proibido", mas as pessoas que faziam essas regras jamais poderiam ter previsto a situação dela. Tyler ficou se virando e rolando de um lado para outro a noite inteira, de vez em quando agarrando-se a ela como um caranguejo e outras vezes chutando-a enquanto dormia. Precisava fazer alguma coisa, mas o quê?

Um telefonema de Hank, seu assistente de produção do *Peregrinos Maltrapilhos,* acordou-a às seis da manhã. Hank tinha a tarefa ingrata de ser encarregado da produção durante as duas primeiras semanas, e parte dessa tarefa era contar toda manhã o que estava acontecendo na locação. Ela recebeu a chamada ainda meio perdida de tanto cansaço.

— Bob Wayburn está enchendo a cara — disse ele, referindo-se ao brilhante porém complicado diretor. — Ficou tomando todas até as três da matina com uns habitantes do lugar. Jenny Cadine já está ficando meio invocada com Bob. Jenny quer que você ligue para ela. Quer que a irmã dela venha para o set, e Bob impôs a regra de que não quer visitas. Ela disse a um dos operadores de câmera que acha que Bob está tentando filmá-la sob seus ângulos menos favoráveis, de propósito. Eu sei porque o cara diz que trepou com ela a noite passada, e ela só queria no rabinho... — A recitação dele continuou nesse tom mais dez minutos, ao fim dos quais, Hank afirmou: — Olhe, não dá mais para aturar isso aqui. Você vai ter de vir para cá.

Ela olhou para Tyler, que finalmente estava dormindo em paz, com as mãos sob o queixo e a boquinha aberta. Ela se perguntou se ele iria roncar tanto quanto Shane quando crescesse...

— Wendy.

— Ah, sim, Hank — disse ela. Não dava para dizer a ele que era impossível abandonar os filhos agora; os boatos podiam se espalhar, e Bob Wayburn ia presumir que podia fazer o que lhe desse na telha. Se seus problemas de família não melhorassem, ele iria *mesmo* poder fazer isso, mas no momento ela teria de dar um jeito de enrolar.

— Vou decidir depois de ver os *dailies* dos próximos dois dias — respondeu.

Desejou poder se deitar e voltar a dormir, mas arrastou-se para o banheiro e entrou na ducha. Antigamente, sempre tinha sido capaz de viajar num momento de crise, mas apenas porque Shane estava presente. E a saída de Shane tinha piorado a guerra, porque o *Peregrinos Maltrapilhos* não era um filme de época qualquer. Se *Peregrinos Maltrapilhos*, com um orçamento de 125 milhões, fracassasse, sua carreira simplesmente estaria arruinada. Shane sabia o que estava em jogo, pensou ela, irritada; sem dúvida tinha calculado sua saída de modo a causar o maior prejuízo possível. Ela precisava conseguir que ele voltasse. Talvez, se lhe comprasse um carro... alguma coisa bem vistosa, feito o novo SUV Porsche ...

— Sra. Healy? — Agora era a Sra. Minniver, batendo à porta do banheiro. — Gostaria de ter uma conversa com a senhora sobre essa situação.

Será que a Sra. Minniver ia pedir as contas numa hora dessas? Talvez fosse melhor ela usar o carro para subornar a Sra. Minniver, em vez de Shane.

— Já vou sair — disse.

O celular tocou. Era Jenny Cadine.

— Não estou querendo incomodar você — disse ela —, mas não estou gostando nada do que está acontecendo por aqui.

Jenny queria incomodar *sim*, pensou Wendy; mas resolveu deixar passar.

— Já sei o que está havendo, e vou dar um jeito nisso — respondeu Wendy, tomando cuidado para não deixar transparecer nenhum aborrecimento. — Vou falar com Bob e depois ligo para você, assim que tiver notícia dele.

— Seria melhor se fosse agora...

— Sra. Healy? — chamou a Sra. Minniver.

— No máximo em dez minutos — disse Wendy ao telefone, e desligou.

Seguiu a Sra. Minniver até a cozinha. Puxa vida. Ela sequer sabia o primeiro nome da mulher. Será que a Sra. Minniver tinha um?, pensou Wendy.

SELVA DE BATOM 249

— O que aconteceu ontem não pode se repetir — disse a Sra. Minniver. — Tenho o meu horário e preciso cumpri-lo. Sete da manhã até as cinco da tarde. Pode ser que a senhora não saiba qual é meu horário porque Shane de vez em quando me pedia para ficar mais um pouco, e eu costumava atendê-lo. Mas ele sempre ajudava a cuidar das crianças.

Wendy não sabia o que dizer. Sentiu-se coberta de culpa. Até o sorriso saiu sem graça.

— Me desculpe... — disse.

— Não é uma questão de desculpas — disse a Sra. Minniver emburrada, enchendo a cafeteira de água. — Não costumo reclamar dos meus clientes, mas esta casa está uma bagunça. As crianças estão incontroláveis, e provavelmente precisando de terapia. A Magda está precisando de um sutiã...

— Vou comprar um pra ela... este fim de semana — murmurou Wendy.

— Eu sinceramente não sei o que a senhora vai fazer — suspirou a Sra. Minniver, servindo-se de uma xícara de café.

A Sra. Minniver estava com as costas voltadas para ela, e Wendy olhou-a cheia de ódio. Ali estava a mulher, naquele uniforme cinza impecável com meias-calça redutoras (era uma babá da antiga, e nunca deixava a pessoa esquecer disso), ao passo que ela, Wendy, a patroa, cuja vida devia ser facilitada por aquela mulher, estava diante dela, com os cabelos molhados, um roupão atoalhado velho, e a vida inteira se desenrolando à sua frente. Wendy viu que tinha duas opções. Podia dar uma bronca na Sra. Minniver, caso em que ela provavelmente pediria demissão, ou se submeter aos ditames daquela inglesa insensível. Escolheu a última opção.

— Por favor, Sra. Minniver — suplicou ela. — Não tenho outra saída, a senhora precisa entender. Não posso parar de trabalhar, posso? Como é que vou alimentar as crianças?

— Isso não é exatamente problema meu, é? — perguntou a Sra. Minniver, lançando a Wendy um sorriso de superioridade. — Embora eu pense que seja simplesmente uma questão de controlar um pouco o lado do trabalho.

Wendy sentiu uma necessidade quase incontrolável de soltar uma gargalhada na cara da mulher. Desde quando a Sra. Minniver tinha virado especialista no que era preciso para sobreviver na indústria cinematográfica?

— Talvez eu deva contratar uma outra pessoa além da senhora — disse Wendy, com toda a precaução. — Alguém que entre às cinco e fique no seu lugar à noite. — Meu Deus. Duas babás. Que tipo de vida era essa para as crianças?

— Pode ser uma boa idéia — respondeu a Sra. Minniver. — Talvez também queira pensar em matriculá-los em um internato.

— Como fazem na Inglaterra? — perguntou Wendy, a voz ficando mais alta, de incredulidade.

— Magda certamente já está na idade. E Tyler logo vai estar.

Wendy ouviu um gritinho sufocado atrás de si. Virou-se. Magda estava escutando a conversa do espaço aberto entre a cozinha e a sala de estar. O que teria ouvido? Pela cara de confusão e mágoa, o suficiente.

— Magda! — disse Wendy.

Magda virou-se e saiu correndo.

Wendy encontrou-a na cama, toda encolhidinha, abraçada a Tyler. Tyler estava soluçando. Magda olhou para Wendy com uma expressão triunfante e acusadora na face.

— Por que, mamãe? — perguntou Tyler, entre soluços sentidos. — Por que vai nos mandar embora?

— Porque você fez cocô na calça, seu burro — disse Magda. — Agora nós dois vamos ser expulsos daqui. — Ela pulou da cama. — Feito órfãos.

Os ombros de Wendy caíram.

— Ninguém vai ser mandado embora, entendido, meninos?

— Não foi isso que a Sra. Minniver disse.

— A Sra. Minniver mentiu.

— Quando é que o papai vai voltar para casa?

Chloe, de dois aninhos, entrou correndo no quarto, aos gritos, seguida da Sra. Minniver.

E aí tudo passou a se desenrolar igualzinho nos filmes, porque Wendy tirou o casaco da Sra. Minniver do armário do corredor e disse a ela que não precisava mais dos seus serviços. Aquela sensação de alívio durou dois minutos, mais ou menos, até ela olhar para os três filhos apavorados e se perguntar que diabos iria fazer.

— Mamãe, você vai demitir *a gente* também? — perguntou Tyler.

Ela ligou para Shane. Não tinha escolha. É para isso que servem os ex-maridos, pensou, amargurada.

Tinha medo que Shane não atendesse. Durante semanas, ele andava afirmando sua independência não atendendo o telefone e depois ligando para ela quando podia.

— Sim? — respondeu ele.

— Adivinha só? — disse ela, toda animada, tentando transformar aquela desgraça toda em uma piada. — Demiti a Sra. Minniver.

— Às oito da manhã? — perguntou Shane, com um bocejo sonolento. Ela o imaginou na cama, perguntou-se se estaria com outra mulher e desejou poder trocar de lugar com ele. — Iniciativa inteligente da sua parte.

— Ela queria mandar as crianças para um internato! — disse Wendy, indignada.

Shane chegou ao apartamento meia hora depois, entrando com sua própria chave, andando despreocupado como quem jamais saíra e estava só voltando depois de pegar o jornal. Naquela noite, quando ela voltou para casa, às sete, a ordem estava restabelecida na casa. Para começar, os filhos estavam de banho tomado e já tinham comido; Magda e Tyler estavam até fazendo o dever de casa. Enquanto Shane estivera fora, ela voltava para casa e os filhos pareciam uns filhotes de passarinho abandonados no ninho, numa carência desesperada. A calma a deixou ligeiramente irritada. Tinha pensado que eles a queriam, mas na verdade queriam Shane. Mas não ia ser boba de reclamar. Tinha ouvido falar de mães que perdiam o juízo quando os filhos pediam o "papai" em vez da "mamãe" (aliás, esse era um "momento" praticamente indispensável em qualquer roteiro, no qual a mulher devia entender que os filhos eram mais importantes que a carreira), mas sempre tinha considerado esses sentimentos egocêntricos e imaturos e, no seu caso, extremamente burros também. Que diferença fazia, contanto que os filhos ficassem satisfeitos?

Mas quanto tempo eles ficariam satisfeitos? Como ia fazer para Shane ficar?

Ela entrou no banheiro e viu que Shane tinha recolocado a escova de dentes no lugar de costume, em uma pocinha de água ao lado da torneira, na beirada da pia. Pegou a escova e levou-a para a sala.

— Vai ficar? — perguntou ela.

— Vou — respondeu ele, desviando os olhos do DVD que estava assistindo para olhar para ela. Era um filme de ação desses bem caros, que ainda não tinha sido lançado.

— Ah, sei. — Ela hesitou, sem querer dar a impressão de que se opunha àquela decisão. — Então por que foi embora?

— Eu precisava dar um tempo. Para pensar.

— É mesmo? — disse ela. Não salientou que as mulheres não tinham o direito de sair de casa e abandonar a família só para pensar. — E o que decidiu?

— Que vou tomar conta dos nossos filhos. Alguém tem de educá-los.

Isso foi surpreendente e, segundo Wendy adivinhou, uma alfinetada em sua capacidade de trabalhar fora e cuidar dos filhos. Mas não ia reclamar. Aliás, sentia uma culpa incômoda por tudo ter sido resolvido assim tão comodamente para ela.

E Shane era bom no que fazia. Contratou uma nova babá, Gwyneth, uma moça irlandesa de seus 20 e tantos anos, que só trabalhava de meio-dia às cinco. Shane defendeu a idéia, dizendo que não queria que seus filhos fossem educados por babás. Wendy desconfiou que ele tinha andado conversando com mulheres tipo donas-de-casa da indústria do entretenimento, que viviam debatendo as últimas tendências na educação de crianças. Também devia ter sido com as donas-de-casa que ele arranjou o nome e o telefone da Dra. Shirlee Vincent, a terapeuta de casais. A Dra. Vincent cobrava 500 dólares por sessão ("Eu sei que parece demais", disse ela, com aqueles lábios inchados pela plástica, batendo como um bico de um pato, "mas é o que se pagaria por um bom corte de cabelo. Se pode pagar tanto assim pelo seu cabelo, deve estar disposto a pagar pelo menos o mesmo para melhorar seu casamento. O cabelo volta a crescer, os casamentos, não!") e tinha declarado o casamento deles "em estado de alerta quase absoluto — laranja", recomendando duas ou três sessões por semana a princípio.

— Shane voltou — disse Wendy à mãe. — Resolveu virar PTI.

— Está trabalhando para algum partido político? — exclamou a mãe, sem entender.

— Pai em Tempo Integral — disse Wendy.

— Com toda essa ajuda? — perguntou a mãe.

— Shane agora faz a maior parte do serviço.

— Então ele não está mais trabalhando fora?

— Tomar conta das crianças *é* um trabalho, mamãe. É um serviço, lembra?

— Ah, eu sei, minha querida — respondeu a mãe. — É só não esquecer que é exatamente o que dizem todas essas mulheres por aí que acabam recebendo pensões bem gordas.

Não tem jeito, ela não se convence, pensou Wendy.

— Shane é *homem*, mãe — disse ela, ridicularizando a mãe.

— É sim — suspirou a mãe. — E tenho certeza que entendeu que é muito mais conveniente estar com você do que sozinho.

Isso a fez lembrar-se do apartamento onde Shane tinha morado durante sua ausência, que ela nunca tinha visto, mas aonde tinha mandado uma de suas assistentes para ajudar Shane a pegar suas coisas. Era alugado de algum garçom de bar (Wendy nem perguntou se era mulher ou homem) — um apartamentozinho furreca de um quarto em um prédio sem elevador, com colchão direto no piso e baratas no banheiro — e por sua vez a fez recordar-se dos tais 200 mil que Shane tinha sacado do American Express para seu restaurante. Eles ainda não tinham conversado sobre o assunto, a não ser pelo fato de que Shane tinha admitido que o tal negócio do restaurante era um erro e ele ia deixar aquilo de lado. Isso parecia ser sinal de que ela também devia deixar o assunto para lá. Mesmo assim, ela ainda estava cismada com o caso. Era como uma dessas coceirinhas misteriosas que acordam você bem na hora em que começa a pegar no sono.

— Opa — cumprimentou-a Selden Rose uma tarde, entrando em sua sala. Desde aquele almoço, Selden tinha criado o hábito de passar no escritório dela sem avisar, passando direto pelas duas assistentes e por Josh, no meio delas. Cada vez que ele entrava, assim, todo despreocupado, as mãos metidas nos bolsos, como quem não queria nada, ela sempre estava ao telefone, e descobriu que não podia deixar de fazer um pouco de cena na frente dele. Aquela tarde não foi exceção, muito embora Shane já tivesse voltado. Com o microfone do fone de ouvido preso sob o queixo, ela revirou os olhos para Selden, e depois olhou para a mesa com o cenho meio franzido, descansando o cotovelo na cadeira e encostando a cabeça na mão; depois cruzou as pernas e ergueu as sobrancelhas, encontrando o olhar dele e comprimindo os lábios em um sorriso incrédulo.

E aí girou para um lado e falou firmemente ao microfone:

— Olhe, Ira, Sam Whittlestein é um babaca, e não vamos continuar a fazer negócio assim. Não vou deixar ele me empatar. O contrato está desfeito, e se ele não quiser ir em frente, a gente vai.

Ela tirou o fone de ouvido da cabeça e ficou de pé, contornando a mesa até a frente e encostando-se na beira dela.

— Uns safados, esses empresários.

— São mesmo uns sacanas — concordou Selden.

— Ira prefere romper um contrato do que fazer o que não quer.

— Como a maioria dos caras, aliás.

— Espero que você não seja assim, Selden — disse ela, com uma risada sensual de quem sabe das coisas, enquanto esticava um braço para apertar o botão do intercomunicador atrás de si.

— Morse Beebler? — perguntou Josh.

— Diga a ele para aguardar na linha. — Ela então concentrou toda a atenção em Selden. — E a sua estréia, vai dar para ser?

— Acho que devia perguntar "Vai dar para alguém vir?" — disse Selden, pondo ênfase em "vai dar", malicioso. Puxou as calças e se sentou em uma poltrona superfofa, com as pernas abertas.

Os olhos de Wendy desceram até o ponto entre as pernas dele, onde o tecido das calças tinha se erguido, formando uma espécie de tenda. Mas isso não significava nada. Provavelmente era apenas uma dobra no tecido.

— Como assim? — perguntou ela.

— Tony Cranley disse que está ocupado.

— Ah, tenho certeza que ele está muito ocupado mesmo. Ou planeja estar — disse Wendy, cruzando os braços. — Com alguma vadia.

— Nunca se sabe. Pode ser uma aspirante a atriz.

— Quer que eu ligue para ele?

— Se acha que pode ajudar...

— Vai ajudar. Eu sei exatamente o que dizer a ele. Tony é um amor de pessoa, mas é burro demais.

Os dois se entreolharam, depois desviaram rapidamente os olhos, sabendo que essa conversa poderia facilmente ter acontecido por telefone ou correio eletrônico. Precisava contar a ele que Shane tinha voltado, pensou.

— *Você* é que devia vir — disse ele, estendendo um braço com a maior naturalidade.

Ela concordou, fingindo estar interessada em endireitar a pilha de roteiros sobre a mesa. O convite dele a pegou desprevenida. Era ou uma dica discreta para um encontro ou uma tática sagaz, ou possivelmente um pouco de ambas. Três meses antes, Selden Rose não teria ousado insinuar que ela aparecesse em uma de suas estréias — o aparecimento dela seria o equivalente a um anúncio público de que ela apoiava totalmente seu projeto e acreditava nele. De qualquer forma, certamente causaria comentários, principalmente porque ela antes fazia questão de não comparecer às estréias dele.

— É, até que eu podia, sim — disse, procurando não trair nenhuma emoção. — Se for depois que eu voltar da Romênia.

— Algum problema? — perguntou ele, sem dar a entender que estava interessado.

Ela olhou para ele, desconfiada. Será que ele tinha ouvido falar dos *dailies* horríveis?

— Só o de sempre. — Ela deu de ombros. — Provavelmente vou ficar ausente da empresa três ou quatro dias.

— Ótimo. Até a estréia, então — disse ele, ficando de pé para sair. — Sempre digo que ninguém pode resistir a um convite pessoal.

— Vai ficar me devendo essa — disse ela.

— Já estou devendo — disse ele. — Se você convencer Tony a ir.

Ela precisava contar sobre Shane.

Ele já estava quase na porta quando ela deixou escapar:

— Aliás, esqueci de dizer que Shane voltou.

Ele parou por um momento e se virou, e sem perder o rebolado respondeu:

— Ah, mas que bom. Pra você, pelo menos. Fica tudo mais fácil. Leve-o também.

Droga, pensou ela, pegando o fone de ouvido. Por que ele tinha reagido daquele jeito tão indiferente? De repente percebeu que queria que ele tivesse ficado um pouquinho mais decepcionado.

O tempo todo em que ele tinha estado sentado ali ela pensou em sexo, comparando secretamente seus sentimentos por Shane com o que sentia por Selden. Infelizmente, naquela hora, Selden estava ganhando. Mas praticamente não houve competição: desde que Shane havia voltado, ela não o achava mais atraente sexualmente. Isso não tinha impedido que ela lhe aplicasse um boquete pouco antes de partir para a Romênia, motivo pelo qual não tinha tido tempo de fazer as malas.

— Isso não está certo, Wendy — disse Shane antes, à tarde, seguindo-a até o quarto. — Faz uma semana que eu voltei, e você já vai viajar?

— O que quer que eu faça, hein, anjo? Diga a eles para parar uma produção de 125 milhões de dólares para eu poder dar um jeito no meu casamento?

— Isso mesmo — disse Shane. — Se quiser que nosso casamento dê certo, precisa estar presente.

Por que ele a torturava daquele jeito?

— Anjo — disse ela com a maior paciência do mundo. — Sabe o que *Peregrinos Maltrapilhos* significa. Para *nós*. Para *todos* nós.

— Para *você*, Wendy — disse ele. E depois acrescentou, perverso: — Sempre põe o dinheiro acima de tudo, não é?

Golpe baixo, pensou Wendy. Porque é que, quando os homens estavam preocupados em ganhar dinheiro, eles eram admiráveis, ao passo que as mulheres na mesma posição eram consideradas suspeitas? E quando se tratava do dinheiro — *seu* dinheiro suado — Shane certamente não parecia ter problemas em gastá-lo. Ou simplesmente subtraí-lo.

Esse era um tema muito amplo e complicado demais para se abordar no momento, portanto ela manteve a boca fechada. Como a Dra. Vincent diria, "Menosprezar, Massacrar e Melindrar-se só vão tornar seu casamento uma Maçada".

Ela havia suspirado, tirando a maleta de baixo de um monte de sapatos no armário.

— Eu sou a ganha-pão. Lembra do que a Dra. Vicent falou? Só estou tentando fazer a minha parte. *Ganhar o pão da família.*

Shane era inteligente demais para se deixar enganar por esse argumento.

— A Dra. Vincent diz que existe um limite entre ganhar o pão e fugir da raia.

Um pensamento terrível lhe atravessou a mente. A Dra. Vincent estava certa. Ela queria mesmo fugir da raia. Fugir de Shane, seu importuno "dono-de-casa". Ficou se perguntando quando a Dra. Vincent iria chegar a essa parte do tratamento.

Mas de repente se sentiu culpada. Não podia pensar em Shane assim, nunca. Ele só estava tentando fazer o melhor que podia e o que era melhor para a família. Portanto, deu meia-volta e começou a lhe pagar um boquete. Já estava mesmo de joelhos, de forma que, fazer o quê, vá lá.

— Devíamos ver a Shirlee esta noite. Ela não vai gostar — disse ele depois. Saiu do quarto e voltou dois minutos depois. — Bom, parece que não vai ser problema. Shirlee disse que dá para a gente marcar outra sessão pelo telefone amanhã. Então, a que horas fica melhor para você?

Da Romênia?

Pôôôôôôô. Pôôôôôôô, zuniam os motores.

Ela abriu os olhos e arrancou a máscara de dormir. Agora tinha acordado mesmo. Olhou o relógio. Sete da noite em Nova York. Uma da manhã em Paris, e duas da matina na Romênia. A pílula não tinha funcionado, e ela nunca iria pegar no sono.

Sentou-se, apertando o botão para elevar a poltrona até a posição sentada. Esticou o braço para pegar a maleta e tirou dois roteiros. Um era o roteiro literário de *Peregrinos Maltrapilhos,* cheio das suas anotações, e o segundo era o roteiro de filmagem, com as cenas reorganizadas por dia de filmagem. Juntos, esses dois documentos eram sua bíblia. Depois, pegou o computador, ligou-o e inseriu nele um disco.

O disco continha os *dailies* — ou seja, gravações diárias de cenas sem muita importância — das últimas duas semanas. *Peregrinos*

Maltrapilhos era filmado e, a cada dois dias, um *courier* especial do departamento de produção viajava da Romênia para Nova York para entregar o filme ao centro de processamento no Queens. Depois levava o filme para o prédio da Splatch-Verner, onde ela assistia às gravações na sala de projeção. Depois, o filme era copiado para um disco para ela poder voltar a estudá-lo com mais atenção no computador.

Ela colocou o roteiro de filmagem no colo e começou a assistir aos *dailies,* comparando suas anotações com o que estava vendo na tela do computador.

Rangeu os dentes de frustração, o que lhe causou uma dor aguda no maxilar logo abaixo da orelha. Era tudo de que precisava no momento — um acesso de dor têmporo-mandibular. Tinha isso há anos, vinha e passava, e sempre acontecia quando estava excessivamente estressada. Apertou com força o maxilar, tentando descontrair os músculos. Não podia fazer nada a não ser conviver com aquilo.

Espiou a tela de novo. Estava certa, pensou; até ali os *dailies* estavam uma droga. Já estava trabalhando nisso há quase 25 anos, e tinha confiança absoluta nas suas opiniões. O problema não era os atores não estarem dizendo as falas certas, mas era a forma como as diziam, e o tom das cenas que estava completamente errado. Esta era a parte impossível da confecção de filmes, a arte que havia nela, de certa maneira: conjurar uma visão e passar o que estava na sua cabeça para a tela. Mas essa distância era um abismo, cheio de centenas de pessoas — todas elas com suas próprias idéias.

Como Bob Wayburn, o diretor. Ela fez uma careta. Ela e Bob viam o *Peregrinos Maltrapilhos* de forma literamente oposta, e ele sabia disso. Esse era o motivo pelo qual Bob tinha se recusado a receber seus telefonemas durante as duas últimas semanas. Ela estava indignada, mas isso não era incomum, e em alguns casos, ela teria deixado passar esse comportamento. Se, por exemplo, Bob tivesse razão — se estivesse extraindo do roteiro uma nuance que ela não havia visto — ou se houvesse material suficiente nos *dailies* para poder ser editado e constar no filme definitivo. Ela sempre fazia visitas às locações e aos sets de todos os filmes produzidos pela Parador e, se as circunstâncias fossem ligeiramente diferentes, teria sido capaz de adiar a viagem à Romênia durante alguns dias, até depois do fim de semana, depois de Magda ter comprado seu pônei. Mas *Peregrinos Maltrapilhos* não era um filme qualquer. Era o tipo de filme que só aparece a cada cinco ou dez anos, um filme com sentimento e inteligência e personagens fascinantes. Era, em suma, aquilo que as pessoas, na indústria do cinema, diziam "ter valor".

Ela leu algumas falas do roteiro, não que necessariamente precisasse fazer isso. Sabia de cor todas as falas dos diálogos, todas as instruções do diretor. Já trabalhava naquele projeto há cinco anos, tendo comprado os direitos da versão para o cinema do livro *Peregrinos Maltrapilhos* quando ainda era um original, seis meses antes de ser publicado. Ninguém, nem mesmo o editor, tinha a menor idéia de que o livro se tornaria um sucesso de vendas internacional, permanecendo no primeiro lugar da lista de best-sellers do *New York Times* durante mais de um ano. Mas ela sabia. Com certeza, qualquer pessoa na indústria entendia que devia comprar os direitos de um livro logo que se tornasse um sucesso de vendas. Mas saber que ia ser um sucesso antes de isso acontecer exigia um certo tipo de talento. Ela ainda conseguia se lembrar da experiência de ler o primeiro parágrafo de *Peregrinos Maltrapilhos*, de ter se sentado na cama com o manuscrito, cansada porém fazendo força para ler durante mais meia hora. Eram mais de onze horas, e Shane estava a seu lado, assistindo à tevê. O dia dela tinha sido uma loucura. Na época, ela estava em um outro emprego: era produtora da Global Pictures, com sua própria empresa de produção — e a Global tinha acabado de contratar um novo presidente. Corria o boato de que ele só queria fazer filmes jovens, com temas bem masculinos, e que Wendy seria a primeira a ser demitida. Ela se lembrou de ter virado para Shane desesperada.

— Não sei mais se vale a pena — disse. — Ninguém parece querer fazer os tipos de filmes que eu gostaria de ver.

— Ai, Wendy — suspirou Shane, sem tirar os olhos da telinha.

— Você é sempre muito dramática. Deixe disso.

Ela lhe lançou um olhar ofendido e começou a ler.

Quase na mesma hora, seu coração começou a pular de tanta emoção. Virou a primeira página com a mão trêmula. Depois de três páginas, virou-se para Shane.

— É este aqui — disse.

— O quê? — perguntou ele.

— O filme. Aquele que eu estava esperando.

— Você vive dizendo isso — afirmou ele e bocejou. Rolou para o lado e apagou o abajur.

Ela foi para a cozinha. Passou a noite em claro lendo, sentada em um banco diante do balcão da tábua de cortar carne.

Peregrinos Maltrapilhos era sobre as aventuras pungentes de três enfermeiras americanas na Europa durante a Primeira Guerra Mundial, com toques femininos à la Hemingway. Às nove da manhã, ela ligou para o agente literário e fechou um acordo para comprar os direitos por 15 mil dólares, usando sua poupança pessoal para isso. Era, pensou, um dos investimentos mais espetaculares que jamais havia feito. *Peregrinos Maltrapilhos* podia ganhar um Oscar — *ia* ganhar um Oscar, lembrou a si mesma — e, ao usar seu próprio dinheiro, tinha garantido seu envolvimento no projeto. Significava que, quando ela o levasse a um estúdio, eles não poderiam tirá-lo de suas mãos.

Seis meses depois, *Peregrinos Maltrapilhos* virou um sucesso de vendas, e o cargo de presidente da Parador foi oferecido a ela. Ela trouxe o *Peregrinos* para a Parador, e tinha passado os últimos quatro anos lutando para que fosse filmado. Lutando para o roteiro ficar do jeitinho que ela queria (tinha levado três anos e precisado de seis roteiristas), e depois para que o projeto fosse aprovado, insistindo que seria um sucesso de bilheteria. O problema era o orçamento: as locuções e os trajes transformavam o filme em um empreendimento de 125 milhões de dólares, a soma mais alta que a Parador já havia investido em uma película.

Todos na Parador ficaram apavorados, menos ela. Mas era por isso que ela era presidente e o resto, não. E até recentemente, até as últimas duas semanas, quando haviam começado a filmar, ela havia sido inabalável na crença de que o filme seria um sucesso, daria lucros e seria nomeado para pelo menos dez Oscars. E depois tinha visto os *dailies*.

O filme era, no fundo, um filme feminista, e ela podia apostar, pelos *dailies*, que Bob Wayburn era um homem que, no fundo, detestava mulheres. Bob Wayburn era seu único obstáculo, mas era grande, e ela havia ultrapassado seus limites ao contratá-lo, pensando que ele ia tratar o material com uma perspectiva equilibrada. Em vez disso, ele estava acabando com o filme. Bob Wayburn tinha perdido sua confiança, e não podia trabalhar sozinho.

As coisas iam ficar pretas. Iam precisar voltar ao início e refilmar todas as cenas que já haviam filmado, e Bob Wayburn ia ter um chilique. Mas ela já tinha lidado com homens criativos e arrogantes antes, e a estratégia era simples: ou faz como eu quero ou rua. Bob ia ter duas semanas para ver as coisas segundo a ótica dela e, se não conseguisse, levaria o bilhete azul. Naturalmente, havia a possibilidade de que ele pedisse demissão antes — aliás, quando o helicóptero aterrissasse no sopé das montanhas da Romênia, ele talvez já se sentisse meio intimidado. Mas ela estava preparada para isso. Tinha passado os últimos três dias constantemente ao telefone, investigando secretamente outros diretores que poderiam estar interessados no trabalho e que eram capazes de fazê-lo como ela queria, e já tinha pelo menos uma pessoa em vista.

Fez algumas anotações no roteiro de filmagem e sentiu uma pontada de culpa. O fato inescapável era que ela havia mentido para Shane, tinha mentido para sua família e estava para mentir para a

Dra. Vincent. Não tinha como voltar antes do fim de semana. Para conseguir deixar o filme como ela queria, ia precisar de pelo menos dez dias, e depois provavelmente ia precisar voltar à Romênia para passar mais dez dias, um pouco mais adiante no cronograma. Era errado mentir (talvez "tapear" fosse uma palavra melhor), mas havia horas na vida em que a gente tinha de tomar decisões difíceis, confiando que, um dia, as pessoas que realmente gostam da gente nos entenderão.

E ninguém devia entender isso melhor que Shane, pensou ela, zangada. Ele já convivia com a indústria do cinema há tempo suficiente (tinha até trabalhado nela) para entender como funcionava. O fracasso de *Peregrinos Maltrapilhos* não era uma opção, e era obrigação moral dela fazer tudo que pudesse para que o filme fosse um sucesso. Ela saltaria de um avião, se fosse preciso; trabalharia 24 horas por dia, cortaria fora a mão direita, se necessário. Se não fosse à locação e consertasse o que estava saindo errado, não ia ser demitida — pelo menos não de cara. Mas, quando o filme fosse lançado, dali a nove meses, e afundasse na bilheteria e a Parador perdesse dinheiro (cinqüenta, sessenta milhões ou mais, possivelmente), ela levaria o bilhete azul na hora. Se isso acontecesse, podia ser que conseguisse um empreguinho menos importante em outro estúdio de grande porte. Mas isso significaria mudar com a família toda para Los Angeles — desarraigar as crianças de Nova York e de suas escolas e levá-las para longe dos outros parentes. Só havia um grande estúdio de cinema em Nova York, e um cargo supremo de presidente. E ela o ocupava. Só havia uma direção para onde se podia ir dali: para baixo.

E isso não ia acontecer. Não depois de ela ter passado vinte anos suando a camisa para conseguir chegar lá.

Ora, ela não tinha medo de trabalhar mais alguns anos. Ela trabalhava — e ponto final. Era o que adorava fazer; aquilo para o que tinha sido feita.

Continuou trabalhando a noite inteira, através da escuridão sobre o Atlântico e durante a aurora rosada nos céus de Paris. O avião encostou no portão de desembarque às 5h20, hora de Paris. Ela ligou o celular, mudando a banda para a rede européia. O telefone imediatamente começou a bipar. Ela apertou o botão para ouvir o correio de voz.

— Você tem... 32 novas mensagens — anunciou a voz macia da gravação do correio de voz.

9

ERA FIM DE MARÇO E ESTAVA NEVANDO OUTRA VEZ, PELA QUINTA VEZ em mais ou menos dez dias.

Havia ônibus e lama gelada por toda parte pelas ruas, e carros buzinando, e todos já estavam de saco cheio da neve (que esperavam que fosse a última do ano), e dentro do táxi estava quente e úmido, com pocinhas de água no piso, de forma que Victory ia com os joelhos bem dobrados, as pontas das botas de camurça encostadas nas costas do banco da frente para não ficarem muito molhadas.

"Por que não arranja um carro com motorista?" vivia lhe perguntando Nico. Ela teria como pagar por isso, mas não se sentia bem ao adicionar despesas desnecessárias ao orçamento. Era importante lembrar-se de quem se era e de onde se vinha, por mais sucesso que a pessoa tivesse. Mas agora que parecia que ela estava para receber uma oferta da B et C para comprar sua empresa, achava que poderia comprar um carro e contratar um motorista. Talvez uma coisinha até sofisticada: um Mercedes, como a de Muffie Williams...

Mas não devia pôr o carro adiante dos bois. Nada estava resolvido... ainda.

Plin. O telefone emitiu um tom agradável e ela verificou a mensagem de texto.

"Lembra qvc dona da cidde! boa srte! Nico."

"Brgda."

"Nrvsa?"

"Nada. Moleza."

"Me ligue dps. Vms vr 1s jóias."

Victory sorriu ironicamente olhando o celular. Nico, pensou ela, parecia estar mais empolgada com suas perspectivas do que ela. Desde que Nico tinha descoberto sobre a primeira reunião em Paris com a B et C, elas praticamente só falavam disso. Nico a incentivava e lhe dava instruções como se fosse uma mãe coruja.

— Você consegue, Vic — ficava lhe dizendo. — E ainda por cima, merece. Ninguém merece ganhar trinta milhões de dólares mais do que você, considerando-se todo o trabalho que teve...

— Mas provavelmente vai ser menos de trinta. E pode ser que eu tenha de me mudar para Paris...

— Pois mude — disse Nico, como se não fosse nada. — Pode voltar, se quiser. — Nico estava no showroom rosa suave de Victory, encomendando suas roupas de outono, e tinha saído do provador apertadinho vestida com um dos terninhos azul-marinho de corte masculino.

— Está divino — disse Victory.

— Todo mundo por aí vai usar isso?

— Provavelmente — disse Victory. — As lojas endoidaram...

— Está vendo? — disse Nico, pondo as mãos nos bolsos da frente e passeando até o espelho. — Somos mulheres modernas. Se tivermos de nos mudar para Paris por causa de nossas carreiras, nós vamos. É empolgante. Quantas pessoas têm esse tipo de oportunidade? Estou querendo dizer...

Nico tinha dado a impressão de que estava a ponto de revelar algo importante, mas depois pareceu mudar de idéia e começou a apalpar o babado da frente da blusa, em vez disso.

— Você se mudaria? — perguntou Victory.

— Sem pestanejar.

— E deixaria Seymour aqui?

SELVA DE BATOM 267

— Rapidinho — disse Nico, virando-se. Sua expressão, pensou Victory, era apenas de meia piada. — Claro, eu levaria a Katrina comigo... Esse é o caso Vic, é preciso aproveitar as oportunidades.

E aí Nico meteu na cabeça aquela idéia de que, se Victory conseguisse mesmo a tal oferta, devia ir à Sotheby's e comprar uma jóia daquelas "importantes", de pelo menos 25 mil dólares, para comemorar o fato. Daí a referência às jóias.

O táxi contornou a esquina da rua 57 e Victory pressionou os dedões do pé com mais força nas costas do banco para não perder o equilíbrio. Nico andava muito estranha ultimamente, mas Victory achava que era só por causa da situação ultra-secreta do trabalho de Nico. Seria inacreditável, pensou, se, nas próximas semanas, tanto ela quanto Nico de repente se tornassem muitíssimo mais ricas e mais bem-sucedidas. Nico estava a ponto de tomar o cargo de Mike na Splatch-Verner, o que poderia significar não só um salário mais alto (provavelmente dois milhões), mas também opções de compra de ações e abonos que poderiam potencialmente somar-se a isso, fazendo os ganhos subirem para a casa dos vários milhões. Naturalmente, a situação de Nico era totalmente sigilosa, ao passo que a sua própria parecia ser conhecida na cidade inteira. Naquela mesma manhã, no *Women's Wear Daily,* tinha sido publicada uma nova matéria sobre como Victory Ford estava em negociações secretas com a B et C para a venda de sua empresa, e a matéria tinha sido publicada também no *Post* e no *Daily News.* Victory não tinha dito uma palavra a ninguém — além, é claro, de Nico e Wendy e algumas outras pessoas fundamentais, como sua contadora, Márcia —, mas de alguma forma a imprensa especializada em moda tinha conseguido descobrir a história até o último detalhe. Inclusive o fato de que ela andava em negociações com a B et C há duas semanas e tinha ido a Paris duas vezes para reuniões.

Ora, não havia segredos no mundo da moda e isso não tinha a mínima importância, aliás. A indústria baseava-se no burburinho e, até certo ponto, a percepção era até mais importante que a realidade.

Pelo que a indústria sabia, Victory Ford era o "quente" de novo. Primeiro tinha saído uma matéria na *Women's Wear Daily* sobre como sua linha de acessórios — as sombrinhas e galochas — andavam sumindo das prateleiras. Depois seu desfile tinha sido considerado um sucesso, apontando uma direção totalmente nova para o outono. E logo depois disso, tinha havido uma série de reuniões frenéticas com a B et C, organizadas por Muffie Williams. Graças a Deus Muffie existia — e principalmente Nico! Não havia muita gente com a qual se podia discutir a possibilidade de ganhar milhões de dólares, e Lyne não tinha ajudado em nada.

— Detesto aquela francesada — ficava resmungando toda hora.

— Não está ajudando muito — respondia ela.

— Você tem de tomar sua própria decisão, garota.

— Sei muito bem disso.

— Nesses casos, a gente primeiro recebe a oferta, depois decide — dissera Nico com toda a calma. E Victory se lembrou do fato de que, quando se tratava das coisas importantes da vida, como sexo e negócios, somente suas amigas eram capazes de entender.

O táxi parou diante da torre cintilante da B et C, parecendo um castelo de fadas contemporâneo na neve, e Victory saiu, levando um portfólio cheio de desenhos para as próximas duas estações debaixo do braço. Os manda-chuvas queriam ver algumas possibilidades para as estações futuras, e ela havia trabalhado feito uma louca para completar os modelos nas últimas semanas, entre as viagens a Paris e a administração normal dos negócios do ateliê. Quanto mais bem-sucedida a pessoa, mais ela tem de trabalhar, e ela andava trabalhando de 12 a 16 horas sete dias por semana. Mas se a B et C fizesse a oferta e ela aceitasse, sua vida poderia ficar mais fácil — teria mais empregados e não precisaria se preocupar em transferir dinheiro de um lado para outro para cobrir seus custos de fabricação. Do jeito que as coisas estavam, com as grandes encomendas que as lojas estavam fazendo de sua coleção de outono, ela ia precisar de cada centavo de capital extra para cobrir os custos.

E que alívio seria não precisar se preocupar constantemente com dinheiro! Isso sim era um verdadeiro luxo nessa vida.

Passou pela porta giratória e parou diante da mesa do segurança. A B et C não facilitava — o guarda uniformizado tinha um revólver preso a um coldre sob o colete.

— Pierre Berteuil, por favor — pediu ela, dando-lhe o nome do diretor-presidente da empresa. Depois chegou a um pequeno saguão com três elevadores. Ela apertou o botão; uma das portas se abriu e ela entrou. Plantou-se bem no meio do elevador, que era chique e preto com detalhes cromados, inclinando a cabeça para trás para ver os andares passando. Será que aquele seria seu novo lar?, perguntou-se. Era tão despojado, elegante e frio...

Mas o que quer que acontecesse, sua associação com a B et C já a ajudara imensamente. A assistente de Pierre Berteuil tinha marcado encontros para ela com as mais exclusivas tecelagens da Itália, empresas que fabricavam tecidos tão caros e finos que só aceitavam trabalhar com estilistas com bolsos bem recheados — em outras palavras, que tivessem fiadores que lhes garantissem pagamentos de mais de meio milhão de dólares apenas por tecido! Os representantes tinham vindo até seu showroom, e que experiência diferente de percorrer todas as bancas da Première Vision em Paris. Era como a diferença entre disputar mercadorias com outros compradores em um brechó e comprar em uma loja de departamentos exclusiva. E durante o tempo todo em que ela tocara os tecidos, protegida na santidade de seu próprio showroom, pensou que, pela primeira vez, estava realmente conseguindo chegar ao auge.

A porta do elevador abriu-se e ela quase esbarrou em Pierre Berteuil em pessoa.

— *Bonjour,* Victory — disse ele, acolhedor, com um sotaque francês muito fino. Inclinou-se para a frente, dando-lhe um beijo estalado e molhado em ambas as faces, e depois pegou seu braço, escoltando-a através de mais um par de portas trancadas. Ele apertava o braço dela de brincadeira, como se fosse mais um namorado do que um sócio comercial, o que seria considerado um comportamento inaceitável por parte de um americano, mas para os franceses era perfeitamente normal, pois eles se comportavam, pelo menos aparentemente, de forma bem mais descontraída com seus parceiros de negócios.

— Está prreparrrada para a grrrande *rrreunion? Oui?* — ronronou ele.

— Estou ansiosa — disse ela.

— Tudo muito empolgante, *non?* — disse ele, olhando para Victory como se considerasse a perspectiva de fazerem negócios juntos sexualmente excitante, e uma vez mais Victory ficou boba de ver como os executivos franceses eram diferentes dos americanos. Pierre Berteuil era o tipo do homem que teria sido chamado de "devastadoramente bonito" na juventude; aos 50 anos, ainda era claramente um homem que estava acostumado a ser atraente para as mulhers e não podia deixar de seduzir todas as que conhecia.

— Está gostando da neve? — perguntou Pierre.

— Ah, não agüento mais — disse Victory com toda a franqueza, sua voz soando, até mesmo para ela, metálica e áspera quando comparada ao sotaque acetinado de Pierre. Se ela se mudasse para Paris, pensou, ia precisar melhorar seu modo de falar.

No entanto, Pierre não pareceu notar.

— Já eu, adorrrro a neve — disse Pierre, com bastante emoção. — Me faz pensarr em esquiarr. Sabe, nós os frrranceses, adorrramos esquiar. Conhece Megève, *non?* Minha família tem um chalé marrravilhoso lá. Quando estamos na Frrrança, vamos lá todo fim de semana. É enorrme — explicou, abrindo as mãos para enfatizar. — Várrrias alas, senão nós nos matamos, entende? — Ele pôs as mãos sobre o coração e olhou para o teto. — Ah, mas é *ton* lindo. Da prrróxima vez que for a Paris, eu a levo lá no fim de semana.

Victory sorriu, procurando não dar a entender que tinha sacado a malícia por trás desse comentário. Pierre era charmoso do jeito que só os franceses sabem ser — fazia toda mulher pensar que ele a achava sexualmente atraente, e que iria, se tivesse a chance, levá-la para a cama — mesmo assim, conseguia fazer isso de uma forma elogiosa, em vez de repelente. Isso, porém, não era sua principal atração, pensou Victory. O que mais a atraía nele era que ele estava a ponto de torná-la milionária.

— Não está convidando a moça para ir a seu chalé gelado em Megève, está? — sussurrou Muffie Williams, aparecendo atrás deles.

— É horrível. Não tem aquecimento.

— Assim é mais saudável — contra-argumentou Pierre. Victory sentiu um certo aborrecimento em seu olhar quando ele se curvou para beijar as faces de Muffie. — É muito conforrrtável à noite... Se você... como se diz... assim, fica abrrrraçadinho com alguém? — disse Pierre, despudoradamente.

Muffie olhou de Pierre para Victory e semicerrou os olhos.

— Vamos todos nos abraçar na reunião, pode ser?

Entraram na sala de conferências, que exsudava um brilho verde atenuado de uma iluminação indireta no teto. No meio via-se uma longa mesa retangular de vidro verde grosso; espaçados simetricamente sobre a superfície estavam vasos verdes pequenos com topiarias em caixas pretas. Sobre uma mesa lateral havia um balde de gelo de prata contendo uma garrafa de Dom Perignon. Não era incomum: Pierre começava toda reunião com "*un verre du Champagne*", o que fez Victory se perguntar como ele conseguia ficar sóbrio o dia inteiro.

Mas talvez não ficasse.

Duas outras pessoas entraram na sala de conferências: os chefes de propaganda e vendas e de distribuição. Foram seguidos por uma jovem, vestida toda de preto, que encheu os copos de champanhe e os colocou em uma bandeja, servindo a todos. Pierre fez um brinde, e depois uma tela que funcionava de maneira invisível na parede, ao fundo, acendeu-se, revelando uma imagem de mulher vestida com um dos trajes da linha de primavera de Victory. Victory ficou boquiaberta e deixou o copo de champanhe sobre a mesa. Ah, não, pensou, apavorada. Estava tudo errado, tudo errado. A mulher era magra demais e altiva demais e jovem demais e francesa demais. A manchete dizia: "Victory Ford: Deseje-a", e isso também não lhe pareceu bom.

Por um segundo, ela se viu consumida por uma espécie de raiva juvenil que a fez sentir vontade de se levantar e sair da sala, como teria feito se fosse frustrada quando estava no início da carreira. Mas desde então já tinha passado por muita coisa, e este era um negócio de grande porte. Imenso, gigantesco, com milhões de dólares em jogo.

Permaneceu sentada, olhando para aquela imagem.

— Muito bonita, *non?* — disse Pierre.

Porcaria, pensou ela. Por que ela não podia dar uma dentro de vez em quando? Mas isso seria fácil demais. De qualquer forma, aquela imagem era apenas uma simulação de como seria um possível anúncio. Só que era um lembrete de que, se eles fizessem uma oferta e ela aceitasse, trabalharia com todos os tipos de pessoas que podiam ver sua imagem de maneira diferente daquela que ela imaginava. E precisaria estar aberta a esses tipos de sugestões.

Ela tomou um gole do champanhe. Agora, no momento, o negócio era fazer Pierre pensar que ela estava entusiasmada, enquanto tentava discretamente levá-lo para onde ela queria que ele fosse.

— É muito interessante, sim — disse ela. — Gostei...

Detestou mentir . Mas depois seus olhos viram os anéis nos dedos de Muffie. Muffie Williams estava olhando a imagem, hipnotizada, os dedos delicadamente segurando o pé da taça de champanhe e, naquela luz verde suave, os anéis dos dedos dela cintilavam como estrelas. Você pode ter anéis como esses, lembrou-lhe uma voz dentro da sua cabeça. Anéis assim e muito, muito mais. Você pode ser rica...

E ela se ouviu dizendo, mais entusiasticamente dessa vez:

— Sim, Pierre, gostei mesmo. Gostei demais...

* * *

SELVA DE BATOM

UMA HORA E meia depois, Victory estava olhando para as profundezas faiscantes de um diamante azul de seis quilates raro em formato de gota. "Propriedade de um Cavalheiro", dizia o cartão ao lado dele. "Preço estimado: 1,2 milhão a 1,5 milhão de dólares."

Quem seria o tal cavalheiro, pensou ela, e por que estaria vendendo aquele diamante? Como chegou a possuí-lo, antes de mais nada? E ela imaginou algum velho solteirão excêntrico que, depois de levar a vida inteira solitário, agora precisava de dinheiro. Talvez tivesse guardado aquele diamante durante muitos anos, usando-o para atrair mulheres para a cama. "Venha ao meu apartamento", imaginou-o dizendo. "Quero lhe mostrar uma coisa." E aí tirava o diamante do cofre e as mulheres caíam na cama dele, pensando que, se fizessem seu jogo, algum dia ele lhes daria o diamante.

Credo, que cinismo o meu, pensou, esfregando a testa com a mão. A história provavelmente era muito mais romântica — o homem teria dado o diamante à esposa e ela havia morrido subitamente, então ele o guardou durante o tempo que pôde, em memória da esposa. Victory tentou passar adiante, mas o diamante parecia exercer sobre ela um estranho encanto, e ela não conseguiu sair dali. Era de uma cor verde-azulada bem clarinha — gelo azulado, pensou ela — com matiz néon como o interior verde da sala de conferências da B et C.

Quem poderia comprar um diamante desses? Os Lyne Bennetts da vida... e os artistas de cinema. Mas por que ela não deveria comprá-lo?, pensou de repente. Quero esse diamante, pensou. Vou ter esse diamante um dia.

Estava mesmo ficando maluca. Mesmo que pudesse gastar mais de um milhão de dólares em um diamante, ela gastaria? Não. Parecia uma frivolidade revoltante. Mas era fácil criticar esse tipo de comportamento quando a pessoa nunca teve o dinheiro nem a oportunidade de fazer isso. Ela podia pensar diferente se conseguisse a oferta da B et C e de repente tivesse nas mãos milhões de dólares. Será que isso a mudaria? Que tipo de mulher ela se tornaria?

Estava quente no sétimo andar da área de exposição da Sotheby's, e ela tirou o casaco. Nico estava atrasada, e isso não era normal. Nico era uma nazista em termos de pontualidade: sempre cumpria rigorosamente os horários, alegando que era o único jeito que tinha de fazer tudo que precisava fazer. Victory procurou fazer força para se afastar do diamante e passou para a próxima vitrine, que continha vários anéis de coquetel do tipo usado por Muffie Williams.

— Está procurando alguma coisa em particular, Srta. Ford? — perguntou uma mulher, aproximando-se. Estava com uma *chemise* cinza por cima de uma saia listrada marrom e branca. Um crachazinho anunciava que seu nome era Srta. Smith.

— Só olhando, por enquanto, obrigada — disse Victory.

— Temos algumas peças maravilhosas nesta liquidação — disse a Srta. Smith, fazendo Victory pensar que "liquidação" não era exatamente o nome correto para aquilo. — Se quiser experimentar alguma jóia, é só me dizer. Terei prazer em atendê-la.

Victory balançou a cabeça para cima e para baixo, para mostrar que tinha entendido. Era mesmo muito legal ser reconhecida pelo pessoal da Sotheby's, e principalmente tratada como se fosse perfeitamente natural ela estar ali e como se ela pudesse mesmo comprar alguma coisa para si. Mesmo que acabasse não comprando nada. Nico tinha razão. Havia algo de muito gratificante em saber que se era uma mulher bem-sucedida e podia comprar suas próprias jóias. A gente tinha dado duro e agora merecia aproveitar o dinheiro...

E de repente se sentiu orgulhosa de novo.

Mas por que diabos estava tão grilada?, pensou, percebendo um fio de 12 milímetros de pérolas naturais perfeitamente combinadas por 25 mil dólares. Devia estar era pulando de felicidade. Até Muffie Williams tinha dito que a reunião tinha sido um sucesso, e depois Pierre Berteuil tinha apertado a mão dela e a beijado nas duas faces, dizendo: "Agorrra vamos falarrr com os advogados, *oui*?" Vamos pôrrr eles parrra fazerrr as coisas chatas enquanto ficamos de mãos limpas." O que só podia significar uma coisa: os advogados dela e de

Pierre agora tentariam elaborar um contrato. E ela seria louca se não aceitasse. Além dos milhões de dólares que pagariam a ela para comprar sua empresa e seu nome, estavam oferecendo-lhe todos os tipos de coisas que ela não poderia ter sozinha, como um orçamento de propaganda da ordem de mais de um milhão por ano. "A indústrrria leva você mais a sérrrio se fizer prrropaganda, *oui*?", dissera Pierre. "É trrriste, mas é a vida. Nós jogamos de acorrrdo com as rrregrrras."

— Essa é uma coisa que sabemos muito bem como fazer aqui — tinha sussurrado Muffie. — Sabemos como jogar e vencer o jogo.

— Você serrá a nova prreferrida do mundo da moda, amorrr — disse Pierre, erguendo a taça de champanhe. E ela se permitira flutuar com essas bolhas de possibilidade fantástica. Teria de se mudar para Paris, porque a maioria de seus contatos na indústria estava lá, e trabalharia ao lado de Pierre durante os dois anos seguintes. Mas continuaria com o apartamento em Nova York e passaria uma semana por mês lá, e quem jamais poderia imaginar que sua vida ia acabar sendo tão fabulosa?

Paris! Era tão empolgante quanto Nova York, e mais bonita — era isso que todos diziam, pelo menos. Quando esteve lá, uma semana antes, tinha ficado hospedada em uma suíte do Plaza Athénée, em um quarto com uma sacadinha que dava para a Torre Eiffel. Depois passeou pelas Tulherias, olhando as tulipas, e comeu um sanduíche de *jambon,* atravessando depois a ponte sobre o rio para a Rive Gauche, onde sentou-se a uma mesa em um café para tomar o dito cujo. Era tudo meio clichê, e ela entendia, com tristeza, que estava num ponto da vida em que uma vista para a Torre Eiffel simplesmente não bastava mais para ela. Só que também tinha passado todas aquelas horas badalando pela cidade de táxi e falando um francês arrevesado, correndo pelas calçadas de salto alto e calças novas e folgadas de corte masculino, revestidas de paetês, e pensando: "Vou morar em Paris! E vou ser rica!"

Só uma coisa ainda a aborrecia: aquela imagem que tinham apresentado na reunião de hoje. Mas ela podia mudar isso. Claro que não estava tudo perfeito ainda. Ter algumas dúvidas fazia parte do processo de negociação, exatamente como fazia parte do processo criativo. O importante era tomar uma decisão e implementá-la. Decisões podiam ser modificadas; a indecisão não podia...

"Anel de safira amarela de dez quilates engastada em platina com diamantes certificados de dois quilates. Preço estimado: 30 mil a 35 mil dólares", dizia o cartão.

— Por favor — pediu Victory à Srta. Smith. — Posso experimentar este aqui?

— Claro — disse a Srta. Smith. Destrancou a porta da vitrine e tirou o anel, colocando-o sobre um quadradinho preto de camurça.

Victory colocou o anel no dedo. A pedra era tão grande que parecia uma noz.

Seu telefone tocou.

— Quéque 'ce tá fazendo? — ronronou Lyne.

— Comprando uma jóia na Sotheby's — disse ela, gostando do jeito que a frase soou.

— Deduzo que já assinou na linha pontilhada, então — disse ele, soltando uma risadinha depois disso.

Victory gelou.

— Ainda não — disse, formal, catando fiapinhos em seu suéter. — Mas eles estão preparando os contratos. Vão enviá-los aos advogados.

— Então ainda tenho tempo para salvá-la.

— Não tem, não — disse Victory, perguntando-se por que continuava namorando aquele homem. Havia algo de tão irritante nele, mas ela simplesmente não conseguia dispensá-lo; pelo menos ainda não. — Vou assinar o contrato assim que o receber.

— Isso. "Assim que" — disse Lyne. — Garotinha, quantas vezes vou ter de repetir isso? Nunca faça negócios com os franceses. Eu juro: eles têm um jeito diferente de fazer as coisas.

— Lyne — suspirou ela. — Você está com ciúmes!

Lyne soltou uma gargalhada gostosa.

— Ah, é? De quê?

Ora, essa era uma boa pergunta, pensou ela. O que ia dizer agora? Que Lyne tinha ciúmes de Pierre? Isso ia parecer bobagem: os homens de Nova York como Lyne não podiam nem imaginar sentir ciúmes de ninguém, principalmente de um homem como Pierre Berteuil, que Lyne considerava "um gigolô", só porque era mais bonito. Nem podia dizer que Lyne sentia ciúmes do fato de ela estar fechando um negócio de grande porte. Lyne vivia fechando esse tipo de negócio.

— Não quero falar sobre isso. De novo — disse, sem se importar.

— Por quê? — perguntou Lyne, implicante. — Porque sabe que estou certo?

— Porque não quero provar que você está errado de novo — disse ela.

Silêncio. Lyne pareceu refletir sobre isso.

— Gosto quando você prova que estou errado. Mas acho que não vou estar em relação aos franceses! — Então ele recebeu outra ligação e desligou, depois de prometer ligar para ela dentro de alguns minutos. Ela suspirou, meio que desejando que ele não ligasse. Lyne era capaz de fazer isso durante horas: ligar para ela várias vezes entre seus telefonemas de negócios mais importantes, como se ela não tivesse nada melhor a fazer que ficar sentada esperando ele ligar de novo...

Ela devolveu o anel à Srta. Smith e passou a olhar outras coisas, parando diante de um par de brincos de pressão de diamante antigos, um modelo de época. Lyne a aborrecia, mas a conversa dos dois a fez se lembrar de como tinha sido irônico e satisfatório receber aquele primeiro telefonema de Muffie Williams pouco depois de ter aquela briga com Lyne sobre ganhar dinheiro. A briga tinha acontecido no apartamento dele, alguns dias depois do desfile dela e de conseguir excelentes críticas favoráveis. Ela estava se sentindo meio convencida, como se pudesse conseguir qualquer coisa que sonhasse em fazer, mas de repente, entrando na mansão enorme de Lyne, ela se enfadou. Todo aposento da residência de Lyne era uma vitrine de decorador que evidenciava dinheiro e bom gosto, mas não eram apenas a mobília ou os tapetes, nem as cortinas luxuosas nas janelas, era a quantidade infindável de bibelôs e objetos artísticos, cada qual sempre perfeitamente no lugar, sem poeira, polido e reluzente, de forma que uma visita só conseguia pensar em quanto tinha custado e quanto tempo teria levado para colecionar isso tudo, e do jeitinho certo. Nem o sobrado de Nico chegava sequer aos pés desse nível de detalhes. Era o tipo de detalhe que só podia ser conseguido com milhões e milhões de dólares. E de repente ela se tocou de que, por mais bem-sucedida que fosse, ela provavelmente jamais teria a fortuna de Lyne — e isso não era justo. Ela conhecia milhares de mulheres bem-sucedidas, que ganhavam dinheiro "a valer", mas nenhuma que tivesse a fortuna de Lyne Bennett ou de George Paxton. Por que sempre os homens, e nunca as mulheres? E seguindo Lyne até a sala de projeção, ela de repente perguntou:

— Como é que se ganha um bilhão de dólares, Lyne?

Lyne, é claro, não levou a pergunta muito a sério. Pegou o telefone e ordenou ao mordomo que trouxesse duas tônicas com vodca, depois se sentou em um sofá de seda bege que consistia em uma peça semicircular comprida, obviamente feita sob encomenda. A sala de projeção era a sala preferida de Lyne entre todas na casa; localizada no andar de cima, dava para o Central Park, e olhando para leste, também se podia ver uma nesga do rio. A decoração era no estilo fusão oriental contemporânea, com cortinas castanho-avermelhadas nas janelas, com borlas de muito bom gosto, almofadas de seda, cavalos e guerreiros da dinastia Tang arrumados em uma prateleira ao longo de uma parede. A sala dava para um enorme terraço com arbustos de topiaria perfeitamente aparados em imensos vasos de terracota, e mais estátuas de estilo oriental.

— Estou falando sério, Lyne — insistiu ela, olhando pela janela para o parque. As árvores estavam sem folhas, e ela via o reflexo do lago onde as crianças brincavam apostando corridas de barquinhos de controle remoto quando o tempo estava bom. — Quero mesmo saber como se faz, de verdade.

— Como eu fiz, ou como as pessoas costumam fazer? — perguntou ele.

— Em geral — disse ela.

— Bom, é muito simples. Não é possível.

— Não é possível? — Ela semicerrou os olhos para ele. — Não é possível o quê? Fala! — O mordomo trouxe os drinques em uma bandeja laqueada vermelha: a bandeja que Lyne insistia que tinha de ser usada naquela sala e apenas nela.

— Fazer isso — respondeu ele, pegando o copo e tomando um gole demorado.

— E por quê? Posso saber?

— Vic, porque é uma espécie de clube, sabe — disse ele, pomposamente, cruzando as pernas e apertando um botão localizado em um lado da mesa de centro que fez a sala se encher de música. — O clube dos bilionários. A pessoa trabalha durante anos, anos e mais anos, e chega um ponto em que os outros bilionários resolvem fazer de você um sócio do clube.

Victory pensou nisso por um instante, franzindo o cenho.

— Ora bolas, por que eles não decidem fazer de mim uma sócia?

— Porque não é assim que a banda toca — disse Lyne, sorrindo. — É um clube fechado. Mulheres e minorias não entram. Você pode não gostar disso, mas é assim que funciona.

— Isso não é ilegal?

— Como? — perguntou Lyne, sem se deixar perturbar, perfeitamente seguro de si. — Não é uma organização oficial. O governo não pode dizer a você como escolher seus amigos. — Ele sacudiu os ombros, em sinal de desprezo. — Para esses caras, mulheres são gente com quem se trepa, não gente com quem se faz negócio.

— Revoltante.

— Ah, é? — perguntou ele, erguendo as sobrancelhas. — Mas é assim que funciona. Quando é que as mulheres vão entender que não se pode mudar a forma de pensar dos homens? — E se levantou, sacudindo o copo e fazendo os cubos de gelo chacoalharem dentro dele. — Por falar nisso... — disse ele, de um jeito insinuante.

Ela soltou uma risada curta. Se ele achava que ia levá-la para a cama com aquele discursinho, estava redondamente enganado. Ela se levantou e foi até o telefone, pedindo ao garçom para lhe trazer mais uma rodada de tônica com vodca.

— Agora é sério, Lyne — disse ela. — E se eu quisesse ganhar um bilhão? Como eu faria isso?

— Por que ia querer ganhar um bilhão? — perguntou Lyne, erguendo as sobrancelhas e achando graça.

— Por que uma pessoa ia querer isso? Por que você quis isso? — indagou Victory.

— Porque estava ao alcance — disse ele, com emoção. — Se você é homem, é a coisa mais espetacular que pode fazer na vida. É como ser rei ou presidente. Com a diferença de que não precisa nascer assim e não precisa ser eleito. Não precisa convencer um bando de babacas a gostar de você o suficiente para votar em você.

Victory soltou uma risada.

— Mas você faz isso, Lyne, acabou de dizer. Disse que a única maneira de se tornar bilionário era ser aceito no clube.

— Tem razão — disse ele. — Mas estávamos falando de umas dez pessoas no máximo. Se não consegue que dez pessoas lhe dêem apoio, você é mesmo o fim. — Então deixou de lado o assunto: — Dá para a gente ir para a cama agora?

— Só um minuto — disse ela, estudando-lhe o rosto com a maior atenção. Como seria ser Lyne Bennett?, perguntou-se ela. Ter tanta confiança em seu lugar no mundo, sentir-se como se tivesse direito a fazer o que quisesse... com direito a pensar como quisesse, viver em um mundo onde ninguém jamais colocava limites no que você poderia fazer e quanto tinha permissão para ganhar...

— Querido — disse ela, passando por ele e se sentando de propósito em um banquinho coberto de seda castanho-avermelhada —, e se eu quisesse ganhar... não um bilhão de dólares, pois está claro que eu jamais entraria no seu clube... Mas vários milhões talvez...

— No que está pensando? — perguntou Lyne, começando a levar a discussão a sério. Lyne sempre podia ser convencido a falar sobre negócios, e às vezes Victory usava isso como estratagema para tirá-lo de um acesso de mau humor. Mas, desta vez, ela queria mesmo a informação.

— Não estou dizendo que não pode acontecer — disse ele. — Mas é como no Banco Imobiliário, exatamente como isso, que é uma coisa que as mulheres jamais parecem entender. É um *jogo*. Você precisa de propriedades que os outros jogadores querem; e não estou falando da Mediterranean Avenue, veja bem. Precisa do Park Place ou do Boardwalk... É o que eu tenho, entende? Na indústria dos cosméticos, eu tenho o Park Place.

— Mas não é dono da Belon Cosmetics, Lyne — disse ela. — Ou é?

— Mera questão de semântica — disse ele. — Para todos os fins práticos, eu sou. Não de tudo, mas de uma boa parte. Trinta por cento. Que por acaso é a percentagem de ações de que se precisa para controlar a empresa.

— Só que você não começou o jogo com o Park Place na mão — disse Victory, sorrindo. — Você mesmo disse: a pessoa começa sem nada. Então, antes, devia ter a Mediterranean Avenue...

— Bom, tinha, sim — disse ele, meneando a cabeça afirmativamente. — Comecei com um negócio de distribuição anos atrás, quando tinha acabado de sair da faculdade em Boston. Distribuía uma pequena linha de cosméticos que uma velhinha fazia na cozinha dela. Naturalmente, a velhinha era Nana Remmenberger e o pó facial se tornou a Remchild Cosmetics...

Victory concordou, interessadíssima.

— Mas não está vendo, Lyne? Eu já tenho minha Mediterranean Avenue... minha empresa, a Victory Ford Couture...

— Não estou querendo ofendê-la, mas ela não passa de uma butique de segunda categoria, Vic — disse ele. — Empresas de moda como a sua, bem, funcionam na base do sufoco e fecham num piscar de olhos.

— Só que já estou no mercado há mais de vinte anos.

— Ah, é? — disse ele. — Quais são seus lucros? Cem, talvez duzentos mil por ano?

— Dois milhões de dólares no ano passado.

Ele olhou para ela com interesse renovado.

— Isso basta para conseguir que os investidores mordam a isca. Para conseguir que alguém como eu invista em você, para poder aumentar a produção e vender mais roupas. — Ele terminou o drinque e pôs o copo na mesa lateral, como se agora estivesse realmente indo para a cama. — Naturalmente que a primeira coisa que eu tentaria fazer, ou qualquer homem de negócios, seria conseguir o melhor negócio para si mesmo e o pior possível para você. Em outras palavras, eu tentaria passar rasteira em você — disse ele, passando o braço em torno dos ombros dela para levá-la para fora da sala. — Trocando em miúdos, ia querer tirar seu nome e todo o seu poder. E não seria porque você é mulher, faria exatamente o mesmo com qualquer homem que viesse a mim com esse tipo de proposta.

Victory olhou para ele e suspirou. E esse, pensou, era exatamente o motivo pelo qual ela jamais faria negócio com *ele*.

Ela se encolheu para poder escapar do abraço dele e parou em frente ao pequeno elevador que ficava diante do patamar da escada que levava à suíte de Lyne.

— Mas certamente nem todo mundo é assim tão dominador quanto você, Lyne — disse ela, para provocá-lo. — Deve ter alguma forma de conseguir investidores sem ter de abrir mão do meu controle.

— Claro que tem — disse ele. — Se puder fazer as pessoas pensarem que a empresa está para decolar, fazer eles pensarem que é uma oportunidade de ganhar dinheiro sem muito risco, então você vai ditar as regras.

— Obrigada, meu amor — disse ela, apertando o botão para chamar o elevador.

— Não vai passar a noite comigo? — perguntou ele.

Victory sorriu e sacudiu a cabeça, pensando que essa era a única concessão dele à delicadeza — chamava o sexo de "passar a noite", como se os dois fossem crianças.

— Não devo — disse ela. — Tenho de pegar o avião bem cedo para Dallas amanhã.

— Vá no meu avião — disse ele, pressionando-a. — Ninguém vai usá-lo amanhã. Vai chegar lá mais rápido. Vai economizar bem umas duas horas...

A oferta era tentadora, mas ela não queria começar a tirar vantagem de Lyne, usando seu avião particular — nem qualquer outra coisa que lhe pertencesse, por sinal.

— Desculpe — disse ela, sacudindo a cabeça. — Prefiro chegar lá por meus próprios meios.

Lyne fez cara de ofendido — provavelmente estava mais ofendido por ela não aceitar o avião do que pelo fato de ela não passar a noite com ele — e depois disse, friamente:

— Como queira.

Deu meia-volta, como se ela fosse uma mera empregada que ele tinha acabado de dispensar, e foi até as escadas sem dizer uma palavra de despedida, deixando-a sair da casa sozinha.

Na manhã seguinte, quando o avião para Dallas se atrasou na pista duas horas devido ao controle de tráfego aéreo, ela momentaneamente desejou ter aceitado a oferta de Lyne de uma trepada e seu jato particular. Teria tornado sua vida bem mais fácil. Por que tinha de passar duas horas dentro de um avião na pista, sem nada para comer ou beber, seu destino nas mãos da falta de organização de outras pessoas, se não precisava disso? Mas a oferta de Lyne só teria deixado sua vida mais fácil em curto prazo, lembrou a si mesma, severamente. Ela sabia como era fácil acostumar-se com o estilo de vida de Lyne e se deixar levar pelo pensamento de que se era especial e não podia viver de outra forma. E dali, pronto, para descambar ladeira abaixo bastava um instante. Não só porque aquele estilo de vida podia ser tirado de uma hora para outra, mas por causa daquilo a que a pessoa acabava se sujeitando a fazer para conservá-lo — como tornar o homem a sua prioridade, colocando-o no lugar do trabalho.

Claro que provavelmente era disso que Lyne gostava nela — o fato de ela se recusar a colocá-lo antes de seu trabalho. Ela tinha sido convencida, uma vez mais, depois daquela noite em que havia recusado a oferta de tomar o jatinho dele, que não iria mais ouvir falar dele, mas Lyne era feito carrapato: ela não conseguia se livrar dele. Lyne parecia não se recordar dos maus momentos entre eles — ou isso ou eles simplesmente não o afetavam em nada. De qualquer forma, tinha ligado dois dias depois, como se tudo estivesse bem, e convidado Victory para passar o fim de semana com ele em sua casa nas Bahamas. Ela estava *mesmo* caindo pelas tabelas e imaginando que seria bom tirar uns dois dias de folga, por isso tinha resolvido aceitar o convite dele de um fim de semana relaxante...

Qual o quê! Aquele "fim de semana relaxante" foi a maior ilusão do ano, lembrou ela, fazendo um gesto para a Srta. Smith lhe mostrar os brincos de pressão de diamante. A casa de Lyne na exclusiva Harbour Island era linda, claro, tendo, como Lyne explicara sem o menor escrúpulo, "criados indiferentes em correria". Susan Arrow e seu marido, Walter, tinham ido também, e na tarde de sexta, às cinco horas, os quatro tinham se ajeitado no SUV de Lyne para ir até o aeroporto de Teterboro, onde tomaram o Learjet de Lyne para as Bahamas. Victory ficou chocada ao entrar no carro e descobrir que a assistente de Lyne, Ellen, também iria. Isso devia tê-la alertado. O fato de Lyne se recusar a dar a Ellen dois dias de folga porque não queria ter de cuidar de tudo durante o fim de semana não era bom sinal.

— Quem trabalha para mim vira noite e trabalha sábado, domingo, feriado e dia santo também. Não é, Ellen? — disse Lyne no carro, a caminho do aeroporto.

— Isso, Lyne, estamos sempre trabalhando — respondeu Ellen, na maior calma.

Lyne sorriu, parecendo um pai orgulhoso.

SELVA DE BATOM 285

— O que eu sempre digo de você, Ellen?

Ellen encontrou o olhar de Victory.

— Que sou feito uma esposa, mas melhor.

— Isso mesmo — exclamou ele. — E quer saber por quê? — perguntou ele a Victory.

— Claro — disse Victory, começando a se perguntar se o final de semana não ia ser um erro.

— Porque ela não tem o direito de me pedir para pagar pensão.

Ellen lançou um olhar para Victory.

— Sempre digo a Ellen que preciso tratá-la bem, senão o marido dela vai me dar uma surra — disse Lyne, sacudindo a mão de Victory para ter certeza de que ela estava prestando atenção. — Ele é policial.

— Ele simplesmente o prenderia — disse Ellen, corrigindo-o. — E o nome dele é Bill. Lyne nunca se lembra do nome dele. — disse a Victory. Victory concordou, como quem sabe das coisas. Nos poucos meses que andara namorando Lyne, ela e Ellen haviam se conhecido melhor. Lyne, segundo Ellen explicou, era uma verdadeira mala, mas ela o aturava porque ele tinha bom coração. E pelo salário imenso que ele lhe pagava, que lhe permitia pagar escolas particulares para seus dois filhos pequenos. A idéia era que um dia eles talvez fossem ricos também. Exatamente como Lyne.

— É por isso que lhe pago 250 mil por ano — disse Lyne. — Para não ter de me lembrar do nome de ninguém.

— Mas ele se lembra do nome das pessoas importantes — comentou Ellen.

— Os homens não são maravilhosos? — suspirou Susan Arrow um pouco depois, quando já estavam no jatinho. — É disso que nós, mulheres, não podemos esquecer. Dá para imaginar como o mundo seria chato sem os homens? Francamente, não sei o que faria sem meu querido Walter.

Nesse momento, o "querido Walter", que tinha pelo menos uns 60 anos, estava engalfinhado em uma discussão acalorada com Lyne sobre os prós e contras da mais recente operação de hérnia.

— Do que vocês duas estão falando? — perguntou Lyne, virando-se no banco e dando um tapinha carinhoso no alto da cabeça de Victory.

— Nada, só dizendo que vocês, homens, são maravilhosos — disse Victory.

— Sei que sou maravilhoso, mas não tenho certeza quanto a Lyne — disse Walter, brincando.

— Sabe o que dizem por aí: todos os homens são babacas e as mulheres são doidas — brincou Lyne.

— Lyne, isso não é verdade, de jeito nenhum — objetou Victory. — A maioria das mulheres *não é* doida até que algum homem lhes tire o juízo. Por outro lado, com exceção do Walter, eu teria de concordar com você sobre a babaquice dos homens.

Lyne sorriu e cutucou Walter nas costelas, de brincadeira.

— É isso que eu adoro nela. Tem uma língua afiada, rapaz.

— E sempre terei — disse Victory.

— Gosto de mulheres autênticas — disse Walter. — Feito Susan. Ela sempre é autêntica.

— Mesmo que digam que ela é uma bruxa — disse Lyne, para provocar.

— Lyne Bennett, estou longe de ser malvada como você — replicou Susan. — E aí, isso transforma você em quê?

— Sei, mas eu posso ser assim, porque sou homem — disse Lyne, em tom de esnobação. Abriu o jornal. Que diabos estou fazendo aqui?, perguntou-se Victory.

* * *

NO MINUTO em que chegaram à casa das Bahamas, Ellen distribuiu "A Programação". Era a seguinte:

Sexta-feira
19h30 — Jantar
21h — Filme

23h — Hora de ir para a cama!

Sábado

7h30 — 8h30 Café-da-manhã no jardim de inverno

8h45 — Partida de tênis

10h — Passeio pela ilha

12h45 — Almoço — Caramanchão da piscina

13h30 — Passeio de barco

E daí por diante, com atividades planejadas até a partida deles para o aeroporto, às cinco da tarde no domingo.

— Estou gostando de ver que agora você está usando períodos de quinze minutos — comentou Walter, laconicamente.

— Eu gostaria de saber só uma coisa — disse Victory. — Quando é hora de ir ao banheiro? E tem algum banheiro específico que nós podemos usar?

Susan e Walter acharam isso extremamente engraçado. Lyne não.

O saco estourou na manhã de domingo, quando Victory se viu, uma vez mais, sentada em uma cadeira de vime no caramanchão da piscina, olhando Lyne jogar uma partida de tênis violenta contra o tenista profissional contratado, tendo decidido, no dia anterior, que nem ela nem Walter nem Susan estavam à altura de jogar com ele. Não se sabe como, Susan e Walter tinham conseguido evitar essa atividade e ido passear na praia escondido (ou talvez ido para o quarto tirar uma soneca, bastante necessária), mas Lyne tinha insistido que Victory assistisse à partida. Exatamente como uma namorada firme. Ela pensou que fosse gritar de tanto tédio. Sabia que havia mulheres que ficariam perfeitamente satisfeitas, até emocionadas de estar assistindo a seu namorado bilionário assassinar uma bola de tênis, mas ela não era uma dessas mulheres.

Que diabos estava fazendo ali naquele lugar, afinal?, perguntou-se, pela milionésima vez.

Ela se levantou e foi até o telefone, apertando o botão para chamar o "recepcionista". Só Lyne Bennett teria um recepcionista em sua casa particular nas Bahamas, pensou, aborrecida.

— Sim, madame? — atendeu uma voz masculina muito educada.

— Desculpe por incomodar, viu, mas você tem uma caneta? — pediu Victory.

— Claro, madame. Já vou levar.

Victory voltou a sentar-se. Lyne não era um jogador de tênis muito bom, mas, como a maioria dos homens, não dava para dizer isso a ele. Lyne tentava acertar a bola com tanta força que quase todas passavam por cima da cerca. Isso, porém, não era problema, porque Lyne tinha dois gandulas para catarem as bolas e trazerem-nas de volta.

— Pronto, madame — disse um homem sorridente, segurando uma caneta prateada e entregando-a a ela. — Esta serve?

— Ótimo, obrigada — disse Victory, pensando que uma Bic teria servido do mesmo jeito. Mas as canetas Bic não eram boas o suficiente para Lyne Bennett...

Ela tirou do bolso a "Programação", que ela, Susan e Walter tinham dado para levar consigo a toda parte, referindo-se a ela sempre que possível, para aborrecer Lyne. Ela virou a folha e nas costas escreveu o seguinte:

"As Dez Coisas que Eu Faria Diferente se Fosse Bilionária no lugar de Lyne..."

Fez uma pausa. Por onde começar?

"Número um", escreveu. "Não fazer a criadagem usar luvas brancas de algodão. Dá arrepios, e é um desrespeito ao funcionário."

"Número dois: Não fazer uma programação e obrigar os convidados a cumpri-la."

"Número três: E pra quê aquela geladeira cheia de Slim-Fast? Quem é o maluco que presume que os convidados queiram Slim-Fast no desjejum, no almoço e no lanche da tarde? Além disso, para que ser bilionário, se não se pode comer comida de verdade?"

"Número quatro: Não obrigar os convidados a tomar uma chuveirada antes de entrar na piscina. Se a preocupação com a higiene dos convidados é tão grande, por que os convidou?"

"Número cinco: Não passar as refeições ao telefone fazendo negócios, especialmente quando se obriga os convidados a almoçarem com o corretor imobiliário local."

"Número seis: Não tentar matar os hóspedes."

Ela fez uma pausa, depois sublinhou a palavra "matar", lembrando-se do tal "passeio de barco" do dia anterior. Foi mais uma "esnobação" do que um passeio de barco, na verdade. Lyne tinha insistido não só em exibir sua nova lancha *cigarette*, mas também em pilotá-la ele mesmo. E aí tinha tentado apostar corrida com um pequeno pesqueiro local. Depois disso, Susan jurou que nunca mais voltaria à ilha.

Victory olhou para Lyne, que estava parado no meio da quadra, apertando uma bola na mão. Seu rosto estava rubro — parecia que estava para ter um infarto.

— Esta bola não presta! — gritou.

— Desculpe, patrão — disse o menino que catava as bolas. — Mas acontece que eu tirei essa de um tubo de bolas novas...

— Então abra outro, ora! — Ele jogou a bola no chão, onde ela ricocheteou uma vez, passando por cima da cerca.

"Número sete", escreveu Victory. — "Tentar se comportar como um ser humano normal. Mesmo que não o seja."

E exatamente nessa hora, seu celular tocou. Ela olhou para ele, rezando para que fosse Nico ou Wendy.

— Victory? — falou Muffie Williams, naquela voz aracnídea e empostada. — Onde você está?

— Estou nas Bahamas... com Lyne — disse Victory. Havia alguma coisa no tom de Muffie que de repente a fez se sentir culpada por estar fora descansando.

— Pode ir a Paris amanhã para uma reunião? É com a B et C — disse Muffie.

Victory olhou de relance para Lyne. Ele não estava mais na quadra — uma de suas bolas malucas tinha atingido uma colméia, e ele agora estava agitando a raquete furiosamente e berrando enquanto corria pelo gramado, seguido do tenista e dos dois garotos.

— Não tem problema, Muffie — disse ela ao telefone. — Estou indo agora.

Lyne ficou furioso.

— Não vou abreviar meu fim de semana — disse, emburrado.

— Ninguém lhe pediu para abreviar nada — retrucou ela, jogando suas coisas na mala.

— Se estão assim tão desesperados para se reunir com você, podem esperar até terça. — Ele provavelmente tinha razão, mas não entendia o quanto ela estava louca para sair dali.

— E a reunião é para quê?

— Como é que eu vou saber? — disse ela.

— Vai sair assim correndo para uma reunião em Paris, saindo das Bahamas em um domingo de manhã e estragando o fim de semana, e vai de avião de noite encontrar alguém para alguma reunião que nem mesmo sabe sobre o que é?

— É assim que eu ajo, Lyne — disse ela.

— Isso é burrice.

Ela deu de ombros e continuou fazendo as malas. O que queria mesmo dizer a Lyne era que, naquele momento, ela teria encontrado qualquer desculpa para não ficar perto dele, da sua programação e daquela porcaria de fim de semana "relaxante" nas Bahamas.

— Quer saber qual é seu problema, Lyne? — perguntou ela. — Sente tanto medo da intimidade que precisa programar cada minuto da sua vida. Nem mesmo consegue se sentar e conversar como uma pessoa normal.

— *Eu*, medo da intimidade? — perguntou ele, indignado. — Você é que está fugindo para uma reunião ridícula em Paris.

Agora era sua vez de ficar furiosa. Virou-se para ele, o rosto rubro e o coração batendo depressa no peito.

— Não é ridícula coisa nenhuma, viu? É *meu* negócio. Só porque não ganho um bilhão de dólares por ano não quer dizer que *meu* trabalho não é tão importante quanto o *seu*. — E ela gritou essa última frase tão alto que sua garganta se fechou, em protesto.

— Eu, hein! — disse ele, assustado. — Vá com calma, garotinha. Pegue meu avião até o JFK se quiser. É só uma viagem de quatro horas de ida e volta. Se sair agora, ainda podemos decolar às cinco...

Lá vinha ele de novo, pensou ela, irracionalmente, com a tal da programação *dele*.

— Você ainda não entendeu? — perguntou ela, jogando uma calcinha no chão, de raiva. Esse gesto dramático não teve o impacto desejado, principalmente porque a calcinha flutuou até o chão e ficou ali, como um lenço de papel descartado. — Não *preciso* do seu jatinho...

— Como queira. — Ele deu de ombros e saiu da sala, do jeito que sempre fazia quando as coisas não corriam conforme ele esperava.

Quando o táxi chegou para levá-la ao minúsculo aeroporto, ele já havia passado para a próxima atividade: mergulho com snorkel. E uma vez mais, de pé na pista ao sol, esperando o monomotor chacoalhante para cinco passageiros, que tinha conseguido como *charter* para o aeroporto de Islip em Long Island, ela desejou ter sido capaz de aceitar a oferta do Lyne. Mas simplesmente não podia. O *charter* custou 3 mil dólares, e depois ela pagou mais uma corrida de táxi de 200 dólares até o JFK, que a deixou lá na horinha exata de pegar o vôo das seis da tarde para Paris, por mais 3 mil. Somando tudo, aquela reunião em Paris custou-lhe quase oito mil dólares, mas valeu a pena, principalmente depois que ela voltou, e, ao encontrar com Lyne no Michael's de novo, disse, sem a menor cerimônia:

— Parece que a B et C está com intenção de fazer uma proposta de compra da minha empresa por alguns milhões de dólares... — e ele quase engasgou enquanto mastigava a costeleta de carneiro.

A lembrança a fez sorrir, e inclinando-se para olhar-se em um espelho na área de exibição de peças da Sotheby's, ela virou a cabeça de um lado para o outro, apreciando o modo como os brincos de pressão de diamante faiscavam à luz das luminárias. Talvez devesse comprar para si uma coisinha para comemorar. Talvez esses brincos...

Seu telefone voltou a tocar.

— Então — disse Lyne, como que continuando uma conversa que tivesse interrompido vários minutos antes —, estou preso em Washington esta noite. Por que não pega meu avião e vem jantar aqui comigo?

Ela deu um suspiro.

— Lyne, estou ocupada.

— Fazendo o quê?

— Cuidando da minha vida.

— Então não virá a Washington para jantar.

— Não.

— Está certo. Tchau — disse ele e desligou.

Nico apareceu de repente, molhada, descabelada e sem fôlego, as faces enrubescidas, como se tivesse corrido.

— Desculpe o atraso — disse ela. — Precisei fazer uma coisa...

— Tudo bem. Eu só estava olhando — disse Victory.

— Era o Lyne? — perguntou Nico, pegando o celular ainda na mão de Victory e vendo sua cara de aborrecimento.

Victory deu de ombros e revirou os olhos.

— Queria que eu pegasse o avião e fosse jantar com ele em Washington, veja só. Eu disse que não. Acho que é bem coisa de mulher-objeto, não acha, uma dona pegar o jatinho particular do cara só para jantar com ele?

— É? — perguntou Nico. — Sei lá. Eu gostei desses brincos.

— Custam vinte e dois mil — murmurou Victory e devolveu os brincos à Srta. Smith.

Elas andaram, olhando as vitrines, até chegarem ao diamante azul, propriedade de um cavalheiro.

— Vou experimentar esse aí — disse Nico, de repente.

— Mas não pode comprar...

— Nunca se sabe, Vic. Talvez um dia a gente possa — disse ela, com autoconfiança. Tirou o casaco de peles, e a Srta. Smith chegou perto dela para destrancar a porta da vitrine.

— Lindo, não é? — disse a Srta. Smith, retirando o diamante da base onde estava apoiado. Ergueu-o, suspenso em uma corrente fina de platina. — Vai comprá-lo para si mesma? — perguntou. — Ou está pensando em ganhá-lo de presente? Do seu marido, talvez...

— Meu Deus, não, que é isso — respondeu Nico, rapidamente. E aí ruborizou-se. — Meu marido nunca poderia...

Victory ficou só olhando aquilo. Conhecia Nico há anos, mas não tinha idéia que ela era apaixonada por jóias. Mas supôs que se podia aprender coisas novas sobre as amigas a cada dia.

— Meu marido não gosta ... de jóias — disse Nico, erguendo a parte de trás dos cabelos para a Srta. Smith poder fechar a corrente do pingente de diamante atrás do pescoço dela.

— É assim hoje em dia, não é? — concordou a Srta. Smith. — Cada vez mais mulheres compram jóias para si mesmas. Mas é melhor assim. Pelo menos pode-se escolher aquilo de que se gosta...

— Exatamente — disse Nico. Virou-se para ver seu reflexo no espelho.

O diamante destacava-se maravilhosamente contra a pele branca de Nico. Era uma pena, pensou Victory de repente, que não fossem mais ricas, porque aquele diamante era a cara de Nico — tão frio, azul e poderoso quanto ela. Aquele diamante pertencia de direito a Nico, pensou Victory. Uma pena ela não ter cacife para comprá-lo.

Mas só colocar o diamante por um minuto apenas pareceu restabelecer Nico, fazendo-a recuperar seu modo de ser costumeiro, porque, no minuto seguinte, ela se debruçou para falar com Victory, e em sua voz baixa e tranqüila, sussurrou, na maior naturalidade:

— Por falar nisso, estou tendo um caso.

# 10

O TELEFONE ESTAVA TOCANDO MUITO LONGE, POSSIVELMENTE EM outro país.

Pelo menos, foi assim que pareceu no sonho de Wendy. Então ela viu que não era sonho, e o telefone estava mesmo tocando perto da sua cabeça. Não soava como o telefone de casa, porém. Ao abrir os olhos, olhando em volta para o quarto silencioso e branco, ela se lembrou que não estava em casa.

Estava na suíte empresarial da Parador no Hotel Mercer.

Sentia-se culpada de algum crime horrível que não tinha cometido, mas que todos os outros pareciam pensar que tinha. E aí os acontecimentos pavorosos da noite anterior voltaram a assombrá-la: Shane querendo divorciar-se dela...

Ai, meu Deus! O telefone. Talvez fosse Shane ligando para dizer que tinha cometido um erro imenso.

Voou para cima do telefone e agarrou o receptor com as duas mãos.

— Alô? — a voz saiu rouca.

— Wendy Healy? — perguntou uma voz masculina entusiástica em tom oficial. Ela só conseguiu perceber que não era Shane. Olhou de relance o relógio. Os números no mostrador digital diziam que eram 5h02 da manhã e eram tão vermelhos quanto seus olhos deviam estar.

— Sim?

— Aqui é Roger Pomfret, do comitê da Academia. Parabéns. O filme *O Porco Malhado* foi indicado para seis Oscars.

— Muitíssimo obrigada — disse ela, sonolenta, e desligou.

Ihhhhhhh. Tinha se esquecido totalmente. Era dia de indicação para o Oscar. Para tornar esse acontecimento realmente especial, eles ligavam às cinco da matina.

Ela se deixou cair de costas sobre os travesseiros. Como se sentia em relação a isso? Cobriu os olhos com as mãos. Não estou nem aí, pensou. Uma verdadeira heresia!

Ela se sentou e acendeu a luz. Nos minutos seguintes, seu celular ia começar a tocar. E aí ela teria de fazer de conta que estava toda alvoroçada e alegre. Exatamente com o quê, ela não tinha certeza. Tinha desligado na cara de Roger Pomfret antes que ele pudesse até mesmo dizer quais as indicações que o filme tinha recebido. Só que, para ela, não fazia a menor diferença.

Brrrrp. O celular tocou na cadeira onde ela havia deixado o aparelho mais ou menos à uma da madrugada. Tinha de ir pegá-lo e agir normalmente. O quarto era minúsculo — três metros e meio por três metros e meio — e a cadeira ficava apenas a uns sessenta centímetros de distância. Tentou esticar o braço para pegar o aparelho sem sair da cama, mas os lençóis eram daquele tipo usado em hotéis de luxo que costuma ser escorregadio, e ela caiu, batendo com o joelho no chão.

Ai. Merda.

— Alô?

— Parabéns! — disse Jenny Cadine.

— Parabéns a você — disse Wendy, presumindo que Jenny tinha sido indicada para o prêmio de Melhor Atriz.

— Não é empolgante? Estou tão feliz!

— Você mereceu. Representou muito bem.

— Além disso, era uma comédia romântica — prosseguiu Jenny.

— Normalmente, não se recebe indicação para Oscar com uma comédia...

Jenny, Wendy sentiu vontade de dizer, *será que dá para calar a boca? Provavelmente não vai ganhar mesmo.*

— Eu sei — comentou em vez disso. — Impressionante mesmo.

— Ela se sentou na beira da cama e apoiou a testa nos dedos. Tinha dormido cerca de uma hora na noite anterior. O cansaço, combinado com o estresse, a fizeram literalmente pensar que ia vomitar.

— Parabéns, outra vez — disse Wendy, tentando encerrar a ligação.

— Está em casa? Já contou ao Shane?

— Estou no Mercer — disse, hesitante, seu desejo de dar sua notícia ruim ultrapassando seu senso comum de manter a boca fechada. Que droga, pensou, por que simplesmente não tinha mentido e fingido que estava tudo bem? — Houve um vazamento no apartamento...

— Adoro o Mercer — disse Jenny. — Diga a todos aí que eu mandei lembranças. E parabéns de novo.

— Parabéns a você também.

Jenny desligou, e o telefone de Wendy voltou a tocar. Era o diretor; pelo jeito, o filme também tinha recebido indicação para Melhor Filme.

Ela recebeu várias outras ligações e, quando olhou para o relógio, eram 5h45.

Seria cedo demais para ligar para Shane? Talvez, mas ela não queria nem saber. Ia acordá-lo. Fazê-lo sofrer como ela estava sofrendo. Por que ele devia dormir, quando ela não conseguia? Além disso, depois de ficar três horas na cama revirando seus problemas, tinha resolvido que o melhor a fazer seria fingir que tudo estava bem — e aí talvez ficasse bem mesmo. E se tudo estivesse normal, a primeira coisa que ela teria feito seria ligar para Shane e dar a boa notícia.

— Quem é? — gemeu ele ao telefone.

— Eu só queria lhe dizer — disse ela, a voz deixando transparecer um entusiasmo nervoso e fingido — que recebemos indicação para seis Oscars. Por *O Porco Malhado*.

— Parabéns. Para você — disse Shane. Ele parecia estar queren-do dizer que estava tentando se alegrar por causa dela, mas ela achava que, se ele estava, era só porque achava que isso podia neutralizá-la. Se ele achava que ela não ia brigar, estava errado.

— E exatamente a que horas você volta para casa? — perguntou ela.

— Já lhe disse — respondeu ele, impaciente. — Talvez lá pelas sete ou oito da noite.

É tarde demais, ela sentiu vontade de gritar. Chloe precisa ir para a cama às sete...

— Encontro você na porta do apartamento — disse ela.

— Eu não faria isso, se fosse você — avisou ele.

— Não venha me dizer o que posso fazer ou não, Shane Healy — gritou ela, perdendo o controle de repente. — Não pode me impedir de ver meus filhos. — Alguma coisa na sua cabeça, um vaso san-güíneo, talvez, explodiu, e ela sentiu uma dor aguda sob os olhos.

— Não é isso que... — começou Shane, mas ela o interrompeu.

— Não sei quem está aconselhando você nem o que estão lhe di-zendo, mas cometeram um erro monstruoso. Vou processá-lo e ferrá-lo tanto que você nunca mais vai ser capaz de ver nossos filhos de novo. Nunca...

Shane desligou mais ou menos no meio da bronca dela. Wendy ficou olhando inexpressiva para o telefone. A campainha tocou.

— Quem é? — perguntou ela, passando pela salinha de estar e indo até a porta.

— Serviço de quarto.

— Não pedi serviço de quarto.

— Wendy Healy?

— Sim?

— Serviço de quarto. Só vou botar isso aqui atrás da sua porta. *Me deixe em paz!* Ela abriu.

Um rapazinho, tão lindo que não se podia deixar de notá-lo, pen-sou zangada, que trabalhava no hotel porque queria ser ator e achou que aquele era um bom lugar para fazer contatos, estava de pé diante da porta com uma bandeja sobre a qual se via um balde cheio de gelo contendo uma garrafa de champanhe. Ela era capaz de deduzir, pelo rótulo verde escuro em torno da rolha, que era Dom Perignon.

— Onde ponho isso? — perguntou ele, muito gentil.

Ela olhou em volta, exasperada. Será que ele fazia alguma idéia de que eram seis da matina?

— Sei lá. Na mesa de centro, talvez.

Então ele fez uma onda danada para passar um vaso de flores para uma mesinha ao lado do sofá. Será que ele podia andar mais devagar que aquilo?, pensou ela. Ele pôs o balde de gelo na mesa de vidro, pousando um documento dobrado ao lado.

Será possível?, pensou ela. Deu um passo adiante e apanhou o papel, metendo-o no bolso do roupão.

— Tem um cartão também — disse ele, solícito, entregando-lhe um envelopinho branco que estava em cima da bandeja.

— Obrigada — disse ela com frieza, fuzilando-o com o olhar.

Ele começou a arrumar a toalha em torno da garrafa de champanhe.

— Devo abrir a garrafa?

— São seis da manhã.

— Nunca se sabe — disse ele, sem entender a indireta. — Quero dizer, é um dia especial. Pode ser que queira se embebedar. Eu ia querer.

Tenho certeza que ia, pensou ela, olhando-o de cima até embaixo.

— Eu não bebo — disse, contrariada. Esse era o problema em Nova York: todo mundo era amistoso demais e caloroso demais, principalmente num lugar como o Mercer, que era basicamente uma grande festa o tempo todo. — Por favor — disse ela, olhando para a porta.

— Eu só queria lhe dizer que sei quem você é e adoro seus filmes — disse ele, num impulso. — E parabéns pelas indicações...

— Obrigada — agradeceu, conjurando o que sentiu que era sua última gota de civilidade. Manteve a porta aberta.

— Era só isso, tchau — disse o jovem rapaz.

— Tchau — respondeu ela. Deixou a porta fechar atrás dele com um estrondo. Por que essas coisas sempre aconteciam na vida? Quando estava tudo uma merda na sua vida pessoal, de repente sua carreira estava indo de vento em popa.

Ela sacudiu a cabeça, dominada por uma onda de tristeza que parecia uma lufada de ar vazia, imensa e fumacenta. Rasgou o envelopezinho e leu o cartão que havia dentro dele. "Prezada Wendy", dizia. "Você é um gênio. Eu não poderia ter feito nada sem você, e te amo de paixão. Beijos. Jenny."

Ora, pelo menos alguém reconhecia seu esforço, pensou ela. Rasgou o cartão em pedacinhos e ficou vendo-os descer flutuando até a cesta do lixo.

Depois voltou ao quarto e sentou-se de pernas cruzadas na cama, puxando o edredom branco para cima de si. Podia sentir as veias — ou seriam artérias? — pulsando nas duas têmporas, como se houvesse uma bateria inteira na sua cabeça. Olhou para a parede em frente. Não podia estar acontecendo. Não podia ser realidade. Era impossível. Coisas assim não aconteciam, mas diziam que, quando o assunto era divórcio, as pessoas faziam loucuras.

Como trancar sua esposa fora do apartamento e seqüestrar os filhos.

Isso era inquestionavelmente contra a lei.

Discou o número de Shane.

— Que é? — atendeu ele.

— Estou surpresa de você atender seu telefone.

— Dentro de um minuto vou parar de atender.

Aí ela quase entregou os pontos, quase lhe suplicou para aceitá-la de volta, para lhe dar uma segunda chance. Pouco antes de perder as forças, porém, deixou escapar:

— Vou mandar você para a cadeia.

— Ah, Wendy. Você é maluca — disse, como se ela fosse digna de pena.

— Vou sim. Vou chamar a polícia agora mesmo — alertou ela.

— Pois pode chamar. E meus pais, também vai mandar prendê-los?

— Isso mesmo. Todos vocês, os Healys, vão para o xadrez. — No silêncio que se seguiu, Wendy viu Shane e os pais dele, que tinham 70 anos e estavam começando a encolher, de pé em uma cela, todos juntos. A mãe de Shane estava com uma estola Hermès enrolada no pescoço, e o pai provavelmente vestido com um blusão azul-marinho Ralph Lauren com botões dourados. Estariam se borrando de medo, exatamente como ela estava.

— Ah, e tem mais uma coisa, Shane — disse ela. — Eu te odeio. Só quero que saiba disso.

— Que legal, Wendy. Continue assim. Vai facilitar muito as coisas para mim. Vá em frente, mande nos prender. Tenho certeza que o juiz vai considerar isso um comportamento sensato da sua parte. — Ele desligou. Ela jogou o telefone do outro lado do quarto, onde o aparelho bateu na parede com grande estrondo. Provavelmente o telefone agora estava quebrado. Saiu da cama para pegá-lo e o documento caiu do seu bolso. Ela o pegou, as palavras saltando como dedos enfiando-se em seus olhos.

— "Poder Judiciário do Estado de Nova York. Vara de Família. Abandono do lar. Por meio desta, fica convocada a comparecer diante do tribunal no dia 14 de abril."

Tribunal? Não, não, não, pensou, sacudindo a cabeça. Não ia a tribunal nenhum em momento nenhum. Jamais. Nunca recebera sequer uma multa por estacionamento ilegal, droga. Era uma boa moça. Era uma boa pessoa, e boas pessoas não compareciam ao tribunal.

Era a presidente da Parador Pictures, e a presidente da Parador Pictures não comparecia a tribunal coisa nenhuma.

Pegou o celular. A parte de fora tinha rachado, mas o aparelho parecia ainda estar funcionando. Muito bem, pensou ela, talvez não tivesse sido uma boa idéia mandar prender Shane. Ia acabar saindo no jornal, e ainda havia uma possibilidade remota de que tudo isso acabasse em pizza. Mas nada a impediria de ir a Palm Beach e trazer as crianças ela mesma. E se Shane insistisse em evitar que ela entrasse em sua própria casa, ela levaria os filhos para o Mercer Hotel. Eles podiam morar lá com ela até ela conseguir se livrar de Shane de uma vez por todas. O Mercer era tipo apart-hotel: eles levavam cachorros para passear, e também deviam ter babás. E se não tivessem, certamente arrumariam uma para ela.

Ela discou outro número.

— Alô, Josh — disse ela, procurando fazer a voz soar o mais normal possível.

— Acho que ligou para me dar parabéns, né — disse Josh.

Mas o que ele estava dizendo?

— Pelas indicações ao Oscar? — disse ele. — Acho que é por isso que está me ligando assim tão cedo num domingo de manhã.

— Ah, sim. Conseguimos seis. Quero lhe agradecer, Josh. Você ajudou demais. — E *patati, patatá*, disse uma voz na cabeça dela.

— Eu faço o melhor que posso — disse Josh, com uma ênfase desnecessária.

— Josh — disse ela, na melhor voz que usava para convencer os outros. — Preciso ir a Palm Beach agora mesmo. Esta manhã. Dá para marcar um vôo para mim, por favor, e me ligar para dizer o horário? Se não puder arranjar uma poltrona, pode descobrir se o Citation está livre? Vou usar meu cartão Netjet. — Fez uma pausa. Usar o Citation para uma coisa pessoal era algo altamente reprovável (e podia praticamente custar-lhe o emprego), mas podia-se argumentar que era uma emergência (Shane tinha seqüestrado seus filhos!). E o único motivo pelo qual ela tivera a emergência era o trabalho: tinha sido praticamente obrigada a passar um mês na Romênia procurando fazer o *Peregrinos Maltrapilhos* voltar aos trilhos. E se o pior acontecesse, ela simplesmente pagaria pelo vôo com seu próprio dinheiro. Qualquer que fosse o preço...

— Pensando bem — disse ela —, deixe os vôos comerciais para lá e tente o Citation primeiro. Se estiver ocupado, então marque um vôo comercial.

Josh ligou 15 minutos depois.

— Está com sorte — disse ele. — O Citation está no Aeroporto de Teterboro e está livre, mas precisa estar de volta às três da tarde. Victor Matrick vai precisar dele às quatro.

— Não tem problema — disse ela. Olhou o relógio. Eram seis e cinqüenta e três da manhã. Teria tempo suficiente para ir até Palm Beach, pegar as crianças e trazê-las para Nova Jersey na mesma hora.

Ela pegou a maleta velha de guerra — a mesma que tinha arrastado para todo lado no mês passado e sequer tinha esvaziado na noite anterior — e uma malinha de bordo com rodízios que tinha comprado no aeroporto de Paris, cheia de presentes para os filhos. Andou meio desequilibrada pelo corredor até o elevador, o cansaço exigindo esforço demais de seus músculos. Apenas mais algumas horas, lembrou a si mesma, e esperava que todo aquele sofrimento enfim terminasse.

— Oi, Sra. Healy? — chamou a recepcionista quando ela passou. — Vai sair esta manhã?

Wendy parou.

— Não sei — disse, subitamente consciente de como devia estar sua aparência. Não tinha lavado o rosto nem escovado os dentes e estava com a mesma camiseta com a qual andava viajando (e com a qual tinha dormido a noite passada, se é que se podia chamar aquilo de "dormir"), umas calças que antes eram apertadas mas agora estavam folgadas pelo uso, e seus cabelos não estavam penteados, apenas presos em um rabo. Mas será que isso importava mesmo? — e então falou: — Preciso ver o que vai acontecer. Eu lhe informo, está bem?

Felizmente, a moça pareceu não achar isso estranho, nem estranhar a aparência dela (e por que acharia, pensou Wendy; estava acostumada a lidar com tipos excêntricos do entretenimento), e apenas meneou a cabeça e sorriu, abrindo a porta para ela e disse:

— Aliás, parabéns pelas indicações ao Oscar.

— Obrigada — disse Wendy.

Era só com isso que o mundo inteiro se preocupava — indicações ao Oscar, pensou amargamente. Se a pessoa tivesse isso, podia mandar no planeta inteiro.

Mas não podia segurar o marido.

Um táxi encostou e ela entrou no carro.

— Aeroporto de Teterboro, por favor — disse. O táxi partiu com uma sacudidela, e ela caiu no assento. Correr para Palm Beach assim provavelmente era uma loucura, uma aventura impensada que podia tornar as coisas ainda piores, mas não tinha escolha. Quando seus filhos crescessem, o que ela iria dizer? Como iria explicar que Shane os havia seqüestrado e ela não tinha feito tudo que podia para trazê-los de volta? Isso provavelmente era um tanto dramático (ei, eles estavam apenas hospedados no Breakers Hotel durante o fim de semana, portanto, qual o problema disso?), mas quando se tirava todo o glacê de glamour, o cenário basicamente era esse.

Não havia nada a questionar, na verdade. Precisava tirar seus filhos de Shane. Afinal, eram filhos *dela*.

* * *

SENTADA NO BANCO traseiro do táxi, Wendy puxou um pedacinho de pele seca no lábio inferior, imaginando a sucessão bizarra de acontecimentos que tinha levado a este momento em que estava indo a toda velocidade para o aeroporto às sete da manhã para pegar um Citation e voar até Palm Beach com o objetivo de tirar os filhos do marido, que estava pedindo o divórcio porque ela havia passado um mês na Romênia para dar um jeito em um filme de 125 milhões de dólares pelo qual era a única responsável.

Havia alguma coisa nisso tudo que parecia perturbadoramente inevitável.

Como é que, apenas 24 horas antes, tudo estava bem? Ela estava em uma colina lamacenta acima de uma aldeia remota, olhando Jenny

Cadine tentar puxar uma vaca por um caminho pedregoso. A vaca não se mexia. Isso durou uma hora.

— Não dá para arrumar outra vaca? — pediu Wendy.

— Não tem outra. Não tem vacas aqui. Tivemos de trazer essa de caminhão da Moldávia — disse alguém.

— Tem de haver outra. De onde tiram o leite por aqui?

— Já vem outra vaca aí — disse alguém no fone de ouvido, conectado a um walkie-talkie minúsculo que ela usava preso na parte de trás das calças. Seu envolvimento no filme nesse nível, agindo como uma espécie de diretora-produtora em caráter extraordinário, não era a norma para a chefe de um estúdio. Só que ela havia decidido que, se o filme tinha alguma chance de dar certo, ela precisava pegar no pesado. Precisava estar ao lado dos atores, nas trincheiras, liderando as tropas...

Agora o incidente da vaca a fazia pensar em como havia dois tipos de gente nos sets de filmagem. Havia as pessoas pró-ativas, que previam os problemas e se planejavam, sempre um passo à frente das outras (e essas eram as que acabavam tendo sucesso), e havia gente que só seguia em frente até aparecer um problema, depois dava de ombros e fazia uma tentativa débil de resolvê-lo.

A dificuldade era, pensou ela, encolhendo-se no banco de trás do táxi, que, se o mesmo julgamento rigoroso pudesse ser feito nos casamentos, a maioria das pessoas teria de acusá-la de encaixar-se na última categoria. Durante os últimos meses, ela só andava fluindo com a maré, presumindo, rezando para tudo acabar bem (e tinha acabado, durante algum tempo, não tinha?), e foi só quando tudo explodiu na sua cara que ela se preocupou em enfrentar o bicho. Talvez ela devesse ter trabalhado mais nas sessões de terapia transatlânticas com Shane e a Dra. Vincent. Mas havia uma diferença de seis horas de fuso horário e, embora a Dra. Vincent cobrasse 500 dólares por hora, isso não era nada comparado ao custo de uma hora perdida em um set de filmagem. Nada mais nada menos que 25 mil dólares. E quando eles estavam prontos para filmar, era preciso começar. Não dava para dizer "Espere uns minutinhos, deixe eu terminar de acalmar o orgulho ferido do meu marido".

Mas ela havia tentado. E quando veio para casa, duas semanas antes, durante cinco dias, tinha marcado hora com a Dra. Vincent. Uma sessão de emergência de três horas. A Dra. Vincent tinha pedido um tripé e um bloco de papel branco grande do tipo que os escritores de televisão usavam para bolar as tramas dos episódios. Naturalmente, a Dra. Vincent já tinha sido roteirista de tevê, mas tinha percebido que faria melhor ajudando as pessoas da Indústria Cinematográfica a entenderem melhor os Relacionamentos e Elas Mesmas.

Escreveu com marcador azul a letra "E". Circulou a letra.

— O que lhe lembra a letra "E"?

— Ego? — disse Wendy, pensando que estava ficando excelente naquele jogo.

— Muito bem. E para você, Shane? — perguntou a Dra. Shane.

— Excalibur — disse Shane, num impulso. Olhou para Wendy como se a desafiasse a gozar da cara dele.

— Excalibur — escreveu a Dra. Vincent no papel, depois colocou um enorme ponto de interrogação. — Vamos falar sobre isso. Excalibur era uma espada. Está pensando no seu pênis, Shane?

— Ele vive pensando no pênis dele — disse Wendy. Não deu para evitar, simplesmente saiu sem pensar. Shane olhou-a zangado. Ela sacudiu os ombros. — Quero dizer, os homens todos não pensam só nisso? A maior parte do tempo?

— Não, Wendy. Não pensamos — disse ele.

— Que tal isto aqui? — perguntou a Dra. Vincent. Escreveu a palavra "evitação" em letras maiúsculas.

— Evitação? — perguntou Wendy.

— Trabalho equivale a evitação — disse a Dra. Vincent, escrevendo isso no bloco.

— Bem, isso é verdade — disse Shane, cruzando os braços.

— Não é! — disse Wendy, olhando de Shane para a Dra. Vincent, consternada. — As pessoas precisam trabalhar — insistiu ela, percebendo a armadilha em que caíra no segundo em que as palavras saíram de sua boca. O que estava dizendo? Shane não trabalhava. O que tudo aquilo significava? Era tudo tão confuso...

— Trabalho é uma Evitação — reiterou a Dra. Vincent. — Mas quando colocamos as duas letras juntas, o que temos?

— *E... T. ET?* — perguntou Wendy.

— *TE* — disse Shane, olhando-a como se ela fosse burra.

— Isso. TE — disse a Dra. Vincent. — Não queremos que o Trabalho seja para evitar-TE, evitar o outro.

— Mas não é — protestou Wendy. — Shane e eu temos regras. Eu as obedeço. Não tenho permissão para ficar fora mais de duas semanas. E nunca fico. Eu devia ter ficado na Romênia, nem devia estar aqui agora, mas voltei. Eu voltei. Não voltei, Shane? Eu só fiquei lá dez dias...

— Disse que só ia ficar três. No máximo — disse Shane.

Wendy olhou para a Dra. Vincent, pedindo auxílio.

— Tive de demitir o diretor e contratar outro, então tive de... — Ela afundou na cadeira, derrotada. Como podia explicar todo o processo desgastante de ter de encontrar um novo diretor e trabalhar com ele? E aí o produtor tinha pedido demissão em protesto, e agora ela tinha de voltar a assumir esse cargo até o novo produtor (que estava terminando outro filme) poder terminar esse e aparecer na locação em, exatamente, se tudo corresse de acordo com o cronograma, quatro dias.

— Não vá. Lanço um desafio, Wendy — disse Shane no dia seguinte, quando ela estava se preparando para viajar de novo.

— Preciso ir.

— Não ouviu o que a Dra. Vincent disse? Está se evadindo. Está usando seus filmes, suas fantasias, para evadir-se da vida.

Ela sentiu vontade de esganar a Dra. Vincent nessa hora. Não havia nada mais perigoso, decidiu, que um homem com um pouquinho de conhecimento de psicologia, porque ele só o usaria contra você. Talvez as mulheres estivessem melhor antes, quando os homens eram como trogloditas, sem nenhuma compreensão do motivo pelo qual faziam o que faziam, e sem compreensão do motivo pelo qual as mulheres faziam as coisas, também.

Em sua defesa, ela disse:

— As pessoas precisam de fantasias, Shane. Se todos nós víssemos o mundo da forma como realmente é, ninguém sairia da cama de manhã.

— Só você é assim, Wendy. Eu consigo ver o mundo como realmente é. E enfrentá-lo.

Essa era uma mentira tão ofensiva que Wendy perdeu o controle.

— Só porque você não precisa, Shane. Porque eu trabalho feito um burro para você viver numa bolha cor-de-rosa onde nunca tem de fazer nada que não queira fazer!

E foi assim — finalmente, ela confessou. Essa foi, pensou Wendy, provavelmente a briga mais dolorosa que eles tiveram nos 12 anos de casamento. Mas só porque, ao contrário do que sempre fazia, ela não havia se afastado nem mentido para poupar o amor-próprio dele. A Dra. Vincent tinha razão. Ela andava usando o trabalho para se evadir: de Shane!

Credo! Será que não o amava mais?

Como podia? Mesmo que quisesse, não podia, não depois do que ele estava tentando fazer com ela e com a família deles. Era tão inacreditável, tão baixo, que mal conseguia se permitir falar no assunto. E agora, sentada no táxi e olhando pela janela para a paisagem árida de concreto (o táxi estava acabando de sair do túnel Lincoln e entrando em Nova Jersey), sentia-se corar de vergonha e raiva de tudo.

Soube que havia algo errado quando estava no aeroporto em Paris, no caminho para casa, voltando da Romênia. Era uma tradição ela sempre voltar de uma viagem com presentes, e essa era uma parte da viagem que sempre aguardava com ansiedade: comprar coisas para os filhos porque significava que ia vê-los em breve. Tinha comprado uma pequena malinha de lona com rodízios para encher de presentes, e, andando pelas lojas de *duty-free*, tinha tentado ligar para Shane várias vezes. Ele não atendeu nenhum número — nem o celular dele, nem em casa nem mesmo no apartamento dos seus pais. Ela tentou ligar para os celulares dos filhos, mas eles também não atenderam. Eram quatro da manhã em Paris, dez horas em Nova York. Provavelmente havia alguma explicação lógica — eles tinham ido para algum lugar juntos. Talvez fazer compras. Seria possível que Shane não sabia que ela estaria de volta na noite do sábado? Tinha certeza absoluta que havia lhe dito, mas talvez ele não tivesse acreditado nela. Wendy tinha feito questão de telefonar para Shane e para os filhos pelo menos uma vez por dia. Suas conversas com Shane eram tensas e distantes, mas isso já se esperava; mesmo que eles não tivessem tido uma briga, ligações telefônicas transatlânticas eram impossíveis, e ela havia aprendido há muito tempo a não tentar interpretá-las — se tentasse, enlouqueceria. Só que, quando não conseguiu ligar para Shane do aeroporto de Paris, entrou em pânico, discando para ele e para as crianças a cada dez minutos durante as duas horas seguintes, até entrar no avião e a comissária de bordo lhe pedir para desligar o celular. Uma sensação de pavor a dominou: um medo que continuou durante toda a viagem de sete horas. Devia ter acontecido algum acidente. Talvez um incêndio. Talvez Shane tivesse morrido. Mas alguma coisa lhe dizia que era algo pior.

(A única coisa que podia piorar essa guerra era ter acontecido algo com as crianças. Rezou para que não fosse isso. Isso não, meu Deus).

Ela começou a discar os números de todos outra vez assim que os pneus do avião tocaram na pista do JFK às 8h03 da manhã.

Ainda nenhuma resposta. Em nenhum lugar.

Alguma coisa estava realmente muito errada. Começou a ficar com falta de ar, arrastando a maleta e a mala pelo túnel de desembarque e ao longo do corredor infindável que levava à alfândega. Só conseguia pensar em chegar em casa.

SELVA DE BATOM

— Alguma coisa a declarar? — indagou o fiscal, olhando seu passaporte.

Ela sorriu, esperançosa.

— Não.

Por favor, me deixe sair logo daqui, rezou.

O fiscal olhou para ela e escreveu "1" na sua declaração de bens para a alfândega, circundando o número. Droga! Porcaria, merda! Ela quase sentiu vontade de chorar. Isso significava que iam revistá-la. Por que isso sempre acontecia com mulheres que viajavam sozinhas? Era como se o mundo inteiro quisesse castigá-las.

Havia uma fiscal aguardando-a na saída. Outro mau sinal. Significava que, por algum motivo, eles desconfiavam que ela — logo ela! era uma criminosa em potencial (algo que ela era, de certo modo, por deixar o marido e os filhos em casa para poder subir na carreira glamorosa e agora provavelmente totalmente destituída de significado) e precisavam de uma fiscal especial caso a situação exigisse uma busca em todas as cavidades corporais. Ninguém acreditava nela quando contava essa bendita rotina constante da alfândega, mas Wendy já viajava fazia tempo suficiente para saber o que significava.

Eles realmente desconfiavam que ela era uma criminosa. Uma traficante de drogas. Porque o mundo ainda não conseguia imaginar que uma mulher que viajava muito sozinha podia ser alguma outra coisa que não fosse uma mula.

Instintivamente, seus olhos se deslocaram de um lado para outro, procurando uma saída (muito embora ela não tivesse feito nada de errado, pelo menos nada ilegal), e aí, antes que pudesse fugir, a fiscal ("Agente Cody" foi como Wendy mentalmente a batizou), aproximou-se dela e estendeu a mão.

— Pode me mostrar sua declaração de bens, por favor — era uma ordem, não um pedido.

— Claro — disse Wendy, passando a maleta nervosamente de uma das mãos para a outra.

A agente Cody examinou a declaração.

— Me acompanhe, por favor.

Wendy seguiu-a até uma mesa comprida, já se sentindo exposta, como se estivesse marchando nua diante de uma multidão de estranhos.

— Qual a natureza da sua viagem? — indagou a agente Cody.

— Negócios — disse Wendy firmemente, a boca ficando seca.

— E qual a natureza dos seus negócios? — A agente Cody ergueu a maleta e colocou-a sobre a mesa, começando a revistá-la.

— Sou produtora de cinema... Na verdade, sou presidente de uma companhia cinematográfica. Acabei de chegar de uma locação...

— De que filme?

— O nome é *Peregrinos Maltrapilhos*...

— *Peregrinos Maltrapilhos*? Eu vi esse filme?

— Não. Estamos no meio das filmagens... Vai ser lançado no próximo Natal — disse, em tom de quem se desculpa.

Outro fiscal se aproximou. Um homem de 40 e poucos anos e um metro e meio de altura. Lábios finos como dois barbantes. Agora eles a estavam cercando, pensou Wendy. Ela estava começando a suar.

— Já ouviu falar de um filme chamado *Peregrinos Maltrapilhos*? — perguntou a agente Cody ao Boca de Barbante.

— Não — disse o Boca.

— Ela está me dizendo que é produtora de filmes — disse a agente Cody, tirando o estojo de maquiagem de Wendy da maleta e passando-o para o Boca de Barbante. Boca abriu o zíper do estojo e olhou dentro dele, tirando uma escova de dentes tão usada que as cerdas estavam viradas para os lados como se fossem dedos moles.

— A senhora... se importaria... se eu desse um telefonema? — perguntou Wendy. — Tenho de ligar para os meus filhos.

— Não — disse a agente Cody.

— Quê?

— Não. Não pode fazer ligações na alfândega.

— Posso ver isso? — pediu o Boca de Barbante.

Wendy entregou-lhe o telefone. Boca o ergueu e o sacudiu.

— É só um telefone, eu *juro* — disse Wendy, ousando demonstrar impaciência. Quanto tempo mais eles iam torturá-la daquele jeito? Dentro de dois segundos eles provavelmente a levariam para dar uma revista completa, mandando-a tirar toda a roupa...

— Posso ver seu passaporte, por favor? — O Boca de Barbante folheou o documento. — A senhora viaja muito, hein — disse ele, sério, como se isso em si já fosse uma atividade muito suspeita que devia ser evitada. — Devia saber que a alfândega tem direito de revistar qualquer passageiro por qualquer motivo, a qualquer momento.

Ela abaixou a cabeça, contrita.

— Sim, senhor. O senhor tem razão.

E só aí, depois de terem conseguido finalmente humilhá-la, eles a liberaram.

Graças a Deus. Estava livre! Correu passando pelas portas de vaivém até a sala de espera. Havia ali uma multidão, mas logo na frente, exatamente como tinha sido instruído, estava um motorista uniformizado com um carrinho e um cartaz dizendo "Sra. Healy". Ela correu para ele, acenando... E aí mais um homem avançou. Estava usando uma capa suja e era careca, com alguns fios de cabelos pretos e oleosos penteados sobre o escalpo esburacado.

— Wendy Healy? — perguntou ele.

Ah, não, pensou ela, apavorada. Esse era o urubu, o portador das más notícias. Ela estava certa o tempo todo, alguma coisa pavorosa tinha acontecido com Shane e seus filhos. E seus joelhos começaram a tremer de medo.

Não conseguiu falar.

— É a Wendy Healy? — perguntou ele de novo. Tinha uma voz gozada, a voz que um bicho de pelúcia teria se pudesse falar. Ela confirmou, sem dizer nada.

— Obrigado — disse ele, entregando-lhe um envelope.

Ele virou e desapareceu na multidão. Confusa, Wendy abriu o envelope.

— Poder Judiciário do Estado de Nova York, Vara de Família, Sucessões e Registros Públicos, caso Healy x Healy — leu ela rapidamente. — Citação para divórcio... acusada de abandono do lar... As crianças permanecerão sob os cuidados do pai legítimo, Shane Healy, até a decisão final do tribunal...

Ela sentiu um alívio que chegou a deixá-la tonta — os filhos não tinham morrido, pelo menos não pelo que ela sabia no momento — não era nada, afinal de contas, só mais um dos truques sujos de Shane.

Que ele fosse para o inferno.

O motorista de repente avançou e levou-a embora.

— Golpe baixo — comentou ele, indignado. — Mandar o oficial de justiça entregar uma citação de processo de divórcio para a esposa quando ela acabou de sair de um avião. Se eu soubesse o que era, teria impedido.

— Hummmm — disse ela, sem se comprometer. Não podia ser verdade, podia? — Não importa. Não é nada — disse ela, com o que provavelmente parecia uma frieza estranha e inapropriada. — Não é nada — repetiu. — Só mais uma barra para enfrentar. Meu marido é maluco.

O motorista ajudou-a a entrar no carro com toda a gentileza.

— Se precisar de lenço de papel, tem uma caixa de Kleenex no painel.

Ela balançou a cabeça, dispensando a delicadeza. Não ia chorar. Sempre era assombroso como, em momentos como este, a gente não chora. Em vez disso, havia apenas um vácuo inerte, doentio e amarelado em sua cabeça. Ora, ora, ora, pensou ela, então tinha sido esse o motivo pelo qual Shane não tinha atendido o telefone. Estava com medo.

Era tudo bizarro e patético demais para comentários.

O vigia da noite olhou para ela de um jeito esquisito quando ela entrou no prédio.

-- Meu marido está? — perguntou ela.

SELVA DE BATOM   313

O vigia desviou o olhar, e quando voltou a olhá-la e deu de ombros, havia uma expressão ligeiramente hostil em seu rosto, como se ele estivesse esperando uma briga e tentando alertá-la para não tentar começar uma.

— Não sei — disse ele. — Acho que eles foram passar o fim de semana fora.

Fora? Não era possível. Ainda por cima, agora essa? Seu coração começou a disparar de novo, em pânico.

— Acha que sabe ou sabe mesmo? — insistiu ela, apertando o botão para chamar o elevador.

— Não vi ninguém hoje. Eles saíram ontem de tarde com malas. Mas não sei de nada.

O elevador abriu-se para o corredor em penumbra, com paredes de cimento áspero. Havia uma porta em cada ponta: à direita era seu apartamento. Ao percorrer o corredor, ela teve a sensação de que estava fora do corpo, de estar desempenhando um papel de roteiro que alguma outra pessoa escrevera. Sua própria porta lhe pareceu estranha, e isso também pareceu inevitável, em vez de surpreendente: quando tirou a chave para metê-la na fechadura, viu que até a fechadura estava diferente, lustrosa, nova, parecendo latão. Viu toda aquela terrível cena se desenrolando à sua frente outra vez: tentava meter a chave na fechadura e ela não virava, e aí, confusa, ela pensava que estava diante da porta errada e tentava outra fechadura, então percebeu que Shane tinha trocado a fechadura. Ela experimentou a chave assim mesmo, e foi como ela imaginava: a chave entrava até o meio e depois não entrava mais, e como precisava eliminar todas as possibilidades, andou até o fim do corredor e experimentou a chave na outra porta. Não entrou também, e tentando mais uma vez sem conseguir, ela meteu a chave de qualquer jeito na nova fechadura.

A chave ficou parada ali, zombando dela.

Uma onda de desespero e desânimo se apoderou dela, e do fundo desse sentimento negro veio a percepção irracional porém inquestionável de que alguma coisa estava perdida e jamais seria encontrada outra vez. Enfim tinha chegado o dia, pensou ela; o dia que temera sua vida inteira. Ela era uma fracassada total e absoluta. Não podia mais negar. Tinha feito tudo errado. Tinha decepcionado todos, acima de tudo seus filhos.

A culpa era quase insuportável. Afastou-se da porta cambaleante e, curvada de dor, pôs a palma da mão contra a parede áspera de cimento para se sustentar. O que ia fazer agora? Chamar um chaveiro, supunha, ou um advogado... ou a polícia? Uma terrível sensação de inércia a dominou ao pensar em todo esse esforço. Ou podia apenas desistir e deitar-se no corredor. Em algum momento, Shane voltaria e a encontraria ali.

Era igualzinho ao seu pesadelo, pensou ela, escorregando até agachar-se. Aquele em que ela estava deitada sem esperanças, morrendo no corredor, incapaz de se mexer. Ela apertou as mãos sobre os olhos, abrindo a boca em um grito mudo.

Suspirou profundamente, passando as mãos sobre o rosto. Precisava respirar e pensar. A primeira coisa a fazer era ligar para um chaveiro — era o que um roteiro exigiria. Então entraria no apartamento e procuraria indícios do lugar para onde Shane podia ter levado os filhos. Ela ficou de pé e pegou a bolsa. Agora era simplesmente uma questão de esperar. Esperaria o chaveiro e depois encontraria os filhos.

Pegou o telefone celular e olhou para a telinha. Estava apagado. A bateria tinha se esgotado.

Então ia ser aquele tipo de cena. Mãe desesperada perde filhos e enfrenta novos obstáculos a cada momento.

Pense, vamos!, procurou se incentivar. Recolheu suas coisas ridículas e voltou à portaria.

— Está com a chave? — perguntou ao vigia.

— Não ficamos com chaves aqui, não — disse ele, determinado.

— Meu marido mudou a fechadura. Enquanto eu estava fora. Você deve estar com a chave nova.

— A gente não fica com chave aqui, não. Não temos permissão.

— Quem está com a chave?

— Sei lá, ué.

— O síndico tem a chave?

— Sei lá.

— Tem o telefone dele?

— Não.

Pronto, era um mato sem cachorro. Sentiu uma vontade horrível de matar aquele sujeitinho que provavelmente estava só tentando "desempenhar suas funções". Se ela fosse homem, teria tentado lhe dar um soco.

— Qual é o seu nome? — perguntou ela, revirando a bolsa para pegar uma caneta.

— Lester James.

— Obrigada, Lester. Vou mandar demiti-lo amanhã.

— Não me ameaça, não, hein, madame.

— Não é ameaça.

Essa briga fez o coração dela disparar, e depois ela empurrou as portas de vidro que davam para a rua. Sua fúria, agora libertada, também foi devastadora. Como é que Shane ousava lhe tirar seus filhinhos? Foi para o meio da rua para chamar um táxi. Um carro quase a atropelou, desviando-se no último minuto para evitá-la, o motorista apoiando todo o peso na buzina, de tanta raiva e frustração. Ela fez um gesto obsceno para o motorista, a raiva fervendo na temperatura máxima.

Vários táxis passaram, todos ocupados, e depois de vários minutos ela percebeu que teria de procurar um. Começou a andar em direção à Sétima Avenida, carregando a maleta, que agora parecia pesar uns cinqüenta quilos, e puxando a malinha suja com rodízios atrás de si. Depois de um metro ou dois, parou para passar a maleta para a outra mão, recuperando o fôlego por causa do cansaço. Onde estavam os táxis? E notando os grupos de jovens na calçada, de repente se lembrou que era noite de sábado.

Noite de sábado em Chelsea, dez horas. Não podia ser pior. A área estava cheia de restaurantes baratos e clubes elegantes; era o point dos festeiros de fim de semana. Não passavam táxis, mas havia uma estação do metrô na rua 23. E parando a cada metro ou dois para mudar a maleta de uma das mãos para a outra, ela conseguiu percorrer, vagarosamente, os três quarteirões até a entrada do metrô.

Quando chegou à grade pintada de azul e lascada que levava aos degraus, parou, porém, imaginando para onde exatamente devia ir. Podia tentar o apartamento dos pais de Shane, em Central Park West — era possível que Shane tivesse deixado os filhos lá no fim de semana e tivesse viajado sozinho —, mas também era possível que não estivessem ali, caso no qual ela teria perdido pelo menos meia hora chegando lá, só para descobrir que não podia entrar. Ou então podia tentar a casa de Victory ou Nico, mas elas talvez não estivessem em casa também. O melhor plano era ir para um hotel... E de repente se lembrou que a Parador Pictures tinha uma suíte empresarial no Mercer. Ela jamais havia usado a tal suíte, sendo uma lembrança da época em que Comstock Dibble era presidente da Parador e a usava para suas legendárias reuniõezinhas depois das festas e como *garçonière* para seus casos amorosos. Mas ela estava certa de que a empresa ainda tinha a tal suíte — sempre que se tocava no assunto alguém comentava que tinham conseguido a suíte por uma mixaria tão grande que valia a pena continuar com ela.

Para emergências, pensou, amargurada, começando a descer as escadas, a mala com rodízios pulando meio desequilibrada atrás dela. Um grupo de mocinhas passou por ela, empurrando-a, quase fazendo-a tropeçar; estavam de minissaia, com sapatos de salto alto baratos e conversavam animadamente como se fosse um bando de passarinhos, cheias da energia da juventude.

Será que sabiam o que as esperava?, imaginou Wendy, olhando para elas de alto a baixo, aborrecida porém com inveja de sua animação juvenil. Se elas sentiram que ela as invejava, não demonstraram, e ela percebeu, de repente, por que deveriam? Para elas, Wendy era completamente insignificante, invisível, e mesmo que soubessem que ela era a presidenta da Parador Pictures, teriam elas se importado e ficado impressionadas? Ela duvidava. Para as jovens, ela não passava de uma mulher de meia-idade desesperada, o tipo de mulher que as jovens olhavam e, voltando-se para as amigas, murmuravam "Se eu ficar igual a ela, podem me matar, viu?"

Só que elas iam ficar iguais a ela, sim. Era isso que os jovens se recusavam a entender. Todos ficavam mais velhos e comiam o pão que o diabo amassou. Passavam por coisas do arco da velha. Coisas que não dava para controlar...

Entrou no trem, seguindo para o centro da cidade, envolta em anonimato, feliz por ninguém estar olhando para ela. Suspirou e saiu do trem na estação Spring Street, arrastando-se cansada degraus acima, até uma rua antiga, pavimentada com pedrinhas arredondadas. De todos os bairros de Manhattan, o Soho especificamente guardava o clima carregado de um cenário de cinema, povoado por passantes que pareciam extras da Central Casting, visto que se encaixavam tão perfeitamente nesse ambiente. Havia ali a sensação de tudo não ser exatamente real, ou um clichê perfeito demais para ser verdade, e um chuvisco nevoento começou a cair de um céu de um negro perfeito.

Ela finalmente falou com Shane às 23h15.

Ele atendeu o telefone com um "Alô" desconfiado e rude, feito um criminoso em fuga, pensou ela. Ficou aliviada por ouvir a voz do marido; e zangada e assustada — com medo que ele não lhe dissesse onde estavam os filhos deles ou que desligasse na cara dela, desconfiando que tivesse atendido só porque ela havia discado do hotel e ele não tinha reconhecido o número. De repente tudo que ele tinha feito de errado — tirar os filhos dela, mandar os papéis do divórcio pelo oficial de justiça, trancá-la fora de seu próprio apartamento — lhe pareceu tão avassalador, que ela não soube por onde começar. Ele tinha conseguido lhe dar uma rasteira bem dada. Estava com todo o poder, e ela sem nenhum.

— Shane... — começou ela, com firmeza, mas sem muita agressividade.

Ele hesitou, de culpa, medo ou surpresa — tentando julgar, desconfiou ela, pelo tom da sua voz, se era seguro ou não prosseguir.

— Ah, oi — disse, como se preparando.

— Onde estão as crianças? — Ela andou inconscientemente até a janela, a cabeça baixa, toda a concentração nesta tênue linha salva-vidas colada a seu ouvido.

— Estão bem. Estão comigo — disse ele, caindo na defensiva.

— Onde vocês estão? — perguntou ela, quase alegre. De repente lhe ocorreu que a melhor forma de lidar com aquilo tudo era deixá-lo sem reação agindo de maneira contra-intuitiva, como se não houvesse acontecido nada de errado.

— Estamos em Palm Beach — revelou ele, parecendo ligeiramente confuso. — Viemos para cá ver uns pôneis...

— Que ótimo — disse ela, pensando que a essa altura ele devia estar completamente desorientado, imaginando de onde ela estaria ligando e se seu avião tinha se atrasado e se ela já teria passado em casa e descoberto o que ele tinha feito.

— É — disse ele, cautelosamente. — Meus pais também vieram...

— Mas que maravilha — disse ela, entusiasticamente. — Uma viagem de família. Estou com pena de não ter podido ir também. — Havia na voz um certo sarcasmo, mas ela por dentro estava boquiaberta, subitamente compreendendo a importância da situação. Todos tinham viajado sem ela. Não a queriam por perto, não precisavam dela, não se importavam com ela nem necessitavam de sua presença. Era como ser a única criança da sala de aula que não foi convidada para a festa de aniversário, mas mil vezes pior. A mágoa a chocou; tirou-lhe as forças para lutar.

Jamais tinha lhe passado pela cabeça que eles todos podiam ter conspirado para afastar-se dela.

Sentou-se na beira da cama, lutando para se recuperar daquele baque o suficiente para poder falar.

— Então vão ficar todos por aí? — perguntou ela, com uma vivacidade constrangida.

— A mamãe conseguiu uma tarifa especial no Breakers — sussurrou Shane. Ele parecia triste.

— Ah, no Breakers. Dizem que é lindo aí — falou ela.

— Aqui tem três piscinas — disse ele, meio sem graça. Uma pausa. Ela inspirou, o nariz entupido, cheio de muco das lágrimas iminentes. Fechou os olhos e os apertou, e comprimiu os lábios como se tentasse conter a tristeza.

— Wendy? — chamou ele. — Você já... hã...

Ela não ia deixar ele falar do assunto, não num momento em que se sentia assim tão completamente arrasada.

— Magda está por aí? — perguntou depressa. — Posso falar com ela? — pensando em como era ridículo perguntar ao próprio marido se dava para falar com seus próprios filhos.

— Ela provavelmente já está dormindo... — O coração dela ficou tenso de tanto desespero. — Vou ver — disse Shane, com pena.

Ela aguardou nervosa, como uma adolescente cuja vida é governada pelo medo da rejeição.

— Alô? — a voz de Magda, aveludada pelo sono e mesmo assim surpreendentemente adulta.

— Oi, meu amor. Como vai? — A voz de Wendy, íntima e delicada.

— Bem. Nós vimos o melhor pônei hoje. Ele tem 1,42m de cernelha e tem pelagem assim de tordilha, sabe. — Disse isso com o orgulho de quem aprendeu o jargão dos especialistas.

— Você está se sentindo bem? Como estão Tyler e Chloe?

— Tyler diz que também quer um pônei, mas ele é muito pequeno, não é, mamãe? Devia esperar até ter pelo menos 12 anos. Como eu.

— Não sei, Magda...

— E a vovó e o vovô estão aqui.

— Onde está Chloe?

— Está dormindo na cama comigo, e Tyler está dormindo com o papai... E você, mamãe? Está em casa?

— Estou em Nova York. — Ela hesitou, depois prosseguiu. — Em um hotel. O papai trocou a fechadura do apartamento, e eu não pude entrar.

— Ah... — disse Magda. E o tom em que a palavra foi dita expressou tudo, pensou Wendy. Havia tristeza e compreensão e solidariedade e medo e desamparo e, mesmo assim, uma distância. Ela sabe, pensou Wendy. Ela sabe exatamente o que está havendo e não sabe o que fazer a respeito.

— Tudo vai acabar bem, viu — disse Wendy, confiante, procurando vencer a necessidade de desabafar com a filha de 12 anos, tentar arrancar informações dela, fazer dela sua cúmplice naquele drama contra o pai. Ou, mais realisticamente talvez, contra si mesma. Sentiu-se extremamente vulnerável, mas esse era um problema seu; uma criança não devia ter de consolar os próprios pais.

— Vai, mãe? — perguntou Magda.

— Vai, sim, querida — disse Wendy, com uma falsa entonação otimista. — Quando vocês voltam para casa?

— Amanhã — disse Magda. E aí, como se realmente tivesse se tranqüilizado, acrescentou: — Ah, mamãe, mal posso esperar para lhe mostrar meu pônei!

Um barulhinho escapou involuntariamente do fundo da garganta de Wendy, como o guincho de surpresa de um camundongo no momento em que a armadilha se fecha. Ela engoliu com esforço.

— Então, até amanhã — disse ela. — Vou ligar para você amanhã de manhã...

— Tchau, mãe.

Wendy voltou a pôr o telefone no gancho. Só conseguia pensar no que Magda tinha dito, que mal podia esperar para lhe mostrar o pônei, não que mal podia esperar para vê-la.

Ela se deitou cuidadosamente na cama. Seus filhos estavam bem e a detestavam... Que ótimo! Precisava ligar para um advogado. Sua mão se deslocou vagarosamente para o telefone outra vez e tirou o receptor do gancho com dificuldade... Apertou o botão "Talk" e

imaginou-se discando o telefone... mas para quem iria telefonar? ...
Claro, para o chefe do departamento jurídico da Splatch-Verner... e
imaginou-se levantando-se e encontrando seu número no livrinho
azul que continha os números de telefone importantes de executivos importantes... mas será que esse número estava lá?... E começou
a discar, mas não conseguia apertar os números certos, e ficava tentando vezes seguidas...

Acordou uma hora depois, ganindo feito um cachorro que levou
uma surra. Shane! As crianças! Divórcio! A raiva fazia seu corpo latejar, ganhando impulso como um trem descontrolado.

Então ela discou o telefone sem cometer nenhum erro.

— Hotel Breakers. Palm Beach. — Uma pausa. *Favor apertar "um"*
para uma taxa adicional de sessenta centavos... — Shane Healy, por
favor.

— Alô? — Aquele tom de voz: como se soubesse que ela ia ligar
outra vez e estivesse com medo que a chamada viesse.

— Como foi que teve coragem de me trancar do lado de fora do
meu próprio apartamento, Shane?

— Fui obrigado. — Desta vez ele estava mais preparado.

— Por quê?

— Tyler está dormindo! — Acusadoramente, como se ela estivesse
tentando magoar seu próprio filho de propósito.

— E ainda por cima mandar o oficial de justiça me entregar a citação do divórcio!

— Conversamos sobre isso amanhã. Quando eu voltar com as
crianças.

— Nada disso, vamos conversar agora.

— Vá dormir. — disse ele aborrecido.

— Não pode fazer isso. Não vai dar certo. É ilegal.

— Vá dormir, por favor.

— Não se importa de ter me deixado louca de medo? De eu ter de
vir para o Mercer? Por acaso você se incomoda com o que eu sinto?

— Você não é a primeira pessoa do mundo com quem isso aconteceu. — Mas que diabos ele queria dizer com isso? — E você pode agüentar.

— Não posso...

— Vá dormir. — Chiado, clique.

Então ficou deitada, insone, aguardando a manhã, até algum tipo de sono sobressaltado chegar, e depois o telefonema às cinco da madrugada, e agora, e agora, e agora...

Wendy olhou pela janela do táxi.

Estrada de manhã cedo, sob um céu branco alaranjado. Do outro lado do rio, o sol iluminava os arranha-céus de Manhattan, pintando-os de ouro. Ela estremeceu. Ia ser um dia lindo.

11

EM UM BANNER NO ALTO DA PRIMEIRA PÁGINA DO *NEW YORK POST* de domingo, lia-se a manchete: "As 50 mulheres mais poderosas de Nova York." Sentada no escritório de Victory Ford, com os pés apoiados na mesa de centro e o rosto escondido atrás desse jornal, estava a comediante e atriz Glynnis Rourke.

— Ei, o que achou disso? — perguntou, abaixando o jornal e revelando um rosto que lembrava o de um querubim, contrastando inteiramente com sua personalidade, que costumava ser comparada à de um pit bull. — Hillary emplacou o primeiro lugar, naturalmente, não dá para competir com a futura presidenta dos Estados Unidos quando se fala em poder, imagino, e eu estou em sexto, porque supostamente valho uma porrada de dinheiro: 52 milhões. O que não é exatamente verdade. E eles puseram aquela sua amiga, Nico, em oitavo, e nossa boa amiga velha de guerra Wendy em décimo-segundo... E você, moça, está em décimo-sétimo. Que diabos estamos fazendo aqui sentadas? Devíamos estar lá fora conquistando o mundo...

— Ah, e estamos — disse Victory, desviando o olhar de seu desenho para olhá-la. Glynnis era uma velha amiga muito querida (uma velha amiga que ela só via três ou quatro vezes por ano, mas elas sempre adoravam se ver), que tinha vindo a seu primeiro desfile e, tipicamente, tinha exigido "dar parabéns ao *chef*" depois. Glynnis era comediante *stand-up* no passado, mas nos últimos dez anos, sua carreira tinha deslanchado e ela agora tinha seu próprio programa de tevê, sua revista e recentemente tinha obtido uma indicação ao Oscar como melhor Atriz Coadjuvante no filme de Wendy, *O Porco Malhado*. — Assim que vestirmos você para ir à entrega do Oscar — acrescentou Victory depois.

— Roupas! Ai, como eu detesto roupas — disse Glynnis, em tom de desprezo, e continuou lendo. — "Victory Ford, 43 anos." Você fica braba quando eles publicam sua idade no jornal assim? Acho que mentir sobre a idade da gente é uma pobreza, sabe, é como se uma mulher que mente a idade pudesse mentir sobre qualquer coisa, certo? "A preferida das passarelas que é a melhor amiga de todas as mulheres de Nova York está prontinha para dominar a Europa inteira depois da fusão de sua empresa de 25 milhões de dólares com a B et C. Vêm por aí acessórios ainda mais chiques para combinar com as roupas que adoramos." Taí, gostei.

— Muito bom, mesmo. Mas não inteiramente correto.

— Ah, mas que porra — disse Glynnis. — Esse pessoal da imprensa sempre entende tudo errado. — Jogou o jornal na mesa de centro, enojada, e ficou de pé num pulo. Glynnis era robusta. Na verdade, chegava até a ser gorda, mas tinha a energia de uma ginasta. Como pessoa, era adorável, mas, como cliente, era o pior pesadelo de toda estilista, tendo apenas um metro e cinqüenta e cinco. Mas Glynnis tinha ligado para Victory naquela manhã às oito, depois de ter ouvido a notícia de sua indicação, suplicando que Victory fizesse seu traje para a festa. Victory, insistiu ela, era a única que não tentaria obrigá-la a vestir, em suas palavras, "um desses vestidinhos com frufru feito os dos bailes de formatura."

A luz do sol primaveril penetrava pela fileira de janelas na frente do escritório de Victory e, por um momento, ela se sentiu melancólica, pensando em como gostava de sua vida como era no momento. Será que podia ficar melhor, pensou, do que estar no seu próprio escritório na empresa que tinha construído ela mesma de fio a pavio, ser considerada uma das Cinqüenta Mulheres Mais Poderosas de

Nova York (isso necessariamente não significava nada, mas era sempre bacana ser reconhecida) e vestir Glynnis Rourke para a festa do Oscar? Glynnis era apenas o começo, naturalmente; nos próximos dias ela receberia uma torrente infindável de pedidos de atrizes e seus estilistas, todos procurando os trajes perfeitos — por sinal, o figurinista de Jenny Cadine já tinha telefonado. Ela ficaria quase perfeitamente feliz, pensou, se pudesse apenas continuar assim para sempre. Mas, naturalmente, não podia fazer isso. Nos próximos dias, precisaria tomar a maior decisão de sua vida...

— Glynnis? — chamou Victory, olhando para a cliente, que estava pulando pela sala, socando o ar como um boxeador. — Alguma vez já pensou que tudo isso podia acontecer com você?

— É uma pergunta que faço a mim mesma o tempo todo — disse Glynnis, dando um golpe violento em um oponente imaginário. — Quando a gente é criança, tem uma idéia na cabeça de que quer ser rica e famosa, mas não sabe de verdade o que é isso. Aí a gente vem para Nova York e vê isso, e fica se perguntando como é que vai chegar lá. Só que, como adoramos fazer o que fazemos, continuamos fazendo isso, acabamos conseguindo aproveitar uma ou duas oportunidades e começamos a chegar a algum lugar. Mas chegar aonde nós duas chegamos, sabe como é, sempre dá a impressão de que a gente tomou o trem certo por acaso. Aqueles despirocados de Hollywood sempre dizem que o universo conspirou para isso — soco, soco —, mas só que tem uma coisa: a maioria deles é tão besta que nem mesmo assume a responsabilidade de limpar a própria bunda. Só que eu acho que aí tem. Se a gente consegue as oportunidades, precisa ir fundo. Porque precisa estar disposta a pagar o preço, que é ter uns babacas tentando acabar com a sua raça o tempo todo e controlar você. — Glynnis caiu na poltrona, exausta, mas se recuperou num instante, o suficiente para espetar um dedo no jornal. — Vai aceitar essa fusão?

Victory suspirou, esfregando o lábio inferior.

— É uma bolada boa — disse ela. — E eu quero ter muito dinheiro. Sempre penso que mentimos quando dizemos que ganhar dinheiro não tem importância; afinal, se olharmos ao redor, não tem como ser poderoso sem dinheiro, e é por isso que os homens ainda mandam e desmandam neste mundo, não é? Mas não sei...

— Bem, deixe eu lhe dizer uma coisa — falou Glynnis, pelo canto da boca. — É difícil ganhar alguns milhões. Mas ganhar vinte milhões é muito difícil. E depois que você consegue, adivinha o que acontece? Por algum motivo estranho, que ainda não entendi muito bem, não é tão diferente de ter dois milhões. Não é mesmo, sabia, porra? Não dá nem para comprar um avião.

— Mas pode dar para comprar milhas da NetJet, quem sabe — disse Victory. E de repente sentiu-se pensativa outra vez. Onde mais poderia encontrar mulheres como Glynnis e Wendy e Nico, senão em Nova York? Certamente não em Paris, pensou, onde até mesmo as mulheres bem-sucedidas se comportavam como se fossem uma espécie especializada de cão de raça superdesenvolvida, com suas echarpes, saias simples de tweed e comportamento reservado. Elas nunca falavam de dinheiro e nunca mencionavam que queriam conquistar o mundo. Porcaria, pensou. Gostava de falar de dinheiro. E gostava de falar sobre conquistar o mundo. Mesmo que isso nunca acontecesse, ainda era empolgante pensar no assunto.

Ela pegou o esboço e ficou de pé, indo até a mesa comprida sob a janela.

— O problema é que esse dinheiro está me parecendo fácil demais — disse ela. — Vinte e cinco milhões pela empresa e pelo meu nome. Não confio em dinheiro fácil, Glyn, sempre tem um porém. Aliás, estou pensando em Beatles para você usar na festa do Oscar. Especificamente, *Abbey Road;* John Lennon naquele terno branco.

— Um terno, é? Gostei — disse Glynnis, dando um pulo e aterrissando em cima da mesa.

— Querida, você vai adorar qualquer coisa que eu bolar para você — disse Victory, brincando de provocar a amiga. — Não conteste a estilista. Acha que teria coragem de ir descalça, como Paul McCartney? E sair andando com os dedões do pé virados para cima?

— Qual é, pirou, minha filha? — exclamou Glynnis, recebendo essa sugestão como a provocação que Victory pretendia que fosse. — Eles não deixam a gente entrar sem sapato. Júlia Roberts tentou uma vez, acho eu. Tem alguma portaria da saúde pública aí que proíbe.

— Lembra daquela imagem dos Beatles na capa do *Abbey Road*, não lembra? — perguntou Victory. — Vamos fazer uma calça comprida, uma boca bem larga, para ficar assim, flutuando em volta dos seus pés; uma blusa longa de seda, bem solta, azul-clara, mas não bebê, um tom assim claro e metálico, para dar um contraste legal com seu cabelo preto, e depois uma gravata fina de seda grossa azul-escura com um nó sobre o seu esterno, e por cima o paletó curto, de um xadrez azul-claro maravilhoso com fios vermelhos e amarelos. Enganosamente informal, porque vai estar coberto de paetês transparentes.

— Uau — disse Glynnis, erguendo o desenho. — Como foi que bolou isso?

— É isso que eu faço. Também não faço a menor idéia de como você faz seu trabalho.

— Ora, pare de rasgar seda pra cima de mim — disse Glynnis. E Glynnis, que tinha tendência a ter acessos de emoção e dramatismo, de repente ficou com os olhos cheios de lágrimas. — Nossa, Vic. Faria mesmo isso por mim?

— Claro, querida.

— Que luxo... Cacete, vou ser a mulher mais descolada da festa. — E depois que isso ficou resolvido, Glynnis resolveu tocar em outro assunto. — Se eu tiver de ir ao tribunal, o que acha que devo usar?

— Vai ao tribunal? — perguntou Victory, erguendo as sobrancelhas.

— Bom, pode ser que eu precise, entende? — explicou Glynnis. Voltou a se jogar na poltrona, chegando para a beirada do assento e empoleirando-se nela. — Sabe quando você disse que estava preocupada com o fato de a B et C comprar seu nome? Estou mais ou menos com o mesmo problema. É com aquela revista que estou fazendo com a Splatch-Verner. Claro que esse negócio devia ser supersecreto e totalmente confidencial, mas nós meninas podemos confiar umas nas outras. — Recostou-se na poltrona, semicerrando os olhos. Observando a mudança de expressão da amiga, Victory recordou-se do fato de que, embora o mundo considerasse Glynnis uma comediante da pá virada, na vida real ela era uma baita mulher de negócios. — Sabe? Estou fula da vida, Vic — continuou. — E quando estou puta, sai da frente, senão eu passo por cima.

Victory concordou.

— Qual é o problema?

— O negócio — disse Glynnis, cruzando os braços — é o seguinte: já ouviu falar de um sujeito chamado Mike Harness?

* * *

NICO O'NEILLY, 42 anos, dizia o artigo sobre "As 50 Mulheres Mais Poderosas". "Não deixe a legendária frieza dela enganar você. Quando se trata de revistas, raras são mais quentes. Ela transformou a antiga revista *Bonfire* no órgão de imprensa mais lucrativo da Splatch-Verner — e, segundo os boatos, logo vai ser a escolhida para reformar toda a divisão de revistas, no valor de três bilhões de dólares."

Nico sacudiu a cabeça e fechou o jornal, depois de ter lido isso mais ou menos pela décima vez naquela manhã. Não era um desastre, mas também não era exatamente do que precisava neste exato momento. Ficou imaginando Mike Harness sentado à mesa da cozinha de seu apartamento no Upper East Side (ou talvez ele estivesse na casa de campo, em Greenwich, Connecticut), comendo cereal e tendo um ataque apoplético ao ler aquilo. Se a situação fosse invertida, ela sabia que estaria tendo um chilique agora. Imaginou que Mike já devia ter telefonado para Victor Matrick, exigindo saber o que estava havendo. E Victor tranqüilizando-o, dizendo que estava tudo bem, que a imprensa sempre entendia tudo errado mesmo, e que ele, mais que qualquer outra pessoa, devia saber disso.

A não ser neste caso, pensou Nico; a imprensa tinha realmente sacado tudo como era direitinho. Ou pelo menos quase como era.

Recolocou o jornal sobre a mesa estilo rústico americano antigo (uma pechincha, comprada por 10 mil dólares, Seymour tinha explicado, porque móveis americanos antigos autênticos eram muito raros) e foi até as escadas para chamar a filha.

— Kat-Kat, vamos nos atrasar — gritou lá para cima. Consultou o relógio de pulso, eram dez para meio-dia, o que significava que tinham um pouco de tempo para conseguirem chegar ao Madison Square Garden na hora. Mas ela não queria se arriscar a perder a apresentação de Seymour. Era dia do Concurso de Cães de Westminster; à uma e meia era a apresentação da raça *daschund* miniatura, na qual Seymour ia apresentar Petúnia. Nico estava convencida de que "Tunie" ia vencer, mas, mesmo que não vencesse, Nico não queria que Seymour se estressasse por lá, imaginando se ela e Katrina tinham ido ou não.

Sentindo-se ligeiramente nervosa e excitada por Seymour e ansiosa para sair logo, ela voltou para o vestíbulo, olhando o *Post,* zangada. Onde é que aquela gente conseguia aquelas informações tão bem protegidas, meu Deus? pensou. Não tinha contado a ninguém, com exceção de Seymour, Victory e Wendy, sobre a possibilidade de ela tomar o cargo de Mike, e sabia que nenhum deles ia contar a ninguém. Claro que, desde aquele fim de semana secreto em St. Barts com Victor, ela havia solidificado sua posição como "menina de ouro" de Victor, e esse era o tipo de coisa que todos notavam. Principalmente porque ela e Victor almoçavam juntos de dez em dez dias, mais ou menos, e de vez em quando eram flagrados fazendo conferências rápidas e intensas nos corredores ou em diversos eventos. Alguém, supunha ela, podia facilmente presumir que ela estava sendo preparada para ocupar o cargo de Mike ou para alguma coisa ainda mais elevada do que sua posição atual. Mas aí uma outra possibilidade surgiu em sua cabeça: talvez o próprio Victor tivesse deixado tudo transparecer.

Parecia coisa bastante improvável, até ridícula, mas conhecendo melhor o Victor durante os últimos meses, ela havia notado que não havia gesto nobre (ou vil) de que ele não fosse capaz, dadas as circunstâncias adequadas. Victor Matrick era um velho astuto e escolado, que usava seu benigno e simpático jeito de Papai Noel para pegar as pessoas desprevenidas.

— A coisa mais importante nos negócios é a persona, Nico — gostava de dizer ele. — As pessoas querem saber imediatamente com quem estão lidando. E quando pensarem em você, você precisa se destacar na cabeça delas; como um daqueles personagens de romance.

Nico tinha concordado — nem tudo que Victor dizia fazia sentido logo assim de cara (ele era mesmo meio maluco, mas ela havia descoberto que a maioria das pessoas extremamente bem-sucedidas era, para não ser muito contundente, "diferente", um rótulo que supunha que teria de aplicar a si mesma), mas quando ela pensava no que Victor dizia, depois, em geral encontrava algum tipo de brilhantismo em suas palavras.

— É isso que você tem, Nico — disse Victor. — Persona. Essa sua calma gélida. Faz as pessoas acharem que você não tem emoções. Deixa todo mundo apavorado até a medula. Mas, sob esse seu exterior de Grace Kelly, você é uma pessoa bem ardente. Pensando bem, diziam que Grace Kelly era uma mulher muito ardente. Tinha todo tipo de amante secreto.

Victor lançou-lhe um de seus olhares penetrantes, e Nico corou, perguntando-se se ele estaria, de alguma forma, fazendo referência a seu caso com Kirby. Mas Victor não podia saber de Kirby... podia?

— Obrigada, Victor — disse ela em sua voz baixa e profunda. Naturalmente não tinha dito a Victor Matrick que sua "persona descolada" tinha despertado anos antes, superando uma timidez pavorosa, com a qual ela havia passado a vida inteira lutando, desde que era criança.

E agora, pensando sobre esse artigo do *Post,* ela achava que via a mão sutil de Victor presente ali. A justaposição das palavras "fria" e "quente" lembrava-lhe estranhamente o que Victor tinha lhe dito. Victor podia ter permitido que a informação vazasse para poder chegar ao ponto de obrigar Mike a tomar uma atitude. Por outro lado, se Victor não tivesse dito nada, poderia desconfiar que a própria Nico fosse a fonte, e aí, sim, a coisa ia pegar fogo. Victor não ia gostar nada da idéia de Nico assumir as rédeas e cruzar a linha de chegada por conta própria.

— Katrina, vamos, meu amor — chamou ela de baixo, incentivando a filha a descer a escada.

— Só um minuto, mãe — respondeu Katrina.

Nico andou de um lado para outro sobre o tapete persa gasto. Se ela assumisse o cargo de Mike, seu título seria presidente e diretora-geral da Verner, Inc. Cada vez que se permitia pensar nisso, se enchia de empolgação e orgulho — seria uma trabalheira sem fim, mas sabia que era capaz de dar conta. Conseguir o título e o cargo era o mais complicado.

Durante aquele fim de semana em St. Barts, ela e Victor tinham passado horas falando sobre a divisão de revistas. Victor sentia que Mike Harness era "velha guarda" demais, ainda fazia revistas que procuravam chamar a atenção dos homens. Ambos sabiam que os homens não liam mais revistas — pelo menos não da forma que costumavam fazer antes, na chamada época de ouro da publicação de revistas nas décadas de 1950, 1960 e 1970. O grande público agora era mais jovem, do sexo feminino e obcecado por gente famosa, explicou Nico. Dos 33 títulos da Splatch-Verner, só 15 estavam dando lucro, e a *Bonfire* liderava as vendas. Só isso devia ser suficiente para Victor demitir Mike e substituí-lo por Nico, pensava ela. Mas Victor não ia dar esse mole.

— Qualquer um que assumisse esse cargo poderia obter os mesmos resultados — disse Victor. E Nico ficou sem saber se ele a estava desafiando ou dizendo que duvidava que ela se saísse melhor que Mike.

— Pois eu tenho absoluta certeza de que poderia aumentar os lucros em dez por cento — afirmou Nico na maior tranqüilidade, em um tom de voz que não o desafiava nem parecia egocentricamente competitiva.

— Você tem umas idéias muito boas — disse Victor, concordando, pensativo. — Mas é preciso mais que boas idéias. É preciso ter estratégias. Se eu tirar Mike do cargo e puser você no lugar dele, vai haver reclamações. Vai ter um monte de gente contra você, dizendo que não merece. Será que quer mesmo começar seu primeiro dia de curso secundário numa turma onde metade das pessoas a destesta?

— Tenho certeza que consigo dar conta, Victor — murmurou ela.

— Ah, provavelmente consegue mesmo — disse Victor. — Mas não tenho muita certeza de que *eu* quero enfrentar isso.

Os dois estavam sentados no deque da casa de Victor em St. Barts, logo depois do almoço. Victor havia despachado Seymour e a Sra. Victor (depois de cinqüenta anos de casamento, a esposa de Victor era tão dedicada a ele que insistia que as pessoas a chamassem de Sra. Victor) para a cidade, onde a Sra. Victor tinha ficado de mostrar a Seymour a melhor charutaria da região. O deque, construído de um mogno caro e escuro (tinha de ser substituído a cada três anos devido à maresia, mas Victor achava que "valia a pena"), estendia-se por 15 metros até uma piscina cheia de água transparente e azul que transbordava pela outra borda, caindo no nada. Sentada no deque, tinha-se a sensação de que se estava flutuando no espaço ou pendurado na beirinha de um penhasco altíssimo.

— Como sugere que a gente resolva isso, Victor? — perguntou Nico.

— Acho que é você que tem de resolver, e eu só vou ficar apreciando — respondeu Victor, enigmaticamente. Nico concordou, concentrando-se na vista para esconder sua frustração. Do que ele estava falando agora, droga? — As pessoas gostam de entender as coisas — continuou Victor, batendo com as unhas na mesa de mármore marchetada. Suas mãos eram grandes; a pele branco-acinzentada com textura de pergaminho e cobertas de manchas senis. — Elas gostam de poder apontar para os fatos e saber o motivo deles. Se, por acaso — disse Victor, também apreciando a vista —, o Mike fizesse alguma coisa... escandalosa, ou pelo menos que desse a impressão de ser escandalosa, seria muito mais agradável para todos. As pessoas diriam: "Ahá, então foi por isso que ele foi demitido... e Nico O'Neilly o substituiu no cargo."

— Claro, Victor — disse Nico, na maior tranqüilidade. Mas, por dentro, sentiu que até ela havia ficado um tantinho horrorizada. Mike Harness trabalhava para Victor há provavelmente trinta anos; era um empregado leal, sempre colocando o bem da empresa acima de qualquer outra coisa. E Victor ali, planejando a queda de Mike, como se estivesse gostando daquilo.

Será que eu realmente vou ter coragem de fazer isso?, pensou ela.

Mas aí se lembrou do emprego. O título impressionava, não havia como negar, mas era a idéia do trabalho em si que a consumia. Ela sabia exatamente o que fazer com a divisão de revistas; precisava do cargo. Pertencia a ela. Era seu destino...

— Fique de olhos e ouvidos abertos — disse Victor. — Quando descobrir alguma coisa, venha me procurar, que eu dou o passo seguinte. — E então ele se levantou, a conversa encerrada. — Alguma vez já tentou praticar parasurfe? — perguntou ele. — É meio arriscado, mas muito gostoso...

Durante os três meses seguintes, Nico tinha tentado seguir o mandamento de Victor. Tinha estudado as contas da divisão de publicações dos últimos três anos, mas não tinha conseguido encontrar nada de mais. Mike mantinha tudo funcionando no mesmo ritmo. A divisão talvez não fosse tão lucrativa quanto eles gostariam que fosse, mas também não dava prejuízo. Mesmo assim, alguma coisa ia acontecer. Sempre acontecia, no final. O único problema era acontecer na hora certa. Acontecer cedo demais seria tão ruim quanto tarde demais. E ela não sabia bem onde estava nesse cronograma.

Olhou de novo o jornal de relance, aborrecida, sem conseguir tirar os olhos dele. Teria sido muito melhor se não saísse nada publicado — se não houvesse menção nenhuma do assunto. Mike Harness agora entenderia aquela matéria como uma dica de que não estava seguro no cargo, e aí faria de tudo em seu poder para solidificar sua posição. E agora não se poderia negar o fato de que Nico havia se tornado algum tipo de ameaça. Era possível que o Mike até tentasse fazer com que *ela* fosse demitida...

— Pronto, cheguei — disse Katrina, descendo as escadas, depressa. Nico olhou para Katrina com alívio e sorriu, não só porque Katrina estava finalmente pronta para sair, mas também pelo simples prazer de saber que existem coisas mais importantes na vida do que Victor Matrick e Mike Harness. Como a maioria das mocinhas de sua idade, Katrina estava sempre preocupada com a aparência, e "as meninas", como Nico gostava de chamar sua filha e as amigas, estavam amarradas em um novo estilista chamado Tory Burch. Katrina estava com calças boca-de-sino estampadas com um desenho geométrico laranja e marrom, e um suéter de caxemira marrom bem justo, sob o qual se via uma blusa de seda amarela. Tinha o rosto bem delineado de Seymour, olhos grandes, bem redondos e verdes, e o cabelo de Nico — aquele louro incomumente avermelhado que os franceses chamavam de *verte mort*, a cor laranja acastanhada de folhas secas. (Nico adorava essa expressão; era tão poética.) Sua filha, pensou Nico, satisfeita, jamais deixava de recordar-lhe como era realmente sortuda e abençoada.

— Oi, Katinha, minha gatinha — disse Nico, passando o braço em torno da cintura da filha. Elas eram muito próximas, pensou Nico, e embora ela e Seymour não fossem muito chameguentos um com o outro, Katrina ainda se sentava no colo de Nico de vez em quando, e quando estavam assistindo tevê à noite, como acontecia de vez em quando, Nico coçava as costas de Katrina, uma coisa que ela adorava desde criança.

— Mamãe, sabia que você foi escolhida como uma das Cinqüenta Mulheres Mais Poderosas do Mundo? — perguntou Katrina, encostando a cabeça no ombro de Nico.

Nico riu. Quando Nico se "descontrolava", Katrina costumava dizer, de brincadeira: "Ai, mamãe. Por que você não sai e compra um mundo só pra você?"

— Ora veja, como foi que descobriu isso? — perguntou Nico, acariciando-lhe a parte de trás dos cabelos.

— Vi na internet, boba — foi a resposta. Kat passava horas na internet em constante comunicação com uma rede de amigos. Além da escola, da equitação, da culinária e de uma variedade de outros interesses passageiros, ela possuía uma vida social complexa e labiríntica que Nico imaginava que rivalizasse com uma empresa da *Fortune 500*. — Eu só queria dizer que estou orgulhosa de você.

— Se bobear, eu compro um planeta só pra você — disse Nico. Empurrou a pesada porta de carvalho, e as duas saíram ao sol de abril.

— Não preciso — disse Katrina, correndo na sua frente até a limusine que estava parada ao meio-fio. — Quando eu crescer, vou conseguir comprar meu próprio planeta.

Tenho certeza que vai, meu amor, pensou Nico, vendo a filha sentar-se graciosamente no carro. Katrina era tão flexível quanto um galho novo de bétula — mais um clichê, mas Nico não conseguia pensar em uma maneira melhor de descrevê-la — e Nico estava explodindo de tanto orgulho. Katrina era tão autoconfiante e assertiva; tão mais autoconfiante do que ela era na idade da filha. Mas Katrina vivia em uma época diferente. As garotas da geração dela realmente acreditavam que podiam fazer qualquer coisa, e por que não? Tinham mães que eram a prova viva disso.

— Acha mesmo que vai conseguir esse cargo, mãe? — perguntou Katrina. — Sabe, ser a dona do mundo?

— Se está perguntando se vou ser presidente e diretora-geral da Verner, Inc., acho que vou, sim. É ligeiramente mais fácil que ser dona do mundo.

— Taí, gostei — disse Katrina, pensativa. — Minha mãe é presidente e diretora-geral da Verner, Inc. — Virou-se para Nico e sorriu. — Parece tão maravilhosamente importante.

Nico apertou a mão da filha. Parecia tão frágil e vulnerável — apesar do fato de Katrina ser excelente jóquei, e capaz de controlar animais enormes com aqueles dedinhos de menininha. Nico de repente sentiu gratidão por Katrina ainda não ter chegado àquela idade em que não ia querer nem chegar perto da mãe, e ainda permitia que sua mãe segurasse sua mão quando elas saíam. Ainda era uma criança, pensou Nico, uma criança que tinha de ser protegida. Nico afastou uma mecha de cabelos do rosto de Katrina. Era tão apaixonada pela filha que às vezes isso chegava a lhe dar medo.

— Minha tarefa mais importante é ser sua mãe — disse.

— Legal, mãe, mas não quero que seja assim — disse Katrina, remexendo-se no banco. E aí, com aquela intuição fenomenal das crianças, acrescentou: — É muita pressão. Quero que você e o papai sempre sejam felizes por si mesmos. Sem mim. Claro, se você for feliz comigo, é ótimo, mas não quero ser o motivo pelo qual vocês estão juntos.

De repente, Nico sentiu-se horrivelmente culpada. Como é que Katrina tinha percebido que ela não era feliz com Seymour? Será que o caso dela com Kirby era tão óbvio assim? Tinha tido o cuidado de não se comportar de modo diferente... Estava até tendo mais paciência com Seymour e sendo mais atenciosa com ele do que normalmente era. Ter Kirby como amante tinha aliviado uma certa pressão tácita no relacionamento entre os dois; o fato de ela e Seymour quase nunca treparem não a preocupava mais. Mas e se, pensou ela, meio apavorada, Katrina tivesse descoberto? O que Katrina pensaria dela?

Será que ainda teria orgulho da mãe?

— Papai e eu somos muito felizes, meu amor — disse Nico, com firmeza. — Não precisa se preocupar com a gente. — Katrina sacudiu os ombros, como se não estivesse convencida, e Nico disse: — Você *está* preocupada com o nosso casamento?

— Nã-ã-ã-ão — disse Katrina, hesitante —, mas...

SELVA DE BATOM   337

— Mas o quê, meu amor? — perguntou Nico, meio rápido demais. Sorriu, mas seu estômago estava dando nós de nervosismo. Se Katrina suspeitasse ou até soubesse de alguma coisa, seria melhor descobrir logo, para ela poder negar. E aí... *e aí*, prometeu a si mesma, insistentemente, não iria mais fazer aquilo de verdade.

— Não era para eu saber, mas acho que os pais da Magda estão se divorciando. — Os olhos de Katrina se arregalaram, ou por culpa de ser quem tinha dado a notícia, ou choque porque talvez fosse verdade.

Ai, graças a Deus, pensou Nico, irracionalmente. Era por causa de Wendy, então, não por causa dela... Não admira que Katrina estivesse preocupada. Provavelmente estava com medo de que, se isso podia acontecer com Magda, podia acontecer com ela também. Nico franziu a testa. Mas certamente havia algo de errado. Wendy estava viajando a trabalho, em uma locação. Como ia arranjar tempo para se divorciar?

— Wendy e Shane tiveram alguns problemas, mas tenho certeza que está tudo bem.

Katrina sacudiu a cabeça. Não era uma conversa anormal, pois Nico e Katrina às vezes fofocavam sobre os atos tanto dos amigos dela quanto dos da filha (ou melhor, os "analisavam"). Mas parecia chocante Katrina saber mais disso do que ela.

— Eles *andavam* se tratando com uma terapeuta de casais — continuou Katrina, confiante na informação —, mas não estava funcionando. Naturalmente, Shane estava tentando evitar que os filhos soubessem disso, mas não há segredos em um apartamento de trezentos metros quadrados sem divisórias.

Nico olhou para Katrina surpresa e meio orgulhosa — de onde tinha tirado um jeito tão adulto assim de encarar os relacionamentos entre as pessoas? Mas também sentiu uma pontinha de medo. Será que era certo uma menina de 12 anos saber desses assuntos?

— Como foi que soube disso, hein?

— Magda me falou — disse Katrina, como se Nico devesse saber disso.

— Mas pensei que vocês duas não fossem amigas. — Katrina e Magda estavam na mesma sala da escola particular e, por causa da amizade entre Wendy e Nico, tinham sido mantidas juntas. Durante anos tinham meramente se tolerado por causa de suas mães, mas nunca haviam conseguido se tornar amigas, em parte devido ao fato, supunha Nico, de que Magda era uma menininha bem esquisita. Insistia em andar só de preto, e parecia estar menos interessada em fazer amizades que outras crianças, certamente menos que Katrina, além de ter aquele jeito meio metido da Wendy de não querer se misturar. Isso sempre tinha parecido meio preocupante a Nico. Um adulto podia fazer essa característica se tornar um ponto a seu favor, como Wendy tinha feito, mas em uma criança, só podia tornar a vida mais difícil...

— Magda é muito dramática — disse Nico. — Deve estar inventando tudo isso. — Aliás, sem dúvida era invenção da menina, pensou Nico. Wendy certamente lhe contaria, se estivesse tendo esses problemas todos com o marido.

— Acontece que agora estamos mais amigas — disse Katrina, puxando um fio de cabelo e colocando-o pensativa sobre os lábios em um gesto encantador. — Desde que ela começou a praticar equitação. Eu a vejo dia sim, dia não depois da escola agora, então realmente não tenho como não ser amiga dela.

— Wendy é minha melhor amiga...

— E Victory Ford também — corrigiu Katrina; ela sempre tinha sentido fascinação pelo fato de a mãe ter duas melhores amigas, e também se sentido tranqüilizada por isso, não sabia por quê.

— E Victory — concordou Nico. — E contamos tudo umas para as outras... — Ora, nem tudo, ela ainda não havia contado a Wendy sobre Kirby, mas só porque Wendy andava muito ocupada. — E eu sei que Wendy teria me contado...

— Será que ela contaria, mãe? — indagou Katrina. — Talvez ela esteja sentindo vergonha. Magda disse que o pai dela procurou um advogado e mudou a fechadura da casa na quarta-feira. Ela precisou de uma chave nova, e estava preocupada porque Wendy ia voltar para casa, e ela não sabia como a mãe ia entrar.

— Ah, sei — disse Nico, intrigada, achando essa informação muito estranha. — Tenho certeza que Shane deixou a chave com o porteiro para dar a ela. E procurar um advogado não significa nada. Ele pode ter feito isso por outro motivo.

— Mãe — disse Katrina, com toda a paciência. — Você sabe que não é isso. Quando os pais procuram advogados, todo mundo sabe que é porque vai haver um divórcio.

— Não deve ser nada — disse Nico. — Vou ligar agora mesmo para Wendy...

— Não diga a ela que eu contei sobre o divórcio. Não quero que Magda seja castigada! — disse Katrina, alarmada.

— Pode deixar. Eu só quero saber como ela está... Talvez nem tenha voltado de viagem ainda. — Nico discou o número, mas a ligação caiu direto no correio de voz de Wendy: prova, pensou Nico, de que Wendy ainda não tinha voltado ou estava no avião.

O carro parou diante da entrada do Madison Square Garden, e ela e Katrina saíram, atravessando a pequena praça. Diante da entrada, que estava bloqueada por barricadas da polícia, estavam dois ou três paparazzi de segunda — o concurso de cachorros não era conhecido como um evento muito badalado. Suas expressões de tédio pareciam indicar que sabiam muito bem disso, mas nunca se sabia. Talvez Jennifer Lopez estivesse curtindo cachorros agora.

— Ei! Nico! — chamou um deles laconicamente, erguendo a câmera. Nico sacudiu a cabeça e instintivamente passou o braço pelo pescoço de Katrina, tentando cobrir seu rosto. Katrina deu um suspiro, e uma vez tendo passado pelos fotógrafos em segurança, soltou-se.

— Mãe — ralhou, ajeitando os cabelos com um gesto de aborrecimento —, você é superprotetora demais. Não sou mais uma menininha.

Nico parou, lançando um sorriso sem graça a Katrina, de repente magoada pela desaprovação da filha. A idéia de que a filha podia odiá-la foi como uma facada forte. Mas ela ainda era a mãe, e Katrina ainda era uma menininha, de certo modo.

— Como sua mãe, tenho direito de ser superprotetora. Até você ter uns 50 anos pelo menos.

— Ah, sai dessa — disse Katrina. O biquinho que ela fez foi uma graça. Logo ela estaria beijando meninos, pensou Nico, alarmada. Não queria que a filha se metesse com garotos. Era uma perda de tempo terrível. Os rapazinhos adolescentes eram horríveis... Talvez ela e Seymour devessem mandá-la para um internato só de meninas, algum lugar seguro... como a Suíça... mas como ia poder viver sem ver a filha semanas seguidas?

— Mãe? — chamou Katrina olhando-a com um ar curioso e preocupado. — Venha logo, vamos procurar o papai. — E pegando a mão de Nico, ela avançou, saltitando um pouco e puxando Nico consigo.

— Espere aí, filha. Estou de salto alto — disse Nico, achando que tinha falado exatamente como sua própria mãe. E daí?, pensou. Não havia como deixar de ser como a mãe da gente quando a gente mesma virava mãe; era perda de tempo tentar evitar isso. E além disso, era *bacana*...

— Ih, mãe, você já nasceu de salto alto — disse Katrina, rindo e parando antes de subir a escada, para Nico poder alcançá-la. — Nasceu para mandar.

— Obrigada, Katinha.

— Estou convencida que a Tunie vai ganhar o concurso, não acha, mãe? — disse Katrina, balançando a mão da mãe enquanto subiam. — O papai acha que ela é a melhor *daschund* miniatura do país, e se os juízes não notarem isso...

Ela continuou jogando conversa fora como uma menininha tagarela de novo. Nico concordava meneando a cabeça, escutando, pensando uma vez mais em como amava a filha e na sorte que tinha.

* * *

SHANE ANDAVA usando calça jeans branca e camisa vermelha. Vermelho-cereja, em vez de castanho-avermelhada ou vermelho-natal. Com um jacarezinho verde na parte superior esquerda do peito. A camisa estava enfiada no cós do jeans branco, presa ao redor dos quadris de Shane com um cinto marrom de couro no qual estavam engastadas faixas rosa, amarela e azuis, semelhantes a fitas. Mas foi a camisa que realmente se destacou. Ela se lembraria daquela camisa até a morte.

— Vamos voltar para o aeroporto, por favor — pediu Wendy.

O motorista assentiu. Ela ficou surpresa de ver como sua voz soou calma e isenta de ânimo. Robótica, até. Mas talvez não fosse surpresa. Ela agora estava oficialmente morta por dentro. Não lhe restavam sentimentos nem alma. Jamais seria afetada por qualquer coisa outra vez. Era só uma máquina. Valorizada apenas por sua capacidade de ganhar dinheiro e ganhar a vida. Pagar pelas coisas. Fora isso, eles não precisavam dela para nada.

O carro parou no portão, e Wendy subitamente entendeu que uma vez que o carro passasse por ele e saísse do Clube de Pólo de Palm Beach, ela não teria mais como voltar atrás. *Pare!*, disse uma voz em sua cabeça. *Volte, volte!* Mas uma outra voz disse: Não. Você já foi humilhada demais. Precisa impor limites, senão vai perder o respeito deles para sempre. Voltar agora não vai mudar nada; vai só piorar as coisas. Não havia volta. Só podia seguir adiante, com a terrível verdade.

Os portões de metal branco se abriram, e o carro passou entre eles.

Ela afundou no banco, como se tivesse medo de ser vista. O que podia ter feito de outro modo? O que podia ter dito? O que devia dizer? Qual era a resposta certa para a declaração: "Wendy, eu não te amo. E acho que nunca te amei?"

Se ao menos... se ao menos ela tivesse os filhos para consolá-la. Mas eles também não a queriam, pensou ela, aturdida. Será que era *mesmo* verdade? Ou estaria ela vendo a situação com a imaturidade simplista de uma criança? Eram apenas crianças, afinal; eles não queriam estragar o dia deles. Ela podia ter ficado, mas não dava para ficar perto de Shane e dos pais dele, olhando de soslaio para ela, sabedores da verdade...

Ele não a ama, sabe. E nunca amou. Sempre soubemos disso. Por que ela não sabia?

E mais ainda: *O que ela vai fazer agora? Cuidado. Ela é perigosa. É malvada. Pode dificultar as coisas para Shane e os filhos dela. Só torcemos para ela ser razoável...*

E aquela camisa vermelha cor de cereja e o jeans branco. E os sapatos Gucci de camurça vermelha. Shane tinha se tornado... um deles.

Um aficionado por cavalos.

Coisa que ela não era. Não pertencia àquele meio, de jeito nenhum.

Depois que o Citation aterrissou no aeroporto de Palm Beach, ela tomou o carro direto para o hotel Breakers, esperando encontrar Shane e os meninos na suíte deles. Em vez disso, descobriu os pais do Shane de bermudas — das quais emergiam pernas grossas e cheias de caroços que lembravam massa de pão não batida. Estavam tomando café-da-manhã, e quando o pai de Shane, Harold, abriu a porta, não se preocupou em disfarçar seu espanto.

Aposto que não esperavam que eu viesse aqui, pensou Wendy, certa de sua vitória.

— Oi, Harold — cumprimentou ela. E Harold, que devia ter chegado à conclusão que não valia a pena enfrentá-la, virou-se depressa e disse:

— Marge, olha só quem está aqui. Wendy.

— Oi, Wendy — disse Marge, sem nem levantar da mesa. Havia em sua voz uma frieza indiscutível. — Mas que pena — disse ela. — Shane acabou de sair com as crianças. Mas acho que eles não sabiam que você vinha.

Ah, essa não, pensou Wendy.

— Para onde eles foram? — indagou ela.

Marge e Harold se entreolharam. Marge pegou o garfo e espetou os ovos mexidos.

— Saíram para procurar um pônei — disse Marge.

— Quer um café, Wendy? — ofereceu Harold, sentando-se em frente à esposa. — Parece que está precisando de um.

— Sim, preciso. Obrigada — disse Wendy.

— Pode ligar para o serviço de quarto para pedir outra xícara — disse Harold. — Aqui eles vêm rápido. Excelente serviço.

Se eu matar esses dois velhotes, será que o júri vai entender o meu lado?, perguntou-se Wendy.

— Deixe de ser bobo, Harold. Ela pode ficar com a minha xícara. Venha, Wendy — disse Marge, empurrando uma xícara e um pires para ela.

— Não quero ficar com sua xícara — disse Wendy.

— Marge não bebe café mesmo. Nunca tomou — disse Harold.

— Eu costumava tomar — disse Marge, muito empertigada. — Não se lembra? Assim que nos casamos, eu bebia seis xícaras por dia. Parei quando fiquei grávida do Shane. O obstetra disse que a cafeína não era boa para os bebês. Ele era considerado muito avançado para a época.

Wendy concordou, sem se interessar pelo assunto. Será que estavam fazendo aquilo de propósito, para torturá-la por ser má esposa para seu filhinho perfeito e amado? O que saberiam? Provavelmente tudo — estavam ali, não estavam? Tinham de estar envolvidos na coisa toda.

— Onde eles estão? — repetiu Wendy, despejando café de uma jarra branca na sua xícara.

— Quem? — perguntou Marge.

Ah, qual é, pensou Wendy, lançando-lhe um olhar impaciente. *Você não é tão velha assim. Sabe quem.*

— Shane. E os meninos. — Tomou um gole de café que lhe queimou a boca.

Marge concentrou-se, enrugando o rosto.

— Onde é mesmo que eles foram, Harold? — perguntou ao marido. — Palm Beach alguma coisa...

— Clube de Pólo de Palm Beach — respondeu Harold, tomando cuidado para não olhar para Wendy.

— Ah, sim, é isso — concordou Marge. — Parece que é muito famoso. — Fez-se um silêncio longo e desconfortável, finalmente quebrado por Marge. — Não está pensando em ir procurá-los, está? — perguntou.

— Claro que estou — disse Wendy. — Por que eu não iria? — Pôs a xícara cuidadosamente de volta no pires.

— Não sei se eu faria isso se fosse você — disse Harold. Marge lançou-lhe um olhar de advertência, como que para obrigá-lo a calar-se, que Harold fingiu não ver. — Acho que seria melhor você telefonar primeiro, pelo menos. Shane disse que é necessário um passe especial.

— Para comprar um pônei? Duvido muito — argumentou Wendy.

Foi até a recepção do hotel e o recepcionista lhe deu o endereço. O Clube de Pólo de Palm Beach não ficava exatamente em Palm Beach. Ficava em Wellington, Flórida, a meia hora de carro dali.

Ela voltou para o carro.

Quando chegou ao clube, descobriu que Harold tinha razão: era necessário ter um passe para entrar lá. Ela passou 200 dólares para o segurança, como suborno, a raspa do tacho do dinheiro que tinha levado na viagem.

Passou por uma abertura estreita em uma cerca de sebe, arrastando a malinha de presentes para os filhos atrás de si, ainda na esperança de sair vitoriosa. Quando passou para o outro lado, parou, desanimada. O clube parecia ser imenso, mais ou menos do tamanho de um campo de golfe. À direita havia um estábulo comprido com um pasto cercado diante dele, mas a distância havia mais estábulos e padoques, e tendas azuis e brancas imensas. Como ia conseguir encontrá-los ali?

Ela se aproximou da entrada do primeiro estábulo. Lá dentro estava escuro e frio, como um túnel, mas, como um túnel, ela imaginou que podia estar cheio de surpresas desagradáveis. Espiando cautelosamente na penumbra, ela viu um cavalo enorme amarrado à parede; o cavalo olhou para ela, abaixou a cabeça e bateu os cascos no chão. Wendy deu um pulo para trás, assustada.

Uma mocinha saiu de trás do cavalo.

— O que a senhora deseja? — perguntou.

Wendy avançou um passo, relutante.

— Estou procurando meu marido. E meus filhos. Eles vieram aqui comprar um pônei.

— De que estábulo?

— Como assim?

— De que estábulo? — repetiu a mulher. — Aqui há centenas de estábulos. Eles podem estar em qualquer canto.

— Ah, sei.

— Dá para ligar para eles?

— Sim — disse Wendy, concordando com um meneio da cabeça. — Vou fazer isso.

Ela começou a recuar.

— Qual o nome do instrutor? — perguntou a mulher, determinada a ser útil.

Instrutor?, pensou Wendy.

— Não sei.

— Pode tentar falar com a secretaria — disse a mulher. — Vá por aquele caminho ali. Fica depois daquela esquina.

— Obrigada — disse Wendy. Ela contornou a lateral do estábulo e quase foi atropelada por um carrinho de golfe com duas mulheres com viseiras. O carrinho de golfe parou, soltando um guincho, e a mulher que estava na direção meteu a cabeça para fora e olhou para ela.

— Wendy? — perguntou. — Wendy Healy?

— Sim? — perguntou Wendy, dando alguns passos adiante.

— Eu sou a Nina. E essa é a Cherry — disse Nina, indicando a amiga. — Lembra de nós? Nossos filhos vão à escola St. Mary, a mesma dos seus.

— Ah, ooooiiii — disse Wendy, como se as reconhecesse de repente.

— Que bom ver você — disse Nina, inclinando-se para fora do carrinho e dando um abraço espontâneo em Wendy como se ela fosse uma amiga que não via fazia tempo. — O que está fazendo aqui?

— Minha filha veio comprar um pônei...

— Quem é o instrutor dela? — perguntou Cherry. Estava usando brincos de diamante do tamanho de amêndoas. — Marc Whittles? Ele é ótimo. Ninguém melhor que Marc quando se está comprando um pônei.

— Não sei bem... Acabei de voltar de uma locação. Na Romênia — acrescentou Wendy, na esperança que isso pudesse explicar tudo.

— Meu Deus, sua vida é um conto de fadas — exclamou Nina. — Cherry e eu vivemos dizendo que devíamos ter uma carreira em vez de maridos.

— Menos trabalho — concordou Cherry, e Nina, que tinha um ligeiro sotaque do sul, riu escandalosamente. Nina era uma dessas mulheres, decidiu Wendy, das quais era impossível não gostar, mesmo que a pessoa não concordasse muito com seu estilo de vida. — Meu bem — disse ela, olhando para Wendy, surpresa —, cadê seu carrinho?

— Carrinho? — perguntou Wendy. — Eu não sabia que precisava de um.

— Tudo aqui fica a quilômetros de distância... Não estava planejando ir a pé, estava? — perguntou Cherry, chocada.

— Não sei bem onde eles estão — confessou Wendy. — Andei viajando, e depois meu telefone...

— Ah, minha querida, não se preocupe com isso. Perdemos nossos maridos e nossos filhos de vista toda hora — exclamou Nina, fazendo um gesto como que afastando aquela desculpa da Wendy.

— É melhor assim — acrescentou Cherry.

Isso causou mais gargalhadas ainda.

— Por que não vamos ao estábulo do Marc primeiro, não é uma boa? — disse Nina, consultando Cherry. — Sente-se — convidou. — Vamos lhe dar uma carona.

Wendy jogou as malas em uma cesta de metal na traseira do veículo.

— Meu Deus — disse Cherry. — Você trouxe essas malas da Romênia até aqui?

— Foi — disse Wendy, sentando-se no banco de trás.

— Você é uma mãe dedicada mesmo — disse Cherry. — Quando volto da Europa, meu marido e meus filhos sabem que não vou sair da cama durante três dias. Por causa da mudança de fuso.

— Meu bem, você fica de bode por causa do fuso horário só de subir até Aspen.

Cherry soltou gargalhadas juvenis.

— Sou frágil.

Wendy sorriu, desejando que pudesse participar da brincadeira. Nina e Cherry eram muito simpáticas, mas muito diferentes dela. Suas narinas dilatadas (provavelmente resultado de cirurgias plásticas no início dos anos 1980, pensou Wendy; era estranho como se podia datar certos estilos de plástica, distinguindo perfeitamente quando tinham sido feitas) e silhuetas altas e esguias faziam-na lembrar de cavalos de corrida. Elas pareciam não ter a menor preocupação na vida, e por que teriam? Os maridos eram ricos, e mesmo que elas se divorciassem, terminariam tendo dinheiro suficiente para jamais terem de trabalhar... Como seria isso?, perguntou-se ela. Wendy inclinou a cabeça para trás. Provavelmente muitíssimo prazeroso. Não admira que fossem tão boazinhas. Nada realmente ruim tinha acontecido a nenhuma delas em toda a sua vida... E pensando na cena agora inevitável com Shane, ela agarrou a lateral do carrinho com mais força.

— Aliás — disse Nina —, seu garotinho, Tyler, é absolutamente adorável.

— É mesmo, não é — disse Wendy, concordando. Agora que finalmente sabia que ia ver os filhos, sentia uma expectativa doce e enjoativa ao mesmo tempo.

— E seu marido, Shane, trata-o com tanto carinho — acrescentou Cherry. — Vivemos dizendo que você tem muita sorte de ter um marido que realmente age como mãe. Ele aparece para pegá-los toda tarde depois da escola. A maioria dos homens diz que quer fazer isso, mas quando a gente permite, eles deixam muito a desejar.

— O meu nunca conseguiu entender como se abre um carrinho de bebê dobrável — disse Nina.

— Achamos que você o treinou muito bem — concordou Cherry. — Vivemos nos perguntando qual é o seu segredo.

Se ao menos elas soubessem a verdade, pensou Wendy, amargurada.

— Bom, eu... acho que tenho sorte, só isso — disse, com tristeza.

— Aqui estamos! — exclamou Nina, alegremente, indicando um estábulo pintado de branco com um teto de cobre verde. Havia um picadeiro cercado em frente, com obstáculos de salto pintados de cores diversas espalhados nele. No meio do picadeiro havia um pônei cinza esbranquiçado montado por uma jovem usando capacete preto de equitação. A um canto, estavam Shane e Magda, conversando com um rapaz mais para alto, com o rosto bem delineado de um artista de cinema; do outro lado estavam Tyler e Chloe, de mãos dadas com a babá, Gwyneth.

— Olha lá o Shane — avisou Cherry. — E aquele ali é o Marc, não é? Ah, mas que bom, seu instrutor é Marc mesmo. Não vai precisar se preocupar, estão em ótimas mãos — disse ela, virando-se para sorrir para Wendy.

Wendy retribuiu o sorriso, sentindo-se estranha.

— Shane, meu amor — gritou Nina. — Nós lhe trouxemos um presente! Sua mulher! — Wendy saiu do carro. E ondulando de leve os dedos decorados com jóias à guisa de despedida, as duas mulheres se afastaram no carrinho.

Wendy ficou parada no mesmo lugar, a maleta em uma das mãos e a mala com rodízios na outra, pensando que devia estar parecendo uma refugiada.

Sua família ficou olhando para ela como se não a conhecesse. Ninguém parecia saber o que fazer.

Aja normalmente, pensou ela. Mas o que era normal? Deixou as malas no chão e acenou.

— Olá...

— Mãe! — gritou Magda, dramaticamente, como se alguém a estivesse matando.

Estava com calças colantes marrons com punhos nos tornozelos; nos pés, botinhas de amarrar.

— Você chegou!

Ela correu meio desequilibrada até Wendy, de braços abertos. Estava meio gorducha, pensou Wendy, meio insatisfeita — sob a blusinha branca se podia ver o início de uma barriga e dois montinhos pequenos e indistintos de tecido mamário.

Preciso comprar um sutiã para ela. Amanhã — pensou Wendy, sentindo uma culpa insuportável. — Não vou dizer nada sobre o peso excessivo; ela vai perdê-lo. Está só no início daquele período de crescimento acelerado. — E abriu os braços para abraçar a filha, sentindo-lhe o cheiro dos cabelos, que fediam a suor adocicado, e pensou que as mães provavelmente podiam identificar os filhos apenas pelo cheiro.

— Estou tão feliz de ver você! — exclamou Magda.

E aí Tyler, como se decidindo se era seguro, veio correndo até ela, descrevendo círculos, como um aviãozinho. A pequena Chloe começou a bater dos lados do carrinho, exigindo que a babá a deixasse andar.

— Pronto, aqui está ela — disse Gwyneth, segurando Chloe e entregando-a a Wendy. — Olha aí sua mamãe. Finalmente. — E deu a Wendy um sorriso como que experimental, meio preocupado.

Wendy olhou para Shane para ver se ele estava avaliando a verdadeira importância desta cena. Ele lhe lançou um sorriso resignado, e ela se virou para o outro lado, curvando-se para Tyler.

— Mamãe, perdi um "dentchinho" — disse ele, pondo o dedinho no espaço vazio.

— Deixe-me ver — disse Wendy. — Doeu muito? A fadinha dos dentes veio?

Tyler sacudiu seu corpo inteiro de um lado para outro.

— Não doeu, mas saiu sangue. E a fadinha me deu dez dólares. E o papai disse que era quanto valia.

— Dez dólares? É muito dinheiro por um dentinho. O que vai fazer com tudo isso?

— Ah, mamãe. Dez dólares não é tanto assim. Nem dá para comprar um CD.

Meu Deus. O que Shane estava ensinando aos filhos? Ela ficou de pé e, pegando as mãos dos filhos, aproximou-se do marido.

Shane não se mexeu para beijá-la à guisa de cumprimento. Em vez disso, fez um gesto para o homem a seu lado, que não era, pensou Wendy, nem um pouco atraente, como parecia de longe. De perto ele parecia artificial, como se a pele fosse feita de plástico. Estava usando óculos protetores de aviador e fumando um cigarro (logo um Parliament!) com um grande cabeleira com reflexos que parecia ter sido assentada com spray fixador. Trajava calças de montaria colantes e botas pretas até os joelhos, e a camisa era branca com listras vermelhas, da mesma cor de cereja da camisa do Shane.

— Esta aqui é minha esposa, Wendy Healy. Este é Marc Whittles. Nosso instrutor — disse Shane.

Pelo menos ele me chamou de esposa, pensou Wendy, apertando a mão de Marc. E por apenas um segundo, ela achou que tinha se enganado e talvez tudo estivesse normal, afinal de contas.

— Não esperávamos que ela viesse — disse Shane, olhando para ela, incisivo. — Mas acho que ela estava preocupada com as crianças.

— Estava viajando... Faz alguns dias que não os vejo...

— Aonde estava? — perguntou Marc, dando um peteleco em uma cinza de cigarro que tinha caído em suas calças brancas. Gostava de puxar o saco dos clientes, pensou Wendy, feito um corretor de imóveis.

— Romênia — disse Wendy.

— Romênia? — repetiu Marc, inclinando a cabeça para trás, em desagrado. — O que é que tem lá? Não tem esqui, tem? E certamente não tem comércio.

— Trabalho — disse Wendy, achando que estava prestes a perder a paciência com aquele homem.

— Wendy trabalha na indústria cinematográfica — disse Shane.

— Ela é a presidente da Parador Pictures — anunciou Tyler, numa vozinha estridente.

Garoto esperto, pensou Wendy, apertando sua mãozinha.

— Isso é bem... bacana — disse Marc, como se calculasse seus méritos. — Temos muita gente de cinema aqui. Então deve se sentir em casa.

Wendy soltou uma risadinha, como para mostrar que isso jamais seria possível.

— Então, como vê — disse Shane, com um tom de triunfo na voz —, as crianças estão perfeitamente bem.

— Sim — disse Wendy. — Estou vendo.

Eles ficaram se entreolhando, com ódio.

— Vamos soltar o pônei, então? — perguntou Marc, deixando o cigarro cair na grama, e apagando-o com a ponta da bota. Magda agarrou a mão de Wendy e começou a puxá-la para ver o pônei.

— Não é o mais lindo que já viu? — perguntou Magda, seus olhos ardentes de desejo.

— Ah, sim, querida. Ele é... é lindo — disse Wendy. Jamais tinha estado perto de cavalos, e embora esse não fosse particularmente grande ("1,42m de cernelha", todos viviam lhe dizendo, uma expressão cujo significado ela não fazia a menor idéia qual fosse), estava assustada demais para chegar a menos de dois metros do animal. Mesmo quando o amarraram no estábulo, com cordas dos dois lados da cabeça, para evitar que escapasse, imaginou Wendy, ela continuou nervosa.

— Venha, mamãe — disse Tyler, puxando-lhe a mão.

— Tyler, fique aqui... fique aqui mais longe — ordenou ela. Mas Tyler torceu a mãozinha e soltou-se, correndo direto para o pônei, que abaixou a cabeça e fez festa nos cabelos do menino com o focinho. Ela pensou que fosse ter um infarto, mas Tyler gritou de alegria.

— Ele vai ser meu pônei também. Não vai? — pediu ele, com insistência.

— Mamãe, isso é melhor que o Natal — disse Magda. Ela passou os braços ao redor do pescoço do pônei. — Eu te amo. Eu te amo, Príncipe — disse ela. "Príncipe" era o nome do pônei ou o nome que Magda tinha dado a ele. — Posso dormir com ele?

— Não. Não, querida...

— Mas Sandy Pershenki... — quem diabos era essa pessoa? — passou a noite no estábulo com o cavalo dela. Quando ele teve cólica. Foi três dias antes das eliminatórias para as Olimpíadas, e ela passou a noite no estábulo, dormindo em um catre. E o cavalo não se deitou por cima dela nem nada. É muito seguro mesmo. Se a pessoa cair, o cavalo não pisoteia a pessoa. As pessoas pensam que sim, mas não pisoteiam, entende? Os cavalos sabem. Eles sabem tudo...

— Mamãe? — chamou Tyler. — Você conhece a Sandy?

— Não. Não, querido, não conheço — disse ela, estendendo os braços e pegando-o no colo. Ele estava muito pesado. E vestido igual a Shane, de jeans branco e camisa pólo azul.

— Você gosta do Príncipe, mãe? — perguntou Tyler.

— Gosto, sim. Ele parece um cavalinho muito bem comportado.

— Não é um cavalinho, mamãe. É um pônei. Tem diferença. Eu realmente acho que devia passar a noite com ele — disse Magda. — Não quero que ele sinta medo.

— Ele não vai sentir. Aqui é a casa dele — disse Wendy, com uma alegria fingida. — E agora é hora de voltarmos para nossa casa...

— Para Nova York? — perguntou Magda, horrorizada.

SELVA DE BATOM 353

— Calma, querida. Não querem voltar? — perguntou Wendy.

— Não — disse Tyler.

— Mas a mamãe tem um avião. Um avião particular para nos levar para casa.

— Podemos levar o Príncipe com a gente?

— Não, querida...

— Então prefiro ficar — disse Magda.

— E a vovó e o vovô? — indagou Tyler.

— Eles voltam depois. Com o papai.

— Mas a vovó disse que eu ia me sentar do lado dela no avião.

— Pode se sentar ao lado da vovó em uma outra ocasião.

— Mamãe, você está estragando tudo — disse Magda, o rosto contorcendo-se de medo e raiva.

— Nós vamos comprar o pônei, Magda. Isso já basta.

— Algum problema, Sra. Healy? — perguntou Marc, aproximando-se por trás dela.

— Não, está tudo bem. Eles só não querem voltar para casa.

— Quem ia querer? Aqui é fabuloso, não é? O Clube de Pólo de Palm Beach. Um pedacinho secreto do céu, não?

Não, do inferno, Wendy sentiu vontade de dizer.

— Então vamos logo comprar esse pônei, Sra. Healy — disse Marc. Ele se abaixou e a mecha de cabelos não se mexeu.

— Crianças, não gostariam de ver os filhotes? — perguntou ele.

— Filhotes? — indagou Magda, encantada.

— Sim, os patinhos e gatinhos. E talvez também alguns cachorrinhos — Ele se endireitou. — As crianças adoram isso. Vou mandar Julie, a tratadora, levá-los até lá e depois ela os traz de volta aqui. Magda vai querer ver o Príncipe de novo — disse ele, dando a Wendy um sorriso íntimo. — Seu primeiro pônei. É um marco na vida de uma mocinha. Um momento que ela jamais vai esquecer.

Ele estava certo nisso, pensou Wendy. Era tudo mesmo inesquecível. E ela ficou parada ali, fatigada, enquanto os filhos passavam correndo por ela.

— Wendy! Venha logo! — chamou Shane, impaciente, do banco do passageiro do carrinho de golfe.

Wendy suspirou e arrastou-se com as malas até o carrinho, olhando para os filhos com saudade. Sentou-se no banco de trás e pôs a maleta no colo. A temperatura era de quase 30 graus e ela estava toda de preto. Sentia-se como se fosse uma velha italiana.

Marc sentou-se no lugar do motorista e acendeu mais um cigarro.

— Magda vai se dar tão bem com o Príncipe, Sra. Healy — disse ele, descrevendo uma curva acentuada que quase jogou Wendy para fora do carrinho. — Eu não me surpreenderia se ela conseguisse uma boa colocação em sua primeira competição. Vivo dizendo ao Shane como vocês têm sorte: esse tipo de pônei não aparece com freqüência.

— Quanto é o pônei? — perguntou Wendy, olhando com raiva para a nuca dele.

— Cinqüenta mil — respondeu Shane, na lata.

O queixo de Wendy caiu, e ela se agarrou nas costas do banco de Shane para não cair.

Shane virou-se e lhe lançou um olhar severo.

— Não é tanto assim, Wendy — disse ele.

— É um preço razoável — interferiu Marc, jogando o cigarro em um copo de plástico contendo água, como se as pessoas comprassem pôneis por cinqüenta mil todos os dias. — Vender Red Buttons por 200 mil é que é exagero. — Ele se virou e lançou-lhe um sorriso rápido. — E o importante é que Magda está apaixonada pelo pônei. Eles já estão ligados um ao outro. Pode-se ver que ela adora o pônei, e o pônei a adora. Como podem negar à sua filha o seu primeiro amor?

Wendy sacudiu a cabeça, desanimada. Cinqüenta mil? Era loucura. Que diabos a pessoa pode fazer numa situação dessas? Se ela objetasse, Magda ia ficar arrasada, e Wendy seria a vilã. E ainda por cima, era tudo culpa de Shane — uma vez mais, ele tinha armado para cima dela; criado uma situação na qual ela ia decepcionar os filhos. Sentiu vontade de apoiar a cabeça nas mãos e chorar.

O cansaço estava começando a fazê-la tremer.

SELVA DE BATOM 355

— Se não se importa, gostaria de falar com meu marido a sós.
Antes de fecharmos negócio — disse ela, com tanta força quando pôde
reunir.

— Claro — disse Marc, gentilmente. — O futuro de sua filha como
cavaleira está em jogo, afinal. Devem conversar sobre o assunto. Mas
lhes garanto que não vão achar um pônei melhor por esse preço.

Shane olhou para ela por cima do ombro e franziu o cenho.

— Que foi, Wendy? — perguntou. — Algum problema?

— É. Pode-se dizer que sim. — disse ela, exausta. *Meu marido
acabou de mandar um oficial de justiça me entregar uma citação de
divórcio, me trancou do lado de fora do meu próprio apartamento e
seqüestrou meus filhos. E agora quer que eu gaste cinqüenta mil dólares em um pônei...*

Marc deu de ombros e acendeu outro cigarro, parando diante de
um estábulo em estilo Tudor, com vigas de madeira entrecruzadas,
talvez com o objetivo de lembrar um refúgio da realeza nas montanhas.

— Estou na secretaria. Primeira porta à direita — avisou ele. —
Entrem quando estiverem preparados.

— Só vai levar um minuto — respondeu Shane. Depois virou-se
para Wendy. — E aí?

Wendy ficou olhando para ele, chocada. Não sabia por onde começar.

— Depois de tudo isso... depois de tudo que fez... tudo que tem a
dizer é "e aí"?

— Será que não dá para a gente simplesmente entrar e comprar
esse pônei, por favor? Por que tudo precisa ser complicado para você?

Ela olhou para ele sem entender. Seria possível que ele tivesse se
esquecido que tinha mandado um oficial de justiça entregar uma citação para ela e que tinha mudado a fechadura do apartamento? Ou
estaria ela simplesmente perdendo o juízo?

— O que quer que eu diga? — exigiu Shane, impaciente.

Ela refletiu. O que queria? *Eu quero que tudo volte ao normal.
Quero que tudo seja como era antes de eu viajar para a Romênia.*

Não era tão perfeito assim, mas era melhor que isso, sentiu vontade de dizer.

— Quero uma explicação.

Ele ficou olhando-a desafiador como um garotinho, e depois virou-se e começou a andar na direção do estábulo. Wendy correu atrás dele, alcançando-o logo que ele entrou.

— Não quero discutir isso agora — disse ele, entre os dentes. — Não na frente dessa gente... — completou, indicando a porta da secretaria com a mão.

— Por que não? O que eles têm a ver com isso?

— Não é o que eu penso, Wendy. É o que eles pensam da nossa menininha. Por que precisa constrangê-la? Ela finalmente reuniu coragem para experimentar uma coisa nova, e você quer estragar a vida dela.

— Não quero, não...

— Não sabe como eles fazem fofoca aqui? — perguntou Shane em tom acusador. — Todo mundo sabe da vida de todo mundo. Você viu Cherry e Nina. Elas vão conversar com Marc, e amanhã toda a St. Mary-Alice School vai saber de tudo. Não acha que já está sendo duro demais para Magda? Será que ela precisa que os outros colegas fiquem comentando como a mãe dela é maluca?...

— Mas, Shane — disse Wendy, sem conseguir tirar os olhos dele, horrorizada. — Eu não fiz nada. Jamais faria nada para magoar nossa filhinha...

— Não. Só apareceu aqui inesperadamente. Quero dizer, já foi difícil tentar explicar isso.

— Explicar o quê? Sou a mãe dela...

— Ah, é?

— Seu merda. — Wendy fez uma pausa, depois decidiu deixar passar por enquanto. Era terrível demais para tocar no assunto. — Como estava planejando pagar aquele pônei sem *mim*, Shane? — perguntou ela.

— Cartão de crédito.

SELVA DE BATOM

— O dinheiro continua sendo meu — disse ela, e se detestou por ter esfregado isso na cara dele.

— Ótimo, então — disse ele. — Arrase a sua filha. Isso vai melhorar muito a sua imagem diante de seus filhos.

— Eu não disse que não ia...

— Faça o que quiser. Eu fiz o que pude. Desisto — disse ele, erguendo as mãos, desanimado. Começou a andar para o lado escuro do estábulo, os sapatos ecoando no espaço cavernoso.

Wendy hesitou, depois correu atrás dele. Pelo menos o estábulo parecia vazio, sem aquelas feras aterrorizantes que podem pular e pisotear a gente.

— Shane! — cochichou ela. — Volte aqui.

Shane virou-se.

Precisava obrigá-lo a dizer a ela, pensou. Não podia deixá-lo continuar com aquela farsa.

— Não vou comprar aquele pônei antes de a gente conversar sobre o que está havendo.

A boca de Shane curvou-se para cima, de nojo.

— Muito bem — disse ele, cheio de uma empáfia raivosa. Entrou em uma baia vazia. Wendy hesitou. O chão estava coberto de palha amarela lustrosa. Talvez eles pudessem simplesmente dar uma trepada e tudo voltaria ao normal. Tinha funcionado muitas vezes antes. Ele estava de pé no meio da baia, os braços cruzados sobre o peito, defensivamente. Ela avançou um passo em sua direção, sentindo as beiradas irregulares das palhas tocarem seus tornozelos. Ele estava agindo de um jeito tão infantil, francamente. Tudo aquilo era simplesmente ridículo. Se ele deixasse tudo de lado, ela o perdoaria. Estava acostumada a perdoá-lo. Depois de 12 anos de prática, era moleza, como aprender a pedir desculpas. Perdão e desculpas eram muito mais fáceis do que as pessoas pensavam.

E depois que conseguiu acalmar-se um pouco, decidiu arriscar. Naquela voz tatibitate inofensiva que usava com ele, disse, na base da brincadeira:

— Vamos dar umazinha, vamos.

Em vez de acalmá-lo, porém, essas palavras suaves pareceram libertar a fera dentro dele. Shane avançou para cima dela como se fosse lhe dar um tapa, mas no último minuto, desviou subitamente para um lado e correu para a parede, batendo com a mão nas tábuas.

— Ainda não entendeu, não é? — berrou. E aí, talvez constrangido por ter demonstrado sua masculinidade de forma tão flagrante, levou as mãos ao rosto. Seu corpo começou a tremer, como se ele estivesse soluçando, mas não emitia nenhum som. Ela deu alguns passos em sua direção e tocou-lhe o ombro.

— Shane? — chamou. E depois de forma mais insistente: — Shane... Você está *chorando*?

— Não. — O som saiu abafado sob as mãos dele. Wendy pôs as mãos sobre as dele e tentou afastá-las do rosto do marido.

A expressão no rosto dele a deixou horrorizada. Seus olhos eram fendas avermelhadas — cheios de ódio, pensou, dela ou de si mesmo, talvez de ambos.

— Não tem jeito — disse ele.

Acabou, pensou ela. *Acabou*...

— O que não tem jeito? — perguntou assim mesmo.

— Nosso casamento — disse ele. Inspirou profundamente e exalou pela boca aberta. — Eu não te amo, Wendy — disse. — Acho que nunca te amei.

Aaaiii. Ela deu um passo para trás. Aaaiii. Era ela que estava produzindo aquele som, ou seria só imaginação? Sua vida inteira parecia estar se despedaçando. Ela estava na beira de um precipício. Aaaaaiiii. Como aquilo podia estar acontecendo?

Ele não tinha mesmo dito aquilo, tinha?

— Você nunca me deu a chance de decidir por mim mesmo — disse ele. — Vivia sempre presente, sempre me envolvendo, desde o início. Eu não conseguia me livrar de você. Você nunca aceitava uma recusa. A princípio, pensei que fosse maluca. Eu trepava com outras, e você sabia, e nunca disse nada. E aí comecei a pensar que talvez você fosse mesmo louca por mim. Eu podia fazer o que quisesse que você sempre estaria ao meu lado para tomar conta de mim. Não estou dizendo que não gostava de você. Nós nos divertíamos muito juntos. Mas eu nunca me apaixonei por você. Como me apaixonei por algumas dessas outras moças...

— Outras moças?

— Não depois que nos casamos — disse Shane, na defensiva. — Eu não traí você. Estou falando de antes do nosso casamento.

— Então por que se casou comigo? — quis saber ela.

— Por que quer ouvir isso? — perguntou ele. — Acha que estou gostando de dizer isso tudo? Por que não vai embora? Você vive se torturando comigo, porra. Pensa que isso me faz respeitar você?

— Você me deve uma porra de uma explicação! — gritou ela.

Ele bateu na parede de novo com a palma da mão.

— Não acredito, Shane. Como é que pôde ser banana assim?

— Acha que eu gostava de ser banana? Você me transformou nesse banana! — berrou ele. — Eu nunca te amei. Uma pena você ter de ouvir isso, mas é verdade. Só que eu vivia na esperança de me apaixonar por você. Todo mundo dizia que eu era maluco; você era tão incrível. E você lá toda segura de si. Mas no dia do nosso casamento, lembra? Enquanto percorríamos a nave da igreja juntos, na hora de sair? Eu sabia que tinha cometido um engano. Você alguma vez se perguntou por que eu não conseguia olhar para você? Eu era uma das suas metas. Já tinha sido alcançada! E eu provavelmente teria ido embora, mas você logo ficou grávida. Eu nunca tive oportunidade de dar minha opinião. Você parou de tomar a pílula. Disse que não, que foi acidente...

— E foi!

— Mentira, Wendy.

— Se me detestava tanto, por que não foi embora?

— Porque me apaixonei pela nossa filhinha. Não consegue enxergar isso? Não sou tão merda quanto pensa que sou, sabia? Tentei agir corretamente. Achei que podia pelo menos ser bom pai. E aí você engravidou de novo. E de novo. E toda vez eu pensava, ela está te prendendo cada vez mais para você jamais poder ir embora...

— Vá embora, Shane. Vá agora. — Ela correu até ele e lhe deu um soco no bíceps com tanta força quanto podia, com o lado do punho. O impacto fez a mão dela doer. Shane girou para longe dela, sorrindo sarcasticamente.

— É isso que vai fazer? Não consegue o que quer, então vai bater em mim?

— Vá embora de uma vez por todas. Nunca mais quero ver você.

— É, isso seria muito conveniente para você, não seria? — disse Shane, meneando a cabeça e esfregando o braço no local em que ela o havia atingido. Exatamente como uma garotinha, pensou ela. — Mas não vou embora, não, Wendy — disse ele. — Quando eu estava longe de você, entendi que a coisa mais importante da minha vida são meus filhos. E não vou desistir deles.

Os lábios dela se comprimiram em um sorriso cruel, e ela cruzou os braços, certa de que ia conseguir vencer.

— Nunca vai ficar com os nossos filhos. Eu vou tratar de impedi-lo. Vou levar meus filhos comigo, e dar um jeito de você passar anos sem vê-los de novo.

— É — concordou ele. — Foi isso que achei que você diria. Você é uma pessoa tão poderosa, a maioral, bem-sucedida, rica. Mas no fundo é só uma criança manhosa. Nunca consegue entender que qualquer outra pessoa, eu, possa ter sentimentos que sejam diferentes do que você quer. Não dá para conseguir obrigar ninguém a te amar, Wendy, mas você se recusa a aceitar isso. E aí só deseja me castigar. Mostrar como é poderosa. Exatamente como um desses babacas de Hollywood dos quais vive reclamando o tempo todo. Você sempre diz que as mulheres fariam diferente. Por que não pratica o que prega? Durante 12 anos, fui um pai exemplar. E tentei ser bom marido. Fiquei com a família. Mas foi tudo mentira. Sabe como é difícil admitir a verdade? Não quero passar o resto da minha vida casado com uma mulher que não amo. Será que isso é tão terrível assim?

Passo minhas tardes conversando com mulheres... falando com mães, as mães dos amigos dos meus filhos. E sabe o que mais? Se fosse o contrário, se a mulher é que não estivesse apaixonada pelo marido, todas as amigas dela diriam, "você tem o direito de encontrar seu verdadeiro amor". Como é que as mulheres têm direito e eu não?

Wendy não conseguiu dizer nada.

— E vou lhe dizer mais uma coisa — prosseguiu Shane. — Desisti da minha carreira para tomar conta dos nossos filhos. Você pensa que foi porque eu não tinha talento... ou porque eu era preguiçoso. Muito bem, reconheço que não sou talentoso como você. Não tenho o que você tem; não tenho as qualidades necessárias. Mas tenho outras coisas. E você nunca respeitou isso. Por que é que, quando uma mulher desiste da carreira para cuidar dos filhos, ela é uma heroína, e quando o homem desiste, vocês mulheres só conseguem pensar que tem alguma coisa errada com ele? É um banana ou não presta para nada. É isso que você pensa pelas minhas costas, não é, Wendy? Que eu não presto para nada.

Ai, meu Deus, pensou Wendy. *Ele tinha razão.* Havia vezes, tantas vezes, em que ela havia olhado para ele com desdém e depois, sentindo-se mal por sentir-se assim, tinha tentado encobrir isso bajulando-o ou comprando algo para ele... Como é que isso tinha acontecido? O mundo estava virado de cabeça para baixo. Não havia respostas, a não ser.. a não ser, pensou ela, com uma pontinha de esperança, tentar seguir em frente e agir corretamente... como adultos. E seguindo sua intuição, ela viu que precisava tentar deixar de lado seu próprio sofrimento e mágoa. Era muito mais poderosa que ele; sempre tinha sido e sempre seria, e precisava perdoá-lo por aquilo. Ele não podia magoá-la — ele jamais poderia, aliás. Ela devia ser condescendente. *Precisava...*

— Shane — disse, então. Fechou os olhos com força, enquanto um pesar enorme por tudo que tinham entendido errado um sobre o outro de repente a dominou. — Eu nunca achei que você não prestava. Eu te amo, Shane. Sempre fui apaixonada por você. Desde o início...

Shane balançou a cabeça.

— Não, Wendy. Pensou que fosse. Mas não podia ser. Como é que uma pessoa razoável e sadia pode se apaixonar por alguém que não a ama?

Ela olhou para Shane. Ele era medíocre demais. E estava tão ridículo, aliás, com aquela camisa cor de cereja e jeans branco. Ele jamais seria mais do que era agora, pensou ela, tristemente, mas precisava seguir seu próprio caminho. Algum dia podia ser que ele se arrependesse daquele comportamento; talvez percebesse que tinha cometido um erro. Talvez fosse castigado, mas se fosse, o universo é que o puniria, não ela.

E aí ela pensou: "Preciso ir embora."

Tinha pago pelo pônei e ido se despedir dos filhos.

— Agora que eu tenho o Príncipe, acho que nunca mais vou precisar de outra pessoa — disse Magda, sofregamente. Wendy concordou. Ela entendeu. Havia coisas pelas quais Magda ia precisar passar agora, coisas com as quais o pônei podia ajudá-la mais do que sua própria mãe. Fui substituída por um pônei, pensou Wendy, tristonha.

— Já vai, Sra. Healy? — perguntou Gwyneth, timidamente.

— Tenho de voltar — disse Wendy. — Esta manhã nos indicaram para seis Oscars, e eu preciso tratar da publicidade. — Era uma mentira vazia e sem significado, pensou ela, mas precisava manter a dignidade, pelo menos diante da família.

— Mas que maravilha — disse Gwyneth, os olhos arregalando-se de encanto. — Deve ser muito difícil conseguir indicações para seis Oscars.

Wendy deu de ombros.

— Não é grande coisa, na verdade — disse. Deu um suspiro. — É o meu *trabalho.*

E agora, sentada no banco do carro, a caminho do aeroporto para a viagem de volta a Nova York, pensou de novo, esgotada: é o meu trabalho. O telefone tocou, e ela automaticamente o atendeu.

— Alô? — disse, meio abatida.

— Wendy! — exclamou a voz entusiástica de Victor Matrick.

Wendy imediatamente passou para o piloto automático.

— Alô, Victor. Como vai?

— Como vai você? — perguntou ele. — Você deve estar felicíssima. Eu estou. Bom trabalho, conseguir essas indicações todas para o Oscar. Agora só precisamos ganhar um ou dois.

— Temos chances muito boas, Victor. Vou combinar umas sessões especiais para os membros da Academia.

— Diga-me se houver alguma coisa que eu possa fazer. E saiu uma matéria muito boa no *Post* hoje — acrescentou.

Que matéria?, pensou ela. Mas supunha que não importava, contanto que Victor estivesse satisfeito.

— Imagino que vai tirar a tarde de folga para comemorar um pouco — disse Victor. — Algum plano especial?

— Nenhum — disse ela. — Só vim para Palm Beach, passar a manhã com a minha família. Acabei de comprar um pônei para minha filha.

— Excelente, parabéns — disse Victor. — Nada melhor para as menininhas do que os pôneis, eu sempre digo. Isso as ensina a serem responsáveis. Mas não preciso lhe dizer isso, preciso? Bom, parabéns novamente, e lembranças à família. Nada como um dia com a família. Todos precisamos disso. Aproveite.

— Obrigada, Victor — disse ela.

O Citation estava esperando por ela no aeroporto com os degraus já abaixados. O carro passou por uma cerca de alambrado e entrou na pista de decolagem, e o comissário de bordo adiantou-se para pegar sua bagagem.

— Viagem rápida essa — comentou.

— Sim — respondeu ela. — Tinha de resolver um probleminha. Tudo correu melhor do que eu pensei que correria. — Entrou no avião, afivelando o cinto em uma poltrona larga de couro de bezerro bege.

— Aceita algo para beber? — perguntou o comissário. — Que tal caviar e champanhe? — perguntou com uma piscadela. — É Dom Perignon. Victor Matrick mandou servir especialmente para você.

Por que não?, pensou ela. E depois: Então Victor sabia que ela havia usado o avião. Fazia sentido, imaginava. Victor sabia de tudo...

Em uma prateleira diante dela havia uma série de jornais e revistas. Ela pegou o *New York Post:* "As Cinqüenta Mulheres Mais Poderosas!" proclamava a manchete.

Ela abriu o jornal. Dentro dele estava sua foto em uma estréia, com traje a rigor. Tinha se maquiado naquela noite, usado lentes de contato e prendido os cabelos. Não parecia tão feia assim, pensou, mas quem se importava?

Sob a foto lia-se a legenda: "Wendy Healy, 43 anos, presidente da Parador Pictures. Quando Comstock Dibble foi demitido, só uma mulher poderia assumir o cargo — a bela intelectual de óculos Wendy Healy. Ela assumiu o comando geral da Parador e faturou 200 milhões de dólares em lucros para a empresa."

Ai, pensou ela. Dobrou o jornal e colocou-o no banco a seu lado. O piloto ligou os motores, e o avião taxiou pela pista. Supunha que devia estar feliz pela notícia, mas em vez disso não sentia nada. O avião percorreu a pista em alta velocidade e, olhando pela janela, Wendy viu as coisas lá fora perderem a nitidez, achando que nunca mais ia sentir mais nada.

12

ERA, PENSOU NICO O'NEILLY, OLHANDO PELA JANELA DA CASA GE-
minada, um dia perfeito para conquistar o mundo.

Eram sete e meia de uma manhã de quinta-feira, e ela estava fazendo cera para comer seu ovo *poché*, querendo se lembrar exatamente com o que se parecia este dia, e especificamente como lhe
parecia esta manhã — a manhã em que ela ia se encontrar com Victor
Matrick para lhe dar a boa notícia sobre Mike Harness. A notícia muito
interessante que, tinha certeza absoluta, ia enterrar Mike. De uma vez
por todas.

Virou o ovo de lado e cortou a pontinha dele, exatamente o que ia
fazer com a cabeça de Mike. Seria uma operação perfeita, e se Deus
quisesse, Mike só ia sentir uma dorzinha de nada, e só por dois segundos... Um... dois, pensou ela, colocando sal no ovo exposto. Pegou uma tira de pão torrado, exatamente com um centímetro de
largura, e mergulhou-o na gema. Mastigou pensativamente, com prazer. Como sempre, tanto o ovo (fervido durante quatro minutos e
meio) quanto as tiras de torrada eram perfeitas, tendo sido preparados por suas próprias mãos. Nico comia a mesma coisa no café-da-
manhã todos os dias: um ovo *poché*, meia fatia de torrada e uma xícara
de chá inglês com açúcar e limão — e como essas coisas precisavam
ser preparadas do jeitinho exato (a água do chá, por exemplo, precisava ferver completamente durante trinta segundos), ela sempre

preparava seu próprio café-da-manhã. Havia coisas na vida que simplesmente era mais fácil a gente mesma fazer.

Contemplou de novo o jardinzinho do outro lado da porta envidraçada. A primavera já havia chegado completamente: as cerejeiras (que eram uma espécie de árvore frutífera com *pedigree* que normalmente só se encontravam em Washington, D. C., e Seymour tinha comprado da esposa de um senador) já estavam com botões redondos e penugentos; dentro de mais alguns dias, haveria flores. E em duas semanas, eles abririam a casa de East Hampton, e como isso ia ser paradisíaco. Eles usavam a casa em maio, junho e julho, deixando agosto para outras pessoas, mas o melhor mês era maio, quando a maresia era cálida e sonolenta, e a grama estava de um verde tão intenso quanto cacos de vidro. Ela sempre dizia a si mesma que ia praticar jardinagem, e nunca fazia isso, mas talvez este ano ela se dispusesse a plantar uma ou duas flores...

— Viu isso? — perguntou Seymour, entrando na copa com o *New York Times* na mão. Seymour estava vestido como um estudante de faculdade: jeans e um desses tênis caros, os cabelos meio compridos metidos atrás das orelhas. Seus olhos eram argutos (a expressão normal deles) e Nico sorriu, pensando que Seymour provavelmente havia saído do ventre materno com aqueles olhos e deixado todos na sala de parto apavorados.

— Que foi, querido? — perguntou ela.

— Uma matéria na seção Metro. Sobre Trent Couler. O estilista que acabou de falir. Espero que Victory leia — disse ele, parando ao lado de Nico.

— Por quê? — indagou Nico, tomando um gole de chá.

— Deve fazê-la se sentir bem ao aceitar aquela oferta. Ela vai ter mais segurança — disse Seymour.

— Não sei se é segurança que ela quer — disse Nico.

— Todos querem segurança — disse Seymour. — Agora ela pode se aposentar.

Nico sorriu consigo mesma e comeu uma garfada de ovo. O comportamento de Seymour era tão tipicamente masculino, pensou. Era irônico, mas no fundo a maioria dos homens bem-sucedidos só trabalhava por um motivo: para se aposentar, e quanto mais cedo melhor. As mulheres, porém, tinham um motivo totalmente oposto. Ela jamais tinha ouvido uma mulher dizer que ia trabalhar para poder se aposentar e morar em uma ilha deserta ou em um barco. Provavelmente era porque a maioria das mulheres não acha que merece recompensa nenhuma.

— Talvez eu leve Victory para almoçar — disse Seymour, saindo da sala.

Nico concordou, olhando-o sair. Victory provavelmente estava ocupada demais para almoçar com Seymour, mas não importava. Não admira que Seymour não entendesse, pensou ela. Graças a ela, Seymour era, de certa forma, um aposentado, sua única obrigação concreta era a aula que ele dava na Universidade de Columbia.

Só que ele ocupava seu tempo livre muitíssimo bem, corrigiu-se ela. Ela jamais ia conseguir se manter tão bem ocupada quanto Seymour. E sentiu mais uma daquelas pontadas de culpa.

— Como é que tem coragem de trair Seymour? — tinha indagado Victory.

— Não sou tão fria quanto todos pensam que sou — disse Nico. — Sinto desejos. Será que devo reprimi-los pelo resto da vida?

Victory eram tão rígida sobre esse assunto, pensou Nico.

— Está se arriscando a estragar sua vida por um pouco de sexo? É o que os homens fazem o tempo todo — disse Victory. Estava mortificada, mas as pessoas que jamais tinham se casado eram tão idealistas acerca da instituição, ao passo que, se a pessoa fosse casada, entenderia que nenhum casamento é perfeito, e que era preciso fazer a coisa funcionar dentro dessa imperfeição.

— Eu amo Seymour. Jamais o abandonaria — protestou Nico. — Mas faz um tempão que a gente não dá uma trepada daquelas bem gostosas...

— Eu sei — disse Victory. — Mas como pode ser isso?

— Simplesmente acontece — disse Nico. — As pessoas ficam ocupadas demais. Ficam cansadas. E aí se acostumam a não trepar. É mais confortável assim. Há outras coisas mais importantes...

— Então, por que faz tanta coisa assim? Com Kirby? — perguntou Victory. Ela pôs a mão no braço de Nico. Elas estavam andando pela West Broadway, indo visitar Wendy em seu novo lar: o Mercer. Que desgraça, aquela: sua própria situação parecia trivial em comparação à dela.

— Será que devo renunciar ao sexo pelo resto da vida? — perguntou Nico. Ela não conseguia explicar como é que estar com Kirby a fazia se sentir bem como a fizera se sentir no início, pelo menos. Nunca tinha trepado daquele jeito com ninguém assim. Era como descobrir um brinquedo novo, ou melhor, finalmente entender por que todas as outras pessoas davam tanta importância ao sexo. Trepar assim fazia com que ela se sentisse mais semelhante aos outros.

— Tem gente que diz que um casamento termina quando a gente pára de trepar — disse Victory.

— Tem gente que vive julgando os relacionamentos dos outros. E algumas pessoas não sabem o que pode acontecer quando se está casado há 14 anos. E Seymour não sabe...

— Não tenha tanta certeza disso — disse Victory. — Talvez ele saiba e não se importe. Talvez você esteja certa, e ele não desconfie de nada. Mas não importa. Mesmo que ele não saiba. Eu realmente penso — disse Victory, toda empertigada — que, se você quiser continuar tendo esse amante, devia contar a ele. Pelo menos assim Seymour tem uma opção. É isso que é tão injusto nesses casos: não se dá uma opção à outra pessoa. Claro que os homens fazem isso o tempo todo, mas nós temos de agir mais corretamente que eles. Tem algo de desonesto nisso tudo...

— Eu sei, eu *sei* — concordou Nico. — Sinto medo. Mas não consigo...

— Não tem problema fazer as coisas para descobrir certos aspectos seus. Precisamos cometer erros. Mas acho que devia parar agora, antes que possa prejudicar sua família — teimou Victory.

— Mesmo que a gente... se divorciasse, sei que tudo daria certo — disse Nico, igualmente teimosa.

— Mas pra quê? — exclamou Victory. — Não existem muitos homens como Seymour. Eu sei que às vezes ele é meio grosso, mas pelo menos é sincero. Seymour tem caráter. E tantos homens hoje em dia não têm. Veja Shane, por exemplo. Nem um pingo de vergonha na cara, desde o início. — Ela fez uma pausa, olhando direto para a frente. — Nunca dá certo casar com homem sem caráter. O casamento sempre acaba mal — disse ela. — Mas se escolher com sabedoria desde o início, o casamento dá certo. Não vai querer que... uma *foda* — disse Victory, encolhendo-se ao pronunciar essa palavra que normalmente não usava — estrague uma coisa que está indo tão bem...

Nico suspirou e raspou o restinho de ovo do fundo da casca. Victory tinha razão, é claro, e subconscientemente, ela havia lhe contado sobre o caso para que Victory argumentasse e a convencesse a acabar com ele. Nico sabia que estava errada e que precisava parar, mas não era fácil desvencilhar-se.

Ela pegou o prato e a xícara e levou para a cozinha, lavando as gotas de gema de ovo endurecida sob um jato de água quente. Quando o prato estava limpo, ela o colocou na lavadora, rearrumando os pratos para que a lavagem ficasse mais econômica e eficiente. A cozinha era grande — uma cozinha de bufê, com fornos e queimadores de restaurante — e costumava estar sempre arrumada, mas olhando em volta, ela viu um longo fio de linha preso na beirada de um dos queimadores, provavelmente puxado de um dos panos de prato da empregada. Por um segundo, pensou em deixá-lo ali — era só um fiapinho! —, mas sabia que, se o deixasse passar, ia ficar pensando nele durante as próximas duas horas. O fiapo ia aumentar de importância; ia se tornar igual a tudo o mais que estava enfrentando. O fiapo... e Mike Harness: cara ou coroa. Não era saudável pensar desse jeito, ficar obcecada com um fiapo, mas ela não conseguia evitar. Agarrou o fiapo e jogou-o no lixo, e quando o fiapo estava por fim descansando sobre uma toalha de papel manchada, ela imediatamente se sentiu melhor. Victory tinha razão, pensou. Ela era neurótica, e tinha sorte por ter Seymour, que a aturava. Ele quase nunca reclamava dela. Se estivesse na cozinha com ela naquele momento e tivesse visto aquela sua indecisão diante do fiapo, teria rido. E não maliciosamente. Não sabia por quê, ela e Seymour gostavam um do outro de verdade e, no final das contas, isso não era mais importante que o desejo?

Naturalmente que sim. E depois de ter conseguido chegar a uma conclusão satisfatória sobre esse assunto, ela subiu para se despedir da filha.

O quarto de Katrina era seu oásis particular, e tinha até um banheiro privativo — um luxo que nenhuma criança podia imaginar quando Nico era pequena. Engraçado como tinham crescido na década de 1960 e 1970: uma família inteira de cinco pessoas dividindo um só banheiro. Ela sequer tinha seu próprio quarto. Dividia um quarto com uma irmã dois anos mais nova, e a irmã tinha ficado louca de alegria quando Nico partiu para a universidade, e ela finalmente pôde ficar com o quarto só para si. Elas se adoravam, supunha, mas viviam brigando quando crianças. Naturalmente, todos que ela conhecia que eram de sua idade tinha crescido enfrentando barras pesadas: pais que bebiam demais, mães frustradas, xingamentos diários, irmãos descontentes. Era normal os pais voltarem do trabalho e castigarem os filhos, dando-lhes uma surra de cinto. Os filhos não eram postos em um pedestal naquela época, certamente não como hoje em dia, e nos finais de semana tinham de cumprir um número interminável de tarefas. Ela precisava cortar a grama, pegar os jornais e, quando ficou mais velha, foi a primeira menina do bairro com uma rota de entrega de jornais, que tinha decidido que era preferível do que tomar conta de crianças. Não tinha sido uma infância ruim em si, e mesmo assim, quase todos os pais de sua idade jamais teriam sonhado em repeti-la, querendo que seus próprios filhos tivessem algo melhor: se sentissem mais amados e mais desejados e mais valorizados que seus próprios pais os fizeram se sentir. Quando se recordava de sua infância, o que se lembrava melhor era a infindável ladainha de reclamações dos pais sobre os filhos, como eram ruins e como jamais conseguiam terminar alguma coisa. O resultado foram adultos sem auto-estima nenhuma — como sua irmã, que morava em uma cidadezinha, freqüentava uma seita cristã e trabalhava como garçonete em uma pizzaria local (e estava no terceiro marido, um pintor de residências) — ou adultos que trabalhavam até cair, como ela. Decidida a evitar a infelicidade realizando-se profissionalmente. Não era, talvez, a solução perfeita, principalmente se não viesse a realização esperada. Mas se a pessoa metesse mesmo a cara no trabalho, ela em geral vinha, e em algum ponto da vida a pessoa entendia que não havia soluções perfeitas, e o mais importante era fazer algo útil com o tempo, preferivelmente algo que a pessoa gostasse de fazer.

Mas enquanto ela percorria o curto corredor para o quarto de Katrina, de repente sentiu medo. E se ela conseguisse o cargo de Mike e no final isso não tivesse importância?

E se nada importasse?

E essa era a parte intrigante, não era? Realmente não importava. Não era importante no fim, em termos de felicidade, se ela ia ou não conseguir o cargo de Mike. Isso a faria feliz por um minuto. Então, por que fazer isso? Por que ter esse trabalho todo? Ela não tinha de fazer isso. No entanto, sabia que ia fazer. E depois que tivesse o cargo, ia se arrebentar para mostrar serviço. Às vezes era questão somente disto: o desejo diário de fazer melhor, de resolver problemas e, se fosse só isso, então que fosse. Bateu à porta da filha e entrou no quarto.

Katrina estava de uniforme de escola, vendo um desenho animado japonês no computador.

— Oi, mãe — disse ela, sem tirar os olhos do desenho. — Já está indo?

— Em um minuto — disse Nico. Quis dizer alguma coisa à filha, algo inspirador ou significativo, talvez, mas o quê?

Deu uma espiada rápida na tela do computador. Katrina e seus amigos viviam obcecados por desenhos japoneses e, olhando as exageradas personagens femininas, bateu-lhe a idéia de que os japoneses tinham mudado muito pouco sua visão das mulheres, que podia se resumir a uma obsessão pela transformação da mulher em uma criatura submissa e inofensiva. A mulher ideal ou era uma gueixa ou, no desenho, uma bonequinha apalhaçada, cuja aparência era a única arma. Nico detestou aquela mensagem, e mesmo assim, ela em parte entendia a atração que exercia. Era muito mais fácil se esconder por trás das aparências, e para uma garotinha, a opção talvez parecesse proporcionar um certo poder.

— Sabe que existem formas melhores de aparecer, né? — perguntou Nico, de pé atrás da filha.

Katrina olhou para cima.

— Ih, mãe, é só um desenho. Não significa nada.

Aquela palavra de novo: significado.

— Significa sim — disse ela. E Nico perguntou-se por que, por mais passos para a frente que as mulheres dessem, quando se tratava da próxima geração ainda se tinha a impressão de que as mulheres não tinham progredido nada. Olhando de novo o desenho animado, percebeu que a filha ainda ia precisar enfrentar os mesmos problemas que ela havia precisado enfrentar em relação aos homens, à vida e ao trabalho. E quando a filha fosse da sua idade, será que as mulheres já teriam avançado um pouco mais? Ou teriam regredido, vivendo em um mundo onde as pessoas estariam de novo insistindo que o lugar da mulher era o lar?

Percebendo a desaprovação da mãe, Katrina desligou o computador.

— O que vai fazer hoje? Algo especial? — perguntou ela, ficando de pé e recolhendo suas coisas.

— Vou demitir uma pessoa — disse Nico.

Katrina lançou-lhe um olhar de agonia.

SELVA DE BATOM 373

— Ai, mãe. Isso é bom? — perguntou.

Como poderia explicar?, pensou Nico. Mas tinha de tentar. Precisava sempre acreditar que era importante não proteger Katrina das realidades de sua carreira, que saber o que ela fazia ia ajudar Katrina um dia.

— Não é bom, mas é necessário — disse ela, alisando uma ruga na cama da filha. — Esse homem não vem fazendo nada para melhorar a divisão de publicações, e os lucros não aumentam. — Será que dava para ela entender isso?, ponderou Nico, olhando para a filha. — E além disso é um porco chauvinista; se eu não o puser na rua, ele provavelmente vai me demitir. Quando se trata de negócios, não dá para a gente ser boazinha o tempo todo. Tem certas coisas que, como adulto, é preciso aceitar para ter sucesso. E todos que são bem-sucedidos entendem. Estão todos jogando o mesmo jogo. A gente tenta ser justa... — E aí interrompeu-se, sem conseguir continuar. Katrina estava olhando para ela com um tédio paciente, provavelmente já pensando em alguma outra coisa.

— Certo, mamãe — disse Katrina, ainda não totalmente convencida.

— Sabe — tentou Nico outra vez —, ninguém sabe exatamente como vai se comportar até enfrentar certos desafios. É uma das grandes coisas na vida: colocar-se em posições de modo a enfrentar novos desafios e não ter medo disso. É o que faz a vida ficar interessante, e faz de você o que você é. — E essa é sua lição de hoje, pensou Nico, para o que quer que sirva. — Faz sentido para você? — perguntou.

— Acho que faz, sim — disse Katrina, dando de ombros. Pegou uma mochila de couro cor-de-rosa, com enfeites em forma de raios e um gatinho com sombra azul nos olhos. — Boa sorte, mamãe — disse Kat, abraçando-a rapidamente. E quando ela saiu do quarto, Nico percebeu que não era à filha que ela estava tentando convencer, mas a si mesma.

* * *

374   CANDACE BUSHNELL

KIRBY LIGOU para Nico quando ela estava chegando ao escritório.

— Oi, minha linda senhora — disse ele, seu cumprimento de costume, que ainda fazia Nico estremecer. Ele não devia estar telefonando para ela, mas era tarde demais. Nico havia permitido, e devagar mas constantemente eles agora conversavam pelo menos uma vez por dia, às vezes duas ou três ou até quatro vezes por dia: o fato era que ela havia se envolvido com Kirby mais do que desejava admitir, até para Victory.

— Não posso conversar agora — disse ela ao telefone. Um de seus assistentes olhou e fez um sinal de cabeça. Durante os últimos meses, eles deviam estar imaginando com quem ela conversava assim. Ela precisava acabar com aquilo...

— Vamos nos ver mais tarde? — perguntou Kirby.

— Não dá. Meu dia hoje vai ser muito importante. — Ela entrou no escritório e fechou a porta, deixando-a entreaberta o suficiente para não despertar suspeitas. Ninguém confia em portas fechadas nos escritórios. Havia alguma coisa em uma porta fechada que levava a especulações sobre o que estaria ocorrendo atrás dela. E desde que tinha aparecido no *Post* a notícia sobre ela estar possivelmente sendo escolhida para ocupar o cargo de Mike Harness, ela andava tomando o máximo de cuidado. Na manhã de segunda depois da notícia, Mike tinha lhe enviado uma mensagem eletrônica, com cópia para vários outros executivos, dizendo: "Gostei de saber que vai tomar meu emprego." E ela respondeu, astutamente: "Quem me dera!" Procurou dar a idéia de que não estava levando nada a sério, e ele também não devia levar.

— Mas está pensando nisso, não está? — perguntou Kirby.

— Em quê? — perguntou ela, sabendo exatamente do que ele estava falando.

— Em sexo — respondeu ele. Um mês antes, a palavra, vindo da boca dele, teria causado tesão imediato nela, mas agora ela só sentia aborrecimento. O que havia de errado com ela? Seria possível que nada mais podia satisfazê-la?

— Vou ter de ligar para você mais tarde — disse ela com firmeza, desligando.

Sentou-se diante do computador. Eram oito e meia da manhã; tinha uma hora antes da reunião com Victor Matrick. Abriu seu correio eletrônico, cuja caixa de entrada estava cheia de mensagens de vários departamentos (todas com cópias para todos os outros executivos, sobre todos os tipos de assuntos mundanos para provar que eles estavam por dentro das coisas e ninguém estava sendo deixado para trás — e portanto não poderia ser culpado nem responsabilizado por nada que pudesse potencialmente acontecer de errado), junto com leiautes, matérias e cronogramas das revistas. Pediu à assistente para imprimir duas matérias, depois ligou para Richard, o diretor de arte, e lhe pediu para mudar um dos leiautes. Ele criou caso, vindo até sua sala para discutir o assunto. Ela lhe concedeu dois minutos para apresentar seus argumentos, depois repetiu suas objeções na maior frieza e lhe disse para fazer as alterações, pedindo-lhe para apresentar a nova versão antes do almoço. Ele saiu amuado da sala, e ela sacudiu a cabeça, irritada. Richard era considerado o melhor da praça, mas era muito sensível e interpretava todas as críticas como se fossem coisa pessoal, agarrando-se a seu trabalho como se tivesse acabado de pintar a Capela Sistina. Nico sabia que, pelas suas costas, ele a chamava a Bomba de Nico-tina, e já tinha pensado em demiti-lo várias vezes. Tinha feito isso antes — demitido empregados que falavam muito mal dela — achando que, se isso tinha chegado a seus ouvidos, era porque eles estavam abusando, e se não gostavam dela, sem dúvida se dariam melhor em outro lugar.

Escolheu uma das matérias e começou a lê-la, mas colocou-a de lado depois de alguns segundos. Não estava conseguindo se concentrar. Levantou-se e foi até a janela, olhando para a vista, que incluía uma fatia do Central Park. O escritório de Mike, que ficava dois andares acima, na fachada do prédio, tinha uma vista geral do Central Park, e a sala de Wendy também. Os editores-chefes não ficavam na mesma altura do totem que os presidentes de divisões inteiras, e o fato de Victor Matrick até pensar nela para o cargo de Mike era incomum. Normalmente os editores-chefes não subiam mais que isso — uma vez editor-chefe, só dava para mudar para um cargo do mesmo nível, tornando-se editor-chefe de outra revista. Mas ela não ligava para precedentes. Se alguém dissesse que alguma coisa era impossível, parecia que valia a pena tentar. E ela era inteligente, pensou. Por que ia se deixar apodrecer em um emprego que não levava a lugar nenhum?

Mas olha só o que ela está pensando!, pensou Nico, sorrindo. Emprego que não leva a lugar nenhum. Já tinha um emprego de causar inveja a qualquer um. As mulheres viviam dizendo umas às outras para se contentarem com o que tinham, que as pequenas coisas eram as mais importantes. E ela estava feliz e era grata, mas isso não significava que as coisas grandes não eram importantes também. Não significava que não valia a pena almejar as grandes coisas do mundo externo. Empolgação, impulso, sucesso — essas eram as coisas que também motivavam as mulheres. Garantiam-lhes o respeito do mundo. Como uma mulher podia ser realmente feliz, a menos que soubesse que tinha realizado todo seu potencial, ou pelo menos feito o melhor possível?

Virou-se e olhou para o relógio na mesa. Trinta minutos agora até sua reunião com Victor. Foi até a porta e meteu a cabeça para fora.

— Vou estar ocupada durante os próximos minutos — disse às assistentes. — Dá para anotar meus recados?

— Claro — disseram elas. Eram boas moças, simpáticas e trabalhadoras. Nico fazia questão de levá-las para almoçar fora uma vez por mês. Quando se mudasse para o andar de cima, elas também se mudariam. Nico as levaria consigo...

E agora ela fechou a porta mesmo. Precisava pensar. Sentou-se em uma poltrona coberta por um cobertor de pêlo de carneiro — idéia de Victory, lembrou-se ela. Victory tinha ajudado a decorar o escritório anos atrás, e tinha encontrado até um lugar que fabricou os móveis: a escrivaninha e duas poltronas. E agora ela precisava agradecer novamente a Victory por ter conseguido com Glynnis Rourke a informação de que ela precisava para o golpe. Nico havia ajudado Victory anos antes com sua carreira, emprestando-lhe dinheiro para sua empresa. E agora Victory tinha ajudado Nico, marcando aquelas reuniões secretas com Glynnis, que tinham acontecido no showroom de Victory...

Mas seria certo?, pensou. Havia algo naquilo que estava para fazer que era imaturo e mesquinho. Mas talvez fosse apenas sua consciência. Recentemente, os jornais andavam falando de um político que não seria eleito por causa do que as pessoas a princípio pensaram que fossem "problemas com a babá", mas acabou sendo um caso amoroso com um advogado de alto nível de uma empresa de advocacia. Por que essa mulher — Marianna era seu nome — tinha tido um caso com Sam, o político, era uma coisa que Nico não conseguia entender. Sam era velho, careca e já meio caquerado. Mas Marianna, que tinha seus cinqüenta e tantos anos, era o modelo antigo da mulher "poderosa" — aquela que obteve sucesso porque adorava ser a única mulher em uma sala cheia de homens poderosos. Era a mulher que não confiava nas outras nem gostava delas; que ainda achava que a única maneira pela qual uma mulher podia se tornar poderosa era se comportando como uma megera. Mas mulheres como Wendy e Victory e ela, pensou Nico, eram um novo modelo de mulher poderosa. Não eram megeras e não estavam apaixonadas por aquela antiga idéia de poder: a de que era estar ao lado de homens poderosos que tornava você mais importante. A nova poderosa queria se unir a mulheres poderosas. Elas queriam que as mulheres governassem o mundo, não os homens.

Nico distraidamente esfregou um pedacinho do pêlo do carneiro entre o polegar e o indicador. O sucesso na vida resumia-se a duas coisas: ter coragem de ter crenças apaixonadas, e ser capaz de se comprometer. Sua crença apaixonada era que as mulheres devem ter sucesso a ponto de subir até os mais altos cargos, e Nico se comprometera a fazer isso. Mas o problema era como se fazia. E sendo uma pessoa corajosa, ela precisava perguntar a si mesma, uma vez mais, se estava fazendo a coisa como devia.

A estratégia era simples, e Victory tinha dado o plano a ela de mão beijada certa tarde, quando Seymour estava vencendo o prêmio Melhor da Raça no Concurso Canino de Westminster. Enquanto Seymour estava desfilando pelo ringue em seu terno de veludo azul com a Tunie caminhando toda emproada a seu lado, Nico tinha recebido uma mensagem de texto da Victory:

"Info importte ref: trablho. Confdncial. Me liga imediata/."

Depois de Seymour ter recebido a fita e Nico ter lhe dado os parabéns, ela deu um jeito de ir ao banheiro ligar para Victory. A versão resumida dos fatos era que Glynnis Rourke, que tinha assinado contrato para fazer uma revista com Mike Harness e a Splatch-Verner em paralelo a seu programa de entrevistas na tevê, estava planejando processar Mike Harness e a Splatch-Verner por quebra de contrato. Nico sabia de alguma coisa sobre o projeto, mas a primeira edição da revista vivia sendo adiada, e Mike andava bancando o esquivo com ela.

— Ele é um machista babaca — tinha declarado Glynnis durante a primeira reunião entre ela e Victory. — Não dá para conversar objetivamente com ele. Eu disse que as idéias dele eram besteira pura, e ele ficou todo enfezado e saiu da sala. Sinto muito, mas estou errada nesse ponto? Estávamos tratando de negócios. É o meu nome na revista, não o dele. Por que preciso ficar me preocupando com o amor-próprio do sujeito? Qual é, se manca. Ele é grandinho, não é?

— Não muito — tinha murmurado Nico. O resumo da guerra era que ele, embora fosse obrigado por contrato a consultar Glynnis acerca de quaisquer decisões relativas ao conteúdo da revista, não tinha consultado. Recusava-se a atender suas ligações telefônicas e se recusava a se encontrar com ela em pessoa, escondendo-se atrás de mensagens de correio eletrônico. Glynnis tinha lhe pedido várias vezes para começar do zero, mas ele havia recusado, alegando que eles eram "proprietários" do nome dela e podiam fazer o que quisessem com ele. Isso continuou durante duas semanas, e ela agora ia processar a empresa, pedindo uma indenização no valor de 50 milhões de dólares.

— Nunca vou conseguir isso, mas a gente precisa pedir uma bolada violenta para impressionar esses idiotas — explicou. E estava planejando dar entrada no processo a qualquer minuto. Empresas como a Splatch-Verner eram processadas a toda hora, mas Nico sabia que esta era uma situação diferente: Glynnis era uma pessoa famosa e não ia deixar barato. Todos os jornais iam explorar a matéria até o fim.

E Victor Matrick não ia gostar nada disso.

Ela ficou de pé, indo outra vez até a janela, e tamborilou com os dedos no aquecedor. Victor era de uma geração diferente. Ia considerar impróprio um de seus mais altos executivos estar envolvido em um processo movido por uma mulher de prestígio. Dois anos antes, quando Selden Rose era casado com aquela modelo da Victoria's Secret, Janey Wilcox, e Janey se envolveu em um escândalo que foi publicado em todas as primeiras páginas dos jornais, Victor Matrick tinha dito a Selden que ele precisava se livrar da mulher ou sair da empresa. Victory Ford tinha sabido dessa história por Lyne Bennett, que tinha ouvido a versão de George Paxton, que por sua vez era um dos melhores amigos de Selden. Selden só tinha se envolvido no escândalo devido à infeliz coincidência que era estar casado com o pivô dele, de forma que Nico só podia imaginar como Victor ia se sentir quando soubesse do problema de Mike. Por outro lado, passar essa informação para Victor parecia coisa de gente que gosta de fazer intriga. Era fofoca de colegial, pensou ela, enojada.

Abaixou os olhos e cruzou os braços sobre o peito. Acontece que aquilo não era bem fofoca, era informação. Um homem na mesma situação não teria hesitado, não teria escrúpulos em cortar a cabeça de outro cara usando informações confidenciais. Ninguém gostava de usar manobras políticas no escritório, mas era simplesmente inevitável, se a pessoa quisesse ascender ao mais alto cargo de uma empresa. Ela precisava fazer isso. Mike estava metendo os pés pelas mãos, e Victor tinha dito a ela para encontrar alguma coisa.

Entrou no banheiro privativo e abriu o armário de remédios, pegando um batom e um pouco de pó facial. Ela seria um dos primeiros-tenentes de Victor agora, imaginou, passando o batom de leve nos lábios. Imaginou que sempre haveria algum homem ao qual teria de se reportar, até o dia em que tirasse o cargo de Victor. Então, e somente então, ela não teria de se reportar a ninguém a não ser a si mesma...

Mas não podia pôr o carro adiante dos bois. Suas conquistas precisavam ser feitas seguindo-se uma certa ordem. Fechando o batom, Nico subiu ao andar mais alto da empresa.

* * *

NAQUELA MANHÃ, a escrivaninha de Victor Matrick estava coberta de bolsas femininas.

— Olhe, Nico — exclamou ele, todo orgulhoso, quando ela entrou. — Comprei todas essas bolsinhas na rua, por menos de trezentos dólares. Que pechincha, hein?

Nico sorriu e sentou-se em uma poltrona forrada de tecido florido diante da mesa dele. Victor evidentemente andara percorrendo as ruas outra vez. Normalmente, o motorista o levava para um giro pela cidade em uma caminhonete com laterais de painéis de madeira e um enfeite de cristal no capô em forma de cabeça de grifo, mas de vez em quando ele ia a pé, voltando com alguma "nova" pechincha que tinha descoberto nas bancas dos camelôs pelas ruas.

— Maureen — a secretária dele — disse que não passam de imitação barata — falou ele. — Mas quem conseguiria descobrir que não são autênticas? Você poderia distingui-las das verdadeiras? — indagou Victor.

Nico hesitou. Ou essa era uma pergunta genuína ou algum tipo de teste misterioso. Victor adorava passar a imagem de velhote meio caduco e cordial, mas se fosse mesmo caduco e cordial, não conseguiria ter sobrevivido até oitenta e poucos anos como diretor-geral da Splatch-Verner. O instinto da pessoa, é claro, era puxar o saco de Victor, concordar com suas afirmativas por vezes ridículas e fingir interesse por seus tópicos prediletos, sendo o principal "o homem comum", o que era perturbadoramente irônico, considerando-se o fato de que Victor possuía dois aviões particulares e várias casas, incluindo uma fazenda de 30 milhões em Greenwich, Connecticut. Durante anos, Victor foi obcecado pelo *Jerry Springer Show*, até que ele saiu do ar; agora sua mania era assistir ao *Dr. Phil* e aos reality shows. Não era incomum os executivos terem uma reunião com Victor na qual não se conseguia discutir o que estava na pauta, porque Victor passava uma hora falando sobre um episódio de *Encontro às Cegas — Sem Censura*. Eles saíam da reunião proclamando que o Velhote estava à beira da insanidade, mas Nico não ia cair nessa e subestimá-lo. Ele sempre sabia o que estava acontecendo, e usava esses debates bizarros como forma de puxar o tapete de seus executivos e mantê-los alertas, sem saber ao certo o que esperar. Nico tinha esperado que esta reunião com ele não fosse ser uma dessas reuniões, mas estava vendo, por aquelas bolsas na mesa de Victor, que a chance de ele desviar o assunto era grande.

Achou, então, que a franqueza seria a melhor opção.

— Sim, Victor, eu saberia a diferença.

— É mesmo? — perguntou Victor, pegando uma imitação de bolsa Louis Vuitton. — Estava pensando em dar essas bolsinhas como presentes de Natal. — Nico ergueu as sobrancelhas. — Às esposas de alguns dos rapazes — acrescentou.

— Eu não faria isso — disse Nico. — Elas vão ver logo que são bolsas de camelô. E aí todo mundo vai ficar sabendo disso. Vão dizer que você é um mão-de-vaca. — Ela fechou a boca. *Ele podia me de mitir por dizer isso*, pensou, *mas não vai*.

— Ho, ho, ho — disse Victor. Tinha um cacho de cabelos branco-amarelados, cor de urina bem clara, pensou Nico, erguendo-se do alto de sua cabeça como uma juba velha. Na festa de Natal anual da empresa, que sempre acontecia em algum salão imenso como o Roxy Ballroom e incluía cerca de dois mil empregados, Victor vestia-se de Papai Noel.

— Então acha que não é boa idéia dar essas bolsas de presente? — tornou a perguntar ele.

— Não — disse Nico.

Victor debruçou-se sobre a mesa e apertou o intercomunicador do telefone.

— Maureen — disse ao microfone, como se não tivesse certeza se estava mesmo funcionando —, Nico O'Neilly disse que essas bolsas são um lixo. Pode vir pegá-las e se desfazer delas?

Nico balançou a perna, impaciente. Estava se perguntando se Victor trabalhava mesmo durante o dia, uma pergunta que seus executivos já se faziam há anos.

— Mike vai ser processado — disse ela, de repente.

— Verdade? — disse Victor. — O que acha que devo fazer com as bolsas?

— Dê para alguma instituição beneficente, tipo Exército da Salvação.

Maureen, mulher de idade indeterminada, entrou na sala. Já fazia anos que era secretária de Victor; as pessoas especulavam que os dois tinham até sido amantes.

— Você resolveu que não as quer, afinal — disse ela, quase em tom de quem ralha.

— Foi Nico que decidiu. Nico está decidindo tudo hoje — disse Victor. Nico sorriu, educadamente. Será que Victor teria submetido um homem a esse ritual? Duvidava.

— Mike sabe que vai ser processado? — perguntou Victor, depois que Maureen apanhou as bolsas e saiu da sala.

— Ainda não.

— Hummmm — disse Victor, esfregando o queixo. — Por que eu não sabia disso?

— O processo ainda não foi aberto.

— E vai ser?

— Ah, sim — disse Nico, em tom lúgubre.

— E quem vai processá-lo?

— Glynnis Rourke — disse Nico. — Ela está planejando processar Mike e a Splatch-Verner. Por quebra de contrato.

— Ah, sei — disse Victor, concordando. — Glynnis Rourke. O país a adora, não é?

— Adora sim — disse Nico. — Provavelmente vai ganhar o Oscar de Melhor Atriz Coadjuvante no filme de Wendy Healy, O *Porco Malhado*.

— Wendy Healy — disse Victor, pensativo. — Ouvi dizer que ela vai se divorciar.

Nico ficou ligeiramente tensa. Esse era um dos problemas de Victor: a gente nunca sabia qual o rumo que a conversa ia tomar.

— Já ouvi falar isso também — disse ela, sem querer entregar a amiga.

— Ouviu? — perguntou Victor, em tom ligeiramente agressivo. — Pensei que soubesse com certeza.

— Não é exatamente uma informação pública.

— E vai ser? — perguntou Vitor. Pegou um peso de papéis, uma dessas lembranças de turista que contêm uma miniatura dos prédios da cidade de Nova York, e o sacudiu, fazendo a purpurina chover sobre os prédios prateados.

— Acho que não — respondeu Nico. Ela precisava fazer Victor voltar ao caso de Mike, mas se carregasse muito na mão, Victor ia mandá-la calar a boca.

— O que o marido quer? — perguntou o Victor. Ele colocou o peso de papéis sobre a mesa e debruçou-se, olhando Nico bem no rosto. Os brancos dos olhos dele estavam ligeiramente amarelados também, devido à idade, como papel antigo. Mas as íris eram escuras, de um azul escuro, quase preto.

— O marido não trabalha, certo? — perguntou Victor. — Vai querer dinheiro. Muito dinheiro.

— Não sei mesmo, Victor — murmurou Nico, pensativa, e de repente ponderou se não teria cometido um erro.

— Você não sabe — disse Victor, pensativo, reclinando-se na cadeira. Ficou olhando para ela durante algum tempo. Era, pensou Nico, como estar na jaula de um leão. Nunca tinha visto aquele lado de Victor antes. Ele sempre era capaz de sair por uma tangente maluca, mas ela nunca havia sentido essa violência subjacente. Só que, naturalmente, fazia sentido.

Nico o obrigou a desviar os olhos primeiro, permanecendo calada e arregalando os olhos tanto quanto possível.

A maioria das pessoas não poderia tolerar um olhar assim, e Victor Matrick não era exceção. Ele começou a falar.

— Se quiser mesmo chegar a ser alta executiva desta empresa, é melhor saber tudo sobre todo mundo — disse ele.

— Nesse caso — disse Nico, na voz mais humilde que conseguiu simular —, eu sei, sim. Mas prefiro não tocar no assunto.

— E no entanto acha que pode entrar aqui para contar que Mike está pisando na bola pelas costas dele.

Ela sentiu o rosto corar. Então era isso, pensou. Ela havia tomado a decisão errada, tanto com Wendy quanto com Mike, e agora ia ser demitida. Talvez ela devesse ter contado do divórcio de Wendy e que Shane estava exigindo o apartamento e a guarda dos filhos. Mas não podia fazer isso com Wendy; Victor podia usar a informação contra ela. Não podia ficar nervosa.

— Só achei que você ia querer saber disso.

— Porque Wendy é sua amiga e Mike não é — disse Victor.

— A empresa de Wendy faturou duzentos milhões de dólares no ano passado. A divisão de publicações faturou apenas 73 milhões. E 23 desses milhões vieram da revista *Bonfire*. — Graças a Deus ela podia recorrer aos fatos, pensou. Mas Victor já sabia disso. Por que a estava pondo na berlinda daquele jeito?

— Quer dizer que você quer o cargo de Mike? — perguntou Victor.

— Quero, sim. Já faz alguns meses que estamos discutindo isso — disse Nico, em voz isenta de ânimo. Se ao menos ela pudesse continuar a usar sua tática costumeira, podia ser que conseguisse sobreviver àquela conversa.

— Ah, estamos? — perguntou Victor. — Pois eu não me lembro dessas conversas.

Ela ficou tensa e desviou o olhar. Não estava esperando essa reação, mas devia ter esperado. As pessoas diziam que Victor era capaz disto: de negar completamente o que tinha feito ou dito antes, o que então fazia o interlocutor se perguntar se não estava ficando maluco. Por outro lado, Victor estava velho. Talvez não se lembrasse mesmo. *Estou frita*, pensou ela. *Seymour vai ficar tão decepcionado... Como vou conseguir olhar para a minha cara no espelho? Todos estavam certos... Victor Matrick é um velho safado. É maluco de pedra...*

De repente, ocorreu-lhe que talvez Victor tivesse armado para cima *dela*, para conseguir que ela saísse da empresa. Mas como isso seria possível? As informações tinham vindo da própria Glynnis, por intermédio de Victory. Victory nem conhecia Victor Matrick, mas sem dúvida ele sabia que as duas eram amigas. E se Victor tivesse combinado tudo com Glynnis Rourke? Se tivesse, isso significava que estava operando em um nível de traição quase inconcebível. Seria capaz de qualquer coisa. Por outro lado, talvez Victor tivesse simplesmente fazendo a mesma coisa que ela andava fazendo com Mike, observando e esperando, dando corda para ela se enforcar.

— E aí? — insistiu Victor.

Ela voltou a olhar para ele. Uma rede de vasos sangüíneos minúsculos rompidos cobria-lhe as faces, como uma delicada teia de aranha. Ele era tão idoso! Já devia estar morto; talvez já estivesse, e ninguém ainda tivesse descoberto. Vinte e cinco anos, pensou ela. Vinte e cinco anos de semanas de 72 horas, sacrifícios, triunfos, tudo a ponto de ser jogado pela janela, graças àquele velhote assustador, que era cafona a ponto de querer dar bolsas falsificadas de presente de Natal às esposas de seus executivos. Ele era, pensou Nico, simplesmente a personificação de tudo que havia de errado com o mundo dos grandes negócios. *E um dia, vou substituir você*, pensou ela.

Recostou-se na cadeira e cruzou as pernas, procurando ganhar tempo. Não havia nada no manual dizendo como devia se comportar numa situação dessas, mas o que quer que acontecesse, ela não devia implorar nem demonstrar medo. Precisava dar um jeito de virar a conversa a favor dela: se conseguisse, provavelmente seria capaz de desatar qualquer nó. Deu de ombros.

— Não vem que não tem, Victor — disse, sem perder o controle, como se fosse tudo brincadeira dele, e ela estivesse participando do jogo. — Nós dois sabemos que Mike precisa ser demitido.

Era sua melhor cartada, pensou. Ela falou de um jeito firme, mas não agressivo.

— Pois Mike não acha — disse Victor. Ele sorriu. O sorriso parecia um sorriso de personagem de quadrinhos, exagerado e irreal. Nico achou que a reação de Victor significava que ele havia conversado com Mike sobre o assunto. Isso era o que ela mais temia, que Mike desse um jeito de ter Victor a seu lado para poder se livrar dela.

— Eu não esperava que ele achasse — disse Nico. De repente, imaginou seu ovo cozido e a faca que tinha usado para cortar a parte de cima. Apenas três horas antes, estava convencida de seu êxito. Como podia ter se enganado a esse ponto?

De repente, começou a notar sua respiração. Estava ruidosa demais. Victor provavelmente estava conseguindo ouvir a respiração dela de uma distância de três metros, e ia saber que ela estava com medo. Ela prendeu a respiração por um instante, obrigando o ar a sair lentamente pelas narinas.

— Não, nós não esperaríamos isso, não é? — disse Victor. Ergueu uma das mãos e tocou um de seus dentes da frente, balançando-o com

o dedo. Ele tinha dito "nós", pensou Nico, observando-o horrorizada e aliviada. Isso significava que ela provavelmente ainda estava no
jogo. Se estava, precisava terminar logo com aquilo, antes que Victor
se distraísse de novo ou arrancasse aquele dente.

— Todos os jornais vão cobrir esse processo — disse Nico. —
Glynnis é muito querida e não tem papas na língua. Todos vão se
interessar pelo assunto, e ela não vai hesitar em contar sua versão da
história.

— Puxar a brasa para a sardinha dela — disse Victor, ainda balançando o dente. — É o que as pessoas famosas fazem, não? É uma
doença. Eles se viciam na atenção. Acontece também com as crianças, de acordo com o Dr. Phil. Devia existir uma salinha de castigo
para os famosos refletirem sobre seu comportamento.

Nico sorriu e balançou o pé ligeiramente. Afinal de contas, tudo
ia acabar bem, pensou, sentindo-se como se a cor tivesse acabado de
voltar ao seu mundo. Quando Victor começava a falar sobre seus programas prediletos de tevê, era sinal de que tudo estava bem.

— Devemos fazer isso antes ou depois de o processo ser aberto?
— perguntou Victor.

— Acho que imediatamente — disse Nico. — Como Mike vai ser
citado no processo, se ele não for mais funcionário da Splatch-Verner,
isso vai passar a mensagem de que é desnecessário mover um processo. Além disso, provavelmente vamos poder preservar o relacionamento com Glynnis sem dar a impressão de que estamos nos
deixando pressionar pelas exigências dela. Se agirmos rápido, ninguém vai sequer saber que isso ia acontecer. — Esse era o discurso
que ela andava preparando há dias.

— Perfeito, então — disse Victor, levantando-se para indicar que
a reunião tinha terminado. Ele apoiou os nós dos dedos grossos e
nodosos da mão esquerda no tampo da mesa para se equilibrar. —
Vamos tratar disso hoje à tarde. Às quatro horas.

— Obrigada, Victor — disse ela, levantando-se.

— Espero que você esteja presente — disse Victor, com aquele seu tom gozador de costume. — Quero que participe de tudo. Aliás, quero que você dê a notícia a ele.

* * *

NICO ESTAVA sentada rígida no banco traseiro da limusine quando ela saiu lentamente pela East Drive do Central Park. Ainda não eram cinco horas, mas o parque estava cheio de gente. Gente levando cachorros para passear, gente andando de bicicleta e de patins (Patins!, pensou Nico, as pessoas ainda andavam nisso?), gente correndo, andando, até passeando naquelas charretes puxadas a cavalo que provavelmente deviam ser proibidas por lei. Coitados daqueles animais, pensou ela, enquanto o táxi contornava abruptamente uma charrete. Ela espiou o cavalo, tentando ver pela cara dele se estava feliz. Não deu para dizer — havia antolhos sobre os olhos do bicho —, mas estava balançando a cabeça para cima e para baixo, como um desses animais que as pessoas punham nos painéis dos carros, com cabecinhas coladas numa mola...

O telefone tocou.

— E aí, conseguiu? — perguntou Seymour, ansioso.

— Seymour, pelo amor de Deus — disse ela, com mais emoção do que pretendia. Olhou para a nuca do motorista para ver se ele estava prestando atenção. — Foi uma barra — disse, franzindo a testa como se isso fosse culpa de Seymour.

— Mas você conseguiu, não foi? — perguntou Seymour.

— E eu tinha escolha?

— Então você foi e falou com o Victor.

— Hã-hã.

— E aí?

Nico de repente se zangou.

— Como planejamos, Seymour. Como eu lhe disse que ia ser. Só isso. — Fechou o telefone na cara do marido e apertou o botão para abaixar o vidro da janela. Um ar morno e calmante penetrou no carro. Por que os motoristas sempre aumentavam o ar-condicionado assim que terminava o inverno?, perguntou-se ela. Era coisa de homem, mesmo.

Mas *não* terminou aí.

Ela discou o número de casa. Seymour atendeu.

— Seymour, Mike... — ela ia dizer "chorou", mas pensou melhor. — Ficou muito transtornado.

— Ah, é? — perguntou Seymour. — E como esperava que ele fosse ficar?

— Transtornado — disse ela.

— Então, pronto — disse Seymour.

Ela desligou, frustrada. Desejava poder explicar a Seymour, fazê-lo entender a inesperada violência emocional daquele dia. Sem mencionar a confusão, o medo e a culpa.

A violência emocional... ela estremeceu. O que ninguém entendia era que isso era como a violência física, que não tinha semelhança alguma com a violência fingida que se vê na televisão nem no cinema. Ela se lembrava de uma vez em que ela e Seymour estavam em um barzinho no West Village e uma briga aconteceu. A reação imediata de Seymour foi se meter embaixo da mesa, mas ela ficou surpresa demais para se mexer. Ficou chocada por ver como os seres humanos podiam se tornar violentos quando ultrapassavam os limites do espaço pessoal, mesmo que a briga fosse praticamente por nada — dois caras dando uns socos um no outro e derrubando umas cadeiras e uma garrafa de água. Mas foi suficiente.

— Se abaixe! — berrou Seymour, agarrando o pulso dela e puxando-a para debaixo da mesa. Por um segundo, passou-lhe pela cabeça o pensamento de que ele era um banana... devia estar no quebra-quebra também... mas era loucura, e ela de repente entendeu como eram frágeis e vulneráveis. Uma vez que alguém quebrasse aquela barreira e fizesse contato, a gente podia ser o mesmo de antes? Será que esqueceria? E agarrando o braço dela, Seymour a tinha levado para fora do bar e subido na ilha de cimento diante dele, onde eles ficaram se entreolhando e rindo às gargalhadas, sem poder parar durante pelo menos meia hora.

Mas o que havia ocorrido com ela hoje não tinha sido, pensou, algo que Seymour poderia entender. Havia um triunfo, mas um preço a pagar. A pessoa podia ser bem-sucedida, mas pagava um preço pela vitória. Era o tipo de coisa que um marido não ia querer escutar, e apenas suas amigas iam entender.

— Ele chorou, Wendy — sussurrou ela ao telefone antes, quando estava na calçada esperando o carro da empresa. — Eu não esperava isso.

— Eu entendo — disse Wendy. — Sempre é impressionante como eles implodem quando a pressão é excessiva. Nós achamos que os homens são fortes, mas estamos muito enganadas. São só umas pessoinhas frágeis com pênis grudados nelas. Quando Shane chorava, era horrível. Era como se, de repente, ele não fosse mais o homem e eu não fosse a mulher. E entendi que teria de aprender como me tornar um novo tipo de mulher, viver sem todas aquelas idéias preconcebidas sobre o que um homem e uma mulher supostamente são.

Nico concordou.

— Eu me senti uma monstra. E aí ele veio para cima de mim. Disse que eu era criada de Victor, uma megera. Eu não me importei tanto quando ele me chamou de megera, mas ser chamada de criada?

— Você nunca foi criada de ninguém na vida — disse Wendy sem conseguir conter uma risadinha. — Somos o tipo de mulher que tem servos. E eles se chamam homens.

— Mas é isso que todos vão dizer. Vão dizer que sou serva de Victor Matrick...

— Deixe eles falarem — contra-argumentou Wendy. — É só uma forma de denegrir você, porque é uma mulher em cargo de poder, para eles poderem se sentir melhor vivendo suas vidinhas medíocres. Temos de parar de nos preocupar com o que os outros pensam da gente. Sempre nos julgam o tempo todo. É o famoso "sim, mas" ela é uma boa mãe, executiva, esposa? Quem é que se importa com o que os outros dizem, Nico? Eles não estão na sua cabeça. Não estão pisando onde você pisa. Nós fazemos o melhor que podemos, e melhor que muita gente, dadas as circunstâncias que enfrentamos. E isso é realmente tudo que podemos fazer. Eu, por um lado, decidi que vou desistir da culpa. Não dá para fazer tudo, e também não quero fazer tudo. E ninguém deve esperar que eu faça. — Ela parou para respirar. — Puxa, Nico — murmurou. — Você faz tudo, e muito bem. Você é uma pessoa excepcional. Precisa usar seus conhecimentos, e se isso significa que algumas pessoas vão ficar insatisfeitas, que se danem. Você agora é presidente e diretora-geral da Verner Publishing, e só Deus sabe como essa bendita empresa tem sorte de ter alguém como você trabalhando nela!

E esse, pensou Nico, era o tipo de discurso que só se podia escutar da boca de uma amiga.

O carro descreveu a curva em torno de um gramado verde, parando no sinal de trânsito entre a rua 72 e a Quinta Avenida. Como era lindo, pensou Nico, aquela grama verde e as árvores cheias de botões de flores contra os edifícios cinzentos e elegantes da Quinta Avenida. Tudo ia dar certo no final, e por que não daria? O dia era, de certa forma, equivalente a dar à luz um filho — algo cansativo, suado, amedrontador, jubilante — exigindo cada gota de seu suor, mas no fim a pessoa se esquecia de tudo. Você bloqueava todas as partes ruins em sua cabeça e, quando olhava para o bebê, entendia o quanto valia a pena.

E, assim como em um parto, ninguém jamais explicava o quanto era realmente doloroso atingir essa meta. Era algo pelo qual cada um devia passar para entender — embora, para ser justa, um parto provavelmente era mais difícil. Mas, quando terminava, ficava um lindo bebê de saldo. No seu caso, quando tudo terminou e Mike estava sendo levado para fora do prédio pela segurança e Victor estava apertando sua mão, ela de repente entendeu que agora tinha Victor Matrick a seu lado, e provavelmente passaria o resto da vida presa a ele.

Até que a morte nos separe, pensou ela, perversa.

Quando saiu do escritório de Victor pela primeira vez naquela manhã, depois daquela cena perturbadora na qual ficou preocupada pensando se não seria ela quem seria demitida, entrou no elevador e descobriu que seu coração estava batendo com toda a força, e suas axilas estavam molhadas de suor. Não sabia bem o que tinha acontecido, mas estava abalada pelo outro lado que Victor havia lhe mostrado que tinha. A imprevisibilidade, a pura irracionalidade do homem — era como lidar com um animal de grande porte que agia apenas por instinto. E por um instante teve medo por ela — e se terminasse como Victor Matrick? Não havia como dizer o que ele faria com ela, ou o tipo de desafio moral com que poderia testá-la no futuro — quase tinha tentado obrigá-la a falar sobre o divórcio de Wendy. Não era simplesmente o fato de ela ter novos desafios profissionais à frente, mas que sempre haveria obstáculos emocionais e psicológicos a vencer também. Só que, quando o elevador chegou ao seu andar, ela já havia decidido que era capaz de enfrentá-los, que queria aceitar o desafio. E aí tinha percorrido o corredor e encontrado Mike Harness sentado no escritório dela.

Esperando por Nico.

Então era a mesma coisa de sempre, pensou ela, fatalista. Mike sabia. Ela sequer fingiu estar surpresa por vê-lo.

— Oi, Mike — disse ela, contornando-o para se sentar à mesa. Apertou um botão no computador e a tela acendeu.

— Pensei em almoçar com você hoje — disse Mike. Estava com uma caneta na mão, e apertava toda hora o botão que fazia a ponta surgir e recolher-se.

Ele ainda era chefe dela, para todos os efeitos, e por isso não podia recusar o convite.

— Vamos ver se consigo mudar minha agenda de hoje. — Ela apertou o botão do intercomunicador. — Sally? — pediu. — Pode me trazer minha programação, por favor? — Mike continuou sentado na sala durante todo o procedimento, como se quisesse ter certeza de que ela não ia tentar tirar o corpo fora.

Eles almoçaram em um restaurante que era ponto turístico, todo decorado em cores vibrantes, aonde as pessoas da área editorial iam quando não queriam ser vistas.

— Estou meio cabreiro por causa desses boatos, Nico — disse ele, pondo um *tortellini* na boca. A pele de Mike estava da cor de madeira antiga; ele tinha acabado de voltar de um fim de semana prolongado em St. Barts, segundo disse. Ela concordou. Tinha pedido uma *piccata* de vitela, da qual só pretendia comer algumas garfadas.

— Eu também — disse ela. Fez sinal ao garçom para trazer mais água mineral com gás. — Mas são só boatos, Mike. Como é que eu ia sair da *Bonfire?*

— Alguém disse uma vez que o *New York Post* está mais por dentro das coisas que a CIA — comentou Mike.

— Isso provavelmente é verdade — disse Nico —, dados os eventos recentes acontecendo no mundo inteiro. Mas a CIA não precisa vender jornais; e o *Post* precisa. Aí é que está — acrescentou.

— É — comentou Mike, desconfiado. — Aí é que está. — Interrompeu-se por um momento, pensativo. — Quero que tenha uma coisa em mente — disse ele. — Fui eu que descobri você. Trouxe você para a Splatch-Verner, antes de mais nada. Sem mim, você literalmente não existiria. — Ele encolheu os ombros. — Sabe que faço questão de ser franco com meus funcionários. Você não é tão criativa assim. Presta muita atenção aos detalhes. Eu reconheço isso. Mas precisa de mais que isso para dirigir toda a divisão.

Ela sorriu. Estaria ele ameaçando-a? Existia, pensou, um tipo bem específico de pessoa que sempre tentava assumir o crédito pelos êxitos das outras, ao mesmo tempo em que tentava degradá-las. Um egocêntrico, uma pessoa que sempre tinha de ocupar o centro do palco, mesmo que a peça não fosse sobre ela. Não faça isso, Mike, pensou ela. Não precisa sair dando vexame. E visto que não estava mais preocupada com coisa nenhuma, ela disse em voz alta:

— Tem toda a razão, Mike.

E mudou de assunto.

Mike tinha um filho adolescente de um casamento anterior que estava para se formar no ensino médio. Eles conversaram sobre os prós e os contras de várias universidades. Toda vez que Mike tentava mudar de assunto, ela falava na universidade de novo. Uma verdadeira perversidade, mas não havia outra forma de lidar com a situação, e depois eles se separaram diante do elevador, com Mike sem saber de nada específico.

Você já era, pensou Nico, quando as portas do elevador se fecharam atrás dele.

Às quatro horas, a secretária de Victor Matrick, Maureen, ligou.

— Victor gostaria que você fosse até o escritório dele — disse ela.

Ela entrou no escritório de Victor um minuto antes de Mike.

— Está preparada, Nico? — perguntou Victor. — Vai ser exatamente como o programa do Dr. Phil.

Nico nunca tinha assistido ao Dr. Phil, mas não podia imaginar que pudesse chegar a ser tão brutal.

Mike entrou segundos depois. Quando passou pela porta, durante um breve segundo, seu rosto registrou surpresa e choque, seguido de um momento em que seus olhos relancearam para um lado e outro, como um animal que de repente se vê em uma jaula. Nico estava de pé ao lado da mesa de Victor, e Mike deve ter se perguntado se ela e Victor estavam juntos nisso, ou se ela e Mike estavam ambos queimados com Victor. De qualquer forma, sua estratégia foi dissociar-se de Nico fingindo que ela não existia. Passou direto por ela, evitando-lhe deliberadamente o olhar, e sentou-se diante da mesa de Victor.

— Muito bem, Victor — disse Mike, com uma perversidade jovial. — Do que se trata?

Victor jogou para trás a cabeleira alvoroçada, afastando-a da testa.

— Nico disse que você está para ser processado.

— Nico? — Mike olhou para ela, fingindo assombro. Por trás daquela expressão, percebia-se o ódio. — Mas que diabos ela pode saber?

— Mais do que você, pelo visto — disse Victor, com paciência.

— Pelo quê? — perguntou Mike, num tom de quem não está acreditando muito.

— Quebra de contrato. Glynnis Rourke — disse Nico.

— Glynnis Rourke é uma maluca sem talento algum que nem consegue chegar a uma reunião na hora marcada.

— Eu tenho cópia das mensagens eletrônicas. De você para ela. Você a chamou de burra... — disse Nico.

— E isso ela é mesmo...

— Pense como isso vai soar mal nos jornais...

— E quem se importa? — retorquiu Mike.

Nico deu de ombros.

— Por que arriscar um escândalo público se podemos evitá-lo? — perguntou ela.

Mike olhou para Victor, como quem pede socorro, mas ele não ia ajudá-lo. Olhou para Nico outra vez.

— E você, qual é a sua? Veio aqui para me passar rasteira? Buscando informações pelas minhas costas...

— A informação veio a mim. Tivemos sorte... podia ter ido parar nas mãos de outra pessoa. Alguém de fora...

— Que tipo de desclassificada é você? — perguntou Mike.

— Mike... — disse Victor, calmamente.

— Ah, já entendi — disse Mike, meneando a cabeça. — Agora você é serva de Victor. A virgenzinha que faz o trabalho sujo dele. A criada que traz o gelo.

— Mike, você já era — disse Nico.

— Quê?

Nico suspirou. Cruzou os braços sobre o peito, inclinando-se ligeiramente contra a beirada da mesa de Victor. Mike jamais devia ter se sentado, pensou ela; sem pensar, ele tinha automaticamente colocado Nico em uma posição de poder.

— É isso aí: sua cabeça rolou. Eu sou a diretora-geral agora.

Mike começou a rir incontrolavelmente.

— Você não pode me demitir — disse ele, procurando recuperar o fôlego.

Victor balançou o dente.

— Pode, sim — disse ele. — E acabou de fazer isso.

E aí Victor fez uma coisa apavorante. Ficou de pé e, abrindo bem a boca, debruçou-se sobre a mesa e rugiu.

Puta merda!, pensou Nico. Ela deu um passo para trás, alarmada, acidentalmente derrubando o peso de papéis de Nova York da mesa de Victor, e, automaticamente, se abaixou para pegar com ambas as mãos. A risada de Mike se transformou em um silêncio chocado; ele se recostou na cadeira, confuso e aterrorizado. De onde estava sentado, olhando para o interior negro e aparentemente infinito da boca de Victor, deve ter se sentido como quem olha dentro da boca de um leão.

— Mas que porra, Victor — berrou Mike. Contorceu-se na cadeira e ficou de pé. — Que diabos está fazendo? Por que está fazendo isso comigo, merda?

Victor tinha voltado à cadeira e a se comportar como Papai Noel.

— Porque eu posso, Mike — disse ele.

— Não entendo, Victor — disse Mike. Ele ergueu as mãos. Os olhos estavam cheios de lágrimas; o nariz estava vermelho e inchado. — Faz 25 anos que trabalho com você...

Victor bateu palmas.

— Está encerrado o capítulo de hoje — disse ele, alegremente. Apertou o botão do intercomunicador. — Chame a segurança, sim?

Mike virou-se para Nico. Via-se uma faixa branca descendo por cada face, onde as lágrimas estavam começando a remover o auto-bronzeador. Alguns homens jamais entendiam o uso correto dos cosméticos, pensou Nico.

— Por que fez isso? — perguntou Mike. — Eu criei você!

Ela sacudiu a cabeça. Sentiu-se conspurcada. Mas que ceninha mais baixa e nojenta eles haviam desempenhado, e tudo para Victor

Matrick se divertir. Ora, ela agora estava envolvida nela, e não havia como se desvencilhar.

— Sinto muito — disse ela.

— É — disse Mike, meneando a cabeça. — Se não sente agora, vai sentir depois.

O que mais ele ia dizer? Independente disso, ela sentiu uma corda grossa de medo passar por suas entranhas, enredando-se em torno de seu coração como uma serpente.

Dois seguranças encontraram Mike no corredor. Um tentou passar gentilmente a mão no braço de Mike, mas Mike a afastou, irritado.

— Deixe que eu saio sozinho, se não se importa — disse.

— Muito bem — disse Victor, estendendo a mão. — Parabéns.

Nico recolocou o peso de papéis na mesa de Victor e apertou-lhe a mão. Estava fria como a mão de um morto.

— Obrigada — disse.

— Acho que foi tudo bem, não? — perguntou ele. Inclinou-se e disse ao intercomunicador: — Maureen, marque uma consulta com o dentista para mim. Acho que minha jaqueta está para cair de novo.

* * *

E AGORA, SENTADA no banco traseiro da limusine, repassando mentalmente aquela cena com Victor Matrick, Nico estremeceu.

Olhou pela janela outra vez. O carro estava na rua 79, quase no prédio de Kirby. Não era tarde demais para mudar de idéia, para dizer ao motorista para passar direto pelo prédio de Kirby e pegar a FDR Drive e ir para casa, que era o que ela deveria fazer, mas não estava exatamente preparada para encarar Seymour. Precisava de alguma coisa especial naquele momento, ser abraçada e acariciada, talvez; ter permissão de se sentir uma garotinha mimada, coisa que Seymour não podia lhe dar. Ela não podia parecer vulnerável. Mas Kirby a tinha visto vulnerável e nua — tanto emocional quando fisicamente — e até meio desonrada, como quando ele a amarrou e a obrigou a suplicar que ele fizesse certas coisas com ela...

O que seria ser casada com Kirby em vez de Seymour?, perguntou-se ela, quando o carro chegou à entrada de veículos do prédio de Kirby. Passando depressa pelo porteiro, ela apertou o botão do elevador ansiosa, pensando: Kirby! E se Kirby fosse a resposta, e ela, afinal de contas, estivesse apaixonada por ele?

Ela percorreu o corredor com rapidez, subitamente consumida por um medo irracional de que ele não estivesse em casa, e ela não fosse capaz de encontrá-lo, afinal de contas. Tocou a campainha, e quando ele não atendeu, seu coração começou a pular loucamente dentro do peito. Precisava falar com ele, pensou, apertando a campainha de novo. Podia ouvi-la tocando dentro do apartamento do rapaz, e prendeu a respiração na esperança de ouvir passos, mas em vez disso não ouviu nada e começou a entrar em pânico. Bateu à porta com o lado do punho.

Ele não estava em casa, pensou, desesperada, logo desta vez, quando ela mais precisava dele. Olhou para o relógio de pulso: eram cinco e quinze, e ele tinha dito que estaria em casa às cinco. Ela ia esperar. Ia lhe dar cinco minutos e, de pé nervosamente diante da porta, ficou consultando o relógio, e, depois de quatro minutos se passarem, decidiu que ia esperar mais cinco. Como ele podia fazer isso com ela?, ponderou, e depois começou a ter idéias horríveis. Talvez ele tivesse feito de propósito. Para castigá-la, para mostrar que a vida dele não dependia da disponibilidade dela. Ou talvez não gostasse mais dela e não quisesse mais vê-la, e era assim que estava querendo se livrar dela...

Do fim do corredor, ela ouviu a campainha do elevador parando no andar, e o som das portas deslizantes se abrindo. Tinha de ser ele, pensou ela, e batata, dentro de mais um segundo, Kirby apareceu, percorrendo o corredor despreocupado, com um gorro de lã e um blusão de couro, com o celular em uma das mãos e um saco de compras na outra.

— Oi! — gritou, como se ela fosse uma mera conhecida que tinha encontrado na rua. Não era exatamente a recepção que ela esperava receber e, por um segundo, sentiu-se arrasada. Mas disse a si mesma que não importava; o importante era que ele estava ali.

— Eu estava para ir embora — disse ela.

Ele passou as compras de uma das mãos para a outra, e meteu a mão livre no bolso para pegar as chaves, dando-lhe um beijinho rápido nos lábios ao destrancar a porta.

— Precisei ensaiar uma cena para minha aula de interpretação teatral e me envolvi demais nela — disse ele, passando por ela e entrando no apartamento. — Sabe quando você se envolve totalmente em uma coisa e nem nota que o tempo está passando? E aí me lembrei que precisava comprar leite. Todo dia, eu vivo me dizendo para comprar leite e não compro. — Ela o seguiu até a cozinha, observando-o tirar uma garrafa de leite do saco plástico e colocá-la na prateleira de cima da geladeira quase vazia. Leite!, pensou ela. Desejou que ele estivesse pensando nela em vez disso.

— Como você vai? — perguntou ele, virando-se para ela. — Faz... tipo uma semana que não nos vemos, né?

— Não deu para evitar — disse ela, aliviada ao descobrir que aquele distanciamento aparente dele se devia apenas ao fato de que andara sentindo saudade dela. — Tive um dia infernal...

— Eu também — disse ele enfaticamente, passando por ela e indo para a sala de estar. — Estou meio nervoso e excitado. Tenho de fazer uma cena na minha aula de teatro hoje à noite e quero que saia excelente.

— Tenho certeza que vai sair — disse ela.

— É tipo bastante carregada de emoção, sabe? — disse ele, sentando-se no sofá e passando os dedos entreabertos pelos cabelos. Depois olhou para ela. — O que vai fazer agora? — perguntou ele. — Venha cá.

— Ah, Kirby — murmurou ela. De repente sentiu-se derreter de tanta carência. Eu nunca me sinto assim, pensou ela, e se perguntou se iria chorar.

— Ei, o que há? — perguntou Kirby. Ela se sentou ao lado dele, e Kirby abraçou-lhe os ombros, e ela relaxou contra o corpo dele, apreciando como era maravilhoso simplesmente ser abraçada. Kirby não era a pessoa mais inteligente do mundo, mas sempre conseguia detectar do que ela precisava emocionalmente, e ela virou o rosto para ele, querendo explicar como tinha sido seu dia. Mas ele deve ter interpretado esse gesto erroneamente, porque começou a beijá-la imediatamente.

A boca de Nico enrijeceu-se em protesto. Ela retribuiu os beijos, a princípio, durante alguns segundos, mas depois afastou-se.

— Kirby, eu tive um dia muito estranho — disse, agitada, querendo fazê-lo entender. — Precisei demitir uma pessoa...

— Pensei que fizesse isso o tempo todo — disse Kirby, em tom de brincadeira.

Ela sorriu, pacientemente, aborrecida por ele estar tentando fazer graça quando ela estava desesperada para falar sério.

— Acontece que a pessoa era o meu chefe. Ou melhor, meu antigo chefe. Agora sou eu que estou no lugar dele.

— Então devia estar satisfeita — disse Kirby, puxando-lhe o braço para aproximá-la de si. Encostou o rosto no pescoço dela abaixo da orelha e sussurrou: — Você subiu de cargo. Eu sempre fico feliz quando consigo um outro emprego. Significa que vou ganhar mais.

— Não é só isso — disse ela, virando a cabeça para o outro lado.

— Você não vai ganhar mais? Isso não me parece muito inteligente. — Ele se sentou, triunfante, como se tivesse acabado de revelar uma coisa muito bem sacada. Ela olhou para seu rosto bonito e plácido. Era, pensou ela, como o rosto de um *golden retriever*. Bonito, porém burro.

Sentiu um frio na boca do estômago. Não dava para se sentir assim em relação a Kirby. Não era culpa dele que não entendesse bem. Ele não era muito culto — tinha feito um curso de nível universitário de dois anos, enquanto tentava a vida como modelo.

— Ora, vamos, amor — disse ela, ficando de pé e pegando a mão dele. — Vamos para o quarto. — Depois que tivessem começado a trepar, tudo ficaria bem, e ela sentiria tudo de bom que costumava sentir por ele de novo.

— Eu estava me perguntando se você estava mesmo com vontade de trepar hoje — disse Kirby, permitindo que ela o levasse. — Você hoje está meio esquisita.

— Foi só por causa do dia que eu tive — disse ela, tirando depressa as roupas e colocando-as cuidadosamente sobre a cômoda dele, metendo as calcinhas sob a saia. Deitou-se na cama, e ele deitou-se nu por cima dela. Isso era muito bom, pensou, apertando bem o tronco dele com os braços, de forma que pudesse sentir o peso dele contra o corpo. Não havia nada como um jovem com um corpo musculoso. A pele dele era tão macia... mais macia, pensou, do que a dela...

— Devo pegar as faixas de seda? — perguntou ele.

— Não sei — disse ela. Às vezes ele amarrava seus pulsos aos lados da cama (não havia cabeceira, portanto ele a amarrava ao estrado do colchão), e ficar assim imobilizada sempre a deixava mais excitada. Mas ela não queria isso hoje. Queria que ele a libertasse daquela tarde. Queria que ele a fizesse se sentir como outra pessoa, como sempre tinha feito antes. Uma mulher depravada em um filme pornô, uma mulher que trepava com um homem enquanto outros olhavam...

— Me fode — pediu ela.

Ele meteu a mão entre as pernas dela.

— O que você quiser, minha linda senhora — disse.

Ah, não, pensou ela, desvairada. Por que ele precisava dizer aquilo? Principalmente quando seu desejo estava tão frágil. Linda senhora. Ela não devia se lembrar disso. Precisava ignorar isso e relaxar. Mas não conseguiu parar de pensar nisso. Será que ela queria mesmo trepar?

— Você não está tão molhada quanto eu esperava — disse ele.

— Desculpe — disse ela, sorrindo meio sem graça, na esperança de disfarçar seus sentimentos. — Acho que estou meio tensa...

— Vou descontrair você — disse ele. Deslizando para os pés da cama, abriu bem as pernas dela e, pondo a mão sobre a vagina dela, puxou os lábios para cima e abriu-os. Começou a lambê-la, e ela colocou a mão sobre a cabeça dele, fazendo força para sentir alguma coisa. Mas não estava funcionando também. Aliás, até pareceu meio irritante.

O que havia de errado com ela?

— Kirby — disse, de mansinho. Ele olhou para cima. — Vamos só trepar, está bem?

— Claro — disse ele. — O que quiser, meu bem. Sabe disso. Sabe que faço qualquer coisa...

Ela pôs o dedo sobre os lábios dele, para silenciá-lo. Se ele começasse a falar demais de novo, ela realmente não ia conseguir continuar. Deixou a cabeça cair para trás, passando as mãos sobre os ombros musculosos do rapaz e sentiu uma saliência minúscula, surpreendente. Uma espinha? Kirby Atwood, com uma espinha... no ombro?

Pare, ordenou a si mesma. Não ia fazer o que as mulheres fazem: concentrar-se nas pequenas falhas de um homem até ele perder todo o apetite sexual. Tinha uma sorte miserável, lembrou a si mesma, séria. Quarenta e três anos; com essa idade, tinha sorte por algum homem querer ir para a cama com ela, principalmente alguém como Kirby. Ela ia aproveitar o momento. Precisava aproveitar. Precisava *evadir-se*... E concentrando-se no pênis duro dele, em como o sentia dentro de si, e no puro gozo físico de estar com um jovem supergostoso, ela empinou os quadris para cima, pondo as mãos nas nádegas dele e puxando-o ainda mais para dentro de si.

Por alguns momentos, quase conseguiu se esquecer de tudo, passando as mãos sobre as costas e as nádegas dele, sentindo o toque de sua pele macia e apertando-o para dentro de si mesma, até mesmo depois que o pênis dele começou a amolecer.

— Uau — disse ele. — Foi gostoso pra burro.

Nico concordou, sem querer deixá-lo sair de dentro dela. Graças a Deus seu caso com Kirby ainda servia para ela esquecer as mágoas, pensou. Mas enquanto estava se vestindo, a realidade da situação voltou-lhe à lembrança, e ela sentiu um pouco de tristeza. Não havia como fugir do fato de que não tinha sido tão bom quanto costumava ser, e que algum dia, talvez em breve, aquilo não funcionasse mais.

13

O TELEFONE DA SUÍTE TOCOU RAPIDAMENTE DUAS VEZES, INDICANDO uma chamada da portaria para avisar de alguma visita que havia chegado. Wendy apanhou o telefone e pôs a mão sobre a outra orelha. Magda estava assistindo à tevê com o volume a toda, para abafar o som do aspirador de pó que uma arrumadeira estava passando de qualquer jeito sobre o carpete, enquanto olhava a sujeira, reprovadora.

— Alô? — gritou Wendy ao telefone.

— Tessa Hope está aqui. Ela pode subir? — perguntou a recepcionista.

— Sim, por favor — disse Wendy. Ela olhou o relógio de pulso. Eram 14h30; Shane estava 15 minutos atrasado. Um fato que ela definitivamente devia notificar à Sra. Hope, como prova de que Shane não tinha o menor jeito para ser pai. Ela saiu do quarto, percorreu o minúsculo vestíbulo e passou por uma porta que levava aos quartos dos filhos, que consistiam em dois pequenos cômodos e um banheiro, iguais ao quarto e à sala do outro lado. No primeiro quarto havia camas de solteiro; no chão entre elas, Tyler e Chloe estavam colorindo desenhos. Tyler agarrou o *crayon* de Chloe.

— Não é assim que se faz, sua burra — disse ele.

— Tyler. Isso é feio — disse Wendy, pacientemente, tirando o *crayon* das mãos de Tyler e devolvendo-o à pequena Chloe.

— Ela está pintando fora do desenho — objetou Tyler.

— Ela só tem 2 anos — disse Wendy. — Pode passar do desenho.

— Então eu também passo — disse ele.

— Pode passar se quiser — disse Wendy, olhando para ele, lá de cima. Coitadinho do menino. Ela podia entender sua irritação, estar encurralado naquele lugar apertadinho. Mas era apenas temporário. Ela se curvou. — Vamos ter um novo apartamento bem espaçoso logo logo — disse acariciando-lhe os ombros para que ele olhasse para ela. — Vai gostar disso?

— Não sei — disse ele. E sacudiu os ombros. — Nós já temos um apartamento.

— Nós vamos ver a Gwyneth, mamãe? — perguntou Chloe.

— Vai ver Gwyneth na segunda de manhã, quando voltar aqui. Vocês vão passear com o papai agora, depois voltam para cá no domingo de noite.

— Por que a gente precisa voltar para cá? — perguntou Tyler, olhando com raiva para os *crayons*. — Por que não podemos ficar na nossa casa?

— Não quer ficar com a mamãe?

— Por que você não pode vir para a nossa casa? — indagou Tyler. Wendy sorriu.

— Porque a mamãe e o papai não moram mais juntos — disse ela, pela centésima vez. — Mamãe vai encontrar outro apartamento e todos vamos morar lá.

— O papai também? — perguntou Chloe.

— Não, o papai vai ficar no apartamento dele.

— Está falando do nosso apartamento, mamãe — insistiu Tyler. — É lá que a *gente* mora. Você mora neste hotel aqui.

— Vocês também moram aqui — disse Wendy, paciente

— Eu quero ir para casa — disse Chloe, começando a chorar.

A campainha tocou. Wendy pegou Chloe no colo e sentou-a na cama.

— Magda — gritou. — Pode atender a porta?

— Por quê? — perguntou Magda.

— Porque estão tocando a campainha... — Ela suspirou e levou Chloe pelo pequeno vestíbulo, quando Magda subitamente decidiu ajudar e abrir a porta. — Ah, bom — disse ela, voltando.

— É o papai? — perguntou Tyler, correndo para eles.

Tessa Hope, a advogada, encontrava-se parada na soleira da porta, sem saber bem o que fazer, observando a cena com um horror mal disfarçado. Tessa tinha 35 anos, era solteira e atraente, de um ponto de vista padrão, tipo Upper East Side. Estava usando uma blusa estampada Roberto Cavalli, jeans e sapatos tipo boneca de saltos altos em couro preto. Também era considerada a mais incisiva advogada de vara de família da Berchell & Dingley, e estava em 43º lugar na lista das mulheres mais poderosas da cidade.

— Me desculpe — disse Wendy. — Entre. Shane devia ter vindo pegar as crianças às 14h15, mas está atrasado. Sente-se, por favor...

Naturalmente, não havia onde sentar, todas as superfícies disponíveis estavam cobertas de papéis, livros, roteiros, DVDs, uma esponja, uma escova de cabelos, um avião de controle remoto e várias peças de roupa.

— Não, estou bem assim. Posso descer e esperar, se quiser — disse Tessa, cautelosamente.

— Não, por favor, entre — disse Wendy. — As arrumadeiras já estão saindo, — Ela abriu um espaço de nada no sofá, e Tessa sentou-se com todo o cuidado. — Normalmente isso não fica assim bagunçado. Costuma ser um pouco mais arrumado — acrescentou Wendy, em tom de quem se desculpa.

— Não tem problema — disse Tessa, com um sorriso fixo. — Seus filhos são uma gracinha.

— Muito obrigada — disse Wendy, orgulhosa. Ela fez uma pausa, notando o cabelo de Magda de repente. — Magda, meu amor, não disse que ia lavar o cabelo?

— E lavei, mãe.

— Não lavou, não — disse Wendy.

— Não gosto daquele xampu — respondeu Magda.

— Quem é você? — perguntou Tyler a Tessa.

— Ela é advogada da mamãe — explicou Wendy.

— Não gosto de advogados — disse Tyler. Wendy pôs a mão na cabeça dele.

— Ele só é meio tímido. Não é, rapazinho?

— Ele não me parece nada tímido — disse Tessa, corajosamente, cruzando as pernas.

— Não gosto de advogados — disse Tyler, com a boca encostada na perna de Wendy.

— Tessa é muito boazinha — disse Wendy. — Ela vai garantir que vocês fiquem com a mamãe para sempre.

— Agora nós vamos para casa — anunciou Chloe.

A campainha tocou.

— Papai! — exclamou Magda, correndo até a porta. Shane entrou. Ele parecia meio abatido, segundo notou Wendy, satisfeita.

— Você se atrasou — disse a ele.

— Tive de ir à farmácia. Não estou me sentindo bem.

— Talvez seja melhor você não levar as crianças hoje.

Ele lhe lançou um olhar reprovador.

— Não estou tão mal assim. É só uma dor de cabeça. Estou bem. — E olhou para Tessa, desconfiado.

— Lembra da minha advogada, Tessa Hope? — perguntou Wendy, indicando a moça com um gesto.

— Lembro — disse Shane, reservado.

— Como vai, Shane? — perguntou Tessa, ficando de pé.

— Ótimo — disse Shane, pegando Chloe no colo. — Trabalha aos sábados?

— Todos os dias.

— Você e Wendy vão formar uma dupla e tanto — resmungou Shane. Virou-se para Magda e Tyler. — Já estão prontos?

— Então você vai voltar amanhã. Às cinco — disse Wendy.

— Sim, Wendy — disse Shane, aborrecido com a pergunta. — Quando é que você vai a Cannes? — indagou, imitando-a.

— Na segunda à noite — disse Wendy. Ele sabia quando ela ia viajar, e ela sabia o que ele ia dizer em seguida.

— Não sei por que você não pode simplesmente deixá-los comigo até voltar — disse ele. — Esse negócio de ficar levando e trazendo as crianças é burrice.

— Tem sorte de eu ter deixado você continuar a vê-los, Shane — disse ela.

— Isso nós veremos — disse Shane, olhando para Tessa. Depois reuniu os filhos e saiu.

Wendy ficou em silêncio e passou a cabeça pela fresta da porta.

— Só comida orgânica, hein? — gritou depois que ele saiu. — E não deixe eles passarem da hora de dormir.

Ele concordou, sem se virar para ouvir.

Ela ficou observando sua pequena trupe enquanto percorriam o corredor silencioso, até pararem diante do elevador.

— Tchau, mamãe — disse Tyler, alegremente, virando-se para acenar.

— Tchauzinho — respondeu ela, calorosamente. — Até amanhã.
— Ficou assistindo até eles entrarem no elevador, sentindo uma mistura de raiva e frustração, mas principalmente nervosismo. Seus filhos, ao que parecia, não pareciam precisar dela para nada. Eles sequer pareciam estar muito interessados em ficar com ela.

Mas isso era apenas porque ela ainda estava morando no hotel, pensou. Quando arranjasse um apartamento novo, tudo iria mudar, e suas vidas poderiam voltar ao normal. Assim que Wendy tinha voltado de Palm Beach, tinha contratado Tessa. E Tessa tinha providenciado para que os filhos pudessem passar uma parte do tempo com ela e outra com Shane. Isso também era temporário. Wendy esperava conseguir tirar Shane completamente de cena.

Ela fechou a porta e virou-se para Tessa.

— Quem poderia imaginar que duas pessoas pudessem se odiar tanto? — indagou, referindo-se a Shane. Era uma pergunta retórica, e ela não esperava uma resposta.

Tessa respondeu assim mesmo.

— Ele te odeia mesmo — disse, pegando suas coisas. — Seja como for, ele não vai desistir com facilidade.

* * *

— O PROBLEMA é o advogado de Shane — disse Tessa, 15 minutos depois, quando estavam sentadas a uma mesinha no bar do saguão do hotel. Uma cortina comprida e transparente ondulava a seus pés.

Wendy olhou pela janela para a variedade de transeuntes na rua lá fora; era uma tarde de sábado do fim de abril e o Soho estava cheio de turistas.

— Não tenho medo desse advogado — disse Wendy, mexendo o café espresso com uma pequena colher de metal. — Ele tem de saber que Shane não tem como vencer esse processo.

— Tradicionalmente não, talvez não tenha — concordou Tessa. — Mas Juan Perek é homem, e passa a maior parte do tempo conseguindo pensões gordíssimas de homens ricos para suas esposas e filhas. É uma oportunidade para ele provar que a lei é mesmo cega, nem racista nem machista. Em outras palavras — acrescentou, tomando um golinho de café preto sem açúcar —, ele quer fazer de você um exemplo.

— Mas já fez — disse Wendy, cruzando os braços. — Vou dar o apartamento para Shane. Vale mais de dois milhões. É muita grana para um homem que não trabalha há dez anos.

— Entendo — disse Tessa, concordando, empática. — Mas isso também é um problema. Se Shane tivesse trabalhado, seria mais fácil. Significaria que ele é capaz de se sustentar. O tribunal tende a achar que esse tipo de situação indica que não se deve esperar que o cônjuge trabalhe, já que está fora do mercado de trabalho há dez anos.

— Coisa mais ridícula — disse Wendy. — Shane é um quarentão cheio de saúde. Pode conseguir um emprego, como qualquer outra pessoa do mundo. Pode ser garçom, se precisar.

— Eu não diria isso na frente do juiz — avisou Tessa. — Não vai pegar bem.

— Por que não? — quis saber Wendy. — É verdade. Ele pode pegar um pouco no pesado, para variar.

— Você tem de tentar entender isso de um ponto de vista diferente — disse Tessa, apaziguadora. — Shane alega que já tem um emprego; pelo menos teve, durante os últimos dez anos: o de pai dos seus filhos...

— Ah, corta essa — zombou Wendy.

— Não sei se ele era um pai assim tão dedicado, mas no fundo isso não importa. Aos olhos do juiz, tomar conta dos filhos é um emprego e, se a situação fosse oposta, se Shane fosse mulher, dizer ao juiz que ele deveria arrumar um emprego de garçom seria como um homem bem-sucedido dizer que sua esposa burguesa deve se empregar no lava-jato local.

Os olhos de Wendy semicerraram-se.

— Então ele está querendo dinheiro.

— Não é bem dinheiro — disse Tessa. — Ele quer uma pensão. Para ele e para as crianças. Ele quer os filhos, Wendy.

Wendy soltou uma gargalhada desagradável.

— Vai ficar querendo. Eles são meus filhos. Eu os amo; eles precisam estar comigo. O lugar dos filhos é com as mães, e pronto. Shane pode fazer o que qualquer outro divorciado faz: visitá-los de 15 em 15 dias.

— Esse normalmente seria o resultado, se fosse uma situação normal. Mas não é — Tessa disse, tomando mais um gole do café. — Você é uma das mulheres mais bem-sucedidas do país, portanto as regras costumeiras não se aplicam.

Wendy pôs a xícara de café na mesa.

— Tessa, eu comi o pão que o diabo amassou. E o que todos parecem estar se esquecendo é que eu nunca quis me divorciar. Não foi idéia minha. Foi idéia de Shane. Ele é que quer ir embora. Ele é que devia levar a pior. Se a pessoa detesta tanto a esposa que não suporta

SELVA DE BATOM 411

estar na mesma sala que ela, sabe o que mais, é melhor desistir dos filhos.

— Vamos inverter a situação, para ver como fica? — perguntou Tessa, diplomaticamente. Ela nunca se deixava levar pela emoção, uma característica que Wendy estava começando a se perguntar se não passaria a detestar. — Vamos supor que uma mulher com uma carreira não tão bem-sucedida se casasse com um banqueiro em plena ascensão, e porque ele estava ganhando tanto dinheiro, ela deixasse de trabalhar. Então começam a ter filhos. A mulher fica em casa e toma conta dos filhos. O homem fica cada vez mais bem-sucedido e, por causa do emprego, começa a passar cada vez menos tempo em casa. A mulher começa a se sentir abandonada, fica ressentida. Está em casa com os filhos enquanto o marido está lá fora, recebendo elogios da sociedade. Um dia ela se manca e resolve que merece mais do que isso; pede o divórcio.

— Mas eu estava sempre disposta a elogiar Shane — objetou Wendy. — Eu até participei das benditas sessões de terapia de casal...

— Ahá — disse Tessa. — Mas aí já era tarde. O ressentimento é muito profundo, o casal já está muito afastado um do outro, e o que acontece? A mulher fica com a casa. Recebe uma pensão para ela e para os filhos. E se insistir, provavelmente também consegue a guarda dos filhos. E ninguém pensa duas vezes antes de lhe conceder isso. Pode imaginar o ultraje que seria se nós de repente começássemos a dizer às mulheres que não podem ficar com seus filhos e que vão precisar sair de casa e arranjar emprego fora?

— Mas eu quero ficar com os meus filhos — protestou Wendy. Quanto mais calma Tessa demonstrava, mais esquentada Wendy parecia ficar. — Porcaria — disse ela, pondo a xícara de café na mesa, ruidosamente. — Não vou aceitar ser castigada por ser uma mulher bem-sucedida.

Tessa nada disse, esperando que Wendy se controlasse.

— Para a gente reduzir os prejuízos, você vai ter de ver a situação de um ponto de vista mais amplo. Eu sei que isso é muito pessoal, mas chega um ponto em que você vai precisar pôr a raiva de lado para tomar a decisão certa. O fato é que, do ponto de vista lógico, não emocional, os homens são castigados o tempo inteiro por serem bem-sucedidos. Um divorciado de sucesso costuma não poder visitar os filhos. De qualquer forma, tenha certeza que os filhos raramente têm permissão para morar com ele, a menos que a mãe concorde.

— Esses homens não querem seus filhos.

— Na verdade, você ficaria surpresa — disse Tessa, fazendo um gesto para o garçom para pedir outra xícara de café. Era a terceira. Ela devia ser tão fria, decidiu Wendy, que nem mesmo a cafeína a afetava. — Na minha experiência, a maioria dos homens quer morar com os filhos. Ficam mortos de tristeza com a idéia de não vê-los todos os dias. Mas sabem que quase nunca vencem no tribunal, portanto não vale a pena ir à luta.

— Bom, para mim vale — insistiu Wendy. — Eu quero a guarda das crianças só para mim. E quero que você consiga isso.

Tessa pareceu ficar constrangida pela primeira vez durante a conversa. Ela enxugou o canto da boca com o guardanapo, depois o pôs na mesa e olhou de relance para o outro lado.

— Como sua advogada — disse ela —, tenho a obrigação moral de lhe dizer a verdade. Podia mentir para você e podíamos passar dois anos no tribunal, e eu provavelmente ia ganhar uma bolada suficiente para abrir minha própria empresa de advocacia. Se eu fosse como muitos homens que há por aí fazendo isso, não pensaria duas vezes. É o tipo de caso que os advogados rezam para conseguir: uma cliente bem de vida, com grana a rodo, querendo se vingar. Mas a vingança é cara. E pelo que eu sei, mesmo que vença, não vai achar tão satisfatório quando esperava. Vai passar mais tempo comigo do que ia querer: tempo que podia estar passando com seus filhos ou no trabalho. E além do mais, Wendy... — Ela refletiu por um instante, lançando um olhar empático a Wendy. Sacudiu a cabeça. — Nunca vai conseguir a guarda total de seus filhos. Não com sua vida como está agora.

— Porque eu trabalho fora — disse Wendy, em tom seco. — Maravilha. Mas que fabulosa mensagem para as jovens americanas. Se trabalhar com afinco e for bem-sucedida, a sociedade pune você, de uma forma ou de outra.

— A sociedade castiga as mulheres em geral — disse Tessa, sem pestanejar. — Por mais que a gente batalhe, não há garantia de que venceremos na vida. A gente pode ficar em casa e tomar conta dos filhos durante vinte anos, depois os filhos vão para a universidade, seu marido troca você por uma mulher mais jovem, e você fica sem nada.

Wendy olhou enfezada para a xícara de café.

— Fica com a casa.

— Grande coisa, Wendy. Fica com a casa. — Tessa sacudiu a cabeça. — Juan Perek só aceitou esse caso pela publicidade que pode render. É uma inversão perfeita dos papéis tradicionais dos dois sexos: quando uma mulher assume o papel do homem, ela pode se ferrar exatamente como o cara. Shane passou para ele documentos que mostram o tempo que você passou trabalhando no ano passado. E dependendo de para onde o vento soprar, há possibilidade de eles vencerem.

Wendy sentiu o sangue fugir do rosto. Não conseguir vencer... essa não era uma possibilidade.

— Ninguém poderia acreditar que as crianças podiam ser tiradas de suas mães.

— Normalmente, não são — disse Tessa. — Nos casos normais... — e soltou um suspiro.

— Não sou péssima mãe — disse Wendy, sentindo um desespero enorme de repente. — Você me viu com os meus filhos...

— Ninguém está dizendo que você é péssima mãe — disse Tessa, procurando consolá-la. — Para o tribunal separar os filhos da mãe, ela precisa ser agressiva, extremamente instável emocionalmente, viciada em drogas ou diagnosticada como doente mental. Mas no caso entre você e Shane, Juan Perek vai tentar provar que Shane é quem cuida das crianças. Portanto, a menos que possamos provar que Shane é agressivo, tem uma personalidade instável, usa drogas ou foi incapacitado do ponto de vista jurídico, não há um bom motivo para o juiz não lhe conceder pelo menos guarda compartilhada.

— Pelo menos? — perguntou Wendy.

— Ele é agressivo, instável, viciado em drogas ou incapacitado mental do ponto de vista jurídico? — perguntou Tessa.

— Ele se atrasou 15 minutos para pegar os filhos hoje. Você viu — contra-argumentou Wendy.

— Ele se atrasou uma vez. — Tessa deu de ombros. — Mas leva os filhos para a escola...

— Eu é que os levo — objetou Wendy. — Algumas vezes...

— E ele os pega e os leva para consultas médicas — disse Tessa. — Eles vão conseguir demonstrar, de um jeito bem convincente, que Shane é quem fica mais tempo com os filhos. E do ponto de vista histórico, os tribunais não gostam de separar os filhos de quem passa mais tempo com eles. Vão argumentar que, se os filhos ficarem o tempo todo com você, vão acabar sendo criados por babás. Uma situação nada ideal, comparada a ser criado pelo pai biológico. Sinto muito, Wendy — disse Tessa.

— Não precisa sentir — disse Wendy, revoltada. — É fácil. Eu peço demissão. Eu me transformo na pessoa que passa mais tempo com eles.

Tessa sorriu, paciente.

— Em geral essa é a solução nos filmes, não é? A mulher bem-sucedida desiste da carreira para ficar com os filhos, e todo mundo fica feliz. Mas não é muito prático na vida real, é? Principalmente no caso da sua vida, a menos que Shane de repente decida que quer começar a ganhar seu próprio pão, coisa que ele insiste que não vai fazer, porque já tem um emprego, que é tomar conta dos filhos.

— Portanto, em outras palavras, estou ferrada — disse Wendy, baixinho.

— Eu não diria isso — afirmou Tessa. — Tenho certeza que podemos encontrar uma solução se falarmos com Shane. Tenho a impressão que ele vai ser razoável se você for razoável.

— Não tem como ser razoável quando seus filhos estão no meio — disse Wendy. Fez sinal para o garçom.

— Sei que é difícil — disse Tessa, pegando a bolsa. — Pense um pouco no assunto. Acredite em mim: há situações piores.

— Ah, é? Me diga quais são, um dia desses — disse Wendy, levando Tessa até a porta giratória. Então, hesitou e perguntou:

— Me diga uma coisa. Você já se apaixonou alguma vez?

— Não acredito em paixão — disse Tessa.

— Jura? Você tem sorte — respondeu Wendy.

— Não dá para acreditar no amor verdadeiro no meu ramo — disse Tessa. — A gente vê muitas provas de que ele não existe. Mas planejo ter um filho em breve. Banco de esperma. É o único jeito.

— Sorte sua — tornou a dizer Wendy. Estava longe de ser seu modo de pensar, refletiu ela. Era horrível ser assim tão desiludida da vida.

* * *

O MERCEDES PRETO deslocou-se devagar pelo trecho de estrada conhecido como Croisette na cidade litorânea de Cannes. À esquerda, um trecho de mar monótono sem grandes atrativos, com uma praia estreitinha, da qual brotavam palmeiras a intervalos regulares. Do outro lado havia uma série majestosa de grandes hotéis. O trânsito parou totalmente, e Victory remexeu-se desconfortavelmente no banco. Os nova-iorquinos sempre reclamavam do trânsito nos Hamptons, mas o trânsito do sul da França botava o de Nova York no chinelo. Só existia literalmente uma estrada, e todos a pegavam, e já eram dez da noite. Era o primeiro dia do festival de cinema de Cannes, e as festas iam durar a noite inteira.

— Estamos quase chegando, madame — disse o motorista, virando-se para falar com ela. — São só três sinais, e chegamos ao porto.

— Obrigada — disse Victory, pensando que lá vinha aquela palavra de novo: "madame". Ou "senhora" em Nova York. Era como se ela acordasse um dia, e, de repente, os lojistas e motoristas de táxi começassem a chamá-la de "senhora" ou "dona" em vez de "senhorita" ou "moça", como se ela de repente virasse uma mulher de meia-idade. Durante algum tempo aquilo a deixou meio cabreira, principalmente porque não era casada. Ainda ser solteira depois dos quarenta era um estilo de vida que o mundo realmente não conseguia entender, principalmente na Europa e na Inglaterra, onde as mulheres de trinta estavam sempre pensando em ter filhos antes de entrar na menopausa. Mas se você tivesse um sucesso tremendo na vida, podia fazer suas próprias regras sobre a forma como desejava viver.

E que felicidade era aquela!, pensou, olhando pela janela para um conjunto de luzes Klieg que lançavam raios brancos muito fortes no céu negro da noite. Estar sozinha no mundo, livre. Por que o mundo nunca diz às mulheres que existe esse tipo de felicidade? O sentimento podia ser efêmero, mas não importava. O importante era experimentar de tudo na vida, as lutas e a tristeza e os triunfos delirantes. E se a pessoa trabalhasse mesmo com afinco e acreditasse em si mesma e estivesse disposta a experimentar sofrimento e medo (clichês, é claro, mas verdadeiros), talvez tivesse mesmo sorte e tivesse uma noite como aquela. Qualquer coisa podia acontecer na vida, pensou ela; qualquer coisa podia acontecer com qualquer um, e às vezes era algo bom. A pessoa só precisava acreditar que podia acontecer com ela.

O carro avançou devagarinho um ou dois metros e parou de novo, quando um bando de gente atravessou a rua. O trânsito não parecia importar, também — a festa era para ela, e ela podia se atrasar. Inspirou profundamente, apreciando o cheiro do couro novinho em folha do Mercedes. Não havia nada como o cheiro de carro novo, e quando a pessoa tinha sorte para experimentar isso, era preciso aproveitar. Como tinha sido gentil da parte de Pierre Berteuil mandar um Mercedes novinho (um modelo ainda não disponível nos Estados Unidos) para transportá-la no fim de semana. "Este é o Sr. Hulot, seu motorista" anunciou Pierre naquela manhã, quando o Sr. Hulot, usando um chapéu de motorista e um uniforme cinzento, tinha surgido no terraço do Hotel du Cap, onde estavam fazendo uma reunião, enquanto tomavam o café-da-manhã, e onde Victory tinha comido dois croissants lambuzados daquela manteiga cremosa e salgada que só se encontrava na França.

— O Sr. Hulot também é guarda-costas, portanto você vai estar totalmente segura.

— Aqui não é seguro? — perguntou ela.

— O festival atrai um pessoal meio esquisito — disse Pierre. — Não é perigoso, mas precisa ter cuidado. Não queremos perdê-la — acrescentou ele, com um sorrisinho ligeiramente lascivo.

Portanto agora, além da suíte junior do Hotel du Cap (era um dos melhores quartos, no prédio principal, dando para os jardins, para a piscina e para o mar, com venezianas que se abriam para uma sacadinha), Victory tinha seu próprio carro e seu guarda-costas pessoal.

Ela cruzou as pernas, alisando as pregas do vestido de seda azul. O vestido era um de seus prediletos, e ela planejava exibi-lo na passarela no desfile de outono seguinte. Mas será que o desfile seria em Nova York ou em Paris? Precisava lembrar-se de falar com Pierre sobre aquilo. Ele queria que ela passasse duas semanas do mês em Paris, mas a empresa queria que ela trabalhasse como estilista americana de alta-costura, naturalmente desenvolvendo uma linha de trajes *prêt-à-porter* de preço mais acessível. Mas tinha sido a oportunidade de fazer uma linha de alta-costura que finalmente a levara a aceitar a oferta; era simplesmente tentador demais para recusar.

Ela sabia que estava assumindo um risco, pensou, franzindo a testa ao olhar o trânsito diante deles. Mas viver era assumir riscos. Tinha se preocupado pensando que a B et C teria um plano secreto de comprar seu nome e tirar-lhe a empresa das mãos. Acontecia o tempo todo na indústria da moda, e havia milhares de histórias sobre estilistas que tinham perdido suas empresas quando vendiam seus nomes para um conglomerado da moda. Era um contrato potencialmente leonino: a pessoa saía com dinheiro a rodo, mas também podia perder os direitos a seu próprio nome ou até à sua capacidade de gerar dinheiro. Uma das cláusulas do contrato era que, depois que a B et C fosse dona dela, Victory não poderia fundar outra empresa. Por outro lado, só em pensar em fazer uma linha de alta-costura fazia-a se acender toda por dentro, como uma árvore de Natal. Uma linha de alta-costura era algo com que todo estilista sonhava em fazer, e poucos tinham a chance até mesmo de tentar. Uma linha de alta-costura era o máximo, o lugar onde a moda passava a ser arte, e não comércio. Depois de semanas de reuniões e análise da situação com Wendy e Nico, Victory tinha decidido que provavelmente valeria a pena assumir o risco. Seu raciocínio era que, se a B et C queria que ela fizesse uma linha de alta-costura, é porque precisava *dela*.

Ainda não tinha assinado os contratos, mas iria assiná-los, pensou, no final da semana, quando voltasse a Paris. Na quarta-feira de manhã iria para Florença, visitar as fábricas de tecidos que eram empresas familiares, tão exclusivas que um estilista sequer podia passar pela porta sem os contatos corretos, e na sexta de manhã estaria de volta a Paris. Nesse meio tempo, Pierre tinha insistido para eles irem de avião a Cannes para o fim de semana de abertura do festival de cinema. Ele ia dar uma festa em homenagem a ela em seu iate de trezentos pés, para onde ela estava indo agora, e onde, segundo esperava, ia finalmente chegar — se desse para passar por aquele engarrafamento danado.

Às margens da Croisette viam-se cartazes de 15 metros de comprimento anunciando vários filmes que estavam sendo apresentados no festival, e acima dela havia o cartaz do lançamento de verão de Wendy, um filme de aventura futurista chamado *Morra Devagar*. Ela imediatamente sentiu o peito inchar de orgulho da amiga. Wendy estava se dando tão bem — na carreira, pelo menos. *O Porco Malhado* tinha acabado de faturar dois Oscars, e Wendy teria curtido a festa demais se não tivesse ficado menstruada justamente na hora em que estava desfilando pelo tapete vermelho e tido de passar o resto da noite estufando a calcinha com papel higiênico. Nico e Victory acharam aquilo engraçadíssimo, e Wendy também teria achado, se não estivesse tão chateada com Shane. O que ele fez com ela era incompreensível, mas Wendy tinha enfrentado a situação admiravelmente bem. Estava com a filharada toda em sua suíte no Hotel Mercer, e depois de ver a situação, Victory achou que Wendy devia estar ficando doida. Mas ela nunca reclamava. Nem mesmo gritou quando Tyler derramou o suco no carpete de propósito, porque queria suco de oxicoco em vez de suco de laranja. "Ei, rapazinho, qual é o problema?" tinha perguntado Wendy a Tyler, abraçando-o. "Está com medo?" Tyler tinha confirmado, meneando a cabeça, e Wendy lhe disse que todos sentiam medo em algum momento, e era assim mesmo. Então limpou a mancha ela mesma e ligou para o serviço de quarto para pedir um suco de oxicoco.

— Me perdoe, Wendy — disse Victory, admirada —, mas eu teria gritado.

— Não, teria não — disse Wendy. — É diferente quando eles são seus próprios filhos.

Todos sempre diziam isso, e Victory achava que era verdade, pensou, olhando para o outdoor de Wendy outra vez. Mas mesmo assim não sentiu vontade de ter essa experiência.

De qualquer forma, Wendy chegaria a Cannes na terça de manhã para a estréia do filme naquela noite. Também ficaria hospedada no Hotel du Cap, e tinha combinado de ficar na suíte ao lado da suíte de Victory. Elas iam abrir a porta entre os quartos e passar dois dias fazendo a maior festa do pijama. Uma festa do pijama caríssima e requintada, que era, segundo Wendy, a única coisa pela qual esperava nas próximas semanas.

Elas iam se divertir demais, concordou Victory. Tirou o celular do bolso e digitou uma mensagem para Wendy: "Indo pra festa. Passndo seu outdoor Cannes. D+, D+, D+. Parabnz. Louca pra ver vc."

Ela apertou o botão para enviar a mensagem e assustou-se ao ouvir o som de alguém batendo no vidro da janela do Mercedes. Uma criança com roupas esfarrapadas — uma garotinha de cabelos louros que pendiam como cordões de cada lado de seu rostinho — estava batendo na janela com um buquê de rosas vermelhas. Victory olhou para ela com tristeza. Essas crianças abandonadas estavam em toda parte — nas ruas, nos restaurantes e lojas, tentando vender rosas aos turistas. Algumas não deviam ter mais de 5 ou 6 anos; era terrível. Durante o fim de semana inteiro, Victory ficou se perguntando que país era esse que permitia que as crianças vendessem coisas nas ruas, principalmente quando os cidadãos afirmavam adorar crianças. Era uma hipocrisia tipicamente francesa, pensou ela, abaixando o vidro. De fora vinha o som da música e uma festa ruidosa que estava acontecendo em algum lugar do outro lado da rua.

— *Voulez-vous acheter une rose?* — perguntou a garotinha. Olhou curiosa para o interior do carro, observando o vestido e o colar de Victory, um pendente de diamante de 15 quilates em formato de gota que Pierre tinha lhe emprestado para ela ir à festa naquela noite.

— *Absolutement. Merci* — disse Victory. Abriu a bolsinha minúscula, que continha quinhentos euros, seu cartão American Express, um batom e um pó compacto, e entregou uma nota de cem euros à garotinha.

— *Ah, madame* — exclamou a menininha. — *Vous êtes très gentile. Et très belle. Vous ètes une movie star?*

— *Non, une fashion designer* — disse Victory, com um sorriso. O carro avançou lentamente, e a menininha pendurou-se na janela, correndo ao lado do carro. — *Attendez. Le traffic* — gritou Victory, alarmada. A garotinha riu. Não tinha a maioria dos dentes da frente. E no instante seguinte já havia desaparecido na fila de carros atrás deles.

— Madame — disse o Sr. Hulot, sacudindo a cabeça. — Não devia fazer isso. Incentiva essa garotada. Agora eles vão cercar o carro feito pombos...

— São apenas crianças — disse Victory.

— Eles são... como se diz, uns pivetinhos. Passam a mão no carro todo, e o Sr. Berteuil não gosta.

Marcas de mãos?

— *Tant pis* — disse Victory. Se Pierre Berteuil não queria que ela ajudasse uma menininha, tanto pior. Ele não era dono dela, e só porque era rico não significava que tudo devia ser como ele queria, pensou, contrariada, lembrando-se que essas eram mais ou menos as mesmas palavras que ela havia usado duas semanas antes, quando tinha rompido com Lyne Bennett. Ah, Lyne, pensou, dando de ombros. Olhou pela janela outra vez, franzindo o cenho. Ele até que não era tão mau assim...

E por um momento, de repente desejou que ele estivesse ali, lhe fazendo companhia. Indo para sua grande festa. Teria sido bom.

De onde esses pensamentos tinham surgido?, pensou ela, rearrumando o conteúdo da bolsa. Mal tinha pensado no Lyne durante as últimas duas semanas. No minuto em que acabou o namoro com ele, Lyne tinha desaparecido da sua cabeça, o que certamente era um sinal de que ela havia agido corretamente. Mesmo assim, por que isso sempre acontecia com ela em relação aos homens? Quando conhecia um homem e começava a namorá-lo, no começo ficava sempre interessadíssima no relacionamento, achando que finalmente podia ter encontrado o cara certo — e depois começava a se entediar. Seria ela a única que acabava achando os homens e os relacionamentos meio chatos? Ou seria simplesmente o fato de que, em matéria de relacionamentos, ela era mais o protótipo do macho do que da fêmea? Mordiscou a unha, consternada. A verdade é que ultimamente ela andava achando aquilo tudo meio... preocupante.

Contudo, quem iria imaginar que Lyne Bennett ia terminar ficando no seu pé? Era um dos homens mais bem-sucedidos do planeta, mas no final ela tinha acabado por se perguntar por que ele não podia ser mais parecido com Nico ou Wendy, que também eram incrivelmente bem-sucedidas, mas sabiam como deixar as pessoas em paz, e deixá-las trabalhar. Desde que tinha fugido da casa de Lyne nas Bahamas para aquela reunião em Paris, Lyne andava ligando constantemente e aparecendo sem ser chamado no showroom dela, onde se sentava no escritório de Victory, lendo jornais e falando com seus parceiros de negócios ao celular.

— Lyne — tinha dito ela afinal, na terceira vez em que ele tinha decidido cair de pára-quedas às quatro da tarde. — Não tem outros lugares para ir? Outras pessoas para visitar? Não tem nada para *fazer?*

— Estou fazendo, benzinho — disse ele, mostrando seu Blackberry. — Escritório portátil, lembra? *Mod-tech,* a tal da tecnologia moderna. Ninguém mais vive atrelado a uma escrivaninha.

— Tecnologia moderna não é aquilo tudo que vivem dizendo por aí — disse Victory, lançando-lhe um olhar que indicava que gostaria que ele estivesse na escrivaninha dele.

— Ah, oi, Lyne — disse a Clare, assistente de Victory, com toda a naturalidade, entrando no escritório da estilista.

— Oi, mocinha — disse Lyne. — Como vão as coisas com o namorado novo?

Aquilo era muito estranho.

— Você e Lyne andam conversando muito ultimamente? — perguntou Victory a Clare depois.

— Ele gosta de um papo — disse Clare, dando de ombros. — Às vezes liga para perguntar de você, e quando você não está por aqui...

— Ele liga assim, à toa?

— É. Por que não? — perguntou Clare. — É um cara bonzinho. Pelo menos parece que está tentando parecer bonzinho.

— "Bonzinho" não é uma palavra que eu usaria para descrever Lyne Bennett.

— Ele é engraçado. Precisa admitir isso. É bem engraçado mesmo. E parece que é louco por você. Vive olhando para você, e quando você não está, pergunta constantemente como você vai.

Esquisito. Muito esquisito, pensou Victory.

E aí aconteceu o caso da artista hip hop, Venetia, que ia estrelar uma de suas campanhas de cosméticos. Lyne, Venetia e o grupo de quatro pessoas que a acompanhava apareceram no showroom de Victory sem aviso uma tarde. Normalmente, ela não teria se incomodado, mantendo a política de portas abertas na qual se entendia tacitamente que os clientes e amigos podiam aparecer sem aviso prévio. Sob circunstâncias normais, ela teria tido prazer em mostrar a coleção a Venetia e lhe emprestar o que ela quisesse. Mas naquela tarde, ela estava com Muffie Williams da B et C no escritório, algo quase inédito, e elas estavam debatendo acirradamente como seria a futura linha de primavera. Não podia pedir a Muffie que cedesse lugar a uma pessoa famosa, um ponto de honra que Lyne não pareceu entender.

— Mostre aquele vestido verde a Venetia, benzinho — insistiu Lyne. — Aquele, sabe, aquele que eu gosto...

Muffie ficou olhando Lyne fixamente, como se ele tivesse acabado de atropelar seu gato e, quando viu que Lyne não se mancava, ficou de pé e começou a juntar suas coisas.

— Vamos terminar nossa conversa outro dia, querida — disse Muffie a Victory.

— Desculpe, Muffie — disse Victory, desnorteada. Olhou furiosa para Lyne.

— Que foi? — perguntou ele. — O que eu fiz de errado? Será que não posso gostar do vestido?

— Como teve coragem de fazer isso? — perguntou Victory a ele depois. Estavam no banco de trás do SUV dele, elegantérrimos, indo para uma festa beneficente no Metropolitan Museum. — Eu estava em uma reunião com Muffie Williams, que por acaso é uma das mulheres mais importantes da indústria da moda...

— Epa, alto lá, eu só estava tentando ajudar. Achei que você ia gostar de mostrar umas coisas para Venetia. Ela vive aparecendo em toda parte. Pode ser até que use um de seus vestidos na entrega do Grammy...

— Ah, Lyne — disse ela, frustrada. — Não é isso. É que parece que você não respeita o que eu faço...

— Não respeito? — perguntou ele. — Adoro o que você faz, benzinho. Você é o máximo...

— E se eu aparecesse no seu escritório sem avisar? — indagou ela. Olhou pela janela, furiosa. — Sinto muito, Lyne, mas não quero que você apareça mais lá no showroom.

— Ah, já entendi — disse ele. — É por causa do dinheiro, não é?

— Dinheiro?

— É. Agora que vai ganhar 25 milhões de dólares, acha que não precisa mais de mim.

— Nunca precisei de você. Nem do seu dinheiro. Francamente, Lyne, seu dinheiro não é tão interessante assim.

— E o seu é? — disse Lyne, recusando-se a levá-la a sério. — Está querendo dizer que seu dinheiro é mais interessante que o meu dinheiro?

— Para mim, é mais interessante, sim — disse ela, emburrada. Remexeu-se no banco. — Está bem, você tem razão. É o dinheiro, sim. Não quero ficar com um homem que tem tanto dinheiro como você. Porque você só se importa com a sua vida, vive querendo me arrastar para o seu mundo, quando eu estou perfeitamente feliz com o mundo que fiz para mim.

— Ora, veja só — disse Lyne — não sei bem o que responder depois dessa.

— Escute — disse ela, tentando explicar. — É mais ou menos o seguinte: sua vida é como uma peça grandiosa da Broadway. E a minha é como uma pecinha alternativa, em um teatro menos badalado. Não é tão grandiosa, mas é minha pecinha, e é tão interessante quanto a sua. Tentarmos ficar juntos é o mesmo que tentar unir as duas peças. Só pode acontecer uma coisa no final: sua peça grandiosa vai engolir minha pecinha humilde. A peça grandiosa pode ser feliz, mas a pecinha vai passar a ser superinfeliz. A pecinha não seria mais capaz de se olhar no espelho...

— Pensei que você fosse estilista — disse Lyne, sorrindo, tentando fazer graça.

Ela sorriu sarcasticamente. Será que o cara não se mancava?

— Eu sei que sabe do que estou falando...

— O que estou ouvindo é que você parece pensar que sou alguma peça da Broadway. Você precisa dizer as coisas de um jeito bem objetivo para mim, benzinho. Sou um cara que não entende sutilezas, lembra?

E aí acariciou a mão dela, triunfante. A incapacidade de Lyne de perceber os sentimentos das outras pessoas era uma coisa que ela havia desprezado nele na semana anterior, e agora ele estava tentando dar uma de espertinho e virar a situação contra ela.

— O problema é: como posso ser uma mulher bem-sucedida quando estou com um homem ainda mais bem-sucedido? — perguntou ela. — Não posso. É como se meu sucesso não tivesse a menor importância.

— Então é por isso que está dizendo essas coisas todas? — perguntou Lyne com um sorriso malicioso. — Pensei que fosse só isso que vocês mulheres queriam na vida. Estar com um homem mais bem-sucedido que vocês. Não é esse o grande problema das mulheres nesses últimos vinte anos? Mulheres bem-sucedidas que não conseguem encontrar um homem porque não há homens suficientes mais bem-sucedidos que elas, e os poucos que existem não querem andar com elas? Não há aquele ressentimento todo porque a maioria dos caras bem-sucedidos querem mulheres boas e burras? Então, levando-se tudo em consideração, devia estar feliz, mocinha. Você tirou a sorte grande, e a sorte grande tem um nome: Lyne Bennett.

A garota do chefão!, pensou ela, olhando para ele ofendida.

— Esse seu raciocínio parece coisa do início dos anos 1990, Lyne. Não conheço nenhuma mulher bem-sucedida que pense assim. A maioria das mulheres bem-sucedidas que conheço querem estar com homens menos bem-sucedidos...

— Para poderem mandar e desmandar neles?

— Não. Porque não querem que eles mandem nelas. — Recostou-se no banco. — É um fato inevitável que a pessoa que tem mais dinheiro no casal tem o controle.

— Pode ser — disse Lyne —, mas se essas pessoas forem sinceras, nunca decepcionam o parceiro.

Ela olhou para ele, assustada. Apesar daquela gabolice toda dele, Lyne até que tinha seus momentos de sinceridade, de vez em quando. Talvez estivesse sendo muito severa com ele... Afinal, ele não tinha culpa de ser rico. Não era exatamente um defeito de personalidade.

— Estou entendendo o que está me dizendo — disse ele. — Quer que eu participe do seu mundo. Então, por que não me leva para aquela casa no campo da qual vive falando?

— Está bem, vou levar — disse ela. — Mas minha casa inteira é mais ou menos do tamanho da sua sala. Provavelmente menor.

— Está dizendo que sou esnobe? — perguntou Lyne, fingindo estar horrorizado.

— Estou dizendo que você provavelmente vai ficar de saco cheio. Não tem nada para fazer lá, nem se consegue encontrar um queijo que preste.

— Engraçado — disse ele, sacudindo a cabeça. — Eu não estava planejando ir por causa do queijo.

Levar Lyne para sua casa de campo era uma coisa que Victory estava torcendo para não acontecer. Seu chalezinho, que tinha pouco menos de 150 metros quadrados, era seu santuário em uma aldeia remota no norte de Connecticut que se gabava de ter padaria, correios, um armazém e um posto de gasolina. O lugar não era nem um pouco glamoroso; não havia festas para ir nem um restaurante decente num raio de quilômetros. Mas era disso que ela gostava. Quando ia para o campo, usava roupas velhas e óculos, e às vezes passava dias sem lavar o cabelo. Observava insetos e estudava os pássaros com um binóculo, consultando um guia de campo para ver se distinguia os vários tipos de pica-paus. A casa ficava no meio de um terreno de 3,5 hectares e tinha um laguinho e uma piscina pequena. À noite, ela escutava o canto rouco de acasalamento dos sapos. Dava a impressão de ser um lugar onde o tédio era insuportável, mas ela nunca se sentia entediada ali. Quem poderia, com toda aquela natureza ao redor? Mas será que Lyne Bennett entenderia isso? Não era provável. Ele viria com um daqueles suéteres de caxemira Etro de mil dólares e estragaria tudo.

Mas talvez, pensou ela, essa fosse a solução. Lyne veria a verdadeira Victory e não se interessaria mais por ela.

Lyne pediu ao Solavanco que os levasse até lá em uma noite de sexta, mas Victory recusou.

— Vamos no meu carro, e eu vou dirigir.

Lyne fez uma cara de ligeiro choque quando ela estacionou seu PT Cruiser diante do prédio dele, mas não disse nada; em vez disso, fez uma onda danada para afivelar o cinto de segurança e empurrou o banco para trás como se estivesse se preparando para a viagem que tinha pela frente.

— Devo deduzir que, se vender sua empresa, provavelmente vai comprar outro carro — disse, contrariado.

— Pensei nisso — disse ela, dando a seta e entrando no fluxo do tráfego. — Mas no fundo sou uma pessoa muito prática. Quero dizer, um carro, no fundo, é uma espécie de vaidade, não é? Não é investimento: deprecia-se assim que a gente sai da concessionária. Não dá para vender um carro pelo mesmo preço que a gente pagou, como se faz com jóias ou mobília, nem com tapetes.

— Minha pequena magnata — disse Lyne, agarrando-se no painel enquanto ela abria caminho no trânsito.

— Gosto de me interessar pelo que é importante.

— Todas as mulheres gostam, não gostam? É uma dessas regras chatas do comportamento feminino. Por que não se interessa pelo que é frívolo?

— É para isso que tenho você — disse ela.

Lyne estendeu o braço e começou a mexer nos botões do meio do console.

— O que está fazendo? — disse Victory.

— Só vendo se esse carro tem ar-condicionado.

— Tem, mas eu detesto. Mesmo que esteja mais de trinta graus lá fora, dirijo com a janela aberta. — E para provar o que dizia, abriu as janelas, fustigando o rosto de Lyne com ar morno.

* * *

O FIM DE SEMANA até que não foi um desastre total até a noite de sábado. Até ali, Lyne tinha se esforçado ao máximo para mostrar que ele também tinha um lado diferente, mais descontraído, mas pode ter sido também em parte devido ao fato de que o celular não pegava em um raio de quase cinqüenta quilômetros. Na manhã de sábado, eles foram a uma feira agropecuária local, e em vez de olhar os coelhos e galos, Lyne ficou olhando para o celular.

— Como pode o celular não funcionar aqui? — perguntou ele. — Já usei esse telefone em uma ilha bem isolada no litoral da Turquia, mas não consigo usar o aparelho no estado de Connecticut, no meu país? Onde já se viu?

— Querido, que coisa mais chata — disse Victory. — Reclamar da falta de conexão do celular. Tem de esquecer disso.

— Está bem — concordou Lyne. Então criou coragem e enfiou o dedo entre as barras da gaiola de um galo, levando uma bicada na mesma hora. — Credo — disse ele, sacudindo o dedo. — Que tipo de lugar é este? Não tem serviço de celular e os galináceos são agressivos.

— Vamos ver a competição de tratores — convidou Victory.

— Com estes sapatos? — perguntou ele, erguendo um pé. Estava com sapatos italianos caríssimos.

— Ei, cuidado aí — gritou uma mulher de vestido elegante, sentada em cima de um cavalo. Lyne pulou para o lado, pisando em algum tipo de estrume, que Victory imediatamente presumiu ter sido produzido por uma vaca. Lyne sorriu, com espírito esportivo, olhando para o sapato só de 15 em 15 segundos.

SELVA DE BATOM

— E agora, vem aí John no trator de jardim de cinco cavalos, na sua "premera" tentativa de puxar duzentos "quilo" — anunciou o locutor no alto-falante.

— Adoro ver essas coisas, e você? — perguntou Victory.

Ela olhou para Lyne para ver se ele concordava, mas parecia ter desaparecido de repente. Que peste, esse homem, pensou Victory. Era igual àquelas crianças que vivem desaparecendo e se perdendo. Ela cruzou os braços. Não ia procurá-lo. Ele já era grandinho e ela não era sua mãe.

Ficou assistindo ao concurso de tratores, a irritação e o pânico com o que teria acontecido com ele aumentando a cada minuto. E aí ouviu o locutor anunciando:

— Está aqui Line, ou Lynn, sei lá, "num" dá pra saber bem como pronunciar o nome desse camarada, na sua "premera" tentativa de puxar duzentos "quilo"...

Não podia ser. Mas era. Lyne estava sentado em cima de um trator, fazendo o motor raspar enquanto tentava fazê-lo correr sobre a pista lamacenta. Conseguiu chegar à linha de chegada, e ela aplaudiu, pensando que ele era tão competitivo que não conseguia deixar de entrar em qualquer tipo de competição.

Lyne conseguiu chegar às semifinais, mas foi eliminado quando já estava puxando quatrocentos quilos porque começou a sair fumaça do motor do seu trator.

— Viu só aquilo, benzinho? — disse, ofegante, cheio de si. — Eu mostrei pra esses fazendeiros daqui que eu também posso, né?

— Onde foi que conseguiu o trator? — indagou ela.

— Comprei de um fazendeiro aí por dez mil dólares.

— E depois, o que pretende fazer com ele?

— O que acha? — disse Lyne. — Devolvi o trator ao homem. Ele é meu mais novo melhor amigo. Disse a ele que da próxima vez que eu estiver aqui vou à fazenda dele para andar no trator.

Naquela noite ela fez frango assado para o jantar. Lyne não conseguia parar de falar na competição de tratores e de como tinha conseguido eliminar alguns dos fazendeiros locais. Ela achou aquilo engraçado até começar a fazer o molho. Lyne, ainda entusiasmado com seu desempenho na competição de tratores, insistiu em meter o bedelho naquilo, alegando que conhecia uma receita maravilhosa de molho, que sua mãe tinha lhe ensinado. Acrescentou vinho tinto, depois molho inglês. De repente, Victory sentiu que já era demais. Gritou com ele e, por um instante, ele ficou ali parado, meio aturdido. Depois jogou a colher na pia.

— Como se atreve a fazer isso? — disse Victory, pegando a colher ofensora. Agitou-a na cara dele. — Não pode se comportar assim na *minha casa*.

— Então tá — disse ele. — Parece que você quer mesmo é ficar sozinha, portanto é melhor eu ir embora. Vou ligar para o Solavanco vir me pegar.

— Talvez seja uma boa idéia.

Solavanco demorou duas horas e meia para chegar lá; e enquanto isso eles mal trocaram uma palavra. Ela tentou comer o frango, mas estava seco e ficou preso em sua garganta. Esse era o momento em que eles deviam ter feito as pazes, quando um deles devia ter se desculpado, mas parecia que nenhum dos dois quis se esforçar para isso.

— Provavelmente é melhor assim — disse ela a Lyne, quando ele saiu.

— Como queira — disse ele, em voz fria. Tinha voltado a se esconder na sua concha de bilionário indiferente.

— Você se separou dele por causa de um molho? — perguntou Wendy ao telefone.

— São sempre as pequenas coisas, não são? — respondeu Victory. Ela olhou em torno de si, para sua casinha. Devia tê-la achado agradavelmente tranqüila e silenciosa, agora que a ordem havia sido restaurada, mas em vez disso, ela lhe parecia vazia e deprimente. — Ai, Wendy, eu não presto mesmo — disse ela. — Agi como uma verdadeira babaca. Não sei o que me deu. Entrei em pânico. Simplesmente não agüentei vê-lo no meu espaço...

— Então por que não liga para ele?

— Acho que não devia. Agora é tarde demais, tenho certeza que ele nunca vai me perdoar. Ou então pensa que sou louca. E lhe dei um bom motivo para pensar assim.

Mesmo assim, ela ainda achava que Lyne ia acabar telefonando para ela. Nas outras vezes, ele sempre telefonava. Mas desta vez não telefonou. Dois dias se passaram, depois quatro. E a essa altura ela já havia resolvido esquecê-lo. Não tinha importância.

Mesmo assim aquilo a assustou — sua capacidade assustadora de se dissociar imediatamente de um homem e de seus sentimentos por ele. Longe dos olhos, longe do coração. Era fácil mesmo.

Será que outras mulheres se sentiam da mesma maneira? Wendy não, nem Nico. Mesmo que Nico estivesse tendo um caso, ainda "amava" Seymour. Mas algo acontecia com a mulher quando ela possuía vários relacionamentos, significando também vários rompimentos. A princípio, era uma mágoa insuportável, e a pessoa pensava que jamais ia conseguir superar. Mas depois a mulher aprendia a ser circunspecta. A mágoa passava a ser só porque o cara tinha acabado com a ilusão do relacionamento. Passava a entender que sentimentos feridos eram só uma questão de orgulho, aquela idéia antiga de que todo homem com o qual a mulher está deve amá-la, que a vida lhe devia isso. Mas o amor não era um direito humano inalienável, e algumas mulheres provavelmente passavam a vida inteira sem ter sequer um homem que realmente as amasse. Alguns homens também! E ela era provavelmente uma dessas pessoas. Era uma verdade que ela precisava aceitar, pensou, decidida, por mais que doesse. Ninguém nunca disse que a vida é mole. Ela podia enfrentá-la; ia continuar lutando. E além disso, tinha sua carreira.

Olhou pela janela do Mercedes outra vez. O carro parecia ter avançado mais um quarteirão e, por fim, o Sr. Hulot estava dando a seta à esquerda para entrar na marina. Pronto, pensou. A festa era um reconhecimento dela e de seus talentos, de tudo que tinha batalhado para conseguir.

O carro deslocou-se lentamente por uma pista de cimento, parando no fim dela, diante de um iate branco lustroso, no qual cintilavam luzinhas brancas minúsculas. Dois homens robustos com trajes de marinheiro, segurando pranchetas, estavam postados no final da prancha. Ao lado, escondia-se um grupo de seguranças com walkie-talkies, e na frente via-se um bando de paparazzi, contido por uma barricada cor de laranja da polícia. Os flashes eram quase enceguecedores, e em meio àqueles clarões, Victory reconheceu um famoso casal de atores de cinema, de mãos dadas, acenando profissionalmente.

Victory saiu do carro, abaixando-se para erguer um pouco a bainha do vestido. De repente, a atenção dos paparazzi voltou-se para ela, e ela sorriu, parando para posar para os fotógrafos, alguns dos quais ela conhecia de Nova York.

— Ei, Victory — gritou um deles. — Cadê o Lyne?

Ela encolheu os ombros.

— Ouvi dizer que ele está em Cannes... — gritou outro.

— O iate dele está aqui — disse outro.

Lyne, aqui? Em Cannes? O coração dela quase saiu pela boca. Não, pensou, não podia ser. E mesmo se estivesse, provavelmente estava com alguma outra pessoa... e também, não tinha mais importância. Se ao menos ela conseguisse ser um pouco mais bem-sucedida, pensou, ao subir ao iate pela prancha e parar outra vez para posar para os fotógrafos, que ficavam lhe suplicando para virar-se. Talvez, se trabalhasse com mais afinco e ganhasse mais dinheiro ainda, e sua empresa ficasse ainda maior, pensou... Talvez então conseguisse encontrar um homem que realmente a amasse.

* * *

— WENDY? — EXCLAMOU Selden Rose. — É você, Wendy?

Quem mais ele pensava que podia ser?, pensou Wendy, meio irritada. Tinha visto Selden pelo canto do olho quando veio para baixo falar com o gerente para conseguir outro quarto para Gwyneth. Estava torcendo para conseguir evitá-lo, mas ele tinha erguido o olhar do jornal de repente, e o rosto tinha se iluminado diante daquela surpresa agradável. Agora, não dava mais para fingir que não o tinha visto. Ia precisar cumprimentá-lo. Se não fizesse isso, ele ia começar a dizer a todo mundo que ela havia fingido que não o conhecia.

— Oi, Selden — disse, aproximando-se da mesa. Mas que diabos ele estava fazendo no bar do saguão do Hotel Mercer às nove da manhã de um domingo, e bebendo, ainda por cima, pensou, vendo na frente dele o copo, que parecia conter um bloody mary? E com um raminho de aipo, uma fatia de limão, três azeitonas e um canudo aparecendo em cima?

Selden Rose bebia bloody maries de canudinho?, pensou Wendy, maliciosa. Quantos anos ele tinha? Doze?

Ele ficou de pé. Apesar do canudinho, Selden em si parecia perigosamente atraente, com seus cabelos castanhos compridos e óculos de leitura. De aro de tartaruga. Lindo de morrer.

— Quer tomar um drinque? Ou um café com leite? — ofereceu. — Parece que precisa de um.

Ela imediatamente endireitou as costas.

— Estou parecendo assim tão abatida? — perguntou.

— Não, Wendy, de jeito nenhum...

— Deixe eu explicar uma coisa, Selden — avisou ela. — Se quer conselho sobre como tratar as mulheres, especialmente as mulheres como eu, nunca deve nos dizer que precisamos de um drinque, de plástica nos seios nem de uma porcaria de um café com leite.

— Eu, hein, Wendy — disse ele, surpreso diante da agressão. — Não tive a intenção... Você está fabulosa, como sempre...

— Fabulosa? — perguntou ela, ligeiramente indignada.

— E definitivamente não precisa de plástica. Quero dizer... — disse ele, ficando sem palavras diante do olhar furioso dela. — Eu só disse que precisava de um café na esperança de que se sentasse e tomasse um comigo.

E aí puxou uma cadeira.

Wendy olhou a cadeira, desconfiada. Ah, que se dane, pensou, jogando os cabelos sobre o ombro. Não tinha mais nada para fazer mesmo. Sentou-se.

— E aí, como vai você, Selden?

— Vou muito bem...

— Todos em Nova York e Los Angeles, principalmente no nosso ramo, sempre estão bem. Já notou isso?

— Bom, eu...

— Não fica incomodado com isso, Selden? Não acha... suspeito?

— Se encarar dessa forma... — começou.

— Encaro, sim.

Selden brincou com o canudo.

— Você devia estar ótima, Wendy. *O Porco Malhado* ganhou dois Oscars.

— Mas não de Melhor Filme.

— É uma comédia, Wendy — disse Selden, em tom paciente. — A última comédia que ganhou Oscar de melhor filme foi *Conduzindo Miss Daisy*. No fim da década de 1980. Sabe como é.

— Sei, sim — disse ela, cortante. Depois se controlou. Por que estava agindo de maneira tão agressiva com Selden? Veja só esse homem, pensou, pegando o guardanapo. Com aquele rosto meigo e os cabelos meio compridos, parecia mais um professor de faculdade do que um executivo do mundo do cinema, o que podia ser uma tentativa proposital da parte dele de confundir seus colegas de trabalho, escondendo sua verdadeira personalidade. Por outro lado, também podia ser que Selden Rose fosse simplesmente igual a todo mundo, e quisesse parecer mais jovem. Ela mal podia crer que, um ano antes, ela o achava assustador. Mas talvez, quando seus piores medos se realizavam, isso deixasse tudo mais claro.

Preciso ligar para Nico e falar que encontrei Selden, pensou.

— O que está fazendo aqui? — perguntou ela, tentando sorrir.

— Moro ali na esquina. Venho aqui toda manhã de domingo para tomar o café-da-manhã — disse ele. — Não me incomodo de ficar

SELVA DE BATOM   435

sozinho, a não ser nas manhãs de domingo. Não tem nada mais deprimente do que fazer ovos com bacon só para a gente. — Sorriu com
meiguice, enquanto Wendy olhava os cabelos dele de novo. Como
ele tinha conseguido alisá-los tão bem? Torceu para ele não estar
usando chapinha.

— Tenho certeza de que não teria problema em encontrar uma
namorada, se quisesse, Selden — disse ela, com firmeza, não se deixando levar por aquele papo de solteirão solitário dele. — É um cara
de sucesso, não tem filhos, é... — hesitou, antes de terminar —
atraente.

— Acha mesmo? — perguntou ele, parecendo ficar genuinamente surpreso com o elogio. Entregou a ela o cardápio. — Devia experimentar o suflê de queijo. É muito bom. Como eu estava dizendo, não
é tão fácil — disse, com naturalidade, recostando-se no espaldar da
cadeira.

Wendy meneou a cabeça, concordando, e olhou o cardápio.

— O suflê ou o namoro? — perguntou ela, torcendo para que fosse o suflê. — Não é cedo demais, assim logo de manhãzinha, para
falar sobre relacionamento homem-mulher? — disse ela, devolven-
do o cardápio a ele.

— Tem razão — disse ele. — Vamos falar de você. O que está fazendo aqui, aliás? — perguntou, inocentemente. — Não mora mais
para o norte da cidade?

— Agora estamos falando de relacionamentos homem-mulher de
novo.

— Ah, estamos?

— Agora eu moro aqui. Só isso — disse. Olhou em volta, incomodada, sentindo uma ligeira excitação sexual. Por algum motivo
esquisito, estava se sentindo atraída por Selden Rose. E simplesmente
não tinha como evitar. Cruzou as pernas, girando um pé para o ângu-
lo oposto, como se o gesto pudesse conter seu desejo inadequado.

— Mesmo? — perguntou Selden. Será que havia uma certa ânsia
em sua voz? Ou estaria ela imaginando coisas? E como se tentasse

controlar seus próprios sentimentos, ele franziu a testa. — Então não deu certo mesmo com o seu marido.

— Não. — Ela sacudiu a cabeça. — Acho que você tinha razão o tempo inteiro. Você disse que depois que alguém trai a gente, vai voltar a trair.

— Puxa, Wendy, que chato, se isso a deixa infeliz. — Ele fez uma pausa, depois disse a coisa mais assombrosa do mundo. — Mas até que, para mim, foi bom.

Ela olhou para ele, chocada. Será que tinha mesmo dito isso? Corou, sentindo uma súbita vertigem. Não podia ser que estivesse mesmo dizendo o que tinha acabado de dizer. Era melhor fingir que não tinha ouvido...

— Eu quero dizer... — continuou ele. — Você provavelmente não ia querer, mas eu estive pensando que talvez a gente pudesse jantar juntos um dia desses.

— Está querendo dizer...?

— Estou querendo marcar um encontro mesmo, como casal — disse Selden, criando coragem. — Acho que ainda falam assim. Embora pareça meio estranho... gente da nossa idade ainda marca encontros?

— *Nós?* — perguntou ela, horrorizada. Não teve a intenção de falar daquela maneira, mas ficou tão surpresa que nem soube o que estava dizendo. Quando tinha sido a última vez que um homem a convidara para um encontro?, pensou. Será que tinha acontecido alguma vez na sua vida?

— Se não quiser, eu entendo — disse Selden. — Sabe, porque a gente trabalha juntos...

Se eles saíssem juntos, será que também iriam trepar?, perguntou-se ela, a idéia lhe causando mais uma onda de tesão. Mas não, isso viria depois. Não se devia trepar com as pessoas no primeiro encontro.

Sentiu-se meio tonta.

— Ah, não, Selden, imagine — respondeu, tentando tranqüilizá-lo. — Quero dizer, claro. Adoraria sair para jantar com você, com muito prazer. Acho que agora posso. Não fico com os meus filhos todo dia.

— Ah, não? — indagou ele.

Ela deu de ombros, querendo mudar rápido de assunto. Uma coisa era concordar em jantar com ele, outra era lhe contar sobre sua situação ridícula.

— Você tem filhos? — perguntou ela.

— Queria... — disse ele, parecendo meio frustrado —, mas não posso.

— Não pode? — perguntou Wendy, meio espantada.

— Minha primeira mulher e eu tentamos. Fizemos todos os testes, e descobriram que o problema era meu. Ela não aceitou bem isso. Me traiu, e eu descobri, e depois eu a traí.

Wendy ficou boquiaberta.

— Mas que coisa horrível.

— Foi uma coisa super constrangedora — disse Selden. — E aí minha segunda mulher... Bom, digamos que casei com alguém que era completamente diferente da minha primeira esposa. Não ficamos casados tempo suficiente para eu descobrir se ela queria filhos ou não, mas tenho certeza que não queria. De qualquer forma, eu não tinha dinheiro que bastasse para ela.

— Ainda existem mulheres assim? — perguntou Wendy, horrorizada.

— Existem — respondeu Selden, afastando os cabelos da testa. — Mas essa foi culpa minha. Burrice minha. Era uma supermodelo, e eu me deixei levar pela vaidade, em vez de ouvir a voz da razão.

— Pelo menos você analisou a situação — disse Wendy, incentivando-o, aliviada por estarem falando da vida dele, não dos problemas dela nem de seu encontro futuro. — A maioria dos homens ainda acha que, se conseguir casar com uma "top", isso vai resolver todos os seus problemas.

— É aí que começam os problemas — disse Selden, enigmático. Wendy concordou e recostou-se na cadeira, impressionada. Nada fazia uma mulher se sentir melhor do que um homem que tinha andado com uma supermodelo... e rejeitado a mulher! Havia nisso algo de muito consolador. Significava que esse homem tinha seus valores no lugar. Examinou o rosto dele por um momento. Será que Selden era mesmo correto assim? Ou estaria ela cometendo um erro, e toda essa... coisa... era apenas parte de um esquema... para chegar aonde?, perguntou-se. Se ele estava tentando levá-la para a cama, será que isso era tão ruim assim?

— O que vai fazer agora? — perguntou ele de repente. — Eu ia sair para passear pelo Soho. Quer vir comigo?

— Por que não? — disse Wendy, de repente achando a idéia de passear pelo Soho com Selden Rose uma forma fantástica de passar a manhã. Pelo menos não estaria sozinha.

Selden pagou a conta e eles se levantaram.

— Ei — disse ele —, esqueci de perguntar. Por que está hospedada aqui no Mercer? Não era seu marido que devia estar aqui?

Wendy de repente voltou a se sentir jogada às baratas, lembrando-se de sua conversa com Tessa Hope no dia anterior.

— Devia, mas é uma situação meio fora do comum. Precisei dar o apartamento para meu marido.

— Cruzes, Wendy — disse Selden. — Você passou mesmo o pão que o diabo amassou. — Ele segurou a porta aberta para ela passar.

— Se precisar de um apartamento, talvez eu possa ajudá-la. Posso lhe indicar um corretor excelente.

— Obrigada — disse ela. — Talvez eu peça para você me dar uma mãozinha. — E saindo, ela pensou em como Selden era educado, e como era fácil estar com um homem bonzinho, para variar. Bonzinho!, pensou. Quem teria imaginado que essa seria a qualidade que ela ia terminar querendo que um homem tivesse, antes de mais nada!

* * *

TRÊS HORAS DEPOIS, ela e Selden estavam subindo pelo elevador de carga para o apartamento dele, depois de passearem até o rio Hudson e voltarem. Pela primeira vez em semanas ela havia conseguido se divertir um pouco, até se esquecendo de Shane e suas exigências assustadoras. Era tão estranho e excitante passear no domingo com um homem que não era seu marido, e agir como casal, entrando em várias lojas e parando para tomar mais um café. Tinha comprado um vestido para Chloe, um dinossauro de pelúcia para Tyler, que Selden escolheu, e um casaco para Magda, e durante o tempo todo eles tinham conversado sem parar, como se ambos soubessem que, quando parassem de falar, finalmente teriam de se separar. Quando chegaram à West Broadway de novo, Wendy tinha olhado para o chão, sem querer se separar de Selden, mas sem saber que outra alternativa teria, e ele tinha dito:

— Quer conhecer meu loft? Posso lhe dar o número do meu corretor.

— Seria ótimo — disse ela, aliviada, subitamente feliz de novo.

— Mas devo avisá-la que não sou bom decorador...

— Nem eu — disse ela, olhando-o de relance. Ele estava retribuindo seu olhar, e ambos desviaram os olhos depressa, envergonhados. Tudo que precisavam saber estava naquele olhar, pensou ela. Dizia "Quero trepar com você agora, e espero que você também queira trepar comigo". Fazia anos que não trocava olhares desse tipo, desde que era solteira. Mais de 15 anos atrás! Engraçado como voltava tudo: a boca seca, a sensação de que tudo pulava por dentro, como se tivesse molas. O medo e a excitação de explorar um território desconhecido. Um corpo diferente, um pênis diferente, e a esperança de que o sexo não decepcionasse...

Ela fechou a cara.

— Alguma coisa errada? — perguntou Selden.

— Ah, não — disse ela. — Tudo bem.

— Não está preocupada com seus filhos, está? — perguntou ele.

A subida no elevador parecia interminável. Era um desses elevadores velhos: levava uma eternidade para chegar.

— Vivo preocupada — disse ela. — Mas eles estão bem. Shane só vai trazê-los de volta às cinco horas. — Agora tinha falado, pensou, afastando-se um passo de Selden. Tinha praticamente anunciado que as próximas quatro horas estavam livres para trepar com o cara.

— O que Shane faz com eles o dia inteiro? — indagou Selden.

— Leva-os para os estábulos... minha filha mais velha tem um pônei... e para o parque, e em geral para uma festa de aniversário de alguma outra criança.

— Ele consegue cuidar dos filhos todos assim sozinho? — perguntou Selden.

Wendy confirmou com a cabeça.

— Ele é horrível como marido, mas é bom pai. Infelizmente.

A porta do elevador se abriu e eles saíram, pisando em um saguão espaçoso com uma parede de vidro construída de blocos verdes. Havia um tapete persa no chão.

— Bonito — elogiou Wendy, cautelosamente.

— Ainda não viu nada — disse ele, empurrando uma porta oculta no vidro, que revelou um espaço vazio imenso. O loft de Selden era muito maior que o dela: a sala e a cozinha provavelmente ocupavam uma área de mais de duzentos metros quadrados. Mas ele não tinha mentido; não era bom decorador. No meio da sala havia uma mesa comprida de madeira com oito cadeiras; ao longo de uma parede com uma fileira de janelas, via-se apenas um sofá com uma mesa de centro de vidro em frente a ele. E só. Wendy não sabia o que dizer.

— É tão...

— Solitário, né? — disse Selden, indo para a cozinha. — Vivo dizendo a mim mesmo que vou comprar uns móveis, pelo menos contratar um decorador. Mas sabe como é. A gente fica ocupado e adia as coisas, e depois, quando abre o olho, já se passaram dois anos.

— Você pelo menos tem cama? — perguntou Wendy.

— Ah, isso eu tenho. E uma tevê dessas de tela grande. No quarto. Assisto a todos os meus programas na cama.

Ela o seguiu até a cozinha, seus passos ecoando no piso de madeira despojado. Nunca podia ter imaginado que Selden Rose — um executivo agressivo do ramo do entretenimento, todo-poderoso — vivesse assim. Mas nunca se conhecia as pessoas de verdade, a menos que realmente se convivesse com elas, pensou. Provavelmente era um risco grande para ele, permitir que visse seu apartamento. Devia confiar nela o suficiente para pensar que não ia contar tudo sobre seu apartamento assim meio vazio na Splatch-Verner. Teve uma visão súbita de Selden deitado na cama sozinho, assistindo aos *dailies* de seus vários programas de tevê. Havia algo de profundamente vulnerável e triste nisso, pensou. Mas também era algo que ela era capaz de entender.

— Tenho uma garrafa de champanhe gelada — gritou ele para ela, abrindo a porta da geladeira. — É Cristal. Victor me deu no ano passado.

— E ainda não a bebeu? — perguntou ela, aproximando-se dele pelas costas.

— Acho que estava guardando para uma ocasião especial — disse ele, virando-se com a garrafa na mão, de modo que eles quase esbarraram um no outro.

— Desculpe — disse Wendy.

— Pois eu não vou pedir desculpas. Wendy, eu... — E não conseguiu terminar a frase, porque se curvou de repente e começou a beijá-la.

Foi um desses momentos grandiosos da vida, e de repente eles já estavam se agarrando, Selden parando apenas para colocar a garrafa sobre a mesa. Ainda se beijando, começaram a se despir, e Selden a levou para a sala de estar, deitando-a sobre o sofá.

— Meus seios — sussurrou ela. — Minha barriga. Eu tive três filhos...

— Não me importo — disse ele, todo assanhado.

Eles ainda estavam trepando uma hora depois, quando o telefone dela tocou, a campainha irritante ampliada naquele espaço imenso.

— Meu telefone... — disse.

— Precisa atender? — perguntou ele.

— Não sei...

O telefone parou de tocar e, alguns segundos depois, o indicador de mensagens bipou.

— É melhor você ver o que é — disse Selden, rolando para sair de cima dela. — Não precisa ficar nervosa.

Ela saiu da cama dele, onde tinham acabado por se deitar, e andou nua até a sala de estar, onde tinha deixado a bolsa na mesa. Revirou tudo que havia dentro até achar o telefone celular.

— Mãe, onde você está? — reclamou Magda, em um sussurro acusador, meio rouco, que imediatamente deixou Wendy apavorada. — Cadê você? — tornou a perguntar a filha. — Estamos cobertos de bolinhas. E ficamos todos doentes...

* * *

UM RAIO DE SOL horrivelmente brilhante, atravessando as portas envidraçadas, passou pela cama e bateu no rosto de Victory, fazendo-a abrir os olhos, assustada.

Sentou-se e imediatamente voltou a se deitar, gemendo baixinho. Sua cabeça parecia um bloco de cimento que tinha sido espremido por um torno.

Ah, essa não. Será que ainda estava de porre?

E por que as venezianas estavam abertas?

Hummmm. Ela devia tê-las aberto quando voltou para o quarto na noite passada. Agora, que estava pensando nisso, lembrava de ter ido à sacada, olhado o mar, a lua brilhando muito branca na água com pequenas ondas refletindo a luz como centelhas. Mas parecia se lembrar mais da seguinte frase:

— Aqui não é melhor que nos Hamptons, sabe? Mas os franceses gostam de esnobar dizendo isso. — Agora, vamos ver, para quem tinha dito isso? Não tinha sido para Pierre... Talvez para Lyne Bennett?

Será que tinha falado com Lyne na noite anterior? Estava se lembrando do rosto dele... outros rostos em volta do dele... como se estivesse encontrando o rosto de alguém em uma foto do álbum do colegial, no meio do coral. Ela o visualizou vestido de smoking, se divertindo a valer.

Sentou-se de repente, bem aprumada. Não era Lyne. Era aquele ator, pensou. O ator de cinema francês que tinha conhecido... no hotel, tarde da noite... Era maravilhoso os franceses terem seus próprios atores e atrizes de cinema, pensou. Esse tinha um nariz bem grande, embora parecesse ser bem jovem. Esperava que ele não tivesse terminado no quarto dela. Isso já tinha acontecido antes, quando ela havia acordado e descoberto gente dormindo nas cadeiras ou no chão, e uma vez até achou um homem dormindo na banheira. Mas tinha sido em Los Angeles, onde, pelo jeito, esse tipo de coisa acontecia o tempo todo.

Engatinhou até os pés da cama e examinou o quarto. Não parecia conter nenhuma presença estranha, e ela se ajoelhou e depois sentou-se sobre os calcanhares, aliviada. Mesmo assim, parecia haver um sentimento estranhamente desagradável associado ao rapazinho. Teria ela tido relações com ele? Ou possivelmente ofendido o homem? Parecia lembrar-se de ter falado do nariz dele, e como era maior do que a média, e como ele teria de fazer plástica se fosse ator americano. Será que tinha sido essa a fonte daquele sentimento de culpa doentio? Mas não era provável que um francês se sentisse ofendido por comentários sobre seu nariz. Os franceses tendiam a se orgulhar de seus narigões, alegando que tinham todos os tipos de usos interessantes para eles, que os americanos não conseguiriam entender.

Hummm, pensou ela. Precisava tomar café. Um café ia ajudá-la a pensar.

Pegou o telefone.

— *Café au lait, s'il vous plait?* — pediu.

— Bom dia, madame. Sinto muito, mas o serrrviço de quarrrto vai demorrrar uma horrra.

— *Une heure?* — perguntou ela, surpresa. — Para uma xícara de café?

— Sim, madame. Estamos ocupadíssimos esta manhã.

— Que tipo de hotel é este? — perguntou, desesperada. — Não tem tantos quartos assim...

— O restaurrrante é *trés bon*, madame. *Trés agréable*. Vista parrra o marrr.

— Vista para o mar eu tenho — disse ela, com um suspiro de aborrecimento. — E será que pode dizer a todos para pararem de me chamar de madame? Eu não sou casada. — Desligou e sentou-se furiosa na cama. Por dois mil dólares a diária, era de se esperar que a pessoa pudesse pedir ao serviço de quarto para trazer uma xícara de café de manhã!

Ai, droga... Sua cabeça. Ela realmente não estava se sentindo muito bem, e por um bom motivo. Primeiro, houve a tal festa no iate de Pierre, onde ela certamente tinha tomado todas e ficado de porre de tanto champanhe (aliás, como todo mundo), porque era preciso comemorar muito. E aí, tinha voltado ao hotel e bebido ainda mais, porque de repente não havia mais nada para comemorar...

Epa. Aquela cena no iate lhe voltou à memória. Ela viu uma súbita e desencorajadora imagem de Pierre Berteuil com o rosto contorcido em uma expressão crispada de raiva. O que ela podia ter dito para enfurecê-lo assim? Mas talvez ele não estivesse zangado com ela. Talvez com alguma outra pessoa. Estava começando a perceber que Pierre era um desses ricaços que tinham ataques de piti. Sem dúvida estava com uma ressaca tão grande quanto a dela; provavelmente também nem se lembrava muito do que tinha acontecido.

A campainha tocou, e ela deu um pulo, engatinhando para descer da cama e atender à porta. Talvez fosse o serviço de quarto, afinal. Ela abriu a porta, quase podendo sentir o gosto do café, mas era só uma arrumadeira, segurando os jornais e um monte de toalhas e fazendo cara de desaprovação.

SELVA DE BATOM   445

— Madame — disse ela, fungando e entregando os jornais a Victory.

E agora, qual era o problema?, pensou Victory. Essas velhas francesas eram todas muito estranhas. A arrumadeira foi ao banheiro e começou a abrir as torneiras, fazendo muito barulho. Victory voltou à cama e começou a dar uma olhada nos jornais. Na França, os estilistas eram tão famosos quanto os artistas de cinema, e os jornais haviam coberto fielmente a festa para Victory no iate de Pierre, entrando nos mínimos detalhes, até passar a idéia geral de decadência glamorosa. Robbie Williams tinha se apresentado (mas só cantou duas canções, e nenhuma delas era sucesso), os convidados tomaram Dom Perignon e comeram caviar de beluga (essa parte era verdade), e Jenny Cadine tinha aparecido (mas saído depois de meia hora, dizendo estar cansada) e os príncipes William e Harry também (que deviam estar estudando!, pensou Victory). "Viva La Victory!", anunciava a manchete de uma matéria, acima de uma foto dela dançando sobre uma mesa.

Ah, meu Deus, pensou ela, examinando a foto mais de perto. Estava com um dos pés erguido bem alto, e parecia ter perdido um sapato. Não admira que a arrumadeira tivesse feito cara de desaprovação. Não era lá muito profissional dançar em cima de uma mesa sem sapato. Mas alguém precisava fazer isso... e do que ela pôde deduzir, com seu francês básico, a festa parecia ter sido um sucesso estrondoso. Talvez não precisasse se preocupar com nada.

Mas aí, a expressão furiosa de Pierre voltou a incomodá-la, como se fosse um clipe. A popa do iate tinha sido transformada em discoteca, até com uma luz negra piscando, e ela se lembrava de Pierre passar engatinhando, furioso, por cima de uma almofada de couro de bezerro para se retirar, iluminado por flashes fotográficos. Francamente, pensou ela. Pierre era bonitão, mas não quando estava zangado. Seu rosto se enrugava como uma batata que passou do ponto no forno. Talvez alguém tivesse de recordá-lo disso, pensou.

Sua cabeça estava começando a latejar. Não tinha outra escolha: precisava ir ao restaurante, que tinha fama de arrancar o couro dos clientes — eles eram capazes de cobrar uns vinte dólares apenas por uma xícara de café. Foi meio cambaleante até o armário, de onde tirou uma túnica e um par de sandálias. Foi até o banheiro para escovar os dentes, sorrindo diretamente para a arrumadeira até ela entender e sair. Depois se olhou no espelho. A máscara que ela usava para dormir tinha subido até o alto da cabeça, como uma lagarta, e agora seus cabelos estavam todos de pé, como uma peruca de Dia das Bruxas.

Ela o molhou, mas ele voltou a se empinar. Voltou para o quarto e viu uma estola comprida de seda branca com franjas nas pontas sobre a poltrona. De quem era isso? Obviamente de um homem... uma dessas estolas que os homens usam com os smokings. Pegou-a e pensou ter detectado um cheiro distante de colônia francesa. Olhou-se no espelho e franziu a testa, enrolando a estola em volta da cabeça. O importante é que o homem misterioso tinha tido o bom-senso de sair antes de ela acordar, para não causar mais constrangimentos aos dois.

Ela olhou em volta e viu uns óculos escuros grandes sobre a mesa. Também não eram dela. Ela os colocou no rosto, olhando para o sol pela janela, e depois saiu. Ora, pensou, descendo cuidadosamente as escadas até o primeiro andar, quaisquer que fossem as mancadas da noite anterior, pelo menos o dia estava lindo. Era domingo, e ela não tinha nada planejado — talvez ficasse apenas sentada à beira da piscina. Certamente ia esbarrar em alguns conhecidos, e podia ser que um deles a convidasse para o almoço. Cobriu as orelhas com as mãos. Esses degraus de mármore eram mesmo muito barulhentos; alguém devia se lembrar de revesti-los com carpete. O som de seus sapatos batendo no mármore ecoava pela recepção como se fossem tiros. E agora o recepcionista estava olhando para ela de testa franzida. Depois, saindo de trás da mesa da recepção, aproximou-se de Victory.

— Madame — disse ele. — Tenho uma coisa para entregar à senhora. — Então entregou-lhe seu relógio de pulso. Ela o segurou, confusa, perguntando-se como seu relógio tinha ido parar na mesa dele. O recepcionista debruçou-se e disse em tom conspirador: — Acho que o perdeu ontem à noite. Durante o jogo de pôquer. O cavalheiro que o ganhou fez questão que eu devolvesse à senhora.

Jogo de pôquer?

— Obrigada — disse ela. Prendeu o relógio em torno do pulso e deu um sorriso de ressaca.

— Está se sentindo bem, madame?

— Estou sim — disse. — Estou perfeitamente bem. Não podia estar melhor. — Depois hesitou. — E o homem...?

— Saiu de manhã, faz mais ou menos meia hora. Disse que ia voltar ao iate dele, e não sabia se ia tornar a vê-la.

Isso não lhe pareceu muito agradável, portanto Victory decidiu não ir mais fundo no assunto.

— Obrigada — respondeu. Começou a andar com todo o cuidado pela recepção. Havia sofás forrados de seda por ali, bem como mesinhas de mármore e poltronas espalhadas por toda a área. Um verdadeiro campo minado, aliás — as pessoas podiam tropeçar a qualquer momento!

Saiu pelas portas de madeira almofadadas do outro lado. Elas levavam para o exterior, para outra série de degraus de mármore que precisaram ser descidos com todo o cuidado, e para os jardins, num plano mais baixo. Ela pisou do lado de fora e empurrou os óculos para cima. Pôquer! Isso, infelizmente, fazia sentido. Nunca tinha conseguido resistir a um jogo de pôquer. E por algum motivo lastimável, o pôquer sempre parecia ser acompanhado por doses monumentais de uísque escocês. Movimentando-se bem devagar, como se fosse feita de vidro e corresse o risco de se quebrar, foi descendo as escadas de lado, como um caranguejo.

Um caminho de tijolos levava ao restaurante, passando por um labirinto de sebes altas, e, saindo de trás de uma delas, um carrinho de bebê subitamente apareceu diante dela, quase causando uma colisão. Victory pulou para trás no último segundo, praticamente caindo sobre a sebe.

— Ah, por favor, me desculpe — disse uma voz feminina agradável, com um sotaque inglês, que depois continuou falando: — Ah, querida! É você. Não reconheci você com esses óculos. Levantou cedo, não?

— Levantei? — perguntou Victory, sorrindo e entrando no jogo enquanto se livrava da sebe. A mulher era uma das moças inglesas muito simpáticas que ela havia conhecido na festa na noite anterior. Mas qual era mesmo seu nome? Uma coisa meio diferente, como "Grana..." Grainne, era isso, pensou aliviada. Lembrou-se de ter passado o que pareciam horas com aquelas moças inglesas. Eram muito engraçadas, e muito levadas também. Os maridos delas eram colegas de trabalho de Pierre, e elas passavam o tempo inteiro fazendo compras e indo a festas e viajando pelo mundo em jatinhos particulares e, como diziam o tempo todo, "fazendo traquinagem". Pelo que se podia deduzir do jeito como diziam isso, elas pareciam ter feito traquinagem mais ou menos em todos os países do mundo...

— Você ficou ligeiramente alta ontem à noite, meu bem — disse a tal Grainne, com jeito de quem estava dando uma ligeira indireta. — Mas todos nós tínhamos enchido a cara. E você tem razão mesmo — disse ela, indicando a criancinha minúscula presa ao carrinho. — Os bebês são mesmo um pooorrrrrre.

— Eu disse isso? — perguntou Victory, horrorizada – Tenho certeza que não foi a sério. Não fazia idéia de que você tinha um...

— Você falou um monte de coisas engraçadíssimas, querida. Todo mundo adorou você. Meu marido diz que você nãᴖ levia se preocupar com Pierre. Ele é *mesmo* um velho ranzinza. A mãe dele é suíça, então ele é muito repressor...

— Pierre — gemeu Victory.

— Aconteça o que acontecer, você precisa vir nos visitar em Gstaad em fevereiro — disse Grainne, muito satisfeita, dando tapinhas amistosos na mão de Victory. — Vou deixar o número do meu celular com o recepcionista... Tchau, querida! Liga pra gente — falou, olhando para trás, enquanto empurrava o carrinho para longe de Victory bem depressa.

Victory avançou com determinação. Precisava tomar café. Estava com a sensação horrorosa de que tinha acontecido alguma coisa com Pierre. E não era boa.

Um lance de escadas de madeira levava às mesas ao ar livre do restaurante, e ajeitando a estola, para que ela lhe cobrisse a parte de cima das orelhas, ela começou a subir, decidida a parecer tão normal e despreocupada quanto pudesse. Se alguma coisa realmente chata tivesse acontecido com Pierre na noite anterior, aí mesmo é que ela ia precisar se comportar com a maior naturalidade, como se tudo estivesse perfeitamente bem. Ainda era possível, raciocinou, que apenas algumas pessoas soubessem daquele fato desagradável. Se é que tinha mesmo acontecido.

— *Bon matin*, madame — disse o mâitre, com uma ligeira reverência. Victory cumprimentou-o também e seguiu-o pelo restaurante até uma mesinha ao lado da grade. O restaurante, coberto com um toldo verde e branco, estava relativamente cheio, pensou ela, e, consultando o relógio de pulso, Victory viu que eram nove da manhã.

Era cedo, principalmente porque só tinha ido para a cama de madrugada. Não admira que tudo estivesse com um ar ligeiramente irreal, como se ela ainda estivesse parcialmente sonhando. Olhando para cima de relance, podia jurar ter visto Lyne Bennett sentado a uma mesa perto da grade, lendo o jornal e segurando um guardanapo com gelo no nariz. Quando chegou mais perto, viu que era mesmo Lyne, e que ele não parecia estar de muito bom humor. Que diabos ele estaria fazendo ali?, pensou ela, com um certo aborrecimento. Não estava preparada para encontrar com ele agora, não nesse estado...

O mâitre a levou para a mesa vazia ao lado da de Lyne. Puxou a cadeira em frente a ele, de forma que ela e Lyne pudessem ficar de costas um para o outro. Lyne olhou para ela rapidamente.

— Bom-dia — disse ele, em tom neutro e voltou ao jornal.

Era um cumprimento esquisito para alguém que a gente namorou durante seis meses. Mas Lyne era mesmo esquisito. Então ela ia fazer o mesmo jogo. Em um tom de voz bem neutro, ela respondeu:

— Bom-dia. — E sentou-se.

Desdobrou o guardanapo de pano cor-de-rosa e colocou-o no colo. Atrás de si, ouviu Lyne virando as páginas do jornal. Depois ouviu um som de estalidos bem fortes, seguido pelo som irritante de Lyne alisando as páginas.

Ela tomou um golinho de água.

— Você tem mesmo de fazer isso? — perguntou ela.

— Fazer o quê?

— Alisar as páginas do jornal assim. Parece até giz com pedra guinchando em um quadro-negro.

— Ah, *perdoe-me* — disse ele, simulando educação. — Mas, caso não tenha notado, estou meio machucado esta manhã.

— Não é exatamente culpa minha, é? — perguntou ela. Fez sinal para o garçom se aproximar. — O que aconteceu com seu nariz, afinal?

— *Como foi que disse?* — perguntou ele.

— Seu nariz — repetiu ela. — O que fez com ele?

— *Eu* não fiz nada para machucá-lo — disse ele, com o que ela esperava que fosse uma indignação fingida. — Como provavelmente deve se lembrar, foi seu amigo, o ator francês de nariz excepcionalmente grande, que aparentemente tentou aumentar o tamanho do meu nariz para ficar igual ao dele.

A manhã estava piorando cada vez mais, pensou ela. Alguma coisa ruim tinha acontecido com Pierre Berteuil na noite passada. Então Lyne tinha levado um soco no nariz do ator francês. Uma imagem meio embaçada de Lyne se engalfinhando com o francês no corredor de repente surgiu-lhe na mente.

— Então eu vi mesmo você ontem à noite — disse ela.

— Viu — confirmou ele. — Viu, sim.

SELVA DE BATOM

— Hummmm — disse ela, meneando a cabeça. — Então acho que já entendi. — Um garçom trouxe um bule de café até a mesa. — E você está hospedado no hotel também?

— Eu trouxe você para cá. Depois da festa. Você insistiu em jogar pôquer. O ator francês tentou tirar seu relógio e, quando eu protestei, ele decidiu me dar um soco.

— Mas que coisa... mais extraordinária — disse Victory.

— Cheguei tarde à festa — disse ele. — Bem a tempo de ouvir você dizendo a Pierre Berteuil que um dia ia ter um iate maior que o dele.

Victory deixou a colher cair, e ela foi batendo em tudo pelo caminho, até por fim ir parar embaixo da cadeira de Lyne. Como podia ter dito isso a Pierre Berteuil? Mas era exatamente o tipo de coisa que ela diria. Ela se curvou para pegar a colher ao mesmo tempo que Lyne. Ele entregou-lhe a colher.

— Perdoe-me — disse ela, exagerando na educação.

— Não tem de quê — respondeu Lyne. Ele não parecia estar se sentindo muito bem também, pensou Victory, principalmente por estar com aquela marca vermelha na ponte do nariz. — Ainda bem que encontrou minha estola e meus óculos — acrescentou.

— Ah! São seus? — perguntou ela. — Encontrei-os no quarto esta manhã. — Aquilo não estava parecendo que ia acabar bem, pensou ela. E de repente ela se lembrou de Lyne entrando no quarto dela, e encontrando o francês ali, e arrastando-o para o corredor. Ela pigarreou.

— Você... hã... passou a noite aqui? No hotel, quero dizer.

Ela ouviu Lyne mexendo o café e ouviu-o tomar um gole.

— Pode-se dizer que sim. Eu acordei no chão do seu quarto. Inteiramente vestido, devo acrescentar.

— Percebi que havia um homem no meu quarto — disse ela, sem pensar. Pegou o cardápio.

Passou-se um minuto.

— Lyne? — perguntou ela. — Eu realmente disse a Pierre que um dia teria um iate maior que o dele?

— E insistiu várias vezes — assentiu Lyne.

Ela concordou. Não admira que ficasse vendo o rosto do Pierre todo enrugado, como uma batata ressecada.

— Essa cena foi... assim... como direi, meio desagradável? — perguntou, com todo o cuidado.

— Essa parte até que não foi — disse Lyne. — Acho que Pierre ficou surpreso. Mas ainda não tinha se zangado.

— Ai, caramba. — Victory recostou-se na cadeira.

— Você basicamente lhe passou a descompostura especial à la Victory Ford — disse ele, dobrando o jornal.

— Entendo — disse ela, hesitando depois. — E o que foi exatamente que o deixou zangado?

— Não dá para dizer com certeza — respondeu Lyne. O garçom lhe trouxe um prato com ovos. — Deve ter sido quando você disse que as mulheres iam mandar no mundo da moda, e ele provavelmente ia ficar obsoleto nos próximos dez anos.

— Até que não foi tão ruim assim...

— Não foi, não. E como eu disse depois, você teve um bom motivo para se defender.

— Ah, sim — disse ela, fechando os olhos e esfregando as têmporas. — Tenho certeza que tive.

— O cara foi e disse que, depois que você recebesse o dinheiro, ia parar de trabalhar e encontrar um homem e ter filhos.

— Mas *isso* foi o fim da picada mesmo.

— Bem que eu tentei explicar a ele que essa não era o tipo de coisa que se devia dizer a uma nova-iorquina.

— Ele ficou puto, não foi?

— Não — disse Lyne. — Falou que estava cansado de mulheres de negócios, e que o mundo inteiro estava cansado desse negócio de as mulheres agirem feito homens, carregando maletas por aí, e que o que elas queriam mesmo era ficar em casa e serem sustentadas. — Lyne parou e depois continuou: — Esses gauleses são provincianos demais. Digam o que disserem.

SELVA DE BATOM   453

— Foi muito gentil da sua parte me defender — disse Victory.

— Você nem precisava — disse Lyne. — Defendeu-se até bem demais.

— Virei onça? — perguntou ela, deixando cair três cubos de açucar na xícara.

— Despedaçou o cara. Quando acabou de falar, só o que ficou daquele francês foi uma pocinha de champanhe.

— Mas eu não pretendia fazer isso. Juro que não.

— Ele certamente pensou que você teve a intenção. Levantou e saiu bastante ofendido.

— Ah, meu Deus — disse Victory. Terminou o café e encheu a xícara de novo. — Acha que ele ficou... irrevogavelmente zangado? Quero dizer, ele deve ter visto que estávamos em um tipo de discussão de bêbado, assim acalorada, entende? Será que ele é muito sensível?

— Como assim?

— Ora, um tipo sensível, meio infantil de homem, que se levanta no meio de uma briga e sai. Só pode querer dizer uma coisa. Ele é mimado e não gosta que ninguém o contradiga.

— Mas foi justamente isso o que você disse a ele, palavra por palavra, acho eu — falou Lyne, em tom seco.

Victory soltou um gemido. Sentiu vontade de se enfiar debaixo da mesa. Lyne tinha razão. Tinha dito isso mesmo.

— Acho que ele não gostou nada. Eu, por outro lado, achei aquilo engraçadíssimo. Pierre Berteuil é um garotinho mimado, e já era hora de alguém lhe dizer isso.

— Também, eu estava certíssima — falou Victory. — Acho que vou conseguir comer ovos agora.

Passou-se mais um minuto, e depois ela se virou, apavorada.

— Lyne — disse de repente. — Ele não... ficou zangado para valer, ficou? Quero dizer, não zangado o bastante para cancelar o contrato...?

— Acho que vai ter de perguntar a ele — disse Lyne. E sorriu, solidário.

Victory levantou-se da mesa e apanhou o celular, descendo as escadas rapidamente. Alguns minutos depois, voltou, arrastando os pés. Sentou-se chocada na cadeira.

— E aí? — perguntou Lyne.

— Ele disse que foi bom eu não ter assinado os papéis, porque nosso contrato era uma coisa a respeito da qual a gente precisava pensar muito bem, durante muito tempo.

— Sinto muito — resmungou Lyne.

Victory ficou contemplando o mar um pouco. Sentiu lágrimas brotarem nos olhos.

— Tudo bem — disse ela, com a voz embargada. As lágrimas começaram a escorrer por baixo dos óculos escuros. Ela as enxugou com o guardanapo. — Eu sou mesmo uma azarada. É isso. Agora é que minha empresa foi para o buraco.

— Epa, espere aí — disse Lyne. — Não foi para buraco nenhum. Você ainda tem sua empresa, não tem?

— Não é só isso — disse, torcendo o guardanapo. — Acabei de entender uma coisa terrível sobre mim mesma. Eu me comportei com Pierre exatamente do jeito que sempre me comportei com todos os homens com os quais me envolvo. Seja no sentido romântico ou comercial. Quando chega um certo ponto, sinto um pavor horrível... E aí perco as estribeiras. Eu... como se diz... mostro a eles que sou uma babaca completa. E eles se afastam. E quem vai pôr a culpa neles? Fiz a mesma coisa com você *e* Pierre... e nem mesmo trepei com ele...

— Ora, sabe o que dizem por aí: uma sociedade é uma espécie de casamento — disse Lyne. — Se descambar, é pior. De qualquer forma, pelo menos identificou o problema. E como você sempre diz, não se pode resolver um problema antes de ele ser identificado corretamente.

— Eu digo isso mesmo? — perguntou ela, erguendo a cabeça. — Cruzes. Eu digo muita besteira às vezes.

— E às vezes diz verdades — disse Lyne, levantando-se.

— Aonde vai? — perguntou ela.

— Vamos fazer umas compras — disse ele, estendendo-lhe a mão.

Ela sacudiu a cabeça.

— Não posso comprar nada agora. Estou dura.

— Eu é que vou pagar, garotinha — disse ele, pegando a mão dela e levantando-a. — Nosso trato é do tipo toma-lá-dá-cá. Da próxima vez que um dos meus negócios falir, você pode *me* levar para fazer compras.

— Essa certamente é uma proposta que vai sair meio caro.

— E, quando acontecer, espero que você seja capaz de pagar. — Ele passou o braço em torno dos ombros dela. — Gosto de pensar nisso assim — disse ele, tirando os óculos escuros dela com naturalidade e colocando-os no seu próprio rosto. — Não é todo dia que a gente perde 25 milhões de dólares. Pense bem: quantas pessoas podem se gabar de ter feito isso?

14

NICO O'NEILLY INCLINOU-SE PARA A FRENTE E, ESPIANDO-SE DE PERto no espelho de aumento, repartiu o cabelo, deixando o couro cabeludo aparecer para ver se havia sinais de fios grisalhos. As raízes estavam com mais ou menos meio centímetro, bem junto do couro cabeludo, misturadas com o cabelo ligeiramente mais escuro e mais fosco que sua cor natural, e estavam desafiadoramente mais prateadas e reluzentes, brilhando como festões natalinos. Esses cabelos eram de formato e natureza diferente dos seus cabelos naturais, brotando como molinhas de brinquedo de dois centímetros, criando uma auréola de cabelos crespos que não podia mais ser controlada pelo secador. Mesmo quando cresciam, ainda eram resistentes à tintura, e quando ela examinava trechos do cabelo, encontrava um número preocupante de fios que lembravam prata enegrecida. Sua mãe tinha chorado no dia em que encontrou seu primeiro cabelo grisalho, aos 38 anos, e Nico se lembrava da tarde em que tinha voltado para casa e encontrado a mãe aos prantos, olhando para um fio grisalho que tinha arrancado da frente do couro cabeludo.

— Estou ficando velha. Estou ficando veeeeelhaaaa — soluçava.

— O que significa isso, mamãe?

— Isso significa que o papai não vai mais gostar de mim.

Mesmo naquela época, aos 15 anos, Nico achou ridículo esse tipo de pensamento negativo insidioso.

— Nunca vou permitir que esse tipo de pensamento me passe pela cabeça — decidiu. — Nunca vou me colocar nessa posição.

Afastou-se do espelho e suspirou, lavando as mãos. Apesar de tudo que tentava, nos últimos seis meses sentia-se como se tivesse envelhecido. Sabia que não havia nada que pudesse fazer para deter esse processo, e um dia todos os seus cabelos estariam grisalhos, e ela passaria pela menopausa. Mas ultimamente, pegava-se imaginando como ficaria se removesse todo o Restylane, o botox, as jaquetas dos dentes e a tintura dos cabelos. Agora, ela às vezes tinha a nítida sensação de que, sob todos esses melhoramentos cosméticos, estava uma anciã, que se segurava à base de cola e tinta.

Galinha velha disfarçada de franguinha nova, pensou ela.

Por outro lado, se realmente pensasse a fundo no assunto, galinha era muito mais interessante que franga, mesmo que fosse pelo simples fato de ter sobrevivido o suficiente para virar galinha. Frangas eram comidas, galinhas velhas não.

E com esse pensamento ligeiramente animador, ela desceu as escadas.

Seymour estava na sala de jantar, examinando umas revistas de imóveis caros no West Village.

— Quer mesmo uma casa maior? — perguntou ela.

— Quero sim — disse Seymour, circundando algo em uma das revistas. — Imóvel em Manhattan é o melhor investimento agora. Se comprarmos um sobrado aí de uns cinco milhões e o reformarmos, provavelmente vai estar valendo quinze milhões em dez anos. — Olhou para ela. — Já tomou café?

— Já.

— Mentira — acusou ele.

— Comi meu ovo — disse ela. — Juro. Se não acredita, vá olhar os pratos na lavadora.

— Não adianta — disse ele, recostando-se na poltrona e olhando para ela, afetuosamente. — Mesmo que tenha comido, não vai ter deixado nem um pouquinho de gema no prato.

— Comi, sim, meu amor. Juro. — Curvou-se para espiar sobre o ombro dele. — Alguma coisa boa? — perguntou, espiando as revistas.

— Tem uma casa com fachada de 12 metros de largura do lado Oeste da rua 11, que está caindo aos pedaços. O dono é músico. Tocava guitarra em uma banda de rock pesado. Tem cinco andares e mais de setecentos metros quadrados.

— Precisamos de tanto espaço assim?

— Acho que devíamos comprar uma outra casa em outro lugar também — disse ele. — Talvez em Aspen.

Que negócio era aquele de comprar tanta casa assim?, refletiu Nico, sentando-se. Será que ele estava entediado?

— Você *não* tomou seu café, tomou? — perguntou ele, com jeito de sabe-tudo.

Ela sacudiu a cabeça.

Ele se levantou.

— Então vou preparar um ovo para você — disse. Ela tocou seu braço.

— Não faça ovo poché — murmurou ela. — Já estou enjoada deles.

— É por isso que não tem tomado café ultimamente? — perguntou ele. — Não conseguiu pensar em nada que preferisse comer?

— É — disse ela. Agora era mentira *mesmo*.

— Então ovos mexidos. E torrada — disse Seymour. — Ou será que já enjoou de torrada também?

— Um pouquinho — admitiu ela. — Sabe o que é... — disse, com súbita emoção — nossas vidas são tão certinhas...

— Ah, são? — perguntou ele. — Não acho que sejam, de jeito nenhum. Sempre acontecem coisas novas com a gente. Você está com emprego novo, e logo vamos ter uma casa nova. Vamos dar festas de arromba. Não ficaria surpreso se o presidente viesse à nossa casa um dia. Certamente estamos em condições de convidar o ex-presidente, pelo menos.

Ele começou a andar para a cozinha, mas parou.

— Devia ter me contado se queria que o ex-presidente viesse. Posso convidá-lo num piscar de olhos.

Ela precisava se cuidar, sabia disso. O ex-presidente em uma das suas festas. Não era uma idéia assim tão louca. Os boatos se espalhariam por toda a Nova York e pela Splatch-Verner inteira: *Nico O'Neilly convidou o ex-presidente para jantar em sua casa.* Só que de repente isso perdeu a importância. Como é que podia dizer a Seymour que para ela tanto fazia? Não dava.

— Seymour — disse —, você é maravilhoso.

— É isso que dizem algumas pessoas — concordou ele. — Que tal um bolo, em vez de torrada? A cozinheira comprou uns pequenos, de mirtilo. Katrina gosta deles...

Ela olhou de relance para as revistas, sem motivo nenhum.

— Está bem — murmurou. Mas não estava com fome nenhuma. Estava estranhamente nervosa ultimamente. Era a pressão do novo emprego. Alguns dias, acordava cheia de ótimas idéias, e outros acordava com um zumbido forte dentro da cabeça como se seu cérebro estivesse conectado a fios elétricos. Não andava tomando café-da-manhã ultimamente e, pelo jeito, Seymour tinha descoberto. Dentro de alguns minutos, ele tinha voltado com um ovo mexido e um bolo pequeno, meia colher de manteiga e uma colher de chá de geléia em um pires. Ela sorriu para ele, pensando: "Ai, Seymour, eu traí você. Será que se importa? Você percebe tudo, mas isso não", porque ainda estava se encontrando com Kirby, embora o caso agora já não fosse tão intenso e os encontros já não fossem tão freqüentes. Mas se ela desistisse, pensou, praticamente ficaria sem sexo.

Seymour olhou-a, fixamente.

— Você está bonita — disse, depois de um instante.

— É criação de Victory. A estréia de Wendy é hoje à noite, lembra? — perguntou ela. — Você e Katrina querem me encontrar no escritório ou no teatro?

— Acho que no teatro — disse ele.

— Vai de terno? — perguntou ela.

— Preciso?

— Devia. É noite de estréia. Ocasião especial para Wendy. Ela levou anos para fazer esse filme.

Parou por um instante para colocar uma garfada de ovos mexidos na boca, concentrando-se em mastigar e engolir.

— Se *Peregrinos Maltrapilhos* for indicado para Melhor Filme, Wendy não vai mais precisar se preocupar por um ou dois anos.

— E Selden Rose? — perguntou Seymour, voltando a examinar suas revistas.

— Foi neutralizado — disse Nico. Ela olhou para o alto da cabeça de Seymour e sentiu uma emoção parecida com amor. — Vou lhe comprar uma gravata. Para usar na estréia esta noite.

— Já tenho muitas gravatas. Não precisa fazer isso.

— Mas eu *quero* — disse ela, pensando: "Seymour, eu te amo. Mas não estou apaixonada por você." Por um momento, tentou imaginar-se apaixonada por Seymour, mas, por algum motivo, isso era inconcebível. — Vou levar Katrina para a escola hoje — anunciou de repente. — E pode ser que eu precise voltar para o escritório depois da estréia, então vou mandar um carro, e você pode ficar com ele a noite inteira. — Ela ficou de pé e pegou o prato. Seymour olhou para ela e sorriu, indiferente.

— Tenha um bom dia — disse ele. — Quero ver se consigo ver algumas dessas casas este fim de semana. Dá para vir comigo na tarde de sábado?

— Dá, sim — respondeu ela. Saiu da sala, desconfiando que, se estivesse "apaixonada" pelo Seymour, suas vidas seriam bem mais complicadas.

* * *

ESTAVA FRIO do lado de fora naquele dia; quatro graus abaixo de zero e era apenas primeiro de dezembro! O ar passava uma expectativa promissora, como se algo maravilhoso estivesse para acontecer. No fim dos degraus, perto do meio-fio, o carro novo de Nico e seu motorista a aguardavam. Quando ela era editora-chefe da *Bonfire*, usava carros alugados, mas agora como diretora-geral e presidente da Verner Publications, usava um carro comprado pela empresa só para ela (podia escolher o carro que quisesse, contanto que fosse novo em folha — para fins de seguro), com um motorista que estava à sua disposição 24 horas por dia. Quando ela envelhecesse, pensou, e tivesse seus 70 ou 80 anos — o que ainda ia levar décadas para acontecer, mas não tanto tempo assim; as décadas agora passavam tão depressa — ia se recordar e pensar "Tive meu próprio carro com motorista. Um BMW sedã prateado 760Li com interior branco-pombo. O nome do motorista era Dimitri, e ele tinha cabelos pretos lustrosos feito couro envernizado." Ou talvez, aos 70 ou 80, ela fosse uma dama da sociedade muito respeitada, ainda rica, ainda bonitona, e talvez ainda trabalhando como Victor Matrick e andando por aí naquele seu velho BMW prateado como aquelas mulheres fabulosas que se vêem no almoço de gala do balé e ainda com suas velhas amigas. Como seria maravilhoso dizer "Nós já nos conhecemos há quase cinqüenta anos". Como seria maravilhoso sempre ser dona do próprio nariz.

Ela desceu os degraus e entrou no carro. Estava quente e confortável.

— Bom dia, Sra. O'Neilly — cumprimentou-a Dimitri, com animação e todo aquele seu charme do velho mundo. Ele era grego e bonitão, casado, com dois filhos quase na faculdade, e morava do outro lado do rio, em Nova Jersey. Havia em Dimitri alguma coisa (o fato de ele ter nascido em outro país, talvez) que sempre a fazia pensar nele como de meia-idade e mais velho que ela, mas desconfiava que na verdade ele era mais jovem.

— Bom-dia, Dimitri — disse ela, calorosa. — Temos de esperar um minuto. Minha filha vem aí. Vamos deixá-la na escola.

— Perfeitamente. Eu sempre fico feliz de ver a Srta. Katrina — disse Dimitri meneando a cabeça entusiasticamente, e dentro de alguns segundos, Katrina saiu da casa, tropeçando ligeiramente escada abaixo. Estava de casaco de lã branco com botões que Seymour tinha escolhido para ela, e na cabeça trazia um chapéu branco, imenso e peludo, que Nico ainda não tinha visto.

— Olá! — exclamou Katrina, sentando-se de um pulo no banco de trás e enchendo o carro com a mágica animação da juventude.

— Esse chapéu aí é novo? — perguntou Nico.

Katrina deu de ombros.

— Victory mandou para a gente ontem. Acho que era para você, mas eu sabia que você não ia usar, porque não ia querer desmanchar seu penteado. Aí fiquei com ele pra mim. Não se importa, não é, mamãe?

— Claro que não — disse Nico. — Ficou fantástico em você.

— É super *bling-bling* e hip hop, e sofisticado também, não acha? Tipo Audrey Hepburn — disse Katrina, virando a cabeça para um lado e para outro, para Nico poder verificar o efeito. — Acha que vai nevar hoje? — perguntou.

— Não sei.

— Parece que vai, não é? Espero que sim. Espero que seja o primeiro dia de neve. Todo mundo adora isso. Deixa todo mundo feliz.

— E depois murcho — riu Nico.

— Mas a primeira vez que neva é bom. Lembra a gente que é *possível* cair neve, certo?

Sim... *sim*, pensou Nico, concordando com a filha. Graças a Deus pela primeira nevasca do inverno, era *mesmo* um lembrete — por mais velho que a gente ficasse e por mais que visse, as coisas ainda podiam ser novas, se a gente acreditasse que ainda eram importantes.

Katrina de repente virou-se para a mãe, franzindo a testa.

— Mamãe? — perguntou, passando a mão sobre a superfície de couro do console entre elas. — Você e o papai... são felizes, não são?

— Claro. Por que não seríamos?

Ela sacudiu os ombros.

SELVA DE BATOM   463

— É que... alguém me disse que viu uma matéria sem nomes... — e
aí falou baixinho, olhando de relance para a cabeça do Dimitri. — No
Post. Pelo que dizia... parece que você andava tendo um caso...

Por um segundo, o mundo inteiro pareceu cair em torno dela, as
árvores nuas na calçada despencando na rua, as casas lindas de tijolos vermelhos desmoronando na frente de seus olhos.

— Matéria sem nomes? — perguntou.

— Você sabe, mãe. Eles fazem isso o tempo todo na Página Seis.
Não dizem o nome das pessoas, mas parecia você.

— Você viu? — perguntou Nico, tentando se controlar e o mundo começando a voltar ao normal.

— Alguém mostrou para mim na escola. Faz uns dois dias.

— Mas *eu* não vi — disse Nico, em tom tranqüilizador, como se
o fato de ela não ter visto significasse que não era verdade. — Essas
matérias assim podem estar falando de qualquer um. Provavelmente
é tudo inventado.

— Dizia que a mulher estava tendo um caso com um "modelo
masculino que estava ansioso para trocar suas cuecas pelo status de
garoto de programa".

— Mas isso é simplesmente ridículo, Kat — disse ela, sem querer parecer muito na defensiva. Por que a Kat tinha decorado aquela
notícia? E por que é que meninas assim tão novinhas estavam lendo
o *New York Post*, principalmente a Página Seis? Mas, naturalmente,
todas as crianças da idade dela viviam obcecadas por status e fofocas.

— Então você não tem um amante? — perguntou Katrina, insistentemente, querendo se aliviar da carga da possibilidade que isso
era e o que poderia significar no futuro. Não era boa idéia se proteger, pensou Nico, muito embora ela não gostasse da idéia de mentir
assim descaradamente para sua filha.

— De jeito nenhum, minha filha. Papai e eu somos muito felizes.
Não precisa se preocupar com a gente.

Preciso terminar tudo agora. Hoje, pensou Nico. Isso é um sinal.
É primeiro de dezembro, o primeiro dia de neve. Tinha jurado a si

mesma que, se alguém tocasse no assunto nem que fosse de leve, ela terminaria tudo na mesma hora. Andava pensando todo aquele tempo que não queria magoar Seymour, mas Seymour era adulto, provavelmente sobreviveria a um golpe no orgulho. Agora ela via que era Katrina que não conseguiria sobreviver. Katrina não conseguiria entender a situação, e por que precisaria entender? Não tinha experiência de vida para lhe dar meios, e Nico torcia para ela não ter durante muito tempo. Mas a realidade de que sua mãe tinha um amante destruiria a imagem de seu pai — enfraqueceria Seymour a seus olhos, sem falar no que ela ia pensar da mãe. Meninas como Katrina tinham uma moral que era preto no branco; um idealismo sobre o modo como as pessoas deviam se comportar. Não entendiam a fraqueza da carne. Havia algo puro e quase sagrado na inocência de Katrina.

— Sabia que não tinha, mamãe — disse Katrina, ligeiramente triunfante ao se curvar para beijar a mãe. O carro tinha chegado à escola: um edifício de tijolos encantador com um pequeno parquinho ao lado, isolado da rua por uma cerca de alambrado. Lá dentro, as crianças estavam reunidas em pequenos grupos, organizados segundo uma ordem atávica conhecida apenas, e instintivamente, por elas.

— Tchau, meu amor — disse Nico. — A gente se vê de noite.

Voltou a recostar-se no carro, aliviada. Tinha sido por um triz — como tinha se permitido arriscar-se assim? Tinha sido erro de julgamento seu. Não podia cometer esse tipo de erro, censurou-se. Era um defeito. Ela devia saber. Precisava acabar com esse defeito; eliminá-lo à força.

O carro avançou lentamente pela estreita rua West Village. À frente, à direita, ela viu Shane Healy andando pela calçada com dois filhos de Wendy — Magda e Tyler. Eram filhos de Shane também, achava ela, mas especificamente pensava neles como filhos de Wendy, principalmente depois do que Shane tinha tentado fazer. Tirar os filhos dela. Era lamentável. E Wendy tinha conseguido evitar, vindo com a solução perfeita. Seus olhos semicerraram-se.

— Dimitri — pediu ela. — Pode encostar o carro um segundo? Vi uma pessoa que conheço.

O carro parou, e quando Shane já estava quase ao lado dele, ela abaixou o vidro da janela.

— Olá, Shane — disse, só para provocá-lo, lançando-lhe um sorriso frio. E antes que ele pudesse responder, ela fechou a janela, desaparecendo atrás do vidro escuro. Coisa bem imatura mesmo, pensou, mas foi engraçado. Shane precisava se lembrar que não podia mais fazer nada. Que todas as amigas de Wendy iam vigiá-lo e estavam do lado dela.

Depois desse gesto, pequeno, porém satisfatório, o carro seguiu pela West Village e entrou na estrada West Side. O rio Hudson estava do mesmo cinza fosco esbranquiçado que o céu — achatado e mesmo assim, por algum motivo, extremamente tranqüilizador. Era bom passar de carro ao longo do rio todo dia no caminho para o trabalho, e ela nunca deixava de contemplá-lo. Foi eliminando as referências ao longo do caminho à medida que passava por elas: o parque asfaltado onde as pessoas andavam de bicicleta ou de patins; a feia estrutura corrugada azul onde a polícia guardava os carros apreendidos; Chelsea Piers, onde Katrina andava a cavalo; e depois contornava-se uma pequena esquina, e à direita, havia uma série de outdoors. O primeiro era de uma empresa de armazenagem, sempre meio de mau gosto, pensou ela, com uma foto de um bonequinho GI Joe e o slogan: "Mamãe não quer que eu saia para brincar". Mas hoje, depois da tal esquina, ela foi obrigada a olhar de novo. Em vez do bonequinho GI Joe, havia uma foto imensa de Victory Ford. Victory, deslumbrante, de chapéu branco imenso como o que Katrina estava usando, estava saindo de uma limusine branca e olhando para o lado, com aqueles surpreendentes olhos cor de amêndoa. E no rosto, uma expressão divina. Saindo do carro na frente dos fotógrafos, como se tivesse conquistado o mundo humildemente e da forma mais respeitosa possível. Sob ela lia-se a seguinte frase: "Victory Ford: Viva essa Linha", e no rodapé, à direita, três pontos — rosa, azul e verde pastel

— seguidos do logotipo da Huckabees. E estava ali para todo mundo ver, pensou ela, orgulhosa. As vitórias de Victory sempre eram emocionantes, mas essa foi particularmente satisfatória porque ela, Nico, havia ajudado a elaborar todo o contrato entre Victory Ford e a Huckabees, e havia algo de tão gratificante não só em ter grandes idéias como também em ser capaz de realizá-las.

Tinha marcado a reunião entre Peter Borsch e Victory seis meses antes, quando Victory tinha voltado da França, depois do desastroso incidente com Pierre Berteuil no iate. Nico jamais teria feito nada assim, mas Victory tinha um estilo diferente. Era criativa, não corporativista; ficava tensa quando de repente era obrigada a enfrentar a hipocrisia corporativa e virava uma adolescente determinada a se rebelar contra os adultos. Victory sempre queria que tudo fosse da sua maneira, ou então nada feito, pensou Nico. Tinha conquistado o direito de poder aproveitar esse tipo de oportunidade, e agora ia ficar mais rica que suas duas amigas. Mas ela e Wendy sempre souberam que seria assim.

Ela pegou o celular.

— Querida — disse, animada. — Estou acabando de passar pelo seu outdoor agora. Estou orgulhosíssima de você.

— Acabei de passar por ele também. Mandei o motorista subir a estrada West Side para poder vê-lo. Eles o colocaram ontem à noite, depois da meia-noite — disse Victory. — Gostou?

— Adorei! — disse Nico. — É perfeito. Onde você está?

— Na rua 33.

— Estou na Trinta e um. Diga a seu motorista para ir mais devagar que vou alcançá-la.

Nico sorriu como uma criança. Adorava aquilo, pensou. Não sabia por quê, mas era divertido, como quando se estava esperando na rua, falando com alguém no celular e perguntando onde a pessoa estava, e acontecia de estarem ambas apenas a alguns metros de distância uma da outra. Esse tipo de coisa ainda a fazia rir. Victory estava em um Cadillac De Ville dourado, novinho em folha; Dimitri passou

SELVA DE BATOM

rente a ele, e ambas abaixaram os vidros das janelas enquanto seus carros passavam pelo cruzamento bem devagar.

— Onde foi que arranjou esse carro? — gritou Nico.

— Acabei de comprá-lo — disse Victory, debruçando-se pela janela. — Já vendi vinte mil chapéus, e não são nem nove horas da manhã ainda.

— Que espetáculo! Mas esse seu carro é *horroroso*.

— Não é fabuloso? Ninguém mais tem nada igual. E custou só 53 mil dólares. Uma pechincha — gritou ela. — Quando Lyne o vir, vai ter um enfarte.

— Excelente, querida. Vamos almoçar juntas?

Victory concordou e acenou.

— Meio-dia e meia — gritou. O carro dela subitamente acelerou para poder passar pelo sinal verde, dobrando de repente na rua 36. Nico recostou-se no banco, mantendo a janela aberta e deixando o ar gelado envolvê-la como um pano congelado, só pelo prazer. E além disso, lembrou, diziam que o ar frio fazia bem à pele.

* * *

— MAGDA VIU O CHAPÉU de Katrina e agora também quer um — disse Wendy.

— Não tem problema — disse Victory. — Eu levo um para ela esta noite.

— Aliás, eu vi Shane hoje de manhã — disse Nico. — Tratei ele meio mal. Sinto muito, mas não deu para evitar. — Ela pôs o cardápio de lado e o guardanapo no colo, olhando ao redor inconscientemente, para ver quem estava no restaurante. Estavam na mesa número um, a mesa que agora costumavam dar a elas no Michael's. Mesmo que soubesse que não era a mulher mais bem-sucedida do lugar (havia uns dois locutores de noticiário que certamente ganhavam mais que ela), desde que tinha sido promovida, parecia irradiar uma aura quase palpável (e esperava, generosa) de poder. Por outro lado podia também se dever ao fato de que tinha dado ao mâitre uma gorjeta de mil dólares no dia em que as três tinham vindo comemorar juntas no almoço.

— Não esquenta — disse Wendy. — Shane pensa que muita gente está tratando ele mal, agora que a gente se separou. Ele diz que agora raramente o convidam para alguma festa...

— Que tristeza — disse Victory, genuinamente sentindo pena de Shane, pensou Nico. Victory ficava sempre com pena de todo mundo, e tinha até dado um emprego a Muffie Williams (pagando, segundo Nico sabia, uma pequena percentagem dos lucros do imenso contrato de licenciamento que tinha assinado com a Huckabees), depois que Muffie pediu demissão da B et C em junho, dizendo que não dava mais para suportar Pierre Berteuil.

— Ele vai sobreviver — disse Wendy, referindo-se a Shane. — O que quero saber mesmo é desse chapéu que todos estão comentando. Um chapéu! — disse ela a Nico. — Que idéia mais brilhante, não?

— É só um chapéu — disse Victory. — Não chega nem aos pés do seu filme. Shane e Selden irão?

Wendy confirmou com a cabeça.

— Eu disse aos dois que precisam se entender. Pelo menos Shane. Selden está muito disposto a ser razoável. E Magda, naturalmente, o adora. Pode ser que esteja mais apaixonada por ele do que eu. Até perdeu cinco quilos.

— É porque você está feliz e isso a faz feliz — disse Nico.

— Eu sei. Mas me sinto meio culpada às vezes. De ver as coisas se resolverem assim com essa facilidade toda — disse Wendy, referindo-se a sua nova vida. Tinha comprado dois lofts nos últimos dois andares de um armazém no Soho, para ela e Shane não morarem juntos, mas as crianças ficarem o mais perto possível de ambos os pais, sem os pais estarem mais casados. — Quero dizer, é tão fácil resolver os problemas quando a gente é uma mulher bem-sucedida e tem seu próprio dinheiro — disse Wendy. — Eu só fico pensando em todas as mulheres que não têm tanto dinheiro assim e não resolvem nada, e o inferno que elas passam. É uma coisa da qual nunca podemos nos esquecer.

— Mas é esse o motivo pelo qual se deve ter sucesso — disse Nico, com intensidade. — É quando você realmente entende por que trabalhou com tanta dedicação. Para, quando houver uma crise, sua família não ter de sofrer as conseqüências.

Wendy interrompeu-se e olhou para o prato. Havia um sorrisinho em seu rosto.

— Ora, acho que devo lhes contar uma coisa, então. Ainda é cedo para contar a mais alguém, e pode não dar certo, mas eu estou grávida.

O queixo de Victory caiu e, por um segundo, Nico ficou tão assombrada que não conseguiu falar.

— Doideira, né — disse Wendy. — Não foi de propósito. Selden disse que não podia ter filhos, mas estava errado. — Ela sacudiu os ombros, como quem não pode fazer nada. — Às vezes é preciso acolher essas coisas. Trata-se de um presente por finalmente conseguir terminar *Peregrinos Maltrapilhos*. Eu ia comprar um anel de safira, mas acho que isso é melhor.

Selden Rose!, pensou Nico.

— Wendy, mas que maravilha — disse, finalmente recuperando a voz.

— Pode ser que Victor não goste, mas não estou nem aí, de verdade — disse Wendy. — Sou presidente da Parador. Vou defender o meu lado. Selden já concordou que, se um de nós tiver de sair da Splatch, vai ser ele. Vai começar sua própria empresa. De qualquer forma, já estava querendo fazer isso mesmo.

— Não precisa se preocupar com Victor — disse Nico, afastando o pensamento, como se Victor Matrick não passasse de um faxineiro. — Eu resolvo a parada com ele. Vou fazer tudo parecer idéia dele, você e Selden juntos e tendo um bebê.

— Sei lá — disse Wendy, com tristeza. — Desde que passei aqueles três dias com Shane e as crianças, tomando conta deles quando tiveram varicela e sentindo saudade da minha festa do pijama com

Victory em Cannes... só pensei: "eu consigo fazer isso. Eu *vou* fazer. Já faço isso há anos. Essa sou *eu*. Tenho minha carreira e tenho filhos. E quero tudo isso, preciso da carreira e dos filhos também. Não consigo ficar o tempo todo com meus filhos, mas eles também não me querem o tempo todo no pé deles. Sabem que não sou assim. E isso não tem importância. E aí não senti mais medo. Só resolvi que não ia mais me sentir culpada...

— Você nunca teve de se sentir culpada por coisa nenhuma — protestou Victory. — Estou tão contente por você... — disse, levantando-se para abraçar Wendy.

— Ah, corta essa, é só uma criança — disse Wendy, com falso sarcasmo. — Mais uma... Mas pelo menos desta vez é um bebê de verdade, não um homem.

Nico olhou para Victory e Wendy e quase lhe brotaram lágrimas dos olhos — lágrimas que brotariam se ela permitisse. Todas estamos felizes, pensou de repente.

— E Victory e o chapéu dela — disse, com bondade. — É brilhante. Isso já fez vinte mil mulheres felizes. Sem mencionar duas garotinhas.

Victory olhou para ela com gratidão.

"Estou ficando sentimental" pensou Nico. "É isso que está acontecendo comigo. Preciso deixar disso imediatamente."

* * *

NA CALÇADA, depois do almoço, Nico pensou em ir até o apartamento de Kirby e terminar tudo. Andava pensando em passar no apartamento dele depois da festa de estréia de Wendy, mas talvez fosse melhor acabar logo com aquilo, sem adiar mais. Já fazia um ano que tinha começado, pensou ela. Como é que isso tinha acontecido? Como tudo na vida, tinha virado rotina. Primeiro, houve paixão e empolgação, e a emoção de conseguirem se encontrar sem serem vistos. Agora restava só um pouquinho da emoção, daquele negócio de disfarçar as pistas, de ter algo que era só dela, que ninguém soubesse:

provavelmente não era diferente do que os viciados em drogas sentiam. Só que sempre dava para perceber quando as pessoas estavam se viciando, exatamente como as pessoas estavam começando a perceber que ela estava tendo um caso com alguém. Ela dobrou na rua 57 e encolheu-se, pensando na matéria do *Post*. Era como uma enorme advertência. Significava que alguém sabia de alguma coisa, mas os editores achavam que não tinham informações suficientes para citar nomes.

O céu parecia muito baixo e pesado e, caminhando depressa pelo lado oeste da rua 57, Nico achou que, se não fosse o frio, ia se perguntar se estava mesmo do lado de fora. A cidade sempre lhe parecia como se estivesse sob uma redoma de vidro, e "estar ao ar livre" ali era, na verdade, uma ilusão. Eles todos eram, pensava ela, olhando para os rostos dos transeuntes, como criaturinhas minúsculas presas em um desses pesos de papel com água dentro que as crianças espiam, fascinadas e horrorizadas pela movimentação desse mundo minúsculo.

Na esquina da rua 57 com a Quinta Avenida, ela hesitou, querendo atravessar para o Lado Leste e tomar um táxi até a Madison Avenue, para ir ao apartamento de Kirby, mas de repente se lembrou da gravata de Seymour. Seymour não ia ficar chateado se ela se esquecesse, mas ia notar. Tinha o hábito de se lembrar de tudo que as pessoas diziam e de cobrar delas. As pessoas precisavam cumprir sua palavra, dizia ele; deviam fazer o que diziam que iam fazer. Imagine como seria o mundo se ninguém sentisse a responsabilidade de cumprir suas promessas — o mundo inteiro seria uma anarquia só. "Tem coisas que são relativas", ela sempre tentava lhe dizer. "Você precisa se lembrar da relatividade das coisas e ter um certo jogo de cintura."

— Jogo de cintura! Que nada! — dizia ele. — Jogo de cintura é o início de um desequilíbrio que acaba dando no caos!

Ela precisava comprar a gravata, pensou.

Atravessou a Quinta Avenida. Era como atravessar uma linha imaginária. O lado da cidade a leste da Quinta Avenida era muito mais bonito que a oeste. Será que os arquitetos tinham se reunido anos antes e decidido assim: nosso lado vai ser mais bonito que o seu? Ela passou pelas portas giratórias da Bergdorf Men's Store e uma lufada de ar morno e ligeiramente perfumado a envolveu como um abraço. O cheiro era de pinho; o Natal estava chegando. Este ano eles iam para Aspen e St. Barts; Seymour ia esquiar e nadar, e ela provavelmente ia trabalhar a maior parte do tempo.

Wendy ia para a Índia com os filhos e Selden e ia deixar Shane, mas não, provavelmente não iria agora, logo agora que estava grávida. Shane devia estar furioso com isso, pensou Nico, mas não havia nada que pudesse fazer contra ela. Wendy era como um desses homens muito bem-sucedidos que se divorcia e encontra logo outra pessoa com quem é mais feliz, enquanto a mulher fica em casa, com fumacinha saindo pelas orelhas. Nico ainda não tinha certeza do que achava de Selden — ia observar e esperar —, mas adorava o fato de Wendy ter virado a mesa assim tão perfeitamente para cima de Shane. E ele não podia reclamar — Wendy tinha lhe dado tudo que ele tinha exigido no acordo do divórcio: seu próprio apartamento, guarda compartilhada dos filhos, pensão para ele e para os filhos. Ela lhe dava 15 mil dólares por mês após a dedução dos impostos. "Quando estávamos casados, eu lhe dava tudo o que ele queria, mas mesmo assim não era suficiente", disse Wendy, e Nico achou que isso era exatamente o que tinha ouvido tantos homens dizerem das ex-mulheres. Shane queria algo intangível (possivelmente auto-estima), uma coisa emocional, mas o problema na hora de preencher esse vazio emocional era que não serviria coisa alguma que outra pessoa pudesse lhe dar. Precisava vir do íntimo. Shane tinha, pelo que ela podia entender, cometido o mesmo erro que todas aquelas donas-de-casa infelizes tinham cometido na década de 1950.

"É melhor você ser boazinha com Seymour", disse Wendy, meio de brincadeira. "Senão ele tenta fazer a mesma coisa com você." Nico lembrou que, 15 anos antes, as pessoas imaginavam que só os *homens* podiam ter uma conversa dessas. Mas não, pensou Nico, apalpando uma gravata; Seymour jamais faria isso. Seymour estava satisfeito. Gostava de participar de uma equipe. Vivia tentando melhorar as vidas de todos, e ela lhe era grata. Ela era generosa. Quando você é essencialmente "o homem" da relação, é preciso ser generosa, e tem de ter cuidado para nunca dizer à outra pessoa que foi você quem pagou; esse era fundamentalmente o seu show. Em outras palavras, era preciso tentar comportar-se da forma que as mulheres idealmente desejam que os homens se comportem, e raramente o fazem.

Um vendedor de terno escuro aproximou-se às costas de Nico.

— O que posso fazer pela senhora?

Ela de repente se sentiu como um homem em uma loja de lingerie.

— Vim comprar uma gravata para o meu marido — disse, achando que ainda gostava do jeito como isso soava, dizer as palavras "meu marido". Ela precisava fazer isso com mais freqüência. Devia comprar para Seymour uma coisinha toda semana, mais ou menos. Ele merecia.

— Alguma cor em especial? Ou poderia me dizer que ocasião? — perguntou o vendedor.

— É para a estréia de um filme...

— Seu marido é produtor de cinema?

— Não — respondeu ela. — Minha amiga é que é... é a estréia *dela*, sabe — disse, enfaticamente. O vendedor não precisava saber disso, pensou, mas de alguma forma lhe pareceu importante deixar isso claro.

— Então são convidados.

— Somos.

— Gostaria de alguma cor em particular?

— Não sei — disse ela. Verde, pensou. Mas verde não era considerada uma cor alegre. Amarelo? Nunca. O Seymour ia achar amarelo "década de 1980 na Wall Street" demais.

— E cor-de-rosa? — perguntou o vendedor. — Os homens agora estão usando muito.

Seymour, de gravata rosa? Não, aí também já era ir longe demais.

— Rosa não — disse ela, decididamente.

— Prateada — disse o vendedor. — Vai bem com qualquer coisa. Também dá um ar de elegância a qualquer terno. É muito "ocasião especial".

Nico concordou.

— Está bem, então prateada — pediu.

— Pode me acompanhar.

Ela o seguiu até o fundo da loja. De cada lado havia provadores — caixões com espelhos em três laterais internas, pensou Nico. Sentada em uma cadeira ao lado de um dos provadores estava uma jovem que Nico reconheceu, do escritório. A mulher trabalhava no departamento de propaganda, em uma de suas revistas; tinha cabelos louros, presos num rabo de cavalo, e era bonita daquele jeito ainda incompleto que as jovens de vinte e tantos anos costumam ser, como se ainda estivessem tentando descobrir quem exatamente eram e qual seu lugar no mundo.

— Olá — cumprimentou-a Nico, com a cabeça, procurando ser simpática. Não pretendia ter uma interação fantástica com ela, mas a moça pareceu chocada, depois horrorizada, depois culpada, como se de repente a tivessem surpreendido fazendo algo contra a lei. Alarmada, olhou de relance de Nico para um homem de pé em um dos provadores. Nico reconheceu a pele cor de mogno do homem, e viu que era Mike Harness.

Ele estava fingindo estar ocupado com o alfaiate a seus pés, que estava alfinetando a bainha de suas calças, mas sem dúvida a vira pelo espelho. Mike!, pensou Nico. Estava mesmo se perguntando o que teria acontecido com ele — tinha ouvido dizer que tinha viajado para a Inglaterra e ficado lá durante algum tempo. Será que devia passar por ele, fingindo que não tinha visto o homem, que era o que ele estava tentando fazer, poupando-se de um momento constrangedor? Mas ela hesitou demais, e ele olhou para cima, direto para o espelho; viu que ela estava atrás dele, provavelmente curioso para ver o que ela faria e planejando o que ia dizer, mas talvez já com alguma coisa planejada, sabendo que um dia eles iam se encontrar por acaso.

— Olá, Mike — disse ela. Não estendeu a mão, porque achava que ele não a apertaria.

— Ora, vejam só — disse ele, olhando-a do seu poleiro. — Nico O'Neilly.

— Bom te ver, Mike — disse ela, depressa, com um cumprimento de cabeça, dando-lhe as costas. Era o melhor que tinha a fazer, pensou. Mostrar que tinha visto o homem, sem entabular conversa. Mas assim que começou a examinar as gravatas prateadas, o fato de estarem os dois ali presentes e tudo que tinha acontecido entre eles encheu a loja como duas nuvens de tempestade. Ela não conseguia se concentrar. Vou pedir *desculpas* a ele, pensou Nico.

Ela se virou. Mike estava sentado, amarrando os sapatos, como se estivesse louco para sair da loja o mais rápido possível. Assim era melhor: pelo menos não estava empoleirado num pedestal acima dela, como uma gárgula.

— Mike — disse Nico. — Sinto muito pelo que aconteceu.

Mike olhou para ela, surpreso e ainda zangado.

— Nunca deve pedir desculpas a seus inimigos, Nico — disse ele, sem se perturbar. — Eu imaginava que você, logo você, devia saber disso.

— Somos inimigos, Mike? Não há necessidade disso.

— Só porque não represento mais uma ameaça para você? Nesse caso, então, acho que não.

Ela sorriu, meio triste, com os lábios comprimidos. Mike jamais mudaria, pensou, nunca deixaria de ser egocêntrico. Ela havia feito tudo o que podia ali; era melhor deixar para lá.

— Espero que você esteja bem, Mike — falou. Começou a virar-se para ir embora, e ele se levantou.

— Quer saber, acho que preciso mesmo agradecer a você por uma coisa — disse ele, de repente. — Natália e eu vamos nos casar — disse, apontando para a mocinha, que sorriu para Nico como se não soubesse bem de que lado ela estava. — Deve conhecer a Natália — disse Mike, acusador. — Ela trabalha para você — acrescentou.

— Claro — disse Nico. — Parabéns.

— Eu disse a ela que, se quiser progredir na vida, deve agir exatamente como você — prosseguiu Mike, pegando o casaco. Isso obviamente devia parecer um insulto, mas Nico resolveu não interpretar assim.

— Um elogio e tanto — disse ela, como se estivesse encantada.

— De qualquer maneira — continuou Mike, vestindo o casaco —, você abriu meus olhos para o que é importante na vida. É como o que vocês mulheres vivem dizendo o tempo todo: os relacionamentos é que são importantes, não sua carreira. As carreiras são besteira. São para os babacas. Quando penso em como eu me virava do avesso... do que eu desisti para agradar Victor Matrick... — Olhou para Natália e pegou o braço dela, como se fosse seu dono. — Não é, benzinho?

— Acho que sim — sussurrou Natália, olhando de Mike para Nico. — Mas acho uma boa idéia tentar ter *as duas coisas* — arriscou, sem querer ofender nenhum de seus chefes, pensou Nico.

— Ora, muito bem, então, parabéns mais uma vez — disse Nico. Observou-os por um instante, saindo da loja. Coitadinha daquela menina, pensou Nico, ter de se casar com Mike Harness. Ele era um cara tão agressivo. Ela ia começar a prestar mais atenção naquela Natália. Esperava que fosse boa; se fosse, ia fazer questão de ajudá-la. A mocinha merecia algo de bom na vida depois de se casar com Mike.

— Devo embrulhar esta gravata e mandar entregar na sua casa? — perguntou o vendedor, segurando uma gravata dobrada em uma caixa marrom brilhante.

— Sim — respondeu Nico, voltando a gostar do seu dia. — Por favor, faça isso.

* * *

AI, MAS QUE CONFUSÃO que os seres humanos são capazes de aprontar, pensou Nico.

Eram sete da noite e o carro estava preso em um engarrafamento infernal de veículos que tentavam dobrar da Sétima Avenida para a rua 54 para ir até o Teatro Ziegfeld, onde seria a estréia de Wendy. Era possível sentir a tensão que vinha dos outros carros, o puro estresse que era tentar se divertir indo a uma estréia no teatro; vestir-se bem, encontrar condução e depois o monte de gente do lado de fora do teatro (contida dos dois lados da rua pelas barricadas da polícia), na esperança de ver de longe um ator ou uma atriz de cinema de verdade (era o tipo do momento que as pessoas consideravam inesquecível, pensou Nico, o momento em que viram Jenny Cadine em carne e osso) e aí os fotógrafos e as recepcionistas com suas pranchetas, precisando distinguir entre quem era alguém e quem era joão-ninguém...

O carro parou em uma vaguinha pequena diante do teatro e Nico saltou depressa dele. Abaixando a cabeça, abriu caminho na multidão e entrou por uma porta lateral, evitando o tapete vermelho. Cada vez mais, nos últimos seis meses, ela vinha aceitando o entendimento de que não queria ser uma figura pública coisa nenhuma. Não precisava disso. A diretora-geral e presidente da Verner Publications devia ser ligeiramente distante, meio envolta em mistério, raramente aparecendo nos jornais. Era a noite de Wendy, afinal. Os fotógrafos não precisavam tirar fotos de Nico.

— Nico O'Neilly? — perguntou uma jovem de preto com um fone de ouvido preso à cabeça.

— Sou eu — disse Nico, tranqüila.

— Temos um lugar reservado para você na fileira de Wendy Healy. Acho que seu marido já chegou.

— Obrigada — disse Nico, seguindo a jovem pelo corredor entre as poltronas. No meio havia uma fileira de poltronas com o nome "Healy" preso às costas com fita adesiva. Shane estava em uma ponta dessa fila, com Tyler e Magda a seu lado, e esta estava sentada ao lado da amiga Katrina (como estava linda — aquele rostinho lhe partia o coração), seguida de Seymour, que estava de gravata nova. Magda e Katrina estavam usando seus chapéus felpudinhos. Eram boas amigas agora, ambas com pôneis e chapéus, pensou. Como era maravilhoso para elas. Esperava que fossem amigas para sempre... Ainda havia três lugares vazios do outro lado de Seymour. Ela se sentaria ao lado dele, e depois Victory e Lyne sentariam a seu lado. Lançou um olhar rápido para a outra ponta da fila. Havia umas duas poltronas vazias do outro lado de Shane — isso significava que Selden ia precisar se sentar ao lado de Shane! Mas não, Wendy se sentaria entre os dois. E isso resolvido, sentou-se ao lado de Seymour.

— Olá — murmurou.

— Olá — disse ele. Olhou o relógio rapidamente, sua forma de perguntar por que ela havia se atrasado.

— Foi o trânsito — disse ela. — Deve ter mais ou menos mil pessoas aí na frente... Ela olhou para o outro lado da fileira. Selden Rose vinha vindo pelo corredor. Estava parando... Olhando para Shane... E agora estava se sentando, exatamente como ela havia previsto, com um lugar para Wendy entre ele e Shane. Shane estava fingindo que não via Selden, estava olhando direto para a frente. Ora, Shane teria de se acostumar com Selden agora, pensou Nico. Ela se perguntou se Shane sabia da gravidez. Se não soubesse, saberia logo; Selden ia vender seu apartamento para morar com Wendy.

— O que Wendy está fazendo? — perguntou Seymour, depois de ver Selden se sentando.

— Acho que vai fazer um discurso antes de o filme começar — disse Nico.

— Não — cochichou Seymour. — Quero dizer com Selden e Shane. Não é justo.

— São todos adultos e vacinados — disse Nico, dando de ombros.

— Não é justo com Shane — disse Seymour, escolhendo o lado de Shane.

SELVA DE BATOM

— Não, mas ele merece. Foi ele que quis ir embora — disse Nico.
— Além do mais, você nunca gostou dele.

— E nem sei se gosto de Selden, também — disse Seymour, empertigado.

— Ele é bonzinho... acho eu — acrescentou Nico.

Ela olhou de relance para o outro lado da fila. Shane ainda estava olhando direto para a frente... não, agora estava ajeitando o casaco de Tyler. Tyler estava com aquela cara de quem ia ter um chilique. Estava se contorcendo e chutando a poltrona na frente dele. Selden estava só de olho em Tyler disfarçadamente, talvez imaginando se devia interferir. Shane agora estava tentando fingir que não via nem Tyler nem Selden.

Aquilo era quase melhor que o filme, pensou Nico.

Selden ficava o tempo todo olhando Shane disfarçadamente... Ele vai falar, pensou Nico. E não deu outra, Selden inclinou-se, debruçando-se sobre a cadeira de Wendy dizendo: "Aí, cara, como vai?", aquele cumprimento universal entre os homens. Agora o Shane ia ser *obrigado* a olhar para Selden. Selden estava tentando ser amistoso... estava estendendo a mão. Shane ia precisar apertá-la. E aí Selden debruçou-se e disse alguma coisa para Tyler. Tyler de repente se distraiu e esqueceu o chilique que pretendia dar. Selden fez uma cara engraçada, e Tyler começou a rir. Shane ficou com a cara no chão, mas agora Selden estava falando alguma coisa para ele de novo, tentando descontraí-lo. Aí, Selden, muito bem, pensou Nico, recostando-se na cadeira. Estava feliz de ver que ele estava assumindo o controle da situação e tentando agir corretamente. Ia procurar tentar gostar dele. Talvez tudo desse certo para Wendy e Selden, afinal. Wendy estava merecendo mesmo um pouco de felicidade na vida pessoal.

As luzes do teatro diminuíram de intensidade e todos ficaram em silêncio. E aí um refletor se acendeu, e Wendy entrou, acelerada, pelo corredor. Alguém entregou a ela um microfone, e ela subiu os degraus do palco.

As pessoas começaram a aplaudir. De mansinho a princípio, depois com cada vez mais entusiasmo. Eles a adoravam, pensou Nico. O público, composto não só de artistas e gente da indústria cinematográfica, mas também da equipe técnica e das famílias deles, lhe passou um carinho imenso. Eles a adoravam — aquela mulher que tinha realizado os sonhos de tanta gente. Durante alguns segundos, Wendy ficou ali, sob a luz do refletor — tão equilibrada, pensou Nico — fazendo reverências com a cabeça e recebendo os aplausos. Depois pigarreou e todos riram, e os aplausos pararam.

— Boa-noite a todos. Sou Wendy Healy, presidente da Parador Pictures, e estou emocionada ao receber todos vocês hoje para a estréia mundial de *Peregrinos Maltrapilhos*. É um filme... que finalmente terminou de ser filmado! (essa observação recebeu uma explosão de risos). E foi trabalho de seis anos com amor da parte de tantos envolvidos, gente que nunca desistiu do sonho de um dia ver essa história espetacular projetada na telona...

E como Wendy estava bonita, pensou Nico. Seus olhos deslizaram até o fim da fila. Shane estava de testa franzida, e Selden, com aqueles seus cabelos longos e lisos, estava olhando orgulhoso para Wendy. Então Shane olhou para Selden, meio invocado. Você já era, meu filho, pensou Nico. Shane estava começando a deixar de ser o bonitão que era antes. Seu rosto estava vermelho e inchado, e talvez fosse apenas devido a algum tratamento cosmético, como algum peeling a laser. Ouviu-se mais uma onda de aplausos, e Wendy desceu do palco, subindo o corredor até seu lugar, parando a cada meio metro para beijar alguém ou apertar a mão de outra pessoa. Erguendo a vista, percebeu que Nico a olhava. Nico acenou e fez sinal de positivo com a mão.

Houve uma pequena comoção no corredor e Victory e Lyne entraram correndo, ajeitando os cabelos com as mãos. Victory sentou-se na poltrona ao lado de Nico, as bochechas vermelhas de frio.

— Finalmente começou a nevar — anunciou ela, debruçando-se para beijar Nico rapidamente. — Precisamos andar meio quarteirão.

Lyne quase teve um enfarte. — Lançou um olhar de relance para o outro lado de Nico e Seymour, vendo os meninos e Wendy, e acenou para ela. — Olha lá a Dona Wendy e seus dois maridos! — cochichou para Nico.

— É, também notei — concordou Nico.

— Eu sabia que um dia ia acabar assim — resmungou Lyne. — Primeiro as mulheres conquistam o mundo, e agora têm dois homens. Será que um só não basta...?

Nico e Victory trocaram um olhar e caíram na gargalhada.

— Toda mulher sabe que é preciso combinar no mínimo dois homens para fazer um que preste. — Victory apertou a mão de Lyne de brincadeira quando as luzes se apagaram de vez, e o teatro ficou escuro.

Seria disso que toda mulher precisava? Dois homens?, pensou Nico, recostando-se na poltrona. Era muito interessante. Quando estavam com seus 20 anos, tinham medo de não encontrar nem um... e ainda existiam tantas mulheres de 30 procurando o cara ideal... E ali estava Wendy, com dois! E quarentona, hein. Quando todos tentavam dizer às mulheres que elas já eram, pelo menos do ponto de vista sexual... ora, isso certamente era mentira. Trabalho árduo mantinha as pessoas jovens, mantinha as pessoas vibrantes. Era o segredo que os homens conheciam: para atrair o sexo oposto, era preciso apenas se tornar bem-sucedido e poderoso.

O logotipo da Parador apareceu na tela, e todos começaram a aplaudir. Depois veio uma cena de festa em Nova York logo depois da guerra, e sobre ela apareceu o nome de Wendy: "Produzido por Wendy Healy". Do lado oposto da fila, Selden Rose soltou um assobio de entusiasmo, e Nico meneou a cabeça para si mesma, aprovando. O que tinha dito a Seymour era verdade: agora que Selden estava com Wendy, ele nunca mais seria uma ameaça. Não só porque Wendy não o deixaria, mas também porque, segundo Nico desconfiava, ele não ia mais querer ser. Nico desconfiava que Selden era como a maioria dos homens: ambicioso porque pensava que era assim que um homem devia ser. Mas no fundo provavelmente queria mesmo era se aposentar. E depois que Wendy tivesse o filho dele, certamente ia se comportar de outro jeito. Ia se apaixonar por aquela criança, provavelmente querer passar todo o tempo com ela. Nico torcia, para o bem de Wendy, que ele continuasse trabalhando, pelo menos um pouco mais. Imagine só, ter de sustentar sozinha dois homens e quatro filhos!

* * *

— ISSO SEMPRE acontece comigo! — exclamou Kirby, amargurado, entrando na sala de estar. — As mulheres gostam de mim, ficam loucas por mim, e aí, não sei, acontece alguma coisa e elas não querem mais ficar comigo.

Nico concordou no que esperava que fosse um jeito compreensivo e olhou disfarçadamente o relógio. Já eram quase dez e meia. Tinha saído da festa às dez, quando Seymour fora levar Katrina para casa, dizendo-lhe que precisava passar no escritório um instante, onde ela, Victory e Wendy tinham concordado de se encontrar para uma comemoração particular depois. Seymour não desconfiou de nada, mas, para ter certeza de que ele não ia desconfiar, precisava encerrar seu caso com Kirby, e depois voltar mesmo ao escritório e ligar para Seymour do telefone da sua escrivaninha. Seu coração estava quase saindo pela boca, de tanta afobação. Agora que estava ali e o fim era inevitável, ela só queria era acabar com tudo depressinha e sair.

— Mil perdões, Kirby — disse ela, parecendo muito medíocre, mas o que mais podia dizer? Avançou alguns passos na direção dele. Ele estava de jeans, sem camisa, como se ela o tivesse surpreendido na hora em que estava trocando de roupa.

— Pensei que entre nós seria diferente — disse ele. Estava de pé à janela, de costas para ela, como se não pudesse suportar olhá-la. Ela torceu para ele não fazer cena.

Engoliu em seco.

— Kirby, você sabia que eu era casada.

— E daí? — disse ele, girando nos calcanhares.

— E daí que eu amo meu marido de verdade, Kirby. Ele é maravilhoso. E não quero magoá-lo.

Isso pareceu um discurso preparado de antemão, e Kirby concordou, como se já tivesse ouvido um igual antes. Ela cruzou os braços, ligeiramente irritada. Provavelmente não devia ter vindo; devia ter feito o que um homem faria, ou seja, apenas parar de telefonar e informar a suas assistentes que se um tal Kirby telefonasse, era para dizer que ela havia "saído". Mas isso lhe parecera uma solução meio confusa e covarde.

— Então me usou para descobrir isso — disse Kirby.

— Ah, Kirby, deixe disso. — Ela se sentou na beirada do sofá e ficou olhando para a parede. Mal podia suportar olhar para ele também. Sentia-se culpada, e a culpa a aborrecia. Apertou os lábios. Será que tinha usado Kirby para descobrir seus sentimentos verdadeiros por Seymour? Não pretendia que fosse assim. Não sabia *o que* estava pretendendo quando começou a sair com Kirby; só sabia que tinha se sentido como se algo faltasse na sua vida. Como sempre, tinha descoberto que não era outra pessoa, nem algo que pudesse conseguir com outra pessoa. Só sabia agora que estava se sentindo completamente plena, e não havia mais espaço para Kirby.

Ela fez força para olhar para ele.

— Se é assim que você se sente, Kirby, me desculpe. Nunca tive essa intenção — afirmou. — Pensei que fôssemos amigos e estávamos só nos *curtindo*. — Ah, minha nossa, pensou, agora ela estava mesmo parecendo um homem falando.

— Curtindo? — disse ele.

— Kirby — começou ela outra vez. — Você é incrível e é *jovem*. Tem a vida inteira pela frente. Não precisa de mim. — E agora estou parecendo a mãe dele, pensou ela. — Não pode estar assim tão ligado em mim.

— Não entendo — disse Kirby, virando-se outra vez para a janela. — Talvez esteja faltando alguma coisa em mim. Sabe de uma coisa, esta cidade é uma *merda*. — E depois de alguns instantes, ele exclamou: — Ei, sabia que está nevando?

* * *

ORA, PENSOU NICO, calçando as luvas. Acabei de dar cinco mil dólares a um homem para não trepar mais comigo.

Aquela idéia lhe pareceu ligeiramente engraçada e a deixou ligeiramente triste ao mesmo tempo.

— Vamos para casa, Sra. O'Neilly? — perguntou Dimitri do banco do motorista, olhando-a pelo retrovisor.

— Preciso dar um pulo no escritório, um minuto — disse ela e depois acrescentou: — Desculpe, Dimitri. Sei que o dia para você está sendo muito cansativo. Tenho certeza que está querendo voltar para casa também.

— Gosto de estar na cidade — disse Dimitri, manobrando cuidadosamente o carro para sair do prédio de Kirby e entrar na rua 79. — Além disso, a gente precisa trabalhar. Precisa cumprir nosso dever nesta cidade, certo?

— Verdade — disse Nico, sentindo-se culpada de novo. Olhou a rua pela janela de vidro fumê. A neve caía em floquinhos cintilantes, como uma chuva de brilhantes. Mas terminou, corrigiu-se ela. Tinha acabado seu caso, e nunca mais faria aquilo de novo. Portanto, o fato era que realmente não precisava mais se sentir culpada.

Que alívio!

Agora só precisava rezar para Seymour não ter descoberto aquele cheque que tinha dado para Kirby. Mas não descobriria. Tinha tirado o cheque de sua conta-corrente pessoal e particular, e Seymour ia considerar isso espionagem. Com um ligeiro sorriso, ela se lembrou do momento em que tinha entregado o cheque a Kirby.

— Por que ninguém nunca me ama? — lamentava-se ele, andando em círculos pela sala de estar, enquanto passava as mãos pelo peito nu. — Tenho 28 anos. Quero me casar e ter filhos. Onde está a minha mulher?

— Ah, Kirby, me poupe, viu — disse ela afinal, ficando de pé e pegando a bolsa. — Tem centenas de mocinhas por aí que tenho certeza que estão morrendo de vontade de se apaixonar por você. E se quer se casar, não devia estar perdendo seu tempo com mulheres que *já estão* casadas.

— Então acabou mesmo? — perguntou Kirby.

— Sim, Kirby. Infelizmente sim. — E aí ela tirou um cheque da carteira. Naturalmente, Kirby protestou.

— Não precisa fazer isso — disse, insistente. — Não sou uma coisa que você possa comprar.

— Não seja bobo, querido — disse ela. — Não é pagamento. É um presente. — E apesar dos protestos dele, tinha aceitado o cheque no fim. Então olhou para ele, seus olhos se arregalando ao ver a quantia. Dobrou-o e colocou-o no bolso de trás da calça. — Tem certeza que não quer... uma última vez? — disse ele, fazendo um gesto com a mão. — Só para relembrar os velhos tempos?

— Não, obrigada, Kirby — disse ela. — Realmente não acho que seja uma boa idéia.

Então desceu o corredor estreito e comprido bem depressa até o elevador, pensando que era a última vez que estava fazendo aquela viagem. *Ufa.*

Encostou a cabeça contra o banco do carro. E agora, provavelmente nunca mais vou trepar gostoso de novo, pensou. Será que devia sentir pena de si mesma? Provavelmente sim. E talvez sentisse pena um dia. Mas agora não sentia. Sexo... E daí?, pensou, impaciente. Grande coisa. Ela não era homem, governada por seu pênis. Era mulher e era livre... Seu telefone tocou.

"c/ wendy, vc stá no escrtrio?" — dizia a mensagem de Victory.

Nico sorriu.

"2 min." — respondeu.

"Vou lvr chmpnhe. Até daqui a 20."

* * *

O FILME DE WENDY foi um sucesso total, disseram os críticos. Era indiscutível. Sempre se podia ver isso pela reação do público, e olha que as estréias em Nova York eram as mais discretas do mundo. Mas eles tinham aplaudido e gritado "bravo" no final, durante todo o tempo em que rolaram os créditos pela tela. E depois, na festa no Hotel Maritime, todos estavam de bom humor, como se estivessem mesmo felizes por estarem lá. Era outro sinal de que o filme seria um sucesso de bilheteria. Se fosse uma bomba, todo mundo passava dez minutos na festa e depois se mandava, dizia Wendy. Ela já havia passado por isso várias vezes antes.

As três estavam no escritório de Nico, fora de si de tanta empolgação com o sucesso de Wendy.

— É só uma questão de continuar no jogo — disse Victory. — Sempre querem empurrar você para o banco, se puderem. — Ela passou a garrafa de Dom Perignon para Nico, que encheu três taças de cristal. Os diretores-gerais da Splatch-Verner só tinham do bom e do melhor, pensou ela, maliciosa. — Tentam, mas não conseguem.

— Isso mesmo, tem toda a razão — disse Wendy, erguendo a taça.

— E Selden, tão bem comportadinho. Adorei o jeito como ele ficou de pé ao seu lado na festa, trouxe drinques para você e deixou você falar com todo mundo, sem ficar inseguro e precisar meter o bedelho — disse Victory. Ela foi até uma porta de vidro de correr e a abriu.

— Ah, Nico — exclamou, ofegante. — Seu terraço é lindo!

— É, eu sei — disse Nico. Sentia-se meio constrangida por causa daquele terraço. Aliás, sentia vergonha de seu escritório de modo geral. Era imenso, com um bar embutido ao longo de uma parede, legado de Mike, que ela decidira conservar. E tinha seu próprio terraço. Uma pedacinho do céu no trigésimo-segundo andar dando para o Central Park e os edifícios belíssimos da Quinta Avenida e os prédios pontudos que se erguiam do centro da cidade como uma floresta imponente. Havia oito salas na Splatch-Verner com terraços, e ela a única mulher que tinha um.

Victory saiu, seguida de Wendy. Nico parou à porta e, vendo as amigas envoltas em uma auréola de neve, de repente percebeu que era feliz. Sua felicidade esvoaçou dentro dela como um pássaro exultante. Produziu-lhe um nó na garganta e libertou-se, gerando um gritinho de surpresa.

Wendy ergueu a taça.

— A nossa saúde — disse ela, e dando uma espiada na floresta de arranha-céus do centro da cidade, acrescentou: — Sabe o que dizem por aí. Este mundo é uma *selva*.

— Não, meninas — disse Nico, avançando. Abriu os braços, como se abraçasse toda a cidade. — É uma selva de batom.

Este livro foi composto na tipologia Melior, em
corpo 11/16, e impresso em papel off-set 90g/m²,
no Sistema Cameron da Divisão Gráfica
da Distribuidora Record.

Seja um Leitor Preferencial Record
e receba informações sobre nossos lançamentos.
Escreva para
RP Record
Caixa Postal 23.052
Rio de Janeiro, RJ – CEP 20922-970
dando seu nome e endereço
e tenha acesso a nossas ofertas especiais.

Válido somente no Brasil.

Ou visite a nossa *home page*:
http://www.record.com.br